U0448400

古 诗 考 释

邓小军　著

商务印书馆
2015年·北京

图书在版编目(CIP)数据

古诗考释/邓小军著.—北京:商务印书馆,2013
(2015.5 重印)
ISBN 978-7-100-08716-2

I. ①古… II. ①邓… III. ①古典诗歌—诗歌研究—中国 IV. ①I207.22

中国版本图书馆 CIP 数据核字(2011)第 223447 号

所有权利保留。
未经许可,不得以任何方式使用。

古 诗 考 释

邓小军 著

商 务 印 书 馆 出 版
(北京王府井大街36号 邮政编码100710)
商 务 印 书 馆 发 行
三河市尚艺印装有限公司印刷
ISBN 978-7-100-08716-2

2013 年 12 月第 1 版　　开本 640×960 1/16
2015 年 5 月北京第 2 次印刷　印张 30 3/4
定价:95.00 元

前言

这本论文集,汇集了作者关于古典诗歌考释以及诗集版本、诗人生平事迹考察的论文,以及关于古典诗歌教学的论文,故名之为《古诗考释》。

书中有几篇论文,是讨论现代诗词之作,因为诗人们早已作古,其作品皆为古典诗歌文体,其诗心则与古人诗心一脉相承,故亦收录在本书之中。

本书多数论文过去曾经发表,部分论文是在本书中首次发表。

商务印书馆编辑部尤其责任编辑金寒芽先生,为本书编辑、校勘和校对做了非常认真细致的工作,为本书修订提供了宝贵的意见,并为本书增添了大量关于文献出处的脚注,令作者敬佩和感激无尽,谨此志谢。

邓小军
二零一三年十二月十日

目录

陶渊明田园诗与农村生活经验 …………………………… 1

李白《峨眉山月歌》释证 …………………………………… 21

杜诗:神韵与诗史的融合 …………………………………… 33

辛弃疾《贺新郎·别茂嘉弟》词的古典与今典 …………… 64

元好问诗述沁州出土隋薛收撰《文中子墓志》 …………… 92

周法高编《足本钱曾牧斋诗注》书后 …………………… 115

《西青散记》与贺双卿考 …………………………………… 132

"殉国":陈宝箴死因的新证据
——夏敬观、陈三立赠答诗二首笺证 ……………… 185

隐藏的异代知音 …………………………………………… 208

论中国传统诗歌的文化精神 ……………………………… 234

论宋诗 ……………………………………………………… 260

现代诗词三大家:马一浮、陈寅恪、沈祖棻 …………… 272

吴宓《将入蜀,先寄蜀中诸知友——步陈寅恪兄
〈己丑元旦〉诗韵》笺证稿 ………………………… 304

赖高翔先生及其诗 ………………………………………… 319

释《诗经·小雅·节南山》"有实其猗"
　　——王引之说"有实其阿"平议 ························· 350
释《诗经·大雅·节南山》"勿罔君子"
　　——王引之说"勿，语助也"平议 ······················· 363
释"孔雀东南飞" ·· 368
释《西洲曲》"栏杆十二曲" ····································· 371
释《春江花月夜》"捣衣砧上拂还来"
　　——并释古诗赋中的"捣衣"、"捣练"和"浣纱" ······ 375
释《琵琶行》"弟走从军阿姨死" ······························· 396

国学研究的态度与意义 ··· 400
诗经研究的大道：温故而知新
　　——评魏炯若教授《读风知新记》 ······················· 407
熟读唐诗三百首 ··· 416
读陈寅恪《韦庄秦妇吟校笺》答问 ···························· 418
缪钺先生《冰茧庵古典文学论稿》序 ························· 439
曹秀兰《曹溶词研究》序 ·· 444

回忆曹慕樊老师 ··· 450
中古文学教革探索 ·· 458
诗词写作教学的探索 ·· 466
中国古代文学的辅助技能教学 ·································· 474

陶渊明田园诗与农村生活经验

一、引子

20世纪60年代末和70年代，笔者在四川西部成都平原农村生活时，有过两件奇妙的小事。

身边有陶诗①，杜诗②。当读到杜甫成都诗"饱闻桤木三年大"（《凭何十一少府邕觅桤木数百栽》）时，耳边立即回响起下乡以来无数次听到农民们讲的话："桤木树三年就长大了！"③连句子都和杜甫听到的一样！

夏夜收工回家，田间小路（四川方言叫"田坎"）两边茂密的水稻秧苗伸到小路上，秧尖秧叶上的露水很重（整块秧田秧尖上的露水连成一片水体，在月色下闪闪发光，好像一大床水做的被子，而不是一颗颗露珠），打湿了衣服，好像是蹚过了一道几乎齐腰深的河流。当读到陶渊明诗"道狭草木长，夕露沾我衣"时，好像说出了自己心里的话，感到有一种说不出的惊讶。

---

① 《陶渊明全集》，即清陶澍注《靖节先生集》，大达图书供应社民国二十三年版。
② 《杜少陵集详注》，即清仇兆鳌注《杜诗详注》，商务印书馆民国二十四年国学基本丛书简编本。
③ 笔者居住的黄家院子前（成都平原农村只有院落没有村庄），有一道小溪，溪岸上种有一排桤木林，挺拔笔直的树干，浅灰色的树皮，迎春生叶时，一片新绿，半透明，很好看。桤木材质疏松，容易生虫，并不适合用于建筑，唐代的蜀人以桤为薪。可是由于缺乏木材，20世纪70年代四川农民盖版筑土墙或砖木结构的草房绝大多数用桤木来做檩子。

陶渊明家寻阳（今江西九江）。四川和江西同属长江流域，气候、农作物及其生长条件差不多。

多年来，从事古典诗歌教学，常常回忆起过去的川西农村生活情景，往往能和陶渊明田园诗以及其他与田园相关的古典诗歌相印证。历代的注释，可能由于注家不太熟悉农村生活，偶有注释不够充分或者注释错误之处。今举陶渊明以及黄庭坚诗注释数例，以就教于读者。本文讨论的注释问题，决不影响到笔者对于古今注家的尊敬。

二、"种豆南山下，草盛豆苗稀"

陶渊明（365—427）《归园田居五首》其三：

种豆南山下，草盛豆苗稀。晨兴理荒秽，带月荷锄归。道狭草木长，夕露沾我衣。衣沾不足惜，但使愿无违。

"种豆南山下"的"豆"，是大豆。《诗经·豳风·七月》："十月纳禾稼，黍稷重穋，禾麻菽麦。"《诗经·大雅·生民》："蓺之荏菽，荏菽旆旆。"《毛传》："荏菽，戎菽也。"汉郑玄《笺》云："戎菽，大豆也。"从周代到陶渊明时代，中国种植大豆，已有上千年历史，大豆早已在陶渊明所在的江南地区广泛种植①。

---

① 目前，中国"东南春夏秋大豆区，包括地区：浙江省南部，福建和江西两省，台湾省，湖南、广东、广西的大部"；"播种收获期：秋作：7月下旬—8月上旬播种，11月上旬收获。春作：4月上旬播种，7月上中旬收获。夏作：5月下旬—6月上旬播种，9月下旬—10月中旬收获。"《大豆区划》，见东北农业大学大豆研究所网，http://www.aeol.cn/soybean/dadouchangshi/quhua.htm）陶渊明家寻阳，相当于今东南春夏秋大豆区。陶渊明所种大豆，为春大豆。

有的注本解释"种豆"二句说:"在南山下种豆,但因为疏于耕作,豆苗长势并不好。这里似含有作者的无奈,也属自我调侃,说明作者的豁达。"① 又解释"晨兴"二句说:"一大早下地锄草,月亮高升才归家,但还是免不了'草盛豆苗稀',越发证明疏于耕作。"②

有南方农村生活经验的人都知道,春夏之交,地里的草长得很快,一夜之间,就几乎可以淹没豆苗,更何况大豆种植本来就行距较宽,豆苗就更容易一时被草淹没。后魏贾思勰《齐民要术》卷二《大豆第六》引西汉氾胜之《氾胜之书》③曰:"大豆保岁易为,宜古之所以备凶年也。谨计家口数,种大豆率人五亩,此田之本也。……种大豆,夏至后二十日尚可种,戴甲而生,不用深耕。大豆须均而稀。"④ 所谓"均而稀","均"指窝距均匀,"稀"即指行距较宽。为什么大豆种植行距要稀?这是因为大豆植株需要较大空间才能长得茂盛(四川方言叫"长得蓬起来","蓬"指枝叶充分展开),豆荚里的豆子才能长得饱满、硕大。如果大豆行距较密,植株就不能长得茂盛(四川方言叫"蓬都蓬不开"),豆子就会长得单薄、瘦小。所以,豆苗一时被草掩盖,是农田常事,没有关系,只要去锄草,就没有草了。如果把"种豆南山下,草盛豆苗稀"解释为陶渊明"疏于耕作",这样的解释,可能是由于不太熟悉南方农村生活。

再说,如果只看前二句"种豆南山下,草盛豆苗稀",不看下二句"晨兴理荒秽,带月荷锄归",就是只读了半节诗,只读了半个意群的诗。因为下二句"晨兴理荒秽,带月荷锄归",写

---

① 郭建平注评:《陶渊明集》,山西古籍出版社2004年版,第47页。
② 同上,第47页。
③ 《隋书》卷34《经籍志三》子部"农者"类:"《氾胜之书》二卷,汉议郎氾胜之撰。"
④ (后魏)贾思勰:《齐民要术》卷2,中华书局1956年版,第17页。

出了锄草从清晨到月出，是经过了一整天还多的锄草，这就暗示出已经锄尽了荒草，不再是"草盛豆苗稀"，而是"草尽豆苗出"了。因此，在读了"晨兴理荒秽，带月荷锄归"二句之后，如果说"但还是免不了'草盛豆苗稀'"，那就不合诗意了。

　　在中国南方农村，农历四月夏收抢收抢种农忙时节才会是天黑后收工，"草盛豆苗稀"是春末夏初农历三月时节，这时锄草通常是天黑就收工，还没有那么忙，不用天黑后才收工。而陶渊明锄草从清晨到月出后才收工，可见他锄草务尽的决心之大，尤其是"但使愿无违"的决心之大。"但使愿无违"的"愿"，乃是远离黑暗恐怖的政治社会、躬耕自养以保全独立自由人格和生命权利的理想和愿念。禅宗讲"但参活句，莫参死句"(《五灯会元》卷十五德山缘密禅师条)。苏轼诗云："论画以形似，见与儿童邻。赋诗必此诗，定非知诗人"(《书鄢陵王主簿所画折枝》)。要参活句，要知道诗，就要顾及诗的上下文，顾及诗的全体；还要留心，诗除字面意思外，还可能会有言外之意。

　　"带月荷锄归"，是渊明名句，优美、韵致、新颖。诗人把月亮从田野上带回了家，也把光明和希望从田野上带了回家。"带月"的"带"字，无论是讲为带领(拟人，好比说把朋友带回家)，还是讲为携带，都亲切、风趣，余味不尽。在生活经验中，我走月亮走，月亮跟我走的错觉，人人皆知，而能将此诗意错觉写进诗，陶渊明应是第一人。在中国文学史上，"带月"是陶渊明造的新词，在陶渊明以前，中国文献没有"带月"这个词，在陶渊明以后，"带月"一词在隋唐诗中被使用了 49 次[①]，从此成为中国诗

[①] 检索据《文渊阁四库全书》(电子版)，上海人民出版社、迪志文化出版有限公司，1999 年版。其中，刘长卿《送张十八归桐庐》："归人乘野艇，带月过江村。"戴叔伦《南野》："披云朝出耕，带月夜归读。"杨巨源《卢郎中拜陵遇雪蒙见召因寄》："应同谷口寻春去，定似山阴带月归。"伍乔《宿山》："鹤和云影宿高木，人带月光登古坛。"皆不失为采用"带月"一词的佳句。

歌的常用语。牟宗三说过,只有原创性的哲学家才能创造哲学的新词。同样,只有原创性的诗人才能创造诗歌的新词,陶渊明就是创造诗歌新词的典范。而在渊明,像"带月"、"怀新"("平畴交远风,良苗亦怀新")这样的新词,都是从他的田野生活体验中自然地跳出来的,毫不费力,并蕴藏着难以重复的韵致:锄草已尽的喜悦,收成在望的希望,和凭着自己手中这把闪亮的锄头,一定能"但使愿无违"的决心。记得自己在乡下生活时,不知有多少次月出后从田野上收工回家,心里自然地响起"带月荷锄归"的声音,感到难以名状的亲切。

陶渊明《怨诗楚调示庞主簿邓治中》:"弱冠逢世阻,始室丧其偏。炎火屡焚如,螟蜮恣中田。风雨纵横至,收敛不盈廛。夏日长抱饥,寒夜无被眠。"可知陶渊明早在晋孝武帝太元九年(384)"弱冠"即二十岁时,就已从事躬耕种田。《饮酒》其十九:"畴昔苦长饥,投耒去学仕。将养不得节,冻馁固缠己。是时向立年,志意多所耻。遂尽介然分,拂衣归田里。"梁萧统《陶渊明传》云:"亲老家贫,起为州祭酒,不堪吏职,少日,自解归,州召主簿,不就,躬耕自资。"可知渊明在太元十八年二十九岁时,初仕"起为州祭酒",不久自行解职后,又从事躬耕种田。其后则时宦时隐。《归园田居》作于晋安帝义熙元年(405)弃官彭泽令最终归田之第二年即义熙二年(406)春,此时陶渊明四十二岁,断断续续地从事种田已经有二十二年的经历,实际从事种田累计已经至少有十几年的光阴,当然早已娴熟各种农业生产技术。注本说:"'种豆南山下'一首全属写实,展读之下,一位初始亲历农耕的隐者形象就活现在读者眼前"[①],所谓"初始亲历农耕",是由于不够了解陶渊明生平与诗歌而来的误解。

---

① 郭建平注评:《陶渊明集》,山西古籍出版社 2004 年版,第 48 页。

三、"有风自南,翼彼新苗"与"桑麻日已长,我土日已广"

陶渊明《时运并序》:

> 时运,游暮春也。春服既成,景物斯和,偶景独游,欣慨交心。

其一:

> 迈迈时运,穆穆良朝。袭我春服,薄言东郊。山涤余霭,宇暧微霄。有风自南,翼彼新苗。①

"有风自南,翼彼新苗"是警句,历来为人称赞。《古诗归》卷九谭元春曰:"翼字奇古之极。"钟伯敬曰:"翼字看得细极静极。"陈祚明《采菽堂古诗选》卷十三:"翼字浑朴生动。"沈德潜《古诗源》卷八:"翼字写出性情。"陶澍注引王棠曰:"新苗因风而舞,若羽翼之状,工于肖物。"都点评的好。可是,这"新苗"是什么苗?是什么作物?从而,"翼彼新苗"具体是个什么样子?从古到今,无一家注本作出过说明。②

---

① 逯钦立校注:《陶渊明集》,中华书局1979年版,第13页。
② 例如:清陶澍注:《靖节先生集》,华正书局1996年版;近人王瑶注:《陶渊明集》,人民文学出版社1956年版;方祖燊笺注:《陶潜诗笺注校证论评》,兰台书局1977年版;逯钦立校注:《陶渊明集》,中华书局1978年版;龚斌校笺:《陶渊明集校笺》,上海古籍出版社1996年版;王叔岷笺证:《陶渊明诗笺证稿》,艺文印书馆1999年版;杨勇校笺:《陶渊明集校笺》,正文书局1999年版;袁行霈笺注:《陶渊明集笺注》,中华书局2003年版;郭建平注评:《陶渊明集》,山西古籍出版社2004年版。

春天生长的、柔软而能随风起伏的农作物新苗,只能是麦苗,是冬小麦麦苗。在中国南方农村,大面积的小春农作物主要有两类,一是小麦,二是油菜①。而油菜植株质坚枝多,不会像轻柔苗条的麦苗那样随风起伏,因此"翼彼新苗"的"新苗",应是指麦苗。

在陶渊明时代,陶渊明所在的江南地区是否已经种植小麦?《诗经·魏风·硕鼠》:"硕鼠硕鼠,无食我麦。"《诗经·豳风·七月》:"十月纳禾稼,黍稷重穋,禾麻菽麦。"《诗经·大雅·生民》:"麻麦幪幪,瓜瓞唪唪。"万国鼎《五谷史话》二《五谷的起源》:"麦是大麦、小麦的总称,但也往往把小麦简称为麦。关于大麦和小麦的原产地,有多种说法。我国最古的文献里只是通称为麦,后来出现大麦这一名词,直到西汉后期《氾胜之书》里才有小麦这一名词。因此,有些日本学者认为中国西汉前期以前古书里的麦完全是指大麦,张骞通西域(公元前二世纪)后才从西方传入小麦。这种说法是不正确的。1955年在安徽亳县钓鱼台的西周(公元前十一世纪初期到公元前770年)遗址中就发现了很多的小麦种粒,这就有力地证明了我国在很早以前就已经栽培小麦了。"②

---

① 佟屏亚《油菜史话》:"我国是油菜起源地之一。考古学家在陕西半坡新石器时代遗址里,发掘出在陶罐中的已经炭化的大量的菜籽,其中就有油菜的原始类型——白菜籽和芥菜籽,碳14测定距今近7000年。湖南长沙马王堆西汉古墓出土的农作物中,有保存完好的芥菜籽,……它和现今栽培的油菜籽完全相同。反映公元前3000年夏代历书《夏小正》,有'正月采芸,二月荣芸'的记述。意思是说春分前后开始采摘菜苔,农历二月油菜就开花了。芸,即为后人栽培的油菜。公元前3世纪《吕氏春秋》中谈到当时油菜种植的地区:'菜之美者,阳华之芸';高诱注:'阳华,山名,在吴、越之间。芸,芳菜也。'表明我国农民种植油菜已有悠久的历史。"(《农业考古》2004年第1期)陶诗有无写到油菜,似还可探讨。

② 万国鼎:《五谷史话》,中华书局1961年版,第6—7页。个别文字修订,根据缪启愉《五谷史话》(修订本),农业出版社1983年版。

根据《诗经》记载与考古发现，可见早在周代中国北方就已经种植小麦。《五谷史话》六《小麦发展的历史》："（中国）南方原先很少种麦，汉以后才逐渐向南推广。《晋书·五行志》说：'元帝大兴二年（公元319年），吴郡（今江苏）、吴兴（今浙江湖州）、东阳（今浙江东阳）无麦禾（这里的禾是指稻说的），大饥。'可见四世纪初，麦在江浙一带已经取得了一定的地位。在此以后，又陆续得到推广，主要是出于农民自己的传播，有时王朝政府或地方官也曾督促推广。"[①] 由此可知，到陶渊明以前的东晋初，小麦已在江南地区广泛种植。《时运》"有风自南，翼彼新苗"的"新苗"，是指冬小麦麦苗。中国南方冬麦区秋季播种，小麦越冬前在地下生长营养器官，次年春季长苗、返青、抽穗，夏季成熟收割。《时运》所写"暮春"时节，"有风自南，翼彼新苗"，正当冬小麦麦苗返青后抽穗前的时节。

当我们知道了暮春"有风自南，翼彼新苗"的"新苗"是麦苗，这"新苗"就鲜明直观、如在眼前了：第一，麦苗是绿油油的颜色；第二，麦苗是柔软苗条的身段，能随风起伏，婀娜多姿；第三，麦苗是大面积的作物，能够在春风中形成一望无边的碧绿麦浪。"有风自南，翼彼新苗"的"翼"，名词用作动词，指新苗一波一波地起伏，如鸟翼一翼一翼地飞舞，画面生动传神，而韵致不尽，真是神韵之笔，包含着对自己劳动成果的欣喜之情。

陶渊明《癸卯岁始春怀古田舍》其二："平畴交远风，良苗亦怀新。"清代张玉谷《古诗赏析》："'良苗'，'苗'字，当指麦苗，如作'稻苗'，则与题中'始春'二字不合。"说的对。这"良苗"，当然也是指冬小麦麦苗。"交"者，交接，指麦苗被春风吹

---

① 万国鼎：《五谷史话》，中华书局1961年版，第26—27页。

过之处。二句写出一望无际的田野上，春风吹过之处（"交"），良苗绿波，一线一线地起伏，亦和诗人一样满怀新生般的喜悦。此二句，亦真是神韵之笔。陶渊明把麦苗爱称为"良苗"，不仅是因为麦苗的美丽，也是因为小麦的全面价值：麦粒磨为面粉；麦芽入药能助消化；麦麸是良好的家畜饲料；麦秆盖房，冬暖夏凉，远比稻草盖房结实经久，麦秆还可编织草帽。

陶渊明躬耕，极其勤奋。陶渊明所种植的农林副作物，据其诗歌自述，不仅包括水稻、大豆、桑、麻、蔬菜、花卉、药材、果木，还有大面积的冬小麦[①]。渊明大面积的田地，是来自垦荒。《归园田居五首》其一："开荒南野际"，其二："桑麻日已长，我土日已广"，《癸卯岁始春怀古田舍》其二："平畴交远风，良苗亦怀新"，可见渊明大面积垦荒种田。《癸卯岁始春怀古田舍》其一："在昔闻南亩，当年竟未践。屡空既有人，春兴岂自免。夙晨装吾驾，启涂情已缅。……寒竹被荒蹊，地为罕人远"，可见渊明甚至深入僻远之处垦荒。《丙辰岁八月中于下潠田舍获》："贫居依稼穑，戮力东林隈。不言春作苦，常恐负所怀。司田眷有秋，寄声与我谐。饥者欢初饱，束带候鸣鸡[②]。扬楫越平湖，泛随清壑回。郁郁荒山里，猿声闲且哀。"可见渊明有时要早起乘船渡过潆洄曲折的山间湖泊，才能到达自己开垦种植的田野。渊明之所以要大面积垦荒种田，是因为不如此就不

[①] 渊明种植水稻，见《庚戌岁九月于西田获早[旱]稻》、《丙辰岁八月中于下潠田舍获》；种植果木，见《戊申岁六月中遇火》"果菜始复生"，《归园田居五首》其一"桃李罗堂前"。种植其他作物，具见本文所引其田园诗。

[②] "饥者欢初饱，束带候鸣鸡"，言秋收之初，已经能吃饱，非常开心，天没亮时，就已经束带——挂上镰刀等收获用的农具，坐待鸡鸣报晓就出发。这一细节，非常新鲜，非常感人。

能养活一大家人①。

晋代实行占田制，鼓励农民垦荒。《晋书》卷二十六《食货志》记载："及平吴之后……又制户调之式：……男子一人占田七十亩，女子三十亩。其外丁男课田五十亩，丁女二十亩，次丁男半之，女则不课。"②占田制鼓励农民垦荒占田，有利于扩大耕地面积，发展农业生产。占田制虽然是西晋制订和实行的制度，但是从陶渊明诗所自述垦荒的实际情况来看，则东晋仍然允许垦荒，可见东晋仍然实行占田制。

渊明生活在乱世，他超越那乱世，又关怀那乱世。"有风自南，翼彼新苗"，写出万物自由生长的乐趣。"载欣载瞩"，"陶然自乐"（《时运》其二），写出自己自由生活的乐趣。"平畴交远风，良苗亦怀新"，写出人与万物同一自由生活的乐趣。此之谓天人合一，是超越那乱世。"欣慨交心"，"黄唐莫逮，慨独在余"（《时运》其四），则是关怀那乱世，如颜延之《陶征士诔》所说是"道必怀邦"。

四、"园蔬有余滋"与"好味止园葵"

陶渊明《和郭主簿二首》其一：

> 蔼蔼堂前林，中夏贮清阴。凯风因时来，回飙开我襟。
> 息交游闲业，卧起弄书琴。园蔬有余滋，旧谷犹储今。营己

---

① 《宋书》卷93《隐逸列传·陶渊明传》："以为彭泽令，公田悉令吏种秫稻，妻子固请种粳，乃使二顷五十亩种秫，五十亩种粳。"陶渊明《归去来兮辞》："僮仆欢迎，稚子候门。"《与子俨等疏》："告俨、俟、份、佚、佟。"

② 《晋书》卷26，中华书局1974年版，第790页。

良有极,过足非所钦。春秋作美酒,酒熟吾自斟。弱子戏我侧,学语未成音。此事真复乐,聊用忘华簪。遥遥望白云,怀古一何深。

"园蔬有余滋"真是好句,"余滋"二字极好。逯钦立注:"余滋,不尽的滋长繁殖。《国语·齐语》:'滋,长也。'《文选·思玄赋》注:'滋,繁也。'"① 逯注贴切诗意,本文拟将解释诗意再推进一步。"余滋",乃是指自家菜园里那些一次种植、多次生长、多次收获的蔬菜,割了又长、摘了又长。不同于那些只生长一次、收获一次的蔬菜,割了、摘了不会又长,如白菜、青菜、萝卜、豌豆等。"园蔬有余滋,旧谷犹储今",蕴藏着中国传统农家生活广开资源、细水长流、有余不尽的意味。这正是陶诗的隽永趣味。

那么,在陶渊明时代的中国南方,有哪些蔬菜,可以割了又长、摘了又长?有韭菜(割了又长)②、蕹菜(割了或摘了又长)③、

---

① 逯钦立校注:《陶渊明集》,中华书局1978年版,第60页。按"余"训为不尽,可以陶证陶。《癸卯岁始春怀古田舍二首》其一:"鸟哢欢新节,泠风送余善。"《归园田居五首》其一:"户庭无尘杂,虚室有余闲。"《戊申岁六月中遇火》:"仰想东户时,余粮宿中田。"《悲从弟仲德》:"阶除旷游迹,园林独余情。"《九日闲居》:"往燕无遗影,来雁有余声。"《桃花源诗》:"桑竹垂余荫,菽稷随时艺。"又:"怡然有余乐,于何荣智慧。"《咏荆轲》:"其人虽已殁,千载有余情。"《挽歌诗三首》其三:"亲戚或余悲,他人亦已歌。"以上九例陶诗,"余"字皆训为不尽。"滋"训为长也、生长,则可以宋谢惠连《捣衣诗》"白露滋园菊"为旁证。

② 《诗·豳风·七月》:"四之日其蚤,献羔祭韭。"可知中国种植韭菜历史悠久。沈约《行园》:"寒瓜方卧垄,秋菰亦满陂。紫茄纷烂漫,绿芋郁参差。初菘向堪把,时韭日离离。高梨有繁实,何减万年枝。荒渠集野雁,安用昆明池。"可见在陶渊明时代的中国南方,早已种植韭菜。传统的韭菜一年可以收割四、五茬。

③ 晋嵇含《南方草木状》卷上《蕹》:"叶如落葵而小,性冷,味甘。南人编苇为筏,作小孔,浮于水上,种子于水中,则如萍根浮水面,及长,茎叶皆出于苇筏孔中,随水上下。南方之奇蔬也。"可知在陶渊明时代的中国南方,早已种植蕹菜。蕹菜,又名空心菜。

茄子（摘了又长）①，可能还有黄瓜（摘了又长）②等。

就拿韭菜来说，便是"园蔬有余滋"的最佳菜例。沈约（441—513）《行园》："时韭日离离"，似写出韭菜收割后一天天的生长。杜甫《赠卫八处士》："夜雨剪春韭"，则写出韭菜的特殊收获方式——剪（或者割）。

陶渊明《读山海经十三首》其一：

> 孟夏草木长，绕屋树扶疏。众鸟欣有托，吾亦爱吾庐。既耕亦已种，时还读我书。穷巷隔深辙，颇回故人车。欢言酌春酒，摘我园中蔬。③

参读"园蔬有余滋"，则"摘我园中蔬"的"蔬"，正可以理解为那些摘了又长的园蔬，"摘我园中蔬"的"摘"，也可以理解为摘了又摘的采摘。这样，更能细品出渊明耕读生涯细水长流、有余不尽的隽永意味。

陶渊明《和胡西曹示顾贼曹》：

---

① 后魏贾思勰《齐民要术》卷2："如去城郭近，务须多种瓜菜茄子等，且得供家，有余出卖。"宋曾慥编《类说》卷23载晋张华《博物志·嫁茄》："茄子树开花时，取叶布于过路，以灰围之，结子加倍，谓之嫁茄。"沈约《行园》："紫茄纷烂漫，绿芋郁参差。"可见在陶渊明时代的中国南方，已种植茄子。

② 宋郭茂倩辑《乐府诗集》卷45《清商曲辞·吴声曲辞·前溪歌七首》其四："逍遥独桑头，北望东武亭。黄瓜被山侧，春风感郎情。"其五："逍遥独桑头，东北无广亲。黄瓜是小草，春风何足叹，忆汝涕交零。"《宋书》卷19《乐志一》："《前溪歌》者，晋车骑将军沈玩所制。"宋胡仔《苕溪渔隐丛话后集》卷2："于竞《大唐传》：湖州德清县南前溪村，则南朝集乐之处，今尚有数百家习音乐，江南声妓多自此出，所谓舞出前溪者也。"可见在陶渊明时代的中国南方，当早已种植黄瓜。

③ 逯钦立校注：《陶渊明集》，中华书局1979年版，第133页。

流目视西园，晔晔荣紫葵。于今甚可爱，奈何当复衰。①

《酬刘柴桑》：

　　新葵郁北牖，嘉穟养南畴。今我不为乐，知有来岁不。②

《止酒》：

　　居止次城邑，逍遥自闲止。坐止高荫下，步止荜门里。好味止园葵，大欢止稚子。③

　　渊明诗三次赞美葵"甚可爱"，可以"为乐"，尤其"好味止园葵，大欢止稚子"，是对葵菜的无上赞美。葵究竟是什么蔬菜？有何特色？所有陶集注本皆语焉不详：或者仅引用《诗经·豳风·七月》"七月亨葵及菽"、古乐府《长歌行》"青青园中葵"为注，或者无注，或者误解为向日葵。正如缪启愉《齐民要术校释》所说："现代蔬菜栽培学书中也没有提到葵。以致葵是什么，一般人已不知道。"④ 今按，葵在现代植物学称为冬葵，在今江西、湖南、四川等栽培地区称为冬寒菜、冬苋菜、滑菜、滑肠菜等，属锦葵科锦葵属，是二年生或一年生草本植物，叶互生，具长柄，叶片圆扇形，绿色，叶及茎均具有白茸毛，花具短柄，淡红或紫色，可供观赏。

---

① 逯钦立校注：《陶渊明集》，中华书局1979年版，第68页。
② 同上，第59页。
③ 同上，第100页。
④ 缪启愉校释：《齐民要术校释》，中国农业出版社1982年版，第130页。

葵菜的特色之一是可以摘了又长、不断采摘，旺盛生长期采摘次数一般在5—7天1次，而且抗寒性强，采收期长。葵菜的特色之二是美味无比，因此在古代大名鼎鼎，深受人们喜爱和重视。后魏贾思勰《齐民要术》蔬类第一篇即为《种葵》，元代王祯《农书》卷八亦盛赞"葵为百菜之主，备四时之馔"。葵菜富含单糖、蔗糖、麦芽糖、淀粉、粘叶质和锦葵酸，营养丰富，幼苗或嫩茎叶炒食、做汤、煮粥（四川方言叫冬寒菜稀饭），无不嫩滑、美味、清香。笔者记得小时候母亲常做冬寒菜豆腐汤，一青二白，全素菜汤，可是滋味之美妙、丰厚，胜似炖肉汤，令人难以忘怀。"好味止园葵"，渊明对葵菜的无上赞美，于我心有戚戚焉。

《齐民要术》卷三《种葵第十七》："掐秋菜，必留五六叶。……八月半剪去，留其歧。"可见南北朝时期，葵菜就是讲究如何剪了又长的、有"余滋"的园蔬。《齐民要术·种葵》又云："一升葵，还得一升米。"则可见南北朝时期，葵菜就是市场销售价格很高、等于米价的菜品。要知道，渊明种菜不仅用以自养，而且还用以销售。

陶渊明是种植蔬菜的好手。《戊申岁六月中遇火》："果菜始复生"，"且遂灌我园"，《和郭主簿二首》其一："园蔬有余滋"，《答庞参军并序》："朝为灌园，夕偃蓬庐"，《读山海经》十三首其一："欢言酌春酒，摘我园中蔬"，《和胡西曹示顾贼曹》："流目视西园，晔晔荣紫葵"，可见渊明经营了一片菜园，而且菜园面积不小。如果菜园面积小，只消挑水浇菜也就可以了，用不着"灌我园"、"灌园"。渊明种菜不仅用以自养，而且还能销售蔬菜，以贴补家用。

陶渊明也是种植各类经济作物的好手。《归园田居五首》其一："开荒南野际，守拙归园田。方宅十余亩，草屋八九间。榆柳荫后檐，桃李罗堂前。"可见陶家宅园地地亩不算小，这也是渊明辛勤开拓的业绩。《停云》序:"樽湛新醪,园列初荣",《九日闲居》序:"余闲居,爱重九之名,秋菊盈园",《时运》其四:"斯晨斯夕,言息其庐。花药分列,林竹翳如",《戊申岁六月中遇火》:"果菜始复生",《和郭主簿二首》其一:"蔼蔼堂前林,中夏贮清阴","园蔬有余滋,旧谷犹储今",《读〈山海经〉十三首》其一:"孟夏草木长,绕屋树扶疏。众鸟欣有托,吾亦爱吾庐","欢言酌春酒,摘我园中蔬。"可见渊明家宅园地种植有满园的蔬菜、花卉、药材和果木林,经济作物品种繁多,并且实行花卉、药材等类作物间种("花药分列"),种植技术高明。可见渊明深知花、药分行列间隔种植的好处,是可以充分利用阳光、密植、高产,甚至避免虫害。渊明菜园、花圃,就在自家草庐的旁边。

颜延之《陶征士诔并序》云:"灌畦鬻蔬,为供鱼菽之祭;织絇纬萧,以充粮粒之费。"① 上二句与下二句互文,"灌畦鬻蔬",写渊明种菜和卖菜;"织絇纬萧,以充粮粒之费",写渊明编织鞋屦("织絇")帘席("纬萧")② 和卖出编织品;"为供鱼菽之祭","以充粮粒之费",则写渊明卖菜、卖出编织品以换回鱼肉和粮食,以弥补肉类和粮食消费之不足。种菜和卖菜,生产和卖出编织品,此两方面正是陶渊明在其田园诗中语焉未详之生产劳动内容。千百年来,中国农民除种植稻菽桑麻等农作物外,还需生产和销

---

① 颜延之是陶渊明劳作的见证人。陶渊明、颜延之的交往,前后有两度,皆是在晋安帝义熙元年(405)渊明弃官归隐寻阳之后。其中第一度交往,是在义熙十一年(415)至十二年,如《宋书·陶潜传》所述"颜延之为刘柳后军功曹,在寻阳,与潜情款"。此度交往时间较长,因为延之供职寻阳约一年,故可与渊明从容来往,甚至比邻而居,聚谈甚多,如颜延之《陶征士诔并序》所述:"自尔介居,及我多暇。伊好之洽,接檐邻舍。宵盘昼憩,非舟非驾。"请参阅邓小军:《陶渊明政治品节的见证——颜延之〈陶征士诔并序〉笺证》,《北京大学学报》2005年第5期。

② 参读陶渊明《和刘柴桑》中的"耕织称其用"。

售其他农副产品、手工艺品①，以换购粮食之外的其他生活必需用品，当粮食之不足时，则换购粮食。颜《诔》告诉读者，陶渊明也是这样谋生的。如颜《诔》所述，陶渊明是从一位"井臼弗任"的读书人，到归田后胜任"灌畦鬻蔬"、"织絇纬萧"，学会了所有耕种和编织的本领。可见，为了坚守"但使愿无违"的做人理想，陶渊明是付出了多么坚苦卓绝的努力。即使是以农民的标准来衡量，归田后的陶渊明也是一位特别能干的优秀农民。以士人的标准来衡量，陶渊明真是一位能坚守住自己独立自由人格的士人。

五、"近人积水无鸥鹭，时有归牛浮鼻过"

"近人积水无鸥鹭，时有归牛浮鼻过"，是宋人黄庭坚的名句，在此联类而及，顺便说到。

宋徽宗建中靖国元年（1101），黄庭坚在被贬蜀中六年、历经辛苦②之后，蒙恩放还东归，四月，至荆南（今湖北江陵）待命，作《病起荆江亭即事十首》诗，其一云：

> 翰墨场中老伏波，菩提坊里病维摩。近人积水无鸥鹭，时有归牛浮鼻过。

宋任渊注《山谷内集诗注》卷十四："陈咏诗曰：'隔岸水牛

---

① "织絇纬萧"是编织工艺，技术性强，需要专门学习，心灵手巧，也需要辛苦劳作。笔者曾在川西农村生活七年，常见川西农民做工艺品草编、竹编（类似"织絇纬萧"），但并不是所有的农民都会做这样的手艺，会做手艺的农民一定是特别勤奋、聪明的农民，而且往往家境贫寒，希望通过做手艺增加收入，改善家境。

② 黄庭坚因党争遭诬陷之罪，于绍圣二年（1095）被贬为涪州（今四川涪陵）别驾、黔州（今四川彭水）安置，后移戎州（今四川宜宾）安置，皆当时蜀中偏僻之地。

浮鼻渡，傍溪沙鸟点头行。'此本陋句，一经妙手，神彩顿异。"①

近人陈衍《宋诗精华录》卷二评云："兴会之作。"

钱钟书《宋诗选注》："（三四句）这两句说住处很逼仄，没有风景。唐人陈咏诗句：'隔岸水牛浮鼻渡'，黄庭坚来了个'点铁成金'。"②

沈祖棻《唐人七绝诗浅释》："后两句描绘景物。积水近人，故鸥鹭不来；却时有归牛游过。牛游水时，一定将鼻孔浮出水面以通气，故称'浮鼻过'。他观察得细致，所以描写得真切。这种极其平凡的景物之所以能够引起他的兴趣，则又和他的既老且病，客居无聊的心情有关。所以前两句和后两句，似断而实连，很自然地融合在一起。"③

山谷名句"近人积水无鸥鹭，时有归牛浮鼻过"，写一天耕作之后，游水浮鼻而归的水牛，经过诗人的眼前，《宋诗选注》解释为"这两句说住处很逼仄，没有风景"，《唐人七绝诗浅释》解释为"这种极其平凡的景物之所以能够引起他的兴趣，和他的既老且病，客居无聊的心情有关"，两家解释，意思相近，是否贴切诗意？

了解山谷诗意，需要了解水牛。先说水牛为人奉献的品格。

---

① 关于黄庭坚此二句诗之化用唐诗、"点铁成金"，参考五代孙光宪《北梦琐言》卷7《郑准讥陈咏》："唐前朝进士陈咏，眉州青神人，有诗名，善弈棋。……颍川尝以诗道自负，……其诗卷首有一对语云：'隔岸水牛浮鼻渡，傍溪沙鸟点头行。'京兆杜光庭先生谓曰：'先辈佳句甚多，何必以此为卷首？'颍川曰：'曾为朝贵见赏，所以刻于卷首章'，都是假誉求售使然也。"颍川指陈咏。颍川（今河南许昌）陈氏，自汉末以后为巨姓望族，世代传袭，名重魏晋。又，宋计有功《唐诗纪事》卷71陈咏条："咏曰：'曾为朝廷见赏，所以列为卷首。'时人笑之。"平心而论，陈咏此二句诗本是佳句。

② 钱钟书选注：《宋诗选注》，人民文学出版社1989年版，第100页。

③ 沈祖棻：《唐人七绝诗浅释》，上海古籍出版社1997年版，第107页。

水牛是中国南方传统农业生产最重要的畜力。宋代陈旉《农书》卷中《牛说》:"或问牛与马适用于世,孰先孰后?孰缓孰急?孰轻孰重?是何马之贵重如彼,而牛之轻慢如此?答曰:岂知农者天下之大本,衣食财用之所从出,非牛无以成其事耶?较其轻重先后缓急,宜莫大于此也。夫欲播种而不深耕熟耰之,则食用何自而出?食用乏绝,即养生何所赖?《传》曰:'衣食足,知荣辱,仓廪实,知礼节。'又曰:'礼义生于富足,盗窃起于贫穷。'惟富足贫穷、礼义盗窃之由,皆农亩之所致也。马必待富足然后可以养治。由此推之,牛之功多于马也审矣。"可见古人对水牛的奉献,评价很高。《农书》卷中《牧养役用之宜篇第一》:"夫善牧养者必先知爱重之心,以革慢易之意。……视牛之饥渴犹己之饥渴,视牛之困苦羸瘠犹己之困苦羸瘠,视牛之疫疠若己之有疾也,视牛之字育若己之有子也。……古人卧牛衣而待旦,则牛之寒盖有衣矣;饭牛而牛肥,则牛之瘠馁,盖啖以菽粟矣。"[①]则可见古人对水牛非常爱重,关怀备至。20世纪70年代,笔者在川西农村,每年农历四月夏收抢收抢种时节,亲眼看见农民用大米、黄豆(即大豆)喂养水牛,而不是像平时用稻草、青草喂牛。因为夏耕时,要用水牛拉着铁犁把全部收割后的麦田、油菜田都犁出来,犁出来的田叫干坯田,灌溉成水田后,又立即要用水牛拉着耙把水坯田耙碎、耙细腻,以便抢节气插秧,那是牛一年中最辛苦的时节。耙水田(川西农民叫作"挂水田",四川方言"挂"者,梳也,谓耙田一遍如梳头一遍,带有几十片耙刀的耙便如梳子),牛站在很深的泥水里拉着耙行走,而且使牛的人是站在耙上,所以是牛最吃力沉重的工作。尽管那时是农村人民公社的时代,每当青黄不接的春

---

① 以上所引两段文字见(宋)陈旉:《农书》卷中,中华书局1985年版,第15—16页。

二、三月，农民就严重缺粮，但是农民宁可自己节粮缩食，也要拿出大米、黄豆来喂牛。农民这样爱重水牛，正是因为水牛为人奉献的品格。

再说水牛喜欢浮水的性格（四川方言"浮水"，就是游水）。水牛性格的特征，是善良、温驯、稳重（对几岁的牧童也很听话，和小鸟也能友好相处，能让娇小漂亮的白鹭站在自己的背上啄牛蚊子[1]），还有就是夏天特别喜欢浮水。元汤垕《画鉴·唐画》："戴嵩专画牛，……《渡水牛图》、《归牧图》，皆合作也。古人云：牛畜非文房清玩，若其笔意清润，开卷古意勃然，有田家原野气象。余于嵩有取焉。"唐人喜欢画水牛渡水、归牧，可见对水牛喜欢浮水的性格观察细致[2]。宋陈旉《农书》卷中《牧养役用之宜篇第一》："牛困得水，动辄移时。"[3] 明徐光启《农政全书》卷四十一《牧养六畜》引《农桑直说》："水牛饮饲与黄牛同，夏须得水池，冬须得暖厂牛衣。"[4] 实际已说到水牛夏天喜欢浮水的原因，是解除劳累和清除暑热。笔者在川西农村时，农历四月夏耕时节，每天黄昏，都会看见农民或牧童缓缓牵着辛苦耕作一天的水牛到溪水、河水或池塘里浮水，牛浮在水里，舒展筋骨，散去暑热，只

---

[1] 请参阅：《白鹭水牛嬉戏田野间》，见中国宁波网，http://photo.cnnb.com.cn/powerTheme.asp?id=305。《候鸟栖息天堂海南，白鹭与水牛和谐共处》，见135120摄影网，http://www.135120.com.cn/pic_news/channel/detail008294.shtml。

[2] 唐人画水牛，已有精湛的艺术造诣。宋曾慥编《类说》卷34引《摭言·戴嵩牛》："唐戴嵩善画水牛，因笔坠则为乌牛；画饮水之牛，则水中见影；画牧童牵牛，则牛瞳中有牧童。"可见唐人画水牛之趣味幽默。宋诗写水牛，亦有独到的艺术造诣。苏轼《被酒独行遍至子云威徽先觉四黎之舍三首》："半醒半醉问诸黎，竹刺藤稍步步迷。但寻牛矢觅归路，家在牛栏西复西。"东坡此诗写出了对海南黎胞的手足之情；以牛矢意象入诗，则体现了以丑为美、趣味幽默的宋诗特色。

[3] 明徐光启《农政全书》卷41《牧养·六畜》引此语，书为出自元王桢《农桑通诀》，似误。

[4] （明）徐光启：《农政全书》卷41，中华书局1956年版，下册，第829页。

把鼻子露出水面透气，还不时打个喷嚏，喷一口水，这是牛儿最好的休息，特别惬意。

原来，"近人积水无鸥鹭，时有归牛浮鼻过"，真是有意味的意象：一天辛苦耕作之后缓缓浮鼻而归的水牛，在水里休息，舒展筋骨；至少在诗人的下意识里，是象征了被贬六年历经辛苦之后蒙恩东归的自己，至荆南待命，获得苏息；而水牛为人奉献的品格，则象征了诗人不辞老病、为人奉献的自我期许——如"翰墨场中老伏波"，如"菩提坊里病维摩"。

六、余论

农村生活经验与农业生产知识，对于鉴赏中国古典诗歌尤其田园诗，应该是有益的。但这并不是说为了鉴赏古典诗歌，必须要有农村生活经验。如上文所示，那些经验已经记录在古今的农学文献里，成为容易获得的知识。

中国古典诗歌往往具有写实的性格，和深厚的生活气息，因此，鉴赏古典诗歌往往需要多方面的知识条件。当然，农村生活经验及农业生产知识，只是鉴赏相关古典诗歌的必要知识条件之一。

原载《晋阳学刊》2010 年第 4 期

李白《峨眉山月歌》释证

唐玄宗开元十二年（724）秋，李白"仗剑辞亲，去国远游"[①]，乘舟取道大江（今岷江）[②]水路出蜀，经过嘉州（今四川乐山市）一带，作《峨眉山月歌》：

峨眉山月半轮秋，影入平羌江水流。夜发清溪向三峡，思君不见下渝州。

李白此诗，历来被赞叹为"神韵"（明李攀龙《唐诗广选》）、"灵机逸韵"（明周敬、周珽《唐诗选脉会通评林》）、"熔化入神"（清应时《李诗纬》）、"神韵清绝"（清黄叔灿《唐诗笺注》），可谓誉满千秋[③]。有趣的是，与此同时，历来对李白此诗诗意的解释，则

---

① 李白：《上安州裴长史书》，宋本《李太白文集》卷26，巴蜀书社1985年影印本。本文引用李白诗文，均采用此本，不再一一注明。

② 古人以岷江为大江即长江上游，故称之为大江。以岷江源出汶山，故又称汶江。"汶"同"岷"。旧说自明代徐霞客始知金沙江为长江上游，其实宋代《禹迹图》已准确、清晰地表明金沙江为长江上游。今存最早《禹迹图》为陕西省碑林博物馆藏伪齐刘豫阜昌七年即南宋绍兴六年（1136）四月刻石，是今存最早的按比例尺用方里网绘成的地图。拓片影印本，见《中国国家图书馆古籍珍品图录》，北京图书馆出版社1999年版，第274页。

③ 历来对李白此诗的评论，参阅詹锳主编：《李太白全集校注汇释集评》，百花文艺出版社1996年版，第1200—1202页；陈伯海主编：《唐诗汇评》，浙江教育出版社1995年版，第637—638页。

是迄今聚讼纷纭,莫衷一是①。

今年五月,笔者讲授李白此诗,同学有疑,课间持教材来问。然后自知往日诵读、教学此诗,实是不甚了了,因而成此小稿,印发同学。古人言,学贵有疑,小疑小进,大疑大进,又言教学相长,深可体会。谨此致谢来问同学,并以此稿就教于读者君子。

释"半轮"

"峨眉山月半轮秋"

"峨眉山月",是指照耀在峨眉山、平羌江(嘉州以上一段大江)、大江一带上空之月。唐李吉甫《元和郡县图志》卷三十一《剑南道上·嘉州·峨眉县》:"东至州七十五里。"又:"峨眉大山,在县西七里……两山相对,望之如峨眉,故名。"②平羌江、嘉州,位于峨眉山东麓不足百里,李白出蜀行至平羌江、嘉州,望见皓月当空,故径称之为峨眉山月。

北魏郦道元《水经注》卷三十六《青衣水》引任豫《益州记》:"峨眉山在南安县界,去成都南千里。然秋日清澄,望见两山相峙,如蛾眉焉。"到唐代,峨眉山早已闻名天下。李白《登峨眉山》

---

① 历来对李白此诗的注释,参阅清王琦注:《李太白集注》,上海古籍出版社 1992 年影文渊阁《四库全书》本,第 173—174 页;瞿蜕园、朱金城校注:《李白集校注》,上海古籍出版社 1998 年版,第 556—568 页;詹锳主编:《李太白全集校注汇释集评》,第 1197—1199 页;安旗:《李白诗秘要录》,三秦出版社 2001 年版,第 8—9 页;朱东润主编:《中国历代文学作品选》中编第一册,上海古籍出版社 2004 年版,第 84 页。相关论文不备举,见中国期刊网。

② (唐)李吉甫著,贺次君点校:《元和郡县图志》卷 31,中华书局 1983 年版,第 788 页。以下所引该著皆为此版。

诗云："蜀国多仙山，峨眉邈难匹。"对于峨眉山之美，给予极高评价。出蜀的李白，是以峨眉山月作为故乡的象征。

"半轮"，半圆，此指上弦月。先引李白时代以前关于上弦月的经典记述。《诗经·小雅·天保》："如月之恒，如日之升。"《毛传》："恒，弦。升，出也。言俱进也。"东汉郑玄《笺》："月上弦而就盈，日始出而就明。"唐初陆德明《音义》："恒，本亦作緪，同。"（緪，绳索，弦也。）唐初孔颖达《正义》："八日、九日大率月体正半，昏而中，似弓之张而弦直，谓上弦也。后渐进，至十五、十六日，月体满，与日正相当，谓之望，云体满而相望也。从此后渐亏，至二十三日、二十四日，亦正半在，谓之下弦。"①

再用今语解释上弦月。月相呈为半轮即半圆，只有上弦月和下弦月。上弦月是农历每月初八、初九日中午12点月出，月相呈为半圆而亮面朝西，入夜18点月在中天，午夜24点月落，上半夜可见月亮而下半夜不见。下弦月是农历每月二十二、二十三日午夜24点月出，月相呈为半圆而亮面朝东，早晨6点月在中天，中午12点月落，下半夜可见月亮而上半夜不见。

李白诗言"峨眉山月半轮秋，影入平羌江水流"，又言"夜发清溪"（"夜发"是后半夜即拂晓前出发）、"思君不见"（诗题《峨眉山月歌》，"君"是指峨眉山月），是上半夜见半圆月而后半夜不见，可知正是上弦月。

李白出蜀舟行经平羌江到嘉州，当在开元十二年秋季某月初八、初九日。

"峨眉山月半轮秋"之"秋"字，写出秋高气爽，月之皎洁。

"秋"字置尾，亦是为了押韵；阴平字声，吟咏尤宜拖腔，

---

① （汉）毛亨传，郑玄笺，（唐）孔颖达疏：《毛诗正义》卷9，（清）阮元校刻：《十三经注疏》，中华书局1980年版，第144页。

有余不尽。

杜甫诗《月三首》其一："断续巫山雨，天河此夜新。若无青嶂月，愁杀白头人。魍魉移深树，蛟蟆没半轮。故园当北斗，直指照西秦。"清仇兆鳌《杜诗详注》卷十八注："半轮，上弦月也。"① 杜甫亦以"半轮"指上弦月，与李白相同。

释"平羌江"

"影入平羌江水流"

唐李吉甫《元和郡县图志》卷三十一《剑南道·嘉州·平羌县》："南至州一十八里。"②

民国《乐山县志》卷二《山川·平羌江》："（岷江）自平羌峡至城东共四十五里，统名平羌江。"（平羌峡详下文）

平羌江，即大江南流，自青神（今四川青神）县南端（今汉阳坝）经平羌县（宋代废县）至嘉州一段江流，以流经平羌县得名。此是古代蜀中经水路出蜀的交通孔道，亦是出蜀的最重要的交通孔道之一。由李白诗可知，民国《乐山县志》所载嘉州以上一段大江别称平羌江，唐已有之。

古今注家往往以为平羌江指青衣江③，因青衣江又名平羌江。按此是习见的地名重名现象。青衣江与李白此行此诗无关。

既然说到平羌江，还须说到平羌三峡。

---

① （唐）杜甫著，（清）仇兆鳌注：《杜诗详注》卷18，中华书局1979年版，第1629页。以下所引该著皆为此版。
② （唐）李吉甫著，贺次君点校：《元和郡县图志》卷31，第789页。
③ 青衣江自卢山（今四川芦山）发源，东南流，经雅州（今四川雅安）、夹江（今四川夹江）注入大渡河，东流于嘉州汇入岷江。

《元和郡县图志》卷三十一《剑南道·嘉州·平羌县》："熊耳峡，在县东北三十一里。"

北宋欧阳忞《舆地广记》卷二十九《成都府·嘉州·龙游县》："平羌镇，本汉南安县地，后周置平羌县及平羌郡，隋开皇初郡废，属眉山郡，皇朝熙宁五年，省入龙游。有熊耳峡，诸葛忠武凿山开道，盖今湖瀼峡云。"①（唐宋嘉州治所龙游县，即今乐山。）

南宋范成大《吴船录》卷上淳熙四年丁酉（1177）六月："甲申早，出山至江步，与送客先归者别，放船过青衣，入湖瀼峡，由平羌旧县至嘉州，日未晡。"②

民国《乐山县志》卷二《山川·岷江》："自北而南，至青神汉阳坝入境，下流五里入犁头峡，次经背峨峡，又次经平羌峡，三峡水平如掌，曲折十五里。"

由上可知，唐之熊耳峡，宋称湖瀼峡，后称平羌三峡、嘉州小三峡、岷江小三峡，即今岷江南流经青神县南端汉阳坝入乐山市北23公里悦来乡犁头峡、背峨峡、平羌峡一段峡江，全长15里。峡区河道蜿蜒，江水碧蓝，两岸风光绮丽。

今人或以为"三峡"指平羌三峡，这样理解的行程方向，恰好与诗中行程方向相反，"发清溪"、"下渝州"，怎能回头向上游平羌三峡逆行？至于或以为清溪在犁头峡上游，则毫无文献依据。

李白诗言"峨眉山月半轮秋，影入平羌江水流"，是描写秋季上弦月夜舟行平羌江到嘉州时情景。

"影"，月影；"流"字，写出舟行江上，月随江流，月随人行。

---

① （宋）欧阳忞：《舆地广记》卷29，中华书局1985年版，第298页。
② （南宋）范成大：《吴船录》卷上，中华书局1985年版，第7页。

释"清溪"

"夜发清溪向三峡"

清溪，指清溪驿。在唐犍为县治（今四川犍为县南马边河入岷江处）。

唐李吉甫《元和郡县图志》卷三十一《剑南道·嘉州·犍为县》："西北至州一百五十里。"①

南宋黄鹤补注《补注杜诗》卷十《青溪驿奉怀张员外十五兄之绪》："鹤曰：青溪驿在嘉州犍为县。此诗当是永泰元年去成都经嘉州下忠渝时所作。故诗有'佳期付荆楚'之句。"

清王琦注《李太白集注》卷八《峨眉山月歌》引南宋王象之《舆地纪胜》："清溪驿在嘉州犍为县。"②

按，宋黄鹤《补注杜诗》及清王琦注《李太白集注》引宋王象之《舆地纪胜》，皆曰"青溪驿在嘉州犍为县"，则此说已可确定。

严耕望《唐代交通图考》第四卷《山剑滇黔区·成都江陵间水道》："考《舆地纪胜》一四六《嘉州碑记目》有《孝女碑》，'在犍为清溪口杨洪山下'……检《一统志》嘉定府③卷《山川目》，'清水溪在犍为县南二十里，源出叙州府屏山县界④，东流至孝女渡入江，曰清溪口。'是此津渡当在今犍为清溪口，在县南二十

---

① （唐）李吉甫著，贺次君点校：《元和郡县图志》卷31，第789页。
② （清）王琦注：《李太白集注》卷8，上海古籍出版社1992年版，第173页。
③ 原注：南宋庆元二年（1196）改嘉州为嘉定府。
④ 宋政和四年（1114）改戎州（今四川宜宾）为叙州，明洪武中改为叙府。清水溪即马边河发源于今四川马边县大风顶自然保护区，位于屏山县西，古人遂以为源出屏山县界。

里。检今图,即清水河口也。……杜翁(甫)有《宿青溪驿奉怀员外十五兄之绪》诗(《详注》一四),为离开成都南行至戎州途中作。《详注》引《舆地纪胜》,清溪驿在嘉州犍为县。检《纪胜》一四六嘉定府全卷未缺,但无此条。然前引《纪胜·碑记目》,犍为有清溪口,即今清水河入汶江之口。此清溪驿因此清溪受名无疑。(杜)诗云:'漾舟千山内,日入泊荒渚。'是为水驿,必在清溪口左近不远处。然则县治、津渡、水驿皆在今犍为南二十里清水溪入汶江水口地区。观今图,嘉定、叙府间流入汶江之水,此清水溪为最大,设治于此地区固宜。"[①] 据严氏之说,复按今图,以及民国《犍为县志·疆土志·水系·清水溪》:"源出马边……名马边河,过屏山荣丁场,改名清水溪,东流……入县境……入岷江。"中国旅游设计规划联盟网载王威的《论马边彝族自治县旅游资源的开发》:"马边河(又名清水河)是长江的二级支流。"中国工程项目网载《舟坝电站——马边河上的璀璨明珠》:"马边河是岷江下游的一条支流,其流域范围涉及马边、沐川、犍为 3县,河道全长 192 公里。"四川水文水资源网载《岷江水系》:"岷江……过犍为县城东,河宽约 300 米,南至河口村右纳马边河。"可知清溪、清水溪、清水河即今马边河,唐犍为县治在今犍为县南马边河入岷江处。

谭其骧《中国历史地图集》第五册图 65—66《唐剑南道北部》,标唐犍为县在今犍为县南马边河入岷江处,是为得之。

今人或据民国《乐山县志》以为唐时青溪驿即今乐山上游之板桥溪。此说于诗中行程方向可通,但究竟不如以"夜发清

---

① 严耕望:《唐代交通图考》(第四卷),"中央研究院"历史语言研究所 1986 年版,第 1089 页。

溪"指唐犍为清溪驿更切合此诗大幅度写行程之诗意也。尤要者，此说缺乏可靠的历史地理文献依据。覆按民国《乐山县志》卷二《山川·板桥溪》："出（平羌）峡口五里，廛居十余家，高临大江傍岸。清邑宰迎大僚于此。盖唐时青溪驿，即宋平羌驿也。"按，此说实难以成立，其故有二。第一，民国《乐山县志》此说并无任何早期文献依据。除民国《乐山县志》外所有今存明清相关方志，包括明嘉靖《四川总志》、万历《嘉定州志》、清康熙《嘉定州志》、乾隆《四川通志》、嘉庆《嘉定府志》、同治《嘉定府志》、嘉庆《乐山县志》、同治《乐山县志》，经笔者寓目，均绝无此一记载。民国《乐山县志》曰"盖"，亦已表示此语是推测，实际并无把握。第二，唐代一州之内，不会有两驿同名。唐犍为县属嘉州，嘉州犍为既然已有一个清溪驿，则嘉州不会再有另一个清溪驿。

李白取道岷江出蜀，到今板桥溪宿之可能性极小。平羌三峡北口南距乐山46里，平羌三峡长15里，板桥溪位于平羌峡南口南5里，则板桥溪下至嘉州仅26里①。李白与其到今板桥溪小码头宿，何不下到下游仅26里之嘉州大码头宿？宋代苏轼出蜀诗《初发嘉州》云："朝发鼓阗阗，西风猎画旃。故乡飘已远，往意浩无边。"苏轼取道岷江出蜀，是到嘉州宿。宋代范成大、清代山川早水取道岷江出蜀，亦皆是到嘉州宿（详下文）。此因自唐代至清代，嘉州始终是成都渝州（今重庆）之间最大最繁荣城市和码头之故。李白取道岷江出蜀，当亦是到嘉州宿。

---

① 笔者电话请问乐山市中区旅游局，承回电答复："经询问当地政府部门，板桥溪至乐山水路13公里。"与文献记载相合。

释"夜发清溪"之日期

古人水陆旅行例在后半夜即拂晓前出发,故李白诗言"夜发"[1]。诗言"夜发清溪",可知此前李白已到清溪宿,"夜发清溪",是在次日拂晓前从清溪出发。

唐李吉甫《元和郡县图志》卷三十二《剑南道·眉州》:"南至嘉州一百四十里","北至成都府二百里。"[2]

《元和郡县图志》卷三十一《剑南道·嘉州·犍为县》:"西北至州一百五十里。"[3]

南宋范成大《吴船录》卷上记淳熙丁酉岁(宋孝宗淳熙四年,1177)五月二十九日戊辰离成都乘舟取道岷江出蜀归吴,一路逗留游览,"六月……甲申……入湖灢峡,由平羌旧县至嘉州","七月……壬寅,将解缆,嘉守王亢子苍留,看月榭……食后,发嘉……仅行二十里,至王波宿。……癸卯,发王波渡,四十里至罗胡镇……百里至犍为县,县有江楼甚高爽,下临长川。过县二十里,至下坝宿。"[4]

日本山川早水《巴蜀旧影》记明治三十九年(清光绪三十二年,1906)六月十四日从成都登船取道岷江出蜀回国,十六日,"下午五时到嘉定城下,夜泊",十七日,上午九时游凌云寺后从嘉定出发,"到犍为县……离开县城走八十清里,到月坡……往下走

---

[1] 笔者多次经验,川江航行今犹如此,如长江下水江轮到万州港宿,后半夜启程,天亮后入三峡。
[2] (唐)李吉甫著,贺次君点校:《元和郡县图志》卷32,第806页。
[3] 同上,卷31,第786页。
[4] (南宋)范成大:《吴船录》卷上,中华书局1985年版,第1页。

二十清里，入夜到泥溪，夜泊。行程二百清里。"①

按：第一，自成都至嘉州里程（水陆里程基本一致，因陆路皆沿水路曲折），据《元和郡县图志》，为三百四十里；据山川早水，为三百三十七里，记述基本一致。山川早水自成都至嘉州木船航行的时间，实际是两天②。范成大、山川早水从成都乘船取道岷江出蜀，皆到嘉州宿。

第二，自嘉州至犍为里程，据《元和郡县图志》，为一百五十里；据范成大，为一百六十里，记述基本一致。范成大、山川早水自嘉州至犍为木船航行的时间，均为一天，当日到达。范成大从嘉州下游二十里王波出发，日行一百六十里，过犍为县到下坝宿。山川早水从嘉州出发，日行二百里，过犍为县到泥溪宿。

由此可以推知，开元十二年秋季某月李白乘舟取道岷江出蜀途中当亦到嘉州宿。李白诗言"峨眉山月半轮秋，影入平羌江水流"，经平羌江至嘉州见上弦月，当在初八、初九日，夜宿之时。复据李白诗言"夜发清溪向三峡"，拂晓前从清溪驿出发，可知是前日即当在初九、初十日拂晓前从嘉州出发，日行一百五十里，当日到清溪驿宿，次日即当在初十、十一日拂晓前从清溪驿出发。

"夜发清溪向三峡"之"三峡"，指巴东三峡，即今长江三峡。西起夔州（今重庆奉节）白帝城东到江陵（今湖北宜昌），是瞿塘峡、巫峡和西陵峡三段峡江的总称，全长192公里。为蜀中东大门。

"夜发清溪向三峡"之"向三峡"，直指蜀中东大门三峡，乃

---

① 〔日〕山川早水：《巴蜀旧影》，四川人民出版社2005年版，第232—237页。李密等译自山川早水：《巴蜀》，东京成文馆明治四十二年版。

② 《巴蜀旧影》，第232—233页。

是表示此行旨在出蜀。

青年李白"仗剑辞亲，去国远游"的豪情，见于言外。

诗意通释

"思君不见下渝州"

"君"，指峨眉山月，拟人，亲切；切题。

"峨眉山月半轮秋"，暗示此月是上弦月。"影入平羌江水流"，言舟行经平羌江到嘉州宿，已经入夜，一路上上弦月伴随人行。（二、三句之间跳跃省略的内容当是：次日拂晓前从嘉州出发，到清溪宿，亦已入夜，一路上上弦月伴随人行。）"夜发清溪向三峡"，言再次日拂晓前从清溪出发下渝州、下三峡。"思君不见下渝州"，言拂晓前从清溪出发时上弦月早已月落，故曰"思君不见"，虽不见"君"（月）而念念不忘"君"也。

今人或以为"君"指友人。此说不仅无文献依据，而且对诗题，诗意，完全失去把握。

古今注家或以为"君"指月，而"思君不见"指沿江两岸高山遮蔽月亮。此是不了解当地地理，嘉渝间岷江、长江江面宽阔（如前揭岷江至犍为河宽约 300 米），沿江两岸皆浅山丘陵，没有高山，不会遮蔽月亮。

李白把峨眉山月当作故乡的象征。旧俗以一捧故乡土随身远行，以故乡月随身远行，更具诗意。

《峨眉山月歌》，就其内容言，描写出故乡月伴随江舟远行的意境，抒发了对故乡缠绵似水而又刻骨铭心的思念之情。就其艺术造诣言，当有四点特色可说：

第一，"峨眉山月半轮秋，影入平羌江水流"，写出了江月的皎洁、空灵、流动。可谓神韵荡漾。

第二，五个地理名词（峨眉山、平羌江、清溪、三峡、渝州）和四个动词（"流"、"发"、"向"、"下"）联翩而来，写出了轻舟沿江而下一日千里的迅捷感、轻快感。神来之笔，伫兴而就。

第三，上弦月后半夜的月落，自己对落月的念念不忘，皆出之以暗示。趣味，含蓄。

第四，江月的溶溶光明、轻舟的一日千里，象征了青年李白怀抱理想、进取理想的开朗、轻快的心情。象外之意，天然凑泊。

余论

宋苏轼《送张嘉州》诗云："峨眉山月半轮秋，影入平羌江水流。谪仙此语难解道，请君见月时登楼。"[①] 此特别值得玩味。谪仙诗意含藏，东坡显然会心。

人们常以为李白诗飘逸、神韵、浪漫，似乎远离写实。由李白《峨眉山月歌》可见，飘逸、神韵、浪漫与写实，在诗歌中可以融为一体。

原载《北京大学学报》2006 年第 5 期

[①] （清）王文诰辑注，孔凡礼点校：《苏轼诗集》卷 32，中华书局 1982 年版，第 1709 页。以下所引该著皆为此版。

杜诗：神韵与诗史的融合①

神韵是唐诗的特色，通常认为是出现于写景。诗史是杜诗的特色，是反映当下史、时事的诗。

杜诗写景，本来具有神韵。杜甫诗史的审美，包括叙事、微言、风骨等，也包括神韵与诗史的融合。

本文旨在讨论杜诗的神韵，尤其是神韵与诗史的融合。敬希读者指正。

一、神韵的特点与范围

1. 神韵的特点

神韵一词，最早出现于南北朝人物品评及绘画理论。如《宋书·王敬弘传》："神韵冲简，识寓标峻。"②南齐谢赫《古画品录》顾骏之条："神韵气力，不逮前贤。"③追溯南北朝人物品评的渊源，可以上溯到东汉清议和魏晋清谈的人物品评的传统。神韵一词最早出自人物品评，值得留意。

中国画论、诗论关于神韵的理论，实际相互影响。

---

① 2012年10月14日国家图书馆文津讲座演讲文稿。
② 《宋书》卷66，中华书局1974年版，第1731页。
③ （南齐）谢赫、（南朝）姚最著，王伯敏标点注释：《古画品录·续画品录》，人民美术出版社1959年版，第9页。

神韵是中国诗论的核心理念之一。称为之一的原因在于，诗史，"以一国之事，系一人之本"（《诗大序》），也是中国诗论的核心理念之一①。

中国诗论关于神韵的主要论述，见于南宋严羽《沧浪诗话》。现将中国诗论、画论关于神韵的最主要论述，援引如下。

> 梁沈约《宋书·谢灵运传论》："灵运之兴会标举。"②
> 唐王士源《孟浩然集序》："浩然文不为仕，伫兴而作。"③
> 刘全白《唐故翰林学士李君（白）碣记》："往往兴会属词。"④
> 唐张彦远《历代名画记》卷一《论画六法》："至于鬼神人物有生动之可状，须神韵而后全。"⑤
> 朱景玄《唐朝名画录序》："拙目以张怀瓘《画品》，断神、妙、能三品，定其等。格上中下，又分为三。其格外有不拘常法，又有逸品。以表其优劣也。"⑥

---

① 钱钟书《谈艺录》六《神韵》："郑君朝宗谓余：'渔洋提倡神韵，未可厚非。神韵乃诗中最高境界'。余亦谓然。"（中华书局 1996 年版，第 40 页。）钱钟书《中国诗与中国画》："中国旧诗……不能由'神韵派'来代表"，"神韵派在旧诗史上算不得正统，不像南宗在旧画史上曾占有统治地位"，"旧诗的'正宗'、'正统'以杜甫为代表。"（《七缀集》，三联书店 2004 年版，第 17 页，第 22 页，第 23 页）可以参考。
② 《宋书》卷 67，中华书局 1974 年版，第 1778 页。
③ （清）董诰等编：《全唐文》卷 378，中华书局 1983 年版，第 3837 页。
④ （唐）李白著，（清）王琦注：《李太白全集》卷 31，中华书局 1999 年版，第 1460 页。
⑤ （唐）张彦远：《历代名画记》，中华书局 1985 年影印津逮秘书本，第 53 页。
⑥ 关于绘画品第的认识史，参阅宋邓椿《画继》卷 9："自昔鉴赏家分品有三，曰神，曰妙，曰能。独唐朱景真撰《唐贤录》，三品之外，更增逸品。其后黄休复作《益州名画记》，乃以逸为先，而神妙能次之。景真虽云逸格不拘常法，用表贤愚，然逸之高，岂肯附于三品之末，未若休复首推之为当也。至徽宗皇帝专尚法度，乃以神逸妙能为次。"
关于神品的主观因素，或可参阅元夏文彦《图绘宝鉴》卷 1："气韵生动，出于天成，人莫窥其巧者，谓之神品。"

皎然《诗式·用事》:"象下之意。"①

司空图《与极浦书》:"象外之象。"②

宋严羽《沧浪诗话》:"诗之品有九:……其用工有三:……其大概有二:曰优游不迫,曰沉着痛快。诗之极致有一,曰入神。诗而入神,至矣,尽矣,蔑以加矣!惟李、杜得之。他人得之盖寡也。"

又曰:"盛唐诗人惟在兴趣,羚羊挂角,无迹可求。故其妙处透彻玲珑,不可凑泊,如空中之音,相中之色,水中之月,镜中之象,言有尽而意无穷。"③

依据严羽《沧浪诗话》以及相关中国诗论、画论,神韵的特点可以归纳如下:

第一,兴会之作。

往往是伫兴而作,决非为文造情。

严羽所说的"兴趣",实际就是沈约、王士源、刘全白所说的"兴会"、"兴"。

笔者以为,兴会有大小,可以是纯粹美感,也可以是包含有很深感动的美感。

第二,描写非常传神。

包括两点,一是诗中有画,二是画面描写生动传神,出神入化,至于神品。

---

① (唐)皎然著,李壮鹰校注:《诗式校注》卷1,人民文学出版社2003年版,第31页。
② 郭绍虞编:《中国历代文论选》,上海古籍出版社2001年版,第2册,第201页。
③ (宋)严羽著,郭绍虞校释:《沧浪诗话》,人民文学出版社1983年版,第8页,第26页。关于"羚羊挂角,无迹可求"的确解,见《资治通鉴》卷195唐太宗贞观十三年"羚羊角"胡三省注:"陈藏器余曰:'羚羊有神,夜宿,以角挂树,不着地。'"

笔者以为，神韵往往是出之以神来之笔；神来之笔可以是一挥而就，也可能是经过锤炼。

张彦远所说的"神韵"，严羽所说的"入神"，是从画面、形象本身的角度，指画面、形象描写生动传神，出神入化。朱景玄、严羽所说的"神品"，是从艺术等级的角度，指画面、形象描写所达到的很高艺术品位。

第三，有韵致。

有象外之象、象外之意；如羚羊挂角，无迹可求。

象外之象、象外之意的第一个"象"，指诗歌描写的画面、形象。象外之象的第二个"象"（第二画面），象外之意的"意"，都是隐藏在画面之外。

"无迹可求"，指象外之象、象外之意无一字直说，是通过画面加以暗示。

画面与象外之象、象外之意之间，具有相关性，包括因果关系、联想关系或隐喻关系等。

笔者以为，象外之象、象外之意，可以有其中之一，也可以兼而有之。

无论大家、名家，一集之中，神韵之句，亦不可多得。神韵之句，画龙点睛，照亮全篇，往往是在诗中一、两句。神光聚照，有时尤在于句中一、两字。当然，杰出之诗，一首诗中多次出现神韵之句，也是有的，如《西洲曲》、《春江花月夜》，其例极少。

2. 神韵的范围

《四库全书提要·渔洋诗话》：

（王）士禛论诗，主于神韵。故所标举，多流连山水，点染风景之词。①

　　诗中神韵，往往出现于写景。因为触景生情，是兴会的主要来源；自然万物，是兴象的主要资源。不过，神韵并不是仅限于写景。

　　早在唐代张彦远《历代名画记》中出现的"神韵"一词，就是用于人物画的品鉴。事实上，人物画可以有神韵，写人的诗，诗史，也可以有神韵。写景的诗可以有神韵，写人的诗，诗史，也可以有神韵。陶渊明《归园田居五首》其一："暧暧远人村，依依墟里烟"，是写景而有神韵，其三："晨兴理荒秽，带月荷锄归"，以及《饮酒》其五："采菊东篱下，悠然见南山"，则是写人而有神韵。《春江花月夜》："月照花林皆似霰"，"空里流霜不觉飞"，是写景而有神韵，"昨夜闲潭梦落花"，则是写人而有神韵。杜甫《月》："四更山吐月，残夜水明楼"，是写景而有神韵，《梦李白二首》："落月满屋梁，犹疑照颜色"，则是写人而有神韵。王维《使至塞上》："大漠孤烟直，长河落日圆"，是写景而有神韵，此二句诗，同时是以平安火暗示当时广大边塞平安无事②，则又可说是诗史而有神韵。

二、杜诗写景之神韵

　　杜诗写景，继承了盛唐诗的传统，自有神韵。

---

① 钱钟书针对王渔洋神韵说，已提出"优游痛快，各有神韵"，不是优游才有神韵。（《谈艺录》，中华书局1996年版，第41页）又提出远景大写、工笔近景，各有神韵，而不是远景大写才有神韵。（《管锥编》第二册，中华书局1999年版，第722页）

② 参阅邓小军：《谈以诗证史》，《诗史释证》，中华书局2004年版，第6—7页。

1. 岱宗夫如何，齐鲁青未了

杜甫《望岳》：

> 岱宗夫如何，齐鲁青未了。
> 造化钟神秀，阴阳割昏晓。
> 荡胸生层云，决眦入归鸟。
> 会当凌绝顶，一览众山小。

"岱宗夫如何"

"岱宗"，指泰山，因为"泰山为四岳所宗"[①]，"泰山为五岳之长"[②]。"夫"，是发语词，本来应放在句首，杜甫倒装之放在句中。何以故？因为五言诗句法结构，是上二字、下三字。"夫"字是单字，如果放在句首，上一下四，就成了散文句法，不合诗句节奏。放在句中，则合于诗句节奏，珠圆玉润。诗人句法灵活变化，读者熟能生巧，巧就是能够鉴别。

"岱宗夫如何"，诗言泰山是如何样？当头一大提问，气势非凡，显然，下句必须是一个杰句，给出非凡的答案，才配得上头句，否则此诗就逊色了。且看青年杜甫的本领如何。

"齐鲁青未了"

"齐、鲁"，先秦两国，今天山东。"青"，绿色。"了"，完

[①] 《尚书·虞书·舜典》"至于岱宗"孔氏传。见（汉）孔安国传，（唐）孔颖达疏：《尚书正义》卷3，（清）阮元校刻《十三经注疏》，中华书局1980年版，第15页。以下所引该著皆为此版。

[②] 同上，第16页。

毕。梁顾野王《玉篇》卷三十"了"："讫也。"① 卷九"讫"："毕也。"② "未了"，就是未完。诗言天际一抹青绿的颜色，起伏绵延于齐鲁两国大地而未完——那就是泰山。"齐鲁青未了"，鲜明如画，神韵全出。神韵之妙在于，一抹青绿，空灵淡宕，却包含着泰山的气势磅礴；一抹青绿，绵延未完，则写出了泰山山脉的远大。全句写出泰山气象，神韵淡而弥永。

"造化钟神秀，阴阳割昏晓"

此二句，字面借用《列子·周穆王》："造化之所始，阴阳之所变。"③ "造化"，指大自然。"钟"，凝聚。《玉篇》卷十八"钟"："聚也。"④ "阴阳"，此指日月。"昏晓"，指代昼夜。上句赞叹造化将天地灵秀之气都赋予了泰山，下句言泰山之大，有的地方还是月夜，有的地方已经日出，一山之中，判然分割开了昼夜。此仍然是写泰山之大，但是与第二句并不重复，远望和昼夜的角度不同，看山的趣味也不同。

"荡胸生层云，决眦入归鸟"

"荡胸"，胸中激荡，语本汉张衡《南都赋》："湢水荡其胸。"⑤

"层云"，即云海。语见汉蔡邕《隶势》："层云冠山。"⑥ 魏王粲《杂诗四首》其三："毛羽照野草，哀鸣入层云。"⑦ 晋陆机《泰山吟》：

---

① （梁）顾野王著，胡吉宣校释：《玉篇校释》卷30，上海古籍出版社1989年版，第5823页。以下所引《玉篇》皆为此版。
② 同上，卷9，第1773页。
③ 杨伯峻：《列子集释》卷3，中华书局1979年版，第99页。
④ （梁）顾野王著，胡吉宣校释：《玉篇校释》卷18，第3302页。
⑤ （梁）萧统编，（唐）李善注：《文选》卷4，上海古籍出版社1986年版，第149页。
⑥ （东汉）蔡邕：《蔡中郎集》卷12，《续修四库全书》，上海古籍出版社2002年版，集部，第1303册，第465页。
⑦ 俞绍初校点：《王粲集》卷1，中华书局1980年版，第4—5页。

"泰山一何高，迢迢造天庭。峻极周已远，层云郁冥冥。"[1]

"决眦"，睁裂眼眶，形容张大眼睛。典出汉司马相如《子虚赋》："弓不虚发，中必决眦，洞胸达掖，绝乎心系。"[2]

列举杜诗语典出处，可见对于有韵致、有神韵的诗，用典是锦上添花，无损诗歌的韵致、神韵，而是平添诗歌的雅致、渊雅气息，甚至韵致，平添遣字造句的分量，即旧时作诗所说的"镇纸"。读古诗，要了解用典。顺便说到，古代汉语的字、词汇，像一条河流，流到今天。像空气，水分，我们生活在其中，而不自觉。我们今天使用的绝大部分汉字、词汇，来自古人。例如上面杜诗"如何"、"了"、"造化"等词汇，就一直沿用到今天。

"荡胸生层云"，言远望泰山云海荡漾，自己胸中也为之而激荡。"决眦入归鸟"，言睁大眼睛，一眨不眨，久久目送归鸟飞向泰山，直到飞鸟渐飞，渐远，渐小，渐渐融化在泰山云海之间。此传神地写出青年杜甫对泰山的神往。

"会当凌绝顶，一览众山小"

二句典出《孟子·尽心上》："孔子登东山而小鲁，登太山而小天下。"

诗言自己终将登临泰山绝顶，一眼俯瞰群山，都在自己脚下。尽管杜甫此刻只是远望泰山，实际上他所受到的泰山给予的洗礼，已经是和登上泰山一样了。

杜甫《望岳》与王维《终南山》，同是五言诗、写名山，具有可比性。因此可以比较双方同写山之远大的句子。

---

[1] 金涛声点校：《陆机集》卷7，中华书局1982年版，第89页。
[2] （梁）萧统编，（唐）李善注：《文选》卷7，上海古籍出版社1986年版，第352页。

王维《终南山》：

> 太乙近天都，连山到海隅。
> 白云回望合，青霭入看无。
> 分野中峰变，阴晴众壑殊。
> 欲投人处宿，隔水问樵夫。①

王维"连山到海隅"，与杜甫"齐鲁青未了"，同是写山之远大。其中，"到海隅"，与"齐鲁""未了"，谓语部分相似，都是写山之远大。"连山"，与"青"，主语却是大不相同。"连山"，好比一幅线描，是实实在在地画出山之远大；"青"，好比一抹青绿的水彩，是空灵淡宕地画出山之远大、气势磅礴。

王维《终南山》诗，亦是神韵之作。此诗之神韵，在写山之云气。"白云回望合"，写走出云层之上的俯看：云带又成云带；隐含了走进云层之前的仰看：云带；和走进云层之中的入看：雾气。"青霭入看无"，写走进青霭的入看：青霭没有了；隐含了走进青霭前的远看：有一片青霭。山中云气之气象万千，游山之历历过程以及种种趣味，隐藏于言外。

宋代郭熙《林泉高致·山川训》："山，近看如此，远数里看又如此，远十数里看又如此，每远每异。""山以水为血脉，以草木为毛发，以烟云为神彩，故山得水而活，得草木而华，得烟云而秀媚。"②虽然是山水画理论，却与山水诗神理一脉相通。比较杜甫《望岳》与王维《终南山》，《望岳》写远看，《终南山》写云霭，

---

① （唐）王维著，（清）赵殿成笺注：《王右丞集笺注》卷7，上海古籍出版社1961年版，第124页。
② （宋）郭熙著，郭思编：《林泉高致集》卷1，《影印文渊阁四库全书》，台湾商务印书馆1982年版，子部，第812册，第576页。

各有神韵，各有千秋。"齐鲁青未了"的神韵，并不亚于"白云回望合，青霭入看无"。

2. 四更山吐月，残夜水明楼

杜甫《月》：

> 四更山吐月，残夜水明楼。①

诗言四更残夜，月亮涌出巫山，照亮天地、江楼，天地、江楼从黑暗转变为光明。隐喻了独坐江楼、彻夜不眠、黑夜盼望光明的诗人，心灵亦从苦闷复苏为光明。心灵复苏的来源，是由于体验月出照亮黑暗的天地，汲取了精神的生机，克服了心灵的忧伤。画面传神，韵致深永不尽。

宋代苏轼被贬谪惠州，作《江月五首》，序云：

> 杜子美云："四更山吐月，残夜水明楼。"此殆古今绝唱也。因其句作五首，仍以"残夜水明楼"为韵。②

明末王夫之抗清失败后，隐居湖南，作《读文中子》二首：

> 乐天知命夫何忧，不道身如不系舟。
> 万折山随平野尽，一轮月涌大江流。
>
> 天下皆忧得不忧，梧桐暗认一痕秋。

---

① （唐）杜甫著，（清）仇兆鳌注：《杜诗详注》卷17，第1476页。
② （清）王文诰辑注，孔凡礼点校：《苏轼诗集》卷39，第2140页。

历历四更山吐月,悠悠残夜水明楼。①

东坡、船山诗采用杜诗,表示此诗对他们感动之深。

"四更山吐月,残夜水明楼"之神韵,由于包含了从大自然汲取精神的生机,克服了心灵的忧伤的深度,已经超越一般纯粹审美之神韵的范围。

三、杜诗诗史之神韵

神韵与诗史的融合,《诗经·邶风·燕燕》开其端。《诗序》:"《燕燕》,卫庄姜送归妾也。"《郑笺》:"庄姜无子,陈女戴妫生子名完,庄姜以为己子。庄公薨,完立,而州吁杀之。戴妫于是大归。庄姜远送之于野,作诗见己志。"② 由此可见,《燕燕》实为春秋卫桓公完末年(前719)时卫国之诗史。

《诗经·邶风·燕燕》:"燕燕于飞,差池其羽。"《毛传》:"燕之于飞,必差池其羽。"《郑笺》:"差池其羽,谓张舒其尾翼。兴戴妫将归,顾视其衣服。"③ "燕燕于飞,差池其羽",描写出燕子起飞,舒张开双翅双尾的优美形象,象喻出戴妫被迫大归之际,整理衣服仪容的优美形象,从而刻画出她临危不惧,从容不迫,维护自己人格尊严的性格。如朱熹所说:"譬如画工传神一般,直是写得他精神出。"④《燕燕》是中国诗神韵与诗史融

---

① (清)王夫之:《王船山诗文集》,中华书局1962年版,第298页。
② (汉)毛亨传,郑玄笺,(唐)孔颖达疏:《毛诗正义》卷2,第30页。
③ 同上。
④ 南宋辅广《童子问》卷一《国风一·燕燕》。《四库全书总目提要》:"是编大旨主于羽翼《诗集传》,以述平日闻于朱子之说,故曰《童子问》。"

合的原始典范。

杜诗被称为"诗史",是在唐代①。"诗史"的"史",不是指古代史,而是指当下史、时事。历史、诗史的核心,是人。

杜甫诗史,亦有神韵。诗史的核心是人,杜甫诗史的神韵所在,往往正是人物描写。其中包括写景咏物寄托写人,也包括直接写人。

1. 林花着雨胭脂落

杜甫《曲江对雨》:

> 城上春云覆苑墙,江亭晚色静年芳。
> 林花着雨胭脂落,水荇牵风翠带长。
> 龙武新军深驻辇,芙蓉别殿谩焚香。
> 何时诏此金钱会,暂醉佳人锦瑟旁。②

诗作于唐肃宗乾元元年(758)春,借写曲江,而哀杨贵妃、哀玄宗、哀盛唐。其中包含唐朝当时最重要的时事,是诗史。

"曲江",即曲江池,又称芙蓉苑,是唐代长安城东南隅的绝大风景名胜,皇家与士民同游同乐的胜地,盛唐时玄宗、杨贵妃常常来此春游,因此成为盛唐之一象征。

"城上春云覆苑墙,江亭晚色静年芳"

诗言独坐江亭,见那长安城上、芙蓉苑上,黑云压城,天色向晚,无边春花春草,一片寂静。

---

① 唐孟棨《本事诗·高逸第三》:"杜逢禄山之难,流离陇蜀,毕陈于诗,推见至隐,殆无遗事,故当时号为诗史。"其中"推见至隐"一语,是卓见。
② (唐)杜甫著,(清)仇兆鳌注:《杜诗详注》卷6,第450—451页。

"林花着雨胭脂落"

"胭脂",是红色化妆颜料,泛指鲜艳的红色。此指林花。

诗言胭脂般之美的林花,经受风吹雨打,而终于凋落。

"林花着雨／胭脂落",上四字与下三字,是同一主语的并列与递进结构,使林花画面动态绵延,好比慢镜头一样,写出林花胭脂般之美,林花着雨至凋落之过程,林花凋落之从容。隐喻出杨贵妃之风华绝代,马嵬驿之变杨贵妃之死,杨贵妃临死之从容。神韵之妙,在于以林花画面的动态绵延,写出林花凋落之从容,隐喻出杨贵妃临死之从容。

唐姚汝能《安禄山事迹》:"兵犹围驿不散。……上策杖蹑履,自出驿门,令各收军,军人不应。行在都虞候陈玄礼领诸将三十余人,带仗奏曰:'国忠父子既诛,太真不合供奉。'上曰:'朕即当处置。'乃回步入驿,倚回久之不进,韦谔极言,乃引步前行。高力士乃请先入见太真,具述事势,太真曰:'今日之事,实所甘心,容礼佛。'遂缢于佛堂。舁置驿庭中。令玄礼等观之,玄礼等免胄谢焉,军人乃悦。"①

由姚汝能所载"高力士入见太真,具述事势",与"太真曰:'今日之事,实所甘心,容礼佛。'遂缢于佛堂",可知杨贵妃临死之从容,为救玄宗、救国家而死之心甘情愿。杜甫作诗时未必知道杨贵妃临死时此情此景,但是杜诗"林花着雨胭脂落",写出林花凋落之从容,与林花之美,竟与杨贵妃临死之从容,为救玄宗、救国家而死之心甘情愿,不期然地相合。

神韵与诗史融合,杜诗"林花着雨胭脂落",与"燕燕于飞,

---

① (唐)姚汝能著,曾贻芬校点:《安禄山事迹》,上海古籍出版社1983年版,第35页。

差池其羽",两臻绝顶。

杜甫同情杨贵妃之死于非命。

杜甫至德二载春作《哀江头》:"明眸皓齿今何在,血污游魂归不得。清渭东流剑阁深,去住彼此无消息。人生有情泪沾臆,江水江花岂终极。"①

杜甫至德二载闰八月作《北征》:"不闻夏殷衰,中自诛褒妲。"②

如果说"人生有情泪沾臆,江水江花岂终极",纯是诗人之同情,"不闻夏殷衰,中自诛褒妲",则是诗史之实录。玄宗之被迫同意赐死杨贵妃("夏殷衰"),与玄宗毕竟应当为杨贵妃死于非命负责("中自诛"),寥寥十字,交代得清清楚楚。实录之中,有同情在。

杜甫乾元元年(758)作《曲江二首》其一:"一片花飞减却春。"③

在杜甫,每一个人死于非命,都使人类受到伤害,都使自己感到痛苦,而不论他或她是贫民,或是贵族。"一片花飞减却春"的意境,同于17世纪英国诗人约翰·多恩的宗教境界:"每个人都是大陆的一小块","如果一块泥土被海浪冲掉,欧洲就小了一点","任何人的死亡使我有所缺损,因为我与人类难解难分,所以别去打听丧钟为谁而鸣,丧钟为你而鸣"④。

"一片花飞减却春"的深层意义,是人命关天,生命权利人人平等。中国古典文学的深层意义,与人的价值、尊严及权利的

---

① (唐)杜甫著,(清)仇兆鳌注:《杜诗详注》卷4,第331页。
② 同上,卷5,第404页。
③ 同上,卷6,第446页。
④ 译文根据〔美〕海明威著、程中瑞译《丧钟为谁而鸣》扉页题词所引(上海译文出版社2004年版),以及约翰·多恩(John Donne)著、林和生译《丧钟为谁而鸣——生死边缘的沉思录》,《祈祷文集》第17篇(新星出版社2009年版,第142页),并参照英文原文略加修订。

哲学,息息相通。

五代南唐李后主词《乌夜啼》:

> 林花谢了春红,太匆匆!无奈朝来寒雨晚来风。　胭脂泪,留人醉,几时重?自是人生长恨水长东!①

《乌夜啼》"林花谢了春红,太匆匆,无奈朝来寒雨晚来风","胭脂泪,留人醉",是用杜诗"林花着雨胭脂落"。《乌夜啼》"自是人生长恨水长东"之"长恨",射杜诗"水荇牵风翠带长"之"荇长"。"胭脂泪,留人醉",林花胭脂色之雨点,幻为人面胭脂色之泪光,尤为神韵所在。

"水荇牵风翠带长"

"荇",典出《诗经·关雎》:"参差荇菜,左右流之。"《序》:"《关雎》,后妃之德也。"《毛传》:"后妃有关雎之德,乃能共荇菜,备庶物,以事宗庙也。"②可知"荇"与后妃有关。

五代前蜀花蕊夫人徐氏《宫词》:

> 锦鳞跃水出浮萍,荇草牵风翠带横。
> 恰似金梭撺碧沼,好题幽恨写闺情。③

《宫词》"荇草牵风翠带横",是用杜诗"水荇牵风翠带长";《宫词》"好题幽恨写闺情"之"恨"字,射《宫词》"荇草牵风翠带

---

① (南唐)李璟、李煜著,詹安泰校注:《李璟李煜词》,人民文学出版社1958年版,第68页。
② (汉)毛亨传,郑玄笺,(唐)孔颖达疏:《毛诗正义》卷1,第1、5页。
③ (清)彭定求等编:《全唐诗》卷798,中华书局1960年版,第8976页。

横"及杜诗"水荇牵风翠带长"之"荇"字。

今天许多南方地区方言包括笔者家乡四川方言,"荇"字、"杏"字皆念"恨",可见花蕊夫人《宫词》、李后主《乌夜啼》,"荇"字谐音"恨"字,"荇长"即"恨长"。

"翠带",在南朝唐诗中,多指女性服饰。如梁简文帝《伤美人》:"翠带留余结,苔阶没故基。"陈后主《乌栖曲》:"含态眼语悬相解,翠带罗裙入为解。"①

"水荇牵风翠带长",言曲江水荇长得很长,宛如女性服饰之翠带,隐喻杨贵妃死于非命之长恨。

"龙武新军深驻辇"

"龙武新军",指玄宗过去的禁军。《旧唐书》卷四十四《职官志三·武官》左右龙武军:"初,太宗选飞骑之尤骁健者,别署百骑,以为翊卫之备。天后初,加置千骑,中宗加置万骑,分为左右营,置使以领之。自开元以来,与左右羽林军名曰北门四军。开元二十七年,改为左右龙武军,官员同羽林军也。"②

"辇",天子车驾,借指天子。《汉书·刘向传》"辇郎"唐颜师古注引服虔曰:"辇郎,如今引御辇郎也。"③杜甫《哀江头》:"昭阳殿里第一人,同辇随君侍君侧。"《洗兵马》:"鹤驾通霄凤辇备,鸡鸣问寝龙楼晓。"④

"龙武新军、深驻辇",是上四、下三字两节句法,中间念断。上四字,言龙武新军何在?暗指玄宗早已不是天子,玄宗禁军早已被肃宗解散。下三字,言玄宗深居南内不出,暗指玄宗处于肃

---

① 逯钦立辑校:《先秦汉魏晋南北朝诗》,中华书局1988年版,第1941、2511页。
② 《旧唐书》卷44,中华书局1975年版,第1903—1904页。以下所引该著皆为此版。
③ 《汉书》卷36,中华书局1962年版,第1929页。
④ (唐)杜甫著,(清)仇兆鳌注:《杜诗详注》卷4、6,第329、516页。

宗武力监控之下。下一步，玄宗会不会死于非命？杜甫的隐忧，意在言外。

不妨回顾一下当时最近的历史。

《旧唐书》卷五十一《杨贵妃传》："从幸至马嵬，禁军大将陈玄礼密启太子，诛国忠父子。既而四军不散，玄宗遣力士宣问，对曰：'贼本尚在。'盖指贵妃也。力士复奏，帝不获已，与妃诀，遂缢死于佛室。时年三十八，瘗于驿西道侧。"

《旧唐书》卷九《玄宗本纪下》天宝十五载八月："癸巳，灵武使至，始知皇太子即位。丁酉，上用灵武册称上皇，诏称诰。己亥，上皇临轩册肃宗。"①

唐郭湜《高力士外传》："至德二年十一月，诏迎太上皇于西蜀，十二月至凤翔，被贼臣李辅国诏收随驾甲仗。上皇曰：'临至王城，何用此物？'悉令收付所。"②

《资治通鉴》卷二百二十唐肃宗至德二载："十一月……丙申，上皇至凤翔，从兵六百余人，上皇命悉以甲兵输郡库。上发精骑三千奉迎。十二月……丁未，……上皇自开远门入大明宫，……即日，幸兴庆宫，遂居之。"③

可见马嵬驿之变、杨贵妃之死，至少是受到太子亨即后来的唐肃宗的支持。在杜甫看来，马嵬驿之变、杨贵妃之死，毕竟获得玄宗认可，肃宗擅自即位，亦毕竟获得玄宗认可。玄宗失去杨贵妃与失去君位，业已为其政治失道付出沉重代价亦即赎罪，因

---

① 《旧唐书》卷51、9，第2180、234页。
② （五代）王仁裕等著，丁如明辑校：《开元天宝遗事十种》，上海古籍出版社1985年版，第119页。
③ 《资治通鉴》卷220，中华书局1976年版，第7044—7045页。以下所引该著皆为此版。

此肃宗理应善待玄宗。但是肃宗解除玄宗卫队武装、武力监控玄宗，玄宗生命有无保障，都已经大成问题。

"芙蓉别殿谩焚香"

诗言上皇深居南内不出，芙蓉苑行宫别殿，空劳焚香洒扫，上皇已不复来游。

"何时诏此金钱会，暂醉佳人锦瑟旁"

二句今典，见于《旧唐书》卷八《玄宗本纪上》："（开元元年九月）己卯，宴王公百僚于承天门，令左右于楼下撒金钱，许中书门下五品已上官及诸司三品已上官争拾之。"[1] 以及唐康骈《剧谈录》卷下《曲江》："花卉环周，烟水明媚。都人游玩，盛于中和、上巳之节。彩幄翠帱，匝于堤岸；鲜车健马，比肩击毂。上巳即赐宴臣僚……百辟（百官）会于山亭，恩赐太常及教坊声乐。"[2]

"暂醉佳人锦瑟旁"，并且典出《世说新语·任诞》："阮公邻家妇有美色，当垆酤酒。阮与王安丰常从妇饮酒，阮醉，便眠其妇侧。夫始殊疑之，伺察，终无他意。"[3]

关于"锦瑟"，《分门集注杜工部诗》卷三："锦瑟，言瑟彩绘，其文如锦。"[4]

"何时诏此金钱会，暂醉佳人锦瑟旁"，言何时才能重开开元时金钱会，赐群臣曲江宴并赐教坊声乐，可以暂醉佳人锦瑟旁边。抒发了对玄宗开元之治的深深怀念。怀念愈欢乐，愈沉痛。

---

[1] 《旧唐书》卷8，第171页。
[2] （唐）康骈著，萧逸校点：《剧谈录》，《唐五代笔记小说大观》，上海古籍出版社2000年版，第1495页。
[3] 余嘉锡著，周祖谟、余淑宜整理：《世说新语笺疏》，中华书局1983年版，第731页。
[4] （唐）杜甫著，（宋）玉洙、赵次公等注：《分门集注杜工部诗》卷3，《续修四库全书》，上海古籍出版社2002年版，集部，第1306册，第305页。

《曲江对雨》是反映唐朝当时最重要时事的诗史。"林花着雨胭脂落"之句,是诗史,亦是神韵之句。杜诗不仅继承了盛唐诗追求神韵的艺术传统,而且突破和发展了神韵的传统。因为神韵已不仅是盛唐诗的纯粹审美,而且包含了诗史与风骨。

2. 色难腥腐餐枫香

杜甫《寄韩谏议》:

> 今我不乐思岳阳,身欲奋飞病在床。
> 美人娟娟隔秋水,濯足洞庭望八荒。
> 鸿飞冥冥日月白,青枫叶赤天雨霜。
> 玉京群帝集北斗,或骑麒麟翳凤凰。
> 芙蓉旌旗烟雾落,影动倒景摇潇湘。
> 星宫之君醉琼浆,羽人稀少不在旁。
> 似闻昨者赤松子,恐是汉代韩张良。
> 昔随刘氏定长安,帷幄未改神惨伤。
> 国家成败吾岂敢,色难腥腐餐枫香。
> 周南留滞古所惜,南极老人应寿昌。
> 美人胡为隔秋水,焉得置之贡玉堂。①

诗题之"韩谏议",指韩洰。

《旧唐书》卷九十八《韩休传》附《洽、洪、洰、滉传》:"子洽、洪、洰、滉,皆有学尚,风韵高雅。……属安禄山反,西京失守,洪陷于贼,贼授官,将见委任,洪与浩及洰、滉、浑同奔山谷,以

---

① (唐)杜甫著,(清)仇兆鳌注:《杜诗详注》卷17,第1508—1510页。

投行在。至谷口，洪、浩、浑及洪子四人并为贼所擒，并命于通衢。洪重交友，籍甚于时，见者掩涕，肃宗闻其重臣子，能以忠而死，赠太常卿。浩赠吏部郎中，浑赠太常少卿。汯，上元中为谏议大夫。"①

《新唐书》卷一百二十六《韩休传》附《浩、洽、洪、汯、滉、浑传》："汯，上元中终谏议大夫。"②

由上可知，第一，韩汯兄弟皆忠义之士。故杜甫信任之。第二，肃宗上元年间（760—761），韩汯任谏议大夫，杜甫《寄韩谏议》诗正是作于此时。杜甫在诗中期望韩汯能够荐举李泌，使李泌复出救国。李泌自至德二载（757）十月十八日辞别肃宗归隐衡山，至今已经三四年，而唐朝政局之败坏，以至于难以收拾。

李泌是唐代玄、肃之际最优秀的政治家，具有非凡的政治智慧，非凡的澹泊超逸的品格，以佐命元勋为肃宗非常器重，尤要者，就杜甫所见，李泌是一有良知之人。由于这一切，杜甫对李泌寄予了极大的政治期望。

"今我不乐思岳阳，身欲奋飞病在床。美人娟娟隔秋水，濯足洞庭望八荒。"

"岳阳"、"洞庭"，皆指湖南，李泌所在之地。

"美人"，喻君子，指李泌。汉王逸《离骚经序》："善鸟香草，以配忠贞。……灵修美人，以媲于君。"③《文苑英华》卷一百五十陆龟蒙《采药赋》序："香草美人，得此比之君子。"④

"八荒"，指天下，语出贾谊《过秦论》："有席卷天下，包举

---

① 《旧唐书》卷98，第3079页。
② 《新唐书》卷26，中华书局1975年版，第4434页。
③ （宋）洪兴祖著，白化文等点校：《楚辞补注》，中华书局1983年版，第2页。
④ （宋）李昉等编：《文苑英华》卷150，中华书局1966年版，第697页。

宇内，囊括四海之意，并吞八荒之心。"①

此四句诗言，今我为国而忧，特别思念李泌，想奋飞到湖南却卧病在床。我仿佛看见渺渺秋水之间，隐居湖南，关注天下的李泌。诗之意境，神似《诗经·蒹葭》。

"鸿飞冥冥日月白，青枫叶赤天雨霜"

"青枫叶赤"，语见谢灵运《晚出西射堂》："晓霜枫叶丹，夕曛岚气阴。节往戚不浅，感来念已深。"②

诗言鸿雁南飞，天空阴沉，日月无光，枫叶已红，严霜已降，一片肃杀。此有意无意地隐喻唐朝危机深重，积重难返。

"玉京群帝集北斗，或骑麒麟翳凤凰"

"玉京群帝"，指天上诸神仙，喻朝廷王公大臣。《太平御览》卷六百七十四《道部十六》："《玉京经》曰：玄都玉京山，有七宝城，太上无极大道虚皇君之所治也。"③宋张君房《云笈七签》卷二十一《四梵三界三十二天》："四天之上，则为梵行，梵行之上则是上清之天玉京玄都紫微宫也。乃太上道君所治，真人所登也。自四天之下，二十八天分为三界，一天则有一帝王治其中。"④

"北斗"，指北斗七星之神，喻君主。《晋书·天文志上》："北斗七星在太微北……为人君之象，号令之主也。"⑤

"骑麒麟"、"凤凰"，乃描写神仙出行的常语。如晋葛洪《神仙传》卷五《茅君》："骖驾龙虎麒麟。"⑥《云笈七签》卷十八引《老

---

① （梁）萧统编，（唐）李善注：《文选》卷51，中华书局1986年版，第2233页。
② 顾绍柏校注：《谢灵运集校注》，中州古籍出版社1987年版，第54页。
③ （宋）李昉等编：《太平御览》卷674，中华书局1960年版，第3005页。
④ （宋）张君房编，李永晟点校：《云笈七签》卷21，中华书局2003年版，第500页。
⑤ 《晋书》卷11，中华书局1974年版，第290页。
⑥ （晋）葛洪著，胡守为校释：《神仙传校释》卷5，中华书局2010年版，第183页。

子中经·第二十三神仙》:"骖驾凤凰。"①

"芙蓉旌旗烟雾落,影动倒景摇潇湘"

"芙蓉旌旗",指神仙仪仗旌旗,喻朝廷仪仗旌旗。北齐萧悫《秋思诗》:"芙蓉露下落,杨柳月中疏。"②

"影动",光辉流动,"倒景",就是倒影。《汉书·司马相如传》引《大人赋》:"贯列缺之倒景兮",唐颜师古注引服虔曰:"列缺,天闪也。人在天上,下向视日月,故景倒在下也。"③

"星宫之君醉琼浆,羽人稀少不在旁"

"星宫之君",道教崇奉的星神,喻朝廷王公大臣。

"琼浆",美酒。语出《楚辞·招魂》:"华酌既陈,有琼浆些。"

"羽人",仙人,指隐士李泌。《楚辞》屈原《远游》:"仍羽人于丹丘兮。"汉王逸注:"因就众仙于明光也。"洪兴祖补注:"羽人,飞仙也。"④

以上六句诗,言天上诸神仙骑上麒麟、凤凰,朝见天君北斗七星之神,仪仗旌旗,淹没在夜雾中,宴会灯火辉煌,倒影落在潇湘洞庭水面摇晃。星神们酣饮琼浆美酒,纷纷醉倒。但是天君身边,就是缺少了那么一位羽人。隐喻长安朝廷,一派醉生梦死,天子身边,就是缺少了一位李泌。"影动倒景摇潇湘",暗指李泌虽在潇湘,亦在关注长安国事。"羽人稀少不在旁",与之上下呼应,暗指朝廷不能没有李泌。

意境一派南国情调,楚辞色彩,贴切湖南风光,以及肃宗末年时局氛围。

"似闻昨者赤松子,恐是汉代韩张良"

---

① (宋)张君房编,李永晟点校:《云笈七签》卷18,中华书局2003年版,第433页。
② 逯钦立辑校:《先秦汉魏晋南北朝诗》,中华书局1988年版,第2279页。
③ 《汉书》卷57,中华书局1962年版,第2598—2599页。
④ (宋)洪兴祖补注,白化文点校:《楚辞补注》,中华书局1983年版,第209、167页。

"似"、"恐",皆不确定之词,用以增添叙述李泌时的迷离惝恍之氛围。其实,语气越是恍惚,越是引人关注李泌其人。

"赤松子",上古的神仙,喻隐士,指李泌。古典出自《列仙传》:"赤松子者,神农时雨师也。……常止西王母石室中,随风雨上下。"① 以及《史记·留侯世家》:"留侯乃称曰:'家世相韩,及韩灭,不爱万金之资,为韩报仇强秦,天下振动。今以三寸舌为帝者师,封万户,位列侯,此布衣之极,于良足矣。愿弃人间事,欲从赤松子游耳。'乃学辟谷,道引轻身。"②

今典,如《资治通鉴》卷二百一十八唐肃宗至德元载七月所载:"上欲以泌为右相,泌固辞,曰:'陛下待以宾友,则贵于宰相矣,何必屈其志!'上乃止。"同书同卷同年九月所载:"上与泌出行军,军士指之,窃言曰:'衣黄者,圣人也。衣白者,山人也。'"③

此二句诗言,好像听说道昨在朝廷的白衣山人李泌,他可是汉代张良一样安邦定国的大才。

"昔随刘氏定长安,帷幄未改神惨伤"

此二句,古典出自《史记·留侯世家》:"留侯从入关。留侯性多病,即道引不食谷,杜门不出岁余。"以及《史记·留侯世家》载汉高祖刘邦之语:"夫运筹策帷帐之中,决胜千里外,吾不如子房。"④

"神惨伤",当是语本后汉傅毅《七激》:"陟景山兮采芳苓。哀不惨伤,乐不流声。"⑤ 但是改变了"哀不惨伤"的传统,直

---

① 王叔岷校笺:《列仙传校笺》,中华书局2007年版,第1页。
② 《史记》卷55,中华书局1959年版,第2048页。以下所引该著皆为此版。
③ 《资治通鉴》卷218,第6985、6996页。
④ 《史记》卷55,第2044、2049页。
⑤ (清)严可均辑:《全后汉文》卷43,《全上古三代秦汉三国六朝文》,中华书局1958年,第706页。

言惨伤。

今典，如《资治通鉴》卷二百二十唐肃宗至德二载九月所载："癸卯，大军入西京。……甲辰（二十九日），捷书至凤翔，百僚入贺，上涕泗交颐，即日，遣中使啖庭瑶入蜀奏上皇。……上以骏马召李泌于长安。既至，上曰：'朕已表请上皇东归，朕当还东宫复修人子之职。'泌曰：'表可追乎？'上曰：'已远矣。'泌曰：'上皇不来矣。'上惊，问故，泌曰：'理势自然。'上曰：'为之奈何？'泌曰：'今请更为群臣贺表，言自马嵬请留，灵武劝进，及今成功，圣上思恋晨昏，请速还京以就孝养之意。则可矣。'上即使泌草表。……立命中使奉表入蜀。"①

至德二载九月二十九日肃宗奏请玄宗还京第一道表自称"当还东宫"，只是虚伪，其内心实深不可测（不到两个月以后，十一月二十二日，玄宗还京行至凤翔就被解除卫队武装、置于肃宗武力监控之下，即是证明）。所以玄宗见表，不敢还京。李泌代肃宗起草第二道表只说"孝养"，不说归政，态度实在，似无玄机，玄宗始敢还京。玄宗误以为双方说定让位，自己付出让出皇位的代价，便可以求得生命安全、生存权利，此是不了解肃宗的阴暗心理。李泌调护玄肃父子关系，可以说是煞费苦心，而要善始善终，其实毫无把握。当至德二载十月十八日两京收复之日，玄宗将还之时，李泌当天便告辞肃宗归隐衡山，真实原因即是深知肃宗其人，自己不愿见到玄宗未来的悲剧命运。

"昔随刘氏定长安，帷幄未改神惨伤"，字面言张良运筹帷幄之中，决胜千里之外，辅佐刘邦平定天下，但是张良即使在帷幄之中，亦未能改变惨伤的心情和神色，是因为不忍目睹汉室内部

---

① 《资治通鉴》卷220，第7034—7035页。

流血斗争。实际是言李泌运筹帷幄之中，决胜千里之外，辅佐肃宗收复两京，但是李泌即使在帷幄之中，亦未能改变惨伤的心情和神色，是因为不忍目睹唐朝内部血腥。

"国家成败吾岂敢，色难腥腐餐枫香"

古典。

"色难腥腐"，顾炎武《日知录》卷二十七："《寄韩谏议》诗：'色难腥腐餐枫香。'《汉书·佞幸传》：'太子齰痈而色难之。'"①《杜诗详注》卷十七："《前汉·邓通传》：'太子齰痈而色难之。'《神仙传》：'壶公数试费长房，继令啖溷，臭恶非常，房色难之。'鲍照《升天行》：'何时与尔曹，啄腐共吞腥。'注：'啄腐吞腥，谓酒肉之人。'"②"腥腐"二字，旧注似仅得其表面义。

按"色难"，语出《论语·为政》："子夏问孝，子曰：'色难。'"本指面有难色，此借指不忍面对。③

"腥腐"，古典当出自唐瞿昙悉达《唐开元占经》卷一百一十四《器服休咎·城邑宫殿怪异占》"宫殿臭"条："《天镜》曰：'宫殿中及宫府间闻腐臭，不出一年有暴丧，若妇人暴死。'又曰：'宫殿闻血腥腐臭，是谓不出一年，有大水流血。'"④

今典。

唐郭湜《高力士外传》："至德二年十一月，诏迎太上皇于西

---

① （清）顾炎武著，陈垣校注：《日知录校注》卷27，安徽大学出版社2007年版，第1593页。
② （唐）杜甫著，（清）仇兆鳌注：《杜诗详注》卷17，第1510页。
③ 朱熹《四书章句集注》："'色难'，谓事亲之际，惟色为难也。……盖孝子之有深爱者，必有和气；有和气者，必有愉色；有愉色者，必有婉容。故事亲之际，惟色为难耳。服劳奉养，未足为孝也。旧说：承顺父母之色为难，亦通。"足资参阅。
④ （唐）瞿昙悉达：《唐开元占经》卷114，《景印文渊阁四库全书》，台湾商务印书馆1982年版，子部，第807册，第999页。

蜀，十二月，至凤翔，被贼臣李辅国诏收随驾甲仗。上皇曰：'临至王城，何用此物。'悉令收付所司。"

《高力士外传》："乾元元年冬，上皇幸温泉宫，二十日却归，因此被贼臣李辅国阴谋不轨。"①

《资治通鉴》卷二百二十一唐肃宗上元元年秋七月："丁未，辅国矫称上语，迎上皇游西内，至睿武门，辅国将射生五百骑，露刃遮道奏曰：'皇帝以兴庆宫湫隘，迎上皇迁居大内。'上皇惊，几坠。高力士曰：'李辅国何得无礼！'叱令下马。辅国不得已而下。力士因宣上皇诰曰：'诸将士各好在！'将士皆纳刃，再拜，呼万岁。力士又叱辅国与己共执上皇马鞚，侍卫如西内，居甘露殿。……丙辰，高力士流巫州，王承恩流播州，魏悦流溱州，陈玄礼勒致仕，置如仙媛于归州，玉真公主出居玉真观。上更选后宫百余人，置西内，备洒扫。令万安、咸宜二公主视服膳，四方所献珍异，先荐上皇。然上皇日以不怿，因不茹荤，辟谷，浸以成疾。"②

当杜甫于肃宗上元年间（760—761）作《寄韩谏议》时，上距至德二载（757）十一月玄宗还京途中被解除卫队武装、置于肃宗武力监控之下，已有三四年时间。正当上元元年（760）七月玄宗自兴庆宫被武力劫迁西内冷宫加以囚禁，其后离奇地"辟谷"（不吃饭）之前后。下距宝应元年（762）四月五日玄宗之死离奇地仅早于肃宗之死十三天③，只有一年左右时间。"色难腥

---

① （五代）王仁裕等著，丁如明辑校：《开元天宝遗事十种》，上海古籍出版社1985年版，第119页。
② 《资治通鉴》卷221，第7094—7096页。
③ 《资治通鉴》卷222唐肃宗宝应元年建巳月即四月："甲寅（五日），上皇崩于神龙殿。……丁卯（十八日），上崩。"关于玄宗之死之隐情，参阅邓小军：《杜甫〈北征〉补笺》，《北京大学学报》2007年第3期。

腐"四字,直是画得李泌不忍之心之精神出,也刻画出李泌之洞烛机先。

"枫香",枫香树叶。《尔雅》卷九"枫"晋郭璞注:"枫树似白杨,叶圆而岐,有脂而香,今之枫香是也。"宋邢昺疏:"注云即今枫香树也。"①

按唐李延寿《南史》卷五十九《任昉列传》:"营佛斋,调枫香二石。"②

唐孙思邈《备急千金要方》卷六《薰衣香方》略云:"鸡骨煎香、零陵香、丁香、青桂皮、青木香、郁金香、枫香各三两。"

《备急千金要方》卷六《治风毒咽水不下及瘰疬肿方》略云:"升麻、芍药各四两、射干、杏仁、枫香各三两。"③

唐王焘《外台秘要方》卷三十二《莲子草膏疗头风白屑长发令黑方》略云:"枫香各一两。"④

由上可见,在唐代医学,枫香作为配方药物,具有解毒除病、长发令黑、薰衣卫生的功效,可以作为隐士养生生活的象征。

"枫香",依据《尔雅》郭璞注"枫树叶圆而岐,有脂而香",亦可以照字面理解为枫香树叶之香气。

"国家成败吾岂敢",是代李泌言,哪敢说自己关系到对国家成败。此写出其谦虚之品格。

"色难腥腐、餐枫香。"上四字、下三字,是并列画面,既是递进,也是对照。"色难腥腐",写出李泌在朝时,不忍面对唐室

---

① (晋)郭璞注,(宋)邢昺疏:《尔雅注疏》卷9,(清)阮元校刻《十三经注疏》,中华书局1980年版,第71页。
② 《南史》卷59,中华书局1975年版,第1455页。
③ 李景荣等校释:《备急千金要方校释》卷6,人民卫生出版社1998年版,第138—139、146页。
④ (唐)王焘:《外台秘要方》卷32,人民卫生出版社1955年版,第884页。

内部血腥的痛苦神情;"餐枫香",写出李泌归隐后,餐枫香优哉游哉的神情。神情,端在于眼神,东晋画家顾恺之称之为"阿堵"。李泌的不忍之心与自由之心,儒家品格与道家品格,"传神写照,尽在阿堵之中"①。

以嗅觉化之"枫香",代实质之枫叶,尤为神韵空灵荡漾,有不尽之致。

此是神来之笔,无上之逸品,神韵妙绝。

写人之神韵,归根到底,在于人品。试想,麻木不仁,哪有不忍之心之"色难"?贪图利禄,哪有"餐枫香"之超逸?

"周南留滞古所惜,南极老人应寿昌"

"周南留滞",典出《太史公自序》:"是岁天子始建汉家之封,而太史公留滞周南,不得与从事。"《集解》:"周南,今之洛阳。"②此借指李泌滞留湖南。

"南极老人",指李泌。《晋书·天文志上》:"老人一星在弧南,一曰南极……见则治平,主寿昌。"③用此古典,含藏对李泌安邦定国之才的崇高评价。

诗言李泌隐居湖南,为人所共惜,李泌好比南极老人星,应该复出,安邦定国。

"美人胡为隔秋水,焉得置之贡玉堂"

"美人"喻君子,指李泌。"美人胡为隔秋水",用《诗经·蒹葭》

---

① 唐张彦远《历代名画记》卷5《顾恺之》:"尤工丹青,传写形势,莫不妙绝。刘义庆《世说》云:'谢安谓长康曰:"卿画,自生人以来未有也。"'……画人,或数年不点目睛,人问其故,答曰:'四体妍蚩,本亡关于妙处;传神写照,正在阿堵之中。'"
② 《史记》卷130,第3295页。
③ 《晋书》卷11,中华书局1974年版,第306页。

意境:"蒹葭苍苍,白露为霜。所谓伊人,在水一方。溯洄从之,道阻且长。溯游从之,宛在水中央。""玉堂",指朝廷。《汉书·五行志中之上》:"玉堂、金门,至尊之居。"① 杜甫《八哀诗·故右仆射相国曲江张公九龄》:"上君白玉堂,倚君金华省。"②

诗言美人为何远隔秋水,隐居一方?诗人吁请韩谏议,如何能将美人贡置于玉堂,为国造福?

李泌复出,是在唐代宗宝应二年(763)以后。

《寄韩谏议》亦是反映唐朝当时最重要时事的诗史。"色难腥腐餐枫香"之句,是诗史,亦是神韵之句。

3. 落月满屋梁,犹疑照颜色

杜甫《梦李白二首》其一:

> 落月满屋梁,犹疑照颜色。

至德二载(756)二月,江淮兵马都督永王璘奉唐玄宗之命并获得肃宗认可率水军自江陵沿长江下扬州渡海取幽州,至丹阳郡时,被唐肃宗突然宣布为"叛逆"加以镇压。③ 永王璘江淮兵马都督从事李白也被打成"从逆",系狱浔阳,免罪出狱后,又被长流夜郎。乾元二年(759),杜甫在秦州作《梦李白》,担忧李白性命安危,此诗可以说是诗史。

---

① 《汉书》卷27,中华书局1964年版,第1395页。
② (唐)杜甫著,(清)仇兆鳌注:《杜诗详注》卷16,第1415页。
③ 参阅邓小军:《永王璘案真相——并释李白〈永王东巡歌十一首〉》,《文学遗产》2010年第5期。

"落月满屋梁,犹疑照颜色",诗言梦醒看见满屋梁的月光,还仿佛照见梦中李白的容颜。神韵之妙,在于梦醒时分,梦中人之容颜如在眼前的错觉[①],写得如此传神。韵致袅袅,宛如余音绕梁而不绝。

宋代姜夔《霓裳中序第一》词:"人何在?一帘淡月,仿佛照颜色。"[②]能得杜诗之神韵。

四、结语

杜诗写景,特具神韵。如"齐鲁青未了",神韵之妙,在于一抹青绿,空灵淡宕,却写出了泰山的气势磅礴。

杜诗诗史,亦有神韵。如"林花着雨胭脂落",神韵之妙,在于以林花画面的动态绵延,写出林花凋落之从容,隐喻出杨贵妃临死之从容。

"色难腥腐餐枫香",写出李泌不忍面对唐室内部血腥的痛苦神情,归隐后餐枫香优哉游哉的神情。李泌的不忍之心与自由之心,"传神写照,尽在阿堵之中"。以嗅觉化之"枫香",代实质之枫叶,尤为神韵空灵荡漾。

"林花着雨胭脂落",是写景咏物寄托写人,而有神韵。"色难腥腐餐枫香",是直接描写人物,而有神韵。

杜诗融合了诗史与神韵。诗史的核心是人,诗史的神韵所在,

---

① 在唐诗,错觉往往就是神韵。张若虚《春江花月夜》:"空里流霜不觉飞",李白《静夜思》:"床前明月光,疑是地上霜",杜甫《梦李白》:"落月满屋梁,犹疑照颜色",皆是好例。

② (宋)姜夔著,陈书良笺注:《姜白石词笺注》卷1,中华书局2009年版,第11页。

往往正是人物描写。

盛唐诗的神韵，往往在于写景和纯粹审美的范围。杜诗不仅继承了盛唐诗追求神韵的艺术传统，而且以神韵与诗史的融合，突破和发展了盛唐诗的神韵传统。

附录　关于杜诗的推荐书目

一、钱谦益：《钱注杜诗》

1. 以史证诗，有重大发明。

2. 若无发明之处，即不作笺注，不便初学。

二、仇兆鳌：《杜诗详注》

1. 注释非常详细，诗意与诗艺解说往往也很贴切，便于初学。

2. 底本与校勘成问题，对杜诗重大历史背景与历史内容、精深诗意与精深诗歌艺术，认识不到位。

参考意见：两本兼读。

辛弃疾《贺新郎·别茂嘉弟》词的古典与今典

辛弃疾词《贺新郎》：

> 别茂嘉十二弟。鹈鴂、杜鹃实两种，见《离骚补注》。

> 绿树听鹈鴂。更那堪、鹧鸪声住，杜鹃声切。啼到春归无寻处，苦恨芳菲都歇。算未抵、人间离别。马上琵琶关塞黑。更长门翠辇辞金阙。看燕燕，送归妾。　　将军百战身名裂。向河梁、回头万里，故人长绝。易水萧萧西风冷，满座衣冠似雪。正壮士悲歌未彻。啼鸟还知如许恨，料不啼清泪长啼血。谁共我，醉明月？①

稼轩此词作于宋宁宗开禧元年（1205）春夏之交②。正当身为抗战派之重镇的稼轩出任镇江知府将以有为而遭黜罢之际③。

---

① （宋）辛弃疾著，邓广铭笺注：《稼轩词编年笺注》，上海古籍出版社 1993 年版，第 526—527 页。
② 杨罗生：《辛弃疾的〈贺新郎·别茂嘉十二弟〉作年考》，《齐鲁学刊》1986 年第 4 期。杨氏系年甚是。
③ 宋宁宗开禧元年三月，辛弃疾坐缪举，降两官；夏六月，改知隆兴府，旋以言者论列，与宫观；秋初，归铅山。邓广铭：《辛稼轩年谱》，上海古籍出版社 1979 年版，第 131—132 页。

稼轩此词有两点明显特色,可以直接感受。一是使用典故甚多。此词除首尾数句是写眼前暮春送别情景及引起、收束用典外,从"马上琵琶关塞黑"直到"正壮士悲歌未彻",全词大半部分是用典。用典一气贯穿上下两片,构成文本结构主体,这在词中并不多见。二是词情悲愤沉郁。此皆可以直接感受。但是,此词用典之用意何在?用典与词情悲愤沉郁之间究竟有何关系?尤其用典是否含有具体寄托,亦即是否含藏今典(今事今情)?如果含藏今典,是何今典?此则历来注家、词论家多未涉及。唯有清周济《宋四家词选》评云:"上半阕北都旧恨,下半阕南渡新恨。"卓有见地,可惜语焉不详。

其实,词序"见《离骚补注》",已暗示本词主题实与忧愤国事之《离骚》相似。

笔者因历年教学之故,读词读史,始对稼轩此词之古典字面、今典实指,及其所反映的南宋时期重大政治背景,有所了解。因而加以释证,以就正于读者。

上片用典计三项。"马上琵琶关塞黑",用西汉宫女王昭君被迫辞汉北嫁匈奴故事。"更长门翠辇辞金阙",用西汉陈皇后被迫离开金阙迁居冷宫故事。"看燕燕,送归妾",用春秋卫庄公妾戴妫被迫离卫归陈故事。这三项古典,具有一点共同特征,即宫廷妇女被迫离开宫廷,此点极可注意。其中"马上琵琶关塞黑"所用昭君被迫北行故事,在稼轩词及其他南宋词中反复出现,尤其值得注意。

今先略释"马上琵琶关塞黑"所用之古典,再以宋证宋,以证明在南宋词中此一古典所指之今典。昭君出塞之古典资源,包括原始古典(事典),及由之而衍生的直接古典(语典)。其原始古典,即《汉书》卷九十四下《匈奴传下》:"元帝以后宫良家子王嫱字昭君赐单于。"① 及《后汉书》卷八十九《南匈奴传》的相关记载。"马上琵琶关塞黑"的直接古典,则为《文选》卷二十七晋石崇《王明君词·序》:"昔公主嫁乌孙,令琵琶马上作乐,以慰其道路之思。其送明君,亦必尔也。"② 尤其是杜甫《咏怀古迹五首》第三首:"千载琵琶作胡语,分明怨恨曲中论。"("关塞黑",借用杜甫《梦李白二首》第一首:"魂返关塞黑。"用于昭君出塞之古典与今典,皆极深切。)及李商隐《王昭君》:"马上琵琶行万里。"

按辛弃疾同调词《贺新郎·赋琵琶》云:

> 记出塞、黄云堆雪。马上离愁三万里,望昭阳宫殿孤鸿没。弦解语,恨难说。辽阳信使音尘绝。

此亦是用昭君出塞故事。其中"辽阳信使音尘绝"一句,实际是给出了此词所指今典的路标。因此极可注意。

按《金史》卷二十四《地理志上》东京路条:

> 辽阳府,中,东京留守司。本渤海辽阳故城,辽完葺之,郡名东平,天显三年,升为南京,府曰辽阳。十三年,更为东京。③

《金史》卷二《太祖本纪》收国二年条:

---

① 《汉书》卷 94 下,中华书局 1962 年版,第 3803 页。
② (梁)萧统编,(唐)李善注:《文选》卷 27,上海古籍出版社 1986 年版,第 1291 页。
③ 《金史》卷 24,中华书局 1975 年版,第 554—555 页。

东京州县及南路系辽女直皆降……以完颜斡论知东京事。①

可知金以收国二年（宋徽宗政和六年，1116年）取辽之东京辽阳（今辽宁辽阳市）后，即仍以辽阳为金之东京。职此之故，可知稼轩《贺新郎·赋琵琶》词"辽阳"一语，乃是用指金人巢穴之地；"记出塞、黄云堆雪，马上离愁三万里"之句，乃是用昭君出塞之古典，言靖康之难后宫北行之今典（当代事）；"辽阳信使音尘绝"，则是言北行入金之宋后宫早已音讯断绝。

复按姜夔《疏影》词云：

> 昭君不惯胡沙远，但暗忆、江南江北。想佩环、月夜归来，化作此花幽独。

刘永济《唐五代两宋词简析》注"昭君不惯胡沙远"句："用徽宗赵佶被掳在北所作《眼儿媚》词：'花城人去今萧索，春梦绕胡沙。家山何处？忍听羌管，吹彻《梅花》。'"②刘氏此一释证坚确有力，足证白石《疏影》词"昭君不惯胡沙远"，是用昭君出塞之古典及徽宗《眼儿媚》词"春梦绕胡沙"之今典（语典），言靖康之难后宫北行之今典（当代事）。但是在此应当说明，徽宗《眼儿媚》词是言自己北行之悲，而白石《疏影》词则是言后宫妇女北行之悲。要之，稼轩《贺新郎·赋琵琶》："记出塞、黄云堆雪，马上离愁三万里"，白石《疏影》"昭君不惯胡沙远"，

---

① 《金史》卷2，中华书局1975年版，第29—30页。
② 刘永济选释：《唐五代两宋词简析》，上海古籍出版社1981年版，第73页。徽宗《眼儿媚》词，见旧题辛弃疾撰《南烬纪闻》卷下。

皆是用昭君出塞之古典，言靖康之难后宫北行之今典。稼轩《贺新郎·别茂嘉弟》"马上琵琶关塞黑"，亦是用昭君出塞之同一古典，并参证全词，可证亦是言靖康之难后宫北行之同一今典。

《贺新郎·赋琵琶》作于宋孝宗淳熙九年（1182）或稍后[①]，《疏影》作于宋光宗绍熙二年（1191）[②]，《贺新郎·别茂嘉弟》作于开禧元年（1205），上距靖康之难（1126），已经大半个世纪光阴，足见靖康之难对于宋人之创巨痛深，不能磨灭。又，比较南渡初期与稼轩白石同为伤痛靖康之难的词作，存有一差异。南渡初期的相关词作，如李纲《苏武令》："拥精兵十万，横行沙漠，奉迎天表。"向子諲《阮郎归·绍兴乙卯（1135年）大雪行鄱阳道中》："江南江北雪漫漫，遥知易水寒。彤云深处望三关，断肠山又山。天可老，海能翻，清除此恨难。频闻遣使问平安，几时鸾辂还？"李、向词皆只言及北行之君主，而未尝言及北行之后宫；而辛、姜词则皆只言及北行之后宫，而未言及北行之君主。此一差异表明，宋人痛定思痛，伤痛靖康之难，对于蒙难妇女之同情，往往深于对蒙难君主之同情。因此之故，对于"马上琵琶关塞黑"（及"记出塞、黄云堆雪，马上离愁三万里"，"昭君不惯胡沙远"）之今典，亦即对于靖康之难宋妇女被俘北行之史实，不能不有一具体之了解。

关于靖康元年（1126）十一月二十五日金兵攻陷汴京后掳掠宋妇女。

---

① 邓广铭笺注：《稼轩词编年笺注》，上海古籍出版社1993年版，第138页，此词"编年"条。
② 姜夔《暗香》词序："辛亥冬……作此两曲……乃名之曰《暗香》、《疏影》。"辛亥，即绍熙二年。

按宋代确庵、耐庵所编《靖康稗史》之四《南征录汇》金天会五年即宋钦宗靖康二年（1127）正月二十二日条①：

> 令少帝手押为据：……一，原定犒军金一百万锭、银五百万锭，须于十日内轮解无阙。如不敷数，以帝姬、王妃一人准金一千锭，宗姬一人准金五百锭，族姬一人准金二百锭，宗妇一人准银五百锭，族妇一人准银二百锭，贵戚女一人准银一百锭，任听帅府选择。②

《靖康稗史》之三《开封府状》：

> 选纳妃嫔八十三人，王妃二十四人，帝姬、公主二十二人……嫔御九十八人，王妾二十八人，宗姬五十二人，御女七十八人，近支宗姬一百九十五人……族姬一千二百四十一人……宫女四百七十九人，采女六百单四人，宗妇二千单九十一人……族妇二千单七人，歌女一千三百十四人……贵戚官民女三千三百十九人……都准金六十万单七千七百锭，银二百五十八万三千一百锭。③

---

① 《靖康稗史》，确庵初编成书于宋孝宗隆兴二年（1164），耐庵补编成书于宋度宗咸淳三年（1267）。此书在国内失传已久。此书传入朝鲜，至晚是在元代。朝鲜李朝国王遗德于辛巳三月（辛巳即明惠帝建文三年，1401）为《靖康稗史》所作《跋》，云"是百年前传写来"。清光绪十八年（1892年，此书由苏州谢家福（绥之）"得自东洋"（丁丙《跋》），始传回国内。以上据此书诸跋及崔文印《靖康稗史笺证·前言》。本文征引此书，据崔文印《靖康稗史笺证》，中华书局1988年版。个别标点符号，本文有订正。
② （宋）确庵、耐庵编，崔文印笺证：《靖康稗史笺证》，中华书局1988年版，第136页。
③ 同上，第122页。

关于宋妇女之反抗。

《南征录汇》金天会五年即靖康二年二月初七日条载：

> 是夜，国相宴诸将，令官嫔等易露台歌女表里衣装，杂坐侑酒，郑、徐、吕三妇抗命，斩以徇。入幕后，一女以箭镞贯喉死。
>
> 烈女张氏、陆氏、曹氏抗二太子（完颜宗望）意，刺以铁竿，肆帐前，流血三日。①

《南征录汇》金天会五年即靖康二年二月初十日条载：

> 独一妇不从，二太子曰："汝是千锭金买来，敢不从！"妇曰："谁所卖？谁得金？"曰："汝家太上有手敕，皇帝有手约，准犒军金。"妇曰："谁须犒军，谁令抵准，我身岂能受辱？"②

案：金人掳宋妇女，是以宋妇女为其奴隶，对宋妇女实行奴隶制。金人所谓以宋妇女卖身抵偿其军费，则是侵略者对被侵略者有意实行的加倍侮辱。

关于宋妇女被俘北行。

按《宋史》卷二十三《钦宗本纪》靖康二年四月庚申朔：

> 金人以帝及皇后、皇太子北归。③

---

① （宋）确庵、耐庵编，崔文印笺证：《靖康稗史笺证》，中华书局1988年版，第146页。
② 同上，第174页。
③ 《宋史》卷23，中华书局1977年版，第436页。

《靖康稗史》之七《宋俘记》卷首：

> 虏行万四千人，北行之际，分道分期，逮至燕、云，男十存四，妇十存七。孰存孰亡，曹莫复知。①

《靖康稗史》之六《呻吟语》记徽宗一路北行之事，其中靖康二年四月初八日条：

> 次相州（今河南安阳）。固新所押贡女均乘牛车，车两人。夜屯时，官亲贵戚车屯于中，民间车屯于外，虏兵宿帐棚，人环其外。连日雨，车皆渗漏，避雨虏兵帐中者，多媾毙。②

《靖康稗史》之五《青宫译语》记韦妃（康王赵构之母）、邢妃（康王之妻）、朱妃（郓王之妻）等一路北行之事，其中金天会五年即宋靖康二年四月十一日条：

> 十一午，抵真定（今河北正定），入城，馆于帅府。……千户韶合宴款二王，以朱妃（郓王妻）、朱慎妃（少帝妾）工吟咏，使唱新歌。强之再，朱妃作歌云："昔居天上兮，珠宫玉阙。今居草莽兮，青衫泪湿。屈身辱志兮，恨难雪！归泉下兮，愁绝！"朱慎妃和歌云："幼富贵兮绮罗裳，长入宫兮侍当阳。今委顿兮异乡，命不辰兮志不强。"皆作而不唱。③

---

① （宋）确庵、耐庵编，崔文印笺证：《靖康稗史笺证》，中华书局1988年版，第244页。
② 同上，第194页。
③ 同上，第179页。

《靖康稗史》之六《呻吟语》宋高宗建炎二年即金天会六年（1128）八月：

> 二十一日，二帝抵上京（会宁府。今黑龙江阿城县南白城）行幄。
>
> ……
>
> 二十四日，虏主以二帝见祖庙，时宦亲戚贵已发通塞州编管，家奴、军妓外，此皇子等三十人、妃主等一千三百人皆随帝后居行幄。黎明，虏兵数千汹汹入逼至庙，肉袒于庙门外。二帝、二后但去袍服，余均袒裼，披羊裘及腰，縶毡条于手。二帝引入幔殿，行牵羊礼。殿上设紫幄，陈宝器百席，胡乐杂奏。虏主及妻妾、臣仆胡跪者再，帝后以下皆胡跪。虏主亲宰二羊入供殿中。虏兵复逼赴御寨，虏主升乾元殿，妻妾、诸酋旁侍，二帝以下皆跪。宣诏四赦，二帝受爵服出，与诸王坐候殿外小幄。后妃等入宫，赐沐有顷，宣郑、朱二后归第。已，易胡服出，妇女千人赐禁近，犹肉袒。韦、邢二后以下三百人留洗衣院。朱后归第自缢，甦，仍投水薨。①

《靖康稗史》之六《呻吟语》靖康二年即金天会五年（1127）五月十九日条：

> 闻贡女三千人，吏役工作三千家……是日始至。点验后……妇女多卖娼寮。
>
> ……

---

① （宋）确庵、耐庵编，崔文印笺证：《靖康稗史笺证》，中华书局1988年版，第208—209页。

《燕人麈》云：天会时掠致宋国男、妇不下二十万……不及五年，十不存一。妇女……分给谋克以下，十人九娼，名节既丧，身命亦亡。邻居铁工，以八金买娼妇，实为亲王女孙、相国侄妇、进士夫人。甫出乐户，即登鬼录，馀都相若。①

《靖康稗史》之六《呻吟语》建炎四年即金天会八年（1130）条：

粘罕驱所掠宋人至夏国易马，以十易一。又卖高丽、蒙古为奴，人二金。②

案：根据上述史料可知：

第一，靖康之难被俘北行入金的宋妇女人数，不只是如《开封府状》及《宋俘记》所记录的一万余人，而是如《燕人麈》所记录的十余万人以上。（据《开封府状》及《宋俘记》，自汴京北行的万四千人中，后宫官民妇女一万人以上，准此比例，则《燕人麈》所记"掠致宋国男、妇不下二十万"，其中妇女至少十余万人，甚至可能为二十万人。）

第二，尤要者，宋妇女在金人手下，是做奴隶、性奴隶，并且是被当作牲口。

第三，宋妇女在被俘后，尤其是在北行途中及到达金上京后，受尽凌辱残害，几乎全部死于非命。此即是稼轩词"马上琵琶关塞黑"之今典。"关塞黑"者，言出塞妇女前头一片漆黑。

---

① （宋）确庵、耐庵编，崔文印笺证：《靖康稗史笺证》，中华书局1988年版，第199页。
② 同上，第213页。

又，按《燕人麈》所记载"天会时掠致宋国男、妇不下二十万"，及宋范成大《石湖居士诗集》卷十二乾道六年（1170）其使金途中所《清远店》诗：

> 定兴县(今河北定兴)中客邸前,有婢两颊刺"逃走"二字,云是主家私自黥涅,虽杀之不禁。

> 女僮流汗逐氈軿，云在淮乡有父兄。
> 屠婢杀奴官不问，大书黥面罚犹轻。①

可知靖康之耻后宫北行沦为金人之奴隶，实为此一时期广大中国妇女同一命运之缩影。

《京本通俗小说·冯玉梅团圆》：

> 吴歌云："月子弯弯照几州，几家欢乐几家愁？几家夫妇同罗帐，几家飘散在他州。"此歌出自我宋建炎年间，述民间乱离之苦。②

亦可参读。

兹再释证"更长门翠辇辞金阙"之古典与今典。稼轩此句着重点，是"翠辇辞金阙"这一特定情节。按此句所用之古典之文本，言陈皇后被迫迁居冷宫长门宫，则《文选》卷十六司马相如《长门赋》只言"别在长门宫"，《汉书》卷九十七上《孝武陈皇后传》

---

① （宋）范成大：《石湖居士诗集》卷12，商务印书馆1937年版，第116页。
② 《京本通俗小说》卷16，上海古籍出版社1988年版，第88页。

亦只言"其上印绶,罢居长门宫",皆未言及陈皇后"翠辇辞金阙"即乘车离开皇宫这一具体情节。可知稼轩"更长门翠辇辞金阙"之句,乃是借陈皇后被迫迁居冷宫长门宫之古典,突出古典所略的陈皇后被迫乘车辞金阙之情节,以指陈宋后宫被迫乘车辞金阙、辞汴京之今典。

按宋徐梦莘《三朝北盟会编》卷八十靖康二年二月十一日"皇后太子出诣军前"条:

> 《宣和录》曰:是日,金人取皇后、太子甚急。午间,皇后、太子出门,车凡十一辆。百官、军民奔随号泣,拜于州桥之南,攀辕号恸,往往陨绝于地。至南薰门,太学诸生拥拜车前,哭声振天。中有一人大哭,擗踊于上,其他往往皆气塞泪尽,无能哭者。时已薄暮,将近门,独闻车中呼云:"百姓救我!"虏酋在门下者迫行。①

《靖康稗史》之四《南征录汇》金天会五年即宋靖康二年二月二十一日条:

> 午后,朱皇后、太子、公主等出城,安置斋宫。搜出王妃、帝姬四人,津送刘家寺。②

《宋史》卷二百四十三《钦宗朱皇后传》:

> 后既北迁,不知崩闻。③

---

① (宋)徐梦莘:《三朝北盟会编》卷80,上海古籍出版社1987年版,第601页。
② (宋)确庵、耐庵编,崔文印笺证:《靖康稗史笺证》,中华书局1988年版,第152页。
③ 《宋史》卷243,中华书局1977年版,第8645页。

案：《三朝北盟会编》所载靖康二年（1127）十一月二十五日被金兵押送出宫之皇后，据《南征录汇》及《宋史》，知即是钦宗朱皇后。又，《宋史》本传云"后既北迁，不知崩闻"，据前揭《呻吟语》，知朱皇后以建炎二年（1128）八月二十四日自尽于金上京，《呻吟语》可补正史阙闻。以史证词，可知稼轩词"更长门翠辇辞金阙"之句，乃是用陈皇后被迫辞金阙之古典，言朱皇后被迫乘车辞金阙、辞汴京之今典。《三朝北盟会编》引《宣和录》所载朱皇后被金兵押送乘车出皇宫、出汴京时，于车中呼云"百姓救我"此一惨痛情景，当时汴京城内无数奔随号泣之百官军民大学生，皆是见证人，宋人自不能忘怀。故《三朝北盟会编》详记之，稼轩词亦特地书"翠辇辞金阙"以痛言之。

"看燕燕，送归妾。"是用卫庄姜夫人泣送戴妫被迫离卫归陈之古典（见《诗经·邶风·燕燕》及其《序》《传》《笺》《疏》），言靖康之难宋人哭送后宫妇女被迫离宋入金之今典。上片所用三项古典，实是反复言说靖康之难后宫被迫北行之同一今典，只是侧重点各有不同。

在中国诗歌艺术中，用典是一种比喻。比喻（用典），则只要喻象（古典）与喻义（今典）双方之间，共同具有一点以上相似性，即可成立。稼轩此词上片连续用典（博喻）四句，其中"马上琵琶关塞黑"不仅句子位置领先，而且其古典与今典之间具有两点相似性，即第一，后宫被迫离开宫廷，尤其第二，后宫被迫离开汉地北归游牧族，因此是上片连续用典之主句，起到了确切喻说靖康之耻后宫北行的主要作用。"更长门翠辇辞金阙"及"看燕燕，送归妾"，则其古典与今典之间，只具有一点相似性即后宫被迫离开宫廷，及送者之哭送，因此是上片连续用典之从句，起到了反复喻说同一今典、突出特定情节、渲染艺术氛围的重要作用。

下片用典计两项。"将军百战身名裂。向河梁、回头万里，故人长绝。"一连四句,皆用汉代名将李陵之典故,足见用李陵之典在本词中是继用昭君之典之后的又一出重头戏。"将军百战身名裂"一句,居下片连续用典的领先位置,地位同于上片主句"马上琵琶关塞黑",尤其值得注意。"将军百战身名裂"之"裂"字,《稼轩词》明吴讷《唐宋名贤百家词》本作"列",《稼轩词》明毛晋汲古阁影宋钞本作"烈",而《稼轩长短句》元大德己亥广信书院刻本(此是稼轩词最重要之版本)作"裂"。按作"身名列"语意欠完,作"身名烈"则语意欠通,作"身名裂"是。进而验诸上下文语意,则作"身名裂"坚确不移。"将军百战身名裂"之古典,是李陵抗击匈奴、威震匈奴,而最后兵败投降、毁掉名声之故事。《汉书》卷六十二《司马迁传》著录《报任安书》:"且李陵提步卒不满五千,深践戎马之地,……与单于连战十余日,所杀过当。虏救死扶伤不给,旃裘之君长咸震怖,乃悉征左右贤王,举引弓之民,一国共攻而围之。转斗千里,矢尽道穷,救兵不至,士卒死伤如积。"[①]《汉书》卷五十四《李陵传》:"遂降。……单于壮陵,以女妻之,立为右校王,……贵用事。……陵在匈奴二十余年,元平元年病死。"[②] 此即是"将军百战身名裂"之古典资源。稼轩此句"身名裂"三字,实是触目惊心,发人深省。按《汉书》本传,李陵投降匈奴后并无杀身之祸,且又活二十余年以病死亦即终老于匈奴,其"名裂"则有之,其"身裂"则无之,职此之故,可知稼"将军百战身名裂"之句,乃是变用古典,以切指今典。其变化古典之处,是增添古典所无之事,即正是今典所有之事、要害之事。复按稼轩此词上片言靖康之耻,下片承之而来,当是

[①] 《汉书》卷62,中华书局1962年版,第2729页。
[②] 同上,卷54,第2455—2459页。

言南渡时事。而南渡时期抗击金兵身经"百战"、稳定国势使宋不亡的"将军",第一人是岳飞;尤要者,当时大将无辜蒙冤惨遭杀害名声被毁(即"身名裂")者,只有岳飞一人。职此之故,可以断定稼轩"将军百战身名裂"之句,乃是借用李陵之古典,暗示岳飞之今典。

按宋赵彦卫《云麓漫钞》卷一著录岳飞《五岳祠盟记》(参《金陀粹编》卷十九所著录):

> 余发愤河朔,起自相台,总发从军,大小历二百余战。虽未远涉夷荒,讨荡巢穴,亦且快国仇之万一。……建炎四年(1130)六月望日,河朔岳飞书。①

宋岳珂编《金陀粹编》卷四著录宋高宗赵构绍兴十年(1140)《奖谕湖北京西宣抚使岳飞郾城胜捷诏》:

> 敕岳飞:自羯胡入寇,今十五年,我师临阵,何啻百战,曾未闻远以孤军,当兹巨孽,抗犬羊并集之众,于平原旷野之中,如今日之用命者也。②

案:岳飞及高宗此二种文献中"百战"之语,虽然不必坐实为稼轩此词"将军百战"之今典之语典,但是此二种文献"百战"之语所述岳飞抗击金兵身经百战之事实,则实为"将军百战"之今典之事典。

---

① (宋)岳珂编:《鄂国金陀粹编续编校注》(上、下),中华书局1989年版,第983页。
② 同上,第555页。

又按宋李心传《建炎以来朝野杂记》乙集卷十二《岳少保诬证断案》条著录《绍兴十一年（1141）十二月二十九日刑部、大理寺状》：

> 准尚书省札子："张俊奏：张宪供通，为收岳飞文字后谋反，行府已有供到文状。"奉圣旨："就大理寺置司根勘，闻奏。"今勘到：……张宪为收岳飞书，令宪别作擘画，因此张宪谋反，要提兵占据襄阳，投拜金人。……今奉圣旨根勘，合取旨裁断。有旨："岳飞特赐死。张宪、岳云并依军法施行，令杨沂中监斩。"①

《三朝北盟会编》卷二百七绍兴十一年十二月二十九日条引《岳侯传》：

> 绍兴十年冬十一月二十七日，侯中毒而卒。②

宋谢起岩《忠文王纪事实录》卷四《行实拾遗》③：

> （岳）王薨一年前，后年此日，诸将复之武昌骑戏，又一下卒忠义所激，自题一诗云：

---

① （宋）李心传：《建炎以来朝野杂记》卷12，中华书局2000年版，第701—704页。
② 徐梦莘：《三朝北盟会编》卷207，上海古籍出版社1987年版，第1495页。
③ 《忠文王纪事实录》，南宋太学明善斋生谢起岩撰，成书于宋理宗景定四年癸亥（1263）。景定二年（1261），应大学生之请，敕改临安太学（即岳飞故宅）灵通庙为忠显祠，谥岳飞封号为忠文王。(以上据此书《序》及所录《尚书省牒文》、《录白忠文王词》。)由于事在宋末，此书流传又不广，谥岳飞为忠文王一事以及此书遂鲜为人知。清代编《四库全书》时，此书采进已晚，未获编入。(以上据此书中华书局版前言) 本文征引此书，据中华书局1987年影印本。

> 自古忠臣帝主疑，全忠全义不全尸。
> 武昌城外千株柳，不见杨花扑面飞。
> 闻者为之悲泣罢游。

李心传《建炎以来系年要录》卷一百四十四绍兴十二年（1142）正月戊申条：

> 以飞狱案，令刑部镂板遍牒诸路。①

《建炎以来系年要录》卷一百六十八绍兴二十五年（1155）六月癸卯条：

> 诏改岳州为纯州，岳阳军为华容军。先是，左朝散郎姚岳献言秦桧，谓……岳飞躬为叛乱，以干天诛，虽讫伏其辜……而巴陵郡犹为岳州，以叛臣故地，又与其姓同，顾莫之或改。……故有是命。②

案：绍兴十一年岳飞惨遭宋高宗赵构及秦桧杀害，此即是稼轩词"将军百战身名裂"之"身裂"之今典。又，据《刑部、大理寺状》"有旨：岳飞特赐死，……令杨沂中监斩"，尤其《忠文王纪事实录》所记绍兴十二年岳家军士兵诗"全忠全义不全尸"之句（此诗"武昌城外千株柳"，喻驻武昌之岳家军；"不见杨花扑

---

① （宋）李心传：《建炎以来系年要录》卷144，上海古籍出版社1992年版，第3册，第10页。
② 同上，第327页。

面飞",喻岳飞已死,"飞"字,即射岳飞),以及稼轩"将军百战身名裂"之句,则可知岳飞是死于刀斧,而不是如《三北盟会编》引《岳侯传》所说"中毒而卒"。

又,岳飞是以"谋反"、"投拜金人"之罪名而被杀害,此罪名并由"刑部镂板遍牒诸路",即刊布全国,甚至到绍兴二十五年岳州、岳阳军等地名亦因与岳飞姓同而被改名,此即是"将军百战身名裂"之"名裂"之今典。

"将军百战身名裂",借用李陵之古典,而加以触目惊心的变化,以暗示岳飞之今典。其古典与今典之间,存有两点相似性,即第一,李陵、岳飞皆是抗击游牧族侵略者之名将("将军百战"),第二,李陵、岳飞抗击侵略者之美名,皆被降敌、投敌之恶名所毁("名裂")。由于上述两点,此句用典(暗喻)得以成立。但是此句古典与今典之间,亦具有两点根本区别。第一,李陵并无"身裂"之祸,岳飞则遇"身裂"之祸,词言"将军百战身名裂",乃是变用李陵古典,以确指岳飞今典,给出了指向岳飞今典的路标。第二,李陵之"名裂"是由于自己投降匈奴,岳飞之"名裂"则是由于赵构秦桧诬陷以"谋反"、"投拜金人"的"莫须有"的罪名①。此则读者一旦求得今典,自能分辨。由于上述两点,稼轩此句实为用典艺术神明变化的完美创造。

再释"向河梁、回头万里,故人长绝"之古典与今典。其古典资源,即《文选》卷二十九李陵诗《与苏武三首》第一首:"携手上河梁,游子暮何之?"(第一首:"良时不再至,离别在须臾。屏营衢路侧,执手野踟蹰。"亦可参读。)稼轩此三句,完全是借用李陵诗之语典,暗喻岳飞事之今典。按稼轩此词"将军百战身

---

① (宋)赵雄:《韩忠武王世忠中兴佐命定国元勋之碑》,(宋)杜大珪编:《名臣碑传琬琰之集》卷13。

名裂",写至绍兴十一年岳飞遇害于临安,此三句"向河梁、回头万里,故人长绝"紧承上句而来,乃是写绍兴十年岳飞奉诏班师于朱仙镇,与黄河南北中原大地诀别("向河梁、回头万里"),与河南父老乡亲诀别("故人长绝")。此种逆时写法,与上片"马上琵琶关塞黑"写至后宫入金,其下句"更长门翠辇辞金阙"再写后宫离汴,写法相同。皆是以领先主句写至今典之结局,再以从句逆写此结局之前的一个激动人心的特定情节。

按《宋史》卷三百六十五《岳飞传》记绍兴十年(1140):

> 大军在颍昌(今河南许昌),诸将分道出战,飞自以轻骑驻郾城(今河南郾城),兵势甚锐。……飞曰:"金人伎穷矣。"乃日出挑战,且骂之。兀术怒,合龙虎大王、盖天大王与韩常之兵逼郾城。飞遣子云领骑兵直贯其阵,戒之曰:"不胜,先斩汝!"鏖战数十合,贼尸布野。初,兀术有劲军,皆重铠,贯以韦索,三人为联,号"拐子马",官军不能当。是役也,以万五千骑来,飞戒步卒以麻扎刀入阵,勿仰视,第斫马足。拐子马相连,一马仆,二马不能行,官军奋击,遂大败之。兀术大恸曰:"自海上起兵,皆以此胜,今已矣!"兀术益兵来,部将王刚以五十骑觇敌,遇之,奋斩其将。飞时出视战地,望见黄尘蔽天,自以四十骑突战,败之。方郾城再捷,飞谓云曰:"贼屡败,必还攻颍昌,汝宜速援王贵。"既而兀术果至,贵将游奕、云将背嵬战于城西。云以骑兵八百挺前决战,步军张左右翼继之,杀兀术婿夏金吾、副统军粘罕索字董,兀术遁去。
>
> 梁兴会太行忠义及两河豪杰等,累战皆捷,中原大震。飞奏:"兴等过河,人心愿归朝廷。金兵累败,兀术等皆令

老少北去,正中兴之机。"飞进军朱仙镇(今河南开封西南),距汴京四十五里,与兀术对垒而阵,遣骁将以背嵬骑五百奋击,大破之,兀术遁还汴京。……

先是,绍兴五年,飞遣梁兴等布德意,招结两河豪杰,山砦韦铨、孙谋等敛兵固堡,以待王师,李通、胡清、李宝、李兴、张恩、孙琪等举众来归。金人动息,山川险要,一时皆得其实。尽磁、相、开德、泽、潞、晋、绛、汾、隰之境,皆期日兴兵,与官军会。其所揭旗以"岳"为号,父老百姓争挽车牵牛,载糗粮以馈义军,顶盆焚香迎候者,充满道路。自燕以南,金号令不行,兀术欲签军以抗飞,河北无一人从者。乃叹曰:"自我起北方以来,未有如今日之挫衄。"……金将军韩常欲以五万众内附。飞大喜,语其下曰:"直抵黄龙府,与诸君痛饮尔!"

方指日渡河……令班师。一日奉十二金字牌,飞愤惋泣下,东向再拜曰:"十年之力,废于一旦!"飞班师,民遮马恸哭,诉曰:"我等戴香盆、运粮草以迎官军,金人悉知之。相公去,我辈无嚯类矣。"飞亦悲泣,取诏示之曰:"吾不得擅留。"哭声震野。①

《三朝北盟会编》卷二〇七《岳侯传》记岳飞奉诏班师时曰:

所得州郡,一旦都休!社稷江山,难以中兴!乾坤世界,无由再复!②

---

① 《宋史》卷365,中华书局1977年版,第11389—11391页。
② (宋)徐梦莘:《三朝北盟会编》卷207,上海古籍出版社1987年版,第1494页。

复按《宋史》卷三百六十《宗泽传》所记岳飞早年事：

> 秉义郎岳飞犯法将刑，泽一见奇之，曰："此将材也！"会金人攻汜水，泽以五百骑授飞，使立功赎罪，飞大败金人而还，遂升飞为统制，飞由是知名。①

《建炎以来系年要录》卷十六建炎二年（1128）七月癸未朔条：

> 资政殿学士、东京留守、开封尹宗泽薨。……泽将没，无一语及家事，但连呼"过河"者三。②

案：绍兴十年岳飞连续取得郾城、颍昌、朱仙镇大捷，准备渡河北伐，河北义军纷起响应时，奉诏被迫班师，岳飞回首中原，沉痛地说："十年之力，废于一旦！所得州郡，一旦都休！社稷江山，难以中兴！乾坤世界，无由再复！"此即是"向河梁、回头万里"之今典。当岳飞班师时，曾经"戴香盆运粮草以迎官军"的河南父老乡亲"遮马恸哭"，"飞亦悲泣"，"哭声震野"，此即是"向河梁、回头万里，故人长绝"之今典。

又，宗泽对岳飞有知遇之恩，二人志向相同，渡河北伐是二人共同志向所在，宗泽临终三呼"过河！"岳飞自不能忘怀。读稼轩此三句词，对此亦当了解。

兹再释"易水萧萧西风冷，满座衣冠似雪。正壮士悲歌未彻"之古典与今典。其古典，即《战国策》卷三十一《燕策三》所载：

---

① 《宋史》卷360，中华书局1977年版，第11281页。
② （宋）李心传：《建炎以来系年要录》卷16，上海古籍出版社1992年版，第1册，第262页。

荆轲使秦,"太子及宾客知其事者,皆白衣冠以送之。至易水上,既祖,取道,高渐离击筑,荆轲和而歌,为变徵之声,士皆垂泪涕泣。又前而为歌曰:'风萧萧兮易水寒,壮士一去兮不复还!'复为慷慨羽声,士皆瞋目,发尽上指冠。于是荆轲遂就车而去,终已不顾。"

按岳珂《金陀粹编》卷八《鄂王行实编年》绍兴十一年十月条:

> 十三日,(秦)桧奏乞召先臣父子证张宪事……诏召先臣入,臣云亦逮至。前一夕,有以桧谋语先臣,使自辨。先臣曰:"使天有目,必不使忠臣陷不义;万一不幸,亦何所逃!"①

《金陀粹编》卷二十八《百氏昭忠录十二》录《鄂武穆王岳公真赞·序》:

> 余尝闻永嘉陈止斋云:"往见石天民,言其父尝赴上江巡检官,夕投宿县驿。忽呵导:'岳少保来!'急急般[搬]叠出,而少保已至,问:'此何官?是间无旅馆,可只就门房驻。'巡检如言。迫夜,堂上张烛,诸将会坐。巡检从壁隙窥之,诸将起禀事,密语。公正色而言,曰:'只得前迈!'诸将退而起禀者三,而公三答之如初言。"呜呼!公岂不知此行之必死哉!其鼎鼎数千里而来者,非赴嘉召也,直趋死如归耳!②

案:绍兴十一年十月岳飞被诏入朝,临行"前一夕,有以桧

---

① (宋)岳珂编:《鄂国金陀粹编续编校注》(上、下),中华书局1989年版,第670页。
② 同上,第676页。

谋语"飞，飞言"使天有日，必不使忠臣陷不义，万一不幸，亦何所逃"，及途中一夜飞与"诸将会坐"，诸将三请飞勿行，飞三次答"只得前迈"，即是稼轩词"易水萧萧西风冷，满座衣冠似雪，正壮士悲歌未彻"之今典。其古典与今典之间，具有三点一致性：第一，荆轲、岳飞前往之地，皆是死地。荆轲必死于虎狼之秦，岳飞则必死于虎狼之赵构秦桧。第二，荆轲、岳飞此行，皆视死如归。第三，送行实为生离死别，情景极为悲壮。职此之故，稼轩词用荆轲入秦视死如归、送行实为生离死别、情景极为悲壮之古典，书岳飞入朝视死如归、送行实为生离死别、情景极为悲壮之今典，遂得以成立。

据《金陀粹编》卷九《昭雪庙谥》，岳珂《鄂王行实编年》成书上进于嘉泰三年（1203）。按岳珂《桯史》卷三《稼轩论词》条：

辛稼轩守南徐（镇江），已多病谢客，予来筮仕委吏，实隶总所，例于州家殊参辰，旦望贽谒刺而已。余时以乙丑南宫试，岁前莅事仅两旬，即告谒去。稼轩偶读余《通名启》而喜，又颇阶父兄旧，特与其洁。余试既不利，归官下，时一招去。①

可知开禧元年乙丑（1205）稼轩已与岳珂相知甚深，对岳家家世忠义高洁特致敬仰赞许（珂为岳飞之孙、岳霖之子），而珂《鄂王行实编年》早已于三年前成书，则至此必为稼轩所寓目。稼轩此词正作于开禧元年，当与此相关。稼轩既熟知《鄂王行实编年》所载岳飞事迹，故能用之入词。

又，据《金陀续编》卷三十《跋》，《续编》刊于绍定六年癸巳（1233），但是其中所汇集之文献则早已陆续搜集。按《金陀

---

① （宋）岳珂著，吴企明点校：《桯史》，中华书局1981年版，第38页。

粹编》卷九《昭雪庙谥》:"考于闻见,访于遗卒。"可知岳珂搜集岳飞事迹,岳家军遗卒是其重要采访对象。复按前揭《忠文王纪事实录》所载飞死次年岳家军士兵诗"全忠全义不全尸",明言飞死于刀斧,较《三朝北盟会编》载《岳侯传》所言"侯中毒而卒"为确,可知岳飞之死本末事迹,早已由岳家军将士传闻于世。稼轩此词"将军百战身名裂"之句,亦言飞死于刀斧,与岳家军士兵诗所言相合,亦当闻于岳家军将士传闻。稼轩此词"易水萧萧西风冷"等句,言飞入朝途中与诸将会坐之事,亦当闻于岳家军将士传闻。而不必见于《续编》所录《鄂武穆王岳公真赞·序》之文字记载,始能言之。

现在当问:稼轩词书岳飞事何以如此隐晦?稼轩此词作于宁宗开禧元年(1205),而早在绍兴三十二年(1162)孝宗即位第二个月就为岳飞平反昭雪,何以在岳飞平反昭雪四十余年后,稼轩言岳飞事还如此隐晦?此实关系到南宋时期重大政治背景。

按《宋史》卷三十三《孝宗本纪一》绍兴三十二年七月戊申条:

追复岳飞元官,以礼改葬。①

《宋史》卷三十四《孝宗本纪二》乾道五年(1169)十一月丙寅条:

为岳飞立庙于鄂州。②

《宋史》卷三十四《孝宗本纪二》乾道六年(1170)七月辛丑条:

---

① 《宋史》卷33,中华书局1977年版,第618页。
② 同上,卷34,第637页。

赐岳飞庙曰忠烈。①

《宋史》卷三十五《孝宗本纪三》淳熙五年（1178）九月戊寅条：

赐岳飞谥曰武穆。②

据此看，似乎高宗逊位孝宗即位后，赵宋政权已为岳飞平反昭雪。但是事实决非如此简单。淳熙十四年（1187）高宗死，十五年高宗庙配飨之争议一事，即彻底暴露出孝宗敌视岳飞的真实面目。

按《宋史》卷三十五《孝宗本纪三》淳熙十五年三月条：

丁未，右丞相周必大摄太傅，持节导梓宫。癸丑，用洪迈议，以吕颐浩、赵鼎、韩世忠、张俊配飨高宗庙廷，吏部侍郎章森乞用张浚、岳飞，秘书少监杨万里乞用浚，皆不报。③

复按周必大《文忠集》卷一百七十三《思陵录》下淳熙十五年三月丁未八日条：

是日内引洪迈，上谕以山陵事，……迈赞圣德，……又奏："顷蒙宣谕：'太上皇帝宜以文武臣各二人配飨，文臣无如吕颐浩、赵鼎，有社稷之功；武臣当用张俊、韩世忠。'乞令侍从议。"并批："依奏。"

---

① 《宋史》卷34，中华书局1977年版，第649页。
② 同上，卷35，第669页。
③ 同上，卷35，第689页。

《思陵录》下淳熙十五年三月癸丑十一日条：

> （礼官曰：）"侍从集议高庙配飨四人，宜如明诏批依。"初，洪迈当太上升遐，即钩致上语，退却宣言于外。十一日，即得"依奏"之笔。省中行文书前两日，方遍至侍从处。迈又草其议，众人签名而已。众论颇汹汹。又闻章森上书乞用张浚、岳飞，杨万里乞用浚，不报。

《续资治通鉴》卷一百五十一宋孝宗淳熙十五年四月癸酉条：

> 杨万里以洪迈驳张浚配飨，斥其欺专，礼官尤袤等请诏群臣再集议。帝谕大臣曰："吕颐浩等配飨，正合公论，更不须议。洪迈固轻率，杨万里亦未免浮薄。"于是二人皆求去，迈守镇江，万里守高安。①

案：淳熙十五年（1188）高庙配飨之争的实质，是对岳飞作何评价，对高宗朝抗战与妥协投降两条政治路线作何评价。这对于此后南宋政治路线，当然具有重大现实意义。孝宗"明诏"用张俊配飨，而张俊是高宗秦桧谋杀岳飞的主要帮凶（参前揭《绍兴十二年十二月二十九日刑部、大理寺状》），并明确拒绝章森请用岳飞配飨（"不报"），这表明，孝宗为岳飞平反昭雪只是表面文章、是不得已，而敌视岳飞才是其本质。从高宗到孝宗，南宋君主敌视岳飞的一贯态度并无改变。此即是稼轩词书岳飞事如此隐晦的深刻原因。确切地说，稼轩词言岳飞事如此隐晦，正所以引导读

---

① （清）毕沅：《续资治通鉴》卷151，上海古籍出版社1987年版，第832页。

者去了解南宋君主一贯敌视岳飞、敌视抗战派的真面目。

《朱子语类》卷一百三十一《中兴至今日人物上》:"岳飞较疏,高宗又忌之,遂为秦所诛,而韩世忠破胆矣!"[①] 又:"高宗云:'朕宁亡国,不用张浚!'"[②] 岳飞、张浚是主战派大将,而遭到高宗镇压、压制。孝宗明确拒绝章森请用岳飞、张浚配飨,并明确拒绝杨万里退而求其次的请用张浚配飨("皆不报"),这表明,敌视、镇压、压制主战派的高宗家法,在高宗以后仍然有效。

《朱子语类》卷一百三十一《中兴至今日人物上》:"(高宗)下诏云:'和议出于朕意。故相秦桧只是赞成。今桧既死,闻中外颇多异论,不可不戒约!'甚沮人心。"[③] 可见对金妥协投降、对内敌视压制主战派,乃是高宗明确诏示的家法。南宋时期政治主流是妥协投降路线,根子在于高宗家法。

稼轩此词作于宁宗开禧元年春夏之交,正是身为抗战派之重镇的稼轩出任镇江知府将以有为而遭黜罢之际。妥协投降路线当道,此即是稼轩所面对的政治现实。词言岳飞之悲剧,亦是寄托自己之悲愤。

总结全文,可以得出两点结论。

第一,稼轩《贺新郎·别茂嘉弟》词的主要结构,乃是古典字面,今典实指。即借用古典,以指陈靖康之耻、岳飞之死之当代史。从而亦寄托了稼轩自己遭受南宋政权排斥之悲愤,及对南宋政权对金妥协投降政策之判断。

第二,稼轩此词达到了古典字面、今典实指之艺术的巅峰境地。

[①] (宋)黎靖德编:《朱子语类》卷131,中华书局1962年版,第3148页。
[②] 同上,第3162页。
[③] 同上,第3162页。

"马上琵琶关塞黑",借昭君出塞之古典,言靖康之耻后宫北行之今典;"向河梁、回头万里,故人长绝",借李陵别苏武之古典,言岳飞自河南被迫班师、回首中原痛言"十年之力,废于一旦,社稷江山,难以中兴",河南父老乡亲"遮马恸哭","飞亦悲泣","哭声震野"之今典;及"易水萧萧西风冷,满座衣冠似雪,正壮士悲歌未彻",借荆轲入秦视死如归之古典,言岳飞入朝视死如归之今典,皆是精切湛深之用典。

其中变化古典以确指今典,尤具有创造性。

一是突出古典之文本所略写之特定情节,以指陈今典事实所具有之特定情节。"更长门翠辇辞金阙",即是突出古典之文本所略写之陈皇后被迫乘车辞汉宫之情节,指陈靖康之耻朱皇后被迫乘车辞宋宫、于车中痛呼"百姓救我"之情节。

二是增添本为古典所无而为今典所有之情节,以给出指向今典之路标以确指今典。"将军百战身名裂",即是增添本为李陵所无而为岳飞所有之"身裂"之情节,以给出指向岳飞之路标、以确指岳飞之今典。

此皆是稼轩思想自由灵活、艺术富有创造性之突出体现。

附记:本文所采用辛词《贺新郎·赋琵琶》,承四川联合大学历史系教授景蜀慧博士见告,谨此志谢。

原载《中国文化》1996年第2期

元好问诗述沁州出土隋薛收撰《文中子墓志》①

《全唐文》卷一百三十三所录薛收撰《隋故征君文中子碣铭》，是考察隋代大儒文中子王通（584—617）生平事迹及其河汾之学与唐初贞观之治之关系的关键性文献。薛收（592—624），是王通高足弟子、唐朝开国元勋，《旧唐书》卷七十三、《新唐书》卷九十八有传，清王昶《金石萃编》卷五十一著录有唐永徽六年于志宁撰《薛收碑》全文。

一九八九年，笔者撰写《唐代文学的文化精神》第一章《河汾之学与贞观之治》（此章十万字）②时，根据《隋故征君文中子碣铭》所记载之内容与隋唐之际诸多原始文献③之记载互证无误，已证明其信实可靠，但对其文献来源则并不清楚。

近承台北山西同乡会老人原馥庭先生惠赠汪龙吟先生著《文

---

① 本文原文《沁州出土薛收文中子碣铭刻石考——元好问诗所述》，发表于《中国文化》2012 年第 1 期，其中将《文中子墓志》误作为《文中子碣铭》，今修改为本文，并向读者致歉。
② 邓小军：《唐代文学的文化精神》，台北文津出版社 1993 年版。
③ 与薛收《隋故征君文中子碣铭》互证一致的隋唐之际相关原始文献，主要是：1. 陈叔达（？—635）《答王绩书》。2. 吕才（？—665）《王无功文集序》。3. 王绩（585—644）《游北山赋》。4. 王绩《负苓者传》。5. 王绩《答程道士书》。6. 王绩《答处士冯子华书》。7. 署名杜淹（？—628）的《文中子世家》。8.《中说》。9.《隋书》卷五十七《薛道衡传》。10. 清王昶《金石萃编》卷五十一《唐十一·薛收碑》。

中子考信录》，其中援引金元好问《送弋唐佐董彦宽南归且为潞府诸公一笑》及《铜鞮次村道中》二诗，并云："盖指（薛收）此文也。"① 笔者感谢馥庭老先生惠赠此书，惭愧昔年未通读《遗山先生文集》，亦未见汪书，同时亦觉得龙吟先生于此语焉不详，故有必要对此作进一步考察。

一、《铜鞮次村道中》诗释证

《四部丛刊》影明刊本金元好问（1190—1257）《遗山先生文集》②卷二《铜鞮次村道中》：

> 山径一何恶，一涧复一岭。昂头一握天，放脚百丈井。武乡有便道，故绕铜鞮境。涉险良独难，又复触隆景。羸骖蹄已穴，怨仆气将瘿。与世恒背驰，用力何自省。河汾绍绝业，疑信纷莫整。铭石出圹中，昧者宜少警。少时曾一读，过眼不再省。南北二十年，梦寐犹耿耿。喻如万里别，灯火得对影。行役岂不劳，聊当忍俄顷。

关于此诗作年。按缪钺《元遗山年谱汇纂》蒙古太宗十一年己亥（1239）：

> 本集卷二《铜鞮次村道中》诗："武乡有便道，故绕铜

---

① 汪龙吟：《文中子考信录》，台湾商务印书馆1973年版，第3页。
② （金）元好问：《遗山先生文集》卷2,《四部丛刊初编》，商务印书馆1937年版，集部，第258册，第39页。以下引用《遗山先生文集》皆依据此本。

鞮境。涉险良独难，又复触隆景。"盖先生是年由济源北归，绕道铜鞮，时已至夏也。金铜鞮县，今山西沁县。诗又云："南北二十年，梦寐犹耿耿。喻如万里别，灯火得对影。"所谓二十年者，盖回忆丙子南渡时也。①

可知元好问《铜鞮次村道中》作于蒙古太宗十一年己亥（1239）夏，由济源（今河南济源）北归忻州（今山西忻州）故里，绕道沁州治所铜鞮县（今山西沁县）境内之时。元好问时年五十岁。

诗云"南北二十年，梦寐犹耿耿"，则如缪钺先生言，"所谓二十年者，盖回忆丙子南渡时也"。实际是指距当时二十三年前，金宣宗贞祐四年丙子（1216）二月，蒙古兵围太原，忻州被兵，五月，元好问奉母避乱，经沁州，虞阪（今山西平陆县东北）②，南渡黄河，寓居河南福昌县三乡镇（今河南宜阳县三乡镇）。元好问时年二十七岁。诗言"二十年"，诗取整数也。

全诗逐句解释如下。

"山径一何恶，一涧复一岭。昂头一握天，放脚百丈井。武乡有便道，故绕铜鞮境。"

诗言铜鞮山水险恶而无尽，抬头去天不盈尺，脚下万丈悬崖。自济源北归忻州路上，有意不走武乡便道，而绕道铜鞮境内。

按元好问同时所作《送弋唐佐董彦宽南归且为潞府诸公一笑》诗，述及弋唐佐、董彦宽二人从潞州专程陪同元好问到沁州铜鞮县境内观看《文中子墓志》刻石，然后南返潞州，可知元好问自

---

① 缪钺：《元遗山年谱汇纂》，姚奠中主编：《元好问全集》下册，附录五，山西古籍出版社 2004 年版，第 1435 页。
② 《遗山先生文集》卷 3《虞阪行》题下自注："丙子夏五月，将南渡河，道出虞阪，有感而作。"

济源北归忻州，是取道潞州。

金武乡县（今山西武乡东）位于潞州（今山西长治）西北偏北，金沁州铜鞮县南四十里隋铜鞮县故址（今山西沁县故县镇），位于潞州西北偏西。自潞州至忻州（今山西忻州），取道较为直北之武乡、太原一线，是为直线，故元好问称之为"便道"。元好问不走此直线，而是绕道沁州铜鞮县境内，走弓背路线，可知其目的地实为潞州西北偏西之隋铜鞮县故址。观诗下文，可知此行是为了重睹《文中子墓志》刻石。

"涉险良独难，又复触隆景。赢骖蹄已穴，怨仆气将瘿。与世恒背驰，用力何自省。"

"用力何自省"之"省"字，训为减省。诗言绕道路险难行，又当盛夏酷暑，马蹄已走穿了孔，仆人也充满怨气。自己常常如此与世背道而驰，从不会做省力的事——是为了自己的理想。

"河汾绍绝业，疑信纷莫整①。铭石出圹中，昧者宜少警。"

"河汾绍绝业"，指文中子王通续六经、讲学于河汾，继承发明失落已久的儒家学说和事业。如薛收《隋故征君文中子碣铭》所述："夫子讳通，字仲淹，姓王氏，太原人。初，高祖晋阳穆公自齐归魏，始家龙门焉。……大业伊始，君子道消，达人远观，潜机独晓。……乃续《诗》、《书》，正《礼》、《乐》，修《元经》，

---

① 清施国祁《元遗山诗集笺注》卷2引金元好问编《中州集》卷九无事道人董文甫《文中子续经》："纷纷述作史才雄，听似秋来百草虫。不是春雷惊蛰窟，蚓蛇会得化成龙。"元好问注："予尝以王氏六经为问，先生云：王氏六经，以权道设教，虽孔子亦然。但后人不能知之。因以此诗见示。"（人民文学出版社1989年版，第124页。）董文甫诗，指怀疑、否定王通及其续经的浮议，犹如秋来的虫鸣，终将烟消云散。暗合杜牧《过魏文贞公宅》："蟪蛄宁与雪霜期？贤哲难教俗士知。可怜贞观太平后，天且不留封德彝。"参阅邓小军：《唐代文学的文化精神》，台湾文津出版社1993年版，第15页；《唐诗说唐史》，中华书局2007年版，第3页。

赞《易象》。道胜之韵，先达所推；虚往之集，于斯为盛。渊源所渐，著录逾于三千；堂奥所容，达者几乎七十。两加太学博士，一加著作郎，夫子绝宦久矣，竟不起矣。朝端［阙］声节①，天下闻其风采。……盛德大业，至矣哉！道风扇而方远，元猷陟而逾密。可以比姑射于尼岫，拟河汾于洙泗矣。夫教思之宗，圣达之节，形气之域，古今同尽。六经既就，一德时成。拂衣启手，其天意乎？以大业十三年五月甲子，遘疾终于万春乡甘泽里第，春秋三十二［四］②。呜呼哀哉！天不憖遗，吾将安仰？以其年八月，迁窆兖于汾水之北原。……门人考行，谥曰文中子，礼也。"③王通家龙门县（今山西河津县），汾水西南流向，经县南入黄河，故称河汾。

"铭石出圹中"，"铭石"可指墓志④，亦可指碑刻⑤；"圹中"则例指墓穴，如《诗经·王风·大车》"死则同穴"郑笺："穴，谓冢圹中也"⑥，元好问《辅国上将军京兆府推官康公神道碑》："刘内翰极之志先府君墓，已纳之圹中矣"⑦，《济南行记》："至今甲午，碑石出圹中"⑧。"出圹中"之"铭石"，只能是指墓志。碑碣与墓志形制、首题判然不同，元好问亲见墓志，应不会将墓碣说成是

---

① 《全唐文》于"端"字下有小字校语："阙"；（清）董诰等编：《全唐文》卷133，中华书局1983年版，第1338页。根据下句"天下闻其风采"，阙文为二字；或可拟为：著其。

② "三十二"之"二"字，当为"四"字笔画泐损，而著录者未加辨识所致之讹误，考详邓小军《唐代文学的文化精神》，台湾文津出版社1993年版，第38页。

③ （清）董诰等编：《全唐文》卷133，中华书局1983年版，第1338页。

④ 如唐张说《张燕公集》卷23《赠郎将葛君墓志》："恐佳城之见日，秘铭石于重泉。"上海古籍出版社1992年版，第212页。

⑤ 如《唐文粹》卷59韩云卿《平淮碑并序》："铭石江浒，播垂休烈。"（宋）姚铉纂：《唐文粹》卷59，《四部丛刊初编》，商务印书馆1929年版，集部，第197册，第1页。

⑥ （汉）毛亨传，郑玄笺，（唐）孔颖达疏：《毛诗正义》卷4，（清）阮元校刻《十三经注疏》，中华书局1980年版，第65页。

⑦ （金）元好问：《遗山先生文集》卷27，第278页。

⑧ 同上，卷34，第350页。

墓志。"铭石出圹中",是指《文中子墓志》出土于墓穴之中。

按《隋书》卷三十《地理志中·上党郡·铜鞮县》:"有铜鞮水。"①

唐李吉甫《元和郡县图志》卷十五《潞州·铜鞮县》:"本晋大夫羊舌赤邑,时号赤曰铜鞮伯华。汉以为县,属上党郡。隋开皇十六年,改属沁州。大业二年,省沁州,复属潞州。"②

宋乐史《太平寰宇记》卷五十《河东道·威胜军》:"威胜军,理铜鞮县。本潞州铜鞮县地,皇朝太平兴国二年四月于此建军,仍割铜鞮、武乡二县来属。"③

《金史》卷二十六《地理志下·沁州·铜鞮县》:"倚。有铜鞮山。"④

明天顺五年李贤等撰《明一统志》卷二十一《沁州·山川》:"铜鞮山,在州城南四十里。一名紫金山。"

《明一统志》卷二十一《沁州·古迹》:"铜鞮城。在州城南,本晋大夫羊舌赤邑,汉始为县,属上党郡。金徙沁州治此。"

《明一统志》卷二十一《沁州·祠庙》:"文中子祠。在州城南四十里。文中子,隋王通也。通尝读书于此,后人为立祠祀之。"⑤

清雍正十二年觉罗石麟等撰《山西通志》卷二十五《山川九·沁州》:"铜鞮山。在州南四十里,一名紫金山,有文中子书室。"

雍正《山西通志》卷一百六十六《祠庙三·沁州》:"文中子祠,在紫金山下。相传文中子读书处。唐皮日休有记。县省祠废。明万历三十年,州守俞汝为重建于学宫左。"

雍正《山西通志》卷一百七十四《陵墓三·河津县》:"文中

---

① 《隋书》卷30,中华书局1973年版,第849页。
② (唐)李吉甫著,贺次君点校:《元和郡县图志》卷15,第421页。
③ (宋)乐史著,王文楚等点校:《太平寰宇记》卷50,中华书局2007年版,第1043页。
④ 《金史》卷26,中华书局1975年版,第639页。
⑤ (明)李贤等著:《大明一统志》卷21,三秦出版社1990年版,第33、35、34页。

子墓,在县南三十里通化村。按曲沃、沁州,胥有文中子墓。"①

清乾隆二十九年和珅等撰《清一统志》卷一百二十山西《沁州·祠庙》:"文中子祠。有二。一在州之铜鞮山麓,久废。一在州学左,明万历中改建,本朝康熙中屡修,春秋致祭。有唐皮日休断碑,旧在铜鞮山祠,今移学宫左。"②

乾隆《清一统志》卷一二〇山西《沁州·人物·流寓》:"隋王通,龙门人,寓居铜鞮紫金山,有石室。"③

清乾隆三十六年姚学瑛等纂《沁州志》卷一《山川》:"铜鞮山。一名紫金山,见《一统志》。在州南四十里故县镇东北。即文中子读书处,上有文中子祠。"又云:"白玉河。在州南四十里。源出蟠龙山,分派合流,东南行二十余里,经铜鞮山下,波流澄澈,水衣蝌蚪不生。相传隋文中子读书山中,时临流盥濯,水为之洁,故名。带绕止山东南里许,至故县镇东,与铜鞮水合。"

乾隆《沁州志》卷二《祠祀》:"文中子祠二。……一在铜鞮故县东北紫金山。即文中子读书处。□④废入州。祠祀荡然,仅存石室。"

乾隆《沁州志》卷七《寓贤》:"王通。通尝读书山中。今石室遗址尚存。"

乾隆《沁州志》卷八《古迹》:"文中子石室。石室二,在故县镇东北紫金山之阳,即文中子读书处"。

由上可知:

第一,隋上党郡(唐潞州,今山西长治)铜鞮县故址,位于

---

① 王轩等著:《山西通志》卷 25、166、174,《中国省志汇编》,台湾华文书局股份有限公司 1969 年版,第 508、3185、3346 页。
② (清)穆彰阿等纂:《嘉庆重修一统志》158 卷,上海书店 1984 年版,第 12 页。
③ 同上,第 17 页。
④ 国图藏本此字泐损。

北宋威胜军以及金元明清沁州治所铜鞮县（今山西沁县）南四十里（今沁县故县镇）。

第二，相传文中子王通曾读书于隋铜鞮县铜鞮山（又名紫金山），后人为立祠祀之。铜鞮山文中子石室、文中子祠遗迹，至明清犹存。元好问《铜鞮次村道中》诗："武乡有便道，故绕铜鞮境"，"河汾绍绝业，疑信纷莫整。铭石出圹中，昧者宜少警"，言《文中子墓志》出土，雍正《山西通志》记"沁州有文中子墓"，可知铜鞮县境内并有文中子墓。墓在铜鞮县境内何处？

隋铜鞮县故址位于金潞州西北、沁州铜鞮县南。按元好问同时所作《送弋唐佐董彦宽南归且为潞府诸公一笑》诗，可知元好问自济源北归忻州，是取道潞州，并到达沁州铜鞮县境内山中观看《文中子墓志》刻石；按元好问《铜鞮次村道中》诗，可知元好问自潞州北归不走直线武乡一线，而是绕道铜鞮县境内，走弓背路线，目的地是潞州西北偏西之隋铜鞮县故址，目的是重睹《文中子墓志》刻石；由此可知，金沁州铜鞮县境内文中子墓是在隋铜鞮县故址铜鞮山。铜鞮县文中子祠、墓，是在铜鞮山一地。

第三，按薛收《隋故征君文中子碣铭》："初，高祖晋阳穆公自齐归魏，始家龙门焉。……以大业十三年五月甲子，遘疾终于万春乡甘泽里第。……以其年八月，迁窆岁于汾水之北原。"《旧唐书》卷一百九十上《王勃传》："王勃，字子安，绛州龙门人。祖通。"[1] 明《永乐大典》卷六千八百三十八"王通"条引《河中县志》："文中子王通，按家谱，河汾人。今县南三十里有通化村集贤里。"[2] 一九八九年四月、一九九一年四月、二〇一一年七月，笔者曾三次至山西万荣县通化乡（旧属山西河津县，即隋龙门县）考察，

---

[1] 《旧唐书》卷190，中华书局1975年版，第5004页。
[2] 《永乐大典》卷6838，中华书局1986年版，第5册，第2854页。

当地有文中子祠、文中子墓，有王通后人数家，家藏明代敬忍居刻《中说》整套版片。原始文献记载与实地考察相合，可知文中子墓是在文中子故里隋龙门县（今山西河津）万春乡（今山西万荣通化乡）。因此，铜鞮县铜鞮山文中子墓应为铜鞮县人为文中子立祠时所建衣冠墓①。

第四，沁州铜鞮山文中子衣冠墓《文中子墓志》出土于金贞祐四年（1216）或之前不久。推测出土的原因，是文中子衣冠墓年久圮废。逆推其建墓之时间，最晚当在北宋，最早则当在唐代。

第五，根据元好问《铜鞮次村道中》诗："河汾绍绝业，疑信纷莫整。少时曾一读，过眼不再省。南北二十年，梦寐犹耿耿"，是指距今蒙古太宗十一年己亥（1239）之二十三年前，金宣宗贞祐四年丙子（1216）自己从忻州南渡黄河经过铜鞮时，《文中子墓志》刻石曾经寓目，可知《文中子墓志》刻石是在金宣宗贞祐四年丙子（南宋宁宗嘉定九年，公元1216年）或之前不久，出土于金沁州治所铜鞮县南四十里隋铜鞮县故址（今山西沁县故县镇）铜鞮山文中子墓。根据元好问《送弋唐佐董彦宽南归且为潞府诸公一笑》诗："薛收文志谁所传，贵甚竹书开汲冢"，可知《文中

---

① 高广仁《大汶口文化的葬俗》："大汶口墓地有5座空无墓主的墓，却均有相当数量的随葬品。"（《海岱区先秦考古论集》，科学出版社2000年版，第141页。）《中国大百科全书·考古卷》"大汶口文化"条："在大汶口、西夏侯，还有一些无墓主、墓主身首分离或无头但随葬品相当丰富的大墓。"（中国大百科全书出版社1986年版，第83页）《史记》卷十二《孝武本纪》："上曰：'吾闻黄帝不死，今有冢，何也？'或对曰：'黄帝已仙上天，群臣葬其衣冠。'"新石器时期大汶口文化的考古发现，与传世文献《史记》的记载，表明中国衣冠墓早已有之。孔德来《青浦"孔子衣冠墓"探新》："'孔子衣冠墓'亦称'孔宅'，位于现上海市青浦区市级青浦工业园北隅，故址占地约120亩。据清光绪版《青浦县志》等古籍记载，隋朝大业二年（606），孔子第34代孙孔祯赴任苏州长史时，奉孔子衣冠环璧建墓于此。它已经存在了1400多年，是现知国内唯一的孔子衣冠墓。"（《中国文物科学研究》2009年第2期）青浦孔子衣冠墓建于隋代，更足见隋代有此习俗。

子墓志》为薛收所撰。

第六，元好问所见沁州铜鞮山出土薛收撰《文中子墓志》刻石，应为当地后人为文中子立祠并建立衣冠墓时所别刻，并非原刻。但是，虽非原刻，文字自是不差。按《晋书》卷三十四《杜预传》："预好为后世名，常言'高岸为谷，深谷为陵'，刻石为二碑，纪其勋绩，一沉万山之下，一立岘山之上。曰：'焉知此后不为陵谷乎！'"①近人柯昌泗《语石异同评》卷一《三国魏蜀吴》条："魏李苞《通阁道题名》，同在陕西褒城石门摩崖。咸同间，崩入褒水。光绪初，打碑人于崖上又发见小字李苞题名一段。……史言杜元凯立碑纪功，一置万山之上，一沉汉水之下，以备陵谷变迁，今乃于李苞题名见之。……或当时刻石，意存久远，别刻数处，事所恒有。"②可知古人刻石，别刻数处，隋唐以前，早已有之。

---

① 《晋书》卷34，中华书局1974年版，第1301页。
② 叶昌炽著，柯昌泗评：《语石·语石异同评》，中华书局1994年版，第9页。
其后之例，兹举北宋三例，叙述别刻之故较详，可资参考。
北宋邹浩《道乡集》卷12《勉萧尉秀实别刻磨崖》题下注："秀实欲于《中兴颂》侧磨崖别刻，以待打碑之人，庶几旧字可完，传于永久。"
乾隆《山西通志》卷194《艺文十三·碑碣四》北宋谢景初《魏文侯墓碑》："嘉祐戊戌岁，予为吏汾州，既至，考图牒，则曰魏文侯都之墓在孝义县西五里。……他日涉郡守园池，见唐开元二十年孝义令杨仲昌所作魏文侯碑在焉，其旁记墓在胜水之阳，与其周旋，高大甚备，至大中十年，刺史崔骈自孝义移于此。……于是使李令改石别刻杨氏之碑，与其所记墓之所在，周环高大，并崔骈所列者，尽镵而立之墓侧。予是为记，其由庶几可考矣。"
明都穆《金薤琳琅》卷16《大历七年岁次壬子九月二十五日孙佖追建唐故太尉文贞宋公［璟］神道碑侧记》附录北宋崇宁二年七月一日编修国朝会要所检阅文字范致君记："《宋公神道碑》独完好，惟《碑侧记》缺八字，碑去官道二里余。世罕知者，以故久不显于世。致君因谒墓下，始得之，且叹旧史不载，《新书》阙遗，乃刻颜公体大书字画，别刻于石，庶久其传。"
林侗《来斋金石刻考略》卷中《右丞相广平文正公宋璟碑》："在沙河县西北八里墓前。颜真卿撰并书，大历七年壬子。碑侧记大历十三年戊午。……岁久已断仆于地，明沙河令方豪起而立之。另有《碑记》、《碑侧记》，乃鲁公续书。宋世即已缺裂，崇宁间，范致君别刻于石。迄今五百余载，石复剥蚀，而文隐隐可读。"

"河汾绍绝业，疑信纷莫整。铭石出圹中，昧者宜少警"，诗言隋儒文中子王通继承发明失落已久的儒家学说和事业，而自宋以来人们对王通其人其事迹之真实性，疑信不一；如今《文中子墓志》刻石出土，怀疑者也应该警觉到自己的错误了。显然，元好问此四句诗，是指《文中子墓志》所述与"信"者所见传世原始文献所述相一致，《文中子墓志》所述为信史，可以破除对文中子之怀疑。

"少时曾一读，过眼不再省。南北二十年，梦寐犹耿耿。喻如万里别，灯火得对影。行役岂不劳，聊当忍俄顷。"

"过眼不再省"之"省"字，犹言寓目。《说文解字》："省，视也。"① 此八句诗，言距今蒙古太宗十一年己亥（1239）之二十三年前，金宣宗贞祐四年丙子（1216），忻州被兵，自己奉母避乱南渡黄河，经过铜鞮时，《文中子墓志》刻石曾经寓目，诵读一过，从此不再寓目。二十三年来，虽然与《文中子墓志》刻石南北悬隔，却一直耿耿难以忘怀。梦寐之中相见，犹如朋友万里重逢，灯火下，面对面，有说不尽的心里话。如今不惮行役之劳，正是期盼此次绕道铜鞮县境内，能重睹《文中子墓志》刻石（"行役岂不劳，聊当忍俄顷"）。

小结：

第一，薛收撰《文中子墓志》刻石，是在金宣宗贞祐四年丙子（南宋宁宗嘉定九年，公元1216年）或之前不久，出土于金沁州治所铜鞮县南四十里隋铜鞮县故址（今山西沁县故县镇）文中子墓。铜鞮县文中子墓，应为当地后人为文中子立祠时所建衣冠墓。所出土之薛收撰《文中子墓志》刻石，应为当地后

---

① （汉）许慎著，（宋）徐铉校定：《说文解字》卷4，中华书局1963年版，第74页。

人为文中子立祠并建立衣冠墓时所别刻。虽非原刻，文字自是不差。

第二，金贞祐四年（1216），元好问自忻州奉母避乱南渡黄河路过铜鞮县，曾经亲眼目睹已出土之薛收撰《文中子墓志》刻石，读过志文。并留下二十三年不可磨灭的深刻印象。

第三，参照《全唐文》卷一百三十三薛收《隋故征君文中子碣铭》，金沁州出土薛收撰《文中子墓志》，首题当为《隋故征君文中子墓志铭》（本文省称为《文中子墓志》）。

第四，元好问《铜鞮次村道中》诗："河汾绍绝业，疑信纷莫整。铭石出圹中，昧者宜少警"，指《文中子墓志》所述为信史，可以破除对文中子之怀疑。此点具有宝贵的史料价值。

二、《送弋唐佐董彦宽南归且为潞府诸公一笑》释证

《遗山先生文集》卷三《送弋唐佐董彦宽南归且为潞府诸公一笑》：

河汾续经名自重，附会人嫌迫周孔。史臣补传久已出，浮议至今犹汹汹。薛收文志谁所传，贵甚竹书开汲冢。沁州破后石故在，为础为砎吾亦恐。暑途十日来一观，面色为黧足为肿。淡公淡癖何所笑，但笑弋卿坚又勇。自言浪走固无益，远胜闭门亲细冗。摩挲石刻喜不胜，忘却崎岖在冈陇。潞人本淡新有社，淡事重重非一种。有人六月访琴材，不为留难仍从臾［怂恿］。悬知蜡本入渠手，四座色扬神为竦。他时

记籍社中人，流外更须增一董。①

《送弋唐佐董彦宽南归且为潞府诸公一笑》诗作于何时②？诗言："沁州破后石故在。"按《金史》卷十五《宣宗本纪中》兴定元年（1217）九月："辛卯，大元兵徇隰州及汾西县，癸巳，攻沁州。"③可知此诗作于金宣宗兴定元年九月元兵攻破沁州之后。但此是其写作时间之上限，尚须进一步考察其下限。诗又言"暑途十日来一观"。据缪钺《元遗山年谱汇纂》，元好问以蒙古太宗十一年己亥（1239）夏由济源北归忻州时绕道沁州治所铜鞮县，然则《送弋唐佐董彦宽南归》诗当作于此时。元好问同时所作《铜鞮次村道中》诗："河汾绍绝业，疑信纷莫整。铭石出圹中，昧者宜少警"，是指薛收《文中子墓志》刻石；《送弋唐佐董彦宽南归》诗："河汾续经名自重，附会人嫌迫周孔"，"薛收文志谁所传，贵甚竹书开汲冢"，亦是指薛收《文中子墓志》刻石，可知《铜鞮次村道中》与《送弋唐佐董彦宽南归》二诗当为同时所作。按《铜鞮次村道中》诗言自己不惮行役之劳，是期盼此次绕道沁州治所铜鞮县境内隋铜鞮县故址（今山西沁县故县镇），能重睹二十三年念念不忘的《文中子墓志》刻石，《送弋唐佐董彦宽南归》则言自己已经亲至铜鞮山中重观《文中子墓志》刻石，可知作《铜鞮次村道中》在先，作《送弋唐佐董彦宽南归》在后。

---

① （金）元好问：《遗山先生文集》卷2，第54页。
② 此诗《元遗山年谱汇纂》等均未作系年。近日见狄宝心《元好问诗编年校注》："此诗李、缪未编年。按所咏'河汾续经'事，当与《铜鞮次村道中》同时作。"（中华书局2011年版，第915页）此诗系年，笔者实与之不谋而合。
③ 《金史》卷15，中华书局1975年版，第331页。

全诗逐句解释如下。

"河汾续经名自重，附会人嫌迫周孔。史臣补传久已出，浮议至今犹汹汹。薛收文志谁所传，贵甚竹书开汲冢。"

"史臣补传"，指北宋史臣司马光所撰《文中子补传》，流传于世。司马光不仅在所撰《资治通鉴》卷一百七十九隋文帝仁寿三年（603）著录了王通的生平事迹及对话录，并且专门撰写了《文中子补传》一长文。今存于北宋邵博撰《邵氏闻见后录》卷四、南宋吕祖谦编《宋文鉴》卷一百四十九，以及明代所编《永乐大典》卷六千八百三十八[①]。

"浮议"，犹言空话，没有根据的议论。如唐陆贽《请释赵贵先罪状》："不为浮议所移"[②]，宋欧阳修《论乞主张范仲淹富弼等行事札子》："招小人之怨怒，不免浮议之纷纭"[③]，苏轼《谢王内翰启》："卓尔大贤，自足以破万人之浮议"[④]。"浮议"，此指怀疑王通其人真实性的无根之谈。

"贵甚竹书开汲冢"，汲冢竹书指西晋太康二年（281）汲郡人不准盗发魏襄王墓（或言魏安厘王冢），所得竹书，经束皙整

---

① 施国祁《元遗山诗集笺注》卷3引元刘祁《归潜志》卷13："司马君实作《文中子补传》，怪《隋书》不为文中子立传。而其子弟云，凝为御史，尝弹侯君集，君集与长孙无忌善，以此王氏不得用。其修隋史者，乃陈叔达、魏征，畏无忌，故不为立传。君子曰：叔达固畏无忌，征岂以畏无忌故，掩其师名耶？以是为疑。余尝思，使征辈诚文中子门人，其不为立传，亦自有深意。将非以既拟其师于圣人，欲列于传，恐小之，欲援《孔子世家》之例，而《隋史》无他世家，且恐时人议，故皆不纪，以为其师之名不待史而传乎？如此然，未可知也。"（人民文学出版社1989年版，第194页）关于《隋书》何以不为王通立传，参阅邓小军：《〈隋书〉不载王通考》，《四川师范大学学报》1994年第3期；《唐代文学的文化精神》，台湾文津出版社1993年版。
② （唐）陆贽：《翰苑集》卷16。
③ （宋）欧阳修：《文忠集》卷101。
④ （宋）苏轼：《东坡全集》卷70。

理为《汲冢书》，即《竹书纪年》一书①。《竹书纪年》是战国时魏国史官所记载自夏商周至战国时期之编年史书，是中国最早的一部纪年体通史，亦是中国唯一未经秦火的纪年体通史，故对于研究先秦史具有重大价值②。

"河汾续经名自重，附会人嫌迫周孔。史臣补传久已出，浮议至今犹汹汹。薛收文志谁所传，贵甚竹书开汲冢。"元好问此六句诗，言文中子续六经、讲学河汾，自名重于世，而历代却有人认为王通附会圣人，自比周孔。尽管北宋司马光不仅在所撰《资治通鉴》隋文帝仁寿三年条著录了王通的生平事迹及对话录，并且专门撰写了《文中子补传》一长文，但是人们至今犹浮议纷纷，甚至对于有无王通其人亦将信将疑。如今沁州出土薛收所作文中子铭石，谁能将之传扬于世、传于后世？其价值可是比汲冢出土《竹书纪年》还要宝贵——因为沁州出土之《文中子墓志》刻石，乃是王通高足弟子、唐朝开国元勋薛收所撰写的第一手原始文献，颠扑不破的信史。元好问此六句诗，明确表示薛收《文中子墓志》所述为信史，可以破除怀疑文中子之浮议。

"暑途十日来一观，面色为黧足为肿。淡公淡癖何所笑，但笑弋卿坚又勇。自言浪走固无益，远胜闭门亲细冗。摩挲石刻喜不胜，忘却崎岖在冈陇。"

"暑途十日"，指自己从济源至隋铜鞮县故址，冒暑走了十天。按《元和郡县图志》卷五《河南府·济源县》："南至府（今河南洛阳）一百二十里。"《元和郡县图志》卷十五《潞州》："南

---

① 参阅《晋书》卷51《束皙传》；方诗铭、王修龄：《古本竹书纪年辑证（修订本）》，上海古籍出版社2005年版。

② 今人将《汲冢书》之发现与西汉武帝时孔子旧宅发现《尚书》、《论语》等古文经，近代殷墟发现甲骨文，敦煌发现藏经洞，誉为中国文化史上的四大发现。

至东都（今河南洛阳）四百七十里。"又《铜鞮县》："东至州一百五十里。"①可知自济源（今河南济源）北行至潞州（今山西长治）三百五十里，自潞州西北行至隋铜鞮县故址一百五十里，合计五百里，以传统步或驴日行五十里计②，正好走了十天。

"淡公"，参下文"潞人本淡新有社"，及《遗山先生山文集》卷十三《宗人明道老师澹轩二首》其一："潞人澹社有来源，济水分流到澹轩"，又卷三《送宋省参并寄潞府诸人》："因君寄问社中人，前日淡公行复过"，可知淡公是潞州文人结社淡社之人，当为淡社领袖人物。

"弋卿"，即弋唐佐。按《遗山先生文集》卷二十四《临海弋公［润］阡表公》："子男三人，长縠英，师事程内翰天益。未冠，为乡府所荐，再赴帘试。文学行义，高出时辈。兵间，以功授本州岛防御副使。"③又卷三十六《集诸家通鉴节要序》："汝下弋唐佐，集诸家《通鉴》成一书……为卷百有二十，凡二百余万言。"④可知弋唐佐治学勤奋，亦是潞州淡社之人。参证诗题《送弋唐佐董彦宽南归且为潞府诸公一笑》及诗，可知弋唐佐、董彦宽二人，是从潞州专程陪同元好问至隋铜鞮县故址观看《文中子墓志》刻石，然后南返潞州。

"摩挲石刻喜不胜，忘却崎岖在冈陇"之"石刻"，指《文中子墓志》刻石，"冈陇"指隋铜鞮县故址铜鞮山。

此八句诗，言自己从济源冒暑行路十日，到达隋铜鞮县故址铜鞮山中，来重观《文中子墓志》刻石。不辞暑天炎热，晒黑面

---

① （唐）李吉甫等著，贺次君点校：《元和郡县图志》卷5、15，第148、418、421页。
② 参照《大唐六典》卷3尚书户部度支员外郎条："凡陆行之程：……步及驴五十里。"
③ （金）元好问：《遗山先生文集》卷24，第246页。
④ 同上，卷36，第372页。

色，山路崎岖，走肿双脚。潞州淡社之淡公，雅有淡泊之癖，笑赞弋唐佐为观《文中子墓志》刻石，意志坚决，勇气十足。唐佐自言奔赴隋铜鞮县故址观《文中子墓志》刻石乃有益之事，非同无目的出游，更远胜闭户从事琐事。如今唐佐摩挲刻石，喜不自胜，忘却了山路崎岖之艰辛。此言唐佐，亦是元好问夫子自道。

"潞人本淡新有社，淡事重重非一种。有人六月访琴材，不为留难仍从臾（怂恿）。悬知蜡本入渠手，四座色扬神为竦。他时记籍社中人，流外更须增一董。"

"一董"，指董彦宽。参阅"他时"二句及《遗山先生文集》卷十三《宗人明道老师澹轩二首》其二："澹中无地着咸酸，老口年多不受谩。流外已曾增一董，不妨传法到黄冠。"①董彦宽似非淡社之人，可是元好问认为他应该增补入社。

"琴材"，本指制琴之木材，如《全唐诗》卷五百一十八雍陶《孤桐》："岁晚琴材老，天寒桂叶凋。""访琴材"，典出宋乐史《太平寰宇记》卷九十九《温州》："梁丘迟为太守，常采琴朴（即琴材）寄吴兴柳文畅（恽）。"及《梁书》卷二十一《柳恽传》："恽既好琴。"喻指董彦宽访求《文中子墓志》，将送与好古之淡社诸公。

"蜡本"，本指采用蜡拓法之拓本，此指《文中子墓志》拓本。蜡拓，即以蜡和烟子制成饼状蜡墨，将湿纸刷碑上，纸干后，以蜡墨饼顺序摩擦，摩擦一遍，即完成拓本。如宋程大昌《演繁露》卷七《印书》所述："刻石为碑，蜡墨为字。"

"怂恿"，从旁劝说鼓动，在古汉语是中性词，非贬义词，如《金

---

① （金）元好问：《遗山先生文集》卷13，第147页。

石萃编》卷六十九唐刘秀《凉州卫大云寺碑》："乃怂恿司马等佥议装严于北面,化十善十恶",北宋王安石《临川先生文集》卷五《和吴冲卿雪》:"填空忽汗漫,造物谁怂恿。"

此八句诗,言潞州友人天性淡泊,结为淡社,雅事甚多。弋唐佐、董彦宽不辞六月炎天奔赴隋铜鞮县故址铜鞮山中,意在拓得《文中子墓志》拓本,淡社诸公未加劝阻而是加以鼓动。料想唐佐、彦宽回到潞州,墓志拓本在手,四座之人将为之惊喜。彦宽尚非淡社中人,将来记录淡社历史,应该写到彦宽,因为唐佐、彦宽此行为淡社历史增添了一桩佳话。

小结:

第一,自金贞祐四年(1216)元好问自忻州奉母避乱南渡黄河路过铜鞮县亲眼目睹薛收撰《文中子墓志》刻石,至二十三年以后,《文中子墓志》刻石犹存于隋铜鞮县故址(今山西沁县故县镇)铜鞮山中。

第二,蒙古太宗十一年己亥(1239)六月,元好问由济源北归忻州时绕道沁州治所铜鞮县境内,至隋铜鞮县故址铜鞮山中,重观薛收所撰《文中子墓志》刻石。弋唐佐、董彦宽,从潞州专程陪同元好问至隋铜鞮县故址铜鞮山中观看《文中子墓志》刻石,并拓得《文中子墓志》拓片。

《文中子墓志》刻石二十三年前后一直存在于隋铜鞮县故址铜鞮山中,由此可见,金贞祐四年元好问路过金铜鞮县时,亦是亲至县南四十里铜鞮山中观看《文中子墓志》刻石。

元好问在二十三年前后两次至铜鞮山中观看《文中子墓志》刻石,并作两诗记述,此是值得纪念的十三世纪时的一次连续性的田野考古调查。

第三,由元好问《铜鞮次村道中》诗:"河汾绍绝业,疑信纷莫整。铭石出圹中,昧者宜少警",《送弋唐佐董彦宽南归》诗:"河汾续经名自重,附会人嫌迫周孔。史臣补传久已出,浮议至今犹汹汹。薛收文志谁所传,贵甚竹书开汲冢",可以确定"河汾铭石"、"薛收文志",是指薛收所撰《文中子墓志》刻石①。参照《全唐文》卷一百三十三薛收《隋故征君文中子碣铭》,《文中子墓志》首题当为《隋故征君文中子墓志铭》。

第四,元好问《送弋唐佐董彦宽南归》诗:"河汾续经名自重,附会人嫌迫周孔。史臣补传久已出,浮议至今犹汹汹。薛收文志谁所传,贵甚竹书开汲冢",指沁州出土薛收所作《文中子墓志铭》比汲冢出土《竹书纪年》还要宝贵,此点亦具有宝贵的史料价值。

三、《文中子墓志》与《文中子碣铭》之关系

南北朝隋唐同一墓主碑志多由不同作者撰写,但亦不乏同一墓主碑志皆一人撰作之例。例如庾信撰《司马裔神道碑》与《司马裔墓志》②,以及颜真卿撰《杜济神道碑》与《杜济墓志》③,韩

---

① 清施国祁《元遗山诗集笺注》、今人狄宝心《元好问诗编年校注》均未注释出《铜鞮次村道中》"铭石出圹中"、《送弋唐佐董彦宽南归且为潞府诸公一笑》"薛收文志谁所传,贵甚竹书开汲冢。沁州破后石故在"等句,是指薛收撰《文中子墓志》。
② 《四部丛刊》景明刊本《庾子山集》卷13《周大将军司马裔神道碑》,又卷15《周大将军琅琊定公司马裔墓志铭》。
③ 《四部丛刊》景明刊本《颜鲁公文集》卷8《京兆尹御史中丞梓遂杭三州刺史剑南东川节度使杜公〔济〕神道碑铭》,又卷10《京兆尹兼中丞杭州刺史剑南东川节度使杜公〔济〕墓志铭》。

愈撰《王仲舒神道碑》与《王仲舒墓志》①。薛收撰《文中子墓志》与《隋故征君文中子碣铭》，符合南北朝隋唐同一墓主碑志皆一人撰作之例。

碣是碑之别体。按《隋书》卷八《礼仪志三》："三品已上立碑，螭首龟趺，趺上高不得过九尺。七品已上立碣，高四尺，圭首方趺。若隐沦道素，孝义著闻者，虽无爵，奏听立碣。"②可知薛收《隋故征君文中子碣铭》是按照已故"隐沦道素者立碣"的隋代制度而撰刻。

关于碑（碣）、志之异同。在形制上，碑碣为长方形碑身，并有碑座，形制较大；墓志多为正方形石刻，一底一盖二石，形制较小。在实地位置上，碑碣立于地上，墓志埋于圹中。在文体上，碑志皆包括序与铭，如《文心雕龙·诔碑》曰："夫属碑之体，资乎史才。其序则传，其文则铭。"南北朝隋碑志，序多骈文，铭为韵文。碑碣详而墓志略。但是，碑志之内容则是基本相同、大同小异。如宋周必大《文忠集》卷四十六《题颜鲁公书撰杜济神道碑》所述："右颜鲁公书撰《杜济神道碑》。……（杜）济盖鲁公友婿，故又志其墓云。……今考鲁公文集，大抵碑详而志略，亦微有异同。"事实上，薛收《文

---

① 《四部丛刊》景元刊本《朱文公校昌黎先生集》卷31《唐故江南西道观察使中大夫洪州刺史兼御史中丞上柱国赐紫金鱼袋赠左散骑常侍太原王公［仲舒］神道碑铭》，又卷33《故江南西道观察使赠左散骑常侍太原王公［仲舒］墓志铭》。兹再举宋代一例。欧阳修作《程琳神道碑》与《程琳墓志》，见《四部丛刊》景元刊本《欧阳文忠公居士集》卷21《镇安军节度使同中书门下平章事赠太师中书令程公［琳］神道碑铭并序》，又卷30《镇安军节度使同中书门下平章事赠中书令谥文简程公［琳］墓志铭》。

② 碑碣之制，唐承隋制。《唐六典》卷4《尚书礼部礼部郎中员外郎》："碑碣之制，五品已上立碑，七品已上立碣。若隐沦道素，孝义著闻，虽不仕，亦立碣。"

中子墓志》与今存《隋故征君文中子碣铭》,符合碑志内容基本相同之传统。①

四、结论

如上所述,笔者曾经作出考察,根据薛收《隋故征君文中子碣铭》所记载之内容与传世原始文献之记载相一致,证明其信实性。

元好问《铜鞮次村道中》诗:"河汾绍绝业,疑信纷莫整。铭石出圹中,昧者宜少警";《送弋唐佐董彦宽南归》诗:"河汾续经名自重,附会人嫌迫周孔。史臣补传久已出,浮议至今犹汹汹。薛收文志谁所传,贵甚竹书开汲冢",记述了亲见金贞祐四年(1216)或之前不久出土于沁州铜鞮山之薛收撰《文中子墓志》,指出《文中子墓志》所述为信史,可以破除对文中子之怀疑;沁州出土薛收所作《文中子墓志铭》比汲冢出土《竹书纪年》还要宝贵;两诗宝贵的史料价值,在于证明元好问所见薛收《文中子墓志》与今存薛收《隋故征君文中子碣铭》基本内容一致,从而多一重证据,证明今存薛收撰《隋故征君文中子碣铭》之信实。

---

① 今存《隋故征君文中子碣铭》全文917字,不足千字,字数篇幅,近似墓志。《文中子墓志》与《隋故征君文中子碣铭》,或有可能同是一文。清梁玉绳《志铭广例》卷一,已举出《碑志仝一文》之例。《文苑英华》卷945《志一一·职官七》范传正《赠左拾遗翰林供奉李白墓志》,与《唐文粹》卷58《碑十·庶官四》范传正《唐左拾遗翰林学士李白新墓碑》,即是同一文。《李白墓志》曰:"今士大夫之葬,必志于墓,有勋庸道德之家,兼竖碑于道。余才术贫虚,不能两致,今作新墓铭,辄刊二石,一置于泉扃,一表于道路,亦岘首汉川之义也。庶芳声之不泯。"铭曰:"猗欤琢石为二碑,一临幽壤一临岐。岸深谷高变化时,一存一毁名不亏。"言之明白。不过,如上所述,即使《文中子墓志》与《碣铭》是二文,但是其基本内容一致,亦毫无疑问。

五、余论

关于薛收撰作《隋故征君文中子碣铭》、《文中子墓志》之时间。按《碣》文曰:"以大业十三年五月甲子,遘疾终于万春乡甘泽里第,春秋三十二[四]。呜呼哀哉!天不慭遗,吾将安仰?以其年八月,迁窆穸于汾水之北原。"然则薛收撰作《隋故征君文中子碣铭》、《文中子墓志》之时间,当为隋炀帝大业十三年(617)五月甲子文中子去世以后、其年八月迁窆穸之前。当薛收撰作《隋故征君文中子碣铭》之时,已是隋末天下大乱,李渊、李世民已发动太原起义。按碣文曰:"遭世道之衰微,属衣冠之板荡。将以肆力王事,思存管乐;不获躬守孔茔,自同游夏。攀昊苍而不达,俯元堂而已隔。敢扬徽烈,而作铭曰。"铭文曰:"呜呼丧乱,胡及我长。呜呼哲人,胡弃我往。王室方厉,帝邦无象。"① 隋末天下大乱之时代氛围,薛收奋力参与革命之心情,扑扑跃然于字里行间。

薛收撰作《隋故征君文中子碣铭》之时,犹是隋朝,则此文本当收进《全隋文》;收在《全唐文》,是因为薛收为唐朝开国元勋,卒于唐朝之故。

薛收此文,序铭皆俪,磅礴一气。如黄河之水,天上而来;如吕梁奥域,峰峦四峙。优雅之文笔,高深之韵致,允称碑志之经典,夫岂庸鄙所能拟。

元好问亲见薛收《文中子墓志》刻石,今存薛收《隋故征君文中子碣铭》亦当出自石本。按清编《全唐文》卷首《凡例》云:"总集外文之散见于史、子、杂家记载、志乘、金石碑板者,概

---

① (清)董诰等编:《全唐文》卷133,中华书局1983年版,第1338—1339页。

行搜缉。"又云:"《永乐大典》为遗书渊薮,……搜缉无遗。"又云:"文字异同,碑碣以石本为据,余则择其文义优者从之。若文义两可,则著明一作某字存证。"又云:"金石之文,类多剥蚀。(资考证,则据现在拓本以存其真。)……凡石本剥蚀而板本完善足信者,即据以登载。其无可据,则注明缺几字存证。"[①]然则《全唐文》卷一百三十三所录薛收《隋故征君文中子碣铭》,当采自传世石本或《永乐大典》。柯昌泗《语石异同评》卷六《碑版有资风教》条:"《元遗山集》有《铜鞮次村道中》诗……又《送弋唐佐董彦宽南归》诗……览两诗所言,时沁州发见《文中子墓志》,为薛收所撰。遗山少时曾见之,乱后其石犹在。……遗山所言凿凿如此,今此石文虽不传,足征文中子非虚造者矣。"[②]柯昌泗此言,甚有见地。只是所说"今此石文虽不传",似未见《全唐文》所录薛收《隋故征君文中子碣铭》,可资参证。

薛收《隋故征君文中子碣铭》,是考察王通生平事迹及其河汾之学与唐初贞观之治之关系的关键性文献,具有非常宝贵的历史文献价值。元好问诗"贵甚竹书开汲冢",以晋代汲冢出土之《竹书纪年》比喻金代沁州出土之薛收《文中子墓志》,是极有识见之言。赖元好问《送弋唐佐董彦宽南归》及《铜鞮次村道中》二诗所述薛收《文中子墓志》出土,则今存《全唐文》薛收《隋故征君文中子碣铭》之信实,已获得最有力之旁证,则元好问亦文中子之功臣也。

[①] (清)董诰编:《全唐文》,中华书局1983年版,第14—15页。
[②] 叶昌炽著,柯昌泗评:《语石•语石异同评》卷6,中华书局1994年版,第400页。

周法高编《足本钱曾牧斋诗注》书后

周法高编《足本钱曾牧斋诗注》,心向往之已久。去年访学香港浸会大学,承友人城市大学刘卫林教授惠借周法高著《钱牧斋吴梅村研究论文集》,今年访学结束前不久,又承友人新亚研究所吴明教授带领笔者往访中文大学钱穆图书馆,《足本》终于寓目。今略述《足本钱曾牧斋诗注》之版本价值及学术内容价值,并考释此书底本之版本与《原注补抄》之文献来源,以供同好分享,期待批评指教。

一、《足本钱曾牧斋诗注》的版本价值

钱谦益(1582—1664)著述繁富。其最主要著作《牧斋初学集》、《牧斋有学集》及《投笔集》之版本,叙录如下:

《牧斋初学集》一百十卷(前二十卷为诗集) 无注。明崇祯十六年癸未(1643)瞿式耜原刻本;商务印书馆民国八年至十一年《四部丛刊》影印本。

《牧斋有学集》五十卷(前十三卷为诗集) 无注。清康熙三年甲辰(1664)邹镃原刻本;商务印书馆民国八年至十一年《四部丛刊》影印本。

《牧斋有学集》五十一卷　康熙二十四年乙丑（1685）金匮山房补修原刻本。

《牧斋初学集诗注》二十卷《牧斋有学集诗注》十四卷　钱曾（1629—1701）注，康熙玉诏堂刻本（西南师大图书馆藏，书号 B-851.472-C808；《有学集》目录卷第十二《投笔集》下注"阙"，正文无卷十二，卷十三、十四为《东涧集》上、下；避讳至康熙玄烨止，不避雍正胤禛、乾隆弘历讳）；康熙玉诏堂改刻本（国家图书馆藏，书号 23832；撤销《投笔集》之目，分《东涧集》为上、中、下，为卷十二、十三、十四；避讳情况同于康熙玉诏堂刻本）；康熙春晖堂刻本（国家图书馆藏，书号 23833；分集及避讳情况同于康熙玉诏堂改刻本）；康熙玉诏堂改刻本乾隆后印本或康熙春晖堂刻本乾隆后印本（周法高《足本钱曾牧斋诗注》底本，卷十二、十三、十四为《东涧集》上、中、下；避讳至乾隆弘历）。

《钱牧斋全集》一百六十三卷　《牧斋初学集》一百一十卷，《牧斋有学集》五十卷，《有学集补遗》二卷，据原刻本，其中诗集配补钱曾注；《投笔集》，钱曾注，据抄本；宣统二年（1910）吴江薛凤昌邃汉斋排印本；民国十四年（1925）上海文明书局重印本；钱仲联标校、上海古籍出版社排印本（《牧斋初学集》，1985年；《牧斋有学集》，1996年；《钱牧斋全集》，2003年）。

《钱牧斋投笔集笺注》二卷　宣统二年顺德邓氏风雨楼假虞山庞氏珍藏旧抄本校镌。

《足本钱曾牧斋诗注》五册　周法高编，影印《初学集诗注》二十卷《有学集诗注》十四卷（实为乾隆后印本），各卷后影印配补台湾"中研院"史语所傅斯年图书馆藏《初学集诗注》、《有学集诗注》(实为康熙玉诏堂刻本)所附墨笔《原注补抄》(《原注补抄》系康熙五十八年竺樵抄自苏州陆穋水木明瑟园藏写本《初学集诗注》、《有学集诗注》);影印《投笔集笺注》二卷;附录影印《吾炙集》;台北三民书局1973年出版。

《足本钱曾牧斋诗注》的版本价值,在于足本注文比通行本多出一半多的分量。周法高《足本钱曾牧斋诗注序》:"今春偶于香江购得此本,乃发愤访求钱集异本,卒于傅斯年图书馆得见足本牧斋诗注抄校本,较通行本多千余条,其中笺述时事诸条,尤足珍贵。"[1]周法高《读〈柳如是别传〉》(1982年)进一步概述其版本价值云:"足本藏傅斯年图书馆。《初学集诗注》每卷后附墨笔《原注补抄》,共446页,3036条;《有学集诗注》每卷后附墨笔《原注补抄》,共202页,895条;合计648页,3931条。通行本《牧斋初学集诗注》2620条、《有学集诗注》4260条、《投笔集笺注》521条,共7401条。与《原注补抄》合计,共2766页,11332条,《原注补抄》占总数三分之一强,其分量不可谓少。"[2]

实际上,所有《初学》、《有学集诗注》通行本皆是删节本。近年上海古籍版《钱牧斋全集》,是以宣统二年邃汉斋本为底本。钱先生标校此书下了极大工夫,上海古籍出版此书功德无量,

---

[1] 周法高编:《足本钱曾牧斋诗注》,台湾三民书局1973年版,第5页。以下所引该著皆为此版。
[2] 周法高:《钱牧斋吴梅村研究论文集》,台湾"国立"编译馆1995年版,第141页。以下所引该著皆为此版。

可惜未采用台北三民书局 1973 年出版之《足本钱曾牧斋诗注》，《初学》《有学》二集诗注遂比足本少了 3931 条，一半多的分量。

二、《足本钱曾牧斋诗注》底本之版本

周法高《足本钱曾牧斋诗注凡例》："一、据木刻本钱曾所撰《牧斋初学集诗注》二十卷及《牧斋有学集诗注》十四卷影印，加注阿拉伯字页码。"① 又《足本钱曾牧斋诗注序》："今春偶于香江购得此本。"② 序末署："壬子（1972 年）仲夏周法高序于香江。"③《足本钱曾牧斋诗注》系以周法高藏木刻本《牧斋初学集诗注》《牧斋有学集诗注》为影印主要底本。周先生没有说明此本系何种版本。

此本版式。四周单边，上鱼尾，鱼尾上刻"初""有学集诗注"，下刻"卷第几"，页数。半叶十行，行二十字，双行小字字数相同。每卷第一行刻牧斋"初""有学集诗注卷第几"，第二行低七格刻"笺后人钱曾遵王笺注"，第三、四行分别低八格刻"苕南（空格六）抄订""东海朱梅朗岩分校"，《有学集诗注》"朗岩"作"素培"。据周法高《钱牧斋陈寅恪诗札记》（1983 年）所考，"苕南（空格六）抄订"当作："苕南凌凤翔　仪吉抄订"④。此本版式及卷十二、十三、十四为《东涧集》上、中、下，与国图藏康熙玉诏堂改刻本、康熙春晖堂刻本《牧斋初学集诗注》《牧斋有学集诗注》相同，

---

① 周法高编：《足本钱曾牧斋诗注》，第 2 页。
② 同上，第 2 页。
③ 同上，第 6 页。
④ 周法高：《钱牧斋吴梅村研究论文集》，第 126 页。

所不同者，是康熙玉诏堂改刻本、康熙春晖堂刻本不避雍正胤禛、乾隆弘历讳字，此本则避之。

此本避康熙玄烨讳字。《初学集》卷三，《足本》页186，《渡淮河闻何三季穆之讣》"室无伶玄妾"；卷十，页660，《送座主》"燥湿学安絃"，"玄""絃"均缺末笔。避雍正胤禛讳字。《初学集》卷十二，页870，《华州郭胤伯过访》；卷十三，页930，《松谈阁印史歌为郭胤伯作》；卷十五，页1101，《九日寄华州郭胤伯》；"胤"字均缺末笔（字形饱满，系挖补）；卷八，页508，《长干行》序"名士胡胤嘉"，"胤"字末笔系刓去。避乾隆弘历讳字。《初学集》卷八，页516，《七月廿三日舟过仲家浅闸戏作长句》"成弘作者谁其选"；卷十二，页795，《霖雨诗集序》"安知不日烹弘羊"；卷十三，页968，《次韵答项水心》"孙弘宠归仍牧猪"；卷十五，页1081，《阳羡相公枉驾山居》其二"月满孙弘阁"；《有学集》卷五，页1875，《和墨香秋兴卷二首》其二，"先友成弘同石表"；卷六，页2041，《丙申春就医秦淮绝句三十首》其二十八"弘德风流尚未阑"；卷十二，页2553，《寒夜记梦题昆铜土音诗稿》，"无乃是苌弘之血，弘演之肝"；"弘"字均缺末笔。唯有卷十三，页924，《华山庙碑歌题华州郭胤伯所藏西岳华山庙碑》；《有学集》卷八，页2209，《丁酉仲冬十有七日长至礼佛大报恩寺》"佛日弘明长一阳"，1个"胤"字、1个"弘"字不缺笔。

按：第一，据《足本钱曾牧斋诗注》之底本《初学》、《有学集诗注》避讳直至乾隆弘历；复据《清史稿》卷四百八十四《钱谦益传》："其自为诗文，曰《牧斋集》，曰《初学集》、《有学集》。乾隆三十四年，诏毁板"；[①] 因此可以判定，此底本的刷印年代，

[①] 赵尔巽等著：《清史稿》卷484，中华书局1977年版，第13324页。

是在乾隆年间，至迟乾隆三十四年（1769）之前。第二，根据此本版式及分集与国图藏康熙玉诏堂改刻本、康熙春晖堂刻本情况相同；所不同者，康熙玉诏堂改刻本、康熙春晖堂刻本不避雍正胤禛、乾隆弘历讳字，此本则避之（"胤"字或系挖补缺末笔，或系剜去末笔；绝大部分"弘"字剜去末笔；1个"胤"字、1个"弘"字因疏忽未剜去末笔）；因此可以判定，此本为康熙玉诏堂改刻本乾隆后印本，或康熙春晖堂刻本乾隆后印本，其中小部分版片有挖补。

三、《足本钱曾牧斋诗注·原注补抄》之文献来源

周法高《足本钱曾牧斋诗注凡例》："一、据台北'中央研究院'历史语言研究所傅斯年图书馆藏[《牧斋初学集诗注》、《牧斋有学集诗注》]批校本（简称'史语本'）所附《原注补抄》。"①又《钱牧斋诗文集考》（1974年）"钱曾《初、有学集诗注》"条："台北傅斯年图书馆藏有二部，其中之一部每卷后有'原注补抄'若干页，余曾影印附入所编《足本钱曾牧斋诗注》。"②《原注补抄》影印配补在影印底本乾隆后印本《初学》、《有学集诗注》各卷之后。

傅斯年图书馆藏本各卷后之《原注补抄》，系另纸起头书写。《原注补抄》格式。半叶十行，行二十字，双行小字字数略同。版心书"第几卷"。每卷第一行顶格书"原注补抄"、"有学集原注补抄"，第二行低二格书诗题，第三行以下低一格书所注词

---

① 周法高编：《足本钱曾牧斋诗注》，第2页。
② 周法高：《钱牧斋吴梅村研究论文集》，第12页。

语，其下双行小字书注文。均为楷书，出自一人手笔。此格式与康熙玉诏堂刻本版式略同，当是补抄者取其一致。《原注补抄》无卷十二，卷十三、十四为《东涧集》上、下。

《初学集诗注》卷二十下之末《原注补抄》后，有《史语本牧斋初学集诗注校语》，影印傅藏本原书各卷及《原注补抄》各页校语，共14则，汇印为4页。《有学集诗注》卷十四末，有《史语本牧斋有学集诗注校语》，影印傅藏本原书各卷及《原注补抄》各页手书校语，共32则，汇印为8页。均为行书，出自一人手笔。与《原注补抄》似非一人手笔。

史语本《牧斋初学集诗注》、《有学集诗注》诸条校语，补注牧斋诗所涉及之时事，及牧斋诗之寄意。虽不甚多，弥足珍贵，实为牧斋知音。

最重要之问题，当然是《原注补抄》之来源。判断《原注补抄》之来源，最可靠的方法，是考察其题记所涉及之人物、年代、地点、事实，和《原注补抄》避讳字所反映之年代。

傅藏本《初学集诗注》序后空白有题记，1973年出版之《足本钱曾牧斋诗注》未影印此题记，次年周法高发表之《钱牧斋诗文集考》则著录了此题记。今迻录如下：

> 竺樵云：东涧翁《初学》《有学》二集诗注，从祖一老先生谓余：此直是东涧自注者，而托名于遵王。故其于典故时局，曲折详尽，所以发明其诗之微意也。余于己卯冬，从何武选借得，披阅一过。丙戌春，假馆于明瑟山园，架上有写本，时时翻阅，不能释手。然欲购之既无力，而手抄又不易。岁己亥，偶购此刻本，甚喜。第其间改削颇多，至有与诗旨不合者。余按原本采录，添注其中。又命门人抄《投笔》

一集附于末，斯成完书，可以备观览矣。①

按《有学集诗注》卷八《金陵杂题绝句二十五首继乙未春留题之作》校语："竺樵云：按，'乙未春'，当作'丙申春'。有《留题绝句三十首》，在第六卷中。"②可知竺樵即傅藏本康熙时原书主人，亦即《原注补抄》主事者及校语作者。但竺樵究竟为何许人，俟考。

题记内容其他各点，则可以踪迹得之。

《四部丛刊》景原刊本清朱彝尊（1629—1709）《曝书亭集》卷一《水木明瑟园赋并序》序云：

> 康熙甲申（康熙四十三年，1704年）八月，陆上舍贻书相要，过上沙别业，遂泛舟木渎，取道灵岩以往，抵其间，……爱其水木明瑟，取以名园。

赋云：

> 园之主人，则陆生穧也。匪声利是趋，惟古训是茹。鼓枻而吟，带经以锄。不隐不仕，无碍无拘。

又云：

> 访翠墨而椎拓，揭黄卷而流输。凡灵威所守，唐述之储，莫不签题置笥，装界开图。《尔雅》释寓虪之属，《离骚》笺草

---

① 周法高：《钱牧斋吴梅村研究论文集》，第12页。
② 周法高编：《足本钱曾牧斋诗注》，第2700页。

木之疏。仆虽耄矣,耽与道俱,奇文疑义,犹冀相须。

《四部丛刊》景振绮丽堂刊足本清厉鹗(1692—1752)《樊榭山房续集》卷七《游水木明瑟园简陆茶坞二首》:

水气涵虚阁,山光隐短垣。……
偻指中吴胜,如君有几家。亭留高士迹(原注:中有介白亭,为吴江徐高士旧隐),赋并小园夸(原注:朱竹垞先生有赋)。

《四部丛刊》景姚江借树山房刊本清全祖望(1705—1755)《鲒埼亭诗集》卷六《信宿水木明瑟园柬茶坞》:

浞浞上沙水,霭霭灵岩云。云从西山下,水自东江分。……介翁昔经始,一榻来松陵。太湖感落日,是亦百六征。草堂成汐社,高节凛明冰。故园难改姓,空亭未易名。主人萧洒姿,足以嗣典型。(原注:吴江徐高士介白筑此园,高士尝赋太湖落日,见赏于卧子先生。今园中有介白亭,不忘所自也。)

《四部丛刊》景姚江借树山房刊本《鲒埼亭集》卷十九《右赞善峚山宋君墓志铭》:

予别峚山者十年,丙寅之冬,小住长洲,游灵岩,遂入天平之麓。故人陆茶坞招予于其园,闻峚山馆在木渎,村落近相接,乃访之。峚山一见狂喜,留予饭罢,同予过茶坞之水木明瑟园,清胜甲于吴中。

《鲒埼亭集》卷二十《陆茶坞墓志铭》：

　　茶坞姓陆氏，讳锡畴，字我田，吴人也，研北先生之子。吴中台榭甲天下，而以水木明瑟园为最，竹垞先生所为作赋者也。其地当灵岩之上沙，经始于徐高士介白，而归于陆氏。竹垞最与研北善，每游吴，必下榻于是园。故茶坞少而受教于诸尊宿，长而学于义门先生。……家居无日不召客，一登席则穷昼继夜，虽括颈相对不厌。……坐是，遂以好事落其家。家愈落，好事愈甚。……予游岭外，……岂知茶坞已弃我而去乎！茶坞卒，其子尚少。吾恖明瑟之径有尘，而竹林之垆且圮也。

《鲒埼亭集》卷首《年谱》乾隆十七年壬申：

　　先生四十八岁，适广东。三月，东粤制府以端溪书院山长相邀，遂度岭。

《鲒埼亭集》卷首《年谱》乾隆十八年癸酉：

　　先生四十九岁，自粤中归于家。……七月，乃归家养疴。

清钱泳道光十八年（1838）《履园丛话》卷二十《园林》"水木明瑟园"：

　　明瑟园在上沙，初，吴江高士徐介白隐居于此，后郡人陆上舍穑增拓之，遂称胜地，秀水朱竹垞检讨为作《明瑟园赋》，后复荒芜。乾隆五十二年，其族孙万仞尝得王石谷所绘园图见示，余为补书朱赋。于后忽忽三十年，又为毕秋帆尚书营兆地。今且松籁如怒涛声矣。（原注：以上苏州）①

按：由上所述可知，第一，水木明瑟园为清康熙乾隆时陆穑（研北）、锡畴（茶坞）父子之著名园林，位于苏州灵岩之上沙，天平、灵岩诸山之间；竺樵题记云"丙戌春，假馆于明瑟山园"之明瑟山园，是指苏州陆氏水木明瑟园。第二，苏州陆氏水木明瑟园藏书丰富。第三，陆穑、锡畴父子两代不仅为康熙乾隆时隐士，而且心怀"汐社高节"之思，与朱彝尊、全祖望等内心同情明朝的人士为好友。然则陆穑当年冒着清朝文字狱之危险收藏《初学》、《有学集诗注》，是很自然的事。第四，陆氏水木明瑟园之衰落，在乾隆初叶；陆锡畴之去世，在乾隆十七年（1752）三月以后、十八年七月之前；水木明瑟园之荒芜，当在乾隆十八年以后不久，乾隆五十二年（1787）之前。据《四部丛刊》本洪亮吉（1746—1809）《卷施阁诗》卷十九《灵岩谒毕尚书师墓，墓即水木明瑟园》，当嘉庆时，水木明瑟园已成为毕沅（1730—1797）之墓园矣。第五，竺樵题记云"丙戌春，假馆于明瑟山园"，当康熙乾隆时，只有两丙戌年，一为康熙四十五年丙戌（1706），一为乾隆三十一年丙戌（1766）；水木明瑟园之荒芜，在乾隆十八年以后不久；然则竺樵云"丙戌春"，当指康熙四十五年丙戌。

《原注补抄》中有记年。《足本》页2076，《有学集诗注》卷六《左

---

① （清）钱泳著，张伟校点：《履园丛话》卷20，中华书局1979年版，第529页。

宁南画像歌为柳敬亭作》《原注补抄》"柳敬亭传"条：

> 壬申寒夜，偶读牧翁《宁南画像歌》，残灯剔焰，特呵冻追记之。

《原注补抄》避康熙玄烨讳字。《足本》页2，《初学集》卷一《彭城道中》其四《原注补抄》"拥髻"条，"伶玄"；页226，卷三《渡淮河》《原注补抄》"伶玄妾"条，"玄"字2次；页352，卷五《原注补抄》《十六日冒雨游玄墓》；页402—409，卷六《十一月初六日召对》《原注补抄》"召对"条，"金宝玄"12次；页491，卷七《纶阁》《原注补抄》"苍苔"条，"谢玄晖"；页1055，卷十四《谒孔林》《原注补抄》"玄宅"条；页1334，卷十八《有美一百韵》《原注补抄》"弦望"、"激矢弦"、"独扣舷"条；页2432，《有学集》卷十《乳山道士劝酒歌》其四《原注补抄》"墨兵"条，"三玄"；页2437，卷十《谢家咏雪》《原注补抄》"一局棋"条，"玄"字7次；页2523，卷十一《赠寒山凝远知妄二僧》其四"粉本"条，"玄宗"；页2611，卷十三《原注补抄》《赠归玄恭戏效玄恭体》；"玄""弦""舷"均缺末笔。

《原注补抄》不避雍正胤禛讳字。页416，《初学集》卷六《十一月初六日召对》其二《原注补抄》"读书萤"条，"晋书车胤"；页1139，卷十五《原注补抄》《九日寄华州郭胤伯》；页2269，《有学集》卷八《一年》《原注补抄》"一年天子"条，"恐系先帝胤出"；页2364，卷九《桂殇四十五首》其七《原注补抄》"读书萤"条，"晋书车胤传"、"胤家贫"；"胤"字均不缺笔。

《原注补抄》不避乾隆弘历讳字。页899，《初学集》卷十二《霖雨诗集序》《原注补抄》"烹弘羊"条，"弘"字3次；页1125，卷十五《阳羡相公》其一"行春"条,"郑弘"2次,其二"孙弘阁"条,"公孙弘"3次;页1759,《有学集》卷三《西湖杂感》其五"赐庙"条"弘治";页2260,卷八《一年》《原注补抄》"一年天子"条,"以明年为弘光元年";页2267,《原注补抄》同上条,"弘光元年乙酉";页2432,卷十《乳山道士劝酒歌》其四《原注补抄》"墨兵"条,"弘多智慧";页2433,《原注补抄》同上条,"灵岩弘储和尚";页2521,卷十一《古诗赠新城王贻上》《原注补抄》"学杜"条,"弘、正中";"弘"字均不缺笔。

按:第一,《左宁南画像歌》《原注补抄》"柳敬亭传"条"壬申寒夜,偶读牧翁《宁南画像歌》,残灯剔焰,特呵冻追记之",壬申为康熙三十一年壬申(1692),由此可知,钱曾注完成时间是在康熙三十一年之后不久。第二,《原注补抄》避讳至康熙玄烨止,十分严格,雍正胤禛、乾隆弘历以下诸讳一无所避,这表明竺樵补抄原注的时间,是在康熙年间。由此可知,竺樵题记"己卯",为康熙三十八年己卯(1699);"丙戌",为康熙四十五年丙戌(1706),"己亥",为康熙五十八年己亥(1719)。第三,竺樵题记云"《初学》、《有学》二集诗注","余于己卯冬,从何武选借得",又云"岁己亥,偶购此刻本",竺樵康熙三十八年己卯所借之何武选藏本,及康熙五十八年己亥所购之"此刻本",为康熙玉诏堂刻本《牧斋初学集诗注》《牧斋有学集诗注》(参第八)。第四,康熙玉诏堂刻本之刷印年代,是在康熙三十一年壬申(1692)之后、康熙三十八年己卯(1699)之前。第五,竺樵题记云"岁己亥,偶购此刻本,甚喜。第其间改削颇多,至有与诗旨不合者",表明康熙玉诏堂刻本及由此而来的所有通行本《初学》、《有学》二集诗钱曾注皆是删改本。第六,竺樵题记云"丙戌春,假馆于明瑟山园,架上有写本",又云"岁己亥,偶购此刻本","余按原本采录，添注其中"，此"原本"即指苏州陆穑水木明瑟园所藏之"写本"《牧斋初学集诗注》、《牧斋有学集诗注》。第七，竺樵题记云"岁己亥，偶购此刻本"，"余按原本采录，添注其中，又命门人抄《投笔》一集附于末，斯成完书"，是指抄配陆藏写本所有、康熙玉诏堂刻本所无之钱曾注文即《原注补抄》及《投笔集》于康熙玉诏堂刻本之上。第八，《原注补抄》无卷十二，卷十三、十四为《东涧集》上、下，这表明，竺樵底本为康熙玉诏堂刻本，而非康熙玉诏堂改刻本。第九，竺樵抄配陆藏写本所有、康熙玉诏堂刻本所无之钱曾注文即《原注补抄》及《投笔集》于康熙玉诏堂刻本之上，这表明，陆藏写本是一足本，当同于或最接近于钱曾注原本。第十，竺樵抄配陆藏写本《原注补抄》及《投笔集》于康熙玉诏堂刻本之上之时间，是康熙五十八年己亥（1719）。第十一，竺樵原注补抄《牧斋初学集诗注》、《牧斋有学集诗注》康熙玉诏堂本，即傅斯年图书馆藏本。

康熙陆藏写本是至今所知《初学》、《有学集诗注》的唯一足本，是一部非常珍贵的善本。今陆藏写本不存，则傅藏竺樵原注补抄《初学》、《有学集诗注》康熙玉诏堂刻本，亦是同样非常珍贵的善本。周法高编《足本钱曾牧斋诗注》影印其中《原注补抄》，则使此一非常珍贵的善本化身千百矣。

四、《足本钱曾牧斋诗注》内容之学术价值

钱牧斋诗，是明末清初之诗史。牧斋诗中之史，往往身在其中。牧斋诗钱曾注文中今典时事，当多出自牧斋之手笔或口述。竺樵

题记云:"从祖一老先生谓余:此直是东涧自注者,而托名于遵王。故其于典故时局,曲折详尽,所以发明其诗之微意也。"邓之诚《清诗纪事初编》亦云:"相传注中时事,为谦益自注,不然局外人决难详其委曲若此。"[1]《原注补抄》之最大学术价值,是注出牧斋诗史之时事。

例如《初学集》卷十四《戊寅九月》其五《原注补抄》"恢复辽阳"条,长达8页,三千余字[2]。《有学集》卷八《一年》,《原注补抄》"一年天子"条,记弘光朝廷始末,长达13页半,五千余字[3]。此等解释诗中时事之注文,煌煌大篇,所在多有。

又如《有学集》卷四《寄怀岭外四君·咏东皋新竹寄留守孙翰简》:

> 笋根苞粉尚离离,裂石穿云岭外知。祖干雪霜催老节,孙篁烟霭护新枝。紫泥汗简连编缀,青社分符奕叶垂。昨夜春雷喧北户,老夫欣赋箨龙诗。

牧斋此诗上海古籍本仅有"青社"、"箨龙"两条注文,只注古典出处,寥寥不足两行[4]。"留守孙翰简"为何许人,不知也。《柳如是别传》云:"'翰简'者,指稼轩孙昌文而言。永历特任昌文为翰林院检讨,稼轩两疏恳辞,原文见瞿忠宣公集陆,兹不具引。鄙意此时牧斋与永历政权暗中联络。其寄此四诗,必有往来之便

---

[1] 邓之诚:《清诗纪事初编》,上海古籍出版社1984年版,第307页。
[2] 周法高编:《足本钱曾牧斋诗注》,第1044—1052页。
[3] 同上,第2260—2273页。
[4] (清)钱谦益著,(清)钱曾笺注,钱仲联标校:《牧斋有学集》卷4,上海古籍出版社1996年版,第168页。

邮无疑也。"① 解释具体、深入，但对于瞿式耜孙昌文如何从常熟奔赴桂林、梧州之一段传奇式故事，犹语焉不详。

《原注补抄》"留守孙翰简"条：

> 瞿昌文，字寿明，戊子（明永历二年，清顺治五年，1648年）腊月朔，孑身弃家入粤，两亲不知也。由浙航海抵闽，又从闽航海抵广，间关半载，历遍水陆艰危，始达桂林见乃祖，时己丑六月十九日也。留守随疏奏闻，蒙恩循荫例授中书舍人。庚寅五月，赴梧州行在，面对称旨，特谕吏部从优议叙，改翰林简讨。……（十一月）初十日晚，闻桂林陷，即辞上行。其后事，详《粤行小纪》中。②

不读此注，如何能知道年青的瞿昌文间关万里、奋勇报国的本事？又如何能读懂牧斋此诗对瞿式耜、昌文祖孙俩爱国事迹交相辉映的深情赞美？

《原注补抄》宝贵的历史、文学价值，由此可见。

陈寅恪先生著《柳如是别传》时，未见足本钱曾牧斋诗注。周法高《读柳如是别传》，曾列举"《柳传》所言暗合《原注补抄》者"，"《柳传》所言当据《原注补抄》加以补正者"各若干条，并指出"《柳传》征引宏富，见解精辟，颇有足以补正拙撰《牧斋诗注校笺》者；而拙撰《校笺》亦偶有足以补正《柳传》之处。"③

---

① 陈寅恪：《柳如是别传》，上海古籍出版社1980年版，第1035页。
② 周法高编：《足本钱曾牧斋诗注》，第1869页。
③ 周法高：《钱牧斋吴梅村研究论文集》，第145页。

周法高先生是卓越的语言学家，而热心于钱柳之研究，并取得杰出成就：除《足本钱曾牧斋诗注》、《钱牧斋吴梅村研究论文集》外，还有《牧斋诗注校笺》、《钱牧斋柳如是佚诗有关资料》和《柳如是事考》①等著作传世。20世纪五六十年代，处于迟暮之年的陈寅恪先生在羊城从事钱柳研究，稍后，周法高先生则在香江之畔醉心于钱柳研究。就两位先生的距离而言，可谓近在咫尺，而在当时，他们又绝无交流之可能。然则，其心有同嗜，大智所归，不谋而合，亦堪称中国现代学术史上的一段佳话。

期盼《足本钱曾牧斋诗注》能在内地早日出版。

原载《学林漫录》第十六集，中华书局2007年版

---

① 周法高：《牧斋诗注校笺》，周法高编：《钱牧斋柳如是佚诗及柳如是有关资料》，周法高：《柳如是事考》，台湾三民书局1978年版。

《西青散记》与贺双卿考

清史震林《西青散记》与所述双卿其人的真实性,自近代以来被一些学者所怀疑。笔者读《西青散记》与双卿诗词,深赏其才华,有感于其"埋忧天上"之悲。以为双卿《春从天上来·饷耕》等词,是中国文学史上第一流作品,具有独一无二的造诣,怎能是伪作。本文第一次采用了一系列稿本、档案等原始文献,考察《西青散记》与贺双卿的真实性,详人所略,略人所详,请读者指正。

一、首次采用的相关文献

本文第一次采用了与《西青散记》和贺双卿直接相关的一系列珍贵的和重要的文献。

1. 安徽省博物馆藏清曹学诗《竺阴楼诗稿》十卷,作者手稿本①。其中有雍正七年己酉(1729)曹学诗为史震林、毕柯

---

① (清)曹学诗:《竺阴楼诗稿》十卷,卷端首行顶格书:竺阴楼诗稿,其下小字书甲子,第二行下方留二格书:天都震亭曹学诗以南氏著,起自康熙五十六年丁酉,终至雍正十三年乙卯,无界栏,半叶八行,行二十六字,楷书,作者手稿本,十册。卷首依次为:许承尧乙亥年(1935)题识两通、丙子年(1936)题识一通;史震林亲笔序,署云:"雍正己酉(1729)暮春之初,金沙弟史震林拜书于广陵无双亭。"安徽省博物馆藏。许承尧乙亥年第一通题识:"写诗者不知何人书,笔婉媚有致,足资赏悦。朱笔校改,当出震亭手。"今按,细审此本与浙图藏《小窗香雪诗钞》作者手稿本书法一致,则此本实为作者手稿本。

山、赵闇叔、王月虬、段玉函、恽宁溪、朱西野等人分别所作之诗，这些人均为《西青散记》所载与贺双卿遥相唱和或有关之人。

2. 浙江省图书馆藏清曹学诗《小窗香雪诗钞》七卷，作者手稿本①。其中有乾隆元年丙辰（1736）曹学诗《读西青散记和双卿秋吟原韵九首》。

3. 国家图书馆藏清曹学诗《香雪诗钞》二卷，乾隆刻本②。其中与史震林唱和诗包含反清思想。

4. 国家图书馆藏清恽祖祁等纂修《恽氏家乘》六十八卷卷首一卷，民国活字本③。其中有刘科撰《孝子恽凝溪公家传》。恽凝溪，即恽宁溪。

5. 清屈复《弱水集》二十卷，乾隆七年刻本④。其中卷十八有乾隆二年二月屈复托史震林寄双卿诗《杨花十首有序》及原衷戴《跋》。屈复诗，实以反清复汉思想为主要内容。

6. 国家图书馆藏清顾氏兄弟撰《辟疆园遗集》四种十卷，乾隆六十年刻本⑤。其中卷八顾敬恂《筠溪诗草》，有为贺双卿所

---

① （清）曹学诗：《小窗香雪诗钞》七卷，卷端首行顶格书：小窗香雪诗钞，其下小字书甲子，第二行下方留二格书：天都震亭曹学诗以南氏著，起自乾隆元年丙辰，终至乾隆八年癸亥，无界栏，半叶八行，行二十六字，楷书，作者手稿本，四册。浙江省图书馆藏，索书号：善旧 5523；古籍善本 /9880。

② （清）曹学诗：《香雪诗钞》二卷，即《鄂渚宦游集》，半叶十行，行十九字，白口，上下单边，左右双边，单鱼尾，软体字，乾隆间黄云景延古楼刻本，二册。国家图书馆藏，索书号：/ 25328。

③ （清）恽祖祁等纂修：《恽氏家乘》六十八卷卷首一卷，民国六年活字本，四十册。国家图书馆藏，索书号：传 774.91 / 91。

④ （清）屈复：《弱水集》二十卷，乾隆七年贺克章刻本，《续修四库全书》，上海古籍出版社 2002 年版，集部，第 1423 册、1424 册。

⑤ （清）顾敏恒、顾敦愉、顾敬恂、顾扬宪：《辟疆园遗集》十卷，卷一至六为《笠舫诗稿》，顾敏恒撰；卷七为《霱云草》，顾敦愉撰；卷八至九为《筠溪诗草》，顾敬恂撰；卷十为《幽兰草》，顾扬宪撰。半叶十行，行二十二字，黑口，上下单边，左右双边，双鱼尾，宋体字，乾隆六十年刻本，二册。国家图书馆藏，索书号：/ 81513。

作《芦叶诗》并序。

7. 清杭世骏撰《吴震生墓表》,见清李桓辑《国朝耆献类征初编》卷一百四十六。《西青散记》记载了吴震生为双卿所作诗,及吴震生反清复汉思想之诗。

8. 清郑虎文撰《曹学诗传》,见清钱仪吉纂《碑传集》卷一百五。

9. 清刘绍攽撰《屈复传》,见清钱仪吉纂《碑传集》卷一百三十九。

10.《清代官员履历档案全编》原衷戴乾隆二年履历档,见秦国经主编《清代官员履历档案全编》,第十五卷,华东师范大学出版社2008年影印出版。屈复寄双卿诗《杨花十首有序》,原衷戴撰有《跋》。

11. 清于墉撰笔记《金沙细唾》,冯佐哲标点,见《清史资料》第二辑,中华书局1981年出版。其中所载清初金坛反清起义之湖寇案、海氛案,与《西青散记》关于金坛地方史之微言有关。

二、《西青散记》反清复汉思想表微

讨论《西青散记》,涉及清朝统治中国百年后,雍乾间一批怀抱反清复汉思想的士人。他们并不具有明遗民那样的参与反清复明行动的现实可能性,但是其反清复汉思想则与明遗民一脉相承。其中,屈复不应清朝征辟、不应博学鸿词科试、不做清朝的官,怀抱反清复汉之志,可称之为出生于明亡之后的新遗民。史震林、曹学诗、吴震生,或只做学官而不做行政官,或短暂做官即辞官永不复出,而怀有反清复汉思想,可称之为怀有遗民之思的士人。

1. 张来远《发训》、史震林、黄松石《发冢铭》:暗藏民族大义

《西青散记》卷一:"张来远先生,皖之桐城人也,发剃必藏之。训其子曰:'身体发肤,受之父母,不敢毁伤。剃焉而弃,不忍也。'长子纯,字吾未,缄之于书簏,传其语为《发训》。雍正丁未秋七月,桐城大水,桐多山,产蛟……吾未家桐城东门外,是月大雷雨……水从西北下……祖母及父柩所厝,当蛟冲,涌之去。当是时,吾未客归,至白沙岭,得凶问,即弃行装,跣号三十里,夜抵厝所哭。……于是哭行寻两柩,深沟丛薄,身自探窥,指裂踵溃,历二十余日,得其祖母柩,父柩弗得也。乃取父之发,瘗于母沈氏墓之右。碑其前,曰'发冢'。父殁时,欲以发附敛,忘之,幸留,为冢,《训》益昭也。震林《铭》曰:'奠元冥,以招魂。《发训》是敦,克荣其子孙。'钱塘黄松石亦为之铭。盖己酉岁(雍正七年,1729)也。"(第57—59页[①])按道光十四年(1834)廖大闻纂修《桐城续修县志》卷十一《人物志·孝友》:"张纯,字吾未,允锡子。"可知张允锡、张纯父子为历史真人。并可称为新遗民。

《孝经·开宗明义章》:"身体发肤,受之父母,不敢毁伤,孝之始也。"

[①] 《西青散记》北京中国书店1987年影印上海广智书局1907年排印本页号,下同。引用此本,是为读者方便起见。本文所引用《西青散记》,均以下述《西青散记》原刻本校对一过:
(清)史震林:《西青散记》四卷,半叶九行,行二十字,白口,四周单边,单鱼尾,版心下方题:珍珠房(玉勾词客吴震生鲦叟《西青散记序之前》、《西青散记序之后》)、香雪窗(震亭曹学诗以南《西青散记序》)、瓜渚草堂(正文),宋体字,乾隆四年瓜渚草堂原刻本,四册。国家图书馆藏,索书号:/108475。

《清实录·世祖章皇帝实录》卷五顺治元年五月庚寅摄政和硕睿亲王多尔衮谕兵部："凡投诚官吏军民，皆著剃发。"①

《清实录·世祖章皇帝实录》卷十七顺治二年六月丙辰敕曰："各处文武军民、尽令剃发。倘有不从，以军法从事。"②又丙寅谕："限旬日，尽令剃发……不随本朝制度者，杀无赦。"③

清韩菼《江阴城守纪》卷上顺治二年闰六月初一日："府中檄下，有'留头不留发、留发不留头'之语。"清许重熙《江阴守城记》："江阴以乙酉六月方知县至，下薙发之令；闰六月初一日，诸生许用德悬明太祖御容于明伦堂，率众拜且哭曰：头可断，发不可剃。"④

清于墉《金沙细唾·湖寇》："大清顺治二年乙酉……六月……二十八日，剃头令下，（金坛）县官解印绶去，民猎猎趋入乡。闰六月七日，市民抗令者三四百人会慈云寺，唱言举义，而无主者，众即阻散。俄郡载首级数船徇于邑，且谕：'一人不剃全家斩，一家不剃全村斩。'而新令、丞亦随至。邑中及近城人皆剃如令，而远村故自若，传令愈严，人愈惊恐。于是邑西阻茅山，东阻洮湖，揭竿团聚之徒，因愚民易于煽惑，城内空虚，潜伏数千人于城，于初九夜半，燔毁县署，杀新丞及练兵于关帝庙，令走还府。抢劫兵械、库藏，远近大震。（吾高祖）蟾庵公连夜挈家避贺庄。而湖寇凭陵，凡阅二十日剿灭。"⑤

按汉族遵守儒家"身体发肤，受之父母，不敢毁伤，孝之始

---

① 《世祖章皇帝实录》，《清实录》，中华书局1985年版，第三册，第57页。
② 同上，第150页。
③ 同上，第151页。
④ 见胡山源：《江阴义民别传》，世界书局1939年版，第194页。
⑤ 《清史资料》第2辑，中华书局1981年版，第158页。

也"之教诲,和自古之习俗,男子不剃发,束发于顶加冠。满族习俗,男子剃去前颅全部头发,只留颅顶后头发,编结成辫,垂于脑后。顺治元年(1644)五月,清廷下剃发令,顺治二年清兵南侵,六月,清廷再下剃发令,强迫全国汉人屈从满人习俗剃头,违者"杀无赦",实行"留头不留发,留发不留头"之暴政,激起汉人宁死不屈的起义反抗。清朝政权对汉人实行了大规模血腥镇压,如扬州十日、嘉定三屠、江阴三日,为众所周知。清政权在金坛传谕"一人不剃全家斩,一家不剃全村斩",激起金坛人民反清反剃发的起义反抗,清朝政权对金坛起义实行大规模血腥镇压,历时二十日,可称之为金坛二十日。此则未必为众所周知。史震林、于墉皆是乾隆金坛人,于墉年代似较史震林稍晚[①],顺治时金坛反剃发反清起义,于墉知之,史震林更知之。因为金坛反剃发反清起义的根据地,正是史震林的家乡洮湖,而且史震林非常关注"夫古今之史,郡邑之乘,遗漏良多"(《西青散记》卷一,第26页)。由此可知,史震林《西青散记》记述张来远《发训》、"发冢"本事以及自己与黄松石为之所作《发冢铭》,乃是层累地寄托了明清兴亡之深悲隐痛与不忘反清复汉之志。

《西青散记》卷二:"张石邻,习举子业,后习画。……年五十,益颓放自喜,发累月不剃,长覆额。"(第68—69页)由同书记述《发训》、"发冢"、《发冢铭》来看,记述张石邻"发累月不剃,长覆额",似亦不无留发、思汉之潜意识。

2. 黄松石琼花诗:隐喻反清复汉之志

《西青散记》卷四:"己酉(雍正七年,1729)三月,与(毕)

---

① 光绪《金坛县志》卷8《岁贡》国朝乾隆中:"于墉,癸酉选贡,候补知县。"癸酉,乾隆十八年(1753)。

柯山游维扬。散樗请赋秋海棠,(曹)震亭见之,谓曹砥中曰:'此非红尘客也。'余见震亭诗于砥中山水册,亦异之。……震亭至,见案上诗,吟于巷以待,一望遂识余。……逾月,谋南归……乃赋留别诗五首,以'同心而离居'为韵,黄松石和之。松石有《琼花观》诗云:'蕃釐观里日初斜,遗事千年一叹嗟。但使有人祠后土,不妨无地种琼花。'"(第2—3页)

按安博藏曹学诗《竺阴楼诗稿》稿本己酉(雍正七年)卷诗题:《吴荻亭招饮蝉叶草堂,在座者为杨筠谷、方任斋、康石舟、黄松石、史梧冈》。《西青散记》卷一:"(余)见震亭,则以钱塘黄松石也,松石名树谷,客游平山竹西间,所至辄为诗。"(第21页)清郑燮《板桥偶记》:"王箬林澍,金寿门农,李复堂鱓,黄松石树谷、后名山,郑板桥燮,高西唐翔,高凤翰西园,皆以笔租墨税,岁获千金,少亦数百金,以此知吾扬之重士也。乾隆十二年,岁在丁卯,济南锁院,板桥居士偶记。"①清李斗《扬州画舫录》卷十二《桥东录》:"黄树谷,字松石,杭州仁和人。官学博,精于篆隶。子易,字小松,传其书法。"② 可知黄松石乃历史真人。

按扬州琼花观,旧称蕃釐观,位于扬州琼花观街,原为西汉后土祠。唐淮南节度副使高骈增修,易名唐昌观。北宋至道三年(997),王禹偁知扬州,首咏《后土庙琼花诗》,序云:"扬州后土庙有花一株,洁白可爱,其树大而花繁,不知实何木也,俗谓之琼花。"③ 庆历八年(1048)欧阳修知扬州,在观内琼花树旁筑无双亭,作《答许发运见寄》诗:"琼花芍药世无伦,偶不题诗便

---

① (清)郑燮著,刘光乾、郭振英编注:《郑板桥文集》,安徽人民出版社2002年版,第251页。
② (清)李斗著,汪北平、涂雨公点校:《扬州画舫录》卷12,中华书局1960年版,第280页。
③ 《四部丛刊》影宋刊本《王黄州小蓄集》卷11。

怨人。曾向无双亭下醉,自知不负广陵春。"[1]政和年间,取《汉书·礼乐志·郊祀歌辞》"唯泰元尊,媪神蕃釐",即后土媪神赐予多福之意,改名为蕃釐观,世称琼花观。琼花,为聚八仙花之珍贵变种。

明曹璿纂《琼花集》[2]卷五宋杜斿《琼花记》:"余自京口至扬州,寻访旧事。知世所传后土琼花,在今城之蕃釐观。亟往谒之,故琼花犹在。然余闻绍兴辛巳(1161)之变,敌入扬州,已揭其本而去。何从复得此花种也?……有道士出,须眉皓然。自言生于崇宁间,今年八十有六岁矣,能叙今花本末。……'金亮渡淮趋扬州,直入观,揭花本去。其小者,剪而弃之。于时某方避乱出奔,亦初不知也。敌既退,某始于十二月来旧地,是时训练官成平领兵马依观屯寨。其军人某曰,观主至耶,琼花已坏敌手,傍有一小根,微见地面可识认,非其种否?某心知之,谓难以口舌定。惟告以琼花,若剔其根皮,投之火,则臭达于鼻,试之果然。军人皆喜叹,某即默祷后土移植花处,日往护之。越明年二月既望,夜中天大雷雨,某诘朝起视,两庑蚯蚓布地。往所植根傍,则勃然三蘖从根出矣。自是遂条达不已,至于今三十年之久。见婆娑偃盖,常不忘断根时也。'……道士姓唐名大宁。余实金华之杜斿。时宋绍熙二年辛亥(1191)夏六月望日记。"[3]

《琼花集》卷一引宋《宝祐维扬志》:"琼花生色梢叶与他品绝异。尤有大可异者,方金亮拔本而去,竟枯悴弗植。亡何,旧基旁畅,枝根益以盛大。方金犯城之前一月,柯叶俄悴,避腥风如恶恶臭,高标凛凛,与孤竹二子一节。"

---

[1] 《四部丛刊》影元刊本《欧阳文忠公集·外集》卷6。
[2] (明)曹璿玉斋纂:《琼花集》,收在清虫天子即张廷华辑《香艳丛书》十一集;《香艳丛书》,人民文学出版社影印上海国学扶轮社宣统排印本,1994年,第3135—3173页。
[3] 原载宋陈景沂《全芳备祖》前集卷5。

《琼花集》卷四宋张昌言《琼花赋》序："扬州后土祠琼花，经兵火后，枯而复生，今岁尤盛，邦人喜之，以为和平之证。"赋："是以兵火不能焚，尘氛不能辱。根尝移而复还，本已枯而再续。疑神物之护持，偏化工之茂育。"①

《琼花集》卷一引元蒋子正《山房随笔》："德祐乙亥（1275）北师至，花遂不荣。赵国炎以绝句吊之曰：'名擅无双气色雄，忍将一死报东风。他年我若修花史，合传琼姬烈女中。'"

《琼花集》卷一引明《洪武郡志》："至元十三年（1276）花朽。三十三年，道士金丙瑞以聚八仙补植故地，而琼花遂绝。凡元人称琼花者，皆八仙也。"

《琼花集》卷四明倪谦《琼花赋》序："后土琼花，世传天下惟一本。金完颜亮至扬州揭之而去，自是遂绝。后人以八仙花代植故处。"赋："奈有敌之冥顽，揭本根而长往。待息体于遗蘖，终褫魂于槁壤。"②

由上可知，第一，扬州后土祠琼花，宋绍兴三十一年（1161）金兵完颜亮揭花本而去，道士唐大宁护树根而再生；宋德祐元年乙亥（1275）蒙古兵至，花遂不荣，元至元十三年（1276）花朽，后来道士金丙瑞以聚八仙补植故地，人们或以琼花视之。在南宋元明诗文中，琼花历经金兵、元兵两次摧残而不死，象征了汉民族宁死不屈的民族气节，死而复苏的民族精神。

第二，黄松石《琼花观》诗寄托了反清复汉思想。"蕃釐观里日初斜，遗事千年一叹嗟"，是用琼花故事，嗟叹千年之中，琼花与南北宋明朝中国三度灭亡于金元清。"但使有人祠后土，不妨

---

① 原载宋谢维新《古今合璧事类备要》别集卷23。
② 清《文渊阁四库全书》本《倪文僖集》卷1题作《琼花图赋有序》，但"奈有敌之冥顽"改为"奈边骑之方来"。

无地种琼花"，典出《郑所南先生文集》附明卢熊《郑所南小传》："自更祚后，为兰不画土根，无所凭借，或问其故，则云'地为番人夺去，汝犹不知邪？'"①表示只要人们不忘琼花和琼花所象征的民族气节，即使国土沦亡于异族而无地种琼花，也是无妨——因为宋明中国终将恢复，国土终将光复。

第三，黄松石作《发冢铭》、《琼花观》诗，《西青散记》一一记述之，皆是寄托了反清复汉之志。

3. 吴震生琼花诗：隐喻扬州十日、崇敬史可法

《西青散记》卷四："玉勾词客，嬉春踏月，辄口占云：'皓月偏宜缋素葩，二分原为照琼花。冶春画出扬州好，唤渡人嫌江北涯。骨腻宫斜来艳种，家祠富媪拜妍娲。蜀冈谁种苍松满，来往精灵恐下车。'②松莲索其解，曰：'既有色天无色天，应有色土无色土。扬自宫斜种色，兼之富媪添妆，无双亭后特祠，竟寓至理。琼花虽死，精气实贯儿女中，犹芽生而种坏也。迨其渐减渐变，则二分明月，亦将去此而他照焉。'"（第59页）

玉勾词客吴震生琼花诗："皓月偏宜缋素葩，二分原为照琼花"，用唐徐凝《忆扬州》："天下三分明月夜，二分无赖是扬州"，言洁白之花才配得上明月，明月最爱扬州琼花，暗示琼花历经金元劫难而不死，象征了天地元气、民族气节。"冶春画出扬州好，唤渡人嫌江北涯"，言扬州的春天美丽如画，可是唤船渡江之人却嫌弃长江北岸的扬州，唯恐去之而不速，是暗示明末清初扬州十日之恐怖。"骨腻宫斜来艳种，家祠富媪拜妍娲"，言如今人们

---

① （宋）郑思肖著，陈福康校点：《郑思肖集》，上海古籍出版社1991年版，第334页。
② （汉）荀悦《前汉纪》卷4《高祖四》赞曰："焚灸斩蛇，异功同符，岂非精灵之感哉！"《后汉书·西域传》："精灵起灭"，唐章怀太子贤注："精灵起灭，灭谓死。"可知精灵指神仙、魂灵。

对于扬州，只知道艳称埋葬隋代宫女的宫人斜，求拜供奉后土富媪的蕃釐观，——却不知道扬州梅花岭的史可法墓。蜀冈位于扬州城西，"绵亘四十余里"①，是扬州的形胜与标志。前人盛称之，如宋欧阳修《与韩忠献王》："独平山堂占胜蜀冈，江南诸山，一目千里，以至大明井、琼花二亭。"② 梅尧臣《平山堂留题》："蜀冈莽苍临大邦。"③ "蜀冈谁种苍松满，来往精灵恐下车"，言不知是谁在蜀冈种满苍松，精灵们来往扬州又是为何要纷纷下车？言外之意，蜀冈种满苍松，仿佛是为了祭奠史可法；精灵们来往扬州纷纷下车，是表示尊敬史可法，就如明清时先贤祠墓前下马碑所大书深刻：文武官员到此下马。吴震生琼花诗，隐喻不忘扬州十日，崇敬民族英雄史可法，是反清怀汉思想的杰作。

清吴嘉纪（1618—1684）《过史公墓》："秋风墓岭松篁暗，夕照芜城鼓角多。"④ 吴震生好友曹学诗《梅花岭》："风雨北邙留正气，衣冠南渡少深谋。"⑤ 皆表示对民族英雄史可法之崇敬，可与吴震生琼花诗参读。

史震林《西青散记》记述黄松石、吴震生琼花诗，亦是寄托自己的反清复汉思想。不仅此也。《西青散记》卷二："（雍正十一年）二月晦矣，出丹阳，渡江上扬州，叩无双亭，吊琼花。"（第58—59页）史震林《华阳散稿》卷上《记陈散樗》："乙卯，闻散樗卒，震亭有诗云：'蕃釐别院苦吟身，琼树全枯感慨频。'"⑥ 乙

---

① 《文渊阁四库全书》本《明一统志》卷12《扬州府·山川》。
② 《四部丛刊》影元刊本《欧阳文忠公集·书简》卷1。
③ 《四部丛刊》影明刻本《宛陵先生集》卷50。
④ （清）吴嘉纪著，杨积庆笺校：《吴嘉纪诗笺校》卷1，上海古籍出版社1980年版，第12页。
⑤ （清）曹学诗：《竺阴楼诗稿》丙午卷，作者手稿本，安徽省博物馆藏。
⑥ （清）史震林：《华阳散稿》二卷，卷端首行顶格书：华阳散稿卷几，第二行下方留三格书：金沙悟冈史震林撰，半叶九行，行二十一字，白口，单鱼尾，四周单边，宋体字，乾隆松槐书屋刻本，二册。国家图书馆藏，索书号：／01775；张静庐据王韬弢园初印本（卷首有光绪九年弢园老民王韬《华阳散稿序》）校点，上海杂志公司1935年版，第3页。

卯，为雍正十三年（1735）。《华阳散稿》卷下《小记四》："太虚尘矣，下界烟矣，去玉京十二楼，住扬州廿四桥，补金粟后身，续琼花旧梦，此墨耕琴庄之所以能留震亭诸君子也。……乾隆甲申九月朔书于广陵之南郭草堂。"[1] 乾隆甲申，为乾隆二十九年（1764），明亡一百年整。《华阳散稿》卷下《小记七》："乾隆乙酉仲春朔，景物晴美，菊台诗弟子约游平山……过蕃釐观……叩玉勾洞天，问琼花消息也。"[2] 乾隆乙酉，为乾隆三十年（1765），史震林七十四岁，此文为《华阳散稿》最后一篇。由上可见，陈散樗、曹学诗、史震林等人对扬州琼花的凭吊、感慨、留恋、梦想和期盼，亦是为了发抒深藏不露的反清怀汉思想。

双卿词《一剪梅》："琼花魂断碧天愁，推下凄凉，一个双卿。"（《西青散记》卷三，第49页）双卿此词，非常值得注意。按《琼花集》诗如宋楼钥《琼花引》："自从天上来蕃釐"，谢翱《琼花引》："英云蕊珠欲上天"，元张三丰《题扬州左史丞扇》："琼枝玉树属仙家，未识人间有此花"，明金实《琼花图》："花落还归天上去"[3]，皆以为琼花来自天上，终将还归天上，形成艺术典实。双卿宿慧，自比琼花是寄寓流落尘世之意，此外有无琼花象征民族精神之潜意识之流露，不妨见仁见智。

女子诗词自称其名，或以为可疑，其实是文学史上习见之事。如汉乐府《陌上桑》："罗敷前置辞：'使君一何愚。使君自有妇，罗敷自有夫。'"明冯小青《绝句》："人间亦有痴于我，岂独伤心

---

[1] （清）史震林著，张静庐校点：《华阳散稿》卷下，上海杂志公司1935年版，第110—111页。
[2] 同上，第112页。
[3] （清）虫天子辑：《香艳丛书》十一集，人民文学出版社1994年版，第3151、3153、3158、3195页。

是小青。"①《天仙子》词:"文姬远嫁昭君塞,小青又续风流债。"②至于李白《赠汪伦》:"李白乘舟将欲行",杜甫《同谷七歌》:"有客有客字子美",自称名字,亦人所熟知。又,或以为一般男女间不可称"卿",似亦未必尽合实际。如黄宗羲《南雷诗历》卷一《贞女引赠万履安》六解:"次室处女,悲吟断续,邻人谓卿:'昏车相属,云何困苦?彷徨所欲?'"③此皆顺带述及。

4.《西青散记》暗指明末清初金坛痛史

《西青散记》卷一:"嗟夫榛烟苓露、老青荒翠之墟,湮没亡失,不得其名者,可胜吊哉?代年既远,迹谢景迁,志载阙其传,父老昧其处,有鬼神踯躅叹息于其间耳。夫古今之史,郡邑之乘,遗漏良多。读忠孝传,谓忠孝人尽于是,读隐逸传,谓隐逸人尽于是,直目如胶漆,胸无感慨者矣。"(第25—26页)"志载"、"郡邑之乘",指地方志;"忠孝传"、"隐逸传",皆与政治史有关;"志载阙其传",往往与政治忌讳有关;"有鬼神踯躅叹息于其间",暗指英灵、冤魂众多。史震林是清前期金坛人,清初金坛地方有何等史事,与政治忌讳有关,并且英灵、冤魂众多,以致史震林如此感慨不已?

清计六奇《金坛狱案》:"海寇一案,屠戮灭门、流徙遣戍,不止千余人。"④又云:"又奉严旨一体拿究矣:王重(明进士)、段冠(明进士,官知府)、江潢(明进士,官推官)、王梦锡(明进士,官布政)、冯征元(班父封翁)、李铭常(大清进士)、袁

---

① (明)冯梦龙评辑:《情史》卷14,《小青》,凤凰出版社2011年版,第362页。
② 同上,第363页。
③ (清)黄宗羲:《南雷诗历》,中华书局1991年版,第6页。
④ 《明清史料丛书八种》,北京图书馆出版社2005年版,第8册,第619页。

大受（广西宾州道）、史承谟（大清进士，官知县）、史洪谟（大清进士，官推官）。……定案：王重、袁大受、李铭常、冯征元拟斩，段、江、史、王等拟绞……其知县、县佐、首令三教官、练兵守备等官以及里老、吏书、兵壮人等，徒杖分别不等。又奉严旨：谋反大逆，不分首从，皆斩；惟知县任体坤，依拟绞。共斩六十四人，家属男女没入，流徙大小老幼又共二百七十六人。……冯班亦在流徙例。段冠夫人年逾六旬，久卧床褥，粒米不入口者已数年，惟藉参膏果饵度日，舁至金陵，起解内院之辰，忽然体健，步行就纽。黔解之后，腹空思啖，连啖糙黄米饭三碗。羁于籍没处所，为东人朝夕磨腐，两年而卒。"①

清于墉《金沙细唾·湖寇》："谕：'一人不剃全家斩，一家不剃全村斩。'……于是邑西阻茅山，东阻洮湖，揭竿团聚……潜伏数千人于城，于（顺治二年闰六月）初九夜半，燔毁县署，杀新丞及练兵于关帝庙……抢劫兵械、库藏，远近大震。……而湖寇凭陵，凡阅二十日剿灭。"②

清于墉《金沙细唾·海氛》："顺治十六年己亥海氛之祸，金坛被诬遭极刑者，合官绅衿民凡五十人，其毙杖下及投环、服鸩者不与焉。……诸绅皆狼狈听质，黑缧锁项者三，镣手足者亦三，兵役环伺叱咤，便溺秽辱万端，屏服御，绝栉沐，幽沉晦惨，与地狱同。质审不容措辞，惟有夹拷，不承则加杠，少辩则打嘴……一概入罪。"③

民国十五年冯煦等纂修《重修金坛县志》卷十二之二《记事》："国初海寇一案，官绅士民骈戮者六十余人，配没者六十余家。"

---

① 《明清史料丛书八种》，北京图书馆出版社2005年版，第8册，第625—627页。
② 《清史资料》第2辑，中华书局1981年版，第158页。
③ 同上，第163—170页。

顺治二年金坛反清起义,经历二十日始被剿灭,壮烈牺牲者成千上万,是与扬州十日、嘉定三屠同等重大的历史事件,而金坛反清起义的根据地,就是史震林的家乡洮湖;顺治十六年金坛海氛案,屠戮灭门、流徙遣戍,不止千余人。这些重大历史事件,可歌可泣,时间不过百年,地点就在脚下,流风余韵,震林岂无所闻?可知《西青散记》"志载阙其传","夫古今之史,郡邑之乘,遗漏良多"所感慨的隐晦史事,是指金坛反清起义、金坛海氛案;"有鬼神踯躅叹息于其间"所感慨的无数英灵、冤魂,是指金坛反清起义成千上万之先烈、金坛海氛案不计其数之冤死者。

5. 曹震亭赠史震林诗之反清思想

安博藏曹学诗《竺阴楼诗稿》稿本丙午卷《梅花岭》七律:"风雨北邙留正气,衣冠南渡少深谋。"丙午为雍正四年(1726);扬州梅花岭是史可法墓地。可知曹学诗二十岁时,已崇敬民族英雄史可法,洞晓明清痛史。史震林《华阳散稿》卷上《记陈散樗》:"乙卯,闻散樗卒,震亭有诗云:'蕃釐别院苦吟身,琼树全枯感慨频。'"[①]乙卯,为雍正十三年(1735)。《华阳散稿》卷下《小记四》:"太虚尘矣,下界烟矣,去玉京十二楼,住扬州廿四桥,补金粟后身,续琼花旧梦,此墨耕琴庄之所以能留震亭诸君子也。……乾隆甲申九月朔书于广陵之南郭草堂。"[②]甲申,为乾隆二十九年(1764)。扬州琼花死于金兵、元兵南侵,死而复苏,成为宋元明清诗中之民族气节之象征。曹学诗咏琼花,留恋琼花,是反清思想之流露。由此可知,曹学诗反清思想,历数十年而未变。

---

① (清)史震林著,张静庐校点:《华阳散稿》卷上,上海杂志公司1935年版,第3页。
② 同上,卷下,第110—111页。

国图藏曹学诗《香雪诗钞》卷一《淮阴留别史梧冈》六首其一、其四：

> 忏过频开贝叶函，鬘持同悔堕尘凡。
> 诗情似月还长满，宦况如冰已不馋。
> 折柳梦醒凉雨寺，采兰人挂落霞帆。
> 骑鲸欲到扶桑国，东海偏嫌味带咸。

> 极乐峰头看雨初，听经夜过老僧庐。
> 一官自觉逢迎懒，半砚都因忧患疏。
> 薄俸难供琴畔鹤，长斋不羡铗边鱼。
> 何由风雪空山屋，补就西青世外书。

史震林《华阳散稿》卷上《记淳游杂咏》录寄孔次欧诗：

> 一卷西青世外缘。[1]

又《记诗穷》录送郭孝廉起东诗：

> 一卷西青海外心。[2]

《香雪诗钞》卷首有《戊辰登第后奉命简发湖北出都留别诸知己》诗，戊辰为乾隆十三年（1748），曹震亭诗《淮阴留别史梧冈》当是此行途经淮阴时所作。

---

[1] （清）史震林著，张静庐校点：《华阳散稿》卷上，上海杂志公司1935年版，第32页。
[2] 同上，第36页。

乾隆二年（1737）史震林成进士后，本可任行政官高要知县而不就，改就学官淮安府学教授。由曹震亭此诗"宦况如冰已不馋"，"骑鲸欲到扶桑国"（即孔子"道不行，乘桴浮于海"之意），可知史震林不就行政官，实质是不愿与统治中国的清朝政权合作。

由"一官自觉逢迎懒，半砚都因忧患疏"（下句指清朝文字狱），可知史震林担心其著述触犯清朝文字狱，其中有与清朝统治相违碍之内容。清代文字狱，自顺治四年函可《变记》案起，至此已历经顺治十八年（1661）至康熙二年（1663）庄廷鑨明史案，康熙五年（1666）黄培诗案，康熙五十年（1711）戴名世《南山集》案，雍正三年（1725）年羹尧奏表案，雍正三年汪景祺《西征随笔》案，雍正五年查嗣庭试题案，雍正四年钱名世案，雍正六年曾静、吕留良案，雍正七年陆生楠《通鉴论》案、屈大均《翁山文外》及《翁山诗外》案、裘琏《拟张良招四皓书》案，雍正八年翰林院庶吉士徐骏"清风不识字"案，乾隆初凌迟处死曾静、张熙并列《大义觉迷录》为禁书案。清朝文字狱，血腥恐怖，连绵不断。

曹震亭诗"何由风雪空山屋，补就西青世外书"，与史震林诗"一卷西青世外缘"、"一卷西青海外心"，皆言《西青散记》属于世外、海外，不属于此世、海内，实际是暗示《西青散记》包含反清思想。

《西青散记》卷二记张梦觇因双卿疑虑而不肯还其题词之《种瓜图》，与双卿书云："天固知怜卿惜卿者。特有一沐日浴月之人在焉，以为茫茫大块争怜交惜者倡也。"（第40页）梦觇是史震林弟子，其所说"沐日浴月之人"，字面是说史震林是沐浴日月光华、光明磊落之人，其实并暗指史震林是反清怀明之人。屈复《汉高帝大风歌》："沐日浴月兮天地清（一作明）"，是同一用法。

《西青散记》等文献表明，清朝统治中国百年以后，反清复汉思想仍然是中国人和中国文学所隐藏的最重要思想。

从明末清初轰轰烈烈的反清复明运动，到百年后含藏反清复汉思想的《西青散记》（1739）等文献；到七十五年后《清稗类钞·讥讽类》所载嘉庆十九年（1814）江西巡抚阮元镇压胡秉耀起义后，"有函投阮室，启视之，胡在狱中所著诗也"，诗曰："能解《春秋》有几人"，"为怜未解金人祸"，"几多豪杰辅元胡"，"惟向胡儿轻屈节"，阮阅之，曰："此人固亦解文字也"；[①] 到五十三年后赵烈文《能静居日记》同治六年（1867）六月二十日所记赵烈文对曾国藩说"土崩瓦解之局"，"殆不出五十年矣"，"国初创业太易，诛戮太重，所以有天下者太巧，天道难知，善恶不相掩，后君之德泽，未足恃也"，国藩闻之，"蹙额良久"[②]；到清末刘光第（1859—1898）诗《重葺张忠烈（同敞）公墓诗并序》："此骨南撑半壁天，前身北射中原月"，"形骸久已外天地，留此大明土一邱"[③]，《白云山吊赖义士嵩》："武平赖生冠儒冠，誓将戴发黄泉没"，"苏卿嚼毛不忘汉"，"文山高操犹冰雪"[④]，其例举不胜举；可知反清复汉思想实为清朝统治下二百六十七年间汉人不绝如缕之集体潜意识，清代历史和文学隐藏的最重要思想。故辛亥革命义旗一举，而清朝统治土崩瓦解于顷刻之间。

《西青散记》的反清复汉思想，是其写实品格和真实性的最有力证明。

---

① 徐珂：《清稗类钞》，商务印书馆1917年版，第12册，第40页。
② （清）赵烈文：《能静居日记》，太平天国历史博物馆编《太平天国史料简辑》第3册，中华书局1962年版，第411页。
③ 《刘光第集》编辑组编：《刘光第集》，中华书局1986年版，第332页。
④ 同上，第337页。

三、《西青散记》所述与双卿相关人物考

《西青散记》中与双卿相关人物，包括双卿与之遥唱和的段玉函、史震林、张梦觇、赵闇叔、恽宁溪、巢讷斋、王澹园、郑痴庵，为双卿作画的张石邻，遗作感动双卿的朱西野，愿为双卿募金建亭的毕柯山，咏双卿的钱凌霄、申志纶、荆振翔、吴震生、曹震亭等。除曹震亭、吴震生为当时著名诗人，其余多为金坛、常州（治武进阳湖；古称毗陵）、丹阳等地民间读书人。本文考察这些人士的真实性的原则是，除见于《西青散记》外，又被当时其他文献所记载，且无反证，即可定为历史真人。

1. 史震林（1693—1779） 金坛人。光绪十一年（1885）丁兆基、汪国凤等纂修《金坛县志》卷九《人物志一·文学》："史震林，字公度，号梧冈，雍正乙卯举人，乾隆丁巳进士，震林家世故贫，而事亲尽孝。其成进士也，授广东高要县尹，以母老改就淮安教授。正士习，黜浮华，一以淑身励行为诸生劝。淮安故濒河，岁戊辰，河决，淹毙人口无算，震林罄橐瘗埋之。陈情终养，奉母归里。昼夜依侍如婴儿，养母终，品愈高。寓意林泉，娱心翰墨，其诗词字画无不超妙，时人称为四绝。年八十又八，无疾而终。有《华阳散稿》、《西青散记》行于世。"

史震林于乾隆十二年（1747）始任淮安府学教授[①]，乾隆二十年辞此官后，至死未再作官。

雍正十一年（1733）夏四月，史震林避暑绡山耦耕堂，与段玉函望晚山，"双卿方执畚户外，已复携竹篮，种瓜瓠于桥西，眉

---
① 咸丰二年（1852）卫哲治、叶长扬、顾栋高纂修《淮安府志》卷18《职官·淮安府学教授》："史震林，金坛人，进士，乾隆十二年任。"

目清扬,意兼凉楚。明日得其词,以芍药叶,粉书《浣溪沙》",(《西青散记》卷一,第34页)。史震林与双卿遥相唱和似始于此。

《西青散记》卷三:"(双卿)乃托童子龄抄《散记》,死之日,愿以为殉。"(第6页)又:"邻妇曰:'然则何为泄诗词于外人也?'双卿乃泫然曰:'是则所谓莲性虽胎,荷丝难杀,藻思绮语,触绪纷来。'"(第8—9页)又记夜与玉函语将焚《西青散记》,双卿闻之,为书曰:"弄月仙郎,乃如畏首畏尾","双卿所弗取也。此书可烧,则口亦可不言。'"(第52—53页)

双卿语"是则所谓莲性虽胎,荷丝难杀,藻思绮语,触绪纷来",典出明代冯小青《与某夫人书》:"若便祝发空门,洗妆浣虑,而艳思绮语,触绪纷来。正恐莲性虽胎,荷丝难杀,又未易言此也。"[1]唐柳宗元《马室女雷五葬志》述永州寒儒女马雷五事迹:"将死,曰:'吾闻柳先生尝巧我慧我,今不幸死矣,安得公之文志我于墓。'"与雷五一样,双卿苦海生命中唯一愿念,是托不朽于死后文字[2]。

2. 段玉函(?—1739) 号怀芳子,金坛人(《西青散记》卷二,第24页)。安博藏曹学诗《竺阴楼诗稿》稿本己酉卷,有连章诗题:《弟柱得金沙史梧冈文,袖归示予,予读之惊喜,即与偕往访于梵觉寺,偕梧冈来者,为叶寿青、李虬苍、毕柯山。叶善医、画,毕善墨竹,得直,供梧冈费,心异其人。及读梧冈〈记〉,乃悉其概。又于〈记〉中识毗陵赵闇叔、恽深葭、金坛王月虬、段玉函、朱西野、胡尝斋、王云古。诸君子皆雄杰孤高、风流恺悌,虽未谋面,已神交矣。初,梧冈有赠予及弟柱诗,因和其韵,并以所闻

---

[1] (明)冯梦龙评辑:《情史》卷14,《小青》,凤凰出版社2011年版,第363页。
[2] 或可参读张爱玲《对照记》图二十五《我祖母带着子女合照》:"他们只静静地躺在我的血液里,等我死的时候再死一次。"张爱玲:《重返边城》,十月文艺出版社2009年版,第206页。

诸君子大略著于篇，见求友之志云》。其下子题：《和梧冈见赠予原韵》二首、《叶寿青》、《毕柯山》、《李虬苍》、《赵闇叔》、《王月虬》、《段玉函》、《恽深葭》、《朱西野》、《胡尝斋》、《王云古》。

安博藏曹学诗《竺阴楼诗稿》稿本己酉卷《段玉函》："授得阳冰赤玉文，锦囊诗思更氤氲。自怜旧梦依香草，多恐前生是彩云。明月影中团纸扇，落花风里薄罗裙。消魂剩有清歌在，付与凄凉玉笛闻。"（诗又见《西青散记》卷一，第33页）

史震林《华阳散稿》卷上乾隆五年（1740）《慰曹震亭书》："去年八月，天夺吾友怀芳子，无簀可易，无纩可属。《西青》卷中，存殁者半，感慨人何易凋也。"①

《四库未收书辑刊》影乾隆刻本曹学诗《香雪文钞》卷七《致金沙史梧冈大兄书》："怀芳子赍志以殁，而弥留之顷，犹复抚床惊叹，为弟代悲，此又异地神交，尤使人呵壁问天，徘徊感泣者也。"②

雍正十一年（1733）在绡山，段玉函与史震林初见双卿种瓜，明日得其词，见《西青散记》卷二（第34页）。

3. 张梦觇（1709—？） 金坛绡山人。《华阳散稿》卷上《与曹震亭书》："二月初吉，于屈湖约同赵闇叔、张梦瞻叩华阳。"③又《与句容俞挹霖书》："庚申（1740）春，与赵闇叔、张梦旂登茅山，北探乾元观道藏。"④按乾隆十五年（1750）曹袭先纂修《句容县志》卷九《人物·文学·国朝》："俞显祖，字挹林，过目成诵，弱冠即拔帜。落笔敏妙，捷于风雨。与乃兄辉祖，一高明一沉潜也。

---

① （清）史震林著，张静庐校点：《华阳散稿》卷上，上海杂志公司1935年版，第17页。
② 《四库未收书辑刊》第10辑第16册，北京出版社2000年版，第312页。
③ （清）史震林著，张静庐校点：《华阳散稿》卷上，上海杂志公司1935年版，第14页。
④ 同上，第28页。

居家孝友，所交游皆天下名士。……养疴二十年，文益进。旁通二氏学。自号曰浣虚。所著有《心学录》。"俞挹霖，当即俞挹林。

双卿嫁周姓农家子，"赁梦觇舍，佃其田，见田主，称官人"，见《西青散记》卷二（第34页）。

4. 赵闇叔 常州人。安博藏曹学诗《竺阴楼诗稿》稿本己酉卷《弟柱得金沙史梧冈文，袖归示予，予读之惊喜，即与偕往访于梵觉寺……又于〈记〉中识毗陵赵闇叔……》。

《西青散记》卷一："己酉春，震亭晤余维扬，见王澹园、赵闇叔诗集，皆题诗其后。"（第33页）

安博藏曹学诗《竺阴楼诗稿》稿本己酉卷《赵闇叔》："弄月仙郎识素心，可能怜我亦知音。人游溽水应如玉，天与姬山定是金。斗蚁盆中争粒米，栖鸾云外念时禽。他年自鼓东湖枻，来伴渔樵话古今。"

雍正十一年夏八月，赵闇叔来绡山，遇双卿，见《西青散记》卷二（第74页）。

5. 张石邻 张石邻，名辅苍，金坛人。《华阳散稿》卷上《记慨》："甲子三月，与张石邻、王云古、毗陵巢讷斋访张梦瞻。"① 卷下《与赵闇叔书》："癸亥……明年（乾隆九年甲子，1744）春，与孟河巢讷斋、同邑张石邻、王云古西游句曲，访俞浣虚。"② 又《记菊花芙蓉吟》："霞村与王澹园、张石邻、朱元冀，俱老而倦诗。"③

浙图藏曹学诗《小窗香雪诗钞》稿本《读西青散记和双卿秋吟原韵九首》其二："饷黍倦当林外立，浣衣寒向渡头来。天涯谁寄生绡影，待我琼浆酹一杯。"即指张石邻绘双卿《饷黍》、《浣

---

① （清）史震林著，张静庐校点：《华阳散稿》卷上，上海杂志公司1935年版，第34页。
② 同上，卷下，第64页。
③ 同上，卷下，第58页。

衣》等图。

雍正十一年五月，张辅苍石邻至绡山，绘双卿《种瓜图》，图成示双卿，双卿题《玉京秋》一词于上；九月又来绡山，写双卿照三卷，《玩月图》、《饷黍图》、《浣衣图》，见《西青散记》卷二（第38—39页，第78页）。

6. 朱西野（1694—1723）广东人，居金坛。《西青散记》卷三略云：朱西野，名钢，字西野。西野之先，广东人也，祖父宦于坛，遂居焉。西野素饶资，所与游多市井人，诱以声色，樗捕饮弈，争为豪荡，业尽废，乃敛志读书。居常怏怏，赋《杨花诗》以自喻，寄怨悔焉。西野死于雍正元年癸卯（1723），年三十岁。雍正十一年八月，于骏声墅山以西野《杨花诗》三十律、《秾芳草》百律托史震林，曰："此西野魂也。可招之入《散记》。"（《西青散记》卷三，第23—33页）

安博藏曹学诗《竺阴楼诗稿》稿本己酉卷《朱西野》："夕照荒寒笛里村，梦中垂泪到西园。一棺才子黄金骨，万古离人白雪魂。宿草几年遮墓道，杨花无力扑天门。江头我亦吞声者，不及于郎谊最敦。"自注："西野死，母子守西园，唯金沙于骏声时往视之。予友程贻昆，逸才早世，与西野同。"（《西青散记》卷三，第24页）

雍正十一年十一月，贺双卿读朱西野遗稿《杨花诗》七律三十首，曰："此双卿也"，见《西青散记》卷三（第25—31页）。

7. 恽宁溪（1689—1752）恽贤，字升阶，号宁溪，一作凝溪，常州人。安博藏曹学诗《竺阴楼诗稿》稿本己酉卷《恽深葭》："郁盘方寸起山河，光焰崚嶒列宿罗。心事吐将才子尽，酒杯浇向好诗多。投锄漫学惊天语，拔剑空为斫地歌。最爱凤皇吟古调，离情飘飘太湖波。"诗与《华阳散稿》卷上《巢髩别记》所述"宁溪豪士也，状肥而皤腹"，"诗文甚敏"，"酷嗜酒"① 相合，且史震林恽氏友人仅有宁溪，故恽深葭当即恽宁溪。

《四部丛刊》景光绪十年刊本恽敬《大云山房文稿》二集卷三《子惠府君[士璜]逸事》："金坛进士史梧冈先生所著《西青散记》，多记山中隐居及四方游历琐事。为诗文，性灵往复，颇亦洒然。其游孟河，则雍正十二年也。敬幼侍先祖父子惠府君，言先生自孟河偕巢讷斋、恽宁溪来，善饮酒，能画，能作篆、分书。子惠府君鼓琴多古操，即受之先生者也。《散记》中郑痴庵，常与先府君过从。去先生游孟河时，几四十年矣。为人颀长，白须髯，携栁枊杖，有出尘之表。见敬，尝令吟诗，时亦点定敬文，则大笑称快甚。盖其时天下殷盛，士大夫多暇日，以风雅相尚，所谓非古之风发发者，非古之车揭揭者，未之有焉。故梧冈先生及其友朋能自逸如此。"

清恽祖祁等纂修《恽氏家乘》卷十刘科撰《孝子恽凝溪公家传》："公讳贤，字升阶，凝溪其号也。大父寿侯。父瞻度……方久游，十有六年不通音问……乃溯大江达汉阳，渡洞庭抵长沙……北走燕，西入秦，自秦入豫……奉父归。……业师陈夫子卒，妻艾子幼，毫无恃，赖凝溪倡捐田亩，及门各入田以佽助。……凝溪论作文之道曰：'宁曲毋直，宁新毋腐，宁受嗤于俗目，毋苟悦于庸耳。'……乾隆壬申（1752）九月卒，寿六十有四。"② 按《华阳散稿》卷上《恽寿侯传》："寿侯公，讳长祉，自号重远，武进人。吾友恽宁溪之祖父也"③，及《恽氏家乘》卷一《祖训》"宁溪

---

① （清）史震林著，张静庐校点：《华阳散稿》卷上，上海杂志公司1935年版，第43页。
② 恽祖祁等纂修：《恽氏家乘》六十八卷卷首一卷，民国六年活字本，国家图书馆藏，索书号：传774.91/91。
③ （清）史震林著，张静庐校点：《华阳散稿》卷上，上海杂志公司1935年版，第10页。

公论作文之道",以及《西青散记》所述"孟河恽宁溪,少时寻父于河南"(卷一,第 75 页),均与《恽凝溪公家传》所载相同,可知凝溪即宁溪。

雍正十一年十月,史震林携《双卿浣衣图》游常州孟河,郑痴庵、巢讷斋、恽宁溪为之题诗词遥赠双卿。双卿步宁溪韵遥和之七首,宁溪自恨不逮,步其韵敌之,复毁去。和诗其一:"月魂滴艳绡山侧,细切霞膏咽冰臆。红粉蒸为窈窕云,青天尽变芙蓉色。"(《西青散记》卷三,第 11 页)是双卿诗杰作之一。

雍正十一年十一月,恽宁溪、巢讷斋来金坛,同王澹园至绡山,三人各以一题试双卿,方晓而诗至,书于芦叶。见《西青散记》卷三(第 31—32 页)。

8. 巢讷斋 巢申,字周翰,号讷斋,常州孟河人。《华阳散稿》卷上《巢髯别记》:"巢髯者,毗陵孟河处士也,余为《西青散记》曾载之。名申,字周翰。……自号讷斋。"[①]卷下乾隆三十三年(1768)《三民合记》:"讷斋年近八旬,隐于嘉山,不相见二十年矣。"[②]

恽敬《子惠府君逸事》:"金坛进士史梧冈先生所著《西青散记》……敬幼侍先祖父子惠府君,言:'先生自孟河偕巢讷斋、恽宁溪来。'"[③]

9. 王澹园 名峻(《西青散记》卷三,第 39 页),字月虹,号澹园,金坛人。《西青散记》卷一:"己酉春,震亭晤余维扬,见王澹园、赵闇叔诗集,皆题诗其后。赠澹园句曰:'玲珑梦立

[①] (清)史震林著,张静庐校点:《华阳散稿》卷上,上海杂志公司 1935 年版,第 43 页。
[②] (清)史震林著,张静庐校点:《华阳散稿》卷下,上海杂志公司 1935 年版,第 101 页。
[③] (清)恽敬:《大云山房文稿二集》卷 3,世界书局 1937 年版,第 161 页。

花阴月,清迥胸藏瀑布山。骨傲世情多自忤,句奇天意不能悭。'"(第33页)

安博藏曹学诗《竺阴楼诗稿》稿本己酉卷《王月虬》:"我忆芙蓉秋水间,澹园高士共鸥闲。玲珑梦立花阴月,清迥胸藏瀑布山。骨傲世情多自忤,句奇天意不能悭。故人已远东林寂,谁看修篁静叩关。"

《华阳散稿》卷上有《王澹园诗序》。

雍正十一年十一月,双卿遥应王澹园题试《西山雪霁》:"零云欲正吹还侧,隙送残晖印孤臆。卞和双泪落荆山,百花暗带消魂色。"(《西青散记》卷三,第32页)是双卿诗杰作之一。

10. 钱凌霄　常州人。《西青散记》卷三:雍正十一年(1733)十一月,恽宁溪、巢讷斋至绡山,"出钱凌霄、郑痴庵寄双卿诗十余首。凌霄者,钱来成大济也……痴庵以为师。"(第31页)。

《华阳散稿》卷上《记天荒》:"乾隆六年辛酉(1741)十一月……荆振翔送余至(孟河)天荒西院,与凌霄子钱来臣宿起舞斋,亡友段玉函读书处也。"①

11. 郑痴庵　常州人。《西青散记》卷四:"甲寅(1734)夏五月,至孟河之天荒书院。……惟书院之里,以郑痴庵著焉。巢讷斋居固村,在其北,恽宁溪居荡里,在其东,相距各十里。"(《西青散记》卷四,第1页)

恽敬《子惠府君逸事》:"《散记》中郑痴庵,常与先府君过从。"

《华阳散稿》卷下乾隆三十三年(1768)《三民合记》:"余将渡江南归,约重会于郑痴庵天花庄。"②

---

① (清)史震林著,张静庐校点:《华阳散稿》卷上,上海杂志公司1935年版,第23页。
② 同上,卷下,第101页。

12. 毕柯山　浙西人(《西青散记》卷二,第54页)。《西青散记》卷二:雍正七年己酉(1729),"与毕柯山、叶寿青、李虬苍游扬州,震亭见柯山而悦之,谓之有侠士肠、才子泪、古佛心、野仙骨,人以落魄忽之,不知为异人也。"(《西青散记》卷二,第87—88页)。

安博藏曹学诗《竺阴楼诗稿》稿本己酉卷《毕柯山》:"避仇千里壮心违,尘罨丹阳一步衣。雪市秃毫题墨竹,雨庵残照煮山薇。手摩霹雳琴须破,泪压虹霓剑不飞。但遇梧冈无竹石,凤凰清瘦鹭鸶肥。"

雍正十二年甲寅(1734)七月,在孟河,毕柯山语史震林曰:"余北游,募才子金,刻《散记》,以双卿劝(勉励)薄命人也。他日南下,给其夫以金,为双卿筑饷黍亭,买种瓜田,凿浣衣池耳。"(《西青散记》卷四,第40页)

13. 申志纶　北平人,居金坛。《西青散记》卷三:"申志纶,北平人也。父宦于(金)坛,清慎仁爱。志纶随父读书。……和双卿诗词共四十四首,为文六篇。"(《西青散记》卷三,第65页)

光绪十一年丁兆基、汪国凤等纂修《金坛县志》卷五《职官志·秩官·国朝县丞》:"申之熹,顺天宛平人,康熙五十六年任,以清慎升云南呈贡知县。顾载,云南人,雍正十一年任。"考县志,康雍间金坛职官申姓仅有之熹一人,申之熹姓氏、郡望、职官、年代皆与《西青散记》所述相合,可知申志纶当为县丞申之熹之子。

14. 荆振翔(1715—?)　丹阳人。《华阳散稿》卷上《巢鬐别记》:"与同邑郑痴庵、恽宁溪、丹阳荆振翔相友善。"[1]《华阳散稿》卷上《与玉勾词客书》(二):"去冬冲雪渡江,印《西青》四百卷。

---

[1] (清)史震林著,张静庐校点:《华阳散稿》卷上,上海杂志公司1935年版,第43页。

红楼绿窗,索赠者半。今春同赵闇叔、张梦旃、小扫花荆振翔游画山。"①

荆振翔咏双卿,见《西青散记》卷三(第31页)。

15. 吴震生(1695—1769) 歙县人,居杭州。清李桓辑《国朝耆献类征初编》卷一百四十六杭世骏《吴震生墓表》:"乾隆岁在己丑,君年七十五矣,末疾不慎,遂至不起。……君讳震生,字长公,可堂其号也,姓吴氏。……其迁歙者……历二十七世,为君曾祖,讳茂吉……君才气奋涌,千言立就。……弱冠受知江夏胡公润郁,为选首,五蹋省门,荐而未售,遂弃去。入资为刑部贵州司主事,奇请它比,狱无冤滥。以狱吏少和气,白云司不可久居,乞归不复出。……乐湖山之胜,买宅太平桥侧,滨河筑楼三楹,颜曰舟庵。……性耽吟咏,诗不下千百余篇。尤工金元乐府,熟谙南北宫调分寸节度,凡古今可喜可愕之事,悉寓之倚声,竟入酸甜之室。行世者,凡一十二种。尝与厉征士、丁隐君买舟同游山阴,尽览越中之胜而还,唱和诗朝传夕遍,一时纸贵。"②己丑,为乾隆三十四年(1769)。《四部丛刊》景振绮堂刊足本厉鹗《樊榭山房续集》卷四,有《新安吴长公与予有卜邻之约将以明春携家武林索赠四首用旧韵》,卷五有《舟泊毗陵同吴长公游青山庄四首》、《次韵同作》(题下署:歙县吴震生长公)、《题北岭将军庙二首并序》(《序》云:"庙在萧山北干山上……予以乾隆乙丑秋八月,同新安吴长公、同里丁敬身为越中之游"),卷八有《吴长公自梁溪移家来杭用沈陶庵题石田有竹庄韵奉简》。

乾隆元年,吴震生为双卿作诗,见《西青散记》卷四(第

---

① (清)史震林著,张静庐校点:《华阳散稿》卷上,上海杂志公司1935年版,第15页。
② (清)李桓辑:《国朝耆献类征初编》,台湾明文书局1985年影印本,第25册,第849—853页。

66—68页)。

吴震生为《西青散记》作两序一跋,见《西青散记》;并出资为《西青散记》付梓,见《华阳散稿》卷上录《与玉勾词客吴长公书》一篇、《与玉勾词客书》二篇(本文引述时括注统一序号一二三)。

综上所述:第一,以上所考清雍乾间金坛、常州等地十五位人物,皆为历史真人。第二,除朱西野早亡,其遗诗为双卿所喜之外,其余十四人,皆是双卿与之遥唱和,或为双卿作画、作诗之人,故皆为双卿真实性之见证人。

四、当时人述贺双卿考

在史震林《西青散记》之外,当时人述及贺双卿者,有为双卿作诗的曹震亭,为双卿作诗、文并寄双卿的屈复、原衷戴。此外,还有时代稍晚但仍为乾隆时人的顾敬恂,亦为双卿作诗。

1. 曹学诗(1697—1773) 歙县人。清钱仪吉纂《碑传集》卷一〇五郑虎文《曹学诗传》:"先生姓曹氏,名学诗,字以南,震亭其号也。歙之榕村人。……先生十有二岁,作《黄山赋》,一时手写口熟以遍,传达京师,声动朝列。洎所著《香屑集》出,人争购为枕中鸿宝。四五十年间,言风雅者,必以先生为宗。当先生之初入都也,诸公卿咸以第一名拟先生,争欲客先生,先生厌苦。至是,则径入西山中,读书僧舍,匿不以其名闻。桐城相国张文和先生知之,属先生友来招,不应,三反,乃强起,谒相国于澄怀园,为作《澄怀园赋》。已而诏开大科,相国来起先生,先生以博学名实难副辞。自后连上春官,辄报罢。戊辰(乾隆十三年，1748年）成进士，出试为令，守湖北之西陵（即麻城，今湖北麻城）。西陵多盗，前守坐是免，至则不旬日获其魁。旋真授崇阳（今湖北崇阳）令。首谳盗妻者宋某事，论宋，而以妻还其故夫，《完镜歌》所为作也。崇阳，天宝初始开山洞建治，地多山泉，故治田者必先治水……先生……按行循迹，辇木伐石，潴流疏壅，备旱涝，蓄泄灌注，因利御灾，石田以腴，千顷倍获。……地僻俗陋，士鲜辨声韵者，先生建桃溪书院以课士，而身为之师。期年，士皆能为诗。时大吏言贤吏者，必首先生。敕群吏曰：'若为治，不必师古，其师曹令。'……三年，以母丧，袯被归。久之，家益贫，或劝之仕，先生曰：'吾向者徒以有老母在也。'遂不复出。居乡凡二十二年卒。寿七十有七。"①

道光八年（1828）劳逢源、沈伯棠纂修《重修歙县志》卷八之五《文苑》："曹学诗，字以南，雄村人。乾隆戊辰进士，令麻城、崇阳，皆有声。亲殁，遂授徒终老。工骈体文，索碑铭传记者无虚日。所著有《经史通》、《易经蠡测》、《香雪文钞》、《宦游集》、《古诗笺意》等书行世。"②

由两《曹学诗传》所述可知，第一，曹学诗之性格特点，一是天性淡泊，不慕荣利。如为老母而短暂做官，三年而归，至死不复出。参证前揭曹学诗诗及《西青散记》、《华阳散稿》所述，此并因为有汉遗民心态，不愿与满清合作。二是正直、善良。如任湖北麻城、崇阳两县令，判案公正，兴修水利，兴办书院。第二，曹学诗文学才华卓越，为当时文宗。按黄景仁《赠曹以南》："自是江山归巨手，谁教天地老诗名。"《两当轩集》中并有《雨中入

---

① （清）钱仪吉纂：《碑传集》，台湾明文书局1985年影印本，第6册，第699—701页。郑虎文《曹学诗传》作于乾隆三十八年癸巳（1773）。

② 《中国地方志集成·安徽府县志辑》，江苏古籍出版社1998年版，第290页。

山访曹以南》、《访曹以南五明寺》、《夜坐怀曹以南》、《重至新安杂感》其一("谓曹以南")等诗。左辅《黄县丞（景仁）状》："狂傲少谐，独与诗人曹以南交，余不通一语。"[①] 安博藏曹学诗《竺阴楼诗稿》稿本卷首许承尧题识："黄仲则甚重之。"足资参证。

两《曹学诗传》所述，与《西青散记》完全吻合。曹学诗为人正直，他的文字是靠得住的。

《西青散记》卷四："乙卯十二月廿七日，同于南沙至扬州，曹震亭亦于是日至。丙辰（乾隆元年，1736）正月初二日，震亭公车北……登泰山以待余，和双卿《秋吟九首》。……步《秋吟》之原韵云。"(《西青散记》卷四，第64—65页)

双卿《秋吟九首》，为悲史震林之作，原诗已佚，仅存残句两韵四句："饥蝉冷抱枯桑叶，病蝶低寻老韭花"；又："生死朦胧忘寿夭，悲欢清楚记干支。"(《西青散记》卷四，第43页)后二句，当是指《西青散记》为编年实录体之作也。

浙图藏曹学诗《小窗香雪诗钞》稿本丙辰（乾隆元年）卷《读西青散记和双卿秋吟原韵九首》：

> 绿华谪后世缘新，丝乱风鬟不受尘。
> 秋水自香微照影，菊花多病略传神。
> 满盘鲛泪天应老，一颗珠胎海未贫。
> 翠袖好牵藤补屋，白罗私许结仙邻。

> 柳罩蓬门雨后开，半痕香迹印秋苔。
> 镜枯红粉皆成雾，月死佽霜已变灰。
> 饷黍倦当林外立，浣衣寒向渡头来。

[①] （清）黄景仁：《两当轩集》，附录第二，上海古籍出版社1998年版，第607页。

天涯谁寄生绡影，待我琼浆酹一杯。

写遍乌丝贵洛阳，仙郎金尽滞他乡。
纵横雁字无奇句，寂寞蛾眉有侠肠。
八月灵槎思赠石，七襄幽怨喜成章。
何由珍重藏花叶，剩粉全消淡亦香。

博望休夸泛海槎，星河谁料竟无涯。
彩分苏氏愁中锦，香夺江郎梦里花。
槐熟枉通蝼蚁国，竹荒难种凤凰家。
西风挽髻绡山冷，瓜蔓虽枯计未差。

回首琼楼路尚遥，天香吹尽晚寥寥。
青蕉覆鹿偏逢犬，红杏藏莺且避雕。
忏月不圆蚕自泣，祭花犹活酒频浇。
山空留得清吟在，怕与朝云暮雨消。

萧然四壁女相如，月府将空堕望舒。
绝句双花兰可佩，心经一叶桂能书。
病怜游子难亲疗，疟苦仙娥强自居。
世上姻缘休更说，鸳鸯多半锁因诸。

倚杵非慵孰与论，又呼打稻过前村。
沉沦自信遭多劫，辛苦何曾怨少恩。
扶病恐因愁阿母，忍饥还欲饭王孙。

荆钗别有怜才泪，化作幽花笑野墩。

　　曾约仙郎占地灵，高吟时与老猿听。
　　弄云忽悟人情幻，煮石方嫌世味腥。
　　梦访故山松窈窕，雨淋残粉字伶仃。
　　那知弱骨姗姗影，也识天边太白星。

　　婉转寻花叹蝶痴，娟娟幽谷自芳时。
　　秋风易猛无言受，夜雨多寒着意支。
　　蟏蠼阵交天地淡，蟋蛄声断古今迟。
　　西青幸有玲珑管，写出生香第一枝。

　　曹震亭《和双卿秋吟原韵九首》，融摄化用《西青散记》对双卿之记述，尤其双卿诗词之大量今典，描述双卿人品、事迹，妙笔传神①。

　　浙图藏曹学诗《小窗香雪诗钞》稿本《和双卿秋吟原韵九首》其一"伭霜"（"伭"字原缺末笔避讳），瓜渚草堂乾隆四年原刻本《西青散记》作"元霜"；其五"红杏"，《散记》作"红叶"；其六"疟苦仙娥强自居"，居字原写作"舒"，墨点点去，右旁改作"居"，《散记》作"除"。其九"姗姗"，《散记》作"姗瑚"。所有异文，皆应从稿本。

---

① 古代述人诗妙用所述之人之诗文众多今典，是中国文学史之一重要文学现象。笔者曾经列举颜延之《陶徵士诔并序》妙用渊明诗文大量今典，计二十组例证，提出："只有对渊明诗文爱之至深，寝馈至深，才能妙用渊明诗文大量今典如此娴熟、贴切，如数家珍。此实际是延之对渊明文学成就之极高评价。"（《颜延之〈陶徵士诔并序〉笺证》，《北京大学学报》，2005 年第 5 期。）学诗《和双卿秋吟原韵九首》融摄化用《西青散记》相关记述，尤其双卿诗词之大量今典，是此种文学史现象的又一同样精彩之实例。

其六"疟苦仙娥强自居",末字异文有三,可以判断:曹震亭最早原稿作"除",后来因考虑到双卿难以战胜疟疾[①],故改为"舒",意者此病既然不能祛除,犹望能够缓解;后来发觉本诗第二句已用"舒"字,且为押韵字,遂再改为"居"。"除"、"舒"、"居"三字,"居"字最好,《广韵》:"居,安也","疟苦仙娥强自居",写出双卿面对疟疾肆虐和姑恶夫暴,坚忍不拔、安之若素的性格。如《西青散记》卷二所述:雍正十一年(1733)九月末,双卿抱病打稻,"午后,寒甚而颤,忍之强起,袭重缊,手持禾秉,茎穗皆颤,热至,著单襦,面赤大喘。渴,无所得沸水,则下场掬河水饮之,其姑侧目冷言相诋,双卿含笑不敢有言,唯诺,敏给争先,任劳苦"。(第79页)

其四"西风挽髻绡山冷",化用双卿词《孤鸾·病中》:"午寒偏准。早疟意初来,碧衫添衬。宿髻慵梳,乱裹帕罗齐鬓"(《西青散记》卷二,第80页),写出绡山下,西风中,双卿下地劳作,疟疾发作,寒甚("西风"、"冷"),犹举起双手挽好发髻,画面苍凉,亦美,如在眼前。此一细节描写,传神地刻画出双卿在姑恶夫暴、疟疾肆虐、辛苦劳作之艰难生活中,维护自己女性人格尊严之性格。此真杰句也,千古何能有二。

其六"萧然四壁女相如",以司马相如比双卿,是曹震亭对

[①] 何以说双卿难以战胜疟疾?因为唯一有效的药物金鸡纳霜即奎宁,1638年才由秘鲁传入欧洲,1692年才由欧洲传教士传入中国,并且治疗好了康熙帝所患疟疾,可是金鸡纳霜在当时中国非常罕见,民间无从知道和获得。〔英〕德吕恩·布奇《医药的真相 别让药品害了你》3《抗疟疾药物奎宁是如何发现的》:"在19世纪末叶的时候,国际上金鸡纳树的种植积极地开展","到了20世纪",才"带来了大量种植奎宁时代的到来。"(孙红、马良娟译,新世纪出版社2010年版,第37—40页)
2011年1月,"澳大利亚研究人员首次利用照相机捕捉到疟原虫强行入侵人体红细胞,然后从其内部摧毁它们的视频画面。"(《疟原虫强行入侵人体红细胞视频首次拍到》,生物谷网站,2011-1-25 10:01:31,http://baike.baidu.com/view/993.htm)

双卿文学地位的崇高评价,且与屈复不谋而合①。

其九"蠛蠓阵交天地淡",蠛蠓即墨蚊,诗言蠛蠓成阵,暗无天日,是指双卿所遇姑恶夫暴,家中暗无天日,也是喻指清朝统治中国,暗无天日。双卿所患疟疾,后来被西方科学证明是"经按蚊叮咬而感染疟原虫所引起的虫媒传染病"②,曹震亭诗人直觉,暗合蚊虫传播疟疾之科学知识。

2. 屈复(1668—1745) 蒲城人。清钱仪吉纂《碑传集》卷一百三十九刘绍攽《屈复传》:"蒲城屈复,字悔翁,年十九,试童子第一,忽弃去,走京师。四方学诗者,多从之游。韩城张廷枢为大司寇,时欲上章荐,力辞不就。乾隆元年,冢宰杨超会举应博学鸿词,杨未见复,复亦不谢。所著《弱水集》甚富,江南许元基品其诗为国朝第一。无子,终不再娶。时人方之林和靖。"③按"军机处奏准全毁书目",有蒲城屈复著《弱水集》,注明"诗中多违悖语,应请销毁","安徽抚院闵咨禁书二十四种",也有《弱水集》④。屈复生于清康熙七年,因具有强烈的民族思想,曾被孙静庵《明遗民录》误归入明遗民。

屈复《弱水集》卷二十一《汉高帝大风歌》:"坑灰飞兮天地腥,坑灰灭兮天地平,沐日浴月兮天地清(一作明)。"⑤"日月"射"明"字,指明朝;"沐日浴月"指沐浴明朝文化即中国文化。

---

① 史震林有可能请屈复读过曹学诗此诗,若如是,则是屈复认同曹学诗对双卿诗词之崇高评价。
② 《百度百科》"疟疾"条。该词条并说:"直到1880年法国人Laveran在疟疾病人血清中发现疟原虫;1897年英国人Ross发现蚊虫与传播疟疾的关系,它的真正病因才弄清楚。"(http://www.bioon.com/industry/internation/472663.shtml)
③ (清)钱仪吉纂:《碑传集》,明文书局1985年影印本,第8册,第797—798页。
④ 姚觐元、孙殿起:《清代禁毁书目(补遗)、清代禁书知见录》,商务印书馆1957年版,第120页,第129页,第269页。
⑤ (清)屈复:《弱水集》卷21,《续修四库全书》,集部,第1424册,第134页。

诗隐喻推翻暴政恢复明朝即中国。《弱水集》卷九《文信公祠》："冬青寒食隔江深，丞相祠堂帝里寻。半亩宫墙天不夜，数株松柏昼长阴。城通御气崖山远，雨落潮声海水沉。终许虞歌回日驭，大风歌是一楼心。"① 马墣评语："写信国精神，直贯明初。"此诗借宋朝虽然灭亡，而精神不死，直贯明初，推翻元朝，隐喻明朝虽然灭亡，而精神不死，直贯未来，终将推翻清朝。《弱水集》卷十二《三忠祠在鹿园东里余祀诸葛武侯岳武穆王文信公》："金元未复古今情。"② "复"，克复，诗言古之岳飞文天祥未能克复金元，与今之未能克复清朝，是同一悲情。《弱水集》卷二《郑所南》："心史出尘氛，炎宇忽清冷。哭比皋羽秘，恨与文山永。元代既漠漠，明时宜炯炯。无天不阐幽，赍志难长冥。"③ 诗借郑思肖反元复宋之志，及其隐藏性以及不可磨灭，隐喻自己反清复明之志，及其隐藏性以及不可磨灭。《弱水集》卷二十一《西台哭》："至今遗记五百年，尚留一块干净土。我欲读之亦痛哭，哭我一生无破屋。"④ 诗借谢翱尚有西台一块干净土未被蒙元沦陷和污染，悲自己无一块干净土未被清朝沦陷和污染。《弱水集》卷七《琼花观》："不逢移洛下，荣悴是维扬。"⑤ 马墣评语："结不易解。"提示读者，诗暗指琼花悴于扬州，是因金兵、元兵占领扬州，并隐喻清朝占领中国。

屈复是一位正直的民族志士，他的文字是信实可靠的。

《续修四库全书》影清乾隆七年刻本清屈复《弱水集》卷十八《杨花十首有序》：

---

① （清）屈复：《弱水集》卷9，《续修四库全书》，集部，第1423册，第656页。
② 同上，卷12，第1424册，第34页。
③ 同上，卷2，第1423册，第561—562页。
④ 同上，卷21，第1424册，第126页。
⑤ 同上，卷7，第1423册，第629页。

双卿,绡山农家女,生有夙慧,能诗、词、小楷。所适非人,姑若夫,遇皆酷虐,而双卿力操井臼,无怨色。赁王氏舍,佃其田。或与诸文士遥唱和,而贞洁自守。有以《杨花诗》寄示双卿者,甚叹赏之。金坛史公度为予言如此。予亦作十首,即托公度寄双卿。乾隆二年(1737)二月也。

　　乾坤浪迹与谁同,飞絮凄迷正满空。
　　皎洁有情明晓日,颠狂无主领春风。
　　漫天乱飐青云路,匝地横翻白雪宫。
　　忽向直西重回首,丝丝俱在别离中。

　　漂漂尽日无留处,蛛网游丝惹恨长。
　　偶为相牵非缱绻,才成小别又飘扬。
　　浮萍流水逢愁侣,列宿当天有故乡。
　　隋苑月明三百里,飞来飞去总茫茫。
　　(原注:《楚词》:风漂漂以高逝。汉刘熙《释名》:漂漂,轻飞散也。)①

　　岂独东风糁白门,天涯无处不消魂。

---

① "风漂漂以高逝",出自《史记》卷84《屈原贾生列传》贾谊《吊屈原赋》:"凤漂漂其高逝兮,夫固自缩而远去。"《文选》卷60贾谊《吊屈原文》作:"凤漂漂其高逝兮,固自引而远去。"唐李周翰注:"漂漂,高飞貌。"屈复诗原注引刘熙《释名》卷一《释地》"漂漂,轻飞散也"(描状尘土飞散貌;借指杨花飞散貌),以代替《吊屈原文》李周翰注"漂漂,高飞貌"(描状凤凰高飞貌),是为了贴切本诗主题杨花。由此可见,屈复诗原注引《吊屈原赋》"凤漂漂以高逝",易"凤"字为"风"字,当系有意为之,以使注文与诗句贴切主题杨花。又,据原衷戴《跋》,屈复本诗"前五篇,自伤孤客",然则易"凤"字为"风"字,当还有自谦之意。至于注中引《吊屈原赋》为"《楚词》(《楚辞》)",以及"其"作"以"之异文,或为记忆偶误。诗赋及注文改变古典以确指今典,古已有之,屈复此诗原注,为又一例。屈复作诗笔意之微至,由此可见。

渐迷汉苑伤春目，消尽梁园落玉痕。
莺语语残余节序，乌啼啼杀到黄昏。
谁家月下吹羌笛，直与梅花酿雪村。

轻风力软春阴薄，夜雨丝长素影孤。
为问粘泥衔乳燕，安知绕树愧啼乌。
砚池点点空相待，诗思绵绵竟欲无。
料得有时逢霁日，凌云逸气满平芜。

一种情思老未休，虚空漠漠织成愁。
风流本自灵和殿，散漫飞来卖酒楼。
陌上和烟春欲谢，尘中扑面鬓先秋。
于今莫怨空如雪，更有飘零天际头。

晴朝已就为云影，胃草真铺吟絮毡。
枉杀空中沉暮雨，谁堪梦里化轻烟。
成团羞认白蝴蝶，染泪定飞红杜鹃。
试看晓风残月外，牧儿樵竖正长眠。

天教吟起谢庭来，嫁与狂风自有媒。
若不粘泥萦岭树，如何赋客见诗材。
遥怜流水同红叶，却妒芳晖委碧苔。
欲问飞仙藐姑射，能歌春兴共徘徊。

拊手如绵如玉尘，百花谁称掌中身。
月痕岂借婵娥影，水面应呼洛浦神。
尽使芳香难比洁，堪羞桃李不胜春。

只须雅淡轻盈态，任是无情亦可人。

月下迷离蜂蝶稀，一尘不染泛春晖。
因风高入玉山静，借力远从银汉飞。
能洁似经梁苑赋，有情不湿谢庄衣。
明珠十斛难移置，只恋沧江白板扉。

悠扬不是落天涯，宋玉东邻第一家。
身总飘摇生有性，赋能飞舞灿如霞。
轻沾野草犹安稳，若逐浮萍岂怨嗟。
见此缤纷天亦老，从今我欲唤名花。①

按史震林《西青散记》卷四："丙辰会试，留都门。"（第71页）《华阳散稿》卷上《记秋草》："《秋草》者，屈悔翁诗也。悔翁，陕西人，鳏而为客，客蜀，客晋楚，既而客吴。年且老，北上客燕赵，既倦，止京师之湘潭书院，依恪勤公之子刑部郎中陈树耆。都人素闻悔翁名，喜其至，王公以下交贽于其门。悔翁年已七十，须眉皆白，方袍赤鞋，著梅花锦袜，登座说诗。诸名士肃然环听。……雍正己酉，余识之于广陵。乾隆丙辰，与曹震亭访于都，请其集，未刻。少时有刻者，今毁去。授余《秋草》诗十首。诗云。"②屈复《杨花十首》序："有以《杨花诗》寄示双卿者，甚叹赏之。金坛史公度为予言如此。予亦作十首，即托公度寄双卿。乾隆二年二月也。"《清史稿》卷一十《高宗本纪》乾隆二年："五月壬辰，赐于敏中等三百二十四人进士及第出身有差。"

---

① （清）屈复：《弱水集》卷18，《续修四库全书》，集部，第1424册，第102—103页。
② （清）史震林著，张静庐校点：《华阳散稿》卷上，上海杂志公司1935年版，第4页。

《增校清朝进士题名碑录》乾隆二年丁巳恩科第三甲二百四十一名:"第九十名:史震林,江南金坛县。"① 史震林《华阳散稿》卷上《记与可村书》:"乾隆丁巳冬,同曹震亭出都,至广陵。"②

由上可知,第一,史震林与屈复雍正七年己酉(1729)已相识于扬州。

第二,史震林乾隆元年丙辰(1736)入京应会试,乾隆二年丁巳(1737)五月中进士,逗留至冬始离北京。时屈复已居止于北京。

第三,史震林于乾隆元年入京后拜访屈复,得授《秋草》诗十首后,又于乾隆二年二月再度拜访屈复,为屈复言双卿事,并当以《西青散记》予屈复,屈复深为双卿其人其诗所感动,遂为双卿作《杨花十首有序》,并托史震林寄双卿。

第四,屈复与史震林之交游,不仅以双卿为谈话内容;二人内心隐藏的反清怀汉思想,通过交换诗文,早已心心相印。

屈复《杨花》诗序述双卿其人其诗,闻见来源,以及自己为双卿作诗十首,并托史震林寄双卿,时地人事,原原本本,无可置疑。且史震林此时是在考会试、殿试,何能弄虚作假。

屈复《杨花十首有序》后五首,借咏杨花,同情双卿之身世,赞美双卿之品格与才华,鼓励双卿,馨逸悱恻。

其五"于今莫怨空如雪,更有飘零天际头",实际已是以己身身世之飘零,安慰双卿身世之飘零。

其八"只须雅淡轻盈态,任是无情亦可人",赞美双卿之高洁。

其九"因风高入玉山静,借力远从银汉飞","明珠十斛难移置,只恋沧江白板扉",赞叹双卿超逸绝尘之诗才,与坚贞之品格。

其十"身总飘摇生有性,赋能飞舞灿如霞",复赞叹双卿天赋人性不因身世飘摇而改变,双卿诗词才华如云霞般灿烂,如云

---

① 《增校清朝进士题名碑录(附引得)》,哈佛燕京学社1941年版,第83页。
② (清)史震林著,张静庐校点:《华阳散稿》卷上,上海杂志公司1935年版,第27页。

霞般飞舞灵动。"见此缤纷天亦老",言自己面对双卿诗词才华而感动、倾倒;"从今我欲唤名花",用王维《春过贺遂员外药园》:"香草为君子,名花是长卿",言我认为双卿诗词是司马相如文章那样的名作,从今以后,必将名垂于世。

乾隆元年曹学诗《和双卿秋吟原韵九首》、乾隆二年屈复《杨花十首有序》对双卿其人其诗的崇高评价,是对苦难中的双卿的最大鼓舞。同时,亦是双卿之真实性的坚确证明。

3. 原衷戴(1692—?) 蒲城人。乾隆四十七年(1782)张心镜等纂修《蒲城县志》卷九《人物志·贤臣》:"原衷戴,字简斋。由丁未进士,旋充馆职。历任至浙江盐驿道,岁收课百万,先是,秤余数千金,分毫不取。又念商力疲敝,一切陋规蠲除殆尽。卸事后,资斧缺如,商送赆仪千金,亦不受。庄中丞有'到宝山空回'之誉。"原衷戴为人正直廉洁,他的话是靠得住的。

屈复《弱水集》卷十八《杨花十首有序》后附录原衷戴《跋》:

尝闻至慎非狂,步兵校尉;极妍尽丽,邯郸才人。正驱穷途车,偏怜红粉;乃嫁厮养卒,翻附青云。寄绿叶以细楷,其人斯在;题杨花以寓书,兹事何如。铁石心肠,宋广平本多深意;冰玉隐逸,陶元亮岂独闲情。能言固难,索解未易。前五篇,自伤孤客,则遍地霜华,风凄月冷;后五篇,致叹双卿,则漫天雪影,粉瘦琼寒。洪钟与金剪同声,愁聋旷耳;绣谱共牙签一色,恐眯离明。思入风云之中,味在咸酸之外。鸦能打凤,九苞益发辉光;蛛不如蚕,五脏真成锦绣。况魂消白首,回望灞桥;目断青杨,遥隔江树。当隋苑晚风初起,已不胜春;看长安古道齐飞,似曾相识。莫谓何与乎君事,必将有感于斯文。 从外孙原衷戴谨跋。①

---

① (清)屈复:《弱水集》卷18,《续修四库全书》,集部,第1424册,第103页。

《清代官员履历档案全编》第十五卷《履历折·乾隆朝·原衷戴》：

> 臣原衷戴，陕西同州府蒲城县人，年四十六岁。雍正五年进士，由翰林院编修，考选监察御史。雍正十年，出差山西乡试副考官。雍正十二年，改补刑部湖广司郎中，丁艰回籍守制。乾隆二年二月内，服满候补，今掣得盛京刑部郎中缺，恭缮履历，进呈御览。……乾隆二年十二月初一日。①

据原衷戴乾隆二年十二月一日履历折，衷戴自雍正十二年（1734）守制，期满后自乾隆二年（1737）二月至十二月在京候补；复按屈复《杨花十首》序："予亦作十首，即托公度寄双卿。乾隆二年二月也"，可知当乾隆二年二月屈复为双卿作诗《杨花十首有序》并托史震林寄双卿时，衷戴就在北京，就在其从外祖父屈复身边。因此，衷戴当是遵其从外祖父屈复之嘱咐，为此诗作此跋，诗与跋当亦一并托震林寄双卿矣。

据此履历折，原衷戴已于三年前任刑部湖广司郎中。按乾隆《大清会典》卷三《官制一·京官》："吏部、户部、礼部、兵部、刑部、工部尚书：满汉各一人，从一品；左右侍郎：满汉各一人，正二品；所属满汉郎中：正五品。"②乾隆《大清会典》卷六十八《刑部》："尚书：……掌法律刑名，以肃邦宪。所属十有八司……湖广清吏司：郎中：满一人，汉二人。员外郎：满二人，汉一人。

---

① 秦国经主编：《清代官员履历档案全编》，华东师范大学出版社2008年影印本，第15卷，第615页。
② 《清史稿》卷114《职官志一·吏部》："郎中，初制三品。顺治十六年改五品，寻升四品。康熙六年仍改三品，九年定正五品。各部同。"

主事：满汉各一人。掌湖北、湖南所属刑名。"刑部郎中为刑部所属各司长官，职掌审查各省司法案件，乾隆时官居正五品，自熟悉社会情伪，立身行事谨慎。身为刑部司法官的原衷戴为屈复寄赠双卿诗作长篇之跋，亦证明双卿的真实性无可怀疑。

原衷戴《杨花十首有序跋》，纯骈体文，优美典雅，高情深致，叙述了屈复与双卿的人品，屈复寄双卿诗的意义。

原衷戴《跋》："尝闻至慎非狂，步兵校尉；极妍尽丽，邯郸才人。正驱穷途车，偏怜红粉；乃嫁厮养卒，翻附青云。""尝闻"二句，典出《世说新语·德行》："晋文王称阮嗣宗至慎，每与之言，言皆玄远，未尝臧否人物。""正驱"二句，典出《晋书》卷四十九《阮籍传》："兵家女，有才色，未嫁而死，籍不识其父兄，径往哭之，尽哀而还。其外坦荡而内淳至，皆此类也。时率意独驾，不由径路，车迹所穷，辄恸哭而反。""极妍"二句，"乃嫁"二句，典出《史记》卷八十九《张耳列传》："赵王乃与张耳、陈余北略地燕界，赵王间出，为燕军所得。燕将囚之，欲与分赵地半，乃归王。……有厮养卒谢其舍中曰：'吾为公说燕，与赵王载归。'……乃走燕壁，燕将见之……养卒乃笑曰……燕将以为然，乃归赵王，养卒为御而归。"① 以及齐谢朓《咏邯郸故才人嫁为厮养卒妇》："生平宫阁里，出入侍丹墀。开笥方罗縠，窥镜比蛾眉。初别意未解，去久日生悲。憔悴不自识，娇羞余故姿。"李白《邯郸才人嫁为厮养卒妇》："妾本丛台女，扬蛾入丹阙。自倚颜如花，宁知有凋歇。一辞玉阶下，去若朝云没。每忆邯郸城，深宫梦秋月。"原衷戴《跋》此八句，以易代之际韬光养晦、别有伤心怀抱，而能同情不幸之

---

① （宋）裴骃《集解》："如淳曰：厮，贱者也。《公羊传》曰：'厮役扈养。'韦昭曰：'析薪为厮，炊烹为养。'"

才女之阮籍，喻指屈复。以传说赵宫才人嫁与厮养卒之典故之字面，喻指双卿本如天女，嫁与恶夫，恶夫是攀附青云。

"寄绿叶以细楷，其人斯在；题杨花以寓书，兹事何如。"上两句，言双卿用细楷题诗于绿叶，见其诗如见其人。下两句，言屈复以杨花诗代书寄双卿，是何等之事。

"铁石心肠，宋广平本多深意；冰玉隐逸，陶元亮岂独闲情。能言固难，索解未易。""铁石"二句，典出唐皮日休《桃花赋》："余常慕宋广平之为相，贞姿劲质，刚态毅状，疑其铁肠石心，不解吐婉媚辞。然睹其文而有《梅花赋》，清便富艳，得南朝徐庾体，殊不类其为人也。"① 宋广平，即宋璟，唐玄宗时名相，耿介有大节，以刚正不阿著称于世。此六句，言屈复本是铁石心肠之志士，冰玉隐逸之隐士，而为双卿作此优美柔婉之诗，除赞美双卿外，当有深意，不易索解。

"洪钟与金剪同声，愁聋旷耳；绣谱共牙签一色，恐眯离明。""绣谱"，是刺绣工艺之书，往往配有刺绣之花样图案②。"金剪"、"绣谱"，皆为女红工具，借指双卿诗词。"牙签"，唐朝用象牙所制经史子集四库书之书签③。"洪钟"、"牙签"，皆借指屈复之诗。"旷耳"，指知音，典出宋邵雍《闲步吟》："何者谓知音，知

---

① （唐）皮日休著，萧涤非、郑庆笃整理：《皮子文薮》卷 1，上海古籍出版社 1981 年版，第 9 页。

② （明）李日华《六研斋三笔》卷 2："葛无奇家姬李因者妙于写生，无奇以牡丹折枝贻余，余酬一绝云：'珠箔银钩独坐春，抛将绣谱领花神。'"明罗洪先《念庵文集》卷二十《钦之次良知韵意有所疑赓以解之》："十样鸳鸯十样绣，从前绣谱向谁寻。"

③ （唐）李林甫等著《唐六典》卷 9《中书省》集贤殿书院："其经库书，钿白牙轴，黄带，红牙签；史库书，钿青牙轴，缥带，绿牙签；子库书，雕紫檀轴，紫带，碧牙签；集库书，绿牙轴，朱带，白牙籤，以为分别。"中华书局 1992 年版，第 280 页。

音难漫寻。既无师旷耳,安有伯牙琴。""离明",指日光,典出《周易·离卦》:"象曰:明两作,离。大人以继明照于四方。"魏王弼注:"继谓不绝也。明照相继,不绝旷也。"唐孔颖达疏:"离为日,日为明。"① 此四句,言屈复诗如洪钟大吕、正经正史,与双卿女儿家之诗词遥唱和,只怕知音难得,诗之日月光华(言外有屈复诗志在复明之意),恐使读者目迷。

"思入风云之中,味在咸酸之外。""风云",指时代或政治之变化。语见《史记·老子列传》:"至于龙,吾不能知其乘风云而上天,吾今日见老子,其犹龙邪。"杜甫《谒先主庙》:"惨淡风云会,乘时各有人。""咸酸之外",指言外之意。典出唐司空图《司空表圣文集》卷二《与李生论诗书》:"文之难,而诗之难尤难,古今之喻多矣。而愚以为,辨于味而后可以言诗也。江岭之南,凡是资于适口者,若醯,非不酸也,止于酸而已。若鹾,非不咸也,止于咸而已。华之人以充饥而遽辍者,知其咸酸之外,醇美有所乏耳。"及宋苏轼《东坡全集》卷九十三《书黄子思诗集后》:"信乎表圣之言,美在咸酸之外,可以一唱而三叹也。"此二句,言屈复诗有言外之意,乃是风云之志。

"鸦能打凤,九苞益发辉光;蛛不如蚕,五脏真成锦绣。""鸦打凤",喻指恶夫对贤妻使用暴力,典出宋阮阅《诗话总龟》后集卷四十八引《今是堂手录》:"杜大中自行伍行(为)将,与物无情,西人呼为杜大虫。虽妻有过,亦公杖杖之。有爱妾,才色俱美,大中笺表皆此妾所为,一日,大中方寝,妾至,见几间有纸笔颇佳,因书一阕寄《临江仙》,有'彩凤随鸦'之语,杜觉而视之云:'鸦且打凤。'于是掌其面,至项折而毙。"② "九苞",

---

① (魏)王弼、(晋)韩康伯注,(唐)孔颖达疏:《周易正义》卷3,(清)阮元校刻《十三经注疏》,中华书局1980年版,第31页。

② (宋)阮阅编:《诗话总龟》后集卷48,人民文学出版社1987年版,第298页。

指凤凰九德，典出《初学记》卷三十引《论语摘衰圣》"凤有六像九包"，喻指双卿之美德。此四句，言双卿遭遇恶夫暴力，而双卿的品德、诗词却更加光辉、美丽。

"况魂消白首，回望灞桥；目断青杨，遥隔江树。当隋苑晚风初起，已不胜春；看长安古道齐飞，似曾相识。"暗指屈复杨花诗寄托无限故国之思。

"莫谓何与乎君事，必将有感于斯文。""斯文"，一语双关，既是指双卿诗词，亦是指人文。典出《论语·子罕》："天之将丧斯文也，后死者不得与于斯文也。"上句言，请你不要说双卿事与我无关——其意略同于英国 17 世纪基督教思想家约翰·多恩《祈祷文集》第十七篇："没有人是一座孤岛"，"因为我与人类难解难分，所以不必去打听丧钟为谁而鸣；丧钟为你而鸣。"①下句言，当你读双卿诗词——那是斯文所在，你必将为之感动。

乾隆二年原衷戴《杨花十首有序跋》，给予了双卿其人其诗以崇高评价。此同时亦是双卿之真实性的坚确证明。

4. 顾敬恂（1759—1790） 无锡人。嘉庆十八年（1813）秦瀛纂修《无锡金匮县志》卷二十二《文苑》："顾奎光，字星五，宸曾孙，博学多识，诗古文皆有名于时。乾隆十年进士，历芦溪桑植知县。爱民养士，颇著循绩。……子敏恒，进士，尤工诗。苏州教授；毅愉、敬恂、扬宪，亦皆才士。"顾嘉舜、宸父子，明代知名学者，同书同卷《文苑》皆有传。

由上可知，顾氏为明清时无锡望族，文学世家。

---

① 译文根据海明威《丧钟为谁而鸣》扉页题词所引（上海译文出版社 2004 年版），以及约翰·多恩（John Donne）《丧钟为谁而鸣——生死边缘的沉思录》，引自《祈祷文集》第 17 篇（新星出版社 2009 年版，第 142 页），并参照英文原文略加修订。

清李桓辑《国朝耆献类征初编》卷二百五十七杨熙之《顾敏恒传》："（弟）敬恂，乾隆五十四年拔贡，未及廷试，卒于京邸。著《筠溪诗草》。……顾敏恒兄弟四人，并擅文学，而俱啬于年。四川布政使杨揆合刻其稿为《辟疆园遗集》。"①

《辟疆园遗集》卷首杨英灿《序》："四子之诗，工力悉敌，名瑶美璧，世所共珍，其必传于后，为无疑也。……岁次旃蒙单于（乾隆六十年乙卯，1795 年）夏皋月杨英灿序"。

由上可知，乾隆时，无锡顾敬恂兄弟四人之诗，享有声誉。

《辟疆园遗集》卷首杨英灿《序》："斐瞻于己酉（1789）擢明经。……其后斐瞻自长安以书寄余，缘朝考北上，即馆于仲兄寓，相得甚欢。五月而仲兄书至，言斐瞻得羸疾，殂瘵不瘳，数月而殁，年甫三十有二。"

《辟疆园遗集》卷首杨揆《顾斐瞻诗集小传》："顾敬恂，字斐瞻。乾隆己酉拔贡生。朝考入都，未及与试而卒。斐瞻弱冠工词章，记问淹博，与季弟傅爱同补博士弟子员，声华藉甚。时彭芸楣（元瑞）先生督学江苏，秩满旋京，询以吾乡后来所得士，曰：'顾氏昆仲，皆异才也。'因为余诵斐瞻应试所作《永乐驺虞图》长句，击节久之。……斐瞻性谨厚，所居一室，尘埃满榻。翻阅经史而外，百家撰述，无不涉猎。少居里门，不事声气。后游湘汉衡岳之间，篇帙甚富。"

由上可知，顾敬恂为人谨厚，治学勤奋，诗才卓越，为时所重。

清乾隆六十年（1795）刻本《辟疆园遗集》卷八顾敬恂《筠溪诗草》一《芦叶诗》：

---

① 《国朝耆献类征初编》，台湾明文书局 1985 年影印本，第 38 册，第 613—614 页。

绡山女子贺双卿，工诗，误嫁田舍郎，所为诗，悉芦叶写之。

黄芦摇曳秋江道，嫩叶离离易枯槁。谁写零香剩翠诗，金粉凋残委秋草。记昔绡山有丽人，巧将才思斗回文。吟成柳絮飘香雪，洗出榴花染白云。可怜误受香囊聘，谁道才华竟妨命。空书高格学簪花，错落银钩墨痕晕。岂有闲情更颂椒，自怜弱质逐风飘。题来翠叶书犹绿，写上青芦粉易消。可怜芦叶都萧瑟，瘦影经秋亦如妾。澹月浓霜鸥梦惊，暮烟无际飞花泣。憔悴难为桃李容，飘零只好伴芙蓉。故将阁翠伤心句，写入银塘断梗中。当风出水伤漂泊，为谢芳华早凋落。泪痕斑斑透青芦，应似湘江数枝竹。写恨休将翡翠笺，恐留珠玉在人间。漫猜红叶唐宫句，好和芦箈蔡女篇。

顾敬恂《芦叶诗》并序，叙述了贺双卿的姓名、乡里、才华、身世，及所作诗词之书写特色——书于花叶。按《西青散记》所载，双卿曾以墨或粉细书其诗词于金凤花、蕙花、秋海棠叶、月季花叶、芍药叶、玉簪叶、竹叶、芦叶之上。而以书于芦叶之上为多，如《薄倖·咏疟》词，"以芦叶书之"（卷三，第14页）；《摸鱼儿·谢邻女韩西馈食》词，"以淡墨细书芦叶"（卷三，第51页）；《西山雪霁》、《天竹子》、《苄苜》三首七言古绝，"芦叶方寸，淡墨若无"（卷四，第40页），当并非偶然。顾敬恂有鉴于此，以双卿作诗书于芦叶为题，描写双卿的不幸身世与绝代才华。顾诗凄美婉转，哀感动人。其高致卓识，尤在于结笔二句。

顾敬恂《芦叶诗》序开头即言："绡山女子贺双卿。"胡适《贺双卿考》提出："《散记》但称为'双卿'，不称其姓。黄韵珊的《国朝词综续编》始称为'贺双卿'。"①学者多从其说。按海盐黄燮清（字韵珊）编《国朝词综续编》刊于同治十二年（1873），而《辟疆园遗集》刊于乾隆六十年（1795），其中顾敬恂《芦叶诗》序称"贺双卿"，比《国朝词综续编》早出七十八年，如何可以说"《国朝词综续编》始称为'贺双卿'"？

清雍正四年，分无锡东境置金匮县，分武进东境置阳湖县，皆同城而治②。光绪《无锡金匮县志》卷一《疆域》："西抵周桥阳湖界五十里。"《光绪武进阳湖县志》卷一《疆域》："东至无锡县界四十五里。"又："西南至镇江府金坛县界六十里。"光绪《金坛县志》卷二《疆域》："东出景阳门，则由横堰村历徐庄过尧塘，至夏溪武进县界四十里。"总计自无锡经武进阳湖（二县同城）至金坛，仅195里。

顾敬恂为人谨厚、治学勤奋，是乾隆中后期人，去双卿之时未远，无锡、金坛相距不远；敬恂所知双卿事应属确实，为双卿所作《芦叶诗》，及序称"贺双卿"，自具有信实价值。

顾敬恂《芦叶诗》："漫猜红叶唐宫句，好和芦笳蔡女篇"，言双卿诗词非关风情，而是对暴力的血泪控诉，与汉末蔡琰《悲愤诗》《胡笳十八拍》先后呼应于史。按《西青散记》卷三述双卿所遭遇姑恶夫暴，如雍正十二年十月，"一日，双卿舂谷，喘，抱杵而立，夫疑其惰，推之，仆臼旁，杵压于腰，有声，忍痛起，

---

① 胡适：《贺双卿考》，《胡适文存》三集卷8，上海亚东图书馆1930年版；《胡适全集》，安徽教育出版社2003年版，第3卷，第776页。

② 光绪《无锡金匮县志》卷1《建置沿革》："世宗雍正四年，分无锡东境置金匮县。"卷6《廨署》："无锡县署在城西偏。"又："金匮县署在城东北隅。"《光绪武进阳湖县志》卷1《舆地》："雍正四年，分武进东境置阳湖。"又《疆域·武进》："东至城中阳湖界一里。"

复春。夫嗔目视之,笑谢曰:'谷可抒矣。'煮粥半,而疟作,火烈粥溢,双卿急,沃之以水,姑大诟,掣其耳环曰:'出!'耳裂环脱,血流及肩,掩之而泣。姑举杵拟之曰:'哭!'乃拭血毕炊。夫以其溢也,禁不与午餐。"(第6页)复按蔡琰《悲愤诗》述胡羌入侵中国掳掠奴役虐待妇女:"马边悬男头,马后载妇女","或有骨肉俱,欲言不敢语。失意几微间,辄言毙降虏。要当以亭刃,我曹不活汝。岂复惜性命,不堪其詈骂。或便加棰杖,毒痛参并下。旦则号泣行,夜则悲吟坐。欲死不能得,欲生无一可。彼苍者何辜,乃遭此厄祸。"[1] 可见双卿所遭遇的家庭暴力,与蔡琰所遭遇的夷狄暴力无异。顾诗乃是发挥孔子《春秋》大义:中国人行夷狄则夷之,夷狄进于中国则中国之;暴力即是夷狄、野蛮,无论暴力来自何方。

乾隆间顾敬恂《芦叶诗》并序,给予了贺双卿诗词与蔡琰诗同等高度的崇高的文学评价。此同时亦是贺双卿之真实性的坚确证明。

综上所考,第一,《西青散记》之外述及贺双卿的当时人曹震亭、屈复、原衷戴,以及乾隆中后期人顾敬恂,其诗文一致表达了对双卿其人其诗的深刻理解与崇高评价,亦是双卿真实性的证明。第二,曹震亭、屈复皆为杰出诗人,曹震亭怀有反清思想,屈复则是怀有反清复汉之志的新遗民;原衷戴文学造诣极高,当时任朝廷司法官刑部郎中;顾敬恂是优秀诗人,其家乡无锡与双卿家乡金坛相去不远;此等条件,使双卿真实性的证明稳重如山。

---

[1] 《后汉书》卷84《蔡琰传》,中华书局1965年版,第2801页。

五、贺双卿生卒年考

《西青散记》卷二:"双卿者,绡山女子也……雍正十年,双卿年十八。山中人无有知其才者,第啧啧艳其容。以是秋嫁周姓农家子。"(第34页)又卷三记雍正十一年(1733)十二月双卿粉书吉祥叶与段玉函书:"双卿年二十有一。"(第49页)

按双卿年龄,此二说不同,当以所记双卿书自述为是。逆推双卿出生之年,为康熙五十二年癸巳(1713)。

屈复《杨花十首有序》:"亦作十首,即托公度寄双卿。乾隆二年二月也。"

按屈复乾隆二年(1737)托史震林寄双卿诗,可知此时双卿还在世。屈复寄双卿诗及原衷戴跋,以及之前曹震亭和双卿诗,双卿当已寓目。

《华阳散稿》卷上《与玉勾词客书》(二):"去冬冲雪渡江,印《西青》四百卷。红楼绿窗,索赠者半。……绡山浣衣,病不复起。"①

《华阳散稿》卷上《与玉勾词客书》(三):"未腊申秋,赍书申候,二札所言,学鸠为笑,鹧鸪为泪者也。"②

《华阳散稿》卷上《慰曹震亭书》:"去秋返自竹西,知君迭遭家变,孙以孝夭,祖以慈终。为君慰者,仰尽子职,俯全孝道,天之所厄,无如何也。……倘离歙来扬,则华阳不远,髻峰之下,绡山在焉,浣衣亭尚夕阳耳。"③

《华阳散稿》卷下《曹绣君小传》:"曹震亭长子绣君,十岁

---

① (清)史震林著,张静庐校点:《华阳散稿》卷上,上海杂志公司1935年版,第15页。
② 同上,第16页。
③ 同上,第16—17页。

工诗……己未夏，震亭客都门，举家病，十有七人，绣君手自煮汤药，次第环视，忘寝食者数月……十七人皆愈。……而绣君遂病，疾大渐……而殁。"①

案：第一，由史震林《与玉勾词客书》（三）"未腊申秋，赍书申候，二札所言"，可知《与玉勾词客书》（二），作于乾隆五年庚申（1740）秋。

第二，由史震林《曹绣君小传》记震亭长子绣君己未年病殁，及《慰曹震亭书》："去秋返自竹西，知君迭遭家变，孙以孝夭，祖以慈终"，可知《慰曹震亭书》亦作于己未次年即乾隆五年庚申。

第三，由史震林乾隆五年庚申秋《与玉勾词客书》（二）："绡山浣衣，病不复起"，及《慰曹震亭书》："髻峰之下，绡山在焉，浣衣亭尚夕阳耳"，可知双卿去世当在乾隆五年庚申（1740）秋。如双卿诗词所示，双卿是死于疟疾与姑恶夫暴。

双卿生于康熙五十二年癸巳（1713），去世于乾隆五年庚申（1740），享年二十八岁。

第四，《西青散记》刷印于乾隆四年己未（1739）腊月，双卿去世于乾隆五年庚申（1740）秋天以前，然则双卿去世之前，其所非常关切之《西青散记》，当已寓目。

第五，《西青散记》卷四：雍正十二年甲寅（1734）七月，在孟河，毕柯山语史震林曰："余北游，募才子金，刻《散记》，以双卿劝（勉励）薄命人也。他日南下，给其夫以金，为双卿筑饷黍亭，买瓜田，凿浣衣池耳"，史震林乾隆五年《慰曹震亭书》言"髻峰之下，绡山在焉，浣衣亭尚夕阳耳"，似已为双卿筑亭。

第六，史震林《与玉勾词客书》（二）："绡山浣衣，病不复起"，

---

① （清）史震林著，张静庐校点：《华阳散稿》卷下，上海杂志公司1935年版，第93—94页。

及《慰曹震亭书》:"倘离歙来扬,则华阳不远,髻峰之下,绡山在焉,浣衣亭尚夕阳耳",亦是双卿其人真实不虚的确证。如果双卿是子虚乌有人物,史震林不可能向两位朋友述说双卿的去世,并请朋友到绡山凭吊双卿。

六、结论

第一,《西青散记》不仅是为金坛绡山女诗人贺双卿而作,同时亦是为反清复汉之志而作。这表明,清朝统治中国百年以后,反清复汉思想仍然是中国人和中国文学隐藏的最重要思想。

第二,《西青散记》所记十五位与双卿相关人物,皆为历史真人;《西青散记》之外四位当时及稍晚之杰出和优秀诗人曹学诗、屈复、原衷戴、顾敬恂,对双卿其人其诗均提出了深刻理解与极高评价,文献俱在;皆证明双卿的真实性无可置疑。

第三,《西青散记》具有写实性格,其中时、地、人、事,多历历可考,除扶乩诗可视为民俗叙述及有所寄托者外,其基本内容皆信实可靠。

鸣谢

浙江省图书馆古籍部张群副研究馆员、安徽大学图书馆前副馆长汤华泉教授、安徽省博物馆保管部、安徽省图书馆古籍部、国家图书馆古籍馆、首都图书馆古籍部,为笔者阅读善本提供了宝贵的帮助,谨此致谢。

原载《北京大学学报》2012 年第 4 期

"殉国"：陈宝箴死因的新证据

——夏敬观、陈三立赠答诗二首笺证

陈宝箴（字右铭，1831—1900），是中国近代史上最早实行的民权实验的领导人①。光绪二十一年乙未（1895）陈宝箴任湖南巡抚，在湖南实行变法，推行新政，包括试行民权。光绪二十四年戊戌政变后，陈宝箴、三立父子被"革职永不叙用"，"交地方官严加管束"②。光绪二十六年庚子六月二十六日，陈宝箴猝逝于江西南昌府新建县西山崝庐（今江西南昌市新建县望城镇青山村）。

一九八二年，宗九奇先生发表《陈三立传略》，其中援引戴远传（字普之）《文录》手稿，首次披露慈禧太后密旨赐陈宝箴自尽：

> 光绪二十六年（庚子）六月二十六日，先严千总公（名闳炯）率兵弁从巡抚松寿驰往西山崝庐，宣太后密旨，赐陈宝箴自尽。宝箴北面匍伏受诏，即自缢死。巡抚令取其

---

① 参阅邓小军：《陈宝箴之死考》，《陈寅恪与二十世纪中国学术——纪念陈寅恪先生诞辰一百一十周年》，浙江人民出版社 2000 年版；《陈三立的政治思想》，《原道》第 5 辑，贵州人民出版社 1998 年版；均收在邓小军《诗史释证》，中华书局 2004 年版。

② 《清实录·德宗景皇帝实录》卷 428 光绪二十四年八月壬寅（二十一日）上谕，《清实录》，中华书局 1987 年版，第 57 册，第 615 页。

喉骨，奏报太后。①

二〇〇〇年，笔者发表《陈宝箴之死考》，以散原微言诗之释证，支持宗九奇先生所披露的戴远传《文录》所述慈禧太后密旨赐陈宝箴自尽。

近年，笔者读光绪三十四年戊申（1908）夏敬观（字剑丞）《寄怀陈伯严》诗，及陈三立答诗《纪哀答剑丞见寄时将还西山展墓》，发现剑丞、散原两诗皆不讳言右铭公是"殉国"而死，即为国而被害，可以说是关于陈宝箴死因真相的新的重要证据。

中国传统尊奉礼敬文化、孝道文化，若非事实如此，他人绝不可能对为人子者称对方父亲是为国而被害，为人子者亦绝不可能无中生有地自述其父亲是为国而被害。

今逐句逐字笺注剑丞、散原两诗，以期两诗诗意完全显示。

一、"殉国"：夏敬观《寄怀陈伯严》

夏敬观《忍古楼诗》卷二《寄怀陈伯严》：

言思江介陈公子，诗卷封题两戊年。
肃肃秋冬频易世，波波魂梦独忧天。
不官未负攀髯责，告墓终伤殉国先。

---

① 宗九奇：《陈三立传略》，《江西文史资料选辑》第 3 辑，江西人民出版社 1982 年版，第 119 页；又见宗九奇：《陈宝箴之死的真相》，《文史资料选辑》第 87 辑，中国文史出版社 1983 年版，第 223 页。宗九奇《陈宝箴之死的真相》一九九二年增订稿并记述云："一九五二年冬，家父（宗远崖）与闵孝同（江西省文史馆馆员）、汪际虞（九江一中语文教师）二位先生在戴宅与远传翁晤谈，言及陈三立《巡抚先府君行状》一文中措词之痛心疾首，戴翁特将其《文录》手稿出而观之。"

他日史臣求实录，箧中遗疏重杯棬。①

夏敬观（1875—1953），字剑丞，号咉庵，江西南昌府新建县人②，近代优秀诗人、学者，陈三立（字伯严，晚号散原，1853—1937）的忘年之友。夏剑丞此诗作于光绪三十四年戊申（1908）十月二十一日光绪皇帝、二十二日慈禧太后相继崩殂之后。时夏剑丞在上海③，陈三立即将自南京返回南昌西山崝庐为父亲右铭公上坟。自辛丑1901年以来，陈三立每年清明、冬至两次回到南昌西山崝庐为父亲上坟。冬至，是在冬月初十日。

"言思江介陈公子，诗卷封题两戊年。"

"言思"，犹我思。《诗经·邶风·柏舟》："静言思之"，郑玄笺："言，我也。""江介"，犹江左，此指南京。《文选》左思《魏都赋》："与江介之淑湄。"吕向注："介，左也。"散原自光绪二十六年（1900）四月以来，定居金陵头条巷④。"陈公子"，是特别指向散原之为右铭公之子而言。

"诗卷"，犹诗集。"封题"，在书衣即封面上题签。"两戊年"，指自光绪二十四年戊戌（1898），至现在光绪三十四年戊申（1908），正好十年。戊戌年，光绪皇帝实行变法，湖南巡抚陈宝箴在光绪

---

① 夏敬观：《忍古楼诗》，中华书局民国二十六年版，聚珍仿宋铅印线装本，国家图书馆藏，索书号：/107542，第13页；最先发表于《国粹学报》己酉（宣统元年，1909年）第一号，总第五十期，第十一页，题：《寄怀伯严先生》。

② 夏敬观：《咉庵自记年历》："光绪元年乙亥，五月初十日未时，敬观诞生于先府君湖南督粮道官署。夏氏始祖讳远，字光庭，浙江会稽县人。唐肃宗时，光庭公由秘书郎宰洪州武宁，遂居江西新建，世为新建县人。"（陈谊《夏敬观年谱》附录一，黄山书社2007年版，第196页）

③ 夏敬观：《咉庵自记年历》："三十四年戊申，在沪。"（陈谊《夏敬观年谱》附录一，黄山书社2007年版，第198页）

④ 参阅杨剑锋：《陈三立年谱简编》，《中国韵文学刊》2007年第1期。

皇帝支持下推行新政，实行中国近代史上最早的民权实验。陈三立赞勷之。同年八月，慈禧太后发动政变，囚禁光绪皇帝，杀害谭嗣同、杨锐、刘光第等戊戌六君子，陈宝箴、三立父子被"革职永不叙用"，"交地方官严加管束"。两年后，庚子之变（1900），陈宝箴被慈禧太后所杀害（见本诗第六句"告墓终伤殉国先"之解释）。戊申年，则光绪皇帝与慈禧太后两宫相继崩殂矣。此十年之历史，乃是慈禧太后镇压改革派，扼杀改革，腐朽的清朝走向灭亡之历史。

此二句诗言，敬观此时特别思念住在南京的陈公子，您的诗集是以自戊戌至戊申这十年历史为主题的。言外之意，您的诗是今之诗史，因为您就是今之历史之当事人。

俞大纲《寥音阁诗话》："散原先生诗，自辛丑至辛亥（1901—1911），成为一段落。此十年中，先生心境最为凄苦。戊戌之变，先生父子，以在湘倡导维新，久为旧党侧目，死事六君子，多与先生气类相投，而杨锐刘光第复为右铭公所奏荐，先生父子因以同日获罪罢黜。越岁庚子，拳匪祸起，右铭公适以其年逝世。国忧家难，萃于先生一身，抑塞侘傺之怀，于情有所不能自已者，一一托之于诗。……盖先生当时诗境，未尝不同于屈子之忧愁幽思。太史公论离骚谓劳苦倦极，未尝不呼天，疾痛惨怛，未尝不呼父母。先生崝庐述哀诗及年时谒墓诸作，至性至情，直是'胸有万言艰一字'，发而呼天呼父母之声矣。"[①]足资参证。

对于散原老人来说，夏剑丞之言，是知言。夏剑丞虽谊属后辈，能不感动散原老人乎？

"肃肃秋冬频易世，波波魂梦独忧天。"

"肃肃"，肃杀萧瑟貌，典出《庄子·田子方》："至阴肃肃，

---

① 俞大纲：《寥音阁诗话》三，《俞大纲全集·诗文诗话卷》，幼狮文化事业公司1987年版，第146页。

至阳赫赫。肃肃出乎天,赫赫发乎地。""频易世",字面言朝廷频繁变易世事,典出《淮南子》卷十三《氾论训》:"何况乎君数易世,国数易君,人以其位达其好憎①,以其威势供嗜欲,而欲以一行之礼,一定之法,应时偶变,其所不能中权亦明矣。"②实际则言中国濒临改朝换代。"频",同濒,濒临、临近,例如《文选》卷五十七晋潘岳《马汧督诔》:"俾百姓流亡,频于涂炭。""易世",典出《汉书》卷三十六《楚元王传》:"观秦、汉之易世。"

"波波",波涛滚滚貌,典出宋梅尧臣《雍邱遇雨》:"日暮风雨急,逆水舟难牵。波波入杞国,悄悄谁忧天。"剑丞此句全用梅宛陵之诗意。

"肃肃秋冬频易世",言肃杀萧瑟,绵历秋冬,如慈禧太后之残酷专制,绵历岁月,如今光绪皇帝与慈禧太后相继崩殂,已经临近改朝换代。"波波魂梦独忧天",言长江波涛滚滚,如散原老人心情之不平静,老人乘船逆水返回江西告墓,魂梦之中,时时独忧天之将倾。

"不官未负攀髯责"

"不官",不担任官职,典出《礼记·学记》:"大德不官。"此指散原老人自庚子之变后绝不做清朝的官。如光绪三十年(1904)甲辰,"以本年为慈禧七十寿辰,戊戌党人除康梁外,皆复原官,但先生始终无意仕进。"③光绪三十二年(1906)丙午,"袁世凯授意毛庆藩、罗顺循、吴保初等电邀先生北游。先生复电,谓与故旧聚谈,固所乐为,但绝不入帝城,且止限于旧交晤谈,

---

① 汉高诱注:"人人以其宠位,行其所好,憎其所憎也。"
② 汉高诱注:"一行之礼,非随时礼也。一定之法,非随时法也,故曰不能中权;权则因事制宜,不失中道也。"
③ 杨剑锋:《陈三立年谱简编》,《中国韵文学刊》2007年第1期。

不涉他事。三君诺之,乃离赣,四月下旬由武昌乘汽车至保定。闰四月,过天津,继循原路回汉口,登江舟还金陵。"① 皆其证例。

"负责",谓担负责任。典出晋葛洪《抱朴子·博喻》:"量才而授者,不求功于器外;揆能而受者,不负责于力尽。"②"攀髯",典出《史记·封禅书》:"黄帝采首山铜,铸鼎于荆山下。鼎既成,有龙垂胡髯下迎黄帝。黄帝上骑,群臣后宫从上者七十余人,龙乃上去。余小臣不得上,乃悉持龙髯,龙髯拔,堕,堕黄帝之弓。百姓仰望黄帝既上天,乃抱其弓与胡髯号,故后世因名其处曰鼎湖,其弓曰乌号。"③ 后用指哀悼皇帝去世。此指光绪皇帝之崩殂。

"不官未负攀髯责",言散原老人早已不做清朝的官,也就不能为光绪皇帝之死担负任何责任。怀疑光绪皇帝死于非命、有人应为之负责之意,隐然见于言外。夏剑丞为什么会有此怀疑?因为慈禧太后多年来欲杀害光绪皇帝,路人皆知。

"告墓终伤殉国先"

"告墓",是指谒墓将某事告诉墓下之人,此指散原将至南昌西山崝庐谒告右铭公之墓。自辛丑年(1901)至己未年(1919),散原每年清明、冬至两次回南昌西山谒墓,例将家事国事告诉墓下之右铭公。如《壬寅(1902)长至崝庐谒墓》其四:"国家许大事,长跽难具陈。端伤幽独怀,千山与嶙峋。"其五:"贫是吾家物,宁敢失坠之。江南可怜月,遂为儿所私。"其六:"大孙羁东溟,诸孙解西史。三龄稚曾孙,伊嚘学兄语。"诸诗所述,

---

① 杨剑锋:《陈三立年谱简编》,《中国韵文学刊》2007年第1期。
② 杨明照校笺:《抱朴子外篇校笺》卷38,中华书局1997年版,下册,第315页。
③ 《史记》卷28,中华书局1959年版,第1394页。

即是分别将国家、自己、孙辈的情况告诉墓下之右铭公。剑丞诗用"告墓"而不用"谒墓",实际是指散原此次谒墓将告诉右铭公光绪、慈禧两宫相继崩殂之大事。"终伤殉国先",是指散原虽然是以光绪、慈禧两宫相继崩殂谒告右铭公之墓,但是终归还是会伤怀右铭公"殉国"在"先"。

"殉国"一词,非常吃紧。《辞源》"殉国"条:"为国难而舍生。"①《汉语大词典》"殉国"条:"为国家利益献出生命。"②解释皆不错,可是不够详确。今作进一步解释如下。

在古代汉语(以及现代汉语)中,"殉国",是指为国而死,包括为国而战死、为国而自杀、为国而被杀害。自然死亡,包括老死、病死,不能称为"殉国"。

1."殉国"指为国而战死。例如《战国策·燕策一》:"将军市被,死以殉国。"《晋书·周处传》:"处按剑曰:'……我为大臣,以身殉国,不亦可乎?'遂力战而没。"

2."殉国"指为国而自杀。例如黄宗羲《宋安化王[禀]祠碑》:"靖康元年,与子荀城守太原,兵殚力竭,……城陷,王父子相随入原庙,负太宗御容,同赴汾水以殉国难。"③又如明崇祯十二年,清兵深入内地攻高阳,孙承宗率家人拒守,城陷被执,望阙叩头,投缳而死④,钱谦益《祭高阳公文》称之为:"吾师高阳少师公殉国。"⑤

---

① 《辞源》,商务印书馆1998年版,第2册,第1684页。
② 《汉语大词典》,汉语大词典出版社1994年版,第5册,第165页。
③ 《四部丛刊》影原刊本《南雷集·学箕初稿》卷2。
④ 《明史》卷250《孙承宗传》:"(崇祯)十一年,我大清兵深入内地。以十一月九日攻高阳,承宗率家人拒守。……明日城陷,被执。望阙叩头,投缳而死,年七十有六。"
⑤ 《四部丛刊》影崇祯未刊本《牧斋初学集》卷77《祭高阳公文》。

3. "殉国"指为国而被杀害。例如唐张巡、许远、雷万春、南霁云等六位将领守睢阳抵抗安史叛军,粮尽援绝,城陷被俘,不降被杀,全祖望《屠董二君子合状》称之为:"呜呼!古今殉国之士,至于唐睢阳之六忠,烈矣。"① 又如明天启中御史黄尊素,东林党人,因弹劾魏忠贤而下狱,受酷刑而死②,其子黄宗羲《四十初度》诗称之为:"先公殉国余三载。"(自注:"先公殉节在四十三岁,今子只隔三载。")③

"告墓终伤殉国先",因为"告墓"是指散原谒告右铭公之墓,因此"终伤殉国先"是终伤右铭公之殉国在先,"殉国"首先是指右铭公之殉国;因为只有为国而战死、为国而自杀、为国而被杀害,才可以称为"殉国",而光绪二十六年六月二十六日右铭公死于南昌西山崝庐,既不可能是为国而战死,亦不可能是为国而自杀,因此,"殉国"只能是指右铭公为国而被杀害。按戴远传《文录》:"光绪二十六年庚子六月廿六日,先严千总公率兵弁从巡抚松寿驰往西山崝庐,宣太后密旨,赐陈宝箴自尽。宝箴北面匍伏受诏,即自缢死。巡抚令取其喉骨,奏报太后。"所谓"赐自尽",实际是杀害。夏剑丞《寄怀陈伯严》诗"告墓终伤殉国先",与戴远传《文录》"宣太后密旨,赐陈宝箴自尽"记载一致,可证"殉国"正是指右铭公是为国而被杀害。

何以要特别指出自然死亡如病死不能称为"殉国"?因为散原所撰《先府君行状》言右铭公"忽以微疾卒",论者或执此词,以为右铭公是病死。殊不知"忽以微疾卒"之语,乃是微言。

---

① 《四部丛刊》影姚江借树山房刊本全祖望《鲒埼亭集》卷10《屠董二君子合状》。
② 《四部丛刊》影原刊本《南雷集》卷首《梨洲先生世谱》:"忠端公讳尊素,字真长,号白安。天启间,官御史,劾魏忠贤客氏,削籍。三吴讹言翻局,以公为主,逆阉忌而害之。赠官赐祭葬,谥忠端。梨洲先生名宗羲,字太冲,号梨洲,忠端公之长子也。"
③ 《四部丛刊》影原刊本《南雷集·南雷诗历》卷1。

陈三立《湖南巡抚先府君行状》（光绪二十六年，1900年）："是年六月廿六日，忽以微疾卒。享年七十。卒前数日，尚为鹤冢诗二章；前五日，尚寄谕不孝，恳恳以兵乱未已、深宫起居为极念。不孝不及侍疾，仅乃及袭敛。通天之罪，锻魂剉骨，莫之能赎，天乎，痛哉！……不孝既为天地鬼神所当诛灭，忍死苟活，盖有所待。"① 按"忽以微疾卒"一节文字，尤其"忽"字、"微"字，"卒前数日，尚"如何、"前五日，尚"如何之叙述，以及"通天之罪，锻魂剉骨，莫之能赎，天乎，痛哉"之沉痛逾常，皆是弦外有音之微言，暗指右铭公死于非命。"忍死苟活，盖有所待"，亦是微言，当是暗指自己等待着清廷为右铭公平反冤案的那一天。何以要用微言？此因密旨赐死，恐怖政治下，不能明言，但又不能不言之故。亦因右铭公被害至惨，孝子隐痛至深，不忍直言之故。但是，散原毕竟是用微言揭示了右铭公之死之真相，用血泪之诗抒写了刻骨铭心之隐痛。微言，是中国经史子集作品在政治压力下揭露现实真相之一大传统②。

夏剑丞何以知道右铭公是殉国而死、为国而被杀害？

按同治《新建县志》卷四《舆地·疆域》：

---

① 陈三立：《皇授光禄大夫头品顶戴赏戴花翎原任兵部侍郎都察院右副都御史湖南巡抚先府君［陈宝箴］行状》，《散原精舍文集》卷5，中华书局1949年版；台湾中华书局1968年影印本，第115页。

② "微言"一词，来自《春秋》。《公羊传·定公元年》："定、哀多微辞。"《史记·匈奴列传》："孔氏著《春秋》，隐、桓之间则章，至定、哀之际则微。"唐司马贞《索隐》："不切论当世而微其词也。为其切当世之文而罔褒，忌讳之辞也。""微"者，隐微。"微言"就是委婉其辞，而不是直说，因为它是有所避讳的。微言诗的客观原因是恐怖政治、无言论自由，因言获罪；主观原因是人的本性，不平则鸣。不能明言，又不能不言，故只有微言。中国微言时事诗源远流长，曹植《赠白马王彪》、阮籍《咏怀诗》、向秀《思旧赋》、陶渊明《述酒》、颜延之《陶征士诔并序》、庾信《拟咏怀》、李白《远别离》、杜甫《北征》，皆其著例。

>新建，城附于府，附于省。

可知新建、南昌，实为一城。右铭公所居之南昌新建西山靖庐，与南昌近在咫尺。

复按夏敬观《呋庵自记年历》：

>（光绪）二十六年庚子，四月赴长沙……五月，归南昌。其月二十八日，陈夫人殁。后十日，子承弼殇……陈夫人十六岁来归，二十四岁殁……七月，赴南京省视归倪氏姊，旋赴沪。①

由此可知，夏剑丞光绪二十六年五月至七月一直住在南昌，然则光绪二十六年六月右铭公殉国于南昌新建西山靖庐，夏剑丞当知之确实，因为近在咫尺。若非知之确实，且为知己，夏剑丞焉能对散原说"告墓终伤殉国先"？散原又焉能不以之为忤，而答之以《纪哀答剑丞见寄时将还西山展墓》诗，更焉能答之以"烦念九原孤愤在，忍看宿草碧燐新"之句？

"告墓终伤殉国先"之"先"字，指右铭公之殉国先于光绪皇帝。何以要将右铭公之殉国，与光绪皇帝之崩殂联系起来说？因为右铭公是被视为帝党而被害殉国②。"先"于光绪皇帝什么？先于光

---

① 夏敬观：《呋庵自记年历》，陈诒《夏敬观年谱》附录一，黄山书社2007年版，第197页。
② 陈宝箴在光绪皇帝大力支持下实行湖南变法，被慈禧太后一党视为所谓帝党，庚子年（1900）后党废帝灭洋，杀害了被视为帝党之诸大臣张荫桓、陈宝箴、许景澄、袁昶、徐用仪、联元、立山等。笔者在《陈宝箴之死考》中指出："光绪二十六年庚子之祸之直接原因，实为慈禧太后一党为废帝而先灭洋。当庚子之祸兴起时，慈禧太后深恐帝党乘机东山再起，因此不惜消灭帝党。张荫桓被视为康党亦即帝党，而被杀害，固不待言。许景澄、袁昶、徐用仪、联元、立山等，则因反对灭洋，无异亦被视为新帝党，而皆被杀害。当时慈禧太后一党之疯狂无理性，已至于欲杀害光绪皇帝，不仅杀害帝党诸大臣而已，则杀害被视为帝党首要分子的陈宝箴，乃必然之事。"（邓小军：《诗史释证》，中华书局2004年版，第405—406页）

绪皇帝之"殉国"。可知此"殉国"二字，乃是双管齐下，既是指右铭公之殉国，亦暗指光绪皇帝之殉国。此实是双重微言之所在。何以说光绪皇帝之死亦是殉国？详见下文。

"告墓终伤殉国先"，言散原老人谒告右铭公之墓，告诉右铭公两宫之崩殂，终不能不为右铭公之殉国而伤怀，右铭公之殉国，先于光绪皇帝之殉国八年。

"告墓终伤殉国先"之句，双管齐下，一语道破八年前后右铭公与光绪皇帝之死，皆是被害殉国，并且是出之以微言，而非明言。夏剑丞诗功之深，由"告墓终伤殉国先"之句，足以见之。

"他日史臣求实录，箧中遗疏重杯棬。"

"杯棬"，木制饮器，借指仁义。典出《孟子·告子上》："告子曰：'性，犹杞柳也；义，犹桮棬也。以人性为仁义，犹以杞柳为桮棬。'孟子曰：'子能顺杞柳之性而以为桮棬乎？'"北宋孙奭《孟子注疏》："桮，音杯。棬，丘圆反。"依孟子，依据人性可以培养道德仁义，好比使用杞柳之材可以制成饮器杯棬。故剑丞诗借杯棬指仁义。

此二句诗言，他日史臣寻求信史，箧中遗存的右铭公当年推行变法、实行新政之奏疏公文，皆是仁义之言、仁义之政之实录，定会受到重视。言外之意，右铭公实行新政之真相，右铭公所蒙受之不白之冤，他日终将大白于天下，永垂于青史。

夏剑丞《寄怀陈伯严》诗"告墓终伤殉国先"，"殉国"指右铭公是为国而被杀害，是戴远传《文录》所载"宣太后密旨，赐陈宝箴自尽"之有力证据。

二、认同"殉国":陈三立《纪哀答剑丞见寄时将还西山展墓》

陈三立《纪哀答剑丞见寄时将还西山展墓》(光绪三十四年戊申,1908年):

> 两宫隔夕弃臣民,地变天荒纪戊申。
> 万古奔腾成创局,五洲震动欲归仁。
> 月中犹暖山河影,剑底难为傀儡身。
> 烦念九原孤愤在,忍看宿草碧燐新。①

此诗是散原回答夏剑丞《寄怀陈伯严》之作。题云"答剑丞见寄",诗中逐一回答了剑丞赠诗所述现在光绪皇帝之"殉国"、慈禧太后之崩殂,与八年前右铭公之"殉国"。诗并没有采用寻常和韵方式,而是另自用韵,此是因为双方赠答之诗,题旨至关重大,非同寻常唱和。题云"纪哀",又云"时将还西山展墓",可知"纪哀"既包括哀现在光绪皇帝之"殉国"以及慈禧太后之崩殂,更包括哀八年前右铭公之"殉国"。散原作诗制题,雅人深致,精密如此。

"两宫隔夕弃臣民"

诗言慈禧太后与光绪皇帝两宫仅隔一夜相继崩殂。
《清实录·德宗景皇帝实录》卷五百九十七光绪三十四年戊

---

① (清)陈三立:《散原精舍诗集》卷下,商务印书馆民国二十六年(1937)版,第67页。

申（1908）十月："癸酉（二十一日），崩于瀛台之涵元殿。……甲戌（二十二日）……太皇太后……崩于仪鸾殿。"①自光绪二十四年戊戌政变至此，光绪皇帝被慈禧太后囚禁在北京中南海瀛台已经十年。清廷官方说法之"崩"字，表示光绪皇帝是正常死亡。

"隔夕"二字，语见宋杨万里《诚斋集》卷十八《除夜宿石塔寺》："今岁明年才隔夕"。散原诗用"隔夕"二字，特有用意。参证本诗五六句"月中犹暖山河影，剑底难为傀儡身"，所言光绪生前被囚禁无自由如同傀儡，可知"两宫隔夕弃臣民"是特地点出光绪之死仅先于慈禧之死一天，用以暗指光绪之死蹊跷逾常，表示同意剑丞诗"告墓终伤殉国先"暗指光绪皇帝之死亦是被害殉国。

自戊戌政变、庚子事变以来，慈禧太后及后党早已多次欲谋杀光绪皇帝。慈禧太后欲杀光绪皇帝之心，路人皆知，散原更深知之，故特地以"隔夕"二字点出光绪皇帝之死蹊跷逾常。

关于光绪皇帝之死于谋杀，今引述当事人恽毓鼎、溥良相关证言及《清光绪帝死因研究工作报告》如下。

清恽毓鼎②《崇陵传信录》："（光绪三十四年）十月初十日，上率百僚晨贺太后万岁寿，起居注官应侍班先集于来熏风门外。上步行自南海来，入德昌门，门罅未阖，侍班窥见上正扶阉肩，

---

① 《德宗景皇帝实录》卷597，《清实录》，中华书局1987年版，第59册，第892—893页。《清史稿》卷24《德宗本纪二》光绪三十四年戊申十月："癸酉，上……崩于瀛台涵元殿，年三十有八。"同书卷214《文宗孝钦显皇后叶赫那拉氏》："（光绪三十四年十月）甲戌，太后崩，年七十四。"

② 恽毓鼎曾任光绪帝起居注官十九年。《崇陵传信录》卷首："毓鼎事先帝十九年，侍螭头，领兰台，所居皆史职。《起居注》名记言动，第录排日谕旨，而以《懋勤殿内记注》附益之。"曹允源《原日讲起居注官翰林院侍读学士恽府君墓志铭》："府君讳毓鼎，字薇孙……举光绪（八年）壬午顺天乡试，（十五年）己丑会试进士，改庶吉士，散馆授编修。……其官为……司经局洗马、翰林院侍讲、侍读、侍讲学士、侍读学士。其历职为……起居注总办……官洗马时，充日讲起居注官……乃回翔二十年。"（钱仲联主编：《广碑传集》，苏州大学出版社1999年版，第1259—1260页）

以两足起落作势,舒筋骨为跪拜计。须臾忽奉懿旨:'皇帝卧病在床,免率百官行礼,辍侍班。'上闻之大恸。时太后病泄数日矣。有谮上者,谓:'帝闻太后病,有喜色。'太后怒曰:'我不能先尔死!'"

《启功口述历史》:"我曾祖(溥良)遇到的、最值得一提的是这样一件事:他在任礼部尚书时①正赶上西太后(慈禧)和光绪皇帝先后'驾崩'。作为主管礼仪、祭祀之事的最高官员,在西太后临终前要昼夜守候在她下榻的乐寿堂外。……就在宣布西太后临死前,我曾祖父看见一个太监端着一个盖碗从乐寿堂出来,出于职责,就问这个太监端的是什么,太监答道:'是老佛爷赏给万岁爷的塌喇。''塌喇'在满语中是酸奶的意思。当时光绪被软禁在中南海的瀛台,之前也从没听说过他有什么急症大病,隆裕皇后也始终在慈禧这边忙活。但送后不久,就由隆裕皇后的太监小德张(张兰德)向太医院正堂宣布光绪皇帝驾崩了。……光绪帝在死之前,西太后曾亲赐他一碗'塌喇',确是我曾祖亲见亲问过的。这显然是一碗毒药。"②

2008 年,清西陵文物管理处、中国原子能科学研究院、北京市公安局法医检验鉴定中心等联合发表《清光绪帝死因研究工作报告》,研究者对崇陵光绪帝遗骨、头发、葬衣使用微量元素检测,证明"光绪帝摄入体内的砒霜总量明显大于致死量。因此,研究结论为:光绪帝系砒霜中毒死亡。"③

---

① 《清史稿》卷 196《部院大臣年表十》:"光绪二十九年癸卯,礼部满尚书:八月丙申,迁溥良礼部尚书。"又:"光绪三十年甲辰,礼部满尚书:溥良。"又:"光绪三十一年己巳,礼部满尚书:溥良。"又:"光绪三十二年丙午,礼部尚书:溥良。"又:"光绪三十三年己巳,礼部满尚书:溥良。"又:"光绪三十四年己巳,礼部尚书:溥良。"可证启功所述光绪三十四年其曾祖溥良任礼部尚书,确实无误。
② 启功口述,赵仁珪、章景怀整理:《启功口述历史》,北京师范大学出版社 2004 年版,第 24—25 页。
③ 清西陵文物管理处、中国原子能科学研究院、北京市公安局法医检验鉴定中心、中央电视台:《清光绪帝死因研究工作报告》,《清史研究》,2008 年第 4 期。

由《清光绪帝死因研究工作报告》结论"光绪帝系砒霜中毒死亡",可知:第一,当事人日讲起居注官恽毓鼎《崇陵传信录》所记"太后怒曰:'我不能先尔死'",礼部尚书溥良所述"光绪帝在死之前,西太后曾亲赐他一碗'塌喇'","这显然是一碗毒药",皆是信史。

第二,当时人夏剑丞诗"告墓终伤殉国先"暗指光绪皇帝之死亦是被害殉国,散原诗"两宫隔夕弃臣民"暗指光绪之死蹊跷逾常,皆指向被清廷官方的谎言所掩盖的真相。

"地变天荒纪戊申"

诗言戊申之年两宫既崩,清朝亦已走到地变天荒的尽头,面临灭亡。"纪戊申"三字,是特地点出现在清朝已走到尽头的这一时间点。

事实上,三年以后,清朝灭亡。

"万古奔腾成创局"

"万古奔腾",用江河奔腾,喻历史进展,典出杜甫《戏为六绝句》:"不废江河万古流",以及明文徵明《太湖》:"今古奔腾疑地尽,东南伟丽自天开。"① "创局",指所开创的前所未有之局面,是用明刘宗周《方逊志先生正学录序》:"此数圣人者,创局甚奇,处心甚苦。总之,以天下万世为己任,不敢有几微自私自利之心也"②,以及夏

---

① (明)文徵明:《甫田集》卷1,《太湖》。
② 明刘宗周《刘蕺山集》卷9《方逊志先生正学录序》:"且夫尧、舜之有天下也,而让诸贤。禹,受禅也,而传于子。汤、武,臣也,而放弑其君,以有天下。伊尹、周公,相也,而放太甲,践冲人之阼。孔、孟,布衣也,而历聘春秋战国之时主,终不遇,则发明尧舜禹汤文武伊周之道,以教万世。此数圣人者,创局甚奇,而处心甚苦。总之,以天下万世为己任,不敢有几微自私自利之心也。"

剑丞《德宗皇帝哀词》其三：" 破荒成创局。"①

陈三立《清故光禄寺署正吴君（樵）墓表》（光绪二十六年，1900 年）："余尝观泰西民权之制创行千五六百年，互有得失。近世论者或传其溢言，痛拒极诋，比之逆叛，诚未免稍失其真。然必谓决可骤行，而无后灾余患，亦谁复信之？彼其民权之所由兴，大抵缘国大乱，暴君虐相迫促，国民逃死而自救，而非可言于平世者也。然顷者吾畿辅之变，义和团之起，猥以一二人恣行胸臆之故，至驱骏竖顽童，张空拳战两洲七、八雄国，弃宗社，屠人民，莫之少恤。而以朝廷垂拱之明圣，亦且熟视而无如何，其专制为祸之烈，剖判以来未尝有也。余意民权之说转当萌芽其间，而并渐以维君权之敝。盖天人相因，穷无复之之大势，备于此矣。""民权之所由兴，大抵缘国大乱，暴君虐相迫促，国民逃死而自救"，散原论民权兴起之故，真鞭辟入里。"专制为祸之烈，剖判以来未尝有也，余意民权之说转当萌芽其间"②，散原肯定民权将在中国兴起，乃是卓越的预见。

俞大纲《寥音阁诗话》："散原先生平生政治主张，首重群治，屡见于诗。"按，"群治"，即民主。③俞大纲是散原外甥，深知散原其人其诗。

由散原《清故光禄寺署正吴君（樵）墓表》以及俞大纲《寥音阁诗话》，可知"万古奔腾成创局"之"创局"，是指民权民主宪政。

"万古奔腾成创局"，言中国历史如万古江河，奔腾至今，已成走向民权民主宪政之创局，为古所未有，而不可逆转。

兹略述"万古奔腾成创局"的中国近代史背景。

---

① 夏敬观：《忍古楼诗》，第 14 页。
② （清）陈三立：《散原精舍文集》卷 5，台湾中华书局 1968 年影印本，第 101 页。
③ 俞大纲：《寥音阁诗话》四，《俞大纲全集·诗文诗话卷》，第 148 页。

"殉国"：陈宝箴死因的新证据　　201

　　清廷自光绪二十六年（1900）十二月以来，宣称变法。清廷于光绪三十一年（1905）声称预备立宪，派遣五大臣出洋考察政治，三十四年八月刊发宪法纲要，称九年内颁布宪法，召集议会。陈三立《除夕被酒奋笔写所感》（光绪三十年除夕，1905年2月4日）："自顷五载号变法，卤莽窃勦滋矫诬。中外拱手循故事，朝暮三四给众狙。任鼌作柱亦已矣，僵桃代李胡为乎。宏纲巨目那訾省，限权立宪供挪揄。何况疲癃塞钧轴，嗫嚅澳涩别有图。剜肉补疮利眉睫，举国颠倒从嬉娱。公然白日受贿赂，韩愈所愤犹区区。吾属为虏任公等，神明之胄嗟沦胥。"可知散原洞见清廷腐败已极，虽称预备立宪，实际无可救药。

　　与此同时，反清革命风起云涌。1905年中国同盟会成立于日本东京，1906年宣布中华民国国号与革命政纲，一为倾覆满洲政府，二为恢复中华，三为建立民国，四为平均地权。《民报》、《苏报》等国内外出版的报刊书籍，抨击满清，鼓吹革命，为人心所向。1905年以后，长江各省反清民变屡起，1907年以后，革命党举事已成气候。清廷即将覆灭，中国走向宪政民主的趋势，已然呈现在眼前。

"五洲震动欲归仁"

　　"归仁"，回归人道。典出《论语·颜渊》："颜渊问仁，子曰：'克己复礼为仁，一日克己复礼，天下归仁焉。'"陈三立《峙庐书所见》（光绪二十七年，1901年）："民有智力德，昊穹锡厥美。振厉掖进之，所由奠基址。列邦用图存，群治抉症痏。雄强非偶然，富教耀历史"，言西方各国的富强绝非偶然（"雄强非偶然"），是建基于人文教育（"民有智力德"，"振厉掖进之"）和民主政治（"群治抉症痏"），足以证明"五洲震动欲归仁"之"仁"，是指人道主导的民主政治。

"五洲震动欲归仁"，言世界局势震动纷纭，其最终归宿是人道政治，是人道主导的民主政治。

由"五洲震动欲归仁"句，足见散原对世界未来之先识远量。

兹略述"五洲震动欲归仁"的世界近代史背景。

当时世界潮流，自19世纪美国内战，废除黑奴制度，日本明治维新，实行改革和立宪，至19世纪末20世纪初，欧洲、美洲公民社会与民主政治模式已经成型。亚、非、拉丁美洲民族主义、民主主义，则逐渐兴起。人类还会走很长的路，但人道民主，终究是人类的归宿。

"万古奔腾成创局，五洲震动欲归仁"二句，言中国历史如万古江河，奔腾至今，已成走向民主宪政之创局，为古所未有，而不可逆转。世界局势震动纷纭，其最终归宿是人道主导的民主政治。言外之意，右铭公当年推行新政，实行中国最早的民权实验，指向中国未来之归宿，亦是顺应世界历史之潮流，实行人道民主政治。

此二句诗，是回应夏剑丞《寄怀陈伯严》"肃肃秋冬频易世，波波魂梦独忧天"，以及"他日史臣求实录，箧中遗疏重杯棬"之句。

"月中犹暖山河影，剑底难为傀儡身。"

此二句诗，回顾光绪皇帝生前所实行之变法，以及政变之后被囚禁。是回应夏剑丞《答寄怀陈伯严》"不官未负攀髯责"之句。

"月中犹暖"，反用苏轼《水调歌头》词意："明月几时有？把酒问青天。不知天上宫阙，今夕是何年。我欲乘风归去，又恐琼楼玉宇,高处不胜寒。"①"月中山河影",典出宋何薳《春渚纪闻》卷七《辨月中影》条:"王荆公言:月中仿佛有物,乃山河影也",及苏轼《和黄秀才鉴空阁》:"明月本自明,无心孰为境,挂空如水鉴,写此山河影。"

"月中犹暖山河影",言光绪皇帝生前虽然被慈禧太后囚禁在冷宫瀛台之中,但是光绪皇帝所曾经领导实行变法的光辉,却温暖着祖国山河大地和人心②。

按清恽毓鼎《崇陵传信录》:"使联军入时,上独留,出而与西帅相见,治首祸诸臣罪,事当易了。孝钦虑帝留之不为己利也,挟之俱西。既达西安,惴惴然恐天下不直其所为,颇有意复辟。已而鄂督张之洞、在籍侍郎盛宣怀贡,使首至,所以媚兹者甚备。太后乃大悦,知天下未予叛也,意潜辍然。然上视在京日稍发舒矣,议和缔约,用平原函首故事。"③然则"月中犹暖山河影",当并暗指光绪皇帝生前虽然被囚禁在冷宫中,却仍然暗中关心国事。

"剑底",剑锋之下,犹今言枪口下,语出龚自珍《己亥杂诗》:"幸汝生逢清晏时,不然剑底桃花落"。"傀儡",古典是唐明皇被肃宗迁居西内囚禁时咏《傀儡吟》:"刻木牵丝作老翁,鸡皮

---

① 按《唐诗纪事》卷4杨师道《初秋夜坐应诏诗》:"树影月中寒",李商隐《无题》:"夜吟应觉月光寒",宋文同《丹渊集》卷1《洗竹》:"月中寒影下方池",杨万里《诚斋集》卷21《寄题俞叔奇国博郎中园亭二十六咏》其四:"春有儿孙夏有朋,月中寒影雨中声",可知诗言月中寒,古已多有之。

② 《礼记·乐记》:"地气上齐,天气下降,阴阳相摩,天地相荡,鼓之以雷霆,奋之以风雨,动之以四时,暖之以日月,而百化兴焉。"唐欧阳玭《野人献日赋》:"上或逼于狼政,下或临于虎吏,汲汲为心,营营为意。遂朝光不辨,谁知劳者之情,暖景为祥,忍夺生民之利。"宋王安石《临川文》卷15《送契丹使还次韵答净因老》:"日转山家暖,风含草木葩。"曾觌《壶中天》词:"云海尘清,山河影满,桂冷吹香雪。何劳玉斧,金瓯千古无缺。"日月温暖万物,比喻好的天子好的政治爱护国民,可参读。

③ (清)恽毓鼎:《恽毓鼎澄斋日记》,浙江古籍出版社2004年版,第2册,第789页。

鹤髪与真同，须臾弄罢寂无事，还似人生一梦中。"① 其今典，即是如恽毓鼎《崇陵传信录》所述："至戊戌训政，则太后与上并坐，若二君焉。臣工奏对，上嘿不发言。有时太后肘上使言，不过一二语止矣。迁上于南海瀛台，三面皆水，隆冬冰坚结，传闻上常携小奄踏冰出，为门者所阻，于是有传匠凿冰之举。上尝至一太监屋，几有书，取视之，《三国演义》也。阅数行，掷去，长叹曰：'朕并不如汉献帝也。'"②

"剑底难为傀儡身"，言光绪皇帝生前被慈禧太后武力囚禁瀛台，虽然尚名为皇帝，实际被囚禁无自由无异于傀儡，亦无异于唐明皇被肃宗迁居囚禁西内。实际上，"剑底难为傀儡身"，不仅是用唐明皇被肃宗囚禁西内故事，并且是暗用宝应元年（762）四月五日唐明皇之死离奇地仅早于肃宗之死十三日，以暗指光绪之死离奇地仅先于慈禧之死一天③。散原用典，至为精深贴切，由此可见。

"烦念九原孤愤在，忍看宿草碧燐新。"

此二句诗，回应夏剑丞《答寄怀陈伯严》"告墓终伤殉国先"之句，伤怀父亲右铭公之死于冤杀。剑丞诗对散原已不甚讳言右铭公当年是殉国而死，散原诗答剑丞亦未甚讳言之，此即"烦念九原孤愤在"之句。特用典出之，隐藏较深耳。

---

① （宋）计有功《唐诗纪事》卷29梁锽："《咏木老人》：'刻木牵丝作老翁，鸡皮鹤发与真同。须臾弄罢寂无事，还似人生一梦中。'明皇迁西内，曾咏此诗。"洪迈编《万首唐人绝句》卷69明皇《傀儡吟》："刻木牵丝作老翁，鸡皮鹤髪与真同。须臾弄罢寂无事，还似人生一梦中。"无论唐明皇是自作《傀儡吟》，还是被肃宗迁居西内囚禁时曾咏此诗，此诗皆表达了唐明皇被囚禁的痛苦心情。至于诗为唐明皇还是梁锽所作，无关紧要。
② （清）恽毓鼎：《恽毓鼎澄斋日记》，浙江古籍出版社2004年版，第2册，第784页。
③ 参阅邓小军：《杜甫〈北征〉补笺》，《北京大学学报》2007年第3期；《隐藏的异代知音》，《文学遗产》2007年第3期。

"烦",谦辞,犹言有劳。"烦"省略的宾语和"念"省略的主语,是此诗原唱者夏剑丞。"烦念九原孤愤在",指的就是夏剑丞《答寄怀陈伯严》"告墓终伤殉国先"之句。

"九原",指墓地,典出《礼记·檀弓下》:"赵文子与叔誉观乎九原,文子曰:死者如可作也,吾谁与归。"① 此是指地下之右铭公,并为下文"孤愤在"之主语。

"孤愤",典出陆机《辨亡论》:"社稷夷矣,虽忠臣孤愤,烈士死节,将奚救哉",以及苏轼《正辅既见和复次前韵》:"犹胜嵇叔夜,孤愤甘长幽",包含了两个古典的意义:第一,忠臣烈士,为国死节,故"孤愤"永在。第二,嵇康为国而死于冤杀,故"孤愤"永在。两个古典的意义,合起来就是殉国。

嵇康是为国而死于冤杀,笔者在《向秀〈思旧赋〉考论》中指出:"按《思旧赋》'昔李斯之受罪兮'、'悼嵇生之永辞兮'四句,以李斯被害与嵇康被害相提并论,而李斯是死于'谋反'罪名。由是可知,司马昭杀害嵇康、吕安的罪名,是所谓'谋反'。在当时,司马氏尚未篡魏,其诬陷嵇康的谋反罪名,当然是指谋反魏朝。"②

散原"烦念九原孤愤在",何以用东坡"犹胜嵇叔夜,孤愤甘长幽",指右铭公如嵇康一样,是为国而死于冤杀?笔者在《陈宝箴之死考》中提出:"根据陈三立《读〈汉书·盖宽饶传〉》诗'当时坐大逆','拟以萌求禅',参证陈寅恪《寒柳堂记梦未定稿》记当时谣言所谓'将起兵,自称湘南王','不学太原学平原',则慈禧太后密旨赐陈宝箴自尽,所加之罪名当为'大逆不道'。"③

"宿草",指墓地上隔年的草。"燐",俗称鬼火,夜间或阴雨

---

① (清)孙希旦著,沈啸寰、王星贤点校:《礼记集解》,中华书局1989年版,第303页。
② 邓小军:《向秀〈思旧赋〉考论》,《诗史释证》,中华书局2004年版,第448页。
③ 邓小军:《陈宝箴之死考》,《诗史释证》,中华书局2004年版,第383—385页。

天气出现在坟墓间的燐火。燐火绿幽幽，故名"碧燐"。但"碧燐"之义，不仅如此。按南宋范成大《石湖诗集》卷十二《宿州》，题下自注："五更出城，鬼火满野。"诗云："狐鸣鬼啸夜茫茫，元是官军旧战场。土伯不能藏碧燐，三三两两照前冈。"可知"碧燐"，是指殉国者之碧血，化而为燐。

"烦念九原孤愤在，忍看宿草碧燐新"，言有劳剑丞怀念九原之下的右铭公，右铭公是忠臣烈士，为国死节，是如嵇康，为国而死于冤杀。自己怎忍心看见墓地上宿草间，碧燐荧荧，那是死者永在的孤愤。

散原诗源出宋诗，散原诗"烦念九原孤愤在"，用东坡诗"犹胜嵇叔夜，孤愤甘长幽"之典，是诗家家法，是如数家珍。

散原《纪哀答剑丞见寄时将还西山展墓》"烦念九原孤愤在，忍看宿草碧燐新"，回应夏剑丞《答寄怀陈伯严》"告墓终伤殉国先"，表示右铭公是殉国而死于冤杀，亦是戴远传《文录》所载"宣太后密旨，赐陈宝箴自尽"之有力证据。

三、结语

第一，夏剑丞《寄怀陈伯严》诗"告墓终伤殉国先"，"殉国"指右铭公是为国而被杀害。因为"殉国"是指为国而死，包括为国而战死、而自杀、而被杀害；自然死亡即老死、病死，不能称为"殉国"。

第二，散原答诗《纪哀答剑丞见寄时将还西山展墓》"烦念九原孤愤在"，是用陆机《辨亡论》"社稷夷矣，虽忠臣孤愤，烈士死节，将奚救哉"，以及苏轼《正辅既见和复次前韵》"犹胜嵇叔夜，孤愤甘长幽"之典，回应夏剑丞《答寄怀陈伯严》诗"告墓终伤殉国先"，表示右铭公是忠臣烈士，为国死节，是如嵇康，为国而死于冤杀。

第三，夏剑丞《寄怀陈伯严》"告墓终伤殉国先"，散原答诗《纪哀答剑丞见寄时将还西山展墓》"烦念九原孤愤在"，均表示右铭公是为国而被害，因此同为戴远传《文录》所载"宣太后密旨，赐陈宝箴自尽"之有力证据。

原载《东南大学学报》2013年第3期

增补

"殉国"之"殉"，训为杀人从死。

按《礼记·檀弓下》汉郑玄注："杀人以卫死者曰殉。"

《春秋左传》文公六年："秦伯任好卒，以子车氏之三子奄息、仲行、针虎为殉。"晋杜预注："子车，秦大夫氏也。以人从葬为殉。"唐陆德明《音义》："杀人从死曰殉。"《诗经·秦风·黄鸟》小序："哀三良也。国人刺穆公以人从死，而作是诗也。"汉郑玄笺："三良，三善臣也，谓奄息、仲行、针虎也。从死，自杀以从死。"

《春秋左传》成公二年八月："宋文公卒，始厚葬，用蜃炭，益车马，始用殉。"晋杜预注："烧蜃为炭以瘗圹，多埋车马，用人从葬。"

梁顾野王《玉篇》卷十一《歹部》殉："用人送死也。"

宋陈彭年等《广韵》卷四《去声·二十二稕》殉："以人送死。"

综上所述，"殉"字本义是杀人从死（包括他杀、被迫自杀），核心要素是杀人。自然死亡，包括老死、病死，不能称为"殉"。

隐藏的异代知音

中国文学史上的异代知音现象,包括显性的异代知音,和隐藏的异代知音。所谓知音,是指对优秀作品的精微蕴藏,有独到、准确、深刻的理解。刘勰《文心雕龙·知音》说"见奥唯知音耳",又说"夫唯深识鉴奥,必欢然内怿","奥",就是优秀作品的精微蕴藏。

文学史上显性的异代知音,是指前代作家优秀作品的精微蕴藏,被后代学者所独到、准确、深刻地理解,并通过其注释评论的表述而明显地揭示出来,其见解往往超越于以前所有注释家评论家之上。《毛诗》序传笺疏对《燕燕》、汤汉注陶对陶渊明《述酒》、《钱注杜诗》对杜甫《洗兵马》、陈寅恪《柳如是别传》对钱谦益《有学集》《投笔集》的创获胜解,都是显性的异代知音的好例。文学史上隐藏的异代知音,是指前代作家优秀作品的精微蕴藏,被后代诗人所独到、准确、深刻地理解,并通过其文学作品中的用典或广义的用典而潜在地表现出来,其见解往往既超越于以前又超越于以后的所有注释家评论家之上。陶渊明《归园田居》对《庄子》、庾信《哀江南赋》对阮籍《首阳山赋》、杜甫《咏怀古迹》对庾信《哀江南赋》[①]、刘禹锡《酬乐天扬州席上初逢见赠》对向

[①] 陈寅恪《庾信哀江南赋与杜甫咏怀古迹诗》:"知哀江南赋必用咏怀古迹诗之解,始可通,是之谓以杜解庾。"(《金明馆丛稿二编》,生活·读书·新知三联书店 2001 年版,第 303 页)

秀《思旧赋》、花蕊夫人《宫词》与李后主《乌夜啼》对杜甫《曲江对雨》的创获胜解和运用,则是隐藏的异代知音的好例。

隐藏的异代知音,由于不是出自于学者,而是出自于诗人,不是呈现为注释评论,而是隐藏于文学作品,因此比显性的异代知音更有趣味。

一、陶渊明《归园田居》诗二首与《庄子》"虚室生白,吉祥止止"

《归园田居五首》是陶渊明在晋安帝义熙二年(406)弃官归田之后不久所作。其一:

> 少无适俗韵,性本爱丘山。误落尘网中,一去三十年。羁鸟恋旧林,池鱼思故渊。开荒南野际,守拙归园田。方宅十余亩,草屋八九间。榆柳荫后檐,桃李罗堂前。暧暧远人村,依依墟里烟。狗吠深巷中,鸡鸣桑树颠。户庭无尘杂,虚室有余闲。久在樊笼里,复得返自然。

其二:

> 野外罕人事,穷巷寡轮鞅。白日掩荆扉,虚室绝尘想。时复墟曲中,披草共来往。相见无杂言,但道桑麻长。桑麻日已长,我土日已广。常恐霜霰至,零落同草莽。

陶渊明《归园田居》"户庭无尘杂,虚室有余闲",及"白日掩荆扉，虚室绝尘想"，是两次用《庄子·人间世》"虚室生白，吉祥止止"之典。其中实际包括两用"虚室"、两用"止止"。两用"虚室"，历来注家多能注出，两用"止止"，则皆没有注出。而渊明对《庄子》之创获胜解，端在于这两用"止止"。

《庄子·人间世》：

> 回曰："敢问心斋。"仲尼曰："若一志，无听之以耳而听之以心，无听之以心而听之以气。耳止于听，心止于符。气也者，虚而待物者也。唯道集虚。虚者，心斋也。"颜回曰："回之未始得使，实自回也。得使之也，未始有回也，可谓虚乎？"夫子曰："尽矣。……瞻彼阕者，虚室生白，吉祥止止。夫且不止，是之谓坐驰。"

"虚室"，喻心灵澹泊空灵，"生白"，言放光明。"止止"的解释，是重点和难点。西晋郭象《注》："夫吉祥之所集者，至虚至静也。"唐成玄英《疏》："止者，凝静之智。言吉祥善福，止在凝静之心。"清郭庆藩《庄子集释》引俞樾曰："止止连文，于义无取。"①

曹慕樊师《〈庄子·逍遥游〉篇义》："'吉祥止止'（《人间世》），'唯止能止众止'（《德充符》）。按唯止的止，指心王。众止的止，当指七识（借佛家名相）。止就不能游，为什么又强调'止'呢？按止是止'外驰'，外驰既息，即是'无事'。'无事而生定'（《大宗师》）。然后能不系如虚舟，无心如飘瓦，是乃能游。"②

依曹慕樊师的解释，《庄子·人间世》"吉祥止止"的"止止"，

---

① 参见（清）郭庆藩集释，王孝鱼校点：《庄子集释》卷2，中华书局1961年版，第147—151页。
② 曹慕樊：《庄子新义》，重庆出版社2004年版，第148页。

就是《庄子·德充符》"唯止能止众止"的"止众止"。"止止"、"止众止"中两语的第一个"止",是止住外驰逐物之心的止,是止住欲望之心的止,是止住也、终止也①。第二个"止",是执着于外物的止,是欲望之心,是执着也、迷恋也。②"众止",是指众生之执着,亦可讲为执着于种种外物。"止止"、"止众止",就是止住内心的种种欲望。故"吉祥止止"下句云:"夫且不止,是之谓坐驰。"言如果欲望不止,身即使是在坐位,心也是在驰逐名利。

《庄子》讲由心斋工夫达到的心斋境界,是"瞻彼阕者,虚室生白,吉祥止止",这表示,吉祥的境界是止住了欲望之心的心斋境界,是心灵澹泊空灵、放光明的心斋境界。可以说,心斋是止止的本体,止止是心斋的作用。心斋、止止,体用不二。止止二字,最简练地概括了庄子心斋学说即庄子自由哲学的根本义谛。泯灭欲望之心,保持澹泊之心和由此而来的自由之心,是庄子心斋哲学的核心思想。如何泯灭欲望之心,保持澹泊自由之心,则是庄子心斋坐忘的实践工夫。依庄子,澹泊心是自由心的根底。泯灭欲望之心,保持澹泊之心,始能不受名利的束缚,始能远离政治,不受权力的伤害。故有澹泊,始有自由。

而回头来看,郭象"夫吉祥之所集者,至虚至静也",成玄英"吉祥善福,止在凝静之心"的解释,是用"唯道集虚"来解释"止止",都没有把"止止"讲落实。为什么都没有讲落实?因为"唯道集虚"是心斋已然之境界,"止止"才是心斋所以然之工夫。用心斋已然之境界,解释心斋所以然之工夫,并没有讲落实这心斋工夫。更重要的是,"止止"的第二个"止",是指

---

① "止"字训为止住,如《老子道德经》第四十四章:"知足不辱,知止不殆。"
② "止"字训为执着,当是"止"(趾)的引申。《说文解字》:"止,下基也。象艸木出有址,故以止为足。"《诗·秦风·黄鸟》:"交交黄鸟,止于棘。"《诗·小雅·四牡》:"翩翩者鵻,载飞载止,集于苞杞。"鸟类栖止于木,本是用趾爪抓住树枝。故"止"可引申为抓住、执着。

欲望，不是指"至虚至静"的"凝静之心"，因此郭象、成玄英的解释或许是讲错了。至于清代俞樾所说的"止止连文，于义无取"，那就更是对庄子的误读了。曹慕樊师以庄解庄之洞见，确当不移。此是因为，第一，从训诂上讲，"止止"与"止众止"，语义、语法结构（动宾结构）完全相同。第二，从义理上讲，此一解释切合庄子心斋哲学的根本意义。

《归园田居》"虚室有余闲"，"虚室绝尘想"，是两用"虚室生白"。"户庭无尘杂"、"虚室绝尘想"之"无尘杂"、"绝尘想"，则是两用"吉祥止止"之"止止"。"无尘杂"、"绝尘想"与"吉祥止止"之"止止"，以及"唯止能止众止"之"止众止"，语义、语法结构（动宾结构）完全相同。"无"、"绝"，即"止止"、"止众止"的第一个"止"，止住也。"尘杂"、"尘想"，即"止止"、"止众止"的第二个"止"，执着也，欲望也。"无尘杂"、"绝尘想"，即"止止"、"止众止"。"户庭无尘杂，虚室有余闲"，是表示自己彻底消除了名利欲望（"无尘杂"），澹泊心彻底地觉悟（"虚室"），从而获得了充分的自由（"有余闲"）。"白日掩荆扉，虚室绝尘想"，是表示对政治社会关闭了自己的大门（"掩荆扉"），澹泊心彻底地觉悟（"虚室"），彻底地消除了名利欲望（"绝尘想"）。"无尘杂"、"绝尘想"，是心斋止止的实践工夫，即彻底消除名利欲望的工夫。"虚室有余闲"是心斋已然的境界，澹泊、自由的境界，虚室生白的境界。

《归园田居》两次用《庄子》"虚室生白，吉祥止止"，尤其两用"止止"，这表明：

第一，陶渊明是庄子心斋哲学"虚室生白，吉祥止止"的隐藏的异代知音。在文献与义理上，《庄子·德充符》"唯止能止众止"，是确解《人间世》"吉祥止止"的唯一可靠依据。"户庭无尘杂，虚室有余闲"、"虚室绝尘想"之"无尘杂"、"绝尘想"，证明渊明是用"止众止"，理解了"虚室生白，吉祥止止"之"止止"。

渊明对庄子哲学精髓的创发性理解，乃是独立地作出来的。这是魏晋玄学家所未有的洞见。进一步说，渊明对庄子哲学的这一创获胜解，不仅超越于他之前的西晋郭象，而且超越于他之后的唐代成玄英、清代俞樾的理解之上。

"户庭无尘杂"、"虚室绝尘想"，也潜在地证明了曹慕樊师以"唯止能止众止"解释"吉祥止止"之"止止"，是完全准确的解释，是中国学术史上自郭象以来所未有的第一流的重大创见，是庄子心斋哲学"虚室生白，吉祥止止"的显性的异代知音。完整地说，渊明和曹慕樊师对庄子哲学的创获胜解，是相互发明的。多年来，笔者留心《庄子》的各种古今注本，迄未发现任何一家注本对"吉祥止止"能有如渊明与曹慕樊师的慧解。

第二，庄子哲学对陶渊明在弃官归田的人生重大抉择关头，发生了根本性的支持作用。渊明文笔省净，惜墨如金，而《归园田居》不避重复两用"虚室生白，吉祥止止"，可见渊明很看重庄子哲学对自己人生实践的支持，也很看重自己对庄子哲学的创见。陈寅恪先生有一个很有启发性的见解："凡两种不同之教徒往往不能相容，其有捐弃旧日之信仰，而归依他教者，必为对其夙宗之教义无创辟胜解之人也。"① 此言或许言之稍过：因为归依他教者或另有原因；但此言确有见地：认同与创见，是互为因果的关系。渊明认同并实践庄子哲学，与他对庄子哲学具有创获胜解，正是互为因果的关系。

理解《庄子》"吉祥止止"之"止止"，必用陶渊明《归园田居》诗"无尘杂"、"绝尘想"之解，及曹慕樊师《庄子新义》"止众止"之解，而不可忽略，是之谓以陶解庄，及以曹解庄。

---

① 陈寅恪：《陶渊明之思想与清谈之关系》，《金明馆丛稿初编》，生活・读书・新知三联书店2001年版，第219页。

二、庾信《哀江南赋序》与阮籍《首阳山赋》

三国魏阮籍《首阳山赋》：

> （凤）扬遥逝而远去兮，二老穷而来归。实囚轧而处斯兮，焉暇豫而敢诽。①

此是用《史记·伯夷列传》"伯夷、叔齐闻西伯昌善养老，'盍往归焉！'及至，西伯卒，武王载木主，号为文王，东伐纣。伯夷、叔齐叩马而谏曰：'父死不葬，爰及干戈，可谓孝乎？以臣弑君，可谓仁乎？'左右欲兵之。太公曰：'此义人也。'扶而去之"②之古典，而对其关键情节加以改变。在《史记》原典，伯夷叔齐本来是"叩马而谏"武王伐纣，然后"去之"，"义不食周粟"；而阮籍赋却改变为伯夷叔齐因处于周，自顾不暇，哪里还"敢诽"武王伐纣（"诽"就是"谏"，即政治批评）？阮赋大胆地改变夷齐故事原典的关键情节，正是为了确切地表达自己本想归隐，却不得已做了司马氏的官，因处于司马氏手中，自顾不暇，哪里还"敢诽"司马氏篡魏的今事，和惭愧、自责、沉痛的今情。

陈伯君《阮籍集校注》，只注出了《首阳山赋》此四句的古典出处，给出了"囚，拘也"、"诽，非议也"的文字训诂，而没有指出此四句改变了古典，没有对此四句的意义作出解释，尽管陈先生在其后结尾一段两次作出了"此数句意谓"③的解释。

---

① 陈伯君校注：《阮籍集校注》，中华书局 1987 年版，第 27 页。
② 《史记》卷 61，中华书局 1963 年版，第 2123 页。
③ 陈伯君校注：《阮籍集校注》，中华书局 1987 年版，第 28 页。

北周庾信《哀江南赋序》：

> 畏南山之雨，忽践秦庭；让东海之滨，遂餐周粟。①

"让东海"二句，典出《史记·伯夷列传》："伯夷、叔齐，孤竹君之二子也。父欲立叔齐，及父卒，叔齐让伯夷，伯夷曰：'父命也。'遂逃去。叔齐亦不肯立而逃之。……武王已平殷乱，天下宗周，而伯夷、叔齐耻之，义不食周粟，隐于首阳山，采薇而食之……遂饿死于首阳山。'"及《史记·刘敬列传》："伯夷自海滨来归之。"（唐张守节《正义》："伯夷孤竹国在平州，皆滨东海也。"）②而对其关键情节加以改变。庾信赋"让东海之滨，遂餐周粟"，言伯夷叔齐让国（"让东海之滨"），澹泊名利，后来却违心地作了敌国之臣（"遂餐周粟"）。在《史记》原典，夷齐本来是"义不食周粟"，饿死于首阳山，而庾赋却改变为夷齐"遂餐周粟"。庾赋大胆地改变夷齐故事原典的关键情节，正是为了确切地表达自己本想如夷齐让国那样地澹泊名利，却违心地作了敌国之臣的今事，以及他惭愧、自责、沉痛的今情。

清代倪璠《庾子山集注》注出了《哀江南赋序》此四句用典出处，并指出夷齐故事"于子山不类"③，但是没有解释为什么庾赋要用与自己"不类"的夷齐故事。倪注也没有看到庾赋是学阮而作。

---

① （北周）庾信著，（清）倪璠注，许逸民校点：《庾子山集注》卷2，中华书局1980年版，第94—95页。
② 《史记》卷61，99，中华书局1963年版，第2123、2176页。
③ （北周）庾信著，（清）倪璠注，许逸民校点：《庾子山集注》卷2，中华书局1980年版，第98页。

阮赋、庾赋，同用夷齐古典，同样把夷齐从气节之士改变为屈节之士，以确指自己身为屈节之士的今事今情。可见，庾赋学阮，庾信是阮籍《首阳山赋》的隐藏的异代知音。理解《首阳山赋》"实因轧而处斯兮，焉暇豫而敢诽"，必用《哀江南赋序》"让东海之滨，遂餐周粟"之解，而不可忽略，是之谓以庾解阮。

三、刘禹锡《酬乐天扬州席上初逢见赠》"怀旧空吟闻笛赋"与向秀《思旧赋》琴声笛声"妙声绝而复寻"

三国魏元帝景元四年（263），嵇康被司马氏所杀害，景元五年，向秀作《思旧赋并序》悼念嵇康。《思旧赋序》：

> 嵇博综技艺，于丝竹特妙。临当就命，顾视日影，索琴而弹之。余逝将西迈，经其旧庐。于时日薄虞渊，寒冰凄然。邻人有吹笛者，发声寥亮。追思曩昔游宴之好，感音而叹，故作赋云。①

《思旧赋》：

> 悼嵇生之永辞兮，顾日影而弹琴。托运命于领会兮，寄余命于寸阴。听鸣笛之慷慨兮，妙声绝而复寻。停驾言其将迈兮，遂援翰而写心。②

---

① （梁）萧统编，（唐）李善注：《文选》卷16，上海古籍出版社1986年版，第720页。
② 同上，第722页。

"妙声绝而复寻","妙声",指嵇康临终前所奏寄托生命("寄余命")之琴声("特妙"),和向秀现在凭吊嵇康旧居时邻家所鸣笛声("慷慨")。"寻",继续、连续也。序与赋这两节文字所描写情景是相同的:从嵇康琴声的绝响,到邻家笛声的复起、相续、相连。《思旧赋》篇幅短小,惜墨如金,而不惜笔墨,重复描写琴声、笛声"妙声绝而复寻",这显然是作品重心所在,寄托有深意。琴声、笛声"妙声绝而复寻",乃是象征嵇康虽死犹生,象征嵇康精神不死,永远活在人们心里。这两处下文都接着说"感音而叹,故作赋云"、"遂援翰而写心",正是表达此意。《文选》卷十六唐李善注及五臣注,均没有涉及《思旧赋》两写琴声笛声"妙声绝而复寻"的意旨。

唐敬宗宝历二年(826),刘禹锡作《酬乐天扬州席上初逢见赠》诗:

> 巴山楚水凄凉地,二十三年弃置身。怀旧空吟闻笛赋,到乡翻似烂柯人。沉舟侧畔千帆过,病树前头万木春。今日听君歌一曲,暂凭杯酒长精神。①

刘禹锡诗"怀旧空吟闻笛赋",用《思旧赋》琴声笛声"妙声绝而复寻"之典,言如同向秀怀念嵇康,我亦怀念二十三年前的"永贞革新"故人,然而死者已不在人间("空")。言外之意则是,如嵇康虽死犹生、精神不死,永远活在人们心里;"永贞革新"故人亦虽死犹生、精神不死,永远活在我的心里。下文"沉舟侧畔千帆过,病树前头万木春",继续发挥此意。"沉舟",

---

① 卞孝萱校订:《刘禹锡集》卷31,中华书局1990年版,第421页。

喻"永贞革新"故人;"病树",自喻;"千帆"、"万木",喻无数新贵。二句言死者已死,他们当年从事过政治革新的朝廷,如今是无数新贵春风得意,而我自甘病废,让那无数新贵春风得意。言外之意则是,自己宁可废弃,也忠于"永贞革新"故人,和当年的理想。风格看似颓废,其实柔中有刚,写出了决不从世俗为转移的品格和定力。白居易《刘白唱和集解》称刘禹锡为"诗豪",陈寅恪《元白诗笺证稿》说刘禹锡诗"简练沉着"①,是很恰当的。陈寅恪《甲辰元旦》诗"我今自号过时人,一榻萧然了此身"②,神理亦酷似禹锡此二句诗。人们常说禹锡此二句诗表现了新生事物朝气蓬勃、新陈代谢不可抗拒,其实并不符合诗意。

由上所述可见,刘禹锡是向秀《思旧赋》的隐藏的异代知音。理解向秀《思旧赋》两写琴声笛声"妙声绝而复寻",必用刘禹锡诗"怀旧空吟闻笛赋"之解,而不可忽略,是之谓以刘解向。

四、花蕊夫人《宫词》、李后主《乌夜啼》词与杜诗"林花着雨胭脂落,水荇牵风翠带长"

唐肃宗乾元元年(758)春,杜甫作《曲江对雨》诗:

---

① 陈寅恪《元白诗笺证稿》附论《白乐天与刘梦得之诗》:"乐天……标举春秋文章微婉之旨,正梦得之所长……故梦得诗'雪里高山头白早,海中仙果子生迟。''沉舟侧畔千帆过,病树前头万木春。'等简练沉着之名句,与乐天删烦晦义之旨,极为忻合。"(生活·读书·新知三联书店 2001 年版,第 353 页)陈寅恪先生指出刘禹锡诗长于"微婉之旨",和"简练沉着",皆是卓见。

② 陈寅恪:《陈寅恪诗集》,生活·读书·新知三联书店 2001 年版,第 149 页。

城上春云覆苑墙，江亭晚色静年芳。林花着雨燕脂落，水荇牵风翠带长。龙武新军深驻辇，芙蓉别殿谩焚香。何时诏此金钱会，暂醉佳人锦瑟旁。①

《曲江对雨》，哀上皇也。其全部内涵，包含哀杨妃、哀上皇、哀盛唐。哀上皇，不仅是悲悯其失去杨妃、失去皇位，而且是隐忧其现在及未来之命运。当乾元元年春杜甫作《曲江对雨》时，肃宗之不能善待上皇，已是路人皆知，杜甫尤为深切知之。肃宗以至德元载（756）七月抢夺皇位，至德二载二月镇压永王璘军，五月罢免房琯宰相，诏三司推问并欲杀害左拾遗杜甫，八月排斥宰相张镐出朝，闰八月放逐杜甫回家，十一月上皇还京行至凤翔被肃宗解除卫队武装、置于其武力监控之下，此一系列事件，实际皆是肃宗敌视上皇的公开体现。

1. "林花着雨胭脂落"，还是"林花着雨胭脂湿"？

《曲江对雨》"林花着雨胭脂落"，清仇兆鳌《杜诗详注》卷六作"林花着雨胭脂湿"，仅在"湿"字下出小字校注："一作落。"②作"落"、作"湿"，诗意迥然不同，孰是孰非？

先从版本角度考察。今存全部杜集宋刻本《宋本杜工部诗集》卷十、贵池刘氏影宋本《王状元集百家注编年杜陵诗史》卷七、台湾故宫博物院《景印宋本新刊校定集注杜诗》即《九家集注杜诗》卷十九、《四部丛刊》影宋本《分门集注杜工部诗》卷三、中华再造善本影宋本《杜工部草堂诗笺》卷十二，宋刻辑本《杜

---

① （清）钱谦益笺注：《钱注杜诗》卷10，上海古籍出版社1979年版，第327页。
② （唐）杜甫著，（清）仇兆鳌注：《杜诗详注》卷6，中华书局1979年版，第451页。

诗赵次公先后解辑校》乙帙卷一，宋刻传本《四库全书》本黄鹤《补注杜诗》卷十九、《集千家注杜工部诗集》卷四，无一例外均作"林花着雨胭脂落"，不作"林花着雨胭脂湿"；且"落"字之下均无作"湿"字或任何其他异文之校语（此七种版本均有详尽之小字异文校语）。清钱谦益《钱注杜诗》卷十此句文字情况，与宋刻诸本完全相同，《钱注杜诗》是以宋刻本为底本[①]。仇兆鳌《杜诗详注》作"林花着雨胭脂湿"，则并无任何善本依据[②]。自仇注本出，以后其他通行杜诗注本如浦起龙《读杜心解》、杨伦《杜诗镜铨》等，遂均依仇注本，作"林花着雨胭脂湿"，皆是为仇注本所误。再从文学角度考察。"花落"，象喻美的毁灭。"林花着雨胭脂落"，实象喻了杨妃之悲剧，并吻合全诗哀杨妃、哀明皇、哀盛唐的悲剧性诗意。相反，"花湿"，则象喻不了美的毁灭，仇注本作"林花着雨胭脂湿"，注释只说"林花、水荇乃雨中所见者"，遂使此句象喻杨妃之悲剧的诗意完全失落，并脱离全诗的悲剧性诗意。这表明，仇氏对于此句的悲剧性诗意，未能理解。

无论从版本角度，还是从文学角度考察，都只能得出一个结论：杜诗原文是作"林花着雨胭脂落"，不作"林花着雨胭脂湿"。

《杜诗详注》集评引宋王彦辅曰："此诗题于院壁，'湿'字为蜗蜒所蚀，苏长公、黄山谷、秦少游偕僧佛印，因见缺字，各拈一字补之，苏云'润'，黄云'老'，秦云'嫩'，佛印云'落'。

---

① （清）钱谦益《钱注杜诗·注杜诗略例》："杜集之传于世者，唯吴若本最为近古，他本不及也。……若其字句异同，则一以吴若本为主，间用他本参伍焉。"（《钱注杜诗》，上海古籍出版社1979年版，第5页）钱氏以宋本为底本，以他本参校，体现了自觉的版本学、校勘学意识，和严谨的治学态度。

② 观《杜诗详注·杜诗凡例》"杜诗会编"、"杜诗勘误"等条，可知仇氏没有以善本作底本的版本学、校勘学意识，更未采用善本作底本，连其底本究是何本亦糊里糊涂未作交代，无怪乎《杜诗详注》校勘问题甚多。

觅集验之,乃'湿'字也,出于自然。而四人遂分生老病苦之说。诗言志,信矣。"① 此故事之真实性姑可不论,但故事之内容则甚有趣味。故事中人,除佛印外,皆未能成为杜诗此句的异代知音。

2."林花着雨胭脂落":哀杨妃

《曲江对雨》起笔"城上春云覆苑墙,江亭晚色静年芳",是全诗引子,写出曲江春暮日晚之氛围,引出下联"林花着雨胭脂落,水荇牵风翠带长"。

杜甫至德二载作《哀江头》:"少陵野老吞声哭,春日潜行曲江曲。江头宫殿锁千门,细柳新蒲为谁绿?忆昔霓旌下南苑,苑中万物生颜色。昭阳殿里第一人,同辇随君侍君侧","明眸皓齿今何在?血污游魂归不得。清渭东流剑阁深,去住彼此无消息。人生有情泪沾臆,江水江花岂终极",是写曲江,哀江头,即是哀杨妃。次年作《曲江对雨》,亦是写曲江,"胭脂"又与女性有关,可见,"林花着雨胭脂落",亦是潜在地哀杨妃。

在杜甫笔下,曲江是盛唐、明皇、杨妃今昔盛衰生死悲剧之象征,明皇、杨妃则是盛唐之象征。故哀杨妃,即是哀明皇,哀盛唐。至于用花比喻杨妃,李白诗早已有之。李白天宝二载(743)供奉翰林时作《清平调词三首》其一:"云想衣裳花想容,春风拂槛露华浓。"其二:"一枝红艳露凝香,云雨巫山枉断肠。"其三:"名花倾国两相欢,长得君王带笑看。"即是最有名之例证。

"林花着雨胭脂落",画面是胭脂般红艳的林花,经受风吹雨打,而终于凋落;象喻风华绝代的杨妃,经过安史之乱、马嵬驿之变,而终于凋落。此句描写之美,臻于化境。"林花着雨胭脂落",

---

① (唐)杜甫著,(清)仇兆鳌注:《杜诗详注》卷6,中华书局1979年版,第451—452页。

直是慢动作般地画出胭脂般鲜艳的林花委婉凋落的动态画面,让人看仔细那美的毁灭。白居易《长恨歌》"花钿委地无人收"[①],写杨妃满头花钿缓缓垂落,亦是慢动作般地画出杨妃委婉倒下之动态画面,让人看仔细那美的毁灭。《长恨歌》:"宛转蛾眉马前死,花钿委地无人收","宛转"二字、"委"字,直是写出杨妃之从容就死、维护其不可剥夺的人的尊严。此是对杜诗的发展,是对杜诗潜在意义的显性开发。

其遣字造语之美,亦登峰造极。"林花"二字,明媚。"着(动词)雨"二字,极为沉重。"胭脂"二字,美丽绚烂。"落"字,悲剧、苍凉。"林花/着雨/胭脂/落",用字之性质、抒情之旋律,明媚与悲哀交替,一波四折,顿挫之频率、幅度(力度),皆臻于极致。而造语自然,明白如话,稳顺声势。

"林花着雨胭脂落",美艳凄婉,味之无尽,虽晚唐诗两宋词,未必能过之。

3."水荇牵风翠带长":荇谐音恨,荇长谐音恨长、长恨

"水荇牵风翠带长"的画面,如《分门集注》引王洙注实即邓忠臣注所说:"荇,水草也,相连而生,故如翠带。"[②] 按《诗经·周南·关雎》:"参差荇菜,左右流之。"《序》:"《关雎》,后妃之德也。"《毛传》:"后妃有关雎之德,乃能共荇菜,备庶物,以事宗庙也。"[③]

---

① 委:垂落,有轻轻垂落义。《世说新语·贤媛》:"桓宣武平蜀,以李势妹为妾,甚有宠,常著斋后。主始不知,既闻,与数十婢拔白刃袭之。正值李梳头,发委藉地,肤色玉曜,不为动容。"
② (唐)杜甫著,(宋)王洙、赵次公等注:《分门集注杜工部诗》卷3,《续修四库全书》,影印北京图书馆藏宋刻本,集部,第1306册,第305页。
③ (汉)毛亨传,郑玄笺,(唐)孔颖达疏:《毛诗正义》卷1,(清)阮元校刻《十三经注疏》,中华书局1980年版,第1页。

可知荇意象的传统意义，原来是与后妃有关。唐陆德明《经典释文》卷五："荇：衡猛反。本亦作莕。"①《广韵》卷三上声三十八梗："杏：何梗切。莕：莕菜。荇：上同。"卷二下平声七歌："何：胡歌切。"卷四去声二十七恨："恨：胡艮切。艮：古恨切。"② 可知在中古韵书，荇、杏读音相同；荇、杏与恨，声母相同，韵母及声调均相近，故读音甚相近。而在笔者家乡川西地区，至今杏字念恨，两字声、韵、调（去声）全同。可见，荇字可以谐音恨字。

梁简文帝《伤美人》："翠带留余结，苔阶没故基。"陈后主《乌栖曲》："含态眼语悬相解，翠带罗裙入为解。"③ 白居易《和梦游春诗》："帐牵翡翠带，被解鸳鸯幞。"④ 可见，在中古诗歌里，翠带多指女性服饰。

荇意象与后妃相关，荇字可以谐音恨字，翠带意象多为女性服饰，由是可知，"水荇牵风翠带长"，画面是曲江水面荇蔓连生宛如女性服饰翠带般长，实际暗含哀杨妃之意味，诗句重点端在荇字谐音恨字，"荇长"谐音恨长即长恨之义。五代花蕊夫人、李后主均是作此理解。

白居易《长恨歌》与杜甫《曲江对雨》，"长恨"，暗合"水荇牵风翠带长"谐音之恨长，"花钿委地无人收"，酷似"林花着雨胭脂落"慢动作般地画出美的凋落，不知此中有无潜意识层面的艺术影响？

"林花"二句，杜集宋人注本《百家注》、《九家集注》、《分门集注》、《草堂诗笺》、《赵次公解》、黄鹤《补注》、《集千家注》，及

---

① （唐）陆德明著，黄焯断句：《经典释文》卷5，中华书局1983年版，第53页。
② 张氏重刊：《宋本广韵》卷1、2、4，中国书店1982年版，第42、16、31页。
③ 逯钦立辑校：《先秦汉魏晋南北朝诗》，中华书局1988年版，第1941、2511页。
④ 顾学颉校点：《白居易集》卷14，中华书局1999年版，第293页。

清代《钱注杜诗》，均未涉及其喻意之解释。至于后来之仇注，及为仇注本所误之人，则在杜诗正文校勘上先就错了，解释诗意自亦未得其解。

4."龙武新军深驻辇，芙蓉别殿谩焚香"：哀明皇、哀盛唐

《曲江对雨》第三联"龙武新军深驻辇，芙蓉别殿谩焚香"，是全诗主旨所在。关于"龙武新军"。《钱注杜诗》笺曰："此亦怀上皇南内之诗也。玄宗用万骑军以平韦氏，改为龙武军。亲近宿卫，自深居南内，无复昔日驻辇游幸矣。兴庆宫南楼置酒眺望，欲由夹城以达曲江芙蓉苑，不可得矣。"①钱注此条，于诗意有所不合。考相关史实如下：

《旧唐书》卷四十四《职官志三·武官》左右龙武军："初，太宗选飞骑之尤骁健者，别署百骑，以为翊卫之备。天后初，加置千骑，中宗加置万骑，分为左右营，置使以领之。自开元以来，与左右羽林军名曰北门四军。开元二十七年，改为左右龙武军，官员同羽林军也。"②

《唐会要》卷七十二《京城诸军》："（开元）二十六年十一月，析左右羽林军置龙武军，以左右万骑营隶焉。"③

《新唐书》卷五十《兵志》："高宗龙朔二年，始取府兵越骑、步射置左右羽林军。……及玄宗以万骑平韦氏，改为左右龙武军，皆用唐元功臣子弟，制若宿卫兵。……末年，禁兵渐耗。"④

《资治通鉴》卷二百一十八唐肃宗至德元载六月："甲午……

---

① （清）钱谦益注：《钱注杜诗》卷10，中华书局1979年版，第328页。
② 《旧唐书》卷44，中华书局1975年版，第1903—1904页。
③ （宋）王溥：《唐会要》卷72，中华书局1955年版，第1293页。
④ 《新唐书》卷50，中华书局1975年版，第1331页。

既夕，命龙武大将军陈玄礼整比六军，厚赐钱帛，选闲厩马九百余匹，外人皆莫之知。乙未，黎明，上独与贵妃姊妹、皇子、妃、主、皇孙、杨国忠、韦见素、魏方进、陈玄礼……出延秋门。"

又云："丁酉，上将发马嵬……父老共拥太子马，不得行。太子乃使俶驰白上。上总辔待太子，久不至，使人侦之，还白状，上曰：'天也！'乃分后军二千人及飞龙厩马从太子。"①

《旧唐书》卷十《肃宗本纪》天宝十五载七月："甲子，上即皇帝位于灵武。"

《旧唐书》卷九《玄宗本纪下》天宝十五载八月："癸巳，灵武使至，始知皇太子即位。丁酉，上用灵武册称上皇，诏称诰。己亥，上皇临轩册肃宗。"②

唐郭湜《高力士外传》："至德二年十一月，诏迎太上皇于西蜀，十二月至凤翔，被贼臣李辅国诏收随驾甲仗。上皇曰：'临至王城，何用此物？'悉令收付所司。"③

《资治通鉴》卷二百二十唐肃宗至德二载："十一月……丙申，上皇至凤翔，从兵六百余人，上皇命悉以甲兵输郡库。上发精骑三千奉迎。十二月……丁未……上皇自开远门入大明宫，……即日，幸兴庆宫，遂居之。"④

由上可知：第一，唐玄宗以万骑平韦氏，开元二十六年改万骑为左右龙武军，与左右羽林军同为禁军；至天宝"末年，禁兵渐耗"，当天宝十五载即至德元载（756）六月十三日乙未玄宗逃

---

① 《资治通鉴》卷218，第6971—6976页。
② 《旧唐书》卷10、9，中华书局1975年版，第242、234页。
③ （五代）王仁裕等著，丁如明辑校：《开元天宝遗事十种》，上海古籍出版社1985年版，第119页。
④ 《资治通鉴》卷220，第7044—7045页。

离长安时，禁军数量有限（当为数千人）；十五日丁酉发马嵬时，又分去其后军二千人从太子，禁军所剩更少矣。第二，当至德元载七月十二日甲子肃宗抢夺皇位于灵武（今宁夏灵武西南）、八月十八日己亥玄宗禅位于成都（今成都）后，作为退休了的上皇，说不上还能有名副其实的禁军。第三，当至德二载（757）十一月二十二日丙申上皇还京至凤翔时，仅六百余人的"从兵"即被肃宗解除武装（《通鉴》谓"上皇命悉以甲兵输郡库"，未得其真，赖唐郭湜《高力士外传》所载"诏收随驾甲仗"，始得揭示真相），上皇从此即被置于肃宗武力监控之下。至乾元元年（758）春杜甫作《曲江对雨》时，上皇从兵被解除武装、上皇自身在肃宗武力监控之下深居南内兴庆宫，已有四个月之久，哪里还有什么龙武新军？"龙武新军深驻辇"，句法特殊，上四字、下三字之间应读断，这是两个独立短语的并列结构，一句诗实际是两句话，不是一句话。"龙武新军"不能作"深驻辇"的主语，因为"辇"是天子车驾，此指上皇。"龙武新军"四字，是杜公所提出的一大诘问：龙武新军？——今何在？言外之意，是上皇早已不复有龙武新军，早已不复为天子，当年用龙武新军之前身万骑平定韦氏之乱即皇帝位、取得煌煌开元之治的业绩，也早已一去不返矣。"深驻辇"三字，实与下句"芙蓉别殿谩焚香"为一意群，是言：上皇深居南内不出；故曲江池芙蓉苑行宫别殿，空劳焚香洒扫，上皇不复来游矣。"深驻辇"是全诗要害所在，乃是暗指上皇深居南内不出，乃是因为身在肃宗武力监控之下。同时，亦是为避免猜忌不能不深自约束。由此更可得一言外之意：上皇已无完全之人身自由，可能保障生命安全？

《曲江对雨》结笔"何时诏此金钱会，暂醉佳人锦瑟旁"，用开元初玄宗于承天门宴会群臣并于楼下撒金钱许百官争拾之，及开元中玄宗赐群臣宴会于曲江，并赐教坊声乐，故有佳人之今典，及阮籍邻家妇有美色，当垆酤酒，阮常从妇饮酒，醉便眠妇侧，终无他意之古典，以欢乐浪漫之笔，抒发对开元盛世的深深怀念，怀念愈欢乐，愈沉痛。好像卖火柴的小女孩的美丽梦幻，梦幻愈美丽，愈沉痛。

《曲江对雨》，是哀杨妃、哀上皇、哀盛唐之诗。

5. 花蕊夫人《宫词》、李后主《乌夜啼》词与杜诗"林花着雨胭脂落，水荇牵风翠带长"

杜甫此诗正有待解人。解人之出现于世，乃在五代，厥为花蕊夫人，为李后主。五代前蜀花蕊夫人徐氏[①]《宫词》：

> 锦鳞跃水出浮萍，荇草牵风翠带横。恰似金梭撺碧沼，好题幽恨写闺情。[②]

---

① 旧说为后蜀花蕊夫人徐氏作，此从浦江清说，见《浦江清文录·花蕊夫人宫词考证》，人民文学出版社 1958 年版。

② 《花蕊夫人宫词考证》："此曹本之一百，他本无，惟《全唐诗》及《全五代诗》采之。未详来历。"（人民文学出版社 1958 年版，第 93 页）按此诗始见著录于明周复俊《全蜀艺文志》卷 7 花蕊夫人《宫词一百首》附录《今补入宫词三首》，后收入曹学佺《蜀中广记》卷 4 及清编《全唐诗》卷 798 花蕊夫人《宫词》，而不见于明林志尹《历代宫词》、钟惺《名媛诗归》、毛晋《三家宫词》之花蕊夫人《宫词》。据《全蜀艺文志序》末署"嘉靖壬寅夏四月朔旦按察司副使周复俊撰"，知周书编成于嘉靖二十一年壬寅（1542），远早于万历以后林、钟、曹、毛诸书。又，《四库提要》云："是编乃其为四川按察司副使时，博采汉魏以降诗文之有关于蜀者，类为一书，包括网罗，极称赅备。所载如宋罗泌《姓氏谱》、元费著《古器谱》，其书多不传于今，又如李商隐《重阳亭铭》，义山文集亦失载，皆可以备考核。诸篇之后，复俊间附辨证，如汉初平五年《周公礼殿记》，载洪适《隶释》，并载史子坚《隶格》，详略异同，彼此互见，非同他地志之泛泛采摭者。"可知周书博采当地文献，编纂态度严谨，文献价值甚高。故此诗应是周复俊据当地可信文献补入，可定为花蕊夫人所作。

花蕊夫人《宫词》"荇草牵风翠带横",是用杜诗《曲江对雨》"水荇牵风翠带长"之典;《宫词》"好题幽恨写闺情"之"恨"字,射《宫词》"荇草牵风翠带横"及杜诗"水荇牵风翠带长"之"荇"字,乃是破题、点睛之笔。由此可见,花蕊夫人对杜诗悲剧性诗意及表现艺术,具有创获胜解。花蕊夫人所写之恨,自是宫廷妇女之幽恨。

五代南唐后主李煜《乌夜啼》:

林花谢了春红,太匆匆,无奈朝来寒雨晚来风。　胭脂泪,留人醉,几时重,自是人生长恨水长东。

俞平伯《唐宋词选释》:"本词从杜甫《曲江对雨》'林花着雨胭脂湿'变化,却将一语演作上下两片。'春红''寒雨'已为下片'胭脂泪'伏脉。主意咏别情,'几时重'犹言'何时再','重',平声。"① 俞先生指出李后主词将杜诗"一语演作上下两片",真是卓见。同时,可以补正几点:第一,今存全部杜集宋刻本《宋本杜工部诗集》、《百家注》、《九家集注》、《分门集注》、《草堂诗笺》,宋刻辑本《赵次公先后解》,宋刻传本黄鹤《补注》、《集千家注》,均作"林花着雨胭脂落",不作"林花着雨胭脂湿",且均无作"湿"字或任何其他异文之校语。作"林花着雨胭脂湿",是被仇注本所误。第二,"花落",象喻美的毁灭。"林花着雨胭脂落",象喻了杨妃的悲剧。相反,"花湿",则象喻不了美的毁灭,作"林花着雨胭脂湿",遂使此句象喻杨妃之悲剧的诗意完全失落。第三,只有作"林花着雨胭脂落",才能把握到李后主《乌夜啼》词是

---

① 俞平伯编著:《唐宋词选释》,人民文学出版社1979年版,第60页。

在悲剧性本质上继承杜诗，作"林花着雨胭脂湿"，则失去了对李后主词在悲剧性本质上继承杜诗的把握。第四，《乌夜啼》"林花谢了春红，太匆匆，无奈朝来寒雨晚来风"，"胭脂泪，留人醉"，是用杜诗"林花着雨胭脂落"之典（当然也可能同时是用眼前景之兴），其中，"林花谢了春红"之"谢"字，即是杜诗"林花着雨胭脂落"之"落"字。由此可见，早在宋代以前，五代李后主所见杜诗本子，即作"林花着雨胭脂落"，不作"林花着雨胭脂湿"。第五，《乌夜啼》"自是人生长恨水长东"之"恨"与"长恨"，射杜诗"水荇牵风翠带长"之"荇"与"荇长"，乃是破题、点睛之笔。然则《乌夜啼》不仅是用"林花着雨胭脂落"一语之典，而且用了下句"水荇牵风翠带长"之典。第六，《乌夜啼》"林花谢了春红"之"谢"，和"自是人生长恨水长东"之"恨"，表明李后主对杜诗《曲江对雨》哀杨妃、哀明皇、哀盛唐的悲剧性本质和表现艺术，有深刻的理解。第七，由"自是人生长恨水长东"，可见《乌夜啼》所写之恨，并非一般之离情别恨，实为亡国之恨。然则李后主作此词时，已身为阶下囚。词虽是用杜诗之古典，实际是言南唐亡国之今典。《乌夜啼》是李后主词的代表作，与《虞美人》（春花秋月何时了）、《浪淘沙》（帘外雨潺潺）具有同等地位的文学价值，而全词都是杜诗"林花"二句的展开，可见杜诗对李后主有异乎寻常的兴发感动和艺术影响。《虞美人》"问君能有几多愁，恰似一江春水向东流"，酷似"自是人生长恨水长东"，也许是受到"自是人生长恨水长东"的影响，展衍而成。

李后主对杜甫《曲江对雨》悲剧性诗意之所以能有异乎寻常的兴发感动和深刻理解，自己身为阶下囚的悲剧命运和心情和唐明皇身在监控之下的悲剧命运与心情相似，是根本的原因。对杜诗的唐史内容和唐史背景的充分了解，则是必要的知识条件。

花蕊夫人、李后主分别用自己的诗词，艺术地诠释了杜诗，表达了对杜诗精湛的理解，体现了对杜诗极高的艺术鉴赏力。其中，花蕊夫人《宫词》艺术地诠释了杜诗"水荇牵风翠带长"之句，李后主《乌夜啼》艺术地诠释了杜诗"林花着雨胭脂落，水荇牵风翠带长"二句，而李后主对杜诗悲剧性诗意的艺术诠释，更为深刻。

在创发性理解和运用杜诗《曲江对雨》上，花蕊夫人《宫词》、李后主《乌夜啼》词的艺术造诣在于：第一，分别淋漓尽致地再现了杜诗"林花着雨胭脂落，水荇牵风翠带长"的画面。在此点上，花蕊夫人、李后主是异曲同工，真是出奇。第二，分别以"好题幽恨写闺情"、"自是人生长恨水长东"之"恨"字，点破了杜诗"水荇牵风翠带长"之"荇"字谐音"恨"字的蕴藏。在此点上，李后主与花蕊夫人甚至是异口同声，可说是奇外出奇。第三，含蓄不露，一如杜诗。进一步说，在创发性理解和运用杜诗《曲江对雨》上，花蕊夫人《宫词》、李后主《乌夜啼》词的文学史意义在于：第一，花蕊夫人、李后主是杜诗《曲江对雨》的隐藏的异代知音。花蕊夫人、李后主对杜诗"林花着雨胭脂落，水荇牵风翠带长"的创获胜解，乃超越于后来宋代诸家注本之无解释、清代仇注之错误校勘解释以及后来为仇注本所误之注释家评论家之上。第二，理解杜诗《曲江对雨》"林花着雨胭脂落，水荇牵风翠带长"，必用花蕊夫人《宫词》"荇草牵风翠带横"、"好题幽恨写闺情"，和李后主《乌夜啼》"林花谢了春红，太匆匆，无奈朝来寒雨晚来风"、"胭脂泪，留人醉"、"自是人生长恨水长东"之解，而不可忽略，是之谓以花蕊夫人解杜、以李后主解杜。

第三，杜诗是五代婉约派诗词之一重要源泉。杜诗之大，包含婉约，不仅沉郁而已。

五、结语

文学史上隐藏的异代知音，具有四个特征。第一，是**独到性**。后代优秀诗人对前代优秀作品精微蕴藏的理解，是独到、准确、深刻的创见。第二，是**隐藏性**。这一理解是通过其作品用典或广义的用典的潜在形式，而不是通过注释评论的显性形式，而加以表达。第三，是**超越性**。这一理解往往超越于后代优秀诗人之前之后所有注释家评论家的理解之上。第四，**不可忽略性**。理解这样的前代优秀作品的精微蕴藏，必用隐藏的异代知音之理解，而不可忽略。

《文心雕龙·知音》说："知音其难哉！音实难知，知实难逢，逢其知音，千载其一乎！"又说："夫缀文者情动而辞发，观文者披文以入情，沿波讨源，虽幽必显。世远莫见其面，觇文辄见其心。岂成篇之足深，患识照之自浅耳。"[①] 刘勰提出的千载知音观念，亦即是异代知音之观念，诚为卓越之创见，包含丰富之内容。但是，刘勰尚未区分出显性的和隐藏的异代知音的不同。刘勰的千载知音观念，涵盖了隐藏的异代知音的第一特征，部分地涉及其第三特征，而完全没有涉及其关键的第二以及第四特征。前代优秀作品的精微蕴藏被后代优秀诗人所独到、准确、深刻地

---

① （梁）刘勰著，范文澜注：《文心雕龙》卷10，人民文学出版社1962年版，第713—715页。

理解，所谓准确，并不一定是前代优秀作品的全部蕴藏被准确地理解，而可能是其中的主要蕴藏或部分主要蕴藏被准确地理解。并且，理解与疏忽、误解，也有可能同时并存。精益求精，商量邃密，是后学的职责。

隐藏的异代知音何以可能？又何以能超越于注释家评论家的理解之上？从本文所讨论的个案中，或许可以作出以下分析。

第一，人文鉴赏力的高低，取决于鉴赏者人文**境界**的高低。这正如曹植所说，"盖有南威之容，乃可论于淑媛；有龙渊之利，乃可以议于断割"。（《与杨德祖书》）陶渊明之所以能成为《庄子》的精微蕴藏的异代知音，是由于他具有与《庄子》相近的境界。陶渊明与他所超越的注释家评论家，可能并非站在同一高度上。当然，注释家评论家也有偶然失察的情况，不见得是由于鉴赏力不够。

第二，文学鉴赏的生命和动力是**兴发感动**。诗人具有敏锐善感的同情心，所以能对前代优秀作品兴发起甚深的感动，直凑单微地理解其精微所在。进一步说，当诗人具有与前代优秀作品蕴藏相似的人生体验时，特别能兴发起甚深的感动，直凑单微地理解其精微所在。庾信对于阮籍赋、杜甫对于庾信赋、刘禹锡对于向秀赋、花蕊夫人及李后主对于杜诗的异代知音，就是好例。注释家评论家对于优秀作品的理解，则可能较多地是客观的知识活动，或难免有些隔膜。

第三，对于优秀作品精微蕴藏的理解，**植根于创作经验的鉴赏力**可能比植根于知识的鉴赏力更具有穿透力，更能产生透辟莹澈的见解。而诗人的鉴赏力可能更多地植根于创作经验，注释家评论家的鉴赏力则可能更多地植根于知识。当然，作品的理解，鉴赏力的培养，都必需客观知识作为必要条件。有时，客观知识——包括文献、语言、历史的知识和考证——甚至是理解的决定性条件。

优秀作品的被理解，有时并不是容易的事，被误解是常有的事，因此，异代知音具有珍贵的价值。隐藏的异代知音的被发现，则具有双份的珍贵价值——前代优秀作品的被理解，和后代优秀作品的被理解。

隐藏的异代知音，是一种值得探索，也有待探索的文学史现象。

原载《文学遗产》2007 年第 3 期

论中国传统诗歌的文化精神

中国传统诗歌,从周代到"五四",绵延发展了三千年。构成她全幅生命史的许多重大段落,如《诗经》、《楚辞》、汉乐府、唐诗、宋词、元曲,都产生了极为辉煌而又互不重复的成就。作为她最杰出的代表的一系列诗人,如屈原、陶渊明、李白、杜甫、苏轼,皆不愧为中国文化史上的巨人。甚至在今天,传统诗歌仍然在参与着中国人民的文化生活,显示出顽强的生命力。传统诗歌的真生命究竟是什么?她的意义与价值又如何?这些问题,不能不引发人们的认真省察。本文的目的,不仅在于提出我们的一些看法,而且是希望引起更加深入的探讨。

一、以仁为根本精神

自有《诗经》以来,诗歌就成为中国文化的重要组成部分。自从屈原以后,诗人无不承受了中国文化的教养。要对传统诗歌具有一种通识,就应当对中国文化具备一种通识。从夏商直至晚周,中国文化黎明时期先民的思想,对文化的发展方向与特质,具有决定性的作用,尤应加以重视。

中国文化对宇宙自然怀有一种饮水思源般的情感。"有天地然后有万物，有万物然后有男女，有男女然后有夫妇，有夫妇然后有父子，有父子然后有君臣，有君臣然后有上下，有上下然后礼义有所措"（《周易·序卦》）。这是先民从本源论上对自然、人类、社会、文化所作的整幅表诠。对大自然这种报本追源般的亲切情感，其极致是"赞天地之化育"（《礼记·中庸》）。这，显然与希伯来文化有所不同，"据《创世纪》第一章第二十六至第三十节记载，神允许人类自由处置他所创造的万物，允许人类按其愿望去利用它们"。[①]中国文化对社会人生抱有极深的淑世热忱。《大学》所提出的明明德、亲民、止于至善，及格物、致知、诚意、正心、修身、齐家、治国、平天下的纲领，集中体现了中国文化的终极关怀。其极致，是《礼记·礼运》所述"天下为公"[②]，社会"大同"[③]。中国文化的这种现世品格与淑世热忱，与希伯来文化对彼岸世界天国的执着追求，与印度佛教对清净寂灭涅槃的全力以赴，都有所不同。

中国文化以仁为根本精神。仁，将宇宙人生融为一体。依儒家，"天地之大德曰生"（《周易·系辞下》），"万物并育而不相害"（《中庸》），各畅其生，生生不息，"生之性便是仁也"，宇宙本体即仁。本体之仁，体现于人类，即为人性。"天生德于予"（《论语·述而》），"非由外铄我也，我固有之也"（《孟子·告子上》）。《诗经·烝民》："天生烝民，有物有则，民之秉彝，好是懿德。"爱好美德，善，乃是人类的本性。所以，"人皆可以为尧舜"（《告子下》），可以赞天地之化育，可以致天下之大同。道家、墨家，在根源之地，是与儒家相通的。老子说"万物并作，吾以观复"（《老子》第

[①] 英国学者汤因比语，见〔日〕池田大作著，荀春生等译：《展望二十一世纪——汤因比与池田大作对话录》，国际文化出版公司1985年版，第32页。

[②] （唐）孔颖达疏："天下为公，谓天子位……灼然与天下（人）共之。"（《礼记正义》卷21，阮元校刻《十三经注疏》，中华书局1980年版，第186页）

[③] （汉）郑玄注："（大同）同，犹和也，平也。"《礼记正义》卷21，阮元校刻《十三经注疏》，中华书局1980年版，第186页。

十六章），庄子说"与物为春"（《庄子·德充符》），又说"与物有宜"（《大宗师》），墨子讲兼爱，都可以和儒家所讲的仁相会合。儒、道、墨诸家，其源同出夏商周三代文化大传统。战国秦汉之后，墨融于儒，道家则与儒家长期并存，互相涵摄。按中国文化传统，仁即为宇宙人生的同一本体。天人合一的深刻意蕴，实在于此。不是把人性提升为本体，而是从本体引申出人性。中国文化，正是以仁为根本精神而铺开发展。中国文化的天人合一思想，显然与古希腊重客观分析的思维模式相异。中国文化人性本善的思想，也与希伯来文化即基督教的原罪观念有别。依照基督教，"众人都犯了罪"（《新约全书·罗马书》第五章第十二节），只有当圣灵进入了人心，人始能得救（《新约·哥林多前书》六章十九节《帖撒罗尼迦后书》二章十三节）。中国文化对宇宙人生的态度，与印度佛教也很不同。依照佛教，"一切有为法，如梦幻泡影，如露亦如电"（《金刚经》），天地万物，都是幻相。"远离颠倒梦想，究竟涅槃"（《心经》），才是人生真谛。

中国文化不以宗教、科学为主流，而以社会人生为终极关怀，实为一种人文主义的文化。中国文化的根本精神与基本特征，决定了传统诗歌的特质。

仁，也就是人性人道，是中国传统诗歌的根本精神。"依于仁，游于艺"（《论语·述而》），没有仁的精神，便没有传统诗歌的生命。第一部诗歌总集《诗经》，无论是写恋爱、劳动，还是写政治、战争，无不以善良的情感和愿望为根底。《关雎》，写恋爱，"窈窕淑女，君子好逑"，女子之可爱，不仅因为她美，而且因为她善。由此又可见得男子之向善。以水鸟起兴赞美女子，则人对自然万物之亲切亦隐然可见。唯好善才能憎恶，唯憎恶才能好善。《柏舟》，不论是写"仁人不遇，小人在侧"（《诗小序》），还是写"妇人不遇其夫"（《诗集传》），那怨愤之情的底蕴，乃是择善固执。《硕鼠》，诅咒沉重的剥削,向往乐土、乐国,郑笺云:"乐土,有德之国。"有德则为人心所向,无德则为人心所弃,此诗的意义,平实而又深刻。《采薇》及《六月》《出车》,堪称中国边塞诗的源头,诗中写战争,绝不渲染杀伐流血,其主要意蕴,仍是对和平的渴望。直到唐代,中国边塞诗仍然保持了这些体现人性、人情味的特色。这与古希腊史诗如《伊利亚特》中习见的杀人流血场面的描写,便成鲜明对比。孔子说,"诗三百,一言以蔽之,曰:思无邪"。(《论语·为政》)无邪就是不失本来的善。人性的善,最容易发舒流露于日常人生。《诗经》的意境,便总是落实于日常人生,而不像古希腊史诗多描写战争英雄及神。《诗经》的精神,就是仁的精神。正是在这一深层意义上,《诗经》是传统诗歌的源头。

二、民胞物与精神

在中国诗歌史上,仁的根本精神,突出地体现为民胞物与、正义感、国身通一、天人合一之精神。仁的文化以情感为根柢,诗歌是情感的艺术,这就决定了中国传统诗歌在中国文化中具有极为重要的地位。诗歌与哲学思想的连环往复关系,对现实生活、社会风俗的潜移默化和深刻影响,都说明诗歌不仅是文学现象,而且是集中体现出中国文化精神的文化现象。民胞物与、正义感、国身通一、天人合一之精神在诗歌中既分别落实,又相互融汇,在思想感情的根源之地汇归为一,成为三千年诗歌发展史的中轴。

民胞物与一语,出自宋儒张载《西铭》:"乾称父,坤称母。予兹藐焉,乃混然中处。故天地之塞,吾其体;天地之帅,吾其性。民，吾同胞；物，吾与也。"① 但追寻其思想根源，则源远流长。孔子最先提出仁即"爱人"，又讲"四海之内，皆兄弟也"（《论语·颜渊》）。孟子讲推扩之爱，"老吾老以及人之老，幼吾幼以及人之幼"（《梁惠王下》），他们所讲的，都是民胞思想。中华民族为一农业民族，对自然万物的亲切爱护态度，由来已久。《尚书·商书·盘庚》："若颠木之有由蘖，天其永我命于兹新邑。"颠木生出新芽，这一诗意的象喻，透露出殷人对自然万物的亲切感情。《尚书·周书·酒诰》："（文王）惟曰：我民迪小子，惟土物爱，厥心臧。"爱土生物、爱农作物的人，其心善。这已是直接讲爱物思想。《老子》八十章讲小国寡民，"民各甘其食，美其服，安其俗，乐其业"，庄子游于濠梁之上，"鯈鱼出游从容，是鱼之乐也"（《秋水篇》），道家的情怀，可以与儒家民胞物与思想会合。在中国文化的哺育下，真正优秀的诗人，无不能切己体现并表现民胞物与之精神。

陶渊明，是体现民胞物与精神的第一位大诗人。"落地为兄弟，何必骨肉亲。得欢当作乐，斗酒聚比邻。"（《杂诗》其四）要深切体认前两句诗的含意，就应当了解渊明的全幅人格。萧统《陶渊明传》记载："以为彭泽令。不以家累自随，送一力给其子，书曰：'汝旦夕之费，自给为难，今遣此力，助汝薪水之劳。此亦人子也，可善遇之。'"② 由此小事，可见渊明对待仆人，亦是人道情怀自然流露。渊明躬耕以后，在生活上情感上几与农民融成一片。《归园田居》其二："时复墟曲中，披草共来往。相见无杂言，但道桑麻长。桑麻日已长，我土日已广。常恐霜霰至，零落同草莽。"可见他所交、所谈、所想，常与农民无异。唯其如此，他才能极

---

① （宋）张载著，章锡琛点校：《张载集》，中华书局1978年版，第62页。
② 王瑶编注：《陶渊明集》，人民文学出版社1956年版，第1页。

其深切地体认到当时农民的痛苦与愿望。《桃花源诗》中呈现的世界，是一个没有君主，没有压迫，没有剥削，男耕女织，幼有所长，老有所养，人心淳朴而又酷爱自由的新天地。从文化传统而论，它融会了《礼运》天下为公和《老子》小国寡民等思想之精华，又扬弃了其选贤与能及民至老死不相往来之成分，而自成一新境界，实为中国自《礼运》之后的一大文化瑰宝。就渊明个人而言，则这一社会理想，不仅是为自己而创造的，亦是为他所生活与共的农民，为普天下人而创造的，正是他民胞情怀的精诚之凝聚。真而且淳，尤为渊明诗民胞情怀的特色。

杜甫对人民的深厚同情，是他取得崇高成就的究极原因。"边庭流血成海水，我皇开边意未已"（《兵车行》），"朱门酒肉臭，路有冻死骨"（《奉先咏怀》）。人民的苦难，杜甫如同身受，所以他敢于把抗争的锋芒直指最高统治者。安史之乱爆发，男女老少是在唐室惨无人道的拉夫政策下，走上保卫祖国的前线的。杜甫的《三吏》、《三别》，深刻地写照了这一历史悲剧。面对矛盾极其复杂尖锐的现实，杜甫能够在拥护正义战争的同时，彻底揭露唐室的黑暗，这完全是因为他站在人民的立场。《又呈吴郎》诗中对邻妇的爱护，对吴郎的体谅，都是一副热心肠。热心肠，正是杜甫民胞胸怀的最大特色。

苏东坡晚年贬谪海南，与黎族人民相处，最能体现他的民胞襟怀。东坡曾说，"自上可以陪玉皇大帝，下可以陪卑田院乞儿"，"吾眼前见天下无一个不好人"（《蓼花洲闲录》）。唯其如此，他才能与黎胞情同手足。《被酒独行》："半醒半醉问诸黎，竹刺藤梢步步迷。但寻牛矢觅归路，家在牛栏西复西。""总角黎家三四童，口吹葱叶送迎翁。莫作天涯万里意，溪边自有舞雩风。"东坡与黎族人民，无论男女老幼，尽都亲如骨肉。"咨尔汉黎，均是一民"

(《和陶劝农》),"我视此邦,如洙如沂"(《和陶时运》)。在东坡心目中,对淳朴的黎胞不仅泯没了华夷观念,而且致以最高的赞美与敬意。在诗史上,东坡之民胞襟怀,乃焕发出兄弟民族相亲相敬之一段异彩。

从渊明、杜甫、东坡,足见中国大诗人之民胞情怀,实在宽平深广。民胞物与本为一种情怀,未有仁民而不爱自然万物的人。依中国文化,自然万物皆是人类的朋友。渊明《读山海经》:"孟夏草木长,绕屋树扶疏。众鸟欣有托,吾亦爱吾庐。"《拟古》之三:"翩翩新来燕,双双入我庐。先巢故尚在,相将还旧居。自从分别来,门庭日荒芜。我心固匪石,君情定何如。"杜甫《岳麓山道林二寺行》:"一重一掩吾肺腑,山鸟山花吾友于。"《三绝句》之二:"门前鸬鹚久不来,沙头忽见眼相猜。自今已后知人意,一日须来一百回。"在陶、杜诗中,一草一木,一花一鸟,都是诗人亲切可爱的朋友。诗人把自然万物有情化了,同时也使自己的心灵境界扩大了。诗人与物为友,与物相游,当下便入于忘欲忘我、净化心灵,向自然求解放求安顿之境界。顺此方向,再向上一路,便是天人合一的境界。

三、正义感

《礼记·经解》:"其为人也温柔敦厚,《诗》教也。"又说:"《诗》之失愚","其为人也温柔敦厚而不愚,则深于《诗》者也。"诗人只有爱心,可能会失之愚。谁能使诗人不失之愚?是诗人自己的正义感。《孟子·公孙丑上》:"羞恶之心,义之端也。"正义感,就是是非分明,疾恶如仇。传统诗歌中的正义感,可能比同情心更为深刻，这是因为正义感指向为受害者鸣不平，维护受害者的人格尊严和生命权利，指向揭露和制裁邪恶，维护公平和正义。

刘裕篡晋立宋，即皇帝位册文宣称"晋自东迁，四维不振。宰辅焉依，为日已久"①，一笔抹杀东晋历史。陶渊明作《述酒》诗云："重离照南陆，鸣鸟声相闻"，喻说东晋再造，使中国半壁河山不亡于五胡，有如白日重新照亮中国南方；东晋初至东晋中叶王导、温峤、陶侃、谢安、谢玄等贤宰辅功臣先后辈出，辅佐晋室振兴，安邦定国，有如凤凰佳音连续不断。这是为东晋历史鸣不平，说出被强权的谎言所掩盖的真相。刘裕废恭帝为零陵王之后，又弑恭帝，并制造了恭帝善终、自己为恭帝举哀于朝堂的双重骗局。《述酒》诗云："山阳归下国，成名犹不勤。"诗言汉献帝被废为山阳公，死于不善终，是以汉献帝被废为山阳公，隐喻晋恭帝被废为零陵王；以本无其事的汉献帝之不善终，隐喻晋恭帝之被杀害。这是为受害者鸣不平，说出被强权的谎言所掩盖的真相。刘裕即皇帝位册文自称"天命"降于有宋，及"天保永祚于有宋"②。《述酒》诗云："天容自永固，彭殇非等伦。"针锋相对地痛斥刘裕即皇帝位册文，言天理自绝不会从刘裕之意志为转移，晋、宋政权寿命之长短亦将绝不会相同。《述酒》诗云："流泪抱中叹，倾耳听司晨。"无声无息地流下眼泪，不但要把叹息压在胸中，而且下意识地把双手环抱在胸口，连叹息声也害怕被人偷听见，暗示这是一个恐怖的时代。可是诗人并没有屈服，他侧耳倾听，希望听到报晓的鸡鸣，言外之意，是盼望天亮、盼望光明。此一比兴艺术，登峰造极。诗的核心，乃是是非分明的正义感。

安史叛乱爆发，江淮兵马都督永王璘奉唐玄宗之命并获得唐

---

① 《宋书》卷3，《武帝本纪下》，中华书局1974年版，第51页。
② 同上，第52页。

肃宗之认可，自江陵率水军下扬州，即将渡海进攻安史叛军巢穴幽州，唐肃宗出于抢夺皇位、敌视玄宗的阴暗心理，突然宣布永王璘为"叛逆"而加以镇压。李白在永王璘水军，以风华绝代的天才，创作了不朽的诗史《永王东巡歌十一首》，第一首云："永王正月东出师，天子遥分龙虎旗。楼船一举风波静，江汉翻为雁鹜池。"诗言永王璘以唐肃宗至德二载正月率唐朝水军浮长江东下扬州，乃是奉唐玄宗之命并获得唐肃宗之认可；将跨大海直捣幽州，平定安史叛乱。永王璘水军在丹阳（今江苏镇江）被宣布为"叛逆"、遭到镇压，李白作《自丹阳南奔道中作》诗云："天人秉旄钺，虎竹光藩翰。"言永王璘是受玄宗之命并获得肃宗认可任江淮兵马都督。诗云："主将动谗疑，王师忽离叛。""谗"者，诬陷好人，语本《荀子·修身篇》："伤良曰谗，害良曰贼"，《说苑·臣术篇》引《传》曰："伤善者，国之残也。蔽善者，国之谗也"，指唐肃宗诬陷永王璘为"叛逆"。"动谗疑"者，因谗动疑也。"主将动谗疑，王师忽离叛"，言唐肃宗突然诬陷永王璘为"叛逆"，使永王璘部将季广琛、浑惟明、冯季康、康谦等怀疑和背叛永王璘，使这支堂堂正正的王师分崩离析。诗云："自来白沙上，鼓噪丹阳岸。"上句言冯季康、康谦投于广陵之白沙；下句言唐肃宗集团对丹阳永王璘直属部队之策反和攻击。诗云："舟中指可掬，城上骸争爨。"言永王璘直属部队在长江船上和丹阳城上与唐肃宗集团激战，双方牺牲惨重。诗云："草草出近关，行行昧前算。"言奔亡道中，一路回想起永王璘水军渡海进攻幽州之预定计划，已经毁于一旦。言外何限沉痛。诗云："顾乏七宝鞭，留连道傍玩。"用晋明帝被王敦骑兵追捕，留七宝鞭与逆旅卖食妪，追兵传玩稽留，明帝因而逃脱之故事（《晋书·明帝纪》），痛心永王璘未能逃脱追杀。诗云："秦赵兴天兵，茫茫九州乱。感遇明主恩，颇高祖逖言。过江誓流水，志在清中原。拔剑击前柱，悲歌难重论。"

回顾安史之乱爆发，自己受永王璘知遇之恩，参与永王璘水军，志在平定安史之乱，如今皆已经付诸流水，悲愤难言。其中"过江誓流水，志在清中原"，表明永王璘水军的行动目标是平定安史之乱，而不是被诬陷的"叛逆"。李白以"从逆"罪下狱，在浔阳狱中作《万愤词投魏郎中》云："舜昔授禹，伯成耕犁。德自此衰，吾将安栖。"以微言揭露唐肃宗抢夺皇位，政治黑暗无道，包括制造突然宣布永王璘水军为"叛逆"而加以镇压之冤案；自己本为隐士，是为了报国而入永王璘水军幕府，却遭此"禅位"之际，无辜被打成"从逆"下狱，失去自由。"德自此衰"，是李白对唐肃宗政治黑暗无道的总判词。李白冒着政治迫害的风险保存《永王东巡歌十一首》等不朽的诗史，创作并保存《自丹阳南奔道中作》、《万愤词》等不朽的诗史，从而保存了被权力所歪曲、掩盖的历史真相，充分地体现了不可磨灭的正义感。

杜甫一生的大关节目，是廷争、弃官、不赴召。唐肃宗出于非法夺取皇位的阴暗心理，排斥玄宗旧臣实即清流士大夫。至德二载（757），杜甫疏救房琯（廷争），触怒肃宗，诏付三司推问，因张镐等相救而免于难。乾元元年（758），肃宗将清流士大夫全部排斥出朝廷。乾元二年，杜甫弃官华州司功参军，以表示抗议肃宗斥贤拒谏、政治无道，同时亦是不愿与不孝的肃宗合作。代宗继立，仍然斥贤拒谏、信任宦官，广德元年（763），召补杜甫为京兆功曹，杜甫不赴召，不与斥贤拒谏、信任宦官的代宗合作，直至漂泊以死。杜甫《大历二年春放船出瞿塘峡四十韵》诗云："廷争酬造化，朴直乞江湖。""酬"，对也，对得起。"造化"，指天道。"朴直"，指由天道而来的正直人性。"乞江湖"，指弃官。"廷争酬造化，朴直乞江湖"，表示当年廷争、弃官，是上不负天道，下不负自己正直人性的正义行动。杜甫《移居公安》诗云："形容劳宇宙，质朴谢轩墀。""质朴"，指正直人性。"谢轩墀"，指弃官。这表示，弃官、漂泊天地之间，虽然形容憔悴，却是出自自己的正直人性。杜甫晚年漂泊岁月，回顾廷争、弃官、不赴召，始终是虽九死其犹未悔，因为对得起自己的正直心、正义感。

杜甫《自京赴奉先县咏怀五百字》："朱门酒肉臭，路有冻死骨"，是为死于非命的贫民鸣不平。杜甫《哀江头》："明眸皓齿今何在，血污游魂归不得"，是为死于非命的杨贵妃鸣不平。在杜甫，每一个人死于非命，都使人类受到伤害，而不论他或她是贫民，或是贵妃。杜甫《曲江对雨》："一片花飞减却春。"诗言每一片花，都是春天的一部分；每一片花落，都是春天的减少和损害。隐喻每一个人，都是人类的一部分；每一个人受到伤害，都使人类受到伤害。这实际是维护每一个人的不可剥夺的人格尊严和生命权利。

正义感是不朽诗歌的生命线。李白、杜甫、陶渊明，是见证人。

四、国身通一精神

国身通一之精神，实为传统诗歌的一大动脉。首先是一个志士仁人，然后才是一个真正的诗人。诗人的身心性命，应与祖国、民族、文化共存亡。这就是此一精神的内涵。在中国历史上没有职业诗人，诗人就是士人。从晚周起，士的队伍逐渐形成，其社会职能亦逐渐明确，依中国文化传统，士应当承担政治与文化两重职责。接受人文文化教养，建立道德人格主体，积极参与政治，实践人文理想，尤应为士的主要职志。在历史上，士的社会阶层性质或有所变化，其基本社会职能则大体不变。从"天下有道，丘不与易也"（《论语·微子》）的孔子，直至"天下兴亡，匹夫有责"(《日知录·正始》)的顾炎武,历世历代的仁人志士,确实体现了士的理想品格。从汉代起,士取得了参与政治的制度保障。汉代的察举、唐代的科举,是选拔士参与政治的制度化。在承担文化职责方面,两汉的士所做的工作,主要是经学及史学。从魏晋到唐宋,文学尤其诗歌在文化体系中的地位大幅度上升,士人逐渐普遍地兼为诗人。正是由于中国历史文化条件的规范,诗人往往一身而二任地兼有政治的与诗歌的品格。从《尚书·尧典》所载"诗言志",到《诗大序》所载"以一国之事,系一人之本",传统诗歌理论更直接规定,国身通一为诗人创作的最高原则。

传统诗歌的国身通一精神,应当追寻到《诗经》中的变风变雅。如《载驰》,"许穆夫人作也,悯其宗国倾覆"(《毛诗序》)。诗人不仅为祖国的灭亡而悲痛,而且以自身的行动,担当起救亡的责任。又如《节南山》,王国维《人间词话》谓:"诗人之忧生也。"实则诗人之忧生,与忧国忧民交集一心。传统所说的变风变雅,正是以世道黑暗、忧国伤时为主要特征的。体现国身通一精神的第一位大诗人是屈原。屈原为楚怀王左徒,以致美政自任,忠而被谤,乃作《离骚》以明志。"乘骐骥以驰骋兮,来吾导乎先路","彼尧舜之耿介兮,既遵道而得路",祖国与个人的理想,本为一体;"唯夫党人之偷乐兮,路幽昧以险隘。岂余身之惮殃兮,恐皇舆之败绩",祖国与个人的不幸,亦非二事;"亦余心之所善兮,虽九死其犹未悔","既莫足与为美政兮,吾将从彭咸之所居",乃决心以身殉国。秦破郢都,屈原作《哀郢》,又作《怀沙》,终于自沉殉国。则其人生与诗歌始终表里如一。值得注意的是,屈原为之奋斗为之殉身的,不单是祖国,而且是美政。屈原诗歌的国身通一精神,已蕴含一份强烈的文化意识。

杜甫,是体现国身通一精神的又一位大诗人。"致君尧舜上,再使风俗淳"(《奉赠韦左丞丈二十二韵》)。他早年就立志以天下为己任。安史之乱爆发,灿烂的文明毁于野蛮的势力,杜甫以一己之身心,始终担荷着这一时代的悲剧。如《春望》,国都沦陷,烽火连天,诗人的心,包容着这一切的忧患。又如《风疾舟中伏枕书怀》,诗人生命最后的光芒,仍然投向苦难中的祖国。悲剧性的国身通一精神,贯串了一部杜诗,不仅体现了"济时敢爱死"(《岁暮》)的牺牲精神,体现了对广大人民的深厚同情,体现了仗义执言的政治批评精神和卓越的战略识见(如《北征》、《诸将》),而且体现了深刻的历史文化意识(详下文)。由于这一切,杜诗国身通一精神的内涵,就极为博大健全。

宋代,尤其是南宋,弘扬了国身通一诗歌精神的,是整整一代诗人。李清照《绝句》:"生当作人杰,死亦为鬼雄。至今思项羽,不肯过江东。"辛弃疾《兰陵王》:"恨之极,恨极销磨不得。苌弘事,人道后来,其血三年化为碧。"陆游《示儿》:"死去元知万事空,但悲不见九州同。王师北定中原日,家祭无忘告乃翁。"文天祥《过零丁洋》:"人生自古谁无死,留取丹心照汗青。"我们读这些诗篇可以感到,生为祖国而生,死为祖国而死,成为南宋一代诗人的共愿,亦为南宋一代诗歌之精神。甚至一系列女诗人,也实践了这一精神。徐君宝妻被元兵俘虏,于殉国之际,作绝命词《满庭芳》,先哀国亡,后哀家破,对两宋历史文化悲剧,尤致深刻反思。结穴笔于岳阳楼,不仅是指故乡,亦是杜甫、范仲淹登斯楼先天下之忧而忧的精神的再现。南宋一代爱国诗人群体的涌现,是诗歌史上前所未有的重大现象。它说明,中国文化发展到宋代,确实达到了新的广度与高度。

宋末、明末遗民诗中高涨的国身通一精神,以深沉的民族意识、文化意识为特征。按照中国文化传统,文化意识尤高于民族意识。国可亡，而人心不可亡，文化不可亡，乃是宋明两代遗民诗人们的悲愿与共识。其潜伏意识，仍指向祖国最终的光复，和文化的重光。宋末，如郑思肖《德祐二年岁旦》："此地暂胡马，终身只宋民。"谢翱《书文山卷后》："无处堪挥泪，吾今变姓名。"林景熙《闻家则堂大参归自北寄呈》："衣冠万里风尘老，名节千年日月悬。"明末，如顾炎武《陈生芳绩两尊人先后即世》："人寰尚有遗民在，大节难随九鼎沦。"王夫之《为芋岩定遗稿感赋》："井函有字唯思赵，箧簏无书肯帝秦。"屈大均《感事》："乾坤不没凭孤屿，日月长存赖一人。"这些诗篇，无不充满深沉的爱国精神和文化意识。黄宗羲曾说："文章之盛，莫盛于亡宋之日。"（《谢皋羽年谱游录注序》）此虽言宋，其实亦兼指明。传统诗歌的大动脉，注入了宋明两代诗包括遗民诗的新血清，搏动更加坚实有力。

五、天人合一精神

上文已经论述了中国文化天人合一思想的含义，是人与自然在生命本体上的合一。儒家如《周易·乾卦·文言传》讲"与天地合其德"，《系辞》讲"天地之大德曰生"，"是故天生万物，圣人则之；天地变化，圣人效之"，道家如《老子》二十五章讲"人法地，地法天，天法道，道法自然"，《庄子·齐物论》"天地与我并生，万物与我为一"，都讲的是这一含义。只不过再进一步，则儒家主张"天行健，君子以自强不息"（《周易·乾卦·象传》），而道家主张"守其雌"（《老子》二十八章），有所差异。晚周儒道两家及宋明儒家所讲的天人合一，只具有哲学的意义，不同于汉儒所讲的天人感应带有神秘色彩。天人合一是中国的思（思想）

与诗之一根本特征。中国诗人所体认所描写的天人合一境界，是哲学的境界，反而较汉儒更为纯粹。同时，天人合一在诗歌之中，自具有诗意的美和诗的形态。并且在不同的大诗人那里，更呈现出不同的个性特色，这说明，在传统诗歌中，天人合一精神的作用是广大的、常青的。

创造天人合一诗歌意境的第一人，是陶渊明。晋宋之际，是一个篡夺与屠杀愈演愈烈的乱世。渊明从乱世返回大自然，躬耕为生，他对大自然的体认因而无比深切。《归园田居》："少无适俗韵，性本爱丘山。"大自然是渊明安身立命的归宿，也是他重返自由的归依。《怀古田舍》："平畴交远风，良苗亦怀新。"良苗与人心一样的新生，乃融为一体。《饮酒》："结庐在人境，而无车马喧。问君何能尔，心远地自偏。采菊东篱下，悠然见南山。山气日夕佳，飞鸟相与还。此中有真意，欲辨已忘言。"没有生命的自由，便没有这一份悠然、欣欣然。自然万物各畅其生，正是此中无言的真意。人与自然同一生趣，同一自由，这便是陶诗的真谛。

人们每以华兹华斯的自然诗与渊明的自然诗相提并论。可是，"华兹华斯以一种极其变化多端的艺术手法讲出一种神秘的泛神论，一种对自然神的深奥感受。"[①] 而渊明诗的根底乃是纯粹的中国哲学思想，中国哲学的道，并没有人格神的存在。不过，中国哲学之道体现于万物并育，则可能与泛神论的形式相通。

陶诗天人合一的境界，不光是中国艺术的极高境界，亦是中国哲学的极高境界。

李白是盛唐人，盛唐时代精神赋予他宏伟的气魄。《望终南山寄紫阁隐者》："出门见南山，引领意无限。秀色难为名，苍翠日

---

① 〔英〕赫·乔·韦尔斯著，吴文藻等译：《世界史纲》，人民出版社1982年版，第1120页。

在眼。有时白云起,天际自舒卷。心中与之然,托兴每不浅。"①苍翠的秀色,显现着大自然无限的生机。白云的舒卷,意味着自然万物的自由自在。诗人体认到,自己的心灵是与大自然一致的,所以能借重大自然,表现自己的心情。借重大自然,表现大气魄,原是盛唐诗的奥秘。但是道破这一奥秘的,还是李白。《日出入行》:"日出东方隈,似从地底来。历天又入海,六龙所舍安在哉。其始与终古不息,人非元气,安得与之久徘徊?草不谢荣于春风,木不怨落于秋天。谁挥鞭策驱四运,万物兴歇皆自然。羲和,羲和,汝奚汩没于荒淫之波?鲁阳何德,驻景挥戈?逆道违天,矫诬实多。吾将囊括大块,浩然与溟涬同科。"②太阳在终古的时间、无限的空间中行健不息,化育万物,万物各畅其生。一草一木的生命纵然有限,万物的新陈代谢生生无已,却构成永恒无穷的自然大生命。人如何对待大自然?鲁阳驻景挥戈,乃为愚妄不实,违背了道。诗人则以自己的生命即浩然之气,与宇宙的本原即溟涬之气相通,使有限的生命与无限的自然合一。李白天人合一的诗境,具有"赋家之心,苞括宇宙"的特色。

杜甫以一己之身心,担荷了时代与个人的双重悲剧。从大自然汲取生机,以复苏悲怆的心灵,乃是杜诗所开创的天人合一新境界。与渊明有所不同,渊明一旦最终脱离了黑暗的时世,便一直回到了自然的怀抱。杜甫则一面始终不脱离苦难的时世,一面使自己的心灵与自然相通。《北征》,在描述了"乾坤含疮痍,忧虞何时毕","所遇多被伤,呻吟更流血"之后,突接一段可喜的佳景:"菊垂今秋花,石戴古车辙。青云动高兴,幽事亦可悦。

---

① (唐)李白著,(清)王琦注:《李太白集注》卷13,上海古籍出版社1992年版,第253页。

② 同上,卷3,第84页。

山果多琐细，罗生杂橡栗。或红如丹砂，或黑如点漆。雨露之所濡，甘苦齐结实。"山果山花，细小而又顽强的生命，强烈地感动了诗人。他的心灵顿时从大自然汲取了生机，悲怆的心灵当下充满了新鲜的活力。这，就是诗人在那严峻的时代氛围里异乎寻常地产生由衷喜悦的深刻原因。《续得观书》："俗薄江山好，时危草木苏。"诗人之心，因时危而忧伤；"苏"之一字，含意深远，概括了从肃杀（自然）忧伤（人心）到复苏的全过程。《月》："四更山吐月，残夜水明楼。"仇注引黄生云："其比兴深远，从未经人道也。"其比兴深远的意蕴在于，通过残夜月出，江楼从黑暗到明亮的描写，暗示了彻夜不眠的诗人，由于体验了月出，心灵由忧伤到光明的一次更生。这两句诗，富于深远的含蕴，因而也富于深远的感染力。苏东坡作《江月五首》，序云："杜子美云：'四更山吐月，残夜水明楼。'此殆古今绝唱也。因其句作五首，仍以为韵。"王夫之作《读文中子》："天下皆忧得不忧？梧桐暗认一痕秋。历历四更山吐月，悠悠残夜水明楼。"苏、王的诗，表明在各自的悲剧性境遇中，深受杜诗的感发，体验到与杜诗相同的体验。《江汉》："江汉思归客，乾坤一腐儒。片云天共远，永夜月同孤。落日心犹壮，秋风病欲苏。古来存老马，不必取长途。"暮年而漂泊无依，却并无穷途末路之悲。长天舒展开他的襟怀，明月慰藉了他的孤独，庄严的落日，感发起他的壮心，爽朗的秋风，替他祛除着疾病。诗人全身心，都从大自然汲取了无尽生机，获得了复苏。在精神上，这位倔强的"腐儒"，乃与乾坤合为一体，获得了新生。杜甫晚年，这样的体验，乃是新新不已的。杜诗所体现的天人合一境界，以从大自然汲取生机，复苏悲剧性心灵为特色。它深刻地说明人与自然的一体关系，说明当人处于非常的、悲剧性的境遇时，人从大自然的所得，好比雪中送炭。天人合一的这一层意蕴，可以说是杜甫的创造性贡献。

陆象山之言极有见地："李白、杜甫、陶渊明，皆有志于吾道。"（《象山语录上》）还应当补充说，传统诗歌体现并补充、发展了天人合一的哲学思想，渊明、李白、杜甫的诗歌，便是证明。

六、比兴、兴象与韵味

比兴、兴象、韵味，有机地构成传统诗歌艺术—审美系统的中枢。比兴是诗歌艺术根本大法，兴象是艺术创造主要对象，韵味则是诗歌美感主要效果。"毛诗序传，独标兴体"（《文心雕龙·比兴》），兴乃赋比兴之第一义。兴象则以自然意象居于优势。韵味之美，尤在于兴象之妙。

中国文化黎明时期的哲人直观天地、体认天人合一的哲学思维方式，对中国诗人直观天地、会心情景交融的诗歌创作方法，具有深刻的影响。《周易·系辞下》："古者包犠氏之王天下也，仰则观象于天，俯则观法于地，观鸟兽之文，与地之宜，近取诸身，远取诸物，于是始作八卦，以通神明之德，以类万物之情。"[①] 先哲察乎天地，近取诸身，远取诸物，直证天人本体不二，从而创造人文文化的典范，通过文化经典的教育，成为世世代代诗人的集体意识，启发着他们用比兴之法，作情景交融的诗。诗人"登山则情满于山，观海则意溢于海"（《文心雕龙·神思》），这不仅是由于"物色之动，心亦摇焉"（《文心雕龙·物色》），大自然对

---

① （魏）王弼、（晋）韩康伯注，（唐）孔颖达疏：《周易正义》卷8，（清）阮元校刻：《十三经注流》，中华书局1980年版，第74页。

人心有直接感发作用；而且也是由于"诗人感物，联类不穷"（《文心雕龙·物色》），大自然的气象万千与人心的情态万方之间，有种种切合关系。诗人"情以物迁"，故"山林之皋壤，实文思之奥府"（《文心雕龙·物色》）。事实上，"观古今胜语，多非补假，皆由直寻"（《诗品序》）。中国诗人在艺术上直造情景交融，与中国哲人在哲学上直证天人合一，不仅是相通的，而且是互补的。所以中国大诗人无不具有哲思，中国大哲人也无不具有诗心。比兴至极高明处，便以艺术途径当下直证天人合一。

比兴肇自《诗经》，已有不可企及的艺术境界。《诗经》比兴，兴象最为突出，兴象主要为自然意象。以眼前景，道心上事，以生香活色之画面，含意在象外之韵致，是兴象之能事。《燕燕》："燕燕于飞，差池其羽。"郑笺："兴戴妫将归，顾视其衣服。""燕燕于飞，颉之颃之。"郑笺："兴戴妫将归，出入前却。""燕燕于飞，下上其音。"郑笺："兴戴妫将归，言语感激，声有大小。"① 燕子生动传神的形象，象喻出戴妫被迫离开第二祖国卫国时整理仪容从容不迫，而又流连徘徊，以至激动哽咽的形象（象外之象），刻画出她维护人格尊严临危不惧和真性情温柔缠绵的性格（象外之意）。"譬如画工传神一般，直是写得他精神出。"（辅广《童子问》述朱熹语）此等比兴，已臻艺术圣境。至《楚辞》出，比兴乃偏重于比象，比象仍然多取自然意象，香草美人以譬君子，臭草恶禽以喻小人。中国山水田园诗即自然诗产生于晋宋之际即公元4—5世纪之间，对自然美的精细感受和如实描绘，使兴象演进为山水田园诗的主要构成部分。到盛唐诗，兴象遂登峰造极，不再是《诗经》那样限于起兴，不再如《楚辞》一望而知其为象征，

---

① （汉）毛亨传，郑玄笺，（唐）孔颖达疏：《毛诗正义》卷2，第30页。

也不再像东晋南北朝山水诗那样局限于山水田园诗本身,而且再没有情景两不相惬的弊病。兴象在盛唐诗,已几乎在一切题材的诗中占优势,天然而又优美,情景有机地融为一片。宋诗注重人文,但亦兼重兴象。宋词颇突出女性形象,但兴象仍有重要位置。到南宋词,比兴寄托又蔚为薮泽,则兴象转居优势,寄托务期深微。纵观中国诗歌的比兴发展史,几乎就是一部兴象发展史。西方诗歌则有所不同。在古希腊时代,"对于自然的感情却没有得到很好的发展。它在荷马的史诗中,即使是当他描写到大海和有名的阿尔喀诺俄斯(alcinous)花园时,都十分缺少"。[①] "古代人中间,艺术和诗歌在尽情描写人类关系的各个方面之后,才转向于表现大自然,而就是在表现大自然时,也总是处于局限的和从属的地位。不过,从荷马时代以来,自然给予人们的强烈印象还是被表现在无数的诗句和即景生情的词句中"。[②] 此与中国《诗经》时期比兴情形约略相似。中世纪以后,西方文学的自然描写有所发展,但是"对于自然风景做精心的描绘是很少的"。[③] "自然这块天地,不得不等到十九世纪的浪漫主义运动,方才得到了充分而又细致的发掘。拜伦、雪莱、华兹华斯、歌德,是他们第一次把大海、河流、山峦带进了他们自己的作品"。[④] 西方的自然诗产生于19世纪,比中国自然诗产生晚了14—15个世纪。两相比较,足见中西诗歌艺术差异甚大,而这种差异的根源则仍在于中西文

[①] 〔英〕李斯托威尔著,蒋孔阳译:《近代美学史评述》,上海译文出版社1980年版,第186页。

[②] 〔瑞士〕布克哈特著,何新译:《意大利文艺复兴时期的文化》,商务印书馆1979年版,第292页。

[③] 同上,第300页。

[④] 〔英〕李斯托威尔著,蒋孔阳译:《近代美学史评述》,上海译文出版社1980年版,第186页。

化精神有所不同。

兴象具备四层特征。它像大自然本身一样具有天然美感，虽然是经过了人工，借用庄子的话说，即"天地有大美而不言"（《知北游》），此其一。它像大自然本身一样不具有直接理念，仍借庄子的那句话，"天地有大美而不言"，亦可借孔子的话说，即"天何言哉"（《论语·阳货》），此其二。它像大自然本身一样富于启示性，如孔子说，"天何言哉，四时行焉，百物生焉，天何言哉"，此其三。兴象在中国诗人那里，可以用来表现任何意味、心绪、情感、思想，甚至历史文化信息，此其四。

兴象及其所启示的意味，即韵味。所谓"韵外之致"，"味外之旨"（司空图《与李生论诗书》），所谓"如空中之音，相中之色，水中之月，镜中之象，言有尽而意无穷"（严羽《沧浪诗话·诗辨》），都道出了韵味的特征：它将兴象的启示意味连同兴象本身的美感一齐给予读者。韵味是从具象美升华到抽象意味，但它仍不失去美感本身。

兴象在传统诗歌中的作用乃是无限的，无论是表现日常人生的种种情感，还是表现政治生活情感。以月象为例，"月出皎兮，佼人僚兮，舒窈纠兮"（《诗经·陈风·月出》），月亮意味着所恋女子的美丽；"秦时明月汉时关，万里长征人未还"（王昌龄《出塞》），月亮意味着近乎永恒的戍边之愁；"月子弯弯照九州，几家欢乐几家愁"（宋代民歌），月亮意味着普天下人的乱离之恨；而"床前明月光，疑是地上霜。举头望明月，低头思故乡"（李白《静夜思》），月亮则意味着古今人人共同的思乡之情。再以杨柳兴象为例，"忽见陌头杨柳色，悔教夫婿觅封侯"（王昌龄《闺怨》），杨柳引起的是青春虚掷的闺怨；"渭城朝雨轻浥尘，客舍青青柳色新"（王维《送元二使安西》），杨柳启示着生生无已的友情；"休去倚危栏，斜阳正在、烟柳断肠处"（辛弃疾《摸鱼儿》），以及"今何许，凭栏怀古，残柳参差舞"（姜白石《点绛唇》），杨柳象征了岌岌可危的国势；而"今宵酒醒何处，杨柳岸、晓风残月"（柳永《雨霖铃》），那杨柳岸晓风残月，则见证了刻骨铭心的相思。月亮，杨柳，古今人人能见，而诗人所用各不相同。可见，同一自然景象，在不同的诗人心目中，在不同的时间空间，所兴发起的感动和美感可以不同，化为兴象写入诗歌，所体现的意蕴也就可以不同。即使同一兴象，在传统诗歌中也是光景常新，日新又新，更何况大自然气象万千，取之不竭，用之不尽。而传统诗歌的这一艺术法宝，归根到底，则仍与中国文化精神息息相关。

七、人文创造之归宿

如陈寅恪所说："吾民族所承受文化之内容，为一种人文主义之教育，虽有贤者，势不能不以创造文学为旨归。"[①] 而传统文学的主流，则是诗歌。

中国文化是一种人文主义的文化，仁的文化，而不是知（科学）的文化或神（宗教）的文化。仁即使在本体论的层面，仍未脱离人的情感。故性情、情性连言，人性与人情实不可分。人的情感，是文化的根底；诗歌是情感的艺术，这就决定了她在中国文化中必然要居极为重要的地位。这一点，孟子一语道破："仁言不如仁声之入人深也。"（《尽心上》）《诗三百》成为六经之一，六经之教，诗教为先，其原因实在于此。《离骚》在汉代被尊

[①] 陈寅恪：《吾国学术之现状及清华之职责》，《金明馆丛稿二编》，上海古籍出版社1980年版，第318页。

为"离骚经",杜甫在唐代以后被尊为"诗圣",杜诗被尊为"诗史",陶诗在宋代被再认识后,地位亦无异于经,原因也都正有如上述。

诗歌在中国文化中取得如此重要的地位,是与诗人们的人文文化修养和造诣分不开的,也是与诗歌的社会作用分不开的。屈原《离骚》,"上陈尧、舜、禹、汤、文王之法,下言羿、浇、桀、纣之失"(班固《离骚赞序》),显示出对三代文化传统涵濡甚深。渊明"少年罕人事,游好在六经"(《饮酒》),杜甫"法自儒家有,心从弱岁疲"(《偶题》),对文化传统也同样涵濡甚深。文天祥、刘辰翁,皆为宋末著名诗人,而两人早年同出欧阳守道之门,守道之学,乃朱子再传。《宋元学案·巽斋学案》云:"巽斋(守道)之门有文山,径畈(徐霖)之门有叠山(谢枋得),可以见宋儒之讲学无负于国矣。"① 中国大诗人皆学有本原,要作中国大诗人的知音,理应具备同等学养。要对传统诗歌作出学术上的严肃批评,也理应对其文化渊源有相应的全幅了解。

在中国文化发展史上,诗歌与思想之间,往往呈现出一种连环关系。"宋初文咏,体有因革,庄老告退,而山水方滋"(《文心雕龙·明诗》)。这一"退"一"滋",正透露出老庄自然哲学与南朝山水诗歌之间的内在联系。思想的种子变成诗歌的花果,需要艺术上的转换和酝酿的过程。有时,诗歌又体现了一代哲学思想的高度,成为新思潮的先声。渊明《形影神赠答》诗,集中体现了他的新自然说思想,"新自然说不似旧自然说之养此有形之生命,或别学神仙,唯求融合精神于运化之中,即与大自然为一体",故渊明"实为吾国中古时代之大思想家"②。中唐,韩愈倡导儒学

---

① (清)黄宗羲:《宋元学案》卷88,中华书局1982年版,第4册,第3944页。
② 陈寅恪:《陶渊明之思想与清谈之关系》,《金明馆丛稿初编》,上海古籍出版社1980年版,第205页。

复兴运动,以尊王攘夷、攘斥佛教、复兴儒学为旗帜。其远因,是汉魏以来儒学衰微,印度佛教乘虚而入,喧宾夺主;其近因,则是安史之乱,中国分裂,河北藩镇实行胡化割据①。杜甫早在韩愈之前,就已孤明先发。《北征》:"胡命其能久,皇纲未宜绝。"《灵州送李判官》:"羯胡腥四海,回首一茫茫。"《秦州见敕目》:"华夷相混合,宇宙一膻腥。"《诸将》:"沧海未全归禹贡,蓟门何处尽尧封。"指斥胡化割据,维护祖国统一。杜诗直指安史为"胡",凡五十五见,证明他对这场重大斗争的种族文化性质,有极清醒的认识。《题衡山县文宣庙新学》:"呜呼已十年,儒服弊于地。征夫不遑息,学者沦素志。我行洞庭野,欸得文翁肆。侁侁胄子行,若舞风雩至。周室宜中兴,孔门未应弃。是以资雅才,涣然立新意。衡山虽小邑,首唱恢大义。"首唱复兴儒学,揭示其意义及原因,极为鲜明。故杜甫诗歌,实为中唐儒学复兴运动之先声。

  诗歌文化对社会生活的潜移默化作用,甚为深远。刘永济说:"史称秦灭诸侯,楚最无罪。楚民疾秦之甚,可于南公三户之谣见之。屈子乃以忠义之情,发为激越之调,楚人读之,其悲愤不平之状,盖亦不难想象得之。况陈涉、吴广、项梁、刘邦之初起,皆必假楚后相号召,固史实之昭然邪!至项羽'拔山'之歌,汉高'大风'之诗,皆为楚声,此则文学潜移默化之力,固有不期然而然者。然则谓秦皇万世之业,为屈子文章所震撼而倾移,非虚语矣。"②刘氏的这一论断大体是可信的。秦始皇焚书,《楚辞》仍得保存于民间。汉代更尊《离骚》为经,皆可见屈原诗歌之深入人心。这两点事实,可以补充刘氏的论断。

  这里有必要指出诗歌文化对社会风俗的影响。唐代设进士科,

---

① 参阅陈寅恪:《论韩愈》,《金明馆丛稿初编》,上海古籍出版社1980年版。
② 刘永济编:《元人散曲选·序论》,《宋代歌舞剧曲录要 元人散曲选》,中华书局2007年版,第143—144页。

以诗文取士。以诗文试士，可以从文艺见出器识、情操、才学，较帖经仅有死记硬背功夫，策论容易流于空言，自有其一定合理性。就其主流而非流弊言，以诗文取士，本不失为一种美意良法。唐代科举，为广大下层知识分子提供了参与政治的广阔前景。一个士子可以不凭借政治的经济的背景，凭自己的才学，就进入政府，以实现其人生理想，这是一件大事。士子诗文之优劣，既成为其才学高低之标准，影响至社会，其结果之一便是才子成为一般女性理想的婚姻对象。正是在这一社会观念的条件下，才子佳人爱情又反过来成为唐宋以降诗词戏曲小说一大新的传统主题。才子佳人爱情观念的特征，是郎才女貌，才，即文学才具。因此，才子佳人爱情观念实际上具有一种崇尚人文的性质。这与欧洲中世纪骑士文学所描写的骑士贵妇人爱情所具有的崇尚冒险的特征，是不相同的。唐宋以后在社会生活中上升的这种爱情观念，与中国历史文化条件包括进士制度与诗歌文化，皆有深刻的联系。

　　诗歌、文学，实为传统人文创造的一大归宿。唐宋以降，尤其如此。唐代文化，以诗歌为主体。《全唐诗》收入诗人二千二百多家，存诗近五万首。宋明两代，儒学皆是显学，《宋元学案》列述宋元两代学者二千多人，但仅是《宋诗纪事》所著录的宋代诗人，即多达三千多人。《全宋词》并收入词二万首，词人一千多家。《明儒学案》列述明代学者二百零八人，而《明诗综》所收入诗人已达三千四百多人。《晚晴簃诗汇》收入清代诗人已达六千一百多人。仅此几项极不完全的统计数字，已可见诗歌实为中国文化的一大渊薮，也说明诗歌创作曾为广大士人提供了一个伸展个性的天地。日本学者内藤湖南认为，测定一个民族的文化程度，与其说是从科学、哲学上，莫如更重要的是从文学、艺术上去衡量①。中国传统诗歌作为人文创造的一大归宿，她的启示性，乃指向人类生活的未来。

结语

中国文化以仁为根本精神，体现于日常、政治、哲学方面为民胞物与、正义感、国身通一、天人合一之文化精神。仁的文化以情感为根底，诗歌是情感的艺术，这就决定了中国传统诗歌在中国文化中具有极为重要的地位。诗歌与哲学思想的连环往复关系，对现实生活、社会风俗的潜移默化和深刻影响，都说明诗歌不仅是文学现象，而且是最集中体现出中国文化精神的文化现象。民胞物与、正义感、国身通一、天人合一之文化精神，在诗歌中既分别落实，又相互融汇，在思想感情的根源之地，汇归为一，成为三千年诗歌发展史的中轴。

原载《江海学刊》1989年第1期

---

① 〔日〕内藤湖南：《关于民族的文化与文明问题》，转引自夏应元：《内藤湖南的中国史研究》，《中国史研究动态》1981年第2期。

论宋诗

宋诗是中国诗歌史上一次深刻的变革。我们今天对于宋诗的再认识，再也不能光在旧批评的层面里兜圈子，满足于对旧批评的诠释或反驳。出路在于深入、全面地体认宋诗，如实提出对宋诗的特质、精神及风格的新认识。

宋诗的特质，是借助自然意象、发挥人文优势，以表现富于人文修养的情感思想。所谓人文优势，是指相对于自然意象而言的，来源于人文生活、人文传统和人文修养的诸种艺术手段的优势。这些艺术手段包括来自人文生活事象的人文意象，取自人文传统资源的语言材料即典故，以及出自哲学、政治和人生修养的议论。盛唐诗的特质，则是借重自然意象优势，以表现积极进取的情感思想[1]。比较盛唐诗，宋诗的特质无论就其整合还是就其有机构成而论，都具有新质。

人文意象在宋诗中提升到突出的位置。习见的人文意象有书籍、绘画、书法、印章、纸、墨、笔、砚、服饰和茶。这当然与宋代文明的长足发展有关，同时也与宋人的性情品格分不开。诗人描写人文意象，往往是借以抒发一种热爱人文文化的情怀，一种优游涵泳于人文生活之中的风致。以书为例。黄山谷《郭明甫作西斋于颍》："万卷藏书宜子弟，十年种木长风烟。"书，是培

---

[1] 详阅邓小军：《论盛唐诗的特质》，《安徽师大学报》1985年第3期。

养子弟的传家宝。陈师道《绝句四首》:"书当快意读易尽,客有可人期不来。"① 读好书,是人生最为美好而又难得的一份乐事。盛唐人所欣赏的是:"虏酒千钟不醉人,胡儿十岁能骑马。"(高适《营州歌》)他们所向往的则是:"功名只向马上取,真是英雄一丈夫。"(岑参《送李副使赴碛西官军》)唐人与宋人的生活美,是这样的不同。魏野《清明》:"昨日邻翁乞新火,晓窗分与读书灯。"② 晁冲之《夜行》:"孤村到晓犹灯火,知有人家夜读书。"③ 刘克庄《记梦》:"纸帐铁檠风雪夜,梦中犹诵小时书。"这些诗,写照了一代宋人的读书生活、情趣志向和书生本色。书,与宋人全幅人生,乃有不解之缘。

再以茶为例。山谷《双井茶送子瞻》:"我家江南摘云腴,落硙霏霏雪不如。为公唤起黄州梦,独载扁舟向五湖。"④ 陆游《临安春雨初霁》:"矮纸斜行闲作草,晴窗细乳戏分茶。"⑤ 唐宋诗人都喜欢酒,但宋人似乎更喜欢茶。酒在唐人,象征着激情、浪漫。茶在宋人,则意味着淡泊、雅致。

人文意象在南宋爱国诗中颇为突出。以陆游诗为例。《追忆征西幕中旧事》:"关辅遗民意可伤,蜡封三寸绢书黄。亦知虏法如秦酷,列圣恩深不忍忘。"《五月十一日夜且半梦从大驾亲征尽复汉唐故地》:"冈峦极目汉山川,文书初用淳熙年。""凉州女儿满高楼,梳头已学京都样。"蜡丸、文书、服饰三种人文意象,都

---

① (宋)陈师道著,(宋)任渊注,冒广生补笺,冒怀辛整理:《后山诗注补笺》卷9,中华书局1999年版,第336页。
② (清)厉鹗:《宋诗纪事》卷10,上海古籍出版社1983年版,第246页。
③ 傅璇琮主编:《全宋诗》卷1227、3019,北京大学出版社1991年版,第21、58册,第3839、36232页。以下所引该著皆为此版。
④ (宋)黄庭坚著,刘尚荣校点:《黄庭坚诗集注》卷6,中华书局2003年版,第219页。以下所引该著皆为此版。
⑤ (宋)陆游:《陆游集》卷17,中华书局1976年版,第502页。以下所引该著皆为此版。

凝聚了强烈的文化意识和深沉的爱国情感。同时，陆游写农村生活，也常突出人文意象。《游山西村》："箫鼓追随春社近，衣冠简朴古风存。"箫鼓、衣冠，象征着淳朴的古风，特别为诗人所喜爱。《小舟游近村舍舟步归》："斜阳古柳赵家庄，负鼓盲翁正作场。死后是非谁管得？满村听说蔡中郎。"①此时的赵家庄，完全沉浸在一种历史文化的氛围里，这不能不深深打动诗人的人文情怀。

典故是人文传统的信息载体，用典是一项古为今用的语言艺术手段。宋诗用典之多，超过了唐诗。这固然与宋人读书多有关，但更与宋人的人文情趣息息相关。用典的妙处，在于增添诗歌语言的渊雅风味。宋诗用典，大致可分两个层面。一是借以深化所要表达的情感思想。山谷《戏赠米元章二首》："我有元晖古印章，印刓不忍与诸郎。"②下句典出《史记·淮阴侯列传》："（项王）至使人有功当封爵者，印刓敝，忍不能予。"③用这一典故，便更加生动、更加深刻地表达出对元章印品的酷爱。二是借以寄托尚友古人的人文情怀。东坡在海南作《新居》："短篱寻丈间，寄我无穷境。"④化用陶渊明《饮酒》"结庐在人境，而无车马喧。采菊东篱下，悠然见南山"诗意，表现出对渊明的深刻认同。此外，宋人还喜欢用本朝故事的"今典"。谢枋得《求纸裘》："宁持龚胜扇，不着挺之绵。"⑤下句用陈师道故事："（师道）与赵挺之友婿，素恶其人，适预郊祀行礼，寒甚，衣无绵，妻就假于挺之家，问所

---

① （宋）陆游：《陆游集》卷 17、48、12、1、33，中华书局 1976 年版，第 502、1207、340、29、870 页。
② （宋）黄庭坚著，刘尚荣校点：《黄庭坚诗集注》卷 15，第 564 页。
③ 《史记》卷 92，中华书局 1959 年版，第 2612 页。
④ （清）王文诰辑注，孔凡礼点校：《苏轼诗集》卷 42，第 2312 页。
⑤ 傅璇琮主编：《全宋诗》卷 3478，第 41404 页。

从得,却去,不肯服,遂以寒疾死。"① 枋得借师道刚直不阿的品节,托喻自己的民族气节。当然,宋诗用典过多,可能又是一个弊病。

议论也发自人文修养,是抒情的延伸与深化。宋诗中的议论,大致可分两个层面。一是政治层面的议论。王安石《桃源行》:"儿孙生长与世隔,虽有父子无君臣。"《明妃曲》:"君不见,咫尺长门闭阿娇,人生失意无南北。"② 这些议论,表现出诗人对历史文化的卓越识见以及执拗倔强的个性特征,笔端带有浓厚的感情,所以很出色。二是人生哲学层面的议论,即人们常说的理趣。东坡《题东林寺壁》:"横看成岭侧成峰,远近高低各不同。不识庐山真面目,只缘身在此山中。"陆游《游山西村》:"山重水复疑无路,柳暗花明又一村。"朱熹《观书有感》:"半亩方塘一鉴开,天光云影共徘徊。问渠那得清如许,为有源头活水来。"都能启示人生的哲理,增添生活的智慧。宋诗好议论,富理趣,是时代风气使然。北宋沈括《梦溪笔谈·续笔谈》载:"太祖皇帝尝问赵普曰:'天下何物最大?'普熟思未答,间再问如前,普对曰:'道理最大。'上屡称善。"③ 从这个有趣的故事,可见宋人喜欢哲理,风气开得很早。与西方哲学重分析重抽象不同,中国哲学重体认重具体,总是落实到人生。所以中国的诗与思(思想)之间,自有一种姊妹般的亲和关系,不是像冰炭那样难以相容。宋诗中大凡精彩的议论,可喜的理趣,都是发自热爱生活的襟怀,闪耀着人生智慧的光彩,同时又是借助了叙事、描写等艺术手段表达出来的,具有一定的美感。当然,宋诗中也有一些有理障而无理趣的次品诗,那是不足取的。成功不能没有代价。比较东晋玄言诗的失败,

---

① 《宋史》卷444,中华书局1977年版,第13116页。
② (宋)王安石:《临川先生文集》卷4,中华书局1959年版,第113、112页。
③ (宋)沈括著,胡道静校注:《新校正梦溪笔谈》,中华书局1959年版,第338—339页。

宋诗还是成功的。

　　自然意象是诗歌艺术传统的根本大法，宋诗自不能也并没有舍弃。但是，自然意象在宋诗中确实不再占有如在盛唐诗中的优势，取而代之的是人文优势。从这一点说，宋诗是一次革命。而且，与盛唐诗相较，宋诗的自然意象具有自己的特色。盛唐诗的自然意象，以鲜明性、具体性为主要特色。宋诗的自然意象却是以写意性、概括性为主要特色。山谷《寄黄几复》："桃李春风一杯酒，江湖夜雨十年灯。"[①] 上句是人我双方某一次或若干次欢聚的情景；下句则是自己十年来飘转江湖，经常在灯下相忆的情景，是许多次类似情景的叠印。桃李春风、江湖夜雨的自然意象，经过了主观的处理，更加写意传神、概括集中。他如陈与义《再登岳阳楼感慨赋诗》："草木相连南服内，江湖异态阑干前。"[②] 陆游《南定楼遇急雨》："江山重复争供眼，风雨纵横乱入楼。"[③] 都体现出写意化、概括化的特色。

　　梅花与竹，是宋诗中特具象征意义的自然意象。宋人乐于描写梅、竹，正如他们乐于描写读书。梅、竹，在宋诗、宋词、宋画中都是极重要的描写对象，可以说是宋人精神的集体象征。最早写梅的宋代诗人当推林逋。《梅花二首》："疏影横斜水清浅，暗香浮动月黄昏。"写出了梅花的高标逸韵，也体现了人的品格、风致。从此，林逋——梅花——品格，隐然便是宋代诗人的一种典范。东坡《书林逋诗后》："吴侬生长湖山曲，呼吸湖光饮山渌。不论世外隐君子，佣儿贩妇皆冰玉。先生可是绝俗人，神

[①] （宋）黄庭坚著，刘尚荣校点：《黄庭坚诗集注》卷2，第90页。
[②] （宋）陈与义著，白敦仁校笺：《陈与义集校笺》卷19，上海古籍出版社1990年版，第555页。
[③] （宋）陆游：《陆游集》卷10，第267页。

清骨冷无由俗。"① 不俗，这正是宋人为人为诗向往追求的一种境界。梅花恰好便是不俗的绝妙象征。最后一位写梅的宋代诗人可推谢枋得。《武夷山中》："十年无梦得还家，独立青峰野水涯。天地寂寥山雨歇，几生修得到梅花。"② 梅花象征了崇高的民族气节。竹，是不俗的又一绝妙象征。东坡《于潜僧绿筠轩》："可使食无肉，不可使居无竹。无肉令人瘦，无竹令人俗。人瘦尚可肥，俗士不可医。"③ 文同《此君庵》："斑斑堕箨开新筠，粉光璀璨香氤氲。我常爱君此默坐，胜见无限寻常人。"④ 从这些传神写意的诗笔，足见宋人对竹的赞美，实际上也是对品节的赞美。唐人描写自然，更注重写出一片生机、生趣。宋人描写自然，则更注重写出一种精神、品格。如实地说，这是中国诗歌自然意象演进所取得的一个新进展。人们论宋诗风格尚筋骨、尚瘦硬，多从语言、句法、声韵上去揣摩，其实，根本的原因在于人。

宋诗的精神，就是一种有品节又有涵养的精神。以宋诗中坚人物为例。东坡因所作诗文被控告为讽刺朝廷，逮捕入狱。出狱不久，作《陈季常所蓄〈朱陈村嫁娶图〉》："我是朱陈旧使君，劝农曾入杏花村。而今风物那堪画，县吏催钱夜打门。"⑤ 讽刺的锋芒，直指朝政，体现了政治上的道义感和不屈不挠的品节。山谷因党祸牵连远谪黔州，途中作《竹枝词》："浮云一百八盘萦，落日四十八渡明。鬼门关外莫言远，四海一家皆弟兄。"⑥ 在忧患之中，充分显示了一种至大至刚的襟怀品节。陆游临终作《示儿》：

---

① （清）王文诰辑注，孔凡礼点校：《苏轼诗集》卷25，第1344页。
② 傅璇琮主编：《全宋诗》卷3480，第41416页。
③ （清）王文诰辑注，孔凡礼点校：《苏轼文集》卷9，第448页。
④ 傅璇琮主编：《全宋诗》卷447，第5434—5435页。
⑤ （清）王文诰辑注，孔凡礼点校：《苏轼诗集》卷20，第1030—1031页。
⑥ （宋）黄庭坚著，刘尚荣校点：《黄庭坚诗集注》卷12，第420—421页。

"死去元知万事空,但悲不见九州同。王师北定中原日,家祭无忘告乃翁。"则是体现了一种超越于生死之上的爱国情操,这可以说是宋人品节的最高体现。不过,宋诗的精神还不仅是有品节,而是既有正直刚强的品节又有宽裕从容的涵养。东坡贬到海南,北归途中作《六月二十日夜渡海》:"参横斗转欲三更,苦雨终风也解晴。云散月明谁点缀,天容海色本澄清。空余鲁叟乘桴意,粗识轩辕奏乐声。九死南荒吾不恨,兹游奇绝冠平生。"[1] 身处忧患,而从容乐观,始终如一。没有深厚的学养陶冶,是不可能有这样光明宽广的内心世界的。山谷从戎州贬所放还,在江陵作《病起荆江亭即事十首》,表达对政治的关怀和对朋友的思念,是至性真情和人文涵养的整幅呈露。其四云:"成王小心似文武,周召何妨略不同。不须要出我门下,实用人材即至公。"[2] 提出不论派别、实用人材以拯救国家的见解,这一公正和深刻切合当时政局的见解,是出自一位长期遭受政治迫害的人,也足以见出他的深厚涵养。陆游《送辛幼安殿撰造朝》:"深仇积愤在逆胡,不用追思灞亭夜。"[3] 劝勉辛弃疾以国仇为重,无须计较个人恩怨,体现了同样深厚的涵养。

南宋一代诗歌高扬的民族气节,是宋诗精神的大提升、大发展。宇文虚中《在金日作二首》:"遥夜沉沉满幕霜,有时归梦到家乡。传闻已筑西河馆,自许能肥北海羊。回首两朝俱草莽,驰心万里绝农桑。人生一死浑闲事,裂眦穿胸不汝忘。"[4] 再如吕本中《兵乱后杂诗》、岳飞《送紫岩张先生北伐》、李清照《绝句》、

---

[1] (清)王文诰辑注,孔凡礼点校:《苏轼诗集》卷43,第2366—2367页。
[2] (宋)黄庭坚著,刘尚荣点:《黄庭坚诗集注》卷14,第517页。
[3] (宋)陆游:《陆游集》卷57,第1384页。
[4] 薛瑞兆、郭明志编:《全金诗》卷2,南开大学出版社1995年版,第1册,第22页。

范成大《(燕山)会同馆》、文天祥《扬子江》、《过零丁洋》、谢翱《书文山卷后》、林景熙《闻家则堂大参归自北寄呈》、郑思肖《二砺》等,这些诗歌所充分显示的民族气节,是南宋诗的真生命、真精神。文天祥《正气歌》起云"天地有正气,杂然赋流形","时穷节乃见,一一垂丹青";终云"哲人日已远,典型在夙昔。风檐展书读,古道照颜色",①这尤其深刻地说明,天祥视死如归的气节与涵养,得力于文化传统的陶冶。

宋诗的情感思想内容,与宋代的历史文化背景有密切的联系。宋代的经济,无论是农业,还是手工业、商业以及城市的发展,都超越了唐代。宋代政治,完全实现了庶族化、文人化。士族门第不再存在了。科举录取名额和政府官员总数,比唐代增长了数倍。广大庶族士人空前广泛地参加了政府。宋代文化,全面地走向新的高度。宋代儒学,以周敦颐为首倡者,发明先秦儒学,重建思想传统,彻底扭转了从魏晋到唐五代佛学在中国思想界逐渐占了上风的状况。宋代史学,以司马光为代表,体现了深刻的政治道德感,和宏伟的通史与通识气魄。宋代文学,自欧阳修倡导诗文革新运动,在散文、诗歌和词三方面,都别开生面,取得鼎足而三的辉煌成就,足以与唐代文学媲美。宋代艺术,以山水画、文人画、书法为代表,也有崭新的发展。确实如陈寅恪所说:"华夏民族之文化,历数千载之演进,而造极于赵宋之世。"②也确实如《泰晤士世界历史地图集》所指出的,在唐宋时期,"中国的文化是世界上最光辉的"③。从宋代文化的成就不难得出这样一个结论:重创造乃是宋代的时代精神之一。由于社会经济、政治以及

---

① 傅璇琮主编:《全宋诗》卷 3598,第 43055—43056 页。
② 陈寅恪:《金明馆丛稿二编》,上海古籍出版社 1980 年版,第 245 页。
③ (英)杰弗里·巴勒克拉夫主编:《唐到宋时的中国文明》,《泰晤士世界历史地图集》,生活·读书·新知三联书店 1982 年版,第 127 页。

文化条件的优越，宋人的人文教养程度普遍提高，人文生活氛围也愈益浓厚。中国文化传统的终极关怀，本来是社会现实。宋人不可能不关心社会现实。但是，由于北宋频繁剧烈的党争文祸的压力，迫使他们在诗歌中更多地反映个人的生活，而较少地反映广大的社会。同时也应当指出，宋诗在体现自我的人文修养、精神品格上，是传统诗歌内容的一项发展。南宋诗歌高扬的爱国精神，更是对宋诗内容足够有力的充实。

宋诗重品节涵养的精神，是宋代士人风气的反映。唐代士风，以政治上的积极进取、建功立业为主要方向，应当充分肯定。但也无须讳言，唐人究竟是向外用力较多，浪漫气质浓厚，自我持守则有所不足。一般士人不以干谒为耻。安史之乱以后，投靠藩镇、依附宦官的现象并不是极个别的。五代士风败坏至极，社会道德也沦丧殆尽。北宋前期，一大批志士仁人奋起，提倡品节，以身作则，逐渐振起士风，改变社会风气。范仲淹、欧阳修，尤为其中转变风气的领袖人物。所以史称范、欧"诸贤以直言谠论倡于朝，于是中外搢绅知以名节相高，廉耻相尚，尽去五季之陋矣。故靖康之变，志士投袂，起而勤王，临难不屈，所在有之。及宋之亡，忠节相望，班班可书。匡直辅翼之功，盖非一日之积也"[①]。宋代士风，就总体论，确实具有一种群体的自觉。建立道德人格主体，成为广大士人的共同志向。注重品节，成为宋代的又一时代精神。这种时代精神对宋代诗人有深刻的感召。山谷对范仲淹就非常敬佩。其《跋范文正公诗》说："范文正公在当时诸公间，第一品人也。""所谓'先天下之忧而忧，后天下之乐而乐'，此正文正公饮食起居之间先行之而后载于言者也。"山谷《书缯卷

---

① 《宋史》卷446，中华书局1977年版，第13149页。

后》提出:"士大夫处世可以百为,唯不可俗,俗便不可医也。""临大节而不可夺,此不俗人也。"①山谷实践了自己的人品标准。史载山谷任国史编修官,"章惇、蔡卞与其党论《实录》多诬,俾前史官分居畿邑以待问,摘千余条示之,谓为无验证。既而院吏考阅,悉有据依,所余才三十二事。庭坚书'用铁龙爪治河,有同儿戏'。至是首问焉。对曰:'庭坚时官北都,尝亲见之,真儿戏耳。'凡有问,皆直辞以对,闻者壮之"②。他如陈师道、杨万里、范成大等,都是有气节之士。多数优秀的宋代诗人,都是有品节涵养的人。这就是宋诗精神的根源所在。

宋诗形成了自己独特的风格。淡朴、瘦硬而有味,是宋诗的总体风格。自然意象的淡化,人文优势的提升,规范了宋诗淡朴无华的基本风貌。崇尚品节的精神,艺术上的刻意求新,决定了宋诗瘦硬通神的风格要素。富于人文修养的情致,则产生了宋诗渊雅不俗的独家风味。盛唐诗的自然意象优势,是从《诗经》以来自然意象长期演进顺理成章的结果。宋诗改变了盛唐诗的自然意象优势,也就改变了盛唐诗的审美取向。宋诗之美,不仅在于自然与人文意象之美,而且在于一种风致美。在宋诗,风致是人文情趣的体现,是品节涵养的呈露。宋诗以人文情怀、品节涵养的内容,改变了盛唐诗进取精神、浪漫情调的内容。从这些方面来看,宋诗确是一次深刻的变革。但是,从诗言志的大传统,从为人生而艺术的大方向来看,宋诗与唐诗仍然是一个血统,是中国文化母亲所生的嫡亲姊妹。

宋诗的成就,当然也是与诗歌发展的自身规律分不开的。规

---

① (宋)黄庭坚:《豫章黄先生文集》卷30、29,《四部丛刊》,商务印书馆1929年版,集部,第334、326页。以下所引该著皆为此版。

② 《宋史》卷444,中华书局1977年版,第13110页。

律的作用，常常是通过典范的影响来实现的。宋代诗人真正的典范，是陶渊明、杜甫。韩愈以及其他唐代诗人，尚在其次。对渊明的再认识、再发现，功劳就在宋人。林逋《省心录》，首先推崇渊明的"名节"。从此，梅、欧、王、苏、黄、杨、陆等优秀诗人，对渊明都怀有一片极亲切又极景仰的深情。东坡晚年逐首追和陶诗，是宋诗史上一件大事。可是也不能忽略了渊明对山谷的深刻影响。山谷《宿旧彭泽怀陶令》云："彭泽当此时，沉冥一世豪。"①《解疑》："昔陶渊明为彭泽令，遣一力助其子之耕耘，告之曰：'此亦人子也，善遇之。'此所谓临人而有父母之心者也。夫临人而无父母之心，是岂人也哉！"《题意可诗后》："至于渊明，则所谓不烦绳削而自合者。"②从这些诗和文，可见山谷不愧是渊明人品、诗品的知音。清盛炳纬《山谷全书序》说山谷诗"孕育于彭泽"，陈澧《辨疑》说山谷"祖陶宗杜"，都有一定的见地。渊明的品节和平淡而有至味的风格，真正是宋人心中所认同的理想典范。对渊明的再认识，不是由唐人而是由宋人来完成的，这绝非偶然。

宋诗的成就，是宋人创造精神和顽强毅力的结果。清蒋心余《辨诗》云："宋人生唐后，开辟真难为。"③这是体会到宋人甘苦的话。面对唐诗那样辉煌的成就，那样"权威"的传统，宋人敢于突破传统，开辟新天地，这就证明了他们的胆识。上文说到，重创造是宋代的时代精神之一。没有这种精神，就谈不上宋诗的产生。宋叶梦得《避暑录话》记山谷哥哥黄大临说："鲁直旧有

---

① （宋）黄庭坚著，刘尚荣校点：《黄庭坚诗集注》卷1，第57页。
② （宋）黄庭坚：《豫章黄先生文集》卷20、26，第217、295页。
③ （清）蒋士铨著，邵海清校，李梦生笺：《忠雅堂集校笺》卷13，上海古籍出版社1993年版，第2册，第986页。

诗千余篇，中岁焚三之二，存者无几。"[①]陆游今存诗近万首，创作量之富，是诗歌史上的第一人。从这两个事例，可见宋人对诗歌创作的严肃态度和顽强毅力。宋诗留给后世的历史教益，是多方面的。

唐诗与宋诗的存在，早已是中国诗歌史上的事实。但是事实上，欣赏唐诗比较容易，欣赏宋诗却比较困难。在诗歌的王国里，一种新的心理建构也并不那么容易。东坡《饮湖上初晴后雨》诗云："水光潋滟晴方好，山色空濛雨亦奇。若把西湖比西子，淡妆浓抹总相宜。"唐诗，好比浓妆之美。宋诗，好比淡妆之美。或爱浓妆，或爱淡妆，固难强求一律；然而二者各有独特的美，则是不容否认的。

结语：宋诗的特质是发挥人文优势，即通过人文意象的描写与典故、议论的运用，以表现富于人文修养的情感思想。宋诗的精神是一种有品节又有涵养的精神。宋诗富于人文修养的情感思想，与宋代的历史文化背景密切相关。宋诗重品节涵养的精神，是宋代群体自觉的士风的反映。自然意象的淡化，人文优势的提升，规范了宋诗淡朴无华的基本风貌；崇尚品节涵养的精神与艺术上的创新，决定了宋诗瘦硬通神的风格要素；富于人文修养的情致，产生了宋诗渊雅不俗的风味。因此，淡朴、瘦硬而有味，是宋诗的总体风格。

原载《文史哲》1989年第2期

[①] （宋）叶梦得：《避暑录话》，《丛书集成初编》，上海商务印书馆1934年版，第29页。

现代诗词三大家：马一浮、陈寅恪、沈祖棻[①]

　　据笔者目前所见，中国现代诗词，马一浮、陈寅恪、沈祖棻三大家具有杰出的成就[②]。本文拟讨论中国现代诗词的若干特点，和马一浮、陈寅恪、沈祖棻诗词的杰出成就。包括三部分：一，现代诗词的几个基本特点。二，现代诗词的艺术新变。三，马一浮、陈寅恪、沈祖棻诗词代表作举例。本文旨在说明，旧体诗词可以反映现代生活和情感，诗词境界之高低与诗人的性情、学养、心灵境界之高低，息息相关。

一、现代诗词的几个基本特点

1. 现代诗词具有鲜明的时代特色

　　所谓中国现代史，通常是指中华民国时期也就是从1911年到1949年这个时间段。中国现代史是中国经历了一系列自古以来所未有之巨变的一个历史时期。譬如说，辛亥革命，推翻

---

① 本文系根据笔者2007年5月9日在首都师范大学图书馆所作同题学术报告记录稿整理而成，发表于《中国文化》2008年第1期。
② 现代诗词文献出现于世者，远未臻于完备。因此本文对所讨论的现代诗词的范围，一再加以限定。以笔者今日所见，瞿兑之（1894—1973）《补书堂诗》、萧梦霞（？—1956）《易水集》等，亦具有杰出的和优秀的成就，笔者将会撰文加以介绍。

二千年来帝制、建立民国共和政体；抗日战争，经过长期浴血奋战和重大牺牲，战胜日本帝国主义侵略；都是中国历史上所从未有过的天翻地覆的事件。不必备举。中国现代史的所有这些巨变，在以马一浮、陈寅恪、沈祖棻为代表的现代诗词中都有非常突出的表现，所以现代诗词具有鲜明的时代特色。例如沈祖棻词集《涉江词》第一首词《浣溪沙》（1932）："芳草年年记胜游。江山依旧豁吟眸。鼓鼙声里思悠悠。　三月莺花谁作赋？一天风絮独登楼。有斜阳处有春愁。"程千帆笺云："此篇一九三二年春作，末句喻日寇进迫，国难日深。世人服其工妙，或遂戏称为沈斜阳。"①"鼓鼙声"指九一八事变日本侵华战争开始，"有斜阳处有春愁"的"斜阳"、"春愁"，继承了传统诗词"斜阳"、"伤春"意象及其忧国之意，如李商隐《杜司勋》"刻意伤春复伤别，人间唯有杜司勋"，《曲江》"天荒地变心虽折，若比伤春意未多"，辛弃疾《摸鱼儿》"斜阳正在、烟柳断肠处"。但是沈祖棻词的"斜阳"是射日本，"有斜阳处"是喻指日本帝国主义侵略所至中国之地，这样的历史背景、比兴内涵，当然只能属于中国现代史。

　　历史是割不断的河流，现代诗人往往活到当代，写作诗词到当代，我们讲现代诗词，也要讲到当代。

2. 现代诗词的精神是传统文化与现代意识的结合

　　中国现代史不仅是中国经历自古以来所未有之巨变的一个历史时期，也是中国文化作育三百年来所未有之英才的一个历史时期。为什么说是中国文化作育三百年来所未有之英才？只说一个

---

① 沈祖棻：《沈祖棻诗词集》，江苏古籍出版社 1996 年版，第 49 页。本文解释沈祖棻诗词，根据程笺，或有增补。

原因：满清二百多年，实行思想钳制，不可能有中华民国时期这样的独立自由的教育和文化，及其开花结果。譬如说，满清对中国历史文化中的许多重要内容，往往是悬为厉禁，对外来文化，往往是封锁排斥。中国现代史上独立自由的教育和文化的内容，既包括中国文化，也包括西方文化，而不再有如满清那样的禁忌。因此，现代诗词的精神是传统文化与现代意识的结合，是自然的事。例如陈寅恪的《咏黄藤手杖》是咏物诗，而有人格寄托，用传统文学批评术语来说是具有"风骨"，用现代词语来说就是体现了"独立之精神，自由之思想"。独立自由思想的概念，是从西方引进的，但其中也包含有中国传统。

3. 现代诗词往往是诗人之诗与学者之诗的结合

现代诗词大家往往一身二任，是诗人兼学者。马一浮是现代新儒家的代表人物，思想学术著作很多，可是他说"后人有欲知某之为人者，求之吾诗足矣"①。这应该是表示，他的诗能包含他的整个人，包括他的思想。陈寅恪是中国现代最杰出的史学家，支持陈寅恪作诗的资源是他的全部学养，他的学术著作和诗歌是有意识地相关联的，诗与学术著作之间的关系，是相互诠释、相互补充的关系。沈祖棻 1936 年从中央大学特别研究班毕业，她的词具有词人之词、学人之词合二为一的品格，与传统的词多为词人之词情况并不完全相似。他们的学养是融化在诗里，往往如盐溶水，不着痕迹。

三位诗人都非常认真地从事诗词创作，譬如陈寅恪自述"晚

---

① 马一浮著，马镜泉、丁敬涵等校点：《马一浮先生语录类编·诗学篇》，《马一浮集》，浙江古籍出版社、浙江教育出版社 1996 年版，第 3 册，第 1019 页。

岁为诗欠砍头"①,是以生命来作诗。沈祖棻自述"微命托词笺"②,"托命残编"③,亦是整个生命托付于词作。

4. 有创新性的诗学理论

现代诗词具有创新性的诗学理论,它继承了传统诗学理论,但是有崭新的创新内容。

马一浮《复性书院讲录》(1940):

> 《诗》以感为体,令人感发兴起……此心之所以能感者便是仁……须是如迷忽觉,如梦忽醒,如仆者之起,如病者之苏,方是兴也。兴便有仁的意思……即仁心从此显现。④

兴发感动是人性的苏醒,这是用中国哲学的人性论来解释中国诗学的兴发感动论,把兴发感动上升到哲学层面,在中国诗学史上是重大创见。叶嘉莹教授许多年来以兴发感动解释中国诗之特质,近年则援引马一浮先生此言,进到以仁心的苏醒解释兴发感动,并指出此言"是对广义之'诗教'而言的一种极能掌握其重点的体认和说法"⑤。

马一浮《蠲戏斋诗自序》(1943):

---

① 陈寅恪:《丙申六十七岁初度晓莹置酒为寿赋此酬谢》,《陈寅恪诗集》,生活·读书·新知三联书店 2001 年版,第 122 页。

② 沈祖棻:《临江仙》(如此江山如此世),《沈祖棻诗词集》,江苏古籍出版社 1996 年版,第 173 页。

③ 沈祖棻:《声声慢》(行云无定),《沈祖棻诗词集》,江苏古籍出版社 1996 年版,第 180 页。

④ 马一浮著,马镜泉、丁敬涵等校点:《马一浮集》,浙江古籍出版社、浙江教育出版社 1996 年版,第 1 册,第 161 页。

⑤ 叶嘉莹:《我的诗词道路》,河北教育出版社 2000 年版,第 19—198 页。

  诗以道志，志之所至者，感也。自感为体，感人为用。故曰正得失，动天地，感鬼神，莫近于诗。言乎其感，有史有玄。得失之迹为史，感之所由兴也；情性之本为玄，感之所由正也。史者，事之著；玄者，理之微。善于史者，未必穷于玄；游于玄者，未必博于史。兼之者，其圣乎！史以通讽谕，玄以极幽深。凡涉乎境者，皆谓之史。山川、草木、风土、气候之应，皆达于政事而不滞于迹，斯谓能史矣。造乎智者，皆谓之玄。死生、变化、惨舒、哀乐之形，皆融乎空有而不流于诞，斯谓能玄矣。……心与理一而后大，境与智冥然而妙。①

  马一浮诗学受清末民初大学者沈曾植的影响而有重大发展。沈曾植诗学文献《与金潜庐太守论诗书》（1918）提出，"诗有元祐、元和、元嘉三关"；"元嘉关如何通法"？"将右军（王羲之）《兰亭诗》与康乐（谢灵运）山水诗，打并一气读"，"康乐总山水、庄老之大成"；"当尽心于康乐、光禄（颜延之）二家（自注：所谓字重光坚者），康乐善用《易》，光禄长于《诗》（自注：兼经纬），经训菑畬，才大者尽容穮获。韩子因文见道，诗独不可为见道因乎？"②沈曾植所说诗有元嘉关，即指诗中有玄，玄就是哲学，儒、释、道哲学。

  其实元嘉关颜谢诗不仅诗中有玄，而且诗中有史③。马一浮《蠲

---

① 马一浮著，马镜泉、丁敬涵等校点：《马一浮集》，浙江古籍出版社、浙江教育出版社1996年版，第3册，第180页。
② 沈曾植：《与金太潜庐守论诗书》，见郭绍虞主编：《中国历代文论选》，上海古籍出版社2005年版，第3册，第291—292页。
③ 如颜延之《五君咏》、谢灵运《临终诗》，皆不仅诗中有玄，而且诗中有史。关于谢诗，可参阅邓小军：《三教圆融的临终关怀——谢灵运〈临终诗〉考释》，《香港浸会大学人文中国学术丛书·汉魏六朝文学与宗教》，上海古籍出版社2005年版。

戏斋诗自叙》提出,"诗,言乎其感,有史有玄",就是主张诗中有史、诗中有玄。马一浮主张诗中有玄,是继承沈曾植诗有三关,尤其诗有元嘉关说。马一浮主张诗中有史,则是对沈曾植诗学的重大发展。诗中有史,就是"达于政事",反映时事,通达政事之来龙去脉。玄是哲学,马一浮沟通儒、释、道哲学,而深造自得,在中国历史上很少有的。马一浮诗中的玄,不是理障,而是体验,是理趣,有深厚的真性情,所以是深具诗性。马一浮的这些诗学理论,非常值得注意。

陈寅恪的诗歌理论,其实亦是主张诗中有史、诗中有玄,集中呈现在《陶渊明之思想与清谈之关系》《庾信哀江南赋与杜甫咏怀古迹诗》《元白诗笺证稿》《论再生缘》《柳如是别传缘起》等著述之中。其中,论陶渊明之思想,"就其旧义革新,'孤明先发'而论,实为吾国中古时代之大思想家"[①],论《再生缘》,提出"故无自由之思想,则无优美之文学"[②],论柳如是诗词,体现了"我民族独立之精神,自由之思想"[③],都是主张诗中有玄。当然,陈寅恪的诗歌理论,更突出的是主张诗中有史。陈寅恪的诗史观念、古典字面今典实指观念,都具有创发性[④]。陈寅恪说,"诗若不是有两个意思,便不是好诗"[⑤],所指不仅包括由比兴手法而来的韵味和言外之意,而且包括由古典字面今典实指手法而来的韵味和言外之意,这大大发展了传统诗学的审美理论。

---

① 陈寅恪:《陶渊明之思想与清谈之关系》,《金明馆丛稿初编》,生活·读书·新知三联书店 2001 年版,第 229 页。
② 陈寅恪:《论再生缘》,《寒柳堂集》,生活·读书·新知三联书店 2001 年版,第 73 页。
③ 陈寅恪:《柳如是别传·缘起》,生活·读书·新知三联书店 2001 年版,上册,第 4 页。
④ 参阅邓小军:《谈以史证诗》,《诗史释证》,中华书局 2004 年版。
⑤ 黄萱:《怀念陈寅恪教授——在十四年工作中的点滴回忆》,《陈寅恪印象》,学林出版社 1997 年版,第 179 页。

马一浮、陈寅恪的诗歌理论,体现在他们的诗歌创作之中。

沈祖棻词学的创发性见解,体现在她的词学著述尤其词创作里,都尚有待开发。

二、现代诗词的艺术新变

1. 现代诗词具有诗史特点,尤其是用心史写照当下史

现代诗词具有诗史特点,尤其是用心史写照当下史。以马一浮、陈寅恪、沈祖棻为代表的现代诗词,最突出的特色是诗史特色。他们用最大的关心,写照了或曲折地反映了多难的中国现代史的全部重大进程。诗史是现代诗词崇山峻岭中的高峰群。在这个意义说,现代诗词真正是继承了中国古代诗词最核心的命脉和传统,国身通一、关怀现实的命脉,屈原、陶渊明、李白、杜甫、辛弃疾的传统。中国诗人国身通一的传统,就是《诗大序》所说的:"以一国之事,系一人之本。"

现代诗词中的当下史诗史,往往是用自己的心灵感受、心路历程,是用抒情诗,来写照或反映当下史。现代诗词与清诗比较,叙事诗较少,至少就马一浮、陈寅恪、沈祖棻诗词而言是如此,当然会有特殊例外。马一浮七古长诗《千人针》(1943),写日本军国主义侵略成性,是叙述诗而非叙事诗,叙事诗与叙述诗的不同,是有没有故事情节和人物性格。马一浮七绝《寄怀敬身巴中,时衡州围正急》:"翻忆巴山连夜雨,衡阳无雁复无书",通过自己的心灵剪影,写出了当时1944年的衡阳保卫战,这场战役持续了47天,马一浮诗看似若不经意,轻描淡写,只写了自己的

心影一角，其实写出了对惊天动地的衡阳保卫战的牵挂，刻骨铭心。

2. 大型联章体反映当下的抗战史、二战史

现代诗词用大型联章体反映当下的抗战史、"二战"史，是中国文学史上的创举。中国抗日战争是第二次世界大战的重要组成部分，沈祖棻的《浣溪沙十首》（1942）是对二战的全面观照。其一"兰絮三生证果因"，写中国抗日战争进程。其二"填海精禽空昨梦"，写汪精卫叛变。其三"弱水三千绕碧城"，写日本军国主义历程。其四"昙誓终怜一笑轻"，写国共关系。其五"不记青禽寄语时"，写一九三九年和次年苏联与德国、日本签订互不侵犯条约。其六"万里晴霄一鹤飞"，写德国纳粹副领袖赫斯飞英国。其七"三度红桑弱水西"，写美国在珍珠港事变之前的犹豫态度。其八"淮南鸡犬亦升天"，写香港沦陷时，孔令伟携犬乘飞机逃离。其九"闻道仙郎夜渡河"，写一九四二年蒋介石飞印度会晤甘地，劝其抗日。其十"斗北星南列众仙"，写一九四二年二十六国华盛顿共同宣言，重申大西洋宪章决不与德意日单独媾和[①]。这些词体现了诗人对世界局势和祖国命运的密切关注，诗人心灵与中国命运的息息相关。在中国文学史上，近体联章诗史以杜甫成就最为突出，杜甫《诸将五首》组诗写照了安史之乱后唐朝东西南北中五个方向的战局，明清之际钱谦益《后秋兴》大型组诗反映了南明抗清史，晚清王鹏运、朱祖谋、刘福姚、宋育仁等《庚子秋词》写照了庚子之变，但从未有过沈祖棻词这样的反映抗战史以至"二战"史、

---

① 沈祖棻：《沈祖棻诗词集》，江苏古籍出版社1996年版，第95—102页。解释据程千帆笺。

关系世界全局的鸿篇巨制。一位女词人，在中国文学史上，有如此重大的创举，这是何等的创发力量！

3. 新玄言诗的成功

东晋兴起玄言诗，宋代理学兴盛在宋诗中也有反映，但它们往往枯燥说理，少兴象，少诗味。马一浮的哲理诗，标志新玄言诗的成功。马一浮的哲理诗意境高妙，韵味不尽。例如,《送以风还灈山，即用其留别韵》:"诗中亦有三乘法，腊尽还留太古春"，大家读它的第一印象，不假思索的印象，就可以感到很美，韵味不尽，是好诗。读诗要在第一印象就能读出好句，再细细体会诗意，体会诗艺，这是培养鉴赏力的一个重要途径。

4. 用新词汇与旧词汇写现代新事物同样成功

现代诗词以新词汇写现代新事物很成功。例如沈祖棻《浣溪沙》:"流线轻车逐晚风。摩天楼阁十三重。播音新曲彻云中。"① 用新名词把流线型轿车、摩天大楼、广播电台播音——这些现代科技新事物——写进了词。如她的老师汪东评论说:"善以新名入词，自然熨贴。"

现代诗词以旧词汇写现代新事物也很成功。沈祖棻《浣溪沙》其十:"斗北星南列众仙。九天阊阖彩云间。紫宸新赐玉连环。 赤豹文狸随雾起，猋轮飞毂共雷殷。几时抚剑上蓬山。"② "众仙"喻反法西斯的二十六国领袖,"玉连环"喻共同宣言,"赤豹"二句喻盟军之声势,"抚剑上蓬山"喻武装占领日本。这都是以旧词汇写现代新事物，也很成功。其中,"猋轮、飞毂"是指盟军

---

① 沈祖棻:《沈祖棻诗词集》，江苏古籍出版社 1996 年版，第 110 页。
② 同上，第 102 页。

的军舰、飞机。

陈寅恪《夏日听读报》（1945）："掉海鲸鱼蹙浪空，蟠霄雕鹫喷烟红。独怜卧疾陈居士，消受长廊一角风。"[①] 首二句，指1945年3月至6月盟军进攻冲绳岛战役。冲绳岛战役，美军出动了1500多艘军舰、2500多架飞机和45万人的兵力。"掉海鲸鱼"、"蟠霄雕鹫"，就是指美军此铺天盖海的军舰、飞机，和沈祖棻"焱轮飞毂"一样，都是以旧词汇写现代的军舰、飞机，也很成功。"独怜卧疾陈居士，消受长廊一角风"，以轻描淡写的笔墨，写出自己对盟军大败日军的巨大喜悦，而不动声色，很韵致。

三、马一浮、陈寅恪、沈祖棻代表作举例

今以三大家诗词代表作为例，说三大家诗词的特点和价值。

1. 马一浮

马一浮（1883—1967），名浮，字一浮，号湛翁，以字行，晚年自号蠲戏老人、蠲叟，浙江会稽（今绍兴）人，生于四川成都。儒学、佛学、诗学造就精深，与熊十力、梁漱溟同为现代新儒家，被称为"现代三圣"。抗日战争时期，在江西泰和、广西宜山国立浙江大学讲学，在四川乐山创办复性书院。在此前后，则长期隐居于杭州西湖。

有《蠲戏斋诗前集》（1937以前）、《避寇集》（1937—1941）、《蠲戏斋诗编年集》（1941—1967）、《芳杜词賸》（1917—1947）、《芳杜

---

① 陈寅恪：《陈寅恪集·诗集》，生活·读书·新知三联书店2001年版，第45页。

词外》(1949—1966)、《诗辑佚》、《词辑佚》等①。另有台湾出版之《蠲戏斋诗辑佚》(1949—1967)。

马一浮诗写照了见证中国现代史的心路历程,体现了现代中国哲人的心灵境界。马一浮诗雅人深致,超妙馨逸,陶谢之玄,杜陵之史,融于化境。博大真人,不可名也。

现在只说马一浮诗的诗中有玄,和诗中有史这两点。

先说马一浮的诗诗中有史。

马一浮《千人针》(1943):

> 游子征衣慈母线,此是太平桑下恋。
> 岛夷卉服亦人情,何故云鬟偏教战。
> 街头日日闻点兵,子弟家家尽远征。
> 倾城欢送皇军出,夹道狂呼万岁声。
> 众里抽针奉巾帨,不敢人前轻掩袂。
> 一帨千人下一针,施与征夫作兰佩。
> 大神并赐护身符,应有勋名答彼姝。
> 比户红颜能爱国,军前壮士喜捐躯。
> 拔刀自诩男儿勇,海陆空军皆贵宠。
> 白足长怜鹿女痴,文身只是虾夷种。
> 徐福乘舟去不回,至今人爱说蓬莱②。

---

① 马一浮著,马镜泉、丁敬涵等校点:《马一浮集》,浙江古籍出版社、浙江教育出版社1996年版,第3册。

② 传说徐福到了蓬莱,而蓬莱就是日本。《史记·秦始皇本纪》二十八年:"齐人徐市等上书,言海中有三神山,名曰蓬莱、方丈、瀛洲,仙人居之。请得斋戒,与童男女求之。于是遣徐市发童男女数千人,入海求仙人。"《史记·淮南衡王列传》:"使徐福入海求神异物,还,……秦皇帝大说,遣振男女三千人资之。福得平原广泽,止王不来。"五代后周义楚和尚《义楚六帖·城廓·日本》:"日本国亦名倭国。东海中。秦时,徐福将五百童男、五百童女止此国,今人物一如长安。"日本凡有徐福传说的地方,当地人都相信徐福到过他们的地区,徐福对他们文化、生产各方面贡献很大,建徐福庙、徐福墓,拜祭徐福。

现代诗词三大家：马一浮、陈寅恪、沈祖棻

岂知富士山头雪，终化昆明池底灰①。

八纮一宇言语好，到处杀人如刈草。

蛇吞象骨恐难消，火入松心还自燎。

革路戎车势无两，水碧金膏看在掌。

明年《薤露》泣荒原，一例桃根随画桨。

千人针变万人坑，尺布何能召五丁。

罗什当筵贪葵刺，佛图隔阵讶风铃。

四海争传新秩序，河间织女停机杼。

秦都闾左已空闺，夏后中兴无半旅。

君不见樱花上野少人看，银座歌声夜向阑。

板屋沉沉嫠妇叹，朱旗犹梦定三韩。②

《千人针》是长篇叙述诗。二战时，日本妇女为了激发鼓舞士兵的战斗意志，为日本士兵缝制的绣出图案的白色棉布条，由一千个过路的陌生女性每人缝一针而成，叫做千人针，据说可以"避弹"，可以保佑其武运长久。诗由此起兴，抨击日本军部、天皇实行军国主义好战，致使军国主义深入骨髓。诗中说，"徐福乘舟去不回，至今人爱说蓬莱。岂知富士山头雪，终化昆明池底灰。"从徐福说起，是说历史上中国文化传入了日本，惠及日本，至今成为佳话。而现在日本恩将仇报侵略中国，给中国带来前所未有过的毁灭性浩劫。这四句诗包含了古今二千年中日关系史，可以

---

① 昆明池灰象征毁灭性浩劫。梁释慧皎《高僧传》卷1《竺法兰传》："昔汉武穿昆明池底得黑灰，以问东方朔，朔云：'不委，可问西域人。'后法兰既至，众人追以问之，兰云：'世界终尽，劫火洞烧，此灰是也。'朔言有征，信者甚众。"

② 马一浮著，马镜泉、丁敬涵等校点：《马一浮集》，浙江古籍出版社、浙江教育出版社1996年版，第3册，第192—193页。

看出有多么深沉的历史感。"岂知富士山头雪,终化昆明池底灰",最是优美、警策,惊心动魄,回味不尽。最后两句:"板屋沉沉嫠妇叹,朱旗犹梦定三韩。"日本从明治维新后,处心积虑称霸,不断发动对外战争,从1894—1895年甲午战争,到1904—1905年日俄战争,直到1910年吞并朝鲜,成为帝国主义强国。"嫠妇"就是寡妇,是说她丈夫已经阵亡,"板屋沉沉"写她因此内心悲痛昏天黑地。"朱旗犹梦定三韩",可是她做梦还梦到过去日本发动侵略战争取得胜利的好时光。《千人针》叙述日本军国主义深入骨髓,连妇女也不例外。由此可见,马一浮诗史达到了多么深的深度。

马一浮《寄怀敬身巴中,时衡州围正急》(1944):

去年君在洛城居,今日真成脱网鱼。
翻忆巴山连夜雨,衡阳无雁复无书。①

诗中写到了1944年的洛阳保卫战和衡阳保卫战。应该略加介绍。

1944年5月5日至25日的洛阳保卫战。1943年,日军制定一号作战计划,战略目的是打通从中国东北到东南亚的大陆交通线,摧毁在华美国空军基地,防止美国空军从中国起飞轰炸日本本土及中国东海海上交通线,确保与东南亚日军的陆上联系。1944年4月17日,日军发动一号作战,参战总兵力51万人(其中平汉作战14.8万人,湘桂作战36.2万人)、马匹10万、炮1551门、

---

① 马一浮著,马镜泉、丁敬涵等校点:《马一浮集》,浙江古籍出版社、浙江教育出版社1996年版,第3册,第300页。

坦克794辆、汽车1555辆。此是日本陆军史无前例的大战。① 中国称之为豫湘桂会战。豫湘桂会战的第一阶段是豫中会战。4月17日、18日，日军自中牟新黄河、郑州黄河铁桥进攻豫中，20日，郑州失守。5月5日，日军进攻洛阳龙门，与驻守的国军经过两天两夜激战，5月7日突破龙门。5月11日起，日军第12军司令官内山英太郎率第63师团、第110师团、坦克第3师团、骑兵第4旅团、野战重炮兵第6联队、第5航空军等② 进攻洛阳。国军第15军军长武庭麟率第64师、第65师及第94师约一万四千人保卫洛阳，浴血奋战至25日，洛阳失守③。据中方统计，洛阳保卫战所属之豫中会战，共毙伤日军两万余人④。据日方统计，

---

① 日本防卫厅防卫研究所战史室著《一号作战之二：湖南会战》第一章《1944年中国派遣军的作战指导》三《1号作战的问题》："预定总兵力约51万人参加1号作战的大野战，这对日本陆军来说，是史无前例的。"（天津市政协编译委员会译，中华书局1984年版，上册，第7页）
1941年1月日本中国派遣军总司令官畑俊六在日记中写道："（1号作战）作战之构想或规模均为派遣军未曾有过之大作战。"（《日本帝国主义侵华资料长编——大本营陆军部摘译》下卷，第三章《1943年末至1944年1月的形势与大本营的作战指导》二《1944年1月的形势与大本营的指导》之《中国方面》，天津市政协编译委员会译，四川人民出版社1986年版，第134页）

② 日军参加进攻洛阳的部队番号，系依据日本防卫厅防卫研究所战史室著《1号作战之一：河南会战》第五章《第一战区军歼灭战》、第六章《洛阳攻略战》，天津市政协编译委员会译，中华书局1982年版，下册，第1—74页，第75—95页。

③ 洛阳保卫战经过，依据中国第二历史档案馆编：《抗日战争正面战场》，叁《战略相持阶段的主要战役》[九]《豫中会战》（二）《作战经过及检讨》之《第一战区中原会战作战经过概要》丙《龙门附近战斗》，丁《洛阳战斗》，江苏古籍出版社1987年版，下册，第1231—1235页，第1235—1237页。
该书上册卷首《编例》："一，本专题所选的资料，除少数注明出处者外，均选自馆藏国民党政府国防部史政局战史编纂委员会档案。"《第一战区中原会战作战经过概要》原注："此件节选自《第一战区三十三年春夏间中原会战经过概要》第三节。"（第1221页）

④ 中国第二历史档案馆编：《抗日战争正面战场》，叁《战略相持阶段的主要战役》[九]《豫中会战》（二）《作战经过及检讨》之《第一战区中原会战作战经过概要》辛《敌我伤亡及掳获与损耗》："是役共毙伤敌二万余，毁敌战车数百辆，俘敌百余。"（下册，第1246页）

洛阳保卫战，国军牺牲、被俘一万六百余人①。

  1944年6月22日至8月8日的衡阳保卫战。豫湘桂会战的第二阶段是长衡会战。5月27日，日军自鄂南、湘北进攻长沙、衡阳地区。6月18日，长沙失守。6月23日起，日军第11军司令官横山勇率第68师团、第116师团、第3师团、第13师团、第27师团、第34师团、第40师团、第58师团、独立野炮兵第2联队、独立野战重炮兵第15联队、第5航空军等共计10馀万人进攻衡阳②。国军第10军军长方先觉率第3师、预备第10师、第190师、暂编第54师一万七千余人保卫衡阳，浴血奋战47天，8月8日，弹尽援绝，衡阳失守。衡阳失守前，方军长等致电重庆国民政府军事委员会蒋委员长，"此即当日震惊中外的衡阳守军'最后一电'：'敌人今晨由北城突入以后，即在城内展开巷战。我官兵伤亡殆尽，刻再无兵可资堵击。职等誓以一死报党国，勉尽军人天职，决不负钧座平生作育之至意。此电恐系最后一电，来生再见！职方先觉率参谋长孙鸣玉、师长周庆祥、葛先才、容有略、饶少伟同叩。'"③据日方统计，衡阳保卫战毙伤日军

---

① 《日本帝国主义侵华资料长编——大本营陆军部摘译》，下卷，第六章《1944年4月的形势与大本营的指导》之《平汉作战经过》四《进攻洛阳》之《洛阳进攻战中的战果及损失》："一，敌军遗尸4,386 俘虏6,230。"（四川人民出版社1986年版，第213页）

② 日军参加进攻衡阳的师团番号，系依据日本防卫厅防卫研究所战史室著《一号作战之二：湖南会战》第七章《企图解脱我对衡阳西部的包围与我第三次进攻衡阳》四《第三次进攻衡阳》"开始作战至7月20日（进攻衡阳的末期）人马损失的情况"一"人员"表第一栏所列"部队名"。（下册，第15页）日军参加进攻衡阳的独立野炮兵联队、独立野战重炮兵联队、航空军番号，亦见第七章，以及第六章《深入茶陵、莲花等地的外围决战与第二次进攻衡阳》三《第二次进攻衡阳》。

③ 白天霖：《衡阳保卫战战斗经过概要》，《原国民党将领抗日战争亲历记：湖南四大会战》，中国文史出版社1995年版，第544页。

六万余人①，重伤日军第 68 师团长佐久间为人中将、击毙第 68 师团第 57 旅团长志摩源吉少将②，第 68 师团、第 116 师团遭到毁灭性打击；国军牺牲、被俘一万七千余人。衡阳保卫战是抗日战争中作战时间最长、双方伤亡官兵最多、战斗最惨烈的城市攻守战。

马一浮这首诗明白如话，但能够留人，留你反复泳涵体会它，使你感动，使你激动。

"去年君在洛城居，今日真成脱网鱼。""君"指友人敬身，

---

① 《日本帝国主义侵华资料长编——大本营陆军部摘译》，下卷，第八章《马里亚纳群岛的失陷与东条内阁总辞职》之《参考 湘桂作战——衡阳攻略战》之《8月 8 日状况》：
截至 10 日战果：（仅攻击衡阳）
敌遗尸 约 4,100 具
俘虏 军长 1、师长 4、军参谋长以下 13,300
我损失（自开始作战至 7 月 20 日）
战死 3,860　战伤 8,327（至 8 月下旬，战伤人员已达 6 万）
（选译自日本防卫厅防卫研修所战史室著《湖南会战》）
（四川人民出版社 1986 年版，第 314 页）
该书上卷《译校者前言》："《大本营陆军部》，是日本防卫厅战史室编纂的战史丛书中的一部巨著，原文分十卷，共四百余万言。……我们增加了若干参考资料。"
四川人民出版社 1986 年版，第 1—2 页。

② 日本防卫厅防卫研究所战史室：《一号作战之二：湖南会战》，第五章《挺进与攻打衡阳及在外围的歼灭战》四《对衡阳第一次进攻》之《6 月 28 日开始进攻的状况》："第 68 师团长佐久间中将……将战斗司令所推进到黄茶岭西北约 700 米的高地上。该中将于 10 时 30 分进入该高地时，遭到重庆军迫击炮的集中射击，致使师团长以及参谋长原田贞三郎大佐、参谋松浦觉少佐等多人负伤。"（中华书局 1984 年版，上册，第 101 页。该书第六章《深入茶陵、莲花等地的外围决战与第二次进攻衡阳》三《第二次进攻衡阳》之《攻击前的准备》："7 月 1 日发表了第 68 师团首脑部继任人选的命令，7 月 11 日新任师团长堤三树男中将到任。"（上册，第 134 页）
日本防卫厅防卫研究所战史室：《一号作战之二：湖南会战》，第八章《企图解脱我对衡阳西部的包围与我第三次进攻衡阳》四《第三次进攻衡阳》之《8 月 6 日的状况》："正在进攻岳屏高地的步兵第 57 旅团也在阵前最近距离地方受到了挫折。旅团长志摩源吉少将于是亲临第一线的独立步兵第 61 大队，在火线上逐个鼓励并教导士兵投掷手榴弹（反掷重庆军的手榴弹）时，被敌弹打穿头部终于战死。"（下册，第 49 页）

诗言去年君在洛阳居住，今年五月洛阳围急，今日幸而你如脱网之鱼，早已离开了危城洛阳，是在安全的后方四川巴中（已见诗题）。今年五月洛阳围急时，自己对洛阳保卫战的日日夜夜的牵挂和担心，都在言外。

"翻忆巴山连夜雨，衡阳无雁复无书。""翻忆"的宾语似指去年，实际是指"去年"之后、"今日"之前的今年五月洛阳围急。"巴山夜雨"，化用了李商隐《夜雨寄北》："君问归期未有期，巴山夜雨涨秋池"，表达的是不眠之夜的无限牵挂和担心。"雁"，在中国古诗中代表书信，还有传说，大雁南飞，到衡阳回雁峰而飞回。诗言回忆起今年五月，巴山连夜雨我不能成眠，是因为洛阳围急、音信断绝；今日，又是巴山连夜雨我不能成眠，是因为衡阳围急、音信断绝（已见诗题）。"衡阳无雁复无书"，或许是用衡阳守军"此电恐系最后一电，来生再见"之今典①，对惊天动地的衡阳保卫战的日日夜夜的牵挂和担心，都在言外。

这首诗把中国诗互文的修辞手法运用到登峰造极。互文就是互补，通常是对应的上下句之间或对应的上下半句之间，各说一半，你中有我，我中有你，互补齐全。其效果是非常精省，给读者留下补充、回味余地。如《木兰诗》"雄兔脚扑朔，雌兔眼迷离"，是上下句互文，打开来就是"雄兔脚扑朔眼迷离，雌兔脚扑朔眼迷离"。王昌龄诗"秦时明月汉时关"，是上半句"秦时明月"和下半句"汉时关"互文，是把"秦时明月秦时关"、"汉时明月汉时关"缩为一句。马一浮这首诗的互文非常特殊，是下两句和上两句互

---

① 时沈祖棻感赋《一萼红》词，序云："甲申八月，倭寇陷衡阳。守土将士誓以身殉，有来生再见之语。"词云："乱笳鸣。叹衡阳去雁，惊认晚烽明。伊洛愁新，潇湘泪满，孤戍还失严城。忍凝想，残旗折戟，践巷陌、胡骑自纵横。浴血雄心，断肠芳字，相见来生。"（《沈祖棻诗词集》，江苏古籍出版社1996年版，第136页）

文,其中并包含了跳跃和省略("去年"、"今日"之间的今年五月)。"翻忆巴山连夜雨"和"去年"、"今日"互文,包含了其间今年五月"巴山连夜雨"、"今日巴山连夜雨"两个意思。"衡阳无雁复无书"和"去年"、"今日"互文,包含了其间今年五月"洛阳无雁复无书"、今日"衡阳无雁复无书"两个意思。这种特殊的互文手法,使短小篇幅的绝句,具有特别深远、完整的意境,写出了诗人对洛阳保卫战、对衡阳保卫战,对整个抗日战争的刻骨铭心的牵挂。

再说马一浮的诗中有玄,诗中有哲学之境界。

马一浮《立夏日寄子恺》(1943):

> 红是樱桃绿是蕉,画中景物未全凋。
> 清和四月巴山路,定有行人忆六桥。①

丰子恺是弘一法师的弟子,他的抒情漫画,寥寥数笔,趣味盎然,以墨点、彩点作画,尤为别致。"红是樱桃绿是蕉",红一点点,绿一片片,正是得其画趣。诗言你画的红樱桃和绿芭蕉,象征了沦陷的江南家乡,可是她并没有完全凋残。为什么?家乡,祖国,是敌人毁灭不了的。巴山路上行人,逃难到四川的江南人,尽管是在逃难、颠沛流离,可是"定有行人忆六桥"。六桥在西湖,西湖,象征了美、文明、和平和中国文化一切的价值,这些价值是中华民族的根,是不可毁灭的,是比侵略战争更有力量的存在,是战胜敌人重建中国的根本,所以一定要念念不忘。1937 年 11—12 月间,马一浮避寇离杭州居桐庐县时,为丰子恺所讲:"礼乐不

---

① 马一浮著,马镜泉、丁敬涵等校点:《马一浮集》,浙江古籍出版社、浙江教育出版社 1996 年版,第 3 册,第 219 页。

可须斯去身,平时如此,患难中亦复如此。……见得义理端的,此心自然不乱,便是礼。不忧不惧便是乐。……即此一念,便见虽当极乱之时,治机固未息灭。扩而充之,未必不为将来拨乱反正之因。"① 同时所作《郊居述怀》诗:"天下虽干戈,吾心仍礼乐","胜暴当以仁,安在强与弱"②,与此诗意同。

马一浮《送以风还灅山,即用其留别韵》(1946):

> 交臂方新倏已陈,每因问答辨疏亲。
> 诗中亦有三乘法,腊尽还留太古春。
> 到处多逢求剑客,愿君真作住山人。
> 西湖今日寒如许,南岳参寻不厌频。③

这是送给弟子乌以风的诗。"交臂方新倏已陈",多么有感情的好句子。"交臂"指拱手拜师,"方"字是时间副词,表示时间正在进行,不用"犹"字,用"方"字,极好,当初见面的情景,好像就在眼前。可是"倏已陈",转眼已经是旧事了。感叹的背后,是念旧,是深情。"每因问答辨疏亲","疏亲"指师生关系,我对你非同寻常的好学、好提问感到特别亲切。言外不仅是教学相长的深深喜悦,更是对好学之人的深心喜悦。"诗中亦有三乘法",是说中国诗歌与佛教大、中、小乘一样有不同层次、不同境界,其中自有无上境界。六经之教,诗教为先,诗教就是无上文化。"腊尽还留太古春",寒冬腊月终将过去,多难的时代终将过去,

---

① 马一浮著,马镜泉、丁敬涵等校点:《马一浮集》,浙江古籍出版社、浙江教育出版社 1996 年版,第 3 册,第 1038 页。
② 同上,第 60 页。
③ 同上,第 431 页。

古老的文化终将枯木逢春。这里既有对时代的关怀，也有对时代的超越。对时代的超越，是来自"诗中亦有三乘法"的诗，"诗中亦有三乘法"的文化。"到处多逢求剑客"①，到处都是逐妄迷真之人，迷失了自己的本性。"愿君真作住山人"②，愿你作真心修行之人，也就是说，愿你作真心求学之人。真心求学，是为己之学。孔子说过，"古之学者为己，今之学者为人"，为己是为了自己成为有学养的人，为人是为了求人知道自己。"西湖今日寒如许，南岳参寻不厌频"，殷切希望以风常来问学。"西湖"指自己，"南岳"本来指南岳怀让禅师，他是禅宗六祖慧能的弟子，马祖道一的师傅，南禅的祖师③，此借指乌以风，"参寻"就是寻访、问学。既然以南岳怀让比乌以风，实又以慧能比自己，这番比譬的重心和归宿，是"南岳参寻不厌频"之"不厌频"。以风，你问学须不厌其烦，我答问亦自是不厌其烦。诗中体现的境界，是既包含了忧患意识，又超越于忧患意识之上的超越境界。

晋宋之际谢灵运的诗，有很高的境界。宋文帝元嘉十年（433），谢灵运被刘宋政权杀害前夕，作《临终诗》，抒发临终关怀，其

---

① "到处多逢求剑客"，典出元代柯堂禅师《山居诗》："千年明镜忽生尘，逐妄迷真岂有因。海上刻舟求剑客，市中当昼攫金人。"参见（清）顾嗣立《元诗选二集》，中华书局1987年版，第1392页。

② "住山人"：古代修行者多住深山，指真心修行之人。如梁释慧皎《高僧传》卷6《释慧远传》："自远卜居庐阜。三十余年影不出山。迹不入俗。每送客，游履常以虎溪为界焉。"《全唐诗》卷496姚合《别贾岛》："懒作住山人，贫家日赁身。"宋释惠洪《禅林僧宝》卷27蒋山元禅师南岳十二世赞曰："余读此词，知其为本色住山人也。"《宋文鉴》卷28沈括《归计》："住山人少说山多，空只年年忆薜萝。不是自心应不信，眼前归计又蹉跎。"马一浮一生除抗战时期出山讲学浙江大学、创办复性书院外，其前后皆长期隐居于杭州西湖。又，关于当代中国修行者多隐居于终南山，请参阅〔美〕比尔·波特著，明洁译《空谷幽兰——寻访当代中国隐士》，当代中国出版社2006年版。

③ 《景德传灯录》卷5《南岳怀让禅师》："参寻六祖（慧能），……师豁然契会。执侍左右，一十五载。唐先天二年始往衡岳（弘法）。"马一浮"南岳参寻不厌频"之句，切"参寻六祖"，"执侍左右，一十五载"之典。

中包括救国救民的儒家情怀,隐居岩下自由生活的道家志向,和乘愿再来、净化此土的菩萨誓愿,真正是儒释道三教圆融的境界。诗的最后两句是:"唯愿乘来生,怨亲同心朕"。"朕",就是迹、行为。诗人临终发愿,发菩萨愿,发愿乘愿再来,回到这充满暴力、苦难的人间,觉悟众生,净化此土,使一切众生相互之间怨亲平等,即使仇敌之间也同有相爱之心,同有相爱之行为。这样的境界在文学史上并不多见,是佛教影响中国诗歌的很高成就①。沈曾植、马一浮都高度评价谢灵运诗、元嘉诗。马一浮的诗也有这样的境界。

马一浮《病中阅〈涅槃经〉举常啼菩萨卖心肝事,因之有作》(1964):

> 神全天地本清宁,形敝谁能老复丁。
> 贞疾自甘辞幻药,长眠无梦等常惺。
> 流星陨后唯余石,野草枯时或化萤。
> 手掬心肝何处卖,途人相遇眼终青。②

"手掬心肝何处卖",是用佛教常啼菩萨为求法救众生,宁愿掬出心肝的故事。常啼菩萨,音译萨陀波伦菩萨,故事见《大品般若经》也就是《摩诃般若波罗蜜经》卷二十七《常啼品》。

"途人相遇眼终青",是用荀子所说"途之人皆可以为禹",其实原本是孟子所说"人皆可以为尧舜"的典故。

"手掬心肝何处卖,途人相遇眼终青",是发愿宁愿掬出心肝,

---

① 邓小军:《三教圆融的临终关怀——谢灵运〈临终诗〉考释》,《香港浸会大学人文中国学术丛书·汉魏六朝文学与宗教》,上海古籍出版社 2005 年版。
② 马一浮著,马镜泉、丁敬涵等校点:《马一浮集》,浙江古籍出版社、浙江教育出版社 1996 年版,第 3 册,第 718 页。

为的是化此土为净土，人与人之间相互仁爱：路人相逢青眼相看，而不再是白眼相看。白眼相看，是相互瞋怨、相互猜疑、相互斗争。青眼相看，则是相互仁爱、相互信任、相互帮助。

"手掬心肝何处卖，途人相遇眼终青"，是马一浮所发的菩萨愿。菩萨所发的愿，包括总愿与别愿两种。诸菩萨都会发四弘誓愿[①]，这是总愿。诸菩萨也会发各自特殊之誓愿，这是别愿。别愿随各菩萨特殊的愿力，而各有殊胜处。马一浮晚年病中诗所发的悲愿"途人相遇眼终青"，既是如菩萨四弘誓愿的众生无边誓愿度，也是化此土为净土、化斗争为仁爱之别愿。

"手掬心肝何处卖，途人相遇眼终青"，是阶级斗争的时代的曲折反映，这是诗中有史；是化斗争为仁爱的菩萨愿，这是诗中有玄。

这样的菩萨境界，真的是感动人心，也真的是诗中稀有。

2. 陈寅恪

陈寅恪（1890—1969），江西义宁（今修水）人，生于湖南长沙。历任清华国学研究院、清华大学、岭南大学、西南联大、香港大学、广西大学、中山大学等校教授。中国现代最杰出的历史学家。撰有《隋唐制度渊源略论稿》、《唐代政治史述论稿》、《元白诗笺证稿》等著作，为中国现代中古史学奠基人。晚年撰成《柳如是别传》，"以表彰我民族独立之精神，自由之思想"。

有《陈寅恪诗集》（1910—1967），附《唐筼诗存》[②]。

陈寅恪诗是不朽之诗史，写照了自己一生饱经忧患的心路历

---

① 四弘誓愿：众生无边誓愿度，烦恼无数誓愿断，法门无量誓愿知，无上佛道誓愿成。
② 陈寅恪：《陈寅恪集·诗集》，生活·读书·新知三联书店 2001 年版。

程，见证了从清末到"文革"的多难的中国现代史。陈寅恪诗深情高致，融汇少陵之沉郁，义山之绵邈，子山、牧斋之遥深，悱恻芳馨，蕴涵无穷。乃是"诗可以兴，可以观，可以群，可以怨"的中国诗歌之典范。

也许有人会说，陈寅恪的诗那么苦哇，怎么会是悱恻芳馨，蕴涵无穷呢？请读陈寅恪的诗："无力蔷薇卧晚愁，有情芍药泪空流。东皇若教柔枝起，老大犹堪秉烛游"，"洋菊有情含泪重，木棉无力斗身轻"，"翻忆凤城一百六，东风无处不花开"，原来真是悱恻芳馨，蕴涵无穷。

最简要地说，陈寅恪诗的特点，一个是情感非常深厚，一个是诗史。情感非常深厚，故具甚深之诗之本性。

《乙酉八月十一晨起闻日本乞降喜赋》（1945）：

> 降书夕到醒方知，何幸今生见此时。
> 闻讯杜陵欢至泣，还家贺监病弥衰。
> 国仇已雪南迁耻，家祭难忘北定诗。
> 念往忧来无限感，喜心题句又成悲。①

"降书夕到"，1945年8月15日日本天皇投降诏书的消息，是当天晚上传到成都的，双目失明的陈寅恪已经睡了，"醒方知"，早上醒来才知道了这喜讯。开头这句，就句内说，上四字和下三字之间是个顿挫，对下句来说则是个蓄势，好比水势积蓄。因此，下句是个更大的顿挫。顿挫就是抒情旋律起伏跌宕的韵律，是诗歌的无形之美。诗歌的美，不止是在形象，亦在韵律。"何幸今生

---

① 陈寅恪：《陈寅恪集·诗集》，生活·读书·新知三联书店2001年版，第49页。

见此时"！好比惊涛骇浪，掀天而起，腾涌万丈，气势磅礴！终于活着看到了胜利的这一天！"闻讯杜陵欢至泣"，此时此刻，我好比闻官军收复河南河北的杜甫，"剑外忽闻收蓟北，初闻涕泪满衣裳"，喜极而泣。可是，"还家贺监病弥衰"，我如今比"少小离家老大回，乡音无改鬓毛衰"的贺知章更加衰病，八年抗战，转徙流离，贫病交加，双目失明。上句极喜，下句深悲，抒情旋律形成极大的落差，真是深得杜甫沉郁顿挫之神理。可是这病，这悲，内涵大了。"国仇已雪南迁耻"，西晋永嘉南渡，北宋靖康南渡，都没有能够光复中原，如今抗战胜利，彻底洗雪了抗战西迁的国耻，真是前无古人的喜悦。诗句体现了非常深的历史感。"家祭难忘北定诗"，用陆游《示儿》"王师北定中原日，家祭无忘告乃翁"，说不会忘记在家祭的时候，把胜利的喜讯告诉已故的父亲。陈寅恪的父亲陈三立，光绪时，协助他的父亲陈宝箴在湖南实行变法、推行新政，陈宝箴、三立父子是中国最早的民权政治实验的领导人。陈三立又是近代第一大诗人，同光体诗派领袖。1933年以后，陈三立到北京居住在西四姚家胡同三号小院，陈寅恪每周从清华进城看望老人。1937年七七卢沟桥事变爆发，8月8日日军入城，八十五岁的老人忧愤不食而死，弥留时，还问外传马厂捷报是不是确实①。"念往忧来无限感"，多么的苍凉，把这苍凉打开来，就是："喜心题句又成悲"，多么的深沉，揪心。"喜心题句、又成悲"，这一转折、顿挫，写出了非常深的历史感、非常深远的预见、非常深厚的忧国之情，回味无穷无尽。

―――――――

① 自一九三三年至一九三七年逝世，散原老人寓居北京西四姚家胡同三号。蒋天枢《陈寅恪先生编年事辑》民国二十六年（1937）："阳历七月七日，卢沟桥事变发生，……八月八日正午日军入城。……日军既入北平，散原老人终日忧愤，疾发，拒不服药，旧历八月初十日弃世。"引陈寅恪"文革"中第八次交代稿："七七事变，北京沦陷，八十五岁的老父亲因见大局如此，忧愤不食而死。"（上海古籍出版社1997年版，第112页）

这首诗用了好多古典。用典的好处，一是优美、渊雅。二是有分量，用我家乡四川的方言来说就是"镇纸"①。这首诗用的古典，明显的如杜诗、陆游诗，隐藏的如永嘉南渡、靖康南渡，不管是用来正面比喻，还是用来侧面对比，都是非常贴切、非常重大的用典，所以是非常优美、渊雅、有分量，所以是非常好。可是读到最后两句，"念往忧来无限感，喜心题句又成悲"，才是最感动人的句子，最好的句子。为什么？因为它最深情。它不用典，也不用描写，就是抒情，当然是用吞吐、顿挫的句法写出来，借用陈三立的话来说就是"胸有万言艰一字"，但是它的好处，根本还是在于情感非常深。诗的本性、诗的第一义，还是情感。前面说过，陈寅恪诗的一个特点是情感非常深厚。为什么情感非常深厚？因为情感中包含着国身通一的精神，自己的生命和祖国的命运、中国文化的生命是一条命。

陈寅恪《咏黄藤手杖并序》（1953）：

> 十五年前客云南蒙自，得黄藤手杖一枝，友人刻铭其上曰："陈君之策，以正衮矢。"因赋此诗，时癸巳仲冬也。

> 陈君有短策，日夕不可少。
> 登床始释手，重把已天晓。
> 晴和体差健，拄步庭园绕。
> 岁久汗痕斑，染泪似湘筱。
> 忆昔走滇南，黄虬助非小。
> 时方遭国难，神瘁形愈槁。

---

① "镇纸"的"镇"，四川方言念作 za，去声。

携持偶登临，聊复豁怀抱。
摩挲劲节间，烦忧为一扫。
无何目失明，更视若至宝。
擿埴便冥行，幸免一边倒。
残废十年身，崎岖万里道。
长物皆弃捐，唯此尚完好。
支撑衰病躯，不作蒜头捣。
羞比杖乡人，乡关愁浩渺。
家中三女儿，谁得扶吾老。
独倚一枝藤，茫茫任苍昊。①

陈寅恪《咏黄藤手杖》诗自述抗战时期在云南得黄藤手杖一枝之故事，与《柳如是别传》自述抗战时期在云南得红豆一粒之故事，实可以合观，而同样饶有趣味。《柳如是别传·缘起》："丁丑岁芦沟桥变起，随校南迁昆明，大病几死。稍愈之后，披览报纸广告，见有鬻旧书者，驱车往观。鬻书主人出所藏书，实皆劣陋之本，无一可购者。当时主人接待殷勤，殊难酬其意，乃询之曰，此诸书外，尚有他物欲售否？主人踌躇良久，应曰，曩岁旅居常熟白茆港钱氏旧园，拾得园中红豆树所结子一粒，常以自随。今尚在囊中，愿以此豆奉赠。寅恪闻之大喜，遂付重值，藉塞其望。自得此豆后，至今岁忽忽二十年，虽藏置箧笥，亦若存若亡，不复省视。然自此遂重读钱集，不仅藉以温旧梦，寄遐思，亦欲自验所学之深浅也。"②

---

① 陈寅恪：《陈寅恪集·诗集》，生活·读书·新知三联书店 2001 年版，第 101 页。
② 陈寅恪：《柳如是别传》，生活·读书·新知三联书店 2001 年版，第 3 页。钱氏者，钱谦益。

序言"裒矢","倾斜也。此是咏物诗,而有寄托。诗甚风趣,而具见风骨。

"岁久汗痕斑,染泪似湘筱",言咏黄藤手杖酷似染泪之湘妃竹。用典出自梁代任昉《述异记》卷上:"昔舜南巡而葬于苍梧之野,尧之二女娥皇、女英,追之不及,相与恸哭,泪下沾竹,竹文上为之斑斑然。"[①] 意象宛然如画,而寓意甚深。

"忆昔走滇南"八句,可以参读陈寅恪《陈垣明季滇黔佛教考序》(1940):"明末永历之世,滇黔实当日之畿辅,而神州正朔之所在也。……昔晋永嘉之乱,支愍度始欲过江,与一伧道人为侣。谋曰,用旧义往江东,恐不办得食,便共立心无义。既而此道人不成渡,愍度果讲义积年。后此道人寄语愍度云,心无义那可立,治此计,权救饥耳。无为遂负如来也。……此三年中,天下之变无穷。先生讲学著书于东北风尘之际,寅恪入城乞食于西南天地之间,南北相望,幸俱未树新义,以负如来。"[②]

"擿埴便冥行",言以杖点地走路。典出汉代扬雄《法言》卷二《修身篇》:"擿埴索涂,冥行而已矣。"晋代李轨注:"埴,土也。盲人以杖擿地而求道,虽用白日,无异夜行。"[③] 时寅恪先生已双目失明。"幸免一边倒",用当时之今典"我们就是要一边倒"。

"羞比杖乡人,乡关愁浩渺。家中三女儿,谁得扶吾老",诗境无尽苍凉。"杖乡人",用《礼记·王制》:"六十杖于乡",汉代郑玄注:"尊养之。"

[①] (梁)任昉:《述异记》,中华书局1931年版,第4页。
[②] 陈寅恪:《金明馆丛稿二编》,生活·读书·新知三联书店2001年版,第272—273页。
[③] (汉)扬雄著,(晋)李轨注:《法言义疏》,中华书局1987年版,第94页。

"独倚一枝藤,茫茫任苍昊",用杜甫《乐游园歌》:"此身饮罢无归处,独立苍茫自咏诗",直画出寅恪先生独立自由之风骨之形象,独立于那无尽之茫茫苍凉之中。

3. 沈祖棻

沈祖棻(1909—1977),女,海盐人,自上世居苏州,字子苾,别署紫曼,笔名绛燕。1934 年毕业于金陵大学中文系,1936 年毕业于金陵大学国学特别研究班,1939 年与程千帆结褵于安徽屯溪。历主金陵大学、华西大学、江苏师院、南京师院、武汉大学讲席。现代杰出女词人、诗人、学者。早年创作短篇小说清新别致,抗战时期新诗集《微波辞》被谱成曲,广为流传。旧体诗词之创作,为成就最大。所著《宋词赏析》,允称经典之作。

有《涉江词稿》五卷(1932—1949)、《涉江词外集》一卷(1933—1977)、《涉江诗稿》四卷(1937—1977)[①]。

沈祖棻早期怀人感时之词,晚期怀人伤时之诗,要眇悱恻,其秀在骨,多绝代销魂之作。其词融液两宋之馨逸,含咀唐人之英华,怀人或似小晏白石之风神,感时颇用少陵联章之体性,皆开辟前所未有之境。其怀人绝句,变化少陵山谷笔法,遥接嗣宗咏怀神理,自蔚为大邦。其性情之真,用情之深,往往有万不得已者,开辟前所未有之境,根源实在于此。

沈祖棻《浣溪沙十首》其一(1942):

兰絮三生证果因,冥冥东海乍扬尘。龙鸾交扇拥天人。
月里山河连夜缺,云中环佩几回闻。蓼香一掬伫千春。

---

① 沈祖棻:《沈祖棻诗词集》,江苏古籍出版社 1996 年版。

这首词写中国抗日战争。可是它没有一字直接说，而是用比兴来抒写，用香草美人来象征，因此非常优美含蓄、非常馨逸。程千帆注出了词中象征寄托的本事，我们按照它来解释辞语和本事，这是读词的第一步。第二步，就是从本事回到它的词面、语句，欣赏它的意境，它的艺术造诣。词面是第一意境，本事是第二意境，我们了解了第二意境，还要回到第一意境，才算是没有辜负词的艺术造诣。

"兰絮三生证果因"，兰因絮果，比喻美因恶果，这句说历史上中国文化惠及日本，现在日本却恩将仇报发动侵华战争。"冥冥东海乍扬尘"，"冥冥"，指战氛。杜甫《诸将五首》"回首扶桑铜柱标，冥冥氛祲未全销"，"氛祲"就是战氛。用"冥冥"，就是指"氛祲"、战氛。这句说日本从东方海上入侵中国。"龙鸾交扇拥天人"，"龙鸾交扇"，用杜甫《秋兴八首》："云移雉尾开宫扇，日绕龙鳞识圣颜。""天人"，用杜甫《赠汝阳郡王琎》："汝阳让帝子，眉宇真天人。"程千帆笺注已经说明："龙鸾句谓全国一致拥护宣称坚决抗战到底之蒋介石也。"① 沈祖棻词多用唐诗、杜诗、李商隐诗的古典，所以非常优雅，有分量。

"月里山河连夜缺"，用唐代陆畅《夜到泗州》"月里山河见泗州"，以及苏东坡《和黄秀才鉴空阁》"挂空如水镜，写此山河影"，是说日寇不断侵占我们的国土。"云中环佩几回闻"，"环"，谐音"还"，指反攻胜利还乡。《汉书·李陵传》记载，匈奴单于宴会汉朝使节，李陵在坐，汉使不方便给李陵说话，就眼睛看着他，手摸摸刀环，握握自己的脚，暗示他还归汉朝。② 杜甫《咏

---

① 沈祖棻：《沈祖棻诗词集》，江苏古籍出版社1996年版，第95页。
② 《汉书》卷54《李陵传》："昭帝立，大将军霍光、左将军上官桀辅政，素与陵善，遣陵故人陇西任立政等三人俱至匈奴招陵。立政等至，单于置酒赐汉使者，李陵、卫律皆侍坐。立政等见陵，未得私语，即目视陵，而数数自循其刀环，握其足，阴谕之，言可还归汉也。"

怀古迹》"画图省识春风面，环佩空归月夜魂"，柳中庸《征怨》"岁岁金河复玉关，朝朝马策与刀环"，都是沈词的辞汇资源。"几回"，就是几时。"云中环佩几回闻"，是说什么时候才有反攻胜利还乡的消息。"蓼香一掬伫千春"，是说苦盼抗战胜利，等了一千年。这句是全词最好的句子，也是现代词最好的句子之一。好在哪里？好就好在用"蓼香"比喻此心之苦、心愿之美好，是非常优美贴切。因为蓼花非常苦味，又非常芳香。再有，不说蓼花而说蓼香，用嗅觉的蓼香代替视觉的蓼花，是化质实为空灵，最是馨逸。"蓼香一掬"，蓼香好像是那样的实在，可以用双手掬起来，就像水可以用双手掬起来，这样写又化虚为实。造句真是空灵荡漾，一波三折。再说，"掬"，就是双手捧起来，用双手把蓼香捧起来，捧在自己的眼前①，这是多么郑重、多么隆重的画面哟！所以这个句子非常优美、非常韵致。"伫"字，写出翘首伫立，久久等待的样子。等了多久？——"千春"。这句典出李商隐《河内》诗："入门暗数一千春，愿去闰年留月小。栀子交加香蓼繁，停辛伫苦留待君。"沈祖棻用它经历了两个阶段，第一阶段，是《临江仙八首》（1938）："消尽蓼香留月小，苦辛相待千春"，第二阶段，才是"蓼香一掬伫千春"（1942）。看这炼句过程，一是越来越简练。写一个意思，从四个句子，到两个句子，再到一个句子。如《易经》所说，"易简而天下之理得矣"，如老子所讲，"损之又损"，用减法再用减法。二是越来越空灵优美，越来越明白如话而又韵味不尽。明白如话，而又韵味不尽，这正是唐诗宋词最宝贵的一项艺术经验。

沈祖棻《岁暮怀人四十二首》（1974）怀曾子雍：

---

① 按汉刘熙《释名》卷3《释姿容》："掬，局也，使相局近也。"（《说文解字》卷2："局，促也。"）则掬有双手捧到近前、捧到眼前之意。

> 湖边携手诗成诵，座上论心酒满觞。
> 肠断当年灵谷寺，崔巍孤塔对残阳。①

曾昭燏（1909—1964），字子雍，湖南湘乡人，曾国藩曾孙女，考古学家，生前为南京博物院院长。1964年自坠于灵谷寺塔。程千帆笺云："其所撰江苏史前史论文，海内外考古专家公认为空前之作也。"②陈寅恪《乙巳元夕前二日始闻南京博物院院长曾昭燏君逝世于灵谷寺追挽一律》（1965）："论交三世旧通家，初见长安岁月赊。何待济尼知道韫，未闻徐女配秦嘉。高才短命人谁惜，白璧青蝇事可嗟。灵谷烦冤应夜哭，天阴雨湿隔天涯。"③可以参读。

沈祖棻《岁暮怀人四十二首》（1974）怀宋元谊：

> 当日曾夸属对能，清词漱玉有传灯。
> 浣花笺纸无颜色，一幅鲛绡泪似冰。④

宋元谊（1921—1966），四川富顺人，清末学者宋育仁孙女。抗战时期，程千帆沈祖棻夫妇入蜀，元谊从沈祖棻学词。生前为四川师院（今四川师大）中文系教师。文化大革命初，受辱自缢。程千帆笺云："君为清末名宿芸子先生女孙，学有渊源，才情富艳，尤工属对。其为词，凡遇可对可不对者，则必对之而后快。自其短命，祖棻遂有丧予之恸，而深惜汪吴词学不得其传也。"⑤

---

① 沈祖棻：《沈祖棻诗词集》，江苏古籍出版社1996年版，第278页。
② 沈祖棻：《沈祖棻诗词集》，江苏古籍出版社1996年版，第276页。
③ 陈寅恪：《陈寅恪集·诗集》，生活·读书·新知三联书店2001年版，第165页。
④ 沈祖棻：《沈祖棻诗词集》，江苏古籍出版社1996年版，第286页。
⑤ 沈祖棻：《沈祖棻诗词集》，江苏古籍出版社1996年版，第286页。

读此等诗,怎能不为之恻然、惨然?沈祖棻《岁暮怀人四十二首》序云:"九原不作,论心已绝于今生。"程千帆笺云:"此伤诸故人多不得其死也。"[①]诗题、诗序、程笺,字字触目惊心。《晋书·阮籍传》云:"魏晋之际,天下多故,名士少有全者。"故阮籍《咏怀》最为沉痛。沈祖棻晚年怀人组诗,遥接阮嗣宗《咏怀》神理,真"文革"之诗史也。

最后,或许可以留个问题送给大家:以马一浮、陈寅恪、沈祖棻三家诗词为例,现代诗词与现代文学是否有互补性?如果有,是什么?

原载《中国文化》2008 年第 1 期

---

① 沈祖棻:《沈祖棻诗词集》,江苏古籍出版社 1996 年版,第 277、274 页。

吴宓《将入蜀,先寄蜀中诸知友——步陈寅恪兄〈己丑元旦〉诗韵》笺证稿

吴宓《将入蜀,先寄蜀中诸知友——步陈寅恪兄〈己丑元旦〉诗韵》:

> 馀生愿作剑南人,万劫惊看世局新。
> 野烧难存先圣泽,落花早惜故园春。
> 避兵藕孔堪依友,同饭僧斋岂畏贫。
> 犹有月泉吟社侣,晦冥天地寄微身。①

[校勘]

己丑:原作"乙丑",乙丑为民国十四年(1925),作乙丑误,据诗意及陈寅恪原诗《己丑元旦作时居广州康乐九家村》改②。己丑为民国三十八年(1949)。

馀生:原作"余生",非是。

---

① 吴学昭:《吴宓与陈寅恪》,清华大学出版社1992年版,第129页。
② 原诗见陈美延、陈流求编:《陈寅恪诗集》,清华大学出版社1999年版,第60页。

[笺证]

诗题"将入蜀"

　　《吴宓自编年谱》1919年谱:"1949四月,不回清华,又离弃武汉大学而来渝碚,遂走入相辉,编入西师。"① 吴学昭《吴宓与陈寅恪》:"一九四九年四月二十九日,父亲由汉口乘飞机到重庆。"② 案:陈寅恪先生原诗题为"己丑元旦作[下略]",则吴宓先生此诗作于一九四九年一月至四月之间,时在武汉。又,《吴宓与陈寅恪》引录吴宓"文革"中所写交代材料:"初意本欲赴成都,在川大任教授而在王恩洋主办之东方文教学院讲学;但因行途不便,遂止于渝碚,而在私立湘辉文法学院任教授,并在梁漱溟主办之私立勉仁文学院讲学。此时,宓仍是崇奉儒教、佛教之理想,以发扬光大中国文化为己任。"③

"野烧难存先圣泽"

　　《庄子·天运》篇:"[黄]帝张《咸池》之乐于洞庭之野。"《战国策》卷十四《楚一》:"楚王游于云梦[泽],结驷千乘,旌旗蔽日,野火之起也若云霓。""野烧",即野火;喻指内战。"先圣泽",即云梦泽,亦即黄帝(轩辕氏)所张乐之洞庭湖;喻指先圣相传之中国文化。又,"泽",涵恩惠之义;"先圣泽",涵中国文化惠泽生民、惠泽百世之义。

　　"存先圣泽",即保存中国文化,实为吴宓先生一生之志愿。《吴

---

① 吴宓著,吴学昭整理:《吴宓自编年谱》,生活·读书·新知三联书店1995年版,第199页。
② 吴学昭:《吴宓与陈寅恪》,清华大学出版社1992年版,第128页。
③ 同上,第128页。

宓日记》民国三年（1914）二月五日记："近日愈看得《论语》《孟子》等经书价值至高……且皆系对于今时对症下药。"①《吴宓自编年谱》1918民国七年谱："梅君慷慨流涕，极言我中国文化之可宝贵，历代圣贤、儒者思想之高深，中国旧风俗、旧制度之优点，今彼胡适等所书所行之可痛恨。昔伍员自诩'我能复楚'，申包胥曰：'我必复之。'我辈今者但当勉为中国文化之申包胥而已，云云。宓十分感动，即表示：宓当勉力追随，愿效驰驱。"②《吴宓日记》民国十六年（1927）六月三日记："宓随同陈寅恪，行跪拜礼。学生等亦踵效之。……宓固愿以维持中国文化道德礼教之精神为己任者，今敢誓于王［静安］先生之灵，他年苟不能实行所志，而溘忍以没；或为中国文化道德礼教之敌所逼迫，义无苟全者，则必当效王先生之行事，从容就死。惟王先生实冥鉴之。"③《吴宓日记》一九六一年八月三十日记："寅恪兄之思想及主张，毫未改变，即仍遵守昔年'中学为体，西学为用'之说（中国文化本位论）……但在我辈个人如寅恪者，则仍确信中国孔子儒道之正大，有裨于全世界，而佛教亦纯正。我辈本此信仰，故虽危行言殆，但屹立不动，决不从时俗为转移。"④由上所述可见，"存先圣泽"，即保存以孔子为代表的中国文化，实为吴宓先生的一生志愿。

已故西南师范大学中文系教授曹慕樊师所撰《吴宓先生的晚年》一文记述："在批林批孔中，吴先生发言，说只可批林，不可批孔。"⑤曹老师是吴先生"文革"中公开发言反对批孔的见

---

① 吴学昭整理：《吴宓日记》，生活·读书·新知三联书店1998年版，第1册，第280页。
② 吴宓著，吴学昭整理：《吴宓自编年谱》，生活·读书·新知三联书店1995年版，第177页。
③ 吴学昭整理：《吴宓日记》，生活·读书·新知三联书店1998年版，第3册，第346页。
④ 吴学昭：《吴宓与陈寅恪》，清华大学出版社1992年版，第143页。
⑤ 曹慕樊：《吴宓先生的晚年》，《大连大学师范学院学报》1990年第3期；《书城》2006年第3期。

证人。由此可见,"存先圣泽",即保存和保护以孔子为代表的中国文化,不仅是吴宓先生的一生志愿,亦是其临大节而不可夺的实践。吴宓先生公开反对批孔,已不再是"危行言殆",而是举世非之而不顾。其风骨,与陈寅恪先生、梁漱溟先生相同。

"落花早惜故园春"

"落花",喻指中国文化之花果飘零。"故园春",喻指中国与中国文化。此句兼用韩偓所作落花、惜春诗之古典,和陈宝琛落花诗、王国维自沉前手书韩偓诗及陈宝琛落花诗、作者自己及陈寅恪所作落花、惜春诗之今典。今分疏如下。

古典:唐末韩偓于唐亡后,所作诗多哀唐之亡,如《避地》:"偷生亦似符天意,未死深疑负国恩"。又多以落花、惜春,喻说唐朝之灭亡及传统文化之沦丧,如《惜花》:"总得苔遮犹慰意,若教泥污更伤心。"《春尽》:"人闲易有芳时恨,地迥难招自古魂。"[①] 案:韩偓落花、惜春诗,自为吴宓先生,寅恪先生所熟悉。吴宓先生论及韩偓诗,见《空轩诗话》第十三条,《吴宓日记》一九四五年七月十日记[②]。寅恪先生考论韩偓诗,见蒋天枢《陈寅恪先生编年事辑(增订本)》民国二十年条所引[③]。寅恪先生一九二七年《王观堂先生挽词》:"更期韩偓符天意",是用前揭韩偓《避地》:"偷生亦似符天意",此已为寅恪先生所自道[④]。

---

① 《全唐诗》卷 680、卷 681。系年参阅霍松林、邓小军:《韩偓年谱》中篇、下篇,乙丑天祐二年谱、甲戌梁乾化二年谱,《陕西师范大学学报》1988 年第 4 期、1989 年第 1 期。

② 吴学昭:《吴宓与陈寅恪》,清华大学出版社 1992 年版,第 199 页。

③ 蒋天枢:《陈寅恪先生编年事辑(增订本)》民国二十年条引,上海古籍出版社 1997 年,第 75—77 页。

④ 陈寅恪:《陈寅恪集·诗集》,生活·读书·新知三联书店 2001 年版,第 16 页。

其一九五二年《壬辰春日作》:"芳时已被冬郎误,何地能招自古魂。"① 则是用前揭韩偓《春尽》:"人闲易有芳时恨,地迥难招自古魂。"

今典:吴宓《空轩诗话》第十三条:"王静安先生(国维)自沉前数日,为门人(谢国桢字刚主)书扇诗七律四首,一时竞相研诵。四首中,二首为唐韩偓(致尧)之诗,余二首则闽侯陈弢庵太傅宝琛《前落花诗》也。兹以落花明示王先生殉身之志。为宓《落花诗》之所托兴。"② 述及陈宝琛《前落花诗》之前,兹先述及俞樾诗"花落春犹在"之句。

清道光三十年,俞樾所作诗有"花落春犹在"之句,曾国藩"奇赏之"。③ 案:"花落春犹在"之句,自道光末以后,传诵人口,其实质即在于人们借此落花、惜春之诗句,托喻中国文化花果飘零之悲慨。盖自道光末以降,由于外族之侵迫,外来文化之挹击,中国日益衰乱,中国文化日益沦丧。陈寅恪一九二八年《俞曲园先生病中呓语跋》④,足资参读。

清末民初。陈宝琛以光绪二十一年乙未(1895)作《感春四首》⑤。己未民国八年(1919),次前韵作《次韵逊敏斋主人落花四首》,即《前落花诗四首》⑥。甲子民国十三年(1924)及次年乙丑,又次前作韵作《后落花诗四首》⑦。陈宝琛此三组联章诗,《感春四

---

① 陈寅恪:《陈寅恪集·诗集》,生活·读书·新知三联书店 2001 年版,第 79 页。
② 吴宓:《空轩诗话》,《民国诗话丛编》,上海书店 2002 年版,第 26 页。
③ 俞樾:《春在堂记》,《宾萌集》卷 5,《春在堂全书》本;参阅钱仲联主编:《清诗纪事》,第 15 册,俞樾条,江苏古籍出版社 1989 年版,第 10393 页以下。
④ 陈寅恪:《寒柳堂集》,上海古籍出版社 1980 年版,第 146 页;《病中呓语》九绝句,见《清诗纪事》第 15 册,第 10411 页。
⑤ 陈宝琛:《沧趣楼诗集·附听水斋词》卷 1,1939 年刊本。
⑥ 《沧趣楼诗集》卷 8。
⑦ 《沧趣楼诗集》未收;《空轩诗话》十三全录之。

首》、前后《落花诗四首》,亦是以落花、惜春,喻说清朝之衰亡及中国文化之花果飘零。①

陈宝琛《感春四首》第四首末联:"故林好在烦珍护,莫再飘摇断送休。"吴宓《空轩诗话》第十三条:"此首指台湾之割让。末联谓中国本部亦岌岌危亡。"②弢庵此二句诗,与前揭俞曲园"花落春犹在"之句神似。又《前落花诗四首》,《空轩诗话》十三:"宓按此四诗,似咏辛亥鼎革及以后事。"③其中第四首:"泥污苔遮各有由",则是用前揭韩偓《惜花》:"总得苔遮犹慰意,若教泥污更伤心。"④

一九二七年六月二日,王国维自沉于北京颐和园昆明湖。王国维自沉前数日,手书扇面诗四首,即韩偓《即目》(第一首)、《登南神光寺塔院》⑤,陈宝琛《前落花诗》第三、第四首⑥。韩偓《即目》:"万古离怀憎物色,几生愁绪溺风光。废城沃土肥春草,野渡空船荡夕阳。倚道向人多脉脉,为情因酒易怅怅。宦途弃掷须甘分,回避红尘是所长。"⑦陈宝琛《前落花诗》第三首:"生灭元知色是空,可堪倾国付东风。唤醒绮梦憎啼鸟,罥入晴丝奈网虫。雨里罗衾寒不耐,春阑金缕曲初终。返生香岂人间有,除奏通明

---

① 诸诗见本文附录。参阅:《空轩诗话》第十三条;陈衍《石遗室诗话》卷17,商务印书馆1929年版;黄濬《花随人圣庵摭忆》,《陈弢庵之感春诗及落花诗》条,上海古籍书店1983年版,第50—51页,黄氏所述颇资参考,唯涉及系年则多误;《清诗纪事》,第17册,陈宝琛条,第11884页以下。
② 吴宓:《空轩诗话》,《民国诗话丛编》,上海书店2002年版,第27页。
③ 同上。
④ 《吴宓日记》一九四五年七月十日记,《吴宓与陈寅恪》第119页引,并已指出此点。谨此注明。
⑤ 据谢国桢:《题王国维先生书扇面绝笔遗迹》,《文汇报》1987年9月22日。
⑥ 据吴宓《空轩诗话》十三。
⑦ 《登南神光寺塔院》兹不录。诗见《全唐诗》卷680。

问碧翁。"第四首:"流水前溪去不留,余香驵荡碧池头。燕衔鱼唼能相厚,泥污苔遮各有由。委蜕大难求净土,伤心最是近高楼。庇根枝叶从来重,长夏阴成且小休。"

一九二七年十月初,陈寅恪写成《王观堂先生挽词并序》。《吴宓日记》一九二七年十月三日记:"夕,陈寅恪来,以所作《吊王静安先生》七古一篇见示。"①《挽词序》略云:"或问观堂先生所以死之故。应之曰:……凡一种文化值衰落之时,为此文化所化之人,必感苦痛,其表现此文化之程量愈宏,则其所受之苦痛亦愈甚;迨既达极深之度,殆非出于自杀无以求一己之心安而义尽也。吾中国文化之定义,具于白虎通三纲六纪之说,……夫纲纪本理想抽象之物,然不能不有所依托,以为具体表现之用;其所依托以表现者,实为有形之社会制度,而经济制度尤其最要者。……近数十年来,自道光之季,迄乎今日,社会经济之制度,以外族之侵迫,致剧疾之变迁;纲纪之说,无所凭依,不待外来学说之掊击,而已销沉沦丧于不知觉之间。……盖今日之赤县神州值数千年未有之巨劫奇变;劫尽变穷,则此文化精神所凝聚之人,安得不与之共命而同尽,此观堂先生所以不得不死,遂为天下后世所极哀而深惜者也。"②

案:陈寅恪《王观堂先生挽词序》之要旨,实际是指出,中国"自道光之季(道光三十年,1851年初),迄乎今日","以外族之侵迫"、"外来学说之掊击",而造成"社会经济制度"之"剧疾之变迁"、中国文化之"销沉沦丧"、"赤县神州值数千年来有之巨劫奇变"。并指出,此一现实,正是观堂先生之所以不得不死之原因。可以

---

① 吴学昭整理:《吴宓日记》,生活·读书·新知三联书店1998年版,第3册,第415页。
② 陈寅恪:《陈寅恪集·诗集》,生活·读书·新知三联书店2001年版,第12—13页;原先发表于《学衡》,第64期,1928年7月出版。

说，此亦是寅恪先生、吴宓先生自观堂先生自沉后历年所作惜花、惜春诗之喻指。

陈寅恪《王观堂先生挽词序》之近典，实为咸丰三年（1853）曾国藩《讨粤匪檄》："粤匪窃外夷之绪，崇天主之教……农不能自耕以纳赋，而谓田皆天主之田；商不能自贾以取息，而谓货皆天主之货；士不能诵孔子之经，而别有所谓耶稣之说、《新约》之书。举中国数千年礼义人伦诗书典则，一旦扫地荡尽。此岂独我大清之变，乃开辟以来名教之奇变，我孔子、孟子之所痛哭于九泉，凡读书识字者，又乌可袖手安坐，不思一为之所也。"① 由明乎曾湘乡《讨粤匪檄》是寅恪先生《王观堂先生挽词序》之近典，即可以解读寅恪先生《冯友兰中国哲学史下册审查报告》所书："寅恪平生为不古不今之学，思想囿于咸丰同治之世，议论近乎湘乡南皮之间。"② 寅恪先生所说咸丰同治之世之思想，及曾湘乡之议论，即是如曾湘乡《讨粤匪檄》所揭示的维护中国文化，回应毁灭中国文化的巨劫奇变；寅恪先生所说张南皮之议论，则是作为曾湘乡思想之进一步发展、由张南皮《劝学篇》系统揭示的中学为体、西学为用。

张之洞《劝学篇·序》："中学考古非要，致用为要。西学亦有别，西艺非要，西政为要。"③《劝学篇·外篇·设学第三》："新旧兼学。《四书》《五经》、中国史事、政书、地图，为旧学；西政、西艺、西史，为新学；旧学为体，新学为用。不使偏废。"④ 张之洞《两湖经心两书院照学堂办法片》："中国［学］为体，西学为用。"⑤

---

① 彭靖等整理：《曾国藩全集·诗文》集，岳麓书社1994年版，第232页。
② 陈寅恪：《金明馆丛稿二编》，生活·读书·新知三联书店2001年版，第285页。
③ 光绪二十四年（1898）三月，《张文襄公全集》卷203。
④ 《张文襄公全集》卷203。
⑤ 光绪二十四年闰三月十五日，《张文襄公全集》卷47，奏议四十七。

寅恪先生所说"平生为不古不今之学",不古,当指不同于排外派(晚清);不今,指不同于全盘西化派(当时);此语实指自己的学术思想在根本上认同于曾湘乡张南皮的学术思想。"思想囿于咸丰同治之世,议论近乎曾湘乡张南皮之间",即是明白表示自己基本认同于曾湘乡张南皮之学术思想。("思想囿于"与"议论近乎"互文。"议论近乎"之"近",用法如《论语·阳货》"性相近"之"近",训作"基本相同"之义。)如实地说,寅恪先生所说"思想囿于咸丰同治之世,议论近乎湘乡南皮之间"的意义,一是维护中国文化,回应毁灭中国文化的巨劫奇变,一是中学为体、西学为用,回应毁灭中国文化的全盘西化。明乎此,则对于寅恪先生、吴宓先生的学术思想,可以得其正确之解。对于寅恪先生著作、诗歌中的若干今典,亦可得其正确之解。

一九二八年六月二日,吴宓作《落花诗八首》。其序云:"古今人所为落花诗,盖皆感伤身世。其所怀抱之思想,爱好之事物,以时衰俗变,悉为潮流卷荡以去,不可复睹,乃假春残花落,致其依恋之情。近读王静安先生临殁书扇诗,由是兴感,遂以成咏,亦自道其志而已。"《落花诗》第二首:"根性岂无磐石固,蕊香不假浪蜂媒。"自注:"此首言我之怀抱未容施展,然当强勉奋斗,不计成功之大小,至死而止。"[①] 第三首:"飘茵堕溷寻常事,痛惜灵光委逝尘。"自注:"此言我生之时,中国由衰乱而濒于亡。"第四首:"同仁普渡成虚话,瘏口何堪众楚咻。"自注:"此言我至美洲,学于白璧德师。比较中西文明,悟彻道德之原理,欲救国救世,而新说伪学流行,莫我听也。"第七首:"渺渺香魂安所止,

---

① 吴学昭整理:《吴宓诗集》卷9,《京国集下》,民国十七年,商务印书馆2004年版,第173页。

拚将玉骨委尘沙。"自注:"宗教信仰已失,无复精神生活。全世皆然,不仅中国。"第八首:"未容渎忍污真色,耻效风流斗艳妆。"自注:"新文化家新教育家主领百事,文明世运皆操其手。"① 同日,又作《六月二日作落花诗成,复赋此律,时为王静安先生投身昆明湖一周年之期》,诗云:"心事落花寄,谁能识此情。非关思绮靡,终是意凄清。叹凤嗟尼父,投湘吊屈平。滔滔流世运,凄断杜鹃声。"②《吴宓日记》一九二八年六月二日记:"《落花诗》实托兴于王先生临殁为人书扇诗也。"③ 案:吴宓先生《落花诗》第四首自注所说"新说伪学流行",即是寅恪先生《王观堂先生挽词序》所说"外来学说之掊击[中国]"。《复赋此律》,是专为哀吊静安先生之死而作。其中"心事落花寄,谁能识此情"二句,则是用静安先生自沉前手书落花诗以明志之今典,提示静安先生所以死之故。不妨说,"谁能识此情"之句,是指向那揭示了"观堂先生所以死之故"的《王观堂先生挽词序》。要之,一九二八年吴宓先生作《落花诗八首》、《复赋》一首,哀中国文化之沦丧,哀静安先生之自沉,此是二十一年后所作《将入蜀》"落花早惜故园春"之今典。

一九二七年王国维自沉及次年吴宓作《落花诗》后,吴宓历年所作落花、惜春诗,略举如次。一九二九年六月二日《王静安先生逝世二周年》:"悼公咏落花,倏忽一年事。"④ 一九三八年五月二十一日《残春和寅恪》:"阴晴风雨变无端,折树摧花未忍看。"⑤ 一九三八年五月二十九日《南湖一首》:"亘古兴亡无尽

---

① 吴学昭整理:《吴宓诗集》卷9,《京国集下》,民国十七年,商务印书馆2004年版,第173—174页。
② 同上,第12—13页。
③ 吴学昭整理:《吴宓日记》,生活·读书·新知三联书店1998年版,第4册,第69页。
④ 吴学昭整理:《吴宓诗集》卷11,《故都集上》,商务印书馆2004年版,第201页。
⑤ 转引自吴学昭:《吴宓与陈寅恪》,清华大学出版社1992年版,第92页。

劫，佳书美景暂甚虞。"① 一九四零年三月十一日《和寅恪庚辰元夕》："昔梦鹏飞逐海阔，今同鹿走泣林红。"②

陈寅恪历年所作惜花、惜春诗，略举如次。一九三八年《残春》第一首："读史早知今日事，对花还忆去年人。"第二首："雨里苦愁花事尽，窗前犹噪雀声啾。"③ 一九四五年《乙酉残春病目（下略）》："世上欲枯流泪眼，天涯宁有惜花人。"④ 同年《十年诗用听斋韵并序》第三首："楼台基坏丛生棘，花木根虚久穴虫。"⑤ 一九四八年《清华园寓庐手植海棠》："剩取题诗记今日，繁枝虽好近残春。"⑥ 一九四九年《己丑元旦（下略）》："食蛤那知今日事，买花弥惜去年春。"⑦ 案：寅恪先生惜花、惜春诸诗，历年例已录送吴宓先生，而为吴宓先生所熟知，故亦得为吴宓先生本诗"落花早惜故园春"之今典。

又，寅恪先生并活用陈弢庵《感春》、《落花》诸诗。一九三五年及次年《吴氏园海棠二首》第一首："寻春只博来迟悔"⑧，是用陈弢庵《前落花诗》第一首："寻春秖自怨来迟。"《吴氏园海棠》第二首："闻道通明同换劫，绿章谁省泪沾巾"⑨，是用前揭弢庵《前落花诗》第三首："返生香岂人间有，除奏通明问碧翁。"一九四〇

---

① 转引自吴学昭：《吴宓与陈寅恪》，清华大学出版社1992年版，第94页。
② 同上，第102页。
③ 陈寅恪：《陈寅恪集·诗集》，生活·读书·新知三联书店2001年版，第23页。
④ 同上，第40页。
⑤ 同上，第44页。
⑥ 同上，第62页。
⑦ 同上，第64页。此诗即吴宓本诗所次韵之原诗。
⑧ 同上，第22页。
⑨ 同上，第22页。

年《庚辰暮春重庆夜宴归作》："看花愁近最高楼"①，是活用前揭 弢庵《前落花诗》第四首："伤心最是近高楼。"一九四五年《十年诗用听水斋韵并序》四首，则更是次弢庵《感春四首》原韵之作。其中第二首："十载长安走若狂，玄都争共赏瑶芳。"②是用《感春》第二首："阿母欢娱众女狂，十年养就满庭芳。"其中第三首："叹息园林旧主翁"③，则是用《感春》第三首："绿阴泜尺种花翁。"案：上述寅恪先生诗，活用弢庵《感春》、《落花》诸诗，对于读吴宓先生本诗"落花早惜故园春"之句，皆足资参照。又，弢庵"泥污苔遮各有由"之句，与寅恪先生所深赏之柳如是"春日酿成秋日雨"之句④，实异曲同工，足资参考，亦记于此。

综上所述，"落花早惜故园春"，借用落花、惜春，喻说中国文化之花果飘零及自己之悲慨，由来已久，不待今日。其中，涵有一九二七年王国维自沉前手书韩偓陈宝琛落花惜春诗、一九二八年吴宓作落花惜春诗、历年来吴宓及陈寅恪作落花惜春诗之今典，虽一句诗，实一部诗史。

"避兵藕孔堪依友"。

《佛说观佛三昧海经》卷一《六譬品第一》：阿修罗王与帝释战，"时虚空中有四刀轮，帝降功德故，自然而下，当阿修罗上时，阿修罗耳鼻手足，一时尽落，令大海水赤如绛汁。时阿修罗，即便惊怖，遁走无处，入藕丝孔。"⑤此借喻避兵入蜀，与友人相依。

---

① 陈寅恪：《陈寅恪集·诗集》，生活·读书·新知三联书店 2001 年版，第 30 页。
② 同上，第 44 页。
③ 同上，第 44 页。
④ 《金明池·咏寒柳》，参阅《柳如是别传》上册，上海古籍出版社 1980 年版，第 336—340 页。
⑤ 《大正新修大藏经》卷 15，第 647 页；又见唐释道世撰集《法苑珠林》卷 5，《修罗部·战斗部第七》。

"同饭僧斋岂畏贫"

五代王定保《唐摭言》卷七《起自孤寒》条:"王播孤贫,尝客扬州惠昭寺木兰院,随僧斋餐。"此借喻寓居蜀中,不畏孤贫。

"犹有月泉吟社侣"

宋吴渭编《月泉吟社诗》,卷首《刻月泉吟社诗叙》:"月泉吟社者,浦江吴子之所作也。吴子名渭,字清翁,其号潜斋。按重本有邑人黄灏首叙,叙:渭,故宋时尝为义乌令,元初,退食于吴溪。延致乡遗老方韶父〔凤〕,与闽谢皋羽〔翱〕、括吴思齐主于家,始作月泉吟社,四方吟士从之。……今考吴溪社士,皆故宋人也。值元初季,共处心甘是,盖智者识矣。正德十年六月望日水吴南田汝籽叙。"① 案:"吟社"即诗社。吴渭与作者姓同,借以自比。"社侣",则借比"堪依友"之友人,亦即"蜀中诸知友",情见乎词矣。又,明朝正德十年,当西元1515年,去宋末祥兴二年(1279),已二百三十六年矣。

附录

陈宝琛《感春四首》:

一春谁道是芳时? 未及飞红已暗悲。雨甚犹思吹笛验,风来始悔树旛迟。蜂衙撩乱声无准,鸟使逡巡事可知。输却玉尘三万斛,天公不语对枯棋。

阿母欢娱众女狂,十年养就满庭芳。那知绿怨红啼景,便在莺歌燕舞场。处处凤楼劳剪彩,声声羯鼓促传觞。可怜

---

① 《丛书集成》初编影《诗词杂俎》本,中华书局1985年版,第1—4页。

买尽西园醉,赢得嘉辰一断肠。

倚天照海倏成空,脆薄原知不耐风。忍见化萍随柳絮,倘因集蓼毖桃虫。一场蝶梦谁真觉,刺耳鹃声恐未终。苦学挈皋事浇灌,绿阴涕尺种花翁。

北胜南强较去留,泪波直注海东头。槐柯梦短殊多事,花槛春移不自由。从此路迷渔父棹,可无人坠石家楼。故林好在烦珍护,莫再飘摇断送休。①

《次韵逊敏斋主人落花四首》:

楼台风日忆年时,茵溷相怜等此悲。著地可应愁踏损,寻春只自怨来迟。繁华早忏三生业,衰谢难酬一顾知。岂独汉宫传烛感,满城何限事如棋。

冶蜂痴蝶太猖狂,不替灵修惜众芳。本意阴晴容养艳,那知风雨趣收场。昨宵秉烛犹张乐,别院飞英已命觞。油幕彩旛竟何用,空枝斜日百回肠。

生灭元知色是空,可堪倾国付东风。唤醒绮梦憎啼鸟,胃入情丝奈网虫。雨里罗衾寒不耐,春阑金缕曲初终。返生香岂人间有,除奏通明问碧翁。

流水前溪去不留,余香骀荡碧池头。燕衔鱼唼能相厚,泥污苔遮各有由。委蜕大难求净土,伤心最是近高楼。庇根枝叶从来重,长夏阴成且小休。②

《后落花诗四首》:

---

① 陈宝琛著,刘永翔、许全胜校点:《沧趣楼诗文集》上册,上海古籍出版社 2006 年版,第 29—30 页。

② 同上,第 180 页。

恨紫愁红又一时，开犹溅泪落滋悲。世尘起灭优昙幻，风信蹉跎苦楝迟。水面成文随处可，泥中多日自家知。绿阴回首池塘换，忍覆长安乱后棋。

蓦地风来似虎狂，荃兰曾不改芬芳。濛濛留坐香三日，草草辞枝梦一场。含笑蜜脾从汝割，将离葽尾有谁觞。无端更茹冬青恨，天上人间总断肠。

柳绵榆荚各漫空，轮转阎浮共一风。啼晓相闻奈何鸟，抱香不死可怜虫。东扶西倒浑如醉，北胜南强未有终。为谢研光赓舞曲，鬓丝秃尽净名翁。

底急韶华不我留，余春惜取曲江头。纵横满地谁能扫，高下随风那自由。几树棠梨差可馆，旧时花萼岂无楼。夜阑还剔残灯照，心恋空林敢即休。①

原载《中国文化》2001年第1期

---

① 陈宝琛著，刘永翔、许全胜校点：《沧趣楼诗文集》上册，上海古籍出版社2006年版，第266页。原题：《荫坪迭落花前韵四首索和，己未及今十年矣，感而赋此》。

赖高翔先生及其诗

赖高翔先生（1907—1993），是 20 世纪中国杰出的诗人、学者、教育家、少有的隐士。

20 世纪 70 年代，我由张学渊兄介绍，从四川新都中学退休老师周重能先生学诗。重能先生与高翔先生是 20 年代国立成都大学（四川大学前身）的同学，数十年的挚友。一九八二年，重能师去世。一九八三年春，我随学渊兄谒高翔先生于成都东郊乡居。

从成都东门九眼桥出城，沿老成渝公路行数里，过沙河桥，下公路右折进入一条乡村道路，路左田园，右边溪水，不远再左折进小路，就到了高翔先生寓居的院子。院子面向溪水，背靠丘陵，丘陵遍植桃树，花时绚若云霞，高翔先生诗中称之为"东陵"。院坝正北是一排瓦房，后面竹林翠影掩映，西北一进三间房屋，就是高翔先生寓居。高翔先生身着洗得泛白的中式灰布对襟衣衫，神态慈祥、尊严、睿智，旧式知识分子的形容、气质。高翔先生寓居的屋后，有一片狭长的兰草花圃，和竹林篱寨，学渊兄和我就在屋后房檐下侍坐。那一天，侍谈的主要内容，是高翔先生弃职归田三十多年来的经历，和在他是造诣异乎寻常深厚的中国文史哲学。第一次见高翔先生，给我留下震撼心灵的、永远不能磨灭的印象：高翔先生是当今的陶渊明，我亲眼看到了中国文化传统的见证人。

一、高翔先生生平事迹

1. 高翔先生的前半生：从大学高才生到优秀教育家

　　高翔先生名鸿翾，字高翔，一署皋翔，以字行，四川简阳人。先世由福建迁蜀。祖宪章公，为清末秀才，过目不忘，名闻乡里。外祖父吴崇武公，以旅舍账房，自学成材，考为清末副榜，出长简阳凤来书院，主讲程朱理学及音韵辞章。母四岁时，外祖父去世，外祖母守节扶养舅父及母成人。舅父雪琴公以光绪廿九年（1903）东渡日本，留学于东京弘文书院，学成回国，创办简阳新学，民国初，历任县教育局长、图书馆长。母幼承庭训，贤淑而擅诗文。先生幼时，尚在母怀抱，母即授以理学语录、曾文正公家书，启蒙识字。六七岁时，偶患痢疾，自查方药，自疗而愈。舅父家藏书甚多，遍读之，乡里许为神童。先入私塾，八岁入小学，舅父延聘乡秀才毛氏任教，授四书五经。越级升入高小，以数学优异被称赏。小学三年，即考入中学，从应茂如先生学桐城文，并以几何优异被称赏。

　　民国十四年（1925）秋，先生十八岁，考入国立成都大学中国文学系。林山腴先生主讲国文，先生所作诗文为林先生所激赏，遂弃桐城之学，从林先生潜心研习八代诗文。民国十五年，张表方澜（先生舅父留日同学）接任成大校长，用蔡元培学术自由之法治校，延聘吴又陵虞、林山腴思进、龚向农道耕、向先乔楚诸先生任教。先生转益多师，最亲近林先生。高翔先生《忆林山腴先生》说："林先生讲五言古，以八代为主；讲七言古和近体，却是以唐人为主。我们年终考试，先生出的题是《梅花引》，我用初唐体作了歌行。后来讲到李东川的《爱敬寺古藤歌》：'南阶双桐一百尺，相与年年老霜霰。'他说去年的《梅花引》，为什么不照这诗作呢？林先生最善于改作文。凡是学生写去的，他必定认真修改，使它像一个样子。林先生能从学生诗文中的一句或一段，赏识这学生，认定能有成就。同班的徐君荆石，就是因为他花会诗'青羊道士如青帝，管领年年二月花'两句，林先生很称道，认为他必然有成。林先生前后给我们改了不到二十篇文，但每一篇都给人很大的启发，使人知道用词造句的取舍。"后来，高翔先生写作古骈体文、五七言诗皆有第一流成就。民国二十年（1931），先生大学毕业。林先生撰书《师道篇》横幅赐赠，诗云："师道废已久，常苦天下裂。悠悠暂学人，谁能喻舍锲。平生负读书，望道愧不切。徘徊歧路间，幸免中情热。群言正淆乱，此衷犹可折。斐然二三子，高姿孕明哲。赖生尤渊渊，令器瑚琏别。"又云："火尽待薪传，兹理未宜绝。"高情厚望，一见于词。先生悬诸寓壁，垂数十年。高翔先生《忆林山腴先生》说："《清寂堂诗》里随时都有忧时念乱之作。壬申（1932）《兵祸诗》叙成都巷战，愤斥军阀，简直是许多人所不敢直言的。"林山腴《成都十月兵祸诗》，是学杜甫的时事叙事诗，长达一千二百二十字，篇幅超过杜甫的《自京赴奉先县咏怀五百字》，及《北征》七百字。可见林山腴的诗史品格，及其对高翔先生的感召。

　　民国二十年（1931）以后二十年间，高翔先生先后执教于成都县立中学、锦江公学、省立成都中学、川大附中、私立蜀华中学，其中任教蜀华逾十年。蜀华中学同事、后来著名的新儒家思想家唐君毅先生，曾称许高翔先生之为人："足下之心性行为，可为中国文化之代表。"民国三十四年（1945）秋，先生出任蜀华中学校长。《忆林山腴先生》说："校董会因为我是学校的老教师，要我去继任。我自来专力教书，没有作过行政上的事；又想这学校校董,许多是军政方面的人,不想去同他们打交道。林先生听说我不愿意去,叫高咏陶来劝我,说:'现在教育界的情形这样,我们学国文的人为什么不来主持一下,树立一点风气。'"可见林山腴先生与高翔先生之间的道义相期。先生出任蜀华中学校长时,蜀华长期负债累累,一学期学费收入,仅能支付两月薪金,其余四个月都要借债。先生受命于学校危难之际,全力以赴,革故鼎新,延聘社会名流及历届优生为教员,建立学校声誉;实行经济、操行、成绩三公开,校风为之巨变。一学期即偿还债累,二学期即减轻学生负担,三学期即改善教员待遇,随后修葺校舍,兴建大礼堂。学校旧貌,焕然一新。先生任蜀华校长四年半,始则妙手回春,终至生机盎然,培育出大批优秀人才。至鼎革时学校交付新政府时,规模为二十四班千余学生。先生将全部心血倾注于教育事业,虽然掌握行政、经济权力,而克己奉公,非分之财,分文不取。先生以特立卓行著称于世。

2. 高翔先生的后半生:隐逸躬耕三十五年

一九五〇年,因与时不合,高翔先生辞去成都蜀华中学校长职务,短暂任教于王恩洋所办东方文教研究院,便归田务农于成都东郊董家山,不久移居沙河桥东同学胡佩玖世玉先生宅,躬耕自养,长达三十五年。累次征召,先生皆不为所动。一九五六年,曾以故人敦请,执教于成都纺织学校,终因与时不合,仅一年而辞归。记得当年侍坐,先生说过:"那时还年轻,当天从纺校退职回来,当天就把一张多余的拌桶背到院坝里,改做了一间床。"四川乡下打谷子的拌桶,通常是要两个人来抬的。可见先生当时之豪气与负气。先生还说过:"不失掉自己。"不失掉自己,就是保持独立自由之人格。高翔先生自题联云:"立身有本末,所乐非穷通。"独立自由之人格，是高翔先生安身立命之本，快乐之根源。至于命运之穷通，或为世人所看重，而为高翔先生所看轻。

一九八四年，先生友人赵元凯（赵尧生熙之子）作《春归翌日高翔兄招饮》诗云："老去乡人敬，村居溪路斜。好花红上砌，疑是邵平瓜。"其二："竹外村鸠鸣，开樽对场圃。言笑不知归，阵阵荼蘼雨。"自注："君种花售价数十元。"当时数十元，相当今天数千元。由种花出售一事，可见先生躬耕自养之勤劳智慧。说来有意思的是，弃职归田，保持独立自由人格，高翔先生是和陶渊明一样；既种植粮食作物，也种植出售花卉蔬菜以维持生计，高翔先生也是和陶渊明一样。

20世纪80年代初，中国进入改革开放新时期，其标志之一，是为几十年来受管制的"阶级敌人"地富反坏四类分子以及右派分子摘帽，恢复公民权。在此时代背景下，一九八四年，先生始以王善生诸故旧力荐，四川省文史馆礼聘，出任四川省文史馆馆员。高翔先生撰文回忆唐君毅先生，将由刊物发表，工作人员奉命告诉先生："文章当说，唐君毅先生当日赴港，由于认识不清。"先生立即反对此说："我对亡友不当用此态度。"一九八九年，先生寄故人北京大学哲学系教授周辅成先生诗云："民贵君轻抉故书，一篇宏论辟榛芜。由来兴废成亏路，正在人心向背初。"由此等事迹，足见先生暮年，风骨依旧。一九九〇年，先生移居成都市内文殊院侧白家塘街老二号寓宅。一九九三年中秋节，以脑疾去世，终年八十有七，敛骨藏灰于简阳故土。

高翔先生是当代中国的隐士。一九四九年以后，有多少地主、国民党员、右派分子被下放农村劳动改造，而高翔先生不是地主、不是国民党员、不是右派分子，也不是被下放农村劳动改造，他是为了独立自由人格而自己归田。美国人比尔·波特《空谷幽兰——

寻访当代中国隐士》一书，记述一九四九年以后，有成百上千的佛教徒、道教徒，隐居深山长达数十年，而高翔先生不是佛教徒、不是道教徒，他是人间隐士，隐逸农村长达数十年。中国古时真正的隐士，如伯夷、叔齐、孙登、陶渊明、韩偓、司空图、郑思肖、谢翱、傅山、王夫之，身在林下，何尝忘怀天下。高翔先生亦何尝忘怀天下。先生诗"大地回春延岁月，槃阿息影看风云"之句（1979），境界不在散原"凭栏一片风云气，来作神州袖手人"之下。《忆林山腴先生》说："这些年来一般都把林先生看成是隐君子，不过问世事，好像先生对于人生社会，毫不相关。其实林先生还是对于民生疾苦，十分系念的。"这也是高翔先生的夫子自道。

高翔先生著述，多毁于"文革"。一九六六年"文革"的"破四旧"运动，附近四川师院红卫兵学生来抄家，先抄出先生所植兰花，又抄出先生所藏书籍字画手稿，先生手持《文物保护管理暂行条例》据理力争，说书是文物，国家保护，仅争回书籍，而手稿被学生付之一炬，其中包括《文论探源》一书手稿。《文论探源》全书用骈体写成，精思卓识，李源澄先生称之为中国第二部《文心雕龙》。

高翔先生著述，今尚存学术著述《学本》等十余种，古文辞数十篇，《寄栎轩诗存》诗词四百首，有门人张学渊编《赖高翔文史杂论》二册自印本。今存高翔先生学术著述，具有重大创见，其诗具有第一流成就，高翔先生实为当代杰出之旧体诗人。

高翔先生晚年自题联云："庄情孔思，沈笔陶诗，平生白业一挥手；文苑儒林，独行隐逸，他年青史四传人。""庄情孔思"，指平生实践儒家人道思想、道家自由思想。"沈笔陶诗"，指平生所作古骈体文、五七言诗，源自六朝诗文。"平生白业一挥手"，谦言上述平生善业，已挥手而去。"白业"，佛教语，指善业；亦用指教书育人事业，盖旧时教书，用粉笔黑板，而多白粉之故也，风趣。"文苑",正史记载文士的传记;"儒林",正史记载儒者的传记;此分别是指自己的诗文、学术成就。"独行",正史记载立志孤行者的传记,创始于《后汉书·独行列传》;"隐逸",正史记载隐士与遗民的传记,创始于《后汉书·逸民列传》,后称为《隐逸传》;此分别是指自己一九四九年前特立卓行办好蜀华中学,一九四九年以后归田隐逸三十五年。"他年青史四传人",是言上述平生善业,终将书于青史,而不会磨灭。

二、高翔先生之学术创见

高翔先生国学造诣异常深闳,对于先秦儒道以及诸子之学,造诣尤为精湛。其学术著述,劫灰之余,今尚存《毛诗美刺论》、《二南之作者与时代》、《国风流别论》、《词赋流别论》、《马端临文献通考序笺释》、《方志论·编撰》、《学本》上篇、《国故论衡原儒志疑》上下篇、《钟嵘诗品后序》、《沧浪诗话跋》等篇。

高翔先生在中国思想史方面之学术创获,今举一例:《学本》揭示先秦儒道以及诸子之区别,在于讲是非与讲利害。历来学者讨论先秦儒道以及诸子之学,"于其分歧,固未遑专辨,亦有才见牙角,明而未融,取足于斯,岂能解其纷蔽",高翔先生有鉴于此,而作《学本》(1944)。今存《学本》上篇,煌煌近三万言。

《学本》云:"闲常钩稽载籍,审所立言,推于开物成务之途,验其立心制行之要,爰知诸子之学所由别异,盖有二端:一曰是非,一曰利害。利害是非合,则诸家之所由同也;利害是非分,则诸家之所由异也。儒家者立于是非者也,道家者立于利害者也,墨家者主是非而说之以利害者也,法家者主利害而说之以是非者也。

儒墨之论以是非为主而不言利害,道法之论以利害为主而咄是非。墨家以天下之是非定人君之利害,法家以人君之利害立天下之是非。先秦诸子,盖未有别于此四宗者也。"儒道以及诸子之学之区别,在于讲是非与讲利害之不同。此是揭示儒与道及诸子之学之区别的总纲领。

《学本》又云:"儒家所争者在名,名者天下之论,是非所由定也。道家所贵者在生,生者利害之所由养也。趋利避害,道家之由生也;求名于善,儒家所论是非也。"讲是非与讲利害之区别,在于追求善与追求生之不同。此是指出儒道在实践上之区别。用今语表之,道家所追求之价值是个人的生命权、生存权利。此是对道家之不可磨灭的思想史价值与实践意义,所作出的颠扑不破的揭示,是对道家思想的重大贡献。

《学本》又云:"是非者因心而异,随见而殊……斯孔子不言是非而称仁义者乎?"又云:"曰利害者,谓其以私己为心者也;是非者,谓其以济人为心者也。以私己为心者,不以物害己者也。"讲是非与讲利害之区别,在于心存人道精神与个体权利之不同。此是揭示出儒道在根源上之区别。

《学本》又云:"自春秋之末,迄于战国,诸侯力征,生民益苦……世运之隆污既异,持论之轻重亦殊。故同一利害,老重在就利,庄重在避害,则网禁之密,民不聊生之所致也;同一是非,孔重在明是,孟、荀重在谴非,则处士横议,人无所适从之所致也。此道儒先后之变也。儒者虽言利害,终主是非,故曰'人之生也直,罔之生也,幸而免。'(《论语·雍也》)道家虽言是非,终主利害,故曰'曲则全,枉则直。'(《老子》二十二章)"自春秋至于战国,由于网禁之密、民不聊生,和处士横议,人无所适从,儒家学说从重在明是变为重在谴非,道家学说从重在就利变为重在避害。

此是揭示出儒道区别之历史背景之变化，及其思想史之发展。

高翔先生《学本》对儒道诸子之区别的见解，是重大创见，而非常精辟，如大禹治水，知天下脉络。可以借用宋儒的话来说："不是他见得到，如何道得出？"而只有对于儒道诸子之学深造自得，如自己所出，始能见得到。陈寅恪先生《陶渊明之思想与清谈之关系》说："凡两种不同之教徒往往不能相容，其有捐弃旧日之信仰，而归依他教者，必为对其夙宗之教义无创辟胜解之人也。"① 高翔先生信奉中国哲学，终生不捐弃旧日之信仰，与他对中国哲学特具创辟胜解之间，正是密切相关。

高翔先生的学问，并非只是知识，而是具有实践品格。儒道两家思想，尊崇人的价值、尊严和独立自由人格。高翔先生为了人的价值、尊严和独立自由人格，而归田隐逸长达数十年，就是他的学问具有实践品格的证明。

高翔先生《八十自寿》（1987）："春秋八十匆匆过，社栎山樗寄此生。"这是用《庄子·养生主》社栎山樗，不材之木，无所可用，故能终其天年之典，表示自己隐逸农村数十年，全生避祸，以维护自己生存权利和独立自由人格，是实践庄子哲学。《题霜甘阁人日燕集诗后》（60年代）："从古兴亡夜向晨，是非青史自能论。"《次韵重能南郊纪游》（1970）："毕竟千秋谁占得？是非青史话从头。"则是用自己所撰《学本》"儒家立于是非者也"之典，对世事沧桑，加以儒家之是非判断。高翔先生真正是儒道两家哲学的圆融者、实践者。

高翔先生在史学方面之学术创获，今举一例：《刘光第传》及《刘光第诗略论》揭示刘光第（1859—1898）之反清思想。刘光第是清朝的四品卿衔军机章京，戊戌变法的重要人物，戊戌政变死难六君子之一。高翔先生《刘光第传》指出："光第之死，

---

① 陈寅恪：《金明馆丛稿初编》，生活·读书·新知三联书店2001年版，第219页。

自清室遗老及康、梁诸人视之，固为忠于清室，怀始终之姓之义，此在当时情势，诚有可言。然观其《杂诗二十首》，力斥清室上下，误国误民之罪，初无韩昌黎'臣罪当诛，天王圣明'之意，而有'文王曰咨，咨汝殷商，汝炰烋于中国，敛怨以为德'之情，以及《重茸张忠烈公（同敞）墓诗并序》、《赖义士传书后》诸篇，盖所伤者民生疾苦，所重者民族气节。假使不遭此祸，知其道不行，或思退隐讲学，藏器待时，或应天顺人，投身革命，终不如康有为之始终保皇，侑于亡国大夫之侧可列也。"高翔先生《刘光第诗略论》进一步指出："《重茸张忠烈公墓诗》所云：'此骨南撑半壁天，前身北射中原月。……形骸久已外天地，留此大明土一邱。'《白云山吊赖义士嵩》：'武平赖生冠儒冠，誓将戴发黄泉没。白云峰头竟长往，孤竹鲁连比高洁。……河山百代逗兴亡，风雨万灵趋恍惚。心孤曾怨鬼神迷，项拗竟随天地折。匹夫殉国古亦有，杀人不死三章缺。监司徒与赙金钱，里老至今祠石碣。我过家山吊崖谷，恨少神弦奏金铁。但闻风籁响阴林，似悲故国还凄咽。杀身成仁心所安，析义要如筋入骨。苏卿嚼毛不忘汉，大禹文身为游越。黄冠归里倘得成，文山高操犹冰雪。'以一个为清代敌人不屈而死的张忠烈公坟被盗修复而引起极大的敬仰，说他'此骨南撑半壁天'，说他'留此大明土一邱'，以一个不肯去发而被人杀害的前朝遗民，而怪当时官吏没有杀凶手来偿义士的命，称他为'杀身成仁'，恨里闾没有为他办乐曲祭祀，这岂是忠于清代的臣僚所能说的话？这简直是反清复明的主导思想，也正是清末革命所倡导的一种思想。所以光第屡次想辞官归里，不应当但看作是洁身自好，不肯身仕乱朝，而实在有'逝将去汝'的意向。"高翔先生揭示出刘光第具有反清复明的思想，此思想与同情民生疾苦和尊崇民族气节密切相关，并指出此种反清复汉思想正是清末革命的动力，此似为刘光第研究从未有过的创见。

我们只要看看《清稗类钞·讥讽类》所载嘉庆十九年（1814）江西巡抚阮元镇压胡秉耀起义后，"有函投阮室，启视之，胡在狱中所著诗"，诗曰："能解《春秋》有几人"，"为怜未解金人祸"，"几多豪杰辅元胡"，"惟向胡儿轻屈节"，阮元阅之，曰："此人固亦解文字也"①，以及赵烈文《能静居日记》同治六年（1867）六月二十日所记赵烈文对曾国藩说"土崩瓦解之局"，"殆不出五十年矣"，"国初创业太易，诛戮太重，所以有天下者太巧，天道难知，善恶不相掩，后君之德泽，未足恃也"，国藩闻之，"蹙额良久"②，就可知道反清复汉之思想，实为满清统治下汉人不绝如缕之集体潜意识。故辛亥革命义旗一举，而满清统治土崩瓦解。可见，高翔先生的刘光第研究，创见至为精微，而符合清史深层实际。

三、高翔先生之诗

高翔先生留与后人的宝藏，主要在诗。其非同寻常之思想、人格、智慧，皆蕴藏于诗。

高翔先生早年受林山腴先生诗学，林先生诗学，溯其源出自王湘绮，并受同光体影响。在中国近现代诗歌史上，湘绮诗学，效法八代，近体则取法唐诗，实为诗歌创作之一大道，足以与同光体并驾齐驱。其在全国之影响，虽不敌同光体，而在四川，则蔚为大邦。林山腴先生诗、高翔先生诗，为其翘楚。高翔先生诗谨遵师法，由于湘绮诗学本身途径正、堂庑大，高翔先生又天分

---

① 徐珂：《清稗类钞》，商务印书馆1917年版，第12册，第40页。
② （清）赵烈文：《能静居日记》，太平天国历史博物馆编：《太平天国史料简辑》第3册，中华书局1962年版，第411页。

极高，为豪杰之士，其所经历之巨变为二千年所未有，其特立独行隐逸数十年亦异乎寻常，故其诗所开辟之境界，及其所造就，如其为当代之诗史，为当代之隐逸诗，实非传统湘绮诗学所能范围，乃自成一大家。

高翔先生《寄栎轩诗存》，今存诗词四百首，无一懈笔，多数篇章，良玉精金，无以喻其美。

高翔先生诗，以一九五〇年先生四十四岁为界，可分为前期诗、后期诗。其前期诗已取得非常优秀之成就，但是其最主要成就，为后期诗。

1. 五古

湘绮诗学主张五言诗"持其志"，又主张五言诗分和、劲二途。高翔先生五言古诗，取法魏晋，以"持其志"为内涵，以宽和为主，而融会和劲。

《辛卯初秋湿疹成疟兼婴胃疾病起有作》（1951）：

> 荏苒物序秋，渐渍时疠蒸。死丧岂不威，心叹此遂生。六凿攘更通，四体周自营。药石已复间，内养得所争。辟牖面场区，拄杖出户庭。鸟雀来欢哗，瓜芋纷已盈。阴阳晦塞开，昏旦气景清。川原旷望闲，黍稻莽然平。敛稭既有日，负戴亦有程。服经不履亩，函雅何以兴。旅力吾未愆，荷蓧将有能。倘列一廛氓，从君陇上耕。

此诗作于先生归田不久之后。"服经"犹言辛勤从事经传，"服"，从事，如《尚书·盘庚上》："若农服田力穑，乃亦有秋。""履亩",语出《春秋公羊传》鲁宣公十五年"履亩而税也"。

诗言病起闲望黍稻，自勉从事躬耕，辞气宽和，而悲欣交集。"死丧岂不威，心叹此遂生"，忧生之苍凉，何减阮籍。"服经不履亩，幽雅何以兴"，怀新之风趣，雅似渊明。陶实融会和、劲。阮陶为一，遂成自性。

《蒙文通先生挽诗》（1968）二首其一：

> 幽兰误当门，遑恤锄刈捐。昆冈纵烈火，璇石共摧残。薰莸岂同器，膏液理难干。一朝委尘埃，孰辨佞与贤。颇恨通人蔽，操世徒空言。遨游羿彀中，罹此祸福端。郁郁井络精，惨惨商风寒。蜀学俄遂空，薪火定谁传。托契李生者，膏明早自煎。

蒙文通先生是川大教授，卓越的历史学家，"文革"中死于非命。"膏液理难干"，用《文选》卷四十四司马相如《喻巴蜀檄》："是以贤人君子，肝脑涂中原，膏液润野草，而不辞也"；"颇恨通人蔽"，用《弘明集》卷三何承天《答宗居士书》："夫明天地之性者，不致惑于迂怪。识盛衰之径者，不役心于理表。傥令雅论不因善权笃诲，皆由情发，岂非通人之蔽"；"操世徒空言"，用黄宗羲《孟子师说》卷下："用行舍藏，因时制宜，终不落事局中。取办功名，若常人之出处，为世所操，我不能操世，便是落于事局"；"遨游羿彀中"，用《庄子·德充符》："游于羿之彀中，中央者，中地也，然而不中者，命也"；深婉曲折地表达了对蒙文通先生死于非命的痛心。"蜀学俄遂空"，如黄宗羲《八哀诗·钱宗伯牧斋》"红豆俄飘迷月路"，"俄"字皆用得好，"俄"，俄顷、顷刻，在此，有轻易之感，写出人文毁灭容易成就难之悲慨。此是当代诗史，笔调悲愤、沉郁，属于蔡琰、阮籍一路。

悲悼众多故人死于非命或生前遭受迫害，形成高翔先生诗文非常突出的当代诗史特色。在当代诗歌史上，沈祖棻诗悲悼众多故人死于非命或生前遭受迫害，如《岁暮怀人四十二首》，具有突出成就，但沈祖棻先生是用七绝短小篇制，而高翔先生悲悼众多故人死于非命或生前遭受迫害，是用五古长篇或五七言律中篇，且往往为联章，故叙事抒情更为翔实深切。

2. 七古

湘绮诗学，取途八代，特别崇尚"诗缘情而绮靡"。高翔先生早期七言古诗，即在绮丽一途，已有出色造就，不仅在于描写之工致，气韵之变化，而且在于境界之卓尔不凡。

高翔先生早年所作《古妆仕女图为蒋恭南题》：

> 东南楼上初日度，窈窕容光照缣素。只言灵韵胜人间，人世缣罗已非故。亭亭孤秀琐窗前，宝髻盘鸦黛娥鲜。十二阑干垂玉手，一重云母映花钿。朝寒绡帐飞文绮，尽夜春风吹锦水。偶然陌上望花开，平生未觉花能拟。回腰侧袖转身时，伯劳东去西燕飞。凌波海水摇空绿，破梦眉山送浅绯。交甫新悲汉皋佩，从来高致邈难对。远思惊回桂魄秋，芳情暮入疏星外。北渚风流帝子家，万年年少驻朝霞。却嫌陶令闲情赋，唐突仙人萼绿花。

此诗以齐梁笔调，绮艳色泽，描写画中人之美丽、高致。"偶然陌上望花开，平生未觉花能拟"，真神来之笔，虽用《艺文类聚》卷六十九梁简文帝《答南平嗣王饷舞簟书》:"南湘点泪,喻也未奇;东宫赤花,拟之非妙"之语,而迥然青出,已为原创。奇思逸韵,可比拟《春江花月夜》:"昨夜闲潭梦落花,可怜春半不回家"。结笔"却嫌陶令闲情赋,唐突仙人萼绿花",用陶渊明《闲情赋》之典,及梁陶弘景《真诰·运象篇》萼绿华故事,忽然写出对画中女主人公亦即理想女性的人格尊严的尊敬,是何等高情、高致。此实为新文化运动价值观之诗性体现。先生是新文化运动先驱吴虞先生之弟子,撰有《吴先生墓志铭》。程千帆先生一九九四年三月八日致张学渊函云:"五十年前,流寓成都,尝预赖翁交游之末。忆读其所拟吴又陵墓志,叹为晋宋高文,容甫以后一人而已。"全诗当得"高华"二字。

高翔先生早年所作《杨枝曲》:"小袖云蓝怜玉手,花容婀娜粲瓟犀",《采兰曲为镜吾作》:"生来蘼芜傍风尘,灵犀一点贮秾春",亦属绮丽一途,写照传神,皆不失为佳句。《夭桃已开梅萼犹盛诗以颂之》始言:"梅花未落桃花开,春风次第吹芳菲",后言:"山阿寒岁青虬枝,成栋参天自不知",用渊明《饮酒》其八:"青松在东园,众草没其姿,凝霜殄异类,卓然见高枝。连林人不觉,独树众乃奇",而翻新出胜,寓风骨于韵致。寓风骨于韵致,已预示着高翔先生诗歌风格未来之发展方向。

高翔先生后期诗歌,是诗史,见风骨,其韵致则依旧。

《霁晴索赠长歌》:

刘郎五载江油客,消息探踪渺无迹。长裾徒步踏门来,剑气干霄犹可识。江油山色窦圌高,耦耕人是酒中豪。俛眉敛抑甘粗使,肯信埋没终蓬蒿。平生万卷耽书策,挥手锄耰如运笔。荷蓧朝出荷畚归,南山种豆北山麦。辛勤四体夸身强,渐亲鹿豕扰群羊。弥缝失意几微事，涉历险阻俱康庄。当时厚结师门契，交手西都合义类。高李吹台纪胜游，应徐邺下成嘉会。地折天崩大过缠，迁斥冻馁相钩连。谁知锦里生还日，已是山阳感旧年。感旧唏嘘岁月改，秋草玄亭葬文彩。吴质长愁薤露晞，第五高名埋上海。贾贸喧阗起市尘，萧疏厂舍罢机轮。死生契阔几人在，与君共话增酸辛。君鬓青青我鬓白，鸡鸣如晦风雨夕。岁寒不损后凋心，两人壮意今犹昔。与君相约更相亲，种桃道士待何人？菜花零落莓苔长，来看玄都观里春。

《霁晴索赠长歌》是高翔先生后期之作。霁晴，即刘霁晴，作者之同学、好友。据《杨尚昆与三年困难时期精减城市人口》："（1962年）五月会议以后，精简工作与国民经济的调整特别是工业的调整和企业的关、停、并、转结合进行。"①而本诗有"贾贸喧阗起市尘，萧疏厂舍罢机轮"之句，可知诗当作于一九六二年。

起笔至"涉历险阻俱康庄"十六句，写友人失踪五年，突然踏上门来见面，接着回顾友人下放江油劳动改造之生涯，不仅各种苦活重活举重若轻，各种艰险履险若夷，而且从未屈服。其中，"长裾徒步踏门来"，"长裾"，不仅是用《后汉书·独行列传·范式传》："式见而识之，呼嵩把臂，谓曰：'子非孔仲山邪？'对之叹息，语及平生，曰：'昔与子俱曳长裾，游息帝学'"②之古典，写出友人之豪气；也是用一九五六年自己因穿旧式长衫被讥而弃教纺校之今典，包含《离骚》"退将复修吾初服"之深意。"剑气

---

① 苏维民：《杨尚昆与三年困难时期精减城市人口》，《百年潮》2008年第10期。
② （清）王先谦：《后汉书集解》卷71，中华书局1984年版，第931页。

干霄犹可识",用《艺文类聚》卷六十宋雷次宗《豫章记》:"吴未亡,恒有紫气见斗牛之间",即丰城剑气之故事,及《梁文纪》卷六梁任昉《宣德皇后令》:"剑气凌云,而屈迹于万夫之下"之典,写出友人之国士气质,及屈迹人下之命运。此下句句精彩,如有神助。"平生万卷耽书策,挥手锄耰如运笔","辛勤四体夸身强,渐亲鹿豕扰群羊。弥缝失意几微事,涉历险阻俱康庄"(《周礼·大宰》注:"扰,犹驯也"),写知识分子劳动改造生涯及友人刚强睿智性格,皆别开生面,古所未有。"当时厚结师门契"四句,忽然阑入旧时大学生活胜游嘉会之美好回忆,如影片之彩色与黑白二部曲交替,神明变化,兴感无端。"地折天崩大过缠"至结笔二十句,抚今追昔,慷慨淋漓。"地折天崩大过缠,迁斥冻馁相钩连",句构化用李白《蜀道难》:"地折天崩壮士死,然后天梯石栈相钩连",以蜀道开辟之难喻世变及世道之难,气派、贴切。"大过",用《周易·大过·正义》:"此衰难之世,唯阳爻,乃大能过越常理以拯患难也",《象辞》:"泽灭木,大过。君子以独立不惧,遁世无闷",及《周易集解》引《九家易》:"至于大过之世,不复遵常,故君子犯义,小人犯刑,而家家有诛绝之罪"。"折"、"崩"、"缠"、"迁"、"斥"、"冻"、"馁"、"钩连",连用九个动词,直写出此时代知识分子所遭遇之从古未有之接踵而来之劫运,直至眼前之饥荒,不谓之诗史,不可得也,不谓之神笔,亦不可得也。"贾贸喧阗起市尘,萧疏厂舍罢机轮",更推扩开去,写出三年经济困难时期自由市场喧阗、工厂纷纷下马之当代史。"死生契阔几人在"十句,从沧海桑田死生契阔之悲慨,写到道义风骨之相期许,五音繁会,撼动人心,譬之戏曲,曲虽终而情不尽也。

高翔先生以七古长篇,写出时代之劫难连绵,底层知识分子之苦难与风骨，当代诗史，戛戛独造。《霁晴索赠长歌》，是一代表作。

《忆昔行赠周重能》：

> 忆昔太学兴西陲，张公岩岩作之师。
> 清寂爱智振金玉，风流文彩世莫追。
> 吴先（君毅先生）自是凤鸾姿，朋从群彦张羽仪。
> 三蜀英豪竞奔骤，荡如大海鱼龙归。
> 周郎廿七枕经史，竟日兀诵忘饥疲。
> 刁君为我通缟纻，道存目击心神怡。
> 六年成业骊驹暮，劳飞燕去还相顾。
> 同门张（卓名）易（建文）与钱（智儒）周（克谋），
> 几回连我东西路。我留君去去君来，十番期遇五不谐。
> 偶然锦水兰萍合，云龙上下相追随。
> 尔时陆海物力充，六街九陌列尊罍。
> 琼浆玉食买朝夕，兼以词翰相娱嬉。
> 东郊薛井草堂西，北海樽翻九里堤。
> 青羊花市赏春出，丞相祠中消夏回。
> 风景不殊人代改，死丧疾馁重重待。
> 诸老凋零实可哀，宿昔交亲余几在？
> 壮游君我称赏心，十年羁阻复相寻。
> 尚留皮骨保康吉，宁免感愤百忧深？
> 君住清江绵教泽，我亦织室分一席。
> 自惭疏拙谢知新，量力归来守故辙。
> 中间花发锦城春，君携童冠乐芳晨。
> 驰笺故旧接欢燕，崔徐唐邓来相亲。

> 一朝时沴连都邑，救困扶颠留不得。
> 自此忧谗虑患深，风尘苒苒音书绝。
> 世用从人弃散樗，君自抽簪领桂湖。
> 检校丹铅理函海，白头尚友杨新都。
> 牛市东头期一见，转毂匆匆有程限。
> 楼上斜阳照鬓丝，始悟欢惊杂哀怨。
> 交束壮老别情多，笺素酬君发浩歌。
> 明年解禊桃花水，感旧相怜春梦婆。

《忆昔行赠周重能》，写自己与老友沧桑之后之相逢与惜别，亦是后期之作。"自惭疏拙谢知新，量力归来守故辙"，用陶渊明《归园田居》："开荒南野际，守拙归园田"，《咏贫士》："量力守故辙，岂不寒与饥"，及《文选》卷四十八扬雄《剧秦美新》："岂知新室委心积意"之典，表示归田是为了守住自己朴拙的本性，及与时不合。"楼上斜阳照鬓丝，始悟欢惊杂哀怨"，写出酒楼临别，一道斜阳光线照亮老友斑白鬓丝之瞬间画面，沧桑契阔欢惊哀怨当下涌上心头，真是传神之笔。其光线背景与形象特写，令人联想起杜甫《梦李白》："落月满屋梁，犹疑照颜色"，与"出门搔白首，若负平生志"。而连用"悟"、"欢"、"惊"（《说文解字》："惊，乐也。"）、"哀"、"怨"、"杂"一系列心理动词，则深得蔡琰《悲愤诗》："见此崩五内，恍惚生狂痴"，及潘岳《悼亡诗》："怅恍如或存，周遑忡惊惕"，连用一系列心理动词、心理形容词之神理。此等艺术特诣，虽是出自诗人之灵心锐感，亦是出自非同寻常之生活遭际。

《题霜甘阁人日燕集诗后》结笔："从古兴亡夜向晨，是非青史自能论。他年海水群飞尽，谁与刊碑纪亥辛"，用《剧秦美新》

"神歇灵绎,海水群飞"之古典,与成都"辛亥秋保路死事纪念碑"之近典,表达期望未来,蕴涵兴发感动,境界深沉高远,看似近于陶渊明《饮酒》:"衰荣无定在,彼此更共之",《述酒》:"流泪抱中叹,倾耳听司晨",其实风味已然不同,毕竟时代已迈越千年。

3. 五律

高翔先生五律,王孟之华秀超逸取致,杜甫之沉郁顿挫风趣,今之隐士之独特境界,融会为一,而别具一格。求之在昔,似未之有也。字字研秀,句句警策之作,集中比比皆是。

《奉酬佛操重能见寿之作次重能韵》其四(1972):

背郭依山宅,朝晖映彩霞。倾筐劳厚馈,翳地赏余花。南国三春树,东陵五色瓜。兴衰谈已倦,一唱浪淘沙。

"背郭依山宅,朝晖映彩霞。"幽静、绚丽,境界全出。"倾筐劳厚馈",故人携来厚赠,倾筐而出,人情味、生活气息,扑面而来。"翳地赏余花。"汉扬雄《方言》卷十三:"翳,掩也。"晋郭璞注:"谓掩覆也。"翳,可指树阴或藤阴掩覆其下空间以及地面。《左传》宣公二年"舍于翳桑"杜预注:"翳桑,桑之多荫翳者。"陶渊明《杂诗》其十:"庭宇翳余木。"韩愈《示儿》:"西偏屋不多,槐榆翳空虚。"皆此义。"翳地花",指树花或藤花之浓荫掩覆其下空间以及地面。"翳地赏余花",言余花犹密密匝匝,无异繁花,荫翳其下空间以及地面,花阴之下,仰面赏花,人已陶醉;繁花时节,其丽如何?此句之境,极美,极幽,韵致,罕见。"杏花疏影里,吹笛到天明",看似似之,实未似之,繁花翳地,杏花疏影,花之疏密,并不相同。"南国三春树",用《楚辞·橘颂》:"后皇嘉树,橘徕服兮,受命不迁,生南国兮。深固难徙,更壹志兮。绿叶素荣,纷其可喜兮"①,并自然地带出其相关下文:"嗟尔幼志,有以异兮。独立不迁,岂不可喜兮","苏世独立,横而不流兮","愿岁并谢,与长友兮","行比伯夷,置以为像兮"。用简单明白之语,及屈原《橘颂》之典,道眼前橘树之景,隐喻今之隐士心情,毫不费力,几于出神入化。"东陵五色瓜",用《史记·萧相国世家》:"召平者,故秦东陵侯,秦破,为布衣,贫,种瓜于长安城东,瓜美,故世俗谓之'东陵瓜'",及阮籍《咏怀诗》其六:"昔闻东陵瓜,近在青门外","五色曜朝日,嘉宾四面会",及陶渊明《饮酒》其一:"邵生瓜田中,宁似东陵时",自道隐逸身份,以及嘉宾相会。"兴衰谈已倦,一唱浪淘沙",上句语出《汉书》卷八十七《扬雄传下》扬雄《长杨赋并序》:"仆尝倦谈,不能一二其详",下句指李后主《浪淘沙》词:"无限江山,别时容易见时难。流水落花春去也,天上人间。"曰"已倦",曰"一唱",跌宕、磅礴。一结余音永永不尽。

五律此等境界,求之在昔,未之有也;字字研秀,句句警策;正此诗之谓也。

《桂湖赏秋赋谢重能兼以为别》(1971):

> 八月芬馨发,相邀太史祠。前朝双桂树,新酒五粮卮。溉釜酥脂夥,磨刀缕脍丝。与君往来熟,何事怨将离。

桂湖公园,在四川新都,为明代杨升庵故居,桂树成林,荷花似海。自60年代至70年代,每年桃花开时,钟佛操先生、周

---

① (宋)洪兴祖著,白化文点校:《楚辞补注》,中华书局1983年版,第155页。

重能先生便到成都东山高翔先生家作客赏桃，桂花开时，佛操先生、高翔先生便到新都重能先生家作客赏桂，题觞留咏，历十余年，而无间断。诸先生集中，此等诗篇甚多。此种花时聚会，看似朋友赏花之期、文酒之会，为诗人韵事，其实雅有深意存焉。

"八月芬馨发，相邀太史祠"，"太史祠"，指桂湖公园中之升庵祠。此时掩映在金色的桂花之间，桂花似海，芳香醉人。杨升庵为明朝翰林，"明时则凡翰林修撰等并称太史"（清鄂尔泰、张廷玉《词林典故》卷二《官制》）。"前朝双桂树"，言升庵祠前两株桂树，是前朝所植，并用杨升庵《煨庵饷白果》"好比仙家双桂树，一枝留向月中攀"之语，象喻相约赏桂而来的两位老人，是前朝之人。以透明之语，寻常之典，寄托深意，无迹可求，此是高翔先生诗之绝诣。此下皆写友情。"新酒五粮卮"，友情之醇，正似此酒。"溅釜酥脂夥"，极有生活气息。当时经济持续困难，粮食、肉类、食油等，皆实行配给制，配给量少，滴油似珠。诗言主人炒菜，釜中油脂充盈，由此生活细节，足见友情之厚。"与君往来熟，何事怨将离"，结以临别对话，更见友情之真。有"前朝双桂树"一句之照明，全诗之友情，遂具有非比寻常之深度。高翔先生《戊午寿重能诗并序》云："十余年踪迹相亚，诗酒相亲"，"亦见兹礼之不可损也。""兹礼"，即《诗大序》"怀其旧俗"之"旧俗"、"止乎礼义"之"礼义"。"诗酒相亲"，看似小事，坚守"兹礼之不可损"之精神，则并非小事。

高翔先生诗更有风趣一体。《次韵重能门壁生槐戏赋三首》其一（1972）：

盘根庭院侧，挺秀板门间。比似邻娃幼，无心日款关。凌云须破屋，避地不栖山。好共销长夏，薰风一解颜。

"盘根庭院侧,挺秀板门间。"重能先生家在新都谕亭巷一院内,是一平房,木板门壁。诗言门前古槐参天,盘根满院,竟有一条槐枝,挺秀生出于室内。"挺",状槐枝苗条,"秀",状槐叶碧绿。此诗明白如话,实际仍多雅言。"挺秀",语出《晋书》卷七十五《王湛列传》:"安期英姿挺秀。""板门",语见《太平广记》卷四十二《贺知章》:"西京宣平坊有宅,对门有小板门,常见一老人乘驴出入。""比似邻娃幼,无心日款关。"诗言槐枝比起邻家女娃还要幼小,天真的邻娃,天天来叩门拜访您,而幼小的槐枝,干脆就住进您家啦!"邻娃",语见唐陆龟蒙《陌上桑》:"邻娃尽着绣裆襦,独自提筐采蚕叶",及周昙《颜叔子》:"夜雨邻娃告屋倾,一宵从寄念悲惊。""款关",语见《史记·商君列传》:"由余闻之,款关请见。"《集解》引韦昭曰:"欵,叩也。"[1] "凌云须破屋",诗言槐枝可有凌云志气了,没准哪天她就长大了,穿破您家屋顶啦!"避地不栖山",诗言槐枝眼下可就住在您家了,她也想逃避这个世间,住在您家,就不用隐居深山啦,因为您这就是隐士家。风趣的背后,非常自然地、不期然而然地流露出了诗人自己的隐士襟怀,再就是,非常曲折地、隐隐约约地透露出这个好人隐逸的时代。"避地",语见《论语·宪问》:"子曰:贤者避世,其次避地。"何晏注引马融曰:"去乱国,适治邦。"[2] 结笔"好共销长夏,薰风一解颜",说有了槐枝就好了,你们可以一起度过这个长夏,您好开心,夏风之中,也能开颜一笑。

此诗幽默,妙趣横生。全篇句句警句、妙句。题材新颖,求之前人,似未曾有。《次韵重能门壁生槐戏赋三首》其二:"依人

---

[1] 《史记》卷68,中华书局1959年版,第2234页。
[2] (魏)何晏注,(宋)邢昺疏:《论语注疏》卷14,(清)阮元校刻:《十三经注疏》,中华书局1980年版,第54页。

如社燕,裂壁忆飞龙。"其三:"未须盆盎植,生意已充庐。"也都是佳句。

高翔先生五律佳句甚多,风味不同。苍凉,如:《奉酬佛操重能见寿之作次重能韵》其三:"大浸鱼龙寂,高堂燕雀亲。"《同佛操寿重能新都》其四:"虽为人境宅,幽意比蒿莱。"《挽罗孔昭》:"卢骆差肩愧,巢由避地难。"《挽邓克明》:"换世无家别,忧生旅食春。"《桂湖春会次重能佛操韵》:"今雨闻声集,相知复几人。"

风骨,如:《次答佛操重能见寿之作》:"屈子曾哀郢,贾生复过秦。"《次韵重能见寿之作》:"未辨驯龙性,难迁野趣饶。"《同佛操寿重能新都》:"修短成亏理,淹留与细论。"

韵秀,如:《伍非百先生枉过村居》:"不辞郊郭远,留赏到斜晖。"《佛操东山晓望》:"麦分千亩秀,树绕一亭孤。"《次韵重能立春》:"光风回岸柳,轻霭莹场苗。"

逸兴,如《次韵佛操见寿之作》:"不有仙源树,焉知黍谷春。"《佛操生日寿诗》:"箕颍情犹在,濠梁兴未遥。"

深挚,如:《次韵佛操九日过饮》:"莫辞倾盏醉,此会兆将离。"《同佛操寿重能新都》其二:"本自濠梁契,先同稷下游。"

田家生活气息,如:《次韵重能见寿之作》:"偶然邻叟对,班坐话桑麻。"《次韵佛操见寿之作》:"伐辐水清涟,晨炊屋满烟。"《秋雨次韵重能》:"新苔欲上砌,遗秉尽生芽。"

4. 七律

高翔先生五七言律诗,皆熔铸唐律藻采风神,五律更多韵秀风致,七律更多沉郁顿挫,近杜甫、刘禹锡,并因身世际遇而近散原,深邃苍凉,别具一格。

《次韵重能辞绝介寿之作》(1979):

公羊三世广前闻，成毁谁齐物论纷。大地回春延岁月，槃阿息影看风云。孤灯独照心忘老，一味能甘手自分。高会幔亭何日事，题诗先问武夷君。

诗作于"文革"结束后，中国进入新时期之初。

"公羊三世广前闻"，语出《公羊传》哀公十四年："所见异辞，所闻异辞，所传闻异辞"，"拨乱世，反诸正，莫近诸《春秋》"，及隐公元年何休注："于所传闻之世，见治起于衰乱之中，用心尚粗觕，故内其国而外诸夏"，"于所闻之世，见治升平，内诸夏而外夷狄"，"至所见之世，著治大平，夷狄进至于爵"，诗言中国拨乱反正，进入新时期，有似公羊三世之说，新的说法已增广了旧的说法。

"成毁谁齐物论纷"，语出《庄子·齐物论》："其分也，成也；其成也，毁也"，"是以圣人和之以是非而休乎天钧"，诗言世道成毁，说法纷纭，谁能定论？

"大地回春延岁月"，用《文选》卷四十三晋孙楚《为石仲容与孙皓书》："徘徊危国，冀延日月，此犹魏武侯却指河山，以自强大，殊不知物有兴亡，则所美非其地也"，及李善注引《史记》："魏武侯浮西河而下，中流顾谓吴起曰：'美哉山河之固，此魏之宝也。'吴起曰：'在德不在险，若君不修德，则舟中之人，尽为敌国也。'武侯曰：'善。'"[1]诗言中国走出了崩溃边缘。

"槃阿息影看风云"，用《诗经·卫风·考槃》："考槃在阿"（《毛传》："考，成；槃，乐也"，"曲陵曰阿"，考槃，指隐士生活的自由快乐），及陆云《陆士龙集》卷七《涉江》："形息景于重阴"，以及《文选》卷二十二谢灵运《游南亭》："息景偃旧崖"，诗言

---

[1] （梁）萧统编，（唐）李善注：《文选》，中华书局1977年版，第600页。

息影山阿的隐士，静静地观看着风云变化。隐士不能忘怀天下之襟怀，见于言外。

"孤灯独照心忘老"，用《艺文类聚》卷三谢惠连《秋怀诗》："孤灯暧幽幔"，《文苑英华》卷九十谢偃《影赋》："孙惠顾以致悚，田巴临而独照，想古人之遗烈，哀吾生之不劭，守愚直以固穷，无明略以求効"，《宋书》卷七十三《颜延之传》颜延之《庭诰》："欲使人沉来化，志符往哲，勿谓是赊，日凿斯密。著通此意，吾将忘老，如固不然，其谁与归"，诗言孤身隐逸到老，也不会改变守直固穷的品节、独立自由的人格。

"一味能甘手自分"，语出《后汉书》卷八十四《杨震传》"虽有推燥居湿之勤"，李贤注引《孝经·援神契》："母之于子也，鞠养殷勤，推燥居湿，绝少分甘"，诗言自奉俭朴，一味自甘，安贫乐道。张学渊《赖高翔先生传》云："尤喜王闿运撰彭玉麟之墓志铭，志云：'然其遭际，世所难堪，始则升斗无资，终则帷房悼影'；又云：'萧寥独旦，终身羁旅而已。不知者羡其厚福，知者伤其薄命，由君子观之，可谓独立不惧者也。'先生以为，彭之遭逢，与己尤为贴切"。可资参考。

"高会幔亭何日事，题诗先问武夷君"，用《类说》卷七《诸山记》："武夷山有神人，号武夷君，一日语人曰：'汝等以八月十日会于山顶'，是日，村人毕集，见彩缦屋宇，器用甚设，闻空中人声，不见其形"之典，是说：我题诗先问友人重能先生，我们的文酒之会，好比神仙会，何日能举行呢？

高翔先生此诗深情高致，意境邈远，气韵深沉，乃第一流七言律诗。在中国当代，应该是最好的、第一位的隐逸诗。"大地回春延岁月，槃阿息影看风云"之句，境界不在散原"凭栏一片风云气，来作神州袖手人"之下。

《次韵奉酬霁晴大兄枉过山居之作》(1984):

  岂因苌楚乐无家,寄迹皋桥兴未涯。尘梦易醒桃树尽,春风如旧柳枝斜。衰容笑我颠毛白,豪气怜君雅望赊。市远盘飧难取醉,高情空对小园花。

"岂因苌楚乐无家",用《诗经·桧风·隰有苌楚》:"猗傩其华,夭之沃沃,乐子之无家",言岂是因无家而乐。然则所乐何事?"寄迹皋桥兴未涯"。此用《后汉书》卷一百一十三《逸民列传·梁鸿传》:"过京师,作《五噫》之歌","肃宗闻而非之,求鸿不得,乃易姓运期,名耀,字侯光,与妻子居齐鲁之间,有顷,又去,适吴,遂至吴,依大家皋伯通居庑下,为人赁舂",及《太平寰宇记》卷九十一《苏州》:"皋桥,即汉皋伯通居此,桥以得名,梁鸿赁舂之所"①,以及庾信《哀江南赋》:"下亭漂泊,皋桥羁旅",言隐逸生涯,其乐无涯。"尘梦易醒桃树尽",用刘禹锡《元和十一年自朗州召至京戏赠看花诸君子》:"紫陌红尘拂面来,无人不道看花回,玄都观里桃千树,尽是刘郎去后栽",《再游玄都观并引》:"余贞元二十一年为屯田员外郎时,此观未有花,是岁出牧连州,寻贬朗州司马。居十年,召至京师,人人皆言有道士手植仙桃,满观如红霞,遂有前篇,以志一时之事。旋又出牧,今十有四年,复为主客郎中,重游玄都观,荡然无复一树,唯兔葵燕麦,动摇于春风耳。因再题二十八字,以俟后游。时大和二年三月",及其诗:"百亩庭中半是苔,桃花净尽菜花开。种桃道士归何处,前度刘郎今又来",诗言种桃道士之梦想及其事业,

---

① (宋)乐史:《宋本太平寰宇记》卷91,中华书局1999年版,第103页。

已经落空。"市远盘飧难取醉，高情空对小园花"，用杜甫《客至》："盘飧市远无兼味，樽酒家贫只旧醅"，及庾信《小园赋》："落叶半床，狂花满屋，名为野人之家"，谦言隐士家远离城市，盘飧草草，难以取醉，空有小园花酬对故人高情。

"尘梦易醒桃树尽"，深致。"市远盘飧难取醉，高情空对小园花"，正是高情。若问深致深几许？海水直下三万里。

《地震奉和》（1976）：

> 陵谷推迁事可哀。喧喧万众向泉台。月擎望朔天垂象，地竭珍奇卯召灾。国有大丧连岱岳，世方多难感风雷。伤心一卷芜城赋，寂听凝思泪已摧。

诗为一九七六年唐山大地震作。"喧喧万众向泉台"，写大地震万众死难情景如画。"地竭珍奇卯召灾"，写浩劫根源，深沉之至。"地竭珍奇卯召灾"，用皮日休《鹿门隐书》："夫山鸣鬼哭，天裂地坼，怪甚也。圣人谓一君之暴，灾挺天地，故讳耳。然后世之君，犹有穷凶以召灾，极暴以示异者矣。"并可参观柳宗元《天说》引韩愈言："人之坏元气阴阳也亦滋甚，垦原田，伐山林，凿泉以井饮，窾墓以送死，而又穴为偃溲，筑为墙垣城郭台榭观游，疏为川渎沟洫陂池，燧木以燔，革金以镕，陶甄琢磨，悴然使天地万物不得其情。""卯召灾"，并用《梁书》卷一《武帝本纪上》："独夫扰乱天常……岁月滋甚，挺虐于髫齓之年，植险于髫卯之日。猜忌凶毒，触途而著；暴戾昏荒，与事而发。"① 扬雄《方言》卷一："挺，取也。""髫齓"，小儿剪发；"髫卯"，幼年。"卯召灾"，指"文革"时学生肆虐造孽，戾气招致灾难。"国有大丧连岱岳，世方多

---

① （唐）姚思廉：《梁书》卷1，中华书局1973年版，第1页。

难感风雷",写出那年代之时事与特殊之氛围。结笔"伤心一卷芜城赋,寂听凝思泪已摧",归至痛心唐山大地震民众之死难倾城。此痛其有尽乎?抑未有尽耶?

高翔先生七律,佳句甚多。沉郁,如:《重能佛操以践辰枉存清游五日乐颂连朝去后有诗次韵赋谢两君》:"大壑茫茫青未了,逢辰须尽手中杯",《奉祝霁晴兄六十览揆之辰》:"南国霸才思范蠡,西州文苑老朱家",《次韵重能南郊纪游》:"毕竟千秋谁占得,是非青史话从头",《次重能自寿诗韵奉和》:"著述不因风会改,参苓能挽逝波流",《奉和以唐》:"阮生处贵叹途穷,宁识孙登处士风",《戊午寿重能诗并序》:"博士换朝秦伏胜,他乡托老赵荀卿",《寿刘霁晴大兄八十》:"玄都观在刘郎寿,尚忆同歌紫陌辰",《霁晴大兄村居看桃花有作次韵奉和》:"何事乘桴北海滨,桃蹊千载隔周秦",《次韵奉酬佛操重能新都相候不至之作》:"海水群飞天荐瘥,扶衰犹喜故人多",《梦佛操次重能韵》:"何当吾炙编成集,一卷嘤鸣纪友声",《八十自寿》:"春秋八十匆匆过,社栎山樗寄此生。"

韵秀,如:《同佛操饮霁楼斋中》其二:"二主一宾同此醉,交游今日是云霞",其三:"白头尚论心犹昔,青眼相看意有余",《重能佛操以诗见寿次韵答赋》:"却爱刘卿诗句好,闲花落地听无声",《同趾祥访重能新都归来得所寄诗次韵奉答兼柬冯君》:"高会定堪年一度,未须禁足老烟萝。"举不胜举。

5. 七绝

高翔先生七绝,其情韵、神韵独到处,雅似唐贤,又不同唐贤;其苍凉深邃处,几于古今无两。其兴发感动,可歌可泣,不期然而然也。

《除夕诗》:

>岭上桃花映紫云。梯田日暖草初薰。当春便得春风力，说向人间口角芬。

《除夕诗》三十二首，是高翔先生早年之作，原稿丧于兵火，五十五岁时，记忆补缀，得十二首，序云"以存吾家故实"。此是其中第十二首。"岭上桃花映紫云"之"紫云"，即紫云英，又称江西苕、红花草，草本，茎直立，绿叶，花紫红，花时灿若云霞，浮于绿野之上。是蜀中稻田的冬季绿肥作物。"梯田日暖草初薰"之"草薰"，语出江淹《别赋》："闺中风暖，陌上草薰"，《文选》李善注："薰，香气也。""当春便得春风力"之"春风力"，语出曹邺《四怨三愁五情诗十二首》之《二怨》："庭花已结子，岩花犹弄色。谁令生处远，用尽春风力。"高翔先生诗言，春风一吹来，万物便充满了活力，岭上一道道梯田，桃花、紫云英花盛开，宛如云霞，相映成趣，春草碧色，日暖花香，当人们说着岭上花开了时，连口角也带有百花的芬芳。

"当春便得春风力，说向人间口角芬"，新颖，从未有人道过，而韵味无尽。诗人若非有如此真切的农村生活体验，若非对故乡有如此刻骨铭心之情，又如何道得出？

《感事答右真兼寄荆石》（1949）：

>荷蒉难安物外心。始知巢许负尧深。卷舒羿縠何人会？解褐归来问展禽。

五十年代初，高翔先生弃职成都蜀华中学校长，归隐成都东山，躬耕自养。诗作于此时。

"荷蓧难安物外心",用《论语·微子》所载春秋隐士荷蓧丈人之典,言时代巨变,虽为世外荷蓧之人,亦难心安。"始知巢许负尧深",用晋皇甫谧《高士传》等所载上古隐士巢父、许由之典,并化用王维《送韦大夫东京留守》:"曾是巢许浅,始知尧舜深"之典,言如今始知身为巢、许,是深有负于国家。此等境界,古来罕有,不是隐士,道不出;不是隐士而关怀天下,亦道不出。"卷舒羿彀何人会","卷舒",指仕隐,用《论语·卫灵公》:"君子哉蘧伯玉,邦有道,则仕,邦无道,则可卷而怀之",及《文选》卷十潘岳《西征赋》:"蘧与国而舒卷"。"羿彀",用《庄子·德充符》:"游于羿之彀中。中央者,中地也。然而不中者,命也。"郭象注:"羿,古之善射者。弓矢所及为彀中。夫利害相攻,则天下皆羿也。自不遗身忘知、与物同波者,皆游于羿之彀中耳……则中与不中,唯在命耳",陆德明《经典释文·庄子音义上》:"游于羿之彀中,触处皆危机也。""解褐归来问展禽",用《论语·微子》:"柳下惠为士师,三黜"之典。"解褐",指出仕、出来工作。"卷舒"二句,言身处羿彀式之环境,无论工作、隐退,人人皆将处于随时可能被害之状态,此有谁能知道?唯有去问昔日出仕、今已归隐的展禽,他是知道的人。诗中"荷蓧"、"巢许"、"展禽",都是借指自己。

此诗忧患意识之深,智慧预见之邃,现代性之强烈而诗语之典雅,绝句从未有过。似乎《庄子》羿彀喻之洞见,竟是专为此诗而预设。其意境,实与乔治·奥威尔小说《一九八四》波澜莫二。无论六朝诗,同光体,皆不可能有此等诗。

原载《北京大学学报》2010 年第 3 期

释《诗经·小雅·节南山》"有实其猗"

——王引之说"有实其阿"平议

笔者为诸生开先秦经典导读课，选读《五经正义》等篇章，逐字逐句读经传注疏全文，意在让诸生了解先秦经典之思想价值与文学造诣，经传注疏的文本体例与治学方法。譬如读《诗经·小雅·节南山》，从"忧心如惔，不敢戏谈"、"民言无嘉，憯莫惩嗟"、"忧心如酲，谁秉国成"、"家父作诵，以究王讻"，及《小序》"家父刺幽王也"，体会到"以一国之事，系一人之本"的中国传统诗人品格，和中国诗歌的政治批评精神。从"赫赫师尹，不平谓何"、"秉国之均，四方是维"、"式夷式已，无小人殆"、"君子如届①，俾民心阕。君子如夷，恶怒是违"、"不自为政②，卒劳百姓"、"不惩其心，覆怨其正"（"平"、"均"、"夷"、"届"，皆是指政治公平、公正，"政"、"正"，皆是指为政正直），体会到正直、公平、公正，是中国传统的

---

① "君子如届"，《毛传》："届，极。"《尚书·周书·洪范》"建用皇极"《孔疏》："皇，大。极，中也。凡立事当用大中之道。"大中之道，即公正之道。

② 《礼记·哀公问》："公曰：敢问何谓为政？孔子对曰：政者，正也。君为正，则百姓从政矣。"《论语·颜渊》："季康子问政于孔子，孔子对曰：'政者，正也。子帅而正，孰敢不正？'""不自为政"之"政"，可以训为"政者，正也"，训为正直。"不自为政"者，执政不公、以权谋私、无法无天也。

政治智慧①。但是，读《诗》仍须从字义训诂、历史知识入手，即从《毛诗序》《传》《笺》《音义》《疏》入手。笔者主张，读《诗经》，尊《序》《传》，其有未安，可从合理之他说，可以存疑。清人《毛诗》笺疏，皆尊《毛诗序》《传》，或可以补充《序》《传》《笺》《疏》，但不能代替之。清人相关经学、小学著述，亦可以参考，从其是，不必从其不是。王引之《经义述闻》、《经传释词》解释《节南山》"有实其猗"、"勿罔君子"，即不必从之。因作两文，仅供参考。

一、《传》《笺》《疏》举要

《诗经·小雅·节南山》："节彼南山，有实其猗。赫赫师尹，不平谓何。"《毛传》："实，满。猗，长也。"《郑笺》："猗，倚也。言南山既能高峻，又以草木平满其旁倚之畎谷，使之齐均也。"《毛诗音义》："猗，于宜反。"《孔疏》："毛以为，节然而高峻者，彼南山也。既高峻矣，而又满之使平均者，以其草木之长茂也……言山之能均平，反刺尹氏之不平。"

案：《诗经·卫风·淇奥》："绿竹猗猗"（《毛传》："猗猗，

---

① 孟子以恻隐之心（同情心）先于羞恶之心（正义心），影响笔者甚深。著名伦理学家、已故北大哲学系教授周辅成先生晚年，特别强调公道、公正、正义先于仁爱。（参阅周辅成：《世纪之交伦理学研究的回顾与展望》，《江海学刊》1997年第1期）笔者绵历岁月，体会到周先生之言为至理。回头读《诗经·小雅·节南山》，则此理之昭示吾人，尚早于儒家。孔子所说"己所不欲，勿施于人"，被1993年《世界宗教议会走向全球伦理宣言》宣布为世界各大宗教共同认定的人类基本价值，"（人类）生活领域中不可取消和无条件的规则"。（《全球伦理——世界宗教议会宣言》，四川人民出版社1997年版，第15页）"己所不欲，勿施于人"，与其说是仁爱的体现，毋宁说首先是公正的体现。

美盛貌。"《毛诗音义》："猗,于宜反"),《诗经·魏风·伐檀》:"河水清且涟猗"(《毛传》："风行水成文曰涟"。《毛诗音义》："猗,于宜反"),"河水清且直猗"(《毛传》："直,直波也")[1],"河水清且沦猗",以上4例句"猗"字皆有"长"义,可证《传》训"猗,长也"为是。

《传》言"实,满。猗,长也",解释出南山草木又普遍又深厚,精准、传神。

《笺》言"草木",将隐藏之主语显性化地表达出,为有功。解"猗"为"旁倚之畎谷",则不必,因为"实,满也",已包括全部山坡山谷。

《疏》言"言山之能均平,反刺尹氏之不平",可谓一语破的。

"节彼南山,有实其猗",依《传》、《笺》、《疏》之解释,是言崇高之南山,草木又普遍又深厚。言外之意,天地之道,公平无偏私,人应当效法之。此解释,与经文上下文意相一致,怡然而理顺。

二、草木喻:《易》《书》《诗》《礼》《论》《孟》之大传统

近人黄焯《毛诗郑笺平议》："诗意特谓南山之上草木实然长茂,其不言草木,以系南山言,则其为草木可知。"[2] 何以故？一见南山,映入眼帘即满山草木故。

---

[1] 二〇一二年八月二十五日,笔者飞抵大连,亲见黄海大连湾海面呈现一条条直漪,间距宽阔,其长不见尽头,顿时想起"河水清且直猗"之句。

[2] 黄焯:《毛诗郑笺平议》,上海古籍出版社1985年版,第206页。

尚有另一重大原因，即《易》、《书》、《诗》、《礼》草木喻之大传统。

1.《易》《书》《诗》《礼》《论》《孟》：
草木并荣，体现天道之公平无偏私

《周易·坤·文言》："天地变化，草木蕃。"

《周易·离·彖辞》："离，丽也。日月丽乎天，百谷草木丽乎土。"

《尚书·商书·汤诰》："天命弗僭，贲若草木，兆民允殖。"（《孔传》："僭，差。贲，饰也。"《孔疏》："天下焕然修饰，若草木同生华。"）

《尚书·商书·盘庚》："若颠木之有由蘖，天其永我命于兹新邑。"

《诗经·大雅·行苇·序》："《行苇》，忠厚也。周家忠厚，仁及草木。"经文："敦彼行苇，牛羊勿践履。方苞方体，维叶泥泥。"（《毛传》："敦，聚貌。行，道也。叶初生，泥泥。"《郑笺》："苞，茂也。体，成形也。"）

《周礼·大司徒》："以阜人民，以蕃鸟兽，以毓草木。"

《礼记·中庸》："天地之道，可壹言而尽也，其为物不贰，则其生物不测……今夫山，一卷石之多，及其广大，草木生之，禽兽居之，宝藏兴焉。"

《礼记·学记》："天地欣合，阴阳相得，煦妪覆育万物，然后草木茂。"

《礼记·乐记》："春作夏长，仁也。"

《论语·阳货》："子曰：天何言哉，四时行焉，百物生焉，天何言哉。"

由上可知,《易》、《书》、《诗》、《礼》、《论》、《孟》常以草木喻道：万物并育、草木并荣,体现天道之公平无偏私。

《盘庚》"颠木"喻,虽非完全同于上述草木喻道,但亦意思相近。

2.《易》《书》《诗》《礼》《论》《孟》：
人应当效法天道之公平无偏私

《周易·乾·彖辞》："乾道变化,各正性命。"

《周易·系辞下》："古者包牺氏之王天下也,仰则观象于天,俯则观法于地,观鸟兽之文,与地之宜,近取诸身,远取诸物,于是始作八卦,以通神明之德,以类万物之情。"

《诗经·小雅·节南山》："节彼南山,有实其猗。赫赫师尹,不平谓何。"

《诗经·谷风·序》："刺幽王也。天下俗薄,朋友道绝焉。"经文："习习谷风,维山崔嵬。无草不死,无木不萎。"

《礼记·中庸》："大哉圣人之道,洋洋乎发育万物,峻极于天。"

《礼记·中庸》："文、武上律天时,下袭水土,辟如天地之无不持载,无不覆帱,辟如四时之错行,如日月之代明,万物并育而不相害,……此天地之所以为大也。"

《礼记·中庸》："能尽人之性,则能尽物之性。能尽物之性,则可以赞天地之化育。可以赞天地之化育,则可以与天地参矣。"

《尚书·周书·洪范》："无偏无陂,遵王之义。无有作好,遵王之道。无有作恶,遵王之路。无偏无党,王道荡荡。无党无偏,王道平平。会其有极,归其有极。""极",《孔传》："大中之道。"

《论语·述而》："君子不党。"

《孟子·尽心上》："日月有明,容光必照焉。"

《孟子·尽心上》:"尧舜之仁不偏爱。"

由上可知,万物并育、草木并荣,体现天道之公平无偏私,人应当效法天道之公平无偏私。此是儒家经典之常言,中国文化之一根本思维。其传统,绵历久远,一脉相承。《节南山》"节彼南山,有实其猗",与《易》、《书》、《诗》、《礼》草木喻之传统,完全一致。《节南山》草木喻,只是从《易》、《书》、《诗》、《礼》到《论》、《孟》草木喻之大传统之一中间环节,"不足怪也"(胡承珙)[①]。

三、王引之的说法与胡承珙、黄焯的异议

清王引之(1766—1834)《经义述闻》(1797、1827)卷六《有实其阿》:

> 《传》曰:"实,满。猗,长也。"《笺》曰:"猗,倚也。言南山既能高峻,又以草木平满其旁倚之畎谷,使之齐均也。"引之谨案:训"猗"为"长",无所指实。畎谷旁倚,何得即谓之倚乎?今按《诗》之常例,凡言"有蕡其实"、"有莺其羽"、"有略其耜"、"有捄其角",末一字皆实指其物。"有实其猗",文义亦然也。"猗",疑当读为"阿",古音"猗"与"阿"同,故二字通用。《苌楚》篇"猗傩其枝",即《隰桑》之"隰桑有阿,其叶有难"也。《汉外黄令高彪碑》"稽功猗衡",即

---

① 唐李白《望终南山》:"出门见南山,引领意无限。秀色难为名,苍翠日在眼。心中与之然,托兴每不浅。"虽不言草木,而知秀色苍翠是指南山之草木。望南山草木苍翠生机勃勃而油然兴起者,人与自然合一之思也。此思维,来自《易》、《书》、《诗》、《礼》、《论》、《孟》传统,可以参考。

《商颂》之"阿衡"也。山之曲隅谓之阿。《楚辞·九歌》"若有人兮山之阿",王注:"阿,曲隅也",是也。"实",广大貌。《鲁颂·閟宫》篇"实实枚枚",《传》曰"实实,广大也",是也。"有实其阿"者,言南山之阿实然广大也。阿为山隅,乃偏高不平之地,而其广大实然,亦如为政不平之师尹,势位赫赫然也。故诗人取譬焉。①

王引之举例之原诗语境,略述如下。

《诗经·周南·桃夭》:"桃之夭夭,有蕡其实。"《毛传》:"蕡,实貌。"

《诗经·小雅·桑扈》:"有莺其羽。"《毛传》:"莺然有文章。"

《诗经·周颂·良耜》:"有捄其角。"《郑笺》:"捄,(牛)角貌。"

《诗经·周颂·载芟》:"有略其耜。"《毛传》:"略,利也。"

王引之认为"《诗》之常例,凡言"有……其……"句法,句末字皆为名词。并列举4例。因此提出,"有实其猗"的"猗"字,不是"猗"字、不是"长"的意思,而是"阿"字,指山阿、山隅、实然广大之山体。

王引之所举4例句末字皆为名词,没有问题;问题在于,是不是凡是《诗经》"有……其……"句法,句末字皆为名词?

胡承珙(1776—1832)《毛诗后笺》(1834):"如毛义,则此'有实其猗'与《正月》'有菀其特'文例正同,彼言阪田之中有菀然茂特者,不言苗而可知其为苗。此谓南山上有实然长茂者,不

---

① (清)王引之:《经义述闻》,《续修四库全书》,上海古籍出版社1995年版,第174册,第395—396页。

言草木而可知其为草木。又如《载芟》之'有厌其杰'、'有实其积',文法皆与此同。不足怪也。"① 胡承珙是从《毛传》。胡承珙之说,虽未提及王引之之说,但实际是对王引之之说的异议。胡承珙所举"有厌其杰",是针对王引之之说而提出的反证。胡承珙"不足怪也"之语,是针对王引之"训'猗'为'长',无所指实"所下之批评。

胡承珙举例之原诗语境,略述如下。

《诗经·小雅·正月》:"瞻彼阪田,有菀其特。"《郑笺》:"阪田崎岖硗埆之处,而有菀然茂特之苗。"《毛诗音义》:"菀音郁,茂也。徐又于阮反。"

《诗经·周颂·载芟》:"驿驿其达,有厌其杰。厌厌其苗,绵绵其麃。"《毛传》:"达,射也。有厌其杰,言杰苗厌然特美也。麃,耘也。"《郑笺》:"达,出地也。杰,先长者②。厌厌其苗,众齐等也。"《孔疏》:"厌者,苗长茂盛之貌。"

胡承珙所举"有菀其特"、"有厌其杰",与"有实其猗",皆为"有……其……"句法,有+形容词+其+形容词,实际就是"又……又……"句法,形容又怎样又怎样。其句末字"特"、"杰"皆为形容词。王引之认为《诗经》凡是"有……其……"句法,

---

① (清)胡承珙著,郭全芝校点:《毛诗后笺》卷19,黄山书社1999年版,下册,第941页。
② 按《笺》云"杰,先长者",《疏》云"杰谓其中特美者,苗谓其余齐等者",经、《传》并无此意。《笺》、《疏》此言,语焉不详,如果是指不同田地禾苗生长有先后、长势有高低,或可说得过去。如果是指同一田地禾苗生长有先后、长势有高低,则不合歌颂丰收之诗意。根据笔者多年农村生活经验,第一,大面积农作物生长期是同时的,仅个别田地作物生长或略有先后,但是至拔节期以后则均已长势整齐。第二,同一田地禾苗长势茂盛整齐,才有丰收前景(从而才可能歌颂丰收)。如果禾苗长势不整齐,就是作物种植或田间管理失误,如果不采取有效挽救措施,就说不上丰收前景(从而也就说不上歌颂丰收)。《毛传》精审,由此可见。

句末字皆为名词。胡承珙之说，已推翻王引之所说。

马瑞辰（1782—1853）《毛诗传笺通释》："王尚书谓：'猗，当读为阿。阿，曲隅也。实，广大貌。有实其阿者，言南山之阿实然广大也。'今按王说是也。《尔雅》：'偏高曰阿丘。'阿为偏高不平之地，故诗以兴师尹之不平耳。"① 是从王引之说。

陈奂（1786—1863）《诗毛氏传疏》从《毛传》，不从王引之说②。

黄焯《毛诗郑笺平议》："'有实其猗。'《传》：'实，满。猗，长也。'《笺》云：'猗，倚也。言南山既能高峻，又以草木平满其旁倚之畎谷，使之齐均也。'焯案：诗意特谓南山之上草木实然长茂，其不言草木，以系南山言，则其为草木可知。'有'、'其'二字皆为助词，与《正月》'有菀其特'文例正同，彼言阪田之中菀菀然茂特，亦不言苗，而可知其为苗也。又如《载芟》'有厌其杰'，'有实其积'，文法皆与此同。《笺》训猗为倚，谓以草木平满其旁倚之畎谷，非也。《经义述闻》以'有实其猗'与'有莺其羽'、'有略其耜'文义相同，谓'末一字实指其物，猗当读为阿，阿，曲隅也，实，广大貌，有实其阿者，言南山之阿实然广大'。此既易经文，复乖《传》义，且泥句末字必为实指，而无以解于《正月》、《载芟》中句法之相类者，是未足为定论也。"③

---

① （清）马瑞辰著，陈金生点校：《毛诗传笺通释》卷20，中华书局1989年版，中册，第593页。
② （清）陈奂：《诗毛氏传疏》卷19，中国书店1984影咸丰元年漱芳斋刊本，中册，第2—3页。
③ 黄焯：《毛诗郑笺平议》，上海古籍出版社1985年版，第206页。黄焯此说是用胡承珙之说，黄焯在《毛诗郑笺平议·序》中已说明：胡承珙《毛诗后笺》"申解《序》《传》，曲得微旨，既撢究故训之原，复深识辞言之理，故余今者多有取焉。"（第6页）

黄焯对王引之说，提出三条批评，第三条"无以解于《正月》、《载芟》中句法之相类者"，是继承胡承珙之说。黄焯自己所提出的两条批评，第一条"易经文"（指易"猗"字为"阿"字），第二条"乖《传》义"（指违背《传》训"猗"为"长"），皆迹近违背经学学术基本规则。

四、王引之说平议

1. 对相关经学传统认知不足

《节南山》"有实其猗"，王引之《经义述闻》说《毛传》"训'猗'为'长'，无所指实"，对于上下文诗意，对于《易》、《书》、《诗》、《礼》草木喻之大传统，皆认知不足。

2. 灭字解经，颠倒原意

"节彼南山，有实其猗。赫赫师尹，不平**谓何**"，王引之解释为"'有实其阿'者，言南山之阿实然广大也。阿为山隅，乃偏高不平之地，而其广大实然，亦如为政不平之师尹，势位赫赫然也。故诗人取譬焉"，不提**"谓何"**二字，是断章取义、灭字解经，颠倒了经文原意。

"节彼南山，有实其猗。赫赫师尹，不平**谓何**。"诗言崇高之南山，草木又满又长—公平；显赫之师尹，为政不平—丧乱弘多，该怎么说（"谓何"）？"谓何"二字，乃是依据天地公平，针对现实不公平之责问，是四句诗之关键，亦是上二句、下二句为反衬之确证。王引之不提"谓何"二字，此之谓断章取义、灭字解经。

按王引之说：崇高之南山，广大实然而不平；显赫之师尹，亦为政不平。师尹之不公平，岂非成了效法天地之不平？经文之责问师尹，便成替师尹张目。此之谓颠倒经文原意。

灭字解经、颠倒经文原意，是对经学学术规则的严重犯规。

3. 解释"有……其……"句法有误

王引之说"今按《诗》之常例，凡言'有蕡其实'、'有莺其羽'、'有略其耜'、'有捄其角'，末一字皆实指其物"，意即《诗经》凡是"有……其……"句法末一字皆是名词。胡承珙已非议之，指出"如毛义，则此'有实其猗'与《正月》'有菀其特'文例正同，彼言阪田之中有菀然茂特者，不言苗而可知其为苗。此谓南山上有实然长茂者，不言草木而可知其为草木。又如《载芟》之'有厌其杰'……文法皆与此同。不足怪也"。今进一步申论胡承珙之说如下。

（1）无视本诗反证

《诗经·周颂·载芟》："驿驿其达，有厌其杰。"《毛传》："有厌其杰，言杰苗厌然特美也。"

《诗经·小雅·正月》："瞻彼阪田，有菀其特。"《郑笺》："阪田崎岖硗埆之处，而有菀然茂特之苗。"

案：由上可知，"杰"、"特"互训。

《玉篇》："杰，特立。"

《韵会》："挺立曰特。"

案：由上可知，"杰"、"特"，皆挺拔貌。

《庄子·天地》："又奚杰然若负建鼓而求亡子者邪？"

《说文》："杰，傲也。"

案："杰然"为高傲貌。高傲、挺拔，词义相近。

《礼记·儒行》："其特立独行，有如此者。"

案："特立"之"特"，独立、挺立貌。是"特"字包含挺拔义。

综上,"杰"、"特"字义,皆包含挺拔貌。《毛传》"有厌其杰,言杰苗厌然特美也",经文"厌",《传》训"厌然",茂盛。经文"杰",《传》训"特美",挺拔而美。《传》训为是。在此,"杰"是形容词,非名词。

王引之所举"有略其耜",是出自《载芟》,而同一篇《载芟》"有厌其杰",亦为"有……其……"句法,与"有略其耜"相同,至少依《毛传》,末一字却并非名词,而是形容词,是王引之说之反证。王引之对于所引证的同一首诗《载芟》中之反证,一字不提,更未加以讨论,是无视本诗反证。

(2) 解释《诗经》"有……其……"句法有误

《诗经》"有……其……"句法,"有"字、"其"字皆带形容词,共有4例,皆非如王引之说末一字皆是名词,列举如下:

例证1 《诗经·小雅·六月》:"四牡修广,其大有颙。薄伐猃狁,以奏肤公。"《毛传》:"修,长。广,大也。颙,大貌。"《孔疏》:"王所将戎车,所驾之四牡,形容修长而又广大,其大之貌则有颙然。"按"其大有颙",乃是"有颙其大"之倒装,倒装是为了押韵。

例证2 《诗经·小雅·节南山》:"有实其猗。"

例证3 《诗经·小雅·正月》:"有菀其特。"

例证4 《诗经·周颂·载芟》:"有厌其杰。"

以上4例"有……其……"句法,"有"字、"其"字皆带形容词,相当于现代汉语的"又……又……"句法。可见王引之说《诗经》凡是"有……其……"句法末一字皆是名词,是违背事实。

此外,《诗经·小雅·苕之华》:"芸其黄矣",句法亦相近。

4. 结语

综上所述，王引之《经义述闻》解释《节南山》"节彼南山，有实其猗。赫赫师尹，不平谓何"，对于上下文诗意，对于《易》、《书》、《诗》、《礼》草木喻之大传统，皆认知不足；其不提"谓何"二字，是断章取义、灭字解经，颠倒了经文原意；其解释"有实其猗"，举证《载芟》"有略其耜"，认为末一字皆名词，对于同一首诗《载芟》"有厌其杰"，《传》训末一字为形容词，一字不提，是无视反证；其说《诗经》凡是"有……其……"句法末一字皆是名词，违背事实；故其说不能成立。

释《诗经·大雅·节南山》"勿罔君子"

——王引之说"勿,语助也"平议

《诗经·小雅·节南山》:"弗问弗仕,勿罔君子。"《毛传》:"勿罔上而行也。"[1]

清王引之《经传释词》卷十"勿"字条:

> 勿,语助也。《诗·节南山》曰:"弗问弗仕,勿罔君子。""勿罔",罔也。言弗问而察之,则下民欺罔其上矣。《传》曰:"勿罔上而行也。"则与"弗问弗仕"之文不相承。《笺》曰:"勿,当作末。不问而察之,则下民末罔其上矣。"亦未安。僖十五年《左传》曰:"史苏是占,勿从何益。""勿从",从也。言虽从史苏之言,亦无益也。杜注曰:"虽复不同史苏,亦不能益祸。"失之。与他处训无者不同。[2]

案:第一,王引之释《诗经》"勿罔君子"之"勿"为语助词,仅举《左传》一条例证,孤文单证,何足为训。

第二,以《诗》证《诗》,《诗经》用"勿"字共有20例,皆为否定词,无一例为语助词。王引之此说,违背全部大量《诗经》

---

[1] (汉)毛亨传,郑玄笺,(唐)孔颖达疏:《毛诗正义》卷12,第173页。
[2] (清)王引之:《经传释词》,岳麓书社1985年版,第239页。

本证，何从成立。

《诗经》"勿"字句全部20证例如下：

例证1—6 《诗经·召南·甘棠》："勿翦勿伐"，"勿翦勿败"，"勿翦勿拜"。

例证7 《诗经·王风·君子于役》："如之何勿思。"

例证8 《诗经·郑风·大叔于田》："将叔勿狃，戒其伤女。"（《毛传》："狃，习也。"《毛诗音义》："将，七羊反，狃，女九反。"《孔疏》："请叔无习此之心。"）

例证9—10 《诗经·魏风·园有桃》："心之忧矣，其谁知之。其谁知之，盖亦勿思。"（《郑笺》："无复思念之。"）又云："其谁知之，盖亦勿思！"

例证11 《诗经·豳风·东山》："勿士行枚。"（《郑笺》："行陈衔枚。"）

例证12 《诗经·小雅·节南山》："勿罔君子。"

例证13 《诗经·小雅·楚茨》："子子孙孙，勿替引之。"

例证14—16 《诗经·小雅·宾之初筵》："式勿从谓，无俾大怠。匪言勿言，匪由勿语。"（《郑笺》："式读曰慝。醉者有过恶，女无就而谓之也。"）

例证17 《诗经·大雅·灵台》："经始勿亟。"

例证18 《诗经·大雅·行苇》："牛羊勿践。"

例证19 《诗经·大雅·板》："勿以为笑。"

例证20 《诗经·商颂·殷武》："勿予祸适［谪］。"（《孔疏》："勿予之患祸，不责其罪过。"）

"勿罔君子"之"勿"，如《毛传》所训，并且同于《诗经》

其余所有19例之"勿",为否定词,并非语助词。

梁启超《清代学术概论》述清代学术规则,其中第三条为:

> 孤证不为定说。其无反证者姑存之,得有续证则渐信之,遇有力之反证则弃之。①

王引之《经传释词》解释"勿罔君子"为"勿,语助也",仅有他经孤文单证,完全违背了《诗经》全部其余19例本证,也违背了"孤证不为定说"、"遇有力之反证则弃之"的清代学术规则。

在王引之(1766—1834)之后,马瑞辰(1782—1853)《毛诗传笺通释》从王引之此说②。胡承珙(1776—1832)《毛诗后笺》③、陈奂(1786—1863)《诗毛氏传疏》④,皆不从王引之此说。

第三,"勿罔君子"当为否定词反诘(以反问表肯定)句、反语(正言若反)句。

宋朱熹《诗集传》卷十一:"罔,欺也。君子,指王也。"又云:"言王委政于尹氏,尹氏又委政于姻亚之小人,而以其未尝问、未尝事者,欺其君也。故戒之曰:汝之弗躬弗亲,庶民已不信矣。其所弗问弗事,则岂可以罔君子哉?"朱熹此说,实际已用反诘

---

① 梁启超著,朱维铮导读:《清代学术概论》(十三),上海古籍出版社1998年版,第47页。
② (清)马瑞辰著,陈金生点校:《毛诗传笺通释》卷20,中华书局1989年版,中册,第595页。
③ (清)胡承珙著,郭全芝校点:《毛诗后笺》卷19,黄山书社1999年版,下册,第945—946页。
④ (清)陈奂:《诗毛氏传疏》卷19,中国书店1984影咸丰元年漱芳斋刊本,中册,第3—4页。

解释"勿罔君子",只是未明白说出其为反诘或反问。

用标点符号表示,其反诘句形式为:

弗问弗仕,勿罔君子(没有欺瞒君子)?

用标点符号表示,其反语句形式为:

弗问弗仕,勿罔君子(没有欺瞒君子)!

在此,否定词反诘句、反语句,乃是同一的、合一的。
今以《诗》证《诗》,举证如下。
《诗·魏风·伐檀》:

彼君子兮,不素餐兮?
彼君子兮,不素食兮?
彼君子兮,不素飧兮?①

此 3 例《诗经》例句,句法与"勿罔君子"一致,皆为否定词反诘句、反语句。

徐仁甫《诗经反诘句,传笺正言之——辨〈经传释词〉"不""无"为语词之误》②,已列举《诗经》反诘 16 例,驳斥王引之说"不""无"为语词,其中尚未包括《伐檀》3 例。

除此之外,后世如曹植《赠白马王彪》:"存者忽复过,亡殁

---

① (汉)毛亨传,郑玄笺,(唐)孔颖达疏:《毛诗正义》卷 5,第 90—91 页。
② 徐仁甫:《诗经反诘句,传笺正言之——辨〈经传释词〉"不""无"为语词之误》,《西南师范大学学报》,1982 年第 2 期。

身自衰?"① 亦为反诘、反语句,其例甚多。

释"勿罔君子"为否定词反诘句、反语句,符合经文上下文意,怡然而理顺;不违背《毛传》解释此"勿"字为否定词,也不违背本经其余19例"勿"字为否定词;并且有本经众多反诘句为证;当可成立。

---

① (魏)曹植著,赵幼文校注:《曹植集校注》,人民文学出版社1984年版,第298页。

释"孔雀东南飞"

多年前,我在郑州大学刚建的新校园讲了一次课,有一位同学提问:

"孔雀东南飞"是什么意思?

为什么说"东南飞"?

我当时没能回答,回去之后,给了她答复。后来,我在自己的课堂也为同学解释过这句诗的意思。

"孔雀东南飞",是古诗《焦仲卿妻》(陈徐陵《玉台新咏》卷一题作《古诗无名人为焦仲卿妻作并序》,宋郭茂倩辑《乐府诗集》卷三十五相和歌辞题作古词《焦仲卿妻》,今人习称之为《孔雀东南飞》)的第一句。历来都无确解,简述如下。

明陈祚明《采菽堂古诗选》卷二、清沈德潜《古诗源》卷四,均无解释。

清张玉谷《古诗赏析》卷七云:"东南飞,谓东与南分飞也。"① 此解实误。不过,张玉谷触及"孔雀东南飞"的难点所在:东南。因为"孔雀东南飞",孔雀象喻刘兰芝,这是比较明显的。

《中国历代文学作品选》云:"这两句是全诗的起兴。古诗写

---

① (清)张玉谷著,许逸民点校:《古诗赏析》卷7,上海古籍出版社2000年版,第153页。

夫妇的离别往往用双鸟起兴，如《艳歌何尝行》：'飞来双白鹄，乃从西北来……五里一返顾，六里一徘徊。"①

《两汉文学史参考资料》云："闻一多《乐府诗笺》亦引上述诸诗为例，并说：'以上大旨皆言夫妇离别之苦，本篇母题与之同类，故亦借以起兴。惟易鹄为孔雀耳。'其说近是。"②

这些解释，提供了"孔雀东南飞"可能的出处和含糊的解释，实际并没有解释出"孔雀东南飞"的意思。

我的解释如下。

《焦仲卿妻》诗起云：

孔雀东南飞，五里一徘徊。

中间写兰芝被迫离开焦仲卿家回娘家，云：

出门登车去，涕落百余行。府吏马在前，新妇车在后。隐隐何甸甸，俱会大道口。下马入车中，低头共耳语……举手长劳劳，二情同依依。

没有写到从焦家回娘家的方向。

诗末写兰芝自沉、仲卿闻讯如约自缢，云：

奄奄黄昏后，寂寂人定初。我命绝今日，魂去尸长留。揽裙脱丝履，举身赴青池。府吏闻此事，心知长别离。徘徊

---

① 朱东润主编：《中国历代文学作品选》上编，上海古籍出版社1979年版，第1册，第381页。
② 北京大学中国文学史教研室撰注：《两汉文学史参考资料》，中华书局1990年版，第678—679页。

庭树下，自挂东南枝。

由上所述可知：

第一，兰芝娘家是在焦仲卿家的东南方向。故仲卿闻讯如约自缢，乃自挂东南枝也。以表示心向兰芝，生死不渝。此犹狐死首丘之意[①]。

第二，故"孔雀东南飞，五里一徘徊"，乃是象喻刘兰芝被休离开焦仲卿家返回东南方向之娘家，一路之上一步一回头也。其依依不舍，自见于象外。

此回娘家决非寻常归宁回娘家，故亦绝非寻常夫妇离别，而是如《诗经·邶风·燕燕》郑笺所说之"大归"（孔疏："言大归者，不反之辞……以归宁者有时而反，此即归不复来，故谓之大归也"）[②]，如旧时所说之被休，如现在所说之离婚。

第三，"孔雀东南飞"之解，关键是"东南飞"之解、"东南"之解；故未解"东南"是暗指东南方向之刘兰芝娘家，"东南飞"是象喻刘兰芝被休回东南方向之娘家，"自挂东南枝"是表示心向兰芝、生死不渝，即是未解"孔雀东南飞"。

第四，对于刘兰芝、焦仲卿而言，"孔雀东南飞"之被休，"自挂东南枝"之殉情，人生大事，莫过于是。因此之故，对于《孔雀东南飞》诗而言，"东南"二字，最为关键。

[①] 邓小军《韩偓年谱》癸未梁均王龙德三年即后唐庄宗同光元年（923年）："偓去世于南安龙兴寺……王审知按唐朝葬制为韩偓建墓，葬于南安县北葵山之麓，墓西向……墓西向，当为遵从偓生前之遗愿。长安，唐之京师，偓之故乡，在南安之西北方向。墓西向，表示死后亦心向唐朝，心向故乡，一如生前。此当是偓生前留与天下后世最后之信息也。"（《诗史释证》，中华书局2004年版，第325—329页）韩偓墓西向，表示死后亦心向唐朝、心向故乡、一如生前，可为中国人狐死首丘传统心理之一证。

[②]（汉）毛亨传，郑玄笺，（唐）孔颖达疏：《毛诗正义》卷2，第30页。

释《西洲曲》"栏杆十二曲"

苏小坡君提问:

"尽日栏杆头。栏杆十二曲"。元曲:"倚遍危楼十二阑。"不大清楚十二栏是指何而言。似乎不像是十二层。

《西洲曲》:

鸿飞满西洲,望郎上青楼。楼高望不见,尽日栏杆头。栏杆十二曲,垂手明如玉。卷帘天自高,海水摇空绿。①

"栏杆十二曲",是什么意思?

《汉魏六朝诗选》(人民文学出版社)、《魏晋南北朝文学史参考资料》下册(中华书局)、《中国历代文学作品选》上编第二册(上海古籍出版社)皆选入《西洲曲》,对"栏杆十二曲"皆无注释。

上海辞书出版社出版的《汉魏六朝诗歌鉴赏辞典》,其中《西洲曲》鉴赏是笔者写的,对此"十二曲",也是含糊过去。惭愧!那是二十年前的事了。

现在解答如下。

"栏杆",楼层回廊栏杆,可以凭栏望远。

---

① (宋)郭茂倩辑:《乐府诗集》卷72,中华书局1979年版,第1027页。

"曲"，折、周折、周回，指楼层环楼回廊，并代指楼层。《广雅·释诂一》："曲，折也。"中国古建高楼，例设楼层环楼回廊。如岳阳楼三层，高25.35米；黄鹤楼五层，高51.4米，相当于16层楼房；皆设楼层环楼回廊。滕王阁台座两级，主阁取"明三暗七"格式，即外表为三层带回廊建筑，内部有七层，三个明层，三个暗层，加屋顶设备层，高57.5米。皆见百度照片。

"十二曲"，指十二层环楼回廊，即楼高十二层。

十二层楼，出典及沿用情况如下。

《太平御览》卷一百七十六《居处部四·楼》引旧题汉东方朔《十洲记》：

> 昆仑山有玉楼十二层。[①]

《乐府诗集》卷三十九《相和歌辞·瑟调曲》南朝宋鲍照《煌煌京洛行》：

> 凤楼十二重，四户八绮窗。[②]

《乐府诗集》卷六十八《杂曲歌辞》南朝齐王融《望城行》：

> 金城十二重，云气出表里。[③]

唐白居易《白氏长庆集》卷二十四《酬微之开拆新楼初毕相

[①] （宋）李昉等著：《太平御览》卷176，中华书局1960年版，第860页。
[②] （宋）郭茂倩辑：《乐府诗集》卷39，中华书局1979年版，第583页。
[③] 同上，第977页。

报未联见戏之作》：

> 南临赡部三千界，东对蓬宫十二层。①

李商隐《李义山诗集》卷上《九成宫》：

> 十二层城阆苑西，平时避暑拂虹霓。②

又《无题》：

> 如何雪月交光夜，更在瑶台十二层。③

《全唐诗》卷五百二十四杜牧《十九兄郡楼有宴病不赴》：

> 十二层楼敞画檐，连云歌尽草纤纤。④

由上可知：

第一，《十洲记》"昆仑山有玉楼十二层"，应是仙人、京城以及女性居处之高楼的美称——十二层楼——的原始出处。

第二，《西洲曲》"栏杆十二曲"的"十二曲"，即是之前南朝宋鲍照"凤楼十二重"、南朝齐王融"金城十二重"的"十二重"，

---

① （唐）白居易：《白氏长庆集》卷24，文学古籍刊行社1955年版，第628页。
② （唐）李商隐著，（清）朱鹤龄注：《李义山诗集注》，上海古籍出版社1994年版，第30页。
③ 同上，第34页。
④ （清）彭定求等编：《全唐诗》卷524，中华书局1960年版，第6007页。

亦即是之后唐白居易"东对蓬宫十二层"、李商隐"十二层城阆苑西"、"更在瑶台十二层"、杜牧"十二层楼敞画檐"的"十二层"。

"十二重"、"十二曲"、"十二层",可以理解为极言楼层之多、高楼之高。

第三,"栏杆十二曲",用"曲"字而不用"重"字、"层"字,是为了押韵。在《西洲曲》中,"栏杆十二曲,垂手明如玉。卷帘天自高,海水摇空绿",为一韵群,韵字为"曲"、"玉"、"绿",入声。

当然,"栏杆十二曲",用"曲"字而不用"重"字、"层"字,亦平添窈窕之韵致。

"栏杆十二曲,垂手明如玉",言女主人公独立第十二层楼回廊栏杆畔,凭栏望郎,形象宛如玉雕("明如玉"),而望不见,心情失落("垂手")。

简言之:"曲"＝回廊＝楼层

释《春江花月夜》"捣衣砧上拂还来"

——并释古诗赋中的"捣衣"、"捣练"和"浣纱"

张若虚《春江花月夜》:"捣衣砧上拂还来",是写春江月畔之情景,还是写庭院内之情景,学术界存在不同的解释。此一问题的解决,取决于以下四个问题的解决。一,对古诗赋中的"捣衣"、"捣练"与"浣纱"的了解。二,对丝绸工艺与丝绸生产史相关知识的了解。三,对张子容《春江花月夜》及其与张若虚《春江花月夜》之关系的了解。四,对张若虚、张子容年代先后的了解。今逐次讨论如下,欢迎读者指正。

一、捣练指练帛工序,浣纱指水洗工序

本文所述古诗赋,主要指汉至唐诗赋。古诗赋中的"捣衣"、"捣练"与"浣纱",属于丝绸工艺史的知识范围,并与解释"捣衣砧上拂还来"密切相关。

古诗赋中述及的"练",本义是指练帛,是丝绸生产过程中的一道工序。如《说文》卷十三:"练,湅缯也。"(又云:"缯,帛也。"《说文》卷七:"帛,缯也。")梁顾野王《玉篇》卷二十七:"练,力见切,煮沤也。""练"的引申义,指丝织品,

如《墨子·节葬下》："文绣素练。"齐谢朓《晚登三山远望京邑》："澄江静如练。"古诗赋述及的"素"、"纨"、"纱"等，亦皆指丝织品，如《说文》卷十三："素，白缴缯也。"又云："纨，素也。"《玉篇》卷二十七："纱，縠也。"宋陈彭年等重修《广韵》卷二："纱，绢属。"

古诗赋常写到"捣素"、"捣练"。

汉班婕妤《捣素赋》："于是投香杵，扣玟砧，择鸾声，争凤音。……或旋环而纡郁，或相参而不杂。或将往而中还，或已离而复合。……任落手之参差，从风飙之远近。或连跃而更投，或暂舒而长卷。……阅绞练之初成，择玄黄之妙匹。"①

唐魏璀《捣练赋》："细腰杵兮木一枝，女郎砧兮石五彩。闻后响而已续，听前声而犹在。夜如何其秋未半，于是拽鲁缟攘皓腕。始于摇扬终于陵乱。四振五振，惊飞雁之两行；六举七举，遏彩云而一断。"②

"捣练"是指丝织品生产过程的一个工序——练帛。赵翰生《中国古代纺织与印染》一《古代的丝绸》3《缫丝、练丝和练帛》说："丝在形成过程中，不可避免地要伴生丝胶和混入一些杂质，……使生丝或坯绸显得粗糙、僵硬。所谓练丝帛，就是指进一步地去除其上的丝胶和杂质，使生丝或坯绸更加白净，以利于染色和充分体现丝纤维特有的光泽、柔软滑溜的手感，优美的悬垂感。历来习惯把已练的丝叫'熟丝'，未练的丝叫'生丝'，以示差别。我国古代练丝帛的方法有许多种，常用的有三种：a. 草木灰浸泡兼

---

① （汉）班婕妤：《捣素赋》，见（唐）欧阳修等，汪绍楹点校：《艺文类聚》卷85，上海古籍出版社1982年版，第1456页，（宋）章樵《古文苑》卷3，（元）陈仁子《文选补遗》卷31。

② （清）董诰等编：《全唐文》卷372，中华书局1983年版，第3775页。

日晒法。这种方法的最早记载,见成书于战国时期的《考工记》。b. 猪胰煮练法。这种方法可结合草木灰浸泡同时使用……见于唐代人的著作(陈藏器《本草拾遗》,已佚)……c. 木杵捶打法。这种方法也是结合草木灰浸泡法同时使用的。先以草木灰汁浸渍生丝,再以木杵打击时,不仅易于使其上丝胶脱落,且可在一定程度上防止丝束紊乱,而成丝的质量也优于单纯的灰水练,能促使其外观显现明显的光泽。捶捣原理与现代制丝手工艺中'掼经'(又名弊丝光)相同。因此,也可以说这就是现代的'掼经'前身。宋以前,捣练方式采用站立执杵。美国波士顿博物馆现存一副宋徽宗赵佶临摹的唐人张萱《捣练图》画卷。画中有一长方形石砧,上面放着用细绳捆扎的坯绸,旁边有四个妇女,其中有两个妇女手持木杵,正在捣练,另外两个妇女作辅助状。木杵几乎和人同高,呈细腰形。形象逼真地给我们再现了唐代妇女捣练丝帛情景以及捣练时所用工具的形制。宋以后,捣练方式逐渐有了改变,由站立执杵改为对坐执杵。"[1]

由古诗赋及丝绸工艺史文献可知:

第一,古诗赋中的"捣素"、"捣练",是指帛用草木灰浆浸泡后再用木杵捶捣的练帛工序,目的是为生练脱胶,以制成熟练。

第二,捣练工序是在庭院内捣衣砧上完成。参考唐人张萱《捣练图》,捣练是将帛铺张在人工特制的几案形石砧上,由两位妇女各执长杵同步齐捣,逐点捶捣帛。其目的是使帛全面脱胶。

古诗赋常写到"浣纱"。

《艺文类聚》卷四十二梁简文帝萧纲《棹歌行》:"妾家住湘川,菱歌本自便。风生解榜浪,水深能促船。叶乱由牵荇,丝飘为折

---

[1] 赵翰生:《中国古代纺织与印染》,商务印书馆1997年版,第37—40页。

莲。溅妆疑薄汗,沾衣似故湔。浣纱流暂浊,汰锦色还鲜。参同赵飞燕,借问李延年。从来入弦管,谁在棹歌前。"①

唐张子容《春江花月夜》:"此夜江中月,宜照浣纱人"。

"浣纱",是指练帛之后的一个工序——水洗。赵丰《中国古代丝绸精练技术的发展》说:"丝绸精练的目的在于脱去丝胶及各种杂质,使丝绸显示出柔软、洁白、光亮等风格,改善丝绸的吸水、吸色性能……《周礼·天官·家宰》'染人'条云:'凡染,春暴练',郑玄注:'暴练,练其素而暴之'。又《周礼·冬官·考工记》'慌氏'条中记载了详尽的'湅丝'、'湅帛'(湅即练)工艺,由此可知至迟在东周时期,我国人民已掌握了相当水平的丝绸精练技术……《周礼·地官·司徒》'掌炭'条云:'掌炭,掌灰物、炭物之征令',郑玄注:'灰、炭皆山泽之农所出也,灰给浣练,炭之所共多',可见此处灰即草木灰,用途是浣衣练丝。又《周礼·冬官·考工记》'慌氏'条云:'湅帛以栏为灰',《说文》曰:'栏,栏木也',段玉裁注'俗作楝',可见栏即今之楝。据后来记载,草木灰的种类还很多,如冬灰,陶弘景注《神农本草经》曰:'此即今浣衣黄灰耳,烧诸蒿藜积聚炼作之,性烈,又荻尤烈。'《唐本草》中又有桑薪灰、青蒿灰等数种,它们都曾用于丝绸精练和作媒染剂……湅丝的灰湅法就是用水和碱剂(草木灰或蜃灰)配制练液,然后浸丝其中,七日后取出水洗晒干,精练便算完成……湅帛的水湅法与湅丝相同……捣练法是在'浣'的基础上发展起来的,……汉代已确有捣练法产生。"②

---

① (唐)欧阳询著,汪绍楹校:《艺文类聚》卷42,上海古籍出版社1982年版,第757页。
② 赵丰:《中国古代丝绸精练技术的发展》,《浙江丝绸工学院学报》,1984年第3期。

由古诗赋及丝绸史文献可知：

第一，古诗中的"浣纱"，是指练帛之后的水洗工序，目的是祛除帛中残存的草木灰浆杂质，使帛清洗干净。

第二，浣纱即水洗工序是在江河溪边完成。梁简文帝《棹歌行》："浣纱流暂浊，汰锦色还鲜。"清楚地表明，"浣纱"是在江河溪边；"浣纱"时所清洗出的灰浆杂质，会使河溪流水一时也被污染；浣纱后的帛，色泽鲜明。显然，练帛之后的浣纱即水洗，需要大量的用水量，只有江河溪流而非庭院内的井水才可能提供浣纱的便利。因此，浣纱是在江河溪边，而不是在庭院内完成迄今为止，学术界似乎没有注意到古典诗歌中常见描写的"浣纱"，是指帛用草木灰浸泡、木杵捶捣之后，在江河溪边的水洗工序。也没有注意到梁简文帝萧纲《棹歌》"浣纱流暂浊，汰锦色还鲜"，是指练帛之后的水洗工序。

二、捣衣指捣练；庭院捣衣砧；捣衣季节

古诗常写到"捣衣"以及庭院内之"捣衣砧"。历代文献亦有记载。

《说文》卷九："砧，石柎也。"《玉篇》卷二十二："碪，捣石。砧，同碪。"《广韵》卷二："碪，捣衣石也。砧，同碪。"

魏曹毗《夜听捣衣诗》："寒兴御纨素，佳人治衣襋。冬夜清且永，皓月照堂阴。纤手迭轻素，朗杵叩鸣碪。"[1]

宋谢惠连《捣衣诗》："白露滋园菊，秋风落庭槐。肃肃莎鸡羽，

---

[1] （陈）徐陵编，吴兆宜注：《玉台新咏》卷3，上海书店1988年版，第67页。

烈烈寒螀啼。夕阴结空幕，宵月皓中闱。美人戒裳服，端饰相招携。簪玉出北房，鸣金步南阶。檐高碪响发，楹长杵声哀。"①

齐谢朓《秋夜》："秋夜促织鸣，南邻捣衣急。思君隔九重，夜夜空伫立。北窗轻幔垂，西户月光入。何知白露下，坐视阶前湿。谁能长分居，秋尽冬复及。"②

梁柳恽《捣衣诗》："行役滞风波，游人淹不归。亭皋木叶下，陇首秋云飞。寒园夕鸟集，思牖草虫悲。嗟矣当春服，安见御冬衣。"③

梁庾信《夜听捣衣》："秋夜捣衣声，飞度长门城。今夜长门月，应如昼日明。小鬟宜粟瑱，圆腰运织成。秋砧调急节，乱杵变新声。"④

北魏温子升《捣衣》："长安城中秋夜长，佳人锦石捣流黄。香杵纹砧知近远，传声递响何凄凉。七夕长河烂，中秋明月光。蠮螉塞边绝候雁，鸳鸯楼上望天狼。"⑤

唐李白《子夜吴歌》其三："长安一片月，万户捣衣声。秋风吹不尽，总是玉关情。何日平胡虏，良人罢远征。"⑥

唐杜甫《秋兴八首》："玉露凋伤枫树林，巫山巫峡气萧森。江间波浪兼天涌，塞上风云接地阴。丛菊两开他日泪，孤舟一系故园心。寒衣处处催刀尺，白帝城高急暮砧。"⑦

杜甫《捣衣》："亦知戍不返，秋至拭清砧。已近苦寒月，

---

① 逯钦立辑校：《先秦汉魏晋南北朝诗》，中华书局1988年版，第1194页。
② 逯钦立辑校：《先秦汉魏晋南北朝诗》，中华书局1988年版，第1436页。
③ 逯钦立辑校：《先秦汉魏晋南北朝诗》，中华书局1988年版，第1676页。
④ 逯钦立辑校：《先秦汉魏晋南北朝诗》，中华书局1988年版，第2373页。
⑤ 逯钦立辑校：《先秦汉魏晋南北朝诗》，中华书局1988年版，第2221页。
⑥ （唐）李白著，（清）王琦注：《李太白全集》卷6，中华书局1977年版，第352页。
⑦ （唐）杜甫著，（清）仇兆鳌注：《杜诗详注》卷17，卷7，第1484，608页。

况经长别心。宁辞捣衣倦,一寄塞垣深。用尽闺中力,君听空外音。"①

唐王建《捣衣曲》:"月明中庭捣衣石,掩帷下堂来捣帛。妇姑相对初力生,双揎白腕调杵声。高楼敲玉节会成,家家不睡皆起听。秋天丁丁复冻冻,玉钗低昂衣带动。夜深月落冷如刀,湿着一双纤手痛。回编易裂看生熟,鸳鸯纹成水波曲。重烧熨斗帖两头,与郎裁作迎寒裘。"②

元王祯《农书》卷二十一《农器图谱·织纴门》:"砧杵,捣练具也。……盖古之女子对立,各执一杵,上下捣练扵砧,其丁东之声,互相应答。今易作卧杵,对坐捣之,又便且速易成帛。"③

由上可见:

第一,古诗赋中的"捣衣"、"捣帛"、捣"纨素"、捣"流黄",以及"捣素"、"捣练",皆是指练帛。所谓"捣衣",实际是指捣衣料、捣帛。

第二,古诗赋所写捣衣砧,又名捣衣石,往往是指庭院内之捣衣砧,是练帛时垫在帛下面以便使用木杵捶捣帛的石具。

第三,古诗赋所写庭院内捣衣砧捣衣的时间,是在秋冬季节,不在春季,目的是制作寒衣。

此点对于解释《春江花月夜》"捣衣砧上拂还来",有重要关系,而向来被学者所忽视。

第四,古诗赋常写出思妇捣衣相思,制衣寄远,以及游子闻捣衣声而思乡。

---

① (唐)杜甫著,(清)仇兆鳌注:《杜诗详注》卷17,卷7,第1484,608页。
② (清)彭定求等编:《全唐诗》卷298,中华书局1960年版,第3389页。
③ (元)王祯:《农书》卷21,中华书局1956年版,第501页。

三、江河溪边之浣纱石、浣衣石、捣衣砧、捣衣石

根据古诗所述和历代文献所载，捣衣砧不仅见于庭院内，亦见于江河溪边。此点对于解释《春江花月夜》"捣衣砧上拂还来"，有重要关系，而向来被学者所忽视。

晋孔晔《会稽记》："勾践索美女以献吴王，得诸暨苎罗山卖薪女西施，郑旦先教习于土城山，山边有石，云是西施澣（同浣）纱石。"①

宋施宿等《会稽志》卷十一："西施石，在若耶溪，一名西子浣纱石。"②

唐李白《送祝八之江东赋得浣纱石》："西施越溪女，明艳光云海。未入吴王宫殿时，浣纱古石今犹在……若到天涯思故人，浣溪石上窥明月。"③

李白《浣纱石上女》："玉面耶溪女，青娥红粉妆。一双金齿屐，两足白如霜。"④

唐楼颖《西施石》："西施昔日浣纱津，石上青苔思杀人。一去姑苏不复返，岸傍桃李为谁春。"⑤

唐张籍《寄远曲》："美人来去春江暖，江头无人湘水满。浣

---

① （晋）孔晔：《会稽记》，见宋李昉等编：《太平御览》卷52，中华书局1959年版，第252页。
② （宋）施宿等著：《嘉泰会稽志》卷11，台湾成文出版社1983年版，第11页。
③ （唐）李白著，（清）王琦注：《李太白全集》卷17、卷25，中华书局1977年版，第819、1196页。
④ 同上。
⑤ （清）彭定求等编：《全唐诗》卷203，中华书局1960年版，第2128页。

纱石上水禽栖，江南路长春日短。"①

唐胡幽贞《题西施浣纱石》："一朝入紫宫，万古遗芳尘。至今溪边花，不敢娇青春。"②

唐王轩《题西施石》："诗岭上千峰秀，江边细草春。今逢浣纱石，不见浣纱人。"③

晋袁山松《宜都山川记》："（秭归）县北一百六十里有屈原故宅，……宅之东北六十里有女嬃庙，捣衣石犹存。"④

晋司马彪《郡国志》："梁州女郎山，张鲁女浣衣石上，……其水傍浣衣石犹在。"⑤

晋庾仲雍《汉水记》："有女郎捣衣砧也。"⑥

北魏郦道元《水经注》卷二十七《沔水》："汉水南有女郎山，山上有女郎冢，……下有女郎庙及捣衣石。言张鲁女也。有小水，北流入汉，谓之女郎水。"⑦

北宋乐史《太平寰宇记》卷一百四《绩溪县》："临溪石，在县北三里。临溪岸，方圆二丈，其平如砥，溪水甚宜浣纱。数里内妇人悉来浣纱，去家既远，遂于石上绩而守之。每春花如布，桃柳交映，多艳妆丽服，群绩于此。虽不浣纱者，亦有从而会绩焉。"⑧

---

① （清）彭定求等编：《全唐诗》卷382，中华书局1960年版，第4279页。
② （清）彭定求等编：《全唐诗》卷768，中华书局1960年版，第8721页。
③ （清）彭定求等编：《全唐诗》卷866，中华书局1960年版，第9802页。
④ （晋）袁山松：《宜都山川记》，见《水经注》卷34《江水二》。
⑤ （晋）司马彪：《郡国志》，见唐虞世南《北堂书钞》卷160、《太平御览》卷52。
⑥ （晋）庾仲雍：《汉水记》，见《太平御览》卷762。
⑦ （北魏）郦道元著，陈桥驿点校：《水经注》卷27，上海古籍出版社1990年版，第532页。
⑧ （宋）乐史：《宋本太平寰宇记》卷104，中华书局2000年版，第136—137页。

南宋罗愿《新安志》卷五《绩溪沿革·水源·临溪水》:"(绩溪)县名亦兼取此义。"

乾隆《清一统志》卷七十八《徽州府·山川》:"《方舆纪要》:县北三里有浣纱溪,溪涯有浣纱石,一名临溪石。"

宋朱长文《吴郡图经续记》卷中《水》:"新洋江,在昆山县界。"①

清蒋玉章《鹿城道中》:"西鹿城边伤客心,新洋江畔捣衣砧。"

元徐硕《至元嘉禾志》卷十四《古迹·海盐县》:"孟姜女捣衣石,在县东南三十六里乍浦。"②

清毕沅《关中胜迹图志》卷七《古迹》:"本朝康熙间修塔寺,有钟出自武功河畔砧。妇坐石捣衣,忽声自石出,响闻数里。土人发之,乃巨钟也。"③

清查慎行《临江仙·汉阳立秋》:"楸叶剪花桐落子,半年节物旋更。湘裙红映汉江清。捣衣人去,浦口暗潮生。"

清厉鹗《秋夜有怀》:"烟明念佛巷,叶下捣衣桥。"

由上可见:

第一,古诗及历史文献所述江河溪边的天然浣纱石、浣衣石、捣衣砧、捣衣石,各地有之。事实上,直到今天,江河溪边石上捣衣,亦各地常见。

第二,使用江河溪边浣纱石、浣衣石、捣衣砧、捣衣石的时间,自然是在一年四季,而不必是在秋季。

第三,古诗中的"浣纱",是指帛用草木灰浆浸泡、木杵捶捣之后,在江河溪边完成的水洗工序。根据常识可以推测,当浣

---

① (宋)朱长文著,金菊林校点:《吴郡图经续记》卷中,江苏古籍出版社1999年版,第50页。
② (元)徐硕纂:《至元嘉禾志》卷14,上海古籍出版社2012年版,第136页。
③ (清)毕沅著,张沛点校:《关中胜迹图志》卷7,三秦出版社2004年版,第242页。

女在江河溪边"浣纱"即水洗用草木灰浸泡、捶捣之后的帛时，仍然会用木杵捶捣帛。即把帛用水浸泡，放在江河溪边的砧石（石板、圆石）上用木杵捶捣，以高效地祛除灰浆杂质，使帛清洗干净。因此之故，江河溪边的砧石在"浣纱"时，遂得以亦称为浣纱石、浣衣石、捣衣砧、捣衣石。

第四，浣纱之捣练与练帛之捣练之不同在于：地点是在江河溪边，而不是在庭院内；目的是清洗，而不是脱胶；捣练方式是迭起帛来捶捣以辅助水洗，而不是铺开全面捶捣以便脱胶；捣练工具的砧是江河溪边的石板、圆石，而不是庭院内的特制石砧；木杵可能是洗衣短杵，而不是捣练长杵。

四、《隋书》所载扬州等地勤纺绩夜浣纱之风俗；南朝初盛唐诗多写春江春溪月下浣女、浣纱

南朝唐诗和历史文献关于扬州等地月夜浣纱的记述，属于丝绸生产史的知识范围，并与解释"捣衣砧上拂还来"密切相关。此点亦向来被学术界所忽视。

《隋书》卷三十一《地理志下》扬州："一年蚕四五熟，勤于纺绩，亦有夜浣纱而旦成布者，俗呼为鸡鸣布。新安、永嘉、建安、遂安、鄱阳、九江、临川、庐陵、南康、宜春，其俗又颇同豫章。"[1]

《旧唐书》卷一百九十中《文苑列传》："扬州张若虚。"[2]

---

[1] 宋祝穆《方舆胜览》卷9《瑞安府（温州）》、清乾隆《江西通志》卷26《风俗》，记载相同。又，唐代蚕一年四熟，不仅见于南方地区，亦见于北方地区。《旧唐书》卷100《尹思贞传》："出为青州刺史，境内有蚕一年四熟者。黜陟使卫州司马路敬潜八月至州，见茧叹曰：'非善政所致，孰能至于此乎？'"可证。

[2] 《旧唐书》卷190，中华书局1975年版，第5035页。

梁元帝萧绎《乌栖曲六首》其三："沙棠作船桂为楫，夜渡江南采莲叶。复值西施新浣纱，共泛江干眺月华。"①

唐张子容《春江花月夜》："林花发岸口，气色动江新。此夜江中月，流光花上春。分明石潭里，宜照浣纱人。"②

唐李叔卿《江南曲》："湖上女，江南花，无双越女春浣纱。风似箭，月如弦，少年吴儿晓进船。郗家子弟谢家郎，乌巾白袷紫香囊。菱歌思欲绝，楚舞断人肠。歌舞未终涕双陨，旧宫坡陁才嶙隐。西山暮雨过江来，北渚春云沿海尽。渡口水流缓，妾归宵剩迟。含情为君再理曲，月华照出澄江时。"③

唐王维《山居秋暝》："明月松间照，清泉石上流。竹喧归浣女，莲动下渔舟。"④

王维《白石滩》："清浅白石滩，绿蒲向堪把。家住水东西，浣纱明月下。"⑤

唐孟浩然《耶溪泛舟》："落景余清晖，轻桡弄溪渚。澄明爱水物，临泛何容与。白首垂钓翁，新妆浣纱女。相看未相识，脉脉不得语。"⑥

孟浩然《鹦鹉洲送王九之江左》："昔登江上黄鹤楼，遥爱江中鹦鹉洲。洲势逶迤绕碧流，鸳鸯鸿鹈满滩头。滩头日落沙碛长，金沙熠熠动飙光。舟人牵锦缆，浣女结罗裳。月明全见芦花白，

---

① 逯钦立辑：《先秦汉魏晋南北朝诗》，中华书局1983年版，第2036页。
② （清）彭定求等编：《全唐诗》卷116，中华书局1960年版，第1175页。
③ 同上，卷776，中华书局1960年版，第8790页。
④ （唐）王维著，（清）赵殿成笺注：《王右丞集笺注》卷7、卷13，上海古籍出版社1984年版，第122、248页。
⑤ 同上。
⑥ （唐）孟浩然著，佟培基笺注：《孟浩然诗集》卷上、卷下，上海古籍出版社2000年版，第44、277页。

风起遥闻杜若香,君行采采莫相忘。"①

唐侯喜《涟漪濯明月赋》:"水上风起,天边月圆。何怡情于遥夜,濯委照于轻涟。兔怯盈缩,蟾惊溯沿。谓玄涛之弄珠,将投进退;讶方流之有玉,欲献迁延。泛滟靡凝,冲融不歇。渐失沙镜,逾迷海月。丹霞合而暂止,青苹开而匪辍。足使浣纱之女,愧颦蛾于后来;伐檀之人,恨流光于明发。"② 按,侯喜是中唐人,其《涟漪濯明月赋》所写月下浣纱之女,是来自南朝初盛唐诗传统。

由上可见:

第一,据隋唐文献记载,扬州等地一年蚕四五熟、妇女勤于纺绩、夜浣纱而旦成布的风俗,源远流长。

第二,据《旧唐书》本传,张若虚是初唐扬州人。扬州位于长江北岸,扬州人张若虚创作《春江花月夜》,可能是以其所熟悉的扬州自然环境、社会生活为背景。

第三,南朝初盛唐诗多写春江春溪月下浣女、浣纱。除可能的洗衣外,那往往是指练帛之后的水洗工序。参照王维《白石滩》"浣纱明月下",孟浩然《耶溪泛舟》"落景余清晖,新妆浣纱女",可以将王维《山居秋暝》"明月松间照,竹喧归浣女",孟浩然《鹦鹉洲送王九之江左》:"浣女结罗裳,月明全见芦花白",理解为月下浣纱归来。

第四,张若虚是初唐扬州人,隋唐扬州风俗,一年蚕四五熟、妇女勤于纺绩、夜浣纱而旦成布;南朝初盛唐诗并多写春江春溪月下浣女、浣纱;因此,张若虚《春江花月夜》"捣衣砧上拂还来",

---

① (唐)孟浩然著,佟培基笺注:《孟浩然诗集》卷上、卷下,上海古籍出版社2000年版,第44、277页。

② (清)董诰等编:《全唐文》卷732,中华书局1983年版,第7550—7551页。

可以理解为春江月夜浣纱之情景。

事实上，年代稍晚的盛唐张子容《春江花月夜》，正是作如此理解的。

五、两首唐诗《春江花月夜》：张子容"此夜江中月，宜照浣纱人"，是解释张若虚"捣衣砧上拂还来"的钥匙

学者往往误以为张子容时代在张若虚之前，并且忽视了张子容《春江花月夜》的艺术成就，忽视了张若虚《春江花月夜》对张子容《春江花月夜》的影响，尤其忽视了是张子容"此夜江中月，宜照浣纱人"，是解释张若虚"捣衣砧上拂还来"的钥匙。

宋郭茂倩编《乐府诗集》，是著录《春江花月夜》诗的最早文献。《乐府诗集》卷四十七《清商曲辞四·吴声歌曲四》，著录《春江花月夜》七首：隋炀帝五言四句二首、诸葛颖五绝一首、唐代张子容五言六句二首、张若虚七古一首、温庭筠七古一首。

1. 张子容比张若虚晚一代人的时间，张子容《春江花月夜》当受到张若虚《春江花月夜》的影响

虽然《乐府诗集》录《春江花月夜》张子容所作置于张若虚所作之前，但是考诸史料，张子容生活年代却是晚于张若虚，大约晚了一代人的时间。

按《旧唐书》卷一百九十中《文苑列传》："神龙中，知章与越州贺朝、万齐融、扬州张若虚、邢巨，湖州包融，俱以吴、越

之士,文词俊秀,名扬于上京。朝万止山阴尉,齐融昆山令,若虚兖州兵曹。"①可知张若虚与贺知章(659—744)为同时人,唐中宗神龙(705—707)时已成名,是初唐人。

按《文苑英华》卷二百十八、卷二百五十、卷二百六十八,分别有张子容《除夜乐城逢孟浩然》《乐城岁日赠孟浩然》《送孟八归襄阳》诗;《文苑英华》卷二百六十八、卷二百三十二,分别有孟浩然《送张子容进士赴举》《寻白鹤岩张子容隐居》诗,《四部丛刊》景明刊本《孟浩然集》卷四有《永嘉别张子容》诗。复按宋计有功《唐诗纪事》卷二十三《张子容》:"子容乃先天二年进士第,曾经为乐城尉。与孟浩然友善。"②元辛文房《唐才子传》卷一:"张子容,开元元年常无名榜进士,仕为乐城令。初与孟浩然同隐鹿门山,为死生交,诗篇唱答颇多。后值乱离,流寓江表。尝送内兄李录事归故里云:'十年多难与君同,几处移家逐转蓬。白首相知征战后,青春已过乱离中。行人杳杳看西月,归马萧萧向北风。汉水楚云千万里,天涯此别恨无穷。'后弃官归旧业。"③可知张子容与孟浩然(689—740)为同时人,先天二年即开元元年(713)进士及第,天宝十四载(755)安史之乱爆发十年之后,唐代宗永泰元年(765)犹在世,是盛唐人。

可见,张子容大约比张若虚晚一代人的时间④。因此,张若虚作《春江花月夜》应当在前,张子容作《春江花月夜》应当在后,并且应当受到张若虚之作的影响。

---

① 《旧唐书》卷190,中华书局1975年版,第5035页。
② (宋)计有功:《唐诗纪事》卷23,中华书局1965年版,第345页。
③ 傅璇琮主编:《唐才子传校笺》卷1,中华书局1987年版,第1册,第157—160页。
④ 《唐诗纪事》卷25"刘慎虚"条:"郑处诲《明皇杂录》云:天宝末,刘希夷、王泠然、王昌龄、祖咏、张若虚、张子容、孟浩然、常建、李白、刘慎虚、崔署、杜甫,虽有文章盛名,皆流落不偶。"在这一叙述中,所谓张若虚、张子容未必为同辈人,就像其所述孟浩然(689—740)、李白(701—762)、杜甫(712—770)相互之间都不是同辈人一样。

学者往往根据《乐府诗集》录《春江花月夜》张子容所作编次于张若虚所作之前，判断张子容的时代是在张若虚之前。按《乐府诗集》卷四十七《清商曲辞四·吴声歌曲四》著录《春江花月夜》，录诗编次为隋炀帝、诸葛颖所作五言二韵四句体，唐张子容所作五言三韵六句体，张若虚所作七言二十七韵三十六句体，温庭筠所作七言十五韵二十五句体。何以《乐府诗集》录《春江花月夜》要将张子容所作置于张若虚所作之前？应当是因为《春江花月夜》录诗编次为先五言、后七言，张子容所作为五言体，张若虚所作为七言体，故张子容所作编次在先，而张若虚所作编次在后。可见《乐府诗集》编次，在此是以乐类、曲调、诗体为次序，诗体之下再以作者时代先后为次序。因此，不能单纯因为《乐府诗集》录《春江花月夜》张子容所作编次于张若虚所作之前，就判断张子容的时代是在张若虚之前。

按《乐府诗集》诗歌编次，是以乐类、曲调为序，同一曲调内则通常以作者时代先为序，但是并不尽然。例如《乐府诗集》卷六十六《杂曲歌辞六》录《少年行》，录诗编次为李白五七言三首、王维七言四首、王昌龄五言二首、张籍七言一首、李嶷五言六首、刘长卿五言一首、令狐楚七言四首、杜牧五七言二首、杜甫七言三首、张祜五言一首、韩翃七言一首、施肩吾七言一首、僧贯休五七言三首、韦庄五言一首，既未以诗体为序，亦未以作者时代先为序。《乐府诗集》卷七十一《杂曲歌辞十一》录《行路难》，录诗编次为李白七言三首、顾况七言三首、高适七言二首、张籍七言一首、聂夷中五言一首、韦应物七言一首、柳宗元七言三首、鲍溶七言一首、僧贯休七言五首、僧齐己五七言二首、翁绶七言一首、薛能五言一首，亦是既未以诗体为序，亦未以作者时代先为序。可见,《乐府诗集》的诗歌编次,有时并不能作为判断作者时代先后的绝对依据。

2. 前人对张子容《春江花月夜》的高度评价

张子容《春江花月夜》:"林花发岸口,气色动江新。此夜江中月,流光花上春。分明石潭里,宜照浣纱人。"①

张子容《春江花月夜》虽然比不上张若虚《春江花月夜》,但是成就仍然很高。历来得到很高评价,绝非偶然。略举如下。

明钟惺、谭元春选评《唐诗归》卷六张子容《春江花月夜》题下谭元春评:"此题琐碎,而若虚之多,子容之简,不妨并妙,简者犹难耳。"首四句钟惺评:"语亦有光。四句写题,分摆得妙,春江花月夜五字,只当不曾说出。"末句钟惺评云:"情在'宜'字,见月不苟照也。妙!妙!"②

清宋长白《柳亭诗话》卷十五《花月》条:"唐人有《春江花月夜》一题,同时张若虚、张子容皆赋之。若虚凡二百五十二言,子容仅三十言,长短各极其妙,增减一字不得,读此可悟相体裁衣之法。"③

范大士选评《历代诗发》卷九:"'流光'五字,如何团聚,兴趣独绝。"④

黄培芳批《唐贤三昧集笺注》卷中:"题甚繁,诗甚简,勿

---

① (清)彭定求等编:《全唐诗》卷116,中华书局1960年版,第1175页。
② (明)钟惺、谭元春选评:《唐诗归》卷6,《续修四库全书》第1589册影明刻本,上海古籍出版社2002年版,第603页。
③ (清)宋长白:《柳亭诗话》卷15,上海杂志公司1935年版,下册,第332页。
④ (清)邵干辑,范大士评:《历代诗发》,故宫博物院编《故宫珍本丛刊》第644册,海南出版社2000年版,第129页。

看他运题手法，看他诗外有多少诗在。"①

谭元春所说"若虚之多，子容之简，不妨并妙"，是对张子容《春江花月夜》整体成就的高度评价。钟惺所说"情在'宜'字，见月不苟照也。妙！妙"，拈出了张子容《春江花月夜》的点睛之笔："分明石潭里，宜照浣纱人。"这表示，《春江花月夜》的意境核心，神光聚照之处，是思妇形象。实际上，张子容之诗，钟惺之评，正是对张若虚诗意的最佳解释。

前人对张子容《春江花月夜》的高度评价，符合作品成就实际。元辛文房《唐才子传》卷一《张子容》条："兴趣高远，略去凡近。当时哲匠，咸称道焉。"并非不情之语。

谭元春所说"若虚之多，子容之简，不妨并妙"，宋长白所说"若虚凡二百五十二言，子容仅三十言，长短各极其妙"，已经触及一个事实：张子容《春江花月夜》是张若虚《春江花月夜》的缩写。

3. "分明石潭里，宜照浣纱人"是解释"捣衣砧上拂还来"的钥匙

初唐张子容《春江花月夜》乃是盛唐张若虚《春江花月夜》的缩写。初唐张子容《春江花月夜》"分明石潭里，宜照浣纱人"，是解释盛唐张若虚《春江花月夜》"捣衣砧上拂还来"的钥匙。

张子容"分明石潭里，宜照浣纱人"之"石"，即张若虚"捣衣砧上拂还来"之"捣衣砧"，张子容"分明石潭里"之"潭"，即张若虚"昨夜闲潭梦落花"之"潭"。张子容"分明石潭里，宜照浣纱人"，言春江花月夜之明月，最应该照见江潭石畔浣纱

---

① （清）王士禛选，黄培芳评，吴煊、胡棠笺：《唐贤三昧集笺注》卷中，光绪九年冬广州翰墨园重刊本。

之人。可见，张子容是将"捣衣砧上拂还来"理解为思妇春江月夜石畔浣纱之情景。换言之，张子容"分明石潭里，宜照浣纱人"，亦是将"捣衣砧上拂还来"理解为春江月夜浣纱之情景的有力证明。因此，应当参照"此夜江中月，宜照浣纱人"，将"捣衣砧上拂还来"解释为思妇春江月夜石畔浣纱，情不自禁地拂去漫上捣衣砧的水月，可是水月又漫上了捣衣砧。象外之意，是见月相思，见月伤心；欲逃避月，而无计可逃。

退一万步讲，无论在历史上张若虚、张子容作《春江花月夜》谁先谁后，在文学上，张若虚"捣衣砧上拂还来"，"昨夜闲潭梦落花"，与张子容"分明石潭里，宜照浣纱人"之间，亦显然具有相互发明关系。可是，迄今为止，学术界似乎没有注意到这一点。

或以为"玉户帘中卷不去，捣衣砧上拂还来"，上句写室内，下句写室外，似乎不合理。其实，此种写法为诗中常见。举例如下。

> 潘岳《悼亡诗》：望庐思其人，入室想所历。
> （上句室外，下句室内）
> 陶渊明《读山海经》：欢言酌春酒，摘我园中蔬。
> （上句室内，下句室外）
> 谢灵运《石壁精舍还湖中作》：披拂趋南径，愉悦偃东扉。
> （上句室外，下句室内）
> 江总《闺怨篇》：池上鸳鸯不独自，帐中苏合还空然。
> （上句室外，下句室内）
> 王金珠《子夜四时歌》：叠素兰房中，劳情桂杵侧。
> （上句室内，下句室外）
> 李白《效古》：入门紫鸳鸯，金井双梧桐。

（上句室内，下句室外）

张祜《读曲歌》：窗中独自起，帘外独自行。

（上句室内，下句室外）

可见诗人用笔灵活，上句室外，下句室内，或上句室内，下句室外，是常见的笔法。

六、结论

第一，古诗赋中的"捣素"、"捣练"，是指帛用草木灰浆浸泡后再用木杵捶捣的练帛工序，目的是为生练脱胶，以制成熟练。古诗中的"浣纱"，是指练帛之后的水洗工序，目的是祛除帛中残存的草木灰浆杂质，使帛清洗干净。

第二，浣纱即水洗工序是在江河溪边完成。梁简文帝《棹歌行》："浣纱流暂浊，汰锦色还鲜。"清楚地表明，"浣纱"是在江河溪边；"浣纱"时所清洗出的灰浆杂质，会使河溪流水一时也被污染；浣纱后的帛，色泽鲜明。显然，练帛之后的浣纱即水洗，需要大量的用水量，只有江河溪流而非庭院内的井水才可能提供浣纱的便利。因此，浣纱是在江河溪边，而不是在庭院内完成。

第三，庭院内捣衣砧，又名捣衣石，是古代妇女捣帛以制作寒衣的石具。使用庭院内捣衣砧捣衣的时间，是在秋冬季节，不在春季。把张若虚《春江花月夜》"捣衣砧上拂还来"，解释为制寒衣之情景，是与诗中春季不合。

第四，古诗及文献所述江河溪边的天然浣纱石、浣衣石、捣衣砧、捣衣石，各地有之。当浣女在江河溪边"浣纱"即水洗用草木灰浆浸泡、捶捣之后的帛时，可能仍然会用木杵捶捣帛，即把将帛用水浸泡，放在江河溪边的砧石（石板、圆石）上用木杵捶捣，以高效地祛除灰浆杂质，使帛清洗干净。因此之故，江河溪边的砧石遂得以亦称为浣纱石、浣衣石、捣衣砧、捣衣石。

第五，浣纱之捣练与练帛之捣练的不同在于：地点是在江河溪边，而不是在庭院内；目的是清洗，而不是脱胶；捣练方式是迭起帛来捶捣以辅助水洗，而不是铺开全面捶捣以便脱胶；捣练工具的砧是江河溪边的石板、圆石，而不是庭院内的特制石砧；木杵可能是洗衣短杵，而不是捣练长杵。

第六，南朝初盛唐诗多写春江春溪月下浣女、浣纱。除可能的洗衣外，那往往是指练帛之后的水洗工序。

第七，张若虚是初唐扬州人，隋唐时期扬州一年蚕四五熟、妇女勤纺绩、夜浣纱而且成布的风俗源远流长；而且南朝初盛唐诗多写春江春溪月下浣女、浣纱；因此可以将"捣衣砧上拂还来"理解为春江月下浣纱之情景。

第八，初唐张若虚《春江花月夜》"捣衣砧上拂还来"，及"昨夜闲潭梦落花"，与盛唐张子容《春江花月夜》"分明石潭里，宜照浣纱人"之间，具有先后影响关系和互相发明关系。因此，应当把"捣衣砧上拂还来"理解为思妇春江月夜浣纱时，情不自禁地拂去漫上捣衣砧的水月，可是水月又漫上了捣衣砧。象外之意，是见月相思、见月伤心；欲逃避月，而无计可逃。

原载《广播电视大学学报》2013 年第 3 期

释《琵琶行》"弟走从军阿姨死"

万川一月君提问：

　　小军老师，请教《琵琶行》中"弟走从军阿姨死"中"弟"、"阿姨"何解？谢谢！

今试解释如下。
白居易《琵琶行》：

　　自言本是京城女，家在虾蟆陵下住。十三学得琵琶成，名属教坊第一部。曲罢曾教善才服，妆成每被秋娘妒。五陵年少争缠头，一曲红绡不知数。钿头银篦击节碎，血色罗裙翻酒污。今年欢笑复明年，秋月春风等闲度。弟走从军阿姨死，暮去朝来颜色故。门前冷落鞍马稀，老大嫁作商人妇。①

释"弟走从军"

有两种解释。

---

① （唐）白居易著，朱金城笺校：《白居易笺校》卷12，上海古籍出版社1988年版，第686页。

1. 陈寅恪先生解释"弟走从军"为"琵琶女弟的从军"[①],"此弟之从军应是与用兵淮蔡有关"[②]。"弟"指弟弟,"从军"指当兵。此说符合传统用语习惯。

2. 目前不少期刊论文解释为"香火兄弟"即乐伎姐妹去作了军镇乐伎。此说似可以取得间接证据,但是没有找到直接证据。

唐崔令钦《教坊记》:"西京右教坊在光宅坊,左教坊在延政坊……坊中诸女,以气类相似,约为香火兄弟。"[③]

唐孙棨《北里志·海论三曲中事》:"妓之母,多假母也(俗呼为爆炭,不知其因,应以难姑息之故也),亦妓之衰退者为之。诸女自幼丐育,或佣其下里贫家,常有不调之徒,潜为渔猎。亦有良家子,为其家聘之,以转求厚赂,误陷其中,则无以自脱。初教之歌令,而责之甚急。微涉退息,则鞭扑备至。皆冒假母姓,呼以女弟女兄,为之行第。"[④]

由《教坊记》"坊中诸女,以气类相似,约为香火兄弟",以及《北里志》"诸女皆冒假母姓,呼以女弟女兄,为之行第",可见唐代外教坊女伎以及妓女称呼姐妹为"香火兄弟"或"女弟女兄"。因此,《琵琶行》"弟走从军阿姨死"与"阿姨"对举的"弟",似可以是指"香火兄弟"即乐伎姐妹。

"阿姨",是唐代外教坊女伎对养母的称呼,详见下文。

---

① 刘隆凯整理:《陈寅恪元白诗证史讲席侧记》,湖北教育出版社 2005 年版,第 60 页。
② 陈寅恪:《元白诗笺证稿·附校补记》之九,生活·读书·新知三联书店 2001 年版,第 363—364 页。
③ (唐)崔令钦著,任半塘笺订:《教坊记笺订》,中华书局 1962 年版,第 14 页。
④ (唐)孙棨著,曹中孚校点:《北里志》,丁如明等校点:《唐五代笔记小说大观》,上海古籍出版社 2000 年版,下册,第 1404 页。

唐高适《燕歌行》："战士军前半死生，美人帐下犹歌舞。"①

唐岑参《白雪歌送武判官归京》："中军置酒饮归客，胡琴琵琶与羌笛。"②

《新唐书》卷二十二《礼乐志十二》大历元年条："其后方镇多制乐舞以献……山南节度使于頔又献《顺圣乐》，曲将半，而行缀皆伏，一人舞于中，又令女伎为佾舞，雄健壮妙。"③

《唐会要》卷三十四《论乐》宝历二年九月："伏见诸道方镇下至州县军镇，皆置音乐，以为欢娱。"④

由《燕歌行》"战士军前半死生，美人帐下犹歌舞"，《白雪歌送武判官归京》"中军置酒饮归客，胡琴琵琶与羌笛"，《新唐书·礼乐志》"方镇多制乐舞以献"，《唐会要》"诸道方镇下至州县军镇皆置音乐，以为欢娱"，可知唐代军镇皆置乐伎。因此，"弟走从军"，似有可能是指"香火兄弟"去作了军镇乐伎。

但是，"从军"一语通常用于指男子当兵，似未见用于指女子作军镇乐伎。因此，仍然应该采用第一种解释。除非发现相关直接证据，才能采取第二种解释。

释"阿姨"

东汉刘熙《释名》卷三："母之姊妹，曰姨。"⑤

---

① （唐）高适著，孙钦善校注：《高适集校注》，上海古籍出版社1984年版，第80页。
② （唐）岑参著，陈铁民、侯忠义校注：《岑参集校注》卷2，上海古籍出版社1981年版，第163页。
③ 《新唐书》卷22，中华书局1975年版，第478页。
④ （宋）王溥：《唐会要》卷34，中华书局1955年版，第631页。
⑤ （东汉）刘熙：《释名》，中华书局1985年版，第47页。

《琵琶行》:"十三学得琵琶成,名属教坊第一部……弟走从军阿姨死,暮去朝来颜色故。"

宋曾慥编《类说》卷七引《教坊记》佚文《卖假金贼》:"庞三娘善歌舞,其舞颇脚重,然特工装束,又有年,面多皱,帖以轻纱,杂用云母和粉蜜涂之,遂若少容。尝大酺,汴州以名字求雇,使者造门,既见,呼为恶婆,问庞三娘子所在,庞绐之曰:'庞三是我外甥,今暂不在,明日来,须奉留之。'使者如言而至,庞乃盛饰,顾客不之识也,因曰:'昨日已参见娘子阿姨。'其变状如此,故坊中呼为卖假金贼。"[1]

按:第一,由《释名》"母之姊妹,曰姨",可知阿姨可以引申为指非亲生母。

第二,由《琵琶行》"名属教坊第一部"、"弟走从军阿姨死",《教坊记·卖假金贼》"昨日已参见娘子阿姨",可知唐代外教坊女伎称呼养母为"阿姨"。

---

[1] 任半塘《教坊记笺订》已辑录此一佚文,中华书局1962年版,第43页。

国学研究的态度与意义

研究中国历史文化，同情态度与客观研究可以相辅相成

今日研究中国历史文化的前提之一，似仍为研究者对中国历史文化持何种态度。现代学术史的经验表明，研究中国历史文化，同情态度与客观研究可以相辅相成，貌似客观实则怀疑否定的态度则终难有成。请以20世纪初期王国维以及疑古派的上古史研究为例。

一九一七年二月，王国维作《殷卜辞中所见先公先王考》，根据殷墟出土甲骨文所载，证实《史记·殷本纪》所载殷世系为基本信实。论文同年刊布于上海仓圣明智大学《学术丛刊》（即《广仓学窘丛书甲类》，第二集），一九二一年五月又刊入《观堂集林》①。一九二二年春，《东方杂志》第十九卷三期发表抗父《最近二十年间中国旧学之进步》一文，指出"王君之贡献"，"为从古未有之进步"。

一九二一年一月，胡适《自述古史观书》提出："现在先把古史缩短二三千年，……宁疑古而失之，不可信古而失之。"② 同

---

① 王国维：《殷卜辞中所见先公先王考》，《观堂集林》卷9，中华书局1984年版，第409页。
② 胡适：《自述古史观书》，顾颉刚编著：《古史辨》，上海古籍出版社1981年影印本，第1册，第22—23页。

年六月，顾颉刚《自述整理中国历史意见书》进一步提出："东周以上只好说无史。现在所谓很灿烂的古史，……精密的考来，都是伪书的结晶。"① 一九二六年，顾颉刚《古史辨·自序》重复发挥说："中国的历史，把伪史……除去，实在只有二千余年。"②

由上所述可见，当王国维早已证实《史记·殷本纪》基本信实并公布于世之后，疑古派却提出了"东周以上无史"的观点。

这能说是理性的态度？

面对双方古史观点这样的根本对立，不能不深入考虑到双方对中国历史文化的不同态度，这实际上是学术研究的不同起点。

一九一二年王国维作《送日本狩野博士游欧洲》诗写道："君山博士今儒宗，亭亭崛起东海东。平生未拟媚邹鲁，胼胝每与沂泗通。自言读书知求是，但有心印无雷同。我亦半生苦泛滥，异同坚白随所攻。多更忧患阅陵谷，始知斯道齐衡嵩。"③ "斯道"，即其上文所写出的"沂泗"、"邹鲁"之道，即儒家学说。可见早在作《殷卜辞中所见先公先王考》之前多年，王国维对中国文化就已抱有很深的同情、敬意和信心。陈寅恪称他体现中国文化达极深之度（《王观堂先生挽词·序》），可以参证。在《殷卜辞中所见先公先王考》中，他明确地提出："殷墟遗物有裨于经史二学。"④ 肯定经史二学的价值，是王氏古史研究的一个重要学术理

---

① 顾颉刚编著：《自述整理中国历史意见书》，《古史辨》第1册，上海古籍出版社1981年影印本，第35页。
② 顾颉刚编著：《古史辨·自序》，《古史辨》第1册，上海古籍出版社1981年影印本，第43页。
③ 王国维：《观堂集林》卷24，《王国维先生全集初编》第3册，台湾大通书局1976年版，第1189页。
④ 王国维：《殷卜辞中所见先公先王考》，《观堂集林》卷9，中华书局1984年版，第411页。

念。王国维对中国历史文化的同情态度，决定了他的古史研究取向，是征实、证真的方向。而这一取向，被证明是合乎历史的真实。王国维表明，对一种从根本上说具有真实性、价值性的对象作研究，采取同情态度而不是怀疑否定态度，可能避免学术方向失误，而未必影响学术研究的客观性。《殷卜辞中所见先公先王考》对《史记·殷本纪》细部失误的纠正，即是很好的证例（如证实殷先公自上甲以后的次序为报乙、报丙、报丁，而不是报丁、报乙、报丙①）。完整地说，研究中国历史文化，同情态度与客观研究，看似相反，实际相辅相成。

相反，疑古派一开始即提出"宁疑古而失之，不可信古而失之"，"东周以上无史"，这种怀疑否定的态度，决定了其古史研究的取向是所谓证伪的方向，而这一取向，事先已被证明违背了历史的真实。而方向失误，运用科学方法亦无济于事。

求中国历史文化的意义与价值，为本民族精神生命提供资源

陈寅恪《吾国学术之现状及清华之职责》一文（1935年）②，表达了对中国历史文化研究的一组理念，包括对中国历史文化研究之意义的看法。这些看法，对今天的国学研究，似仍然具有重要性。试分疏如下。

---

① 王国维：《殷卜辞中所见先公先王考》，《观堂集林》卷9，中华书局1984年版，第425—426页；王国维进一步的考证，请参阅《殷卜辞中所见先公先王续考》，《观堂集林》卷9，第439—440页。

② 陈寅恪：《吾国学术之现状及清华之职责》，《金明馆丛稿二编》，生活·读书·新知三联书店2001年版，第361—363页。

其一,"求本国学术之独立"。陈先生所说学术独立,据其上下文,有两层含义。第一是学术有创获,能独立于世界学术之林。这一含义,从文中所说"西洋文学哲学艺术历史等,苟能输入传达,不失其真,即为难能可贵,遑问其有所创获。社会科学则本国政治社会财政经济之情况,非乞灵于外人之调查统计,几无以为研求讨论之资",及"东洲邻国以三十年来学术锐进之故,其关于吾国历史之著作,非复国人所能追步",以及"今世治学以世界为范围,重在知彼,绝非闭户造车之比",而可以得出。第二,是学术有品格,学人有品格,能独立于政治。这一含义,从文中所说"教育学则与政治相通","学而优则仕,今日中国多数教育学者庶几近之",而可以得出。

其二,"中国学术独立","实系我民族精神上生死一大事"。这即是说,中国学术有创获、有品格而独立,始能为本民族精神生命提供资源。这是陈寅恪对中国学术尤其中国历史文化研究的根本理念。国学研究的最终意义实在于此。

其三,"近年中国古代及近代史料发见虽多,而具有统系与不涉傅会之整理,犹待今后之努力"。又:"国可亡,而史不可灭。"要之,有统系而不涉傅会,和史不可灭,是陈先生关于中国史研究的学术理念。

有统系而不涉傅会。有统系,当主要是针对旧派史学"只有死材料而没有解释"[①]而言。不涉傅会,则是针对新派史学中的"随意用西方理论厚诬国史"一派[②],及"竞言古史"而"有类清季夸

---

① 卞伯耕记陈寅恪讲课语,蒋天枢:《陈寅恪先生编年事辑(增订本)》引,上海古籍出版社1997年版,第222页。
② 蒋天枢记陈寅恪语,汪荣祖:《陈寅恪评传》引,百花洲文艺出版社1997年版,第247页。

诞经学家之所为"的疑古派而言①。从正面讲，有统系而不涉傅会的历史研究，当指能从史料中发现历史的真相、内在脉络及规律。陈寅恪《唐代政治史述论稿》《隋唐制度渊源略论稿》，从历史个案的考证上升到一代历史内在脉络的揭示，成功地创立了建基于系统考证之上的断代内在脉络史，突破了纪传体、编年体史和个案考证的旧史学传统，实为有统系而不涉傅会的新史学典范。

史不可灭。其含义之一，参照"中国学术独立""实系吾民族精神上生死一大事者"，应即是国史关系本民族精神之生死，国史能为本民族精神生命提供资源。陈寅恪《赠蒋秉南序》云："欧阳永叔少学韩昌黎之文，晚撰五代史记，作义儿冯道诸传，贬斥势利，尊崇气节，遂一匡五代之浇漓，返之淳正。故天水一朝之文化，竟为我民族遗留之瑰宝。"②这正是国史能使本民族之精神起死回生之一证例。

史不可灭的含义之二，是"史中求史识"，为当下现实提供"中国历史的教训"③。事实上，陈先生所提出的"全部北朝史中凡关于胡汉之问题，实一胡化汉化之问题，而非胡种汉种之问题，当时之所谓胡人汉人，大抵以胡化汉化而不以胡种汉种为分别，即文化之关系较重而种族之关系较轻"④，所提出的"所谓外族盛衰之连环性者，即某甲外族不独与唐室统治之中国接触，同时亦与其他之外族有关，其他外族之崛起或强大可致某甲族之灭亡或衰

---

① 陈寅恪：《陈垣元西域人华化考序》，《金明馆丛稿二编》，生活·读书·新知三联书店2001年版，第270页。
② 陈寅恪：《赠蒋秉南序》，《寒柳堂集》，生活·读书·新知三联书店2001年版，第182页。
③ 俞大维述陈寅恪语，蒋天枢：《陈寅恪先生编年事辑（增订本）》，上海古籍出版社1997年版，第51页。
④ 陈寅恪：《隋唐制度渊源略论稿》，生活·读书·新知三联书店2001年版，第79页。

弱","而唐室统治之中国遂受其兴亡强弱之影响,及利用其机缘,或坐承其弊害";"故观察唐代中国与某甲外族之关系,其范围不可限于某甲外族,必通览诸外族相互之关系","盖中国与其所接触诸外族之盛衰兴废,常为多数外族间之连环性,而非中国与某甲外族间之单独性也"①,所提出的"窃疑中国自今日以后","必须一方面吸收输入外来之学说,一方面不忘本来民族之地位。此二种相反而适相成之态度,乃道教之真精神,新儒家之旧途径,而二千年吾民族与他民族思想接触史之所昭示者也"②,都是他在史中求得的史识,同时是对现代中国所提供的历史教训。

其四,"吾民族所承受文化之内容,为一种人文主义教育,虽有贤者,势不能不以创造文学为旨归。"这是陈先生关于中国文学史研究的一个学术理念。其中当包括三点意义:第一,中国文化是一种人文文化,而不是一种宗教文化如希伯来文化,或科学文化如希腊文化(此就一种文化突出特征言);第二,中国文化以创造文学为旨归;第三,中国文学包含全幅人文文化内容(文史哲艺术等),而不仅是文学本身。请以陈证陈。陈寅恪《陶渊明之思想与清谈之关系》,提出陶渊明创立新自然说,"实为吾国中古时代之大思想家"③;《论再生缘》提出,《再生缘》在思想内容上表现了"自由及自尊即独立之思想"④,在结构文词上亦体现了自由思想,"故无自由之思想,则无优美之文学"⑤;《柳如是别传》

---

① 陈寅恪:《唐代政治史述论稿》,生活·读书·新知三联书店 2001 年版,第 321 页。
② 陈寅恪:《冯友兰中国哲学史下册审查报告》,《金明馆丛稿二编》,生活·读书·新知三联书店 2001 年版,第 284—285 页。
③ 陈寅恪:《陶渊明之思想与清谈之关系》,《金明馆丛稿二编》,生活·读书·新知三联书店 2001 年版,第 229 页。
④ 陈寅恪:《论再生缘》,《寒柳堂集》,生活·读书·新知三联书店 2001 年版,第 66 页。
⑤ 陈寅恪:《论再生缘》,《寒柳堂集》,生活·读书·新知三联书店 2001 年版,第 73 页。

则揭示钱柳诗文表现了"我民族独立之精神,自由之思想。"①可见,陈先生的中国文学史研究之理念,是求中国文学中的人文意义与价值;其中当然包括文学价值。

其五,"近年国内本国思想史之著作,几尽为先秦两汉诸子之论文。何国人之好古,一至于斯也"。这是批评语,其正面语,即《冯友兰中国哲学史下册审查报告》(1933年)所说:"佛教经典言:'佛为一大事因缘出现于世。'中国自秦以后,迄于今日,其思想之演变历程,至繁至久。要之,只为一大事因缘,即新儒学之产生,及其传衍而已。"②中国思想史的重心,是新儒学的产生与发展。这是陈先生关于中国思想史研究的学术理念。这段话语中特别值得注意的是"迄于今日"四字。因为有此四字之故,这段话已不仅是提出了中国思想史研究的学术理念,而且是提出了中国现代哲学思想的学术理念。依陈先生的识见,中国现代思想的重心,应当是新儒学的发展。

这一点已轶出了思想史的学术范围,此仅说到为止。

理解陈寅恪三十年代初关于中国学术的理念,似可参照一个事实:在陈寅恪的学术演进历程中,愈往后发展,价值追求愈显性化,尽管这并未改变他在史中求史识的一贯的学术品格。

求中国历史文化的意义与价值,为本民族精神生命提供资源,这亦应当是今日国学研究的意义所在。

原载《中国文化研究》1998年夏之卷

---

① 陈寅恪:《柳如是别传》上册,生活·读书·新知三联书店2001年版,第4页。
② 陈寅恪:《金明馆丛稿二编》,生活·读书·新知三联书店2001年版,第282页。

诗经研究的大道：温故而知新

——评魏炯若教授《读风知新记》

魏炯若先生（1907—1991），生前为四川师范大学教授，所著《读风知新记》①，是一部具有重要学术价值的《诗经》研究专著，对《诗经》十国风160篇诗，从《诗序》、诗本文、训诂、校勘、诗艺等角度，参考了大量的文献，作出了系统的研究，考辨精审，发明创获丰富。而其最大的特色，则是由继承传统学术而来的创造性研究，在当代《诗经》研究领域中，独树一帜地走尊重《毛诗序》《传》、兼采汉宋之学术路子，学术个性十分鲜明。

"温故而知新"。作者名其书为《读风知新记》，盖有深意存焉。陈寅恪先生曾论及清末以降学风，说："后来今文公羊之学，递演为改制疑古，流风所被，与近四十年间变幻之政治，浪漫之文学，殊有连系。"②这是寅恪先生对近代以来学风、世道变化发展之内因的一个深刻判断。疑古思潮的特征是怀疑和推倒传统文化、历史文献，其实质是自暴自弃、失去理性。疑古派对于《诗经》，宣称"反对毛公和郑玄"，"要把汉学和宋学一起推翻"。正是在疑古思潮直接介入和甚深影响下，在《诗经》研究领域中，怀疑、

---

① 魏炯若：《读风知新记》，陕西人民出版社1987年版。
② 陈寅恪：《朱延丰突厥通考序》，《寒柳堂集》，上海古籍出版社1980年版，第144页。

蔑视、抛弃以《毛诗序》《传》为代表的传统学术，代之以游谈无根的浪漫说法，一时成为风气。无可讳言，这种风气的影响至今仍未完全消失。

《读风知新记》独树一帜地尊重《毛诗序》《传》。作者认为，《毛诗》"从春秋，历战国秦汉，取精用宏，几可算作周诗的第一手资料，我们今天研究周诗，对这一把阶梯，是绝对不能使用舜父瞽叟的'捐阶'法的"（第18—19页）。作者并指出，《序》《传》为一体，"《序》是用来说明每篇的内容的，《传》是用来解释诗的词句的。直到今天，我们注解古书的方法，还是这样的，可见二者不能偏废。"（第6页）同时，作者又指出，"《诗序》说诗的主要方法，就是结合时事……至于是否得到了诗的本义，就尚待研究"（第264页）。"只能信其所可信。所可信又是按照的什么标准呢？这就是诗的本文。"（第113页）如实地说，作者这种尊重《序》《传》的态度，乃是实事求是的态度。（实事求是有时并不容易，当实事求是需要理性与勇气时，便非乡愿及逐队随人者所能为。）

作者根据诗本文，参照《序》《传》，发明诗意，创获甚多。如《关雎》，《序》云，"《关雎》，后妃之德也。"首章《传》云："后妃说乐君子之德，无不和谐。"作者指出，"这是说，后妃之德，乃是来自君子之德。"（第25页）作者紧扣诗本文，进而指出："《关雎》诗里有琴瑟钟鼓"，"可以肯定是一首贵族的爱情诗"，"但到编诗者的手里，却把它借用为歌颂'后妃之德'的普遍标准"，"《传》意认为：这样的善女，必须这样虔诚地去求，才可能得到。'友之'、'乐之'，则是说求得之后，又必须这般待遇她。"（第23页）最后，作者指出，"由于褒姒灭周，周之卿大夫无不痛心，故编二南，置于诗经的开头；孔子也由于这同一的原因，而加以极端的重视。"（第27页）作者清楚地表明：第一，《关雎》是贵族爱情诗，诗意是君子对女子的爱而且敬。第二，编诗人及《序》《传》，乃是借用诗意表示君子应有的对女子的爱而且敬。第三，在本质意义上，编诗人及《序》《传》之意，与《关雎》诗意是一致的，而没有曲解诗意。作者发明诗意、编诗人及《序》《传》之意，以及其间之关系，犁然有当于人心。其原因，是对中国传统学术文化，具有真实的体认与信心。

《读风知新记》注重发明《诗经》的文化大义。作者总论《二南》，说"检阅《二南》众篇：《周南》十一篇，不言妇女者唯《麟趾》一篇……《召南》十四篇，不言妇女者三篇（《甘棠》《羔羊》《驺虞》）。汉代儒者，刘向、匡衡屡次说'室家之道修，则天下之理得。'可知这是诗家先师相传的大义。是得到了编诗人的深意。"并进而指出："这是因为配偶影响一个人的思想行为，持操，往往是潜移默化；而且是亲如父子，也难于进言。所以编诗人和孔氏都如此重视。读者对于这一观点，也还是不宜轻视。"（第86页）这是作者发明夫妻相亲相敬这一《诗经》大义、中国文化大义。作者总结《秦》，说"秦诗十篇，可分三类，《车邻》《驷驖》《终南》《渭阳》，都是美秦有了中国的礼俗；《黄鸟》用人殉葬；《晨风》《权舆》不能承继先君之业，忘穆公旧臣，所刺实际都是刺戎俗。可以看出编诗之意是，进于中国就美之，入于戎俗则刺之。"又指出："秦诗止于康公，可知编秦诗的人必在康公以后。考《商君传》，商君谓赵良曰，'始秦戎翟之教，父子无别，同室而居，今我更制其教，而为其男女之别；大筑冀阙，营如鲁卫矣。'由此记载，可知当时秦人认为，没文化是秦国的大事，鲁卫在当时，虽已接近灭亡，它们的文化，仍旧是一时的众望所归……《论语》说的周因殷，殷因夏，是这个东西；《蒹葭诗序》所谓的周礼，也是这个东西。"（第413—414页）这是作者发明夷夏之辨在于文化而不在于种族，文化高于种族这一《诗经》大义、中国文化大义。马一浮先生说：

"分中国与夷狄,不可专从地域与种族上计较。须知有礼义即是中国,无礼义则为夷狄。夷狄尚知礼义,则夷狄可以变为中国;中国人不知礼义,中国即变成夷狄。内中国而外夷狄者,乃重礼义而轻视非礼无义之谓。由此可知,区别文明与野蛮,亦当以有礼义、无礼义为准。有礼义谓之文明,无礼义谓之野蛮。非曰财富多、物质享受发展快便是文明也。"[①] 马一浮先生此言,讲夷夏之辨最为透彻。特录于此,以供读者参究。

《读风知新记》知人论世,以诗证史,以史证诗,亦创获甚多。如《七月》一诗,作者说,"《七月》诗劝农,何故从'授衣'说起? 此是全诗大义所在,而数千年无人察觉,是由于过去时代不知《七月》的主要对象乃是奴隶的缘故"。"'奴隶非人'! 人人尽知。非人的内容是什么呢? 即是一切人的生活必需品皆可以不管,任其自生自灭。死掉,就像一柄石锄的自然消耗。奴隶们对他们的这种社会地位和待遇,是知道得再清楚不过,而忽然听见一种声音:天要寒冷了,要给他们准备寒衣——这只能是上帝的声音"! "衣用来蔽体,似乎代表着人的尊严。下文妇子馌田,以及田畯态度之和悦,与鞭挞大不相同,都是着重突出了周民族把奴隶当'人'看待。篇中突出'殆及公子同归',是准许奴隶有嫁娶。'塞向墐户'不但准许奴隶有住屋,而且把修理住屋列入了岁功,也就像突出'采荼薪樗'使奴隶的食物和柴烧都有法律保障一样。突出'言私其豵',竟自允许奴隶有小量的私有物,衣食住样样都照顾周到。最后'跻彼公堂,称彼兕觥,万寿无疆'! 体面极了。竟能登堂上寿,把奴隶的地位提高到几乎和管家一样。虽然都是惠而不费的廉价恩施,可是它肯定了奴隶的基本人权,也确是一件了不得的

[①] 马一浮著,马镜泉、丁敬涵等校点:《马一浮集》第3册,浙江古籍出版社、浙江教育出版社1996年版,第1078页。

大事情。1975年8月号《文物》的《江苏焦庄古遗址》文中说：'西周奴隶主许奴隶建立家室，使束缚于土地之上。'验之《七月》，考古结果和它相应……牧野之役使周灭殷而有天下，主要靠奴隶倒戈攻殷"。（第486—487页）作者发明《七月》诗本文以论其世，并以之与考古发现，历史文献互证，十分精彩。作者重视考古成果，常运用于证诗。如援引1978年周原考古队在陕西岐山凤雏村发掘早周建筑所出土甲骨文，编号H11·4甲文"其微楚"（二国名），编号H11·9甲文"今秋楚子来告"，并援引《史记·鲁周公世家》"周公奔楚"，以证明周南包括楚国（第16—17页）。援引1979年7月25日《光明日报》载《陕西周原考古新收获》文中所述西周初期宗庙建筑，屋顶除用茅盖外，屋脊与天沟，用少量陶瓦，要至周之中晚期，宫室才大量用瓦，以证明《七月》"上入执宫功，昼尔于茅，宵尔索绹"，诗言宫室用草盖属实（第492—493页）。

《读风知新记》在训诂学方面的发明创获，十分突出。作者极为重视《序》例、《传》例（甚至《笺》例、朱子《集传》之例），尤其重视《序》《传》之间相互关系。作者说，"序和传一体"，"序讲诗的意义（内容），传释诗的语言，不可分割"（第19页）；"因为一诗有一诗的中心，词语是服从中心的。《孟子》说'以意逆志，是为得之。'解释词义也必须以此为标准"（第315页）；"《毛诗》的例是，篇义在序中，《传》文只依义作训故"（第456页），"[不能只是]追溯训诂的本源而已"，"须求之诗义，才能决定弃取"（第458页）。这即是说，《序》《传》一体，各有分工，但双方之间相互关系，则是《序》高于《传》，《传》服从《序》；《传》对诗句中的字词的训诂，必须服从于《序》所揭示的该篇诗的全体的意义，而不能照搬训诂的本源意义。换言之，《诗经》的训诂，并不等于小学的训诂。这是作者对《诗经》（及任何文史哲原典）训诂方法所作出的一项极重要的发明。应当说,小学的训诂,可以没有字词服从一句,一章,一篇,一书的问题,可以没有服从上下文语境和全体之意义的问题。而文史哲文献的训诂方法,则包括相反相成的两个方面:第一,是由字词的训诂,释一句的意义,进而由句释章,由章释篇,由篇释书。第二,则是使一字之训诂,服从于全句之意义,进而一句服从于全章,一章服从于全篇,一篇服从于全书。这是《毛诗》学的义例。现代西方哲学诠释学大家伽达默尔说:"我们必须从个别来理解整体,而又必须从整体来理解个别。"①《毛诗》学的义例,与现代哲学诠释学的方法是相通的。清儒所谓"训诂明然后义理明",只识得文史哲文献训诂方法之一半,而遗失其另一半——义理明而后训诂明,离开《毛诗》学已差距甚远。《读风知新记》所提出的"词语服从中心"、"《传》文只依义作训诂"、"求之诗义才能决定弃取",发明了《毛诗》学训诂方法,亦证明了其现代性。作者释《谷风》"泾以渭浊,湜湜其沚",《传》云"泾渭相入而清浊异",《笺》云"泾水以有渭故见浊",而"此后的解释,无能出此范围"。作者说,"体会一下诗人的语意,'泾以渭浊'是说泾水给予渭水以污浊,'泾以'的以,义同与。'湜湜其沚'是说渭水的清的本质并没有被改变,你只要看一看渭水边的沚,就知道了。"(第123页)训"以"为"与",句意晓畅矣。

应当特别说明,魏炯若先生早年师从著名经学家成都龚向农先生,书中屡次称引师说,而龚先生之训诂,确有胜义。如《匪风》《笺》云"谁能者,言人偶能割亨者",又"谁将者,亦言人偶能辅周道治民者也",《正义》引郑氏"《论语注》、《礼

---

① 〔德〕汉斯-格奥尔格·伽达默尔著,洪汉鼎译:《真理与方法》,商务印书馆2010年版,第411页。

注》用人偶一词的话来作证,《校勘记》又引《聘礼疏》《中庸正义》《表记正义》《硕人正义》等书解释人偶一词的话互相对照。……但都共有一缺点,即不能使汉代口语和现代口语对举,因而不能收一点即明之效"。作者引"成都龚向农先生曰:'人偶者,盖犹今俗之言"人们"耳。汉人常语,别无深意。'"(第454页)龚先生在前人探索的基础上,古语今译,好比画龙点睛的一笔。

《读风知新记》尊《序》《传》,而不迷信《序》《传》,并且兼采汉宋之学。如《衡门》"泌之洋洋,可以乐饥",《毛传》云"可以乐道忘饥",作者认为,"乐道忘饥省称乐饥,虽说是周人语拙,也未免过于拙。因此《笺》改说乐为疗字,疗和疗是一个字。《列女传》、《韩诗外传》引诗都作疗饥。郑是用三家义改毛义。饮水疗饥,并连上句为释,似胜毛义。"(第425页)这是不用《毛传》而采三家说之一例。《燕燕》"燕燕于飞,差池其羽",《传》云:"燕之飞必差池其羽",《笺》云:"差池其羽,谓张舒其尾翼",作者说,"毛、郑的解说,可以看得出,都认为是一只燕。《吕记》引王氏(安石)曰:'燕方春时以其匹至,其羽相与差池,其鸣一上而一下。'《严缉》也说是'双燕之飞'。自宋以后,人们几乎都认为是庄姜比喻自己和戴妫(归妾)","从诗句看,还有'颉之颃之','下上其音',使读者不仅心目之中有双燕,而且口角之间也仿佛有连翩对语的双燕","这就是语言环境的问题。"(第99页)这是作者不取《传》《笺》,而取宋人之说的一个证例。

《读风知新记》在校勘方面收获甚丰,几乎逐篇而有。如《樛木》之《序疏》云:"后妃所以能恩意逮下者",作者发现语势未完,复据《序》文"而无嫉妒之心焉",指出《疏》有脱文,脱去"以无嫉妒之心焉"七字。并指出阮元《毛诗正义校勘记》无校文。（第36页）此类校勘甚多，足见作者读书心细。尤可注意的是，《鸤鸠》"予尾翛翛"，作者指出应依唐本作"予尾消消"，因为岳氏引《正义》："旧本作'消消'"，且宋淳熙本《吕氏读诗纪》云："孔氏载经文及《毛传》皆作'消消'"，又今《正义》本三次引经文亦皆作"消消"，此皆证明唐本有作"消消"之本，而阮元乃对此皆悍然不顾，其《校勘记》引《九经三传沿革例》，意谓岳氏在南宋所见唯有作"翛翛"二本，并说作"消消""乃《正义》所易之字"、"当是后改"。作者指出，这皆是阮元"消灭敌证的手法"，"阮实因孔本作'消消'，而所得本乃无有作'消消'的，因此务欲消灭唐本之迹。这其实是把官僚恶习带进了学术园地。"（第500页）这不禁使我想起了徐复观先生在《清代汉学衡论》中对阮元同样严厉的批评，"阮元是当时的达官显宦，所以他的影响最大；而其立说亦最为迂稚"[1]。徐先生以阮元《释心》、《进退为谷解》二文为证例，痛揭其引文改字、不通哲学、训诂荒谬、锢蔽不学[2]。魏先生、徐先生此二处文字，值得参读。

《读风知新记》一书，容或有可商之处。作者几乎逐篇申《序》驳朱（朱熹《诗序辨说》、《诗集传》）。据统计，全部《诗经》中，《毛传》《郑笺》对同一个词的注释不同的227处，朱熹《集传》从《毛传》的有76处，从《郑笺》的有86处，兼采《毛传》《郑笺》的16处，自下新意的49处。由此亦可见朱熹继承《毛传》的分量尚不为少，则作者对朱熹的批评似可稍宽。又，如果对《序》《传》《笺》，乃至朱子《集传》之义例，作出集中论述，则全书效果似

---

[1] 徐复观：《清代汉学衡论》，《两汉思想史》卷3，附录二，台湾学生书局1979年版，第607页。

[2] 同上，第607—610页。

亦应更好。不过，对于本书来说，此皆属次要之处。全面地评衡之，则《读风知新记》一书所取得的可贵学术成就，及其在当代学术史上所走出来的诗经研究温故而知新的学术大道，实具有不可磨灭的价值。

原载《人文杂志》1996年第6期

熟读唐诗三百首

《唐诗三百首》是一部唐诗经典选本，可以终身受益。

《唐诗三百首》八卷，清乾隆时蘅塘退士孙洙、徐兰英夫妇合编，道光时上元女史陈婉俊补注。蘅塘退士《原序》说："俾童而习之，白首亦莫能废，较《千家诗》不远胜耶？谚云：'熟读唐诗三百首，不会吟诗也会吟。'请以是编验之。"[①] 可见其选诗宗旨，一是为了少年儿童学习、欣赏唐诗，二是为了读者终身学习、欣赏唐诗，三是为了学习作诗。"不会吟诗也会吟"，是指学会作诗。"熟读唐诗三百首"，当然也会提高诗歌鉴赏能力。

《唐诗三百首》首先是按诗体分类编次：五古、五古乐府、七古、七古乐府、五律、七律、五绝、七绝（以上三体含乐府）。在历史上，诗集分类编次，是为了便于作诗时学习、借鉴。

每一诗体内，再大体上按诗人时代先后、作品年代先后编次。诗集按年代编次，反映了中国人深厚的历史观念。

《唐诗三百首》选入77位诗人，310首诗。其中，选入杜甫诗39首、李白诗33首、王维诗29首，是选诗最多的三位诗人，大体能够反映唐诗成就的实际。

《唐诗三百首》选入了脍炙人口的盛唐山水田园诗，如王维《山

---

① （清）蘅塘退士编，（清）陈婉俊补注，吕薇芬标点：《唐诗三百首》，中华书局1984年版，第1页。

居秋暝》、《鹿柴》、孟浩然《春晓》、李白《蜀道难》、杜甫《望岳》；边塞诗，如王昌龄、王之涣的《出塞》；送别诗，如李白《送孟浩然之广陵》等。其特色，是诗中有画、有韵味、有人情味。

《唐诗三百首》选入了反映重大时事的诗史，如杜甫《寄韩谏议》、《哀江头》、《哀王孙》、《春望》、《闻官军收河南河北》。其特色，是"以一国之事，系一人之本"(《诗大序》)。

《唐诗三百首》选入了反映当代史及个人生活遭遇的叙事诗，如白居易《长恨歌》、《琵琶行》。其特色，是故事性、戏剧性。

《唐诗三百首》选入了反映唐人基本价值观的诗，如李白《梦游天姥吟留别》"安能摧眉折腰事权贵，使我不得开心颜"，韦应物《寄李儋元锡》"邑有流亡愧俸钱"，深刻地体现了诗人的正直心、同情心。

可见，《唐诗三百首》呈现出了一个具备广度、深度和高度的唐诗艺术世界。

《唐诗三百首》也有美中不足之处，如未选《春江花月夜》、李贺诗等。

在必要时，读《唐诗三百首》，还需阅读相关唐人别集，及其他相关文献。

《唐诗三百首》好的版本，是中华书局用文学古籍刊行社据四藤吟社刊本出版的仿古版式印本。

读陈寅恪《韦庄秦妇吟校笺》答问

谷芃同学提问：

我的问题是：宫闱隐情是指什么？金天神与关三郎为什么是一个人？还有奴与邦的那段没有看懂。

今答复如下。

宫闱之隐情

五代孙光宪《北梦琐言》卷六《以歌词自娱》："蜀相韦庄应举时，遇黄寇犯阙，著《秦妇吟》一篇，内一联云：'内库烧为锦绣灰，天街踏尽公卿骨。'尔后公卿亦多垂讶，庄乃讳之，时人号'《秦妇吟》秀才'。他日撰家戒，内不许垂《秦妇吟》障子，以此止谤，亦无及也。"[①]

陈寅恪《韦庄秦妇吟校笺》："《北梦琐言》陆《以歌词自娱》条云……寅恪案，此事最为可疑。……依《秦妇吟》所述，此妇之出长安，约在中和二年二月所谓黄巢洗长安城之后。……《秦

---

① （五代）孙光宪著，贾二强点校：《北梦琐言》卷6，中华书局2002年版，第134页。

妇吟》之秦妇，无论其是否为端己本身之假托，抑或实有其人，所经行之路线，则非有二。……据《旧唐书·杨复光传》，'王重荣为东面招讨使，复光以兵会之'。又据两《唐书·王重荣传》，复光与重荣合攻李祥于华州，及'重荣军华阴，复光军渭北'，犄角败贼。是从长安东出奔于洛阳者，如秦《秦妇吟》之秦妇，其路线自须经杨军防地。复依《旧唐书·僖宗纪》、《新唐书·王重荣传》、及《通鉴》中和元年九月之纪事，复光屯军武功，则从长安西出奔于成都者……其路线亦须经近杨军防地，而杨军之八都大将之中，前蜀创业垂统之君，端己北面亲事之主（王建）即是其一。其余若晋晖、李师泰之徒，皆前日杨军八部之旧将，后来王蜀开国之元勋也。当时复光屯军武功，或会兵华渭之日，疑不能不有如秦妇避难之人，及李女委身之事。端己之诗，流行一世，本写故国乱离之惨状，适触新朝宫闱之隐情。所以讳莫如深，志希免祸。……而竟垂戒子孙，禁其传布者，其故倘在斯欤？"①

案："新朝宫闱之隐情"，指上文所述"（杨）复光屯军武功，或会兵华渭之日"，当时的杨军大将王建，可能有过"如秦妇避难之人，及李女委身之事"，即乘机掳掠或收留从长安逃难西奔成都而经过武功的女子，或乘机掳掠或收留从长安逃难东奔洛阳而经过华州的女子。当王建后来成为前蜀开国君主，这样的事，并不光彩，讳莫如深，便成为其"新朝宫闱之隐情"。宫闱，宫门，通常指后宫、后妃②；亦可指宫廷③。此指王建及其后妃，似亦可指王建前蜀朝廷。

---

① 陈寅恪：《寒柳堂集》，生活·读书·新知三联书店2001年版，第135—140页。
② 《宋书》卷82《周朗传》："宫中朝制一衣，庶家晚已裁学。侈丽之原，实先宫闱。又妃主所赐，不限高卑，自今以去，宜为节目。"
③ 《颜氏家训》卷下《诫兵篇十四》："每见文士，颇读兵书，微有经略。若居承平之世，睥睨宫闱，幸灾乐祸，首为逆乱，诖误善良。如在兵革之时，构扇反覆，纵横说诱，不识存亡，强相扶戴。此皆陷身灭族之本也。"

史言"复光军渭北",而京洛大道在渭南,不在渭北,逃难东奔洛阳的女子不会经过渭北杨军防地,此似存在漏洞。但史又言复光与重荣合攻李祥于华州,华州在渭南,则杨军已南渡渭河位于渭南,故《读秦妇吟》说复光"会兵华渭之日",以弥合此一漏洞。如此则逃难东奔洛阳的女子便会经过渭南杨军防地,从而可能发生被乘机掳掠或收留之事。

从常理说,假如王建曾经发生乘机掳掠或收留逃难女子之事,逃难女子后来可能成为其后宫,也可能后来并未成为其后宫。

《韦庄秦妇吟校笺》并指出,当时的杨军大将晋晖、李师泰,即后来的王建前蜀开国元勋,也可能发生这样的事。在此意义上,"宫闱",似亦可泛指王建及其功臣。

张美丽《韦庄秦妇吟研究述评》:"韦庄为何自禁此诗?对这一问题的考辨,是百年来此诗研究中的一个热点话题,一直受到研究者的广泛关注。综合各家所述,主要有以下四说:第一,以'内库烧为锦绣灰,天街踏尽公卿骨'二语触怒公卿说,即《北梦琐言》所言之观点。张天健仍持此说……第二,触及王建隐私说。马茂元、刘初棠《韦庄讳言〈秦妇吟〉之由及其他》一文(《文史》第22辑,1985年)……第三,讥斥官军、触犯公卿说。徐嘉瑞《〈秦妇吟〉本事》……第四,陈寅恪'触新朝宫闱之隐情'说。此说在学术界影响最大。……以上四说,陈寅恪之说说服力更强。作者以史为证,而无情理之违。其他三说,虽然也能自圆其说,但经不起历史史实的仔细推敲。"[①]

笔者基本同意张美丽的看法,但是应当说到,《韦庄讳言〈秦妇吟〉之由及其他》一文,不仅观点基本同于陈寅恪之说,而且发表是在陈寅恪之说发表之后,显然是陈寅恪之说的发挥。

---

① 张美丽:《韦庄秦妇吟研究述评》,《文化学刊》2008年第4期。

呼奴为邦

唐韦庄《秦妇吟》:"逡巡走马传声急,又道官军全阵入。大彭小彭相顾忧,二郎四郎抱鞍泣。"

唐李匡乂《资暇集》卷下《奴为邦》:"呼奴为邦者,盖旧谓僮仆之未冠者曰'竖'人,不能直言其'奴',因号'奴'为'竖'。高欢东魏用事时。相府法曹卒子炎误犯欢奴,杖之。欢讳'树',而威权倾于邺下。当是郡寮以'竖'同音,因目'奴'为'邦',义取'邦君树塞门'。以句内有'树'字,假'竖'为'树',故歇后为言。今兼删去'君'字呼之。"①

陈寅恪《韦庄秦妇吟校笺》:"当时呼奴为邦……彭邦二音相近。故书为邦者,宜亦得书为彭。……然则'大彭小彭'者,殆与大奴小奴同其义也。"②

《论语·八佾》:"邦君树塞门。"《正义》:"邦君,诸侯也。屏,谓之树。人君别内外于门,树屏以蔽塞之。《释宫》云:屏谓之树。郭璞曰:小墙当门中。……郑玄云:塞犹蔽也。《礼》:'天子外屏,诸侯内屏,大夫以帘,士以帷。'是也。"③

《魏书》卷三十二《高湖传》:"长子树生。……(树生)长子即齐献武王也。"④

《北齐书》卷一《神武帝纪上》:"齐高祖神武皇帝姓高名欢,

---

① (唐)李匡乂:《资暇集》,中华书局 1985 年版,第 21 页。
② 陈寅恪:《寒柳堂集》,生活·读书·新知三联书店 2001 年版,第 144 页。
③ (魏)何晏集解,(宋)邢昺疏:《论语注疏》卷 3,(清)阮元校刻:《十三经注疏》,中华书局 1980 年版,第 12 页。
④ 《魏书》卷 32,中华书局 1974 年版,第 752—753 页。

字贺六浑……皇考树。"①

《北齐书》卷二《神武帝纪下》:"谥献武王。……追崇为献武帝……改谥神武皇帝,庙号高祖。"②

《北齐书》卷二十四《杜弼传》:"弼尝承闲密劝高祖受魏禅,高祖举杖走之。相府法曹辛子炎咨事,云须取署,子炎读'署'为'树'。高祖大怒曰:'小人都不知避人家讳。'杖之于前。弼进曰:'《礼》:二名不偏讳。孔子言征不言在,言在不言征。子炎之罪,理或可恕。'高祖骂之曰:'眼看人瞋,乃复牵经引礼。'叱令出去。弼行十步许,呼还。子炎亦蒙释宥。"③

《礼记·曲礼上》:"二名不偏讳。"汉郑玄注:"为其难辟也。……偏,谓二名不一一讳也。孔子之母名征在,言在不称征,言征不称在。"④

案,由上可知:

第一,据《魏书·高湖传》"长子树生,(树生)长子即齐献武王(高欢)",以及《北齐书·杜弼传》弼谏高欢曰:"《礼》:二名不偏讳",可知高欢父名树生,《北齐书·神武帝纪上》云"皇考树",误。

第二,关于呼奴为邦,理路表示如下:

1. 依据"号'奴'为'竖'",可得出:竖 = 奴

2. "树竖同音"、"假竖为树",可得出:树 = 竖

3. 因此之故,"邦君树塞门",可得出:邦君树 = 邦君竖 = 邦君奴

---

① 《北齐书》卷1,中华书局1997年版,第1页。
② 同上,卷2,第16—17页。
③ 同上,卷24,第347页。
④ (清)孙希旦著,沈啸寰、王星贤点校:《礼记集解》卷4,中华书局1989年版,第89页。

4."歇后为言",因此之故,可以得出:邦君→奴(→表示歇后)

5."今兼删去'君'字呼之",可得出:邦 = 奴、呼奴为邦

唐杜甫《天育骠骑歌》:"遂令大奴守天育,别养骥子怜神俊。"《缚鸡行》:"小奴缚鸡向市卖,鸡被缚急相喧争。"

案,杜诗已有"大奴""小奴"之语,可作为陈寅恪以"大奴小奴"解释韦诗"大彭小彭"即"大邦小邦"之一证。韦庄固心仪杜甫也。

唐苏鹗《苏氏演义》卷上:"俗呼奴为邦,今人以奴为家人也。凡邦、家二字,多相连而用,时人欲讳家人之名,但呼为邦而已,盖取用于下字者也。又云仆者,皆奴仆也。但《论语》云:'邦君树塞门',树,屏也。不言君但言邦,此皆委曲避就之意也。又今奴拜多不全其礼,邦字从半拜,因以此呼之。"①

案,此条与《资暇集》卷下《奴为邦》条意同,故不复解释。

金天神与关三郎

《秦妇吟》:"路旁试问金天神(丁本注:华岳三郎),金天无语愁于人。……旋教魇鬼傍乡村,诛剥生灵过朝夕。"

《北梦琐言》卷十一《关三郎入关》:"唐咸通乱离后,坊巷讹言关三郎鬼兵入城,家家恐悚。罹其患者,令人寒热战栗,亦无大苦。弘农杨玭挈家自骆谷路入洋源,行及秦岭,回望京师,乃曰:'此处应免关三郎相随也。'语未终,一时股栗,斯又何哉?夫丧乱之间,阴厉旁作,心既疑矣,邪亦随之。关妖之说,正谓

---

① (唐)苏鹗:《苏氏演义》卷上,《文渊阁四库全书》,上海古籍出版社1987年版,子部,第850册,第192页。

是也。愚幼年曾省故里，传有一夷迷鬼魇人，闾巷夜聚以避之。凡有窗隙，悉皆涂塞。其鬼忽来，即扑人惊魇，须臾而止。"①

《韦庄秦妇吟校笺》："华岳三郎与关三郎实非有二，明矣。至华岳三郎亦可称关三郎之故，岂亦潼关距华岳不远，三郎遂亦得以关为号耶？"②

案，《韦庄秦妇吟校笺》意谓：

1. 金天神即华岳三郎与关三郎，皆号三郎。
2. 金天神即华岳三郎与关三郎，皆行鬼魇事。
3. 华岳三郎距潼关不远，故三郎遂亦得以关为号。
4. 因此，华岳三郎应当即是关三郎。

前年又出杨震关

谷芃同学提问：

> 由长安东奔到洛阳的路程，与诗歌有关的地点方位大致如下：
>
> ```
>            ↗陕州
> 长安→潼关        →新安→洛阳
>            ↘虢州
>           （荆山馆）
> ```
>
> 因此假设真如陈寅恪所言，杨震关是杨仆关的讹写，那

---

① （五代）孙光宪著，贾二强点校：《北梦琐言》卷11，中华书局2002年版，第244页。
② 陈寅恪：《寒柳堂集》，生活·读书·新知三联书店2001年版，第152页。

么秦妇过杨仆关（即新安），是不可能看到荆山的。

如果按照陈寅恪的说法，从地图上看，前一年已经出了新安，为什么今年还在新安，而且第二天还刚刚过新安东？从诗文中看，又不像是倒叙。所以不明白。

今答复如下。

《秦妇吟》：
  前年又出杨震关，举头云际见荆山。
  如从地府到人间，顿觉时清天地闲。
  陕州主帅忠且贞，不动干戈唯守城。
  蒲津主帅能戢兵，千里晏然无戈声。
  朝携宝货无人问，夜插金钗惟独行。
  明朝又过新安东，路上乞浆逢一翁。
  苍苍面带苔藓色，隐隐身藏蓬荻中。
  问翁本是何乡曲，底事寒天霜露宿。
  老翁暂起欲陈辞，却坐支颐仰天哭。
  乡园本贯东畿县，岁岁耕桑临近甸。
  岁种良田二百廛，年输户税三千万。
  小姑惯织褐绅袍，中妇能炊红黍饭。
  千间仓兮万丝箱，黄巢过后犹残半。
  自从洛下屯师旅，日夜巡兵入村坞。
  匣中秋水拔青蛇，旗上高风吹白虎。
  入门下马若旋风，罄室倾囊如卷土。
  家财既尽骨肉离，今日垂年一身苦。

一身苦兮何足嗟，山中更有千万家。
　　朝餐山上寻蓬子，夜宿霜中卧荻花。
　　妾闻此父伤心语，竟日阑干泪如雨。
　　出门惟见乱枭鸣，更欲东奔何处所。
　　仍闻汴路舟车绝，又道彭门自相杀。
　　野色徒销战士魂，河津半是冤人血。
　　适闻有客金陵至，见说江南风景异。
　　自从大寇犯中原，戎马不曾生四鄙。
　　诛锄窃盗若神功，惠爱生灵如赤子。
　　城壕固护学金汤，赋税如云送军垒。
　　奈何四海尽滔滔，湛然一镜平如砥。
　　避难徒为阙下人，怀安却羡江南鬼。
　　愿君举棹东复东，咏此长歌献相公。①

陈寅恪《韦庄秦妇吟校笺》：

　　然则杨仆关正在新安之地，与下文"明朝又过新安东"之句行程地望皆相符合。颇疑"杨震关"乃"杨仆关"之讹写。②

案：
　　第一，依陈寅恪，"前年又出杨震关"，可理解为先总说出关，"举头云际见荆山"以下，再说出关之前经过。

---

① （五代）韦庄著，聂安福笺注：《韦庄集笺注》，上海古籍出版社 2002 年版，第 318—319 页。
② 陈寅恪：《寒柳堂集》，生活·读书·新知三联书店 2001 年版，第 154 页。

此种写法，史籍和唐诗之中，证例甚多。

1. 《史记·孟尝君列传》：

> 孟尝君得出，即驰去，更封传，变名姓以出关。夜半至函谷关。秦昭王后悔出孟尝君，求之已去，即使人驰传逐之。孟尝君至关，关法鸡鸣而出客，孟尝君恐追至，客之居下坐者有能为鸡鸣，而鸡齐鸣，遂发传出。出如食顷，秦追果至关，已后孟尝君出，乃还。①

这是先总说出关，再说出关之前经过：为鸡鸣在出关之前。

2. 后魏郦道元《水经注》卷十七《渭水上》引抱朴子《神仙传》曰：

> 老子西出关，关令尹喜候气，知真人将有西游者，遇老子，强令之著书。耳不得已，为著《道》《德》二经，谓之《老子》书也。②

这是先总说出关，再说出关之前经过：著书在出关之前。

3. 唐张读《宣室志》卷一《浮屠氏契虚者》：

> 贞元中，徙居华山下。有荥阳郑绅与吴兴沈津，俱至长

---

① 《史记》卷75，中华书局1959年版，第2355页。
② (北魏)郦道元原注，陈桥驿注释：《水经注校释》卷17，浙江古籍出版社2001年版，第282页。

安东出关，行至华山下，会天暮大雨，二人遂止。契虚已绝粒，故不置庖爨，郑君异其不食而骨状丰秀。[①]

这是先总说出关，再说出关之前经过：华山在关内。

4. 唐许浑《下第别杨至之》：

> 花落水潺潺，十年离旧山。
> 夜愁添白发，春泪减朱颜。
> 孤剑北游塞，远书东出关。
> 逢君话心曲，一醉灞陵间。[②]

这是先总说出关，再说出关之前经过：灞陵在关内。

5. 唐方干《送卢评事东归》：

> 万里杨柳色，出关随故人。
> 轻烟覆流水，落日照行尘。
> 积梦江湖阔，忆家兄弟贫。
> 徘徊灞桥上，不语共伤春。[③]

这是先总说出关，再说出关之前经过：灞桥在关内。

---

① 李冗、张读著，张永钦、侯志明点校：《独异志·宣室志》，中华书局1983年版，第14页。
② （清）彭定求等编：《全唐诗》卷529，中华书局1960年版，第6050页。
③ 同上，卷648，第7446页。

6. 韦庄《出关》：

> 马嘶烟岸柳阴斜，东去关山路转赊。
> 到处因循缘嗜酒，一生惆怅为判花。
> 危时只合身无着，白日那堪事有涯。
> 正是灞陵春酎绿，仲宣何事独辞家。①

这是先总说出关，再说出关之前经过：灞陵在关内。

7. 高适《燕歌行》：

> 摐金伐鼓下榆关，旌旆逶迤碣石间。②

这是先说下榆关，再说下榆关之前经过：碣石在榆关内。

8. 李白《峨眉山月歌》：

> 峨眉山月半轮秋，影入平羌江水流。
> 夜发清溪向三峡，思君不见下渝州。

这是先说向三峡，再说向三峡之经过：渝州在三峡以近。

9. 李白《下江陵》：

> 朝辞白帝彩云间，千里江陵一日还。

---

① （五代）韦庄著，聂安福笺注：《韦庄集笺注》卷9，上海古籍出版社2002年版，第307页。
② （唐）高适著，刘开扬笺注：《高适诗编年笺注》，中华书局1981年版，第97页。

两岸猿声啼不住，轻舟已过万重山。

　　这是先说还江陵，再说还江陵之前经过：万重山在江陵以近，江陵无山。

　　以上9例：

　　1—6六例，皆是先总说出关，再说出关之前经过。

　　7—9四例，皆是先说到某地，再说到某地之前经过。是同一写法。

　　由上可见，先总说出关，再说出关之前经过，或先说到某地，再说到某地之前经过，这是史籍和唐诗习见写法。

　　因此，依陈寅恪，"前年又出杨震关"先总说出关，"举头云际见荆山"以下再说出关之前经过，这完全讲得通。

　　第二，杨震关，如字面讲为潼关，自讲得通，讲为杨仆关之讹，亦讲得通；为何要讲为杨仆关？

　　《秦妇吟》之重点，主要是"三年陷贼留秦地"以下所写黄巢之祸害长安，其次是"自从洛下屯师旅"以下所写官军之祸害洛阳，中间"前年又出杨震关"以下所写即陕虢新安一带之安宁，只是过渡。

　　"前年又出杨震关"，如果是言杨仆关，此下一节便是过渡、是一笔带过，意在引出洛阳。如果是言潼关，则此下一节便成流水账铺开，效果是似乎京洛两大灾区之间，陕虢新安一带安宁，可以鼎足而三。实际上，此地岌岌可危，哪能安身立命？"见说江南风景异"，"愿君举棹东复东"，只有江南，才是《秦妇吟》安身立命的希望所在。

　　最后当说，"前年又出杨震关"一节，《韦庄秦妇吟校笺》说"端己取道出关，途中望见荆山，遂述及荆山所在地之陕虢主帅能保境安民"①,读者或可能以为陈寅恪误将此节所写秦妇出关情景讲为端己出关情景。但是,《韦庄秦妇吟校笺》上文已指出:"秦妇吟中述一妇人从长安东奔往洛阳,其行程即端己所亲历也","秦妇吟之秦妇",或即为"端己本身之假托"。故并不存在误读。

昨日官军收赤水

段子君同学提问:

《秦妇吟》:"昨日官军收赤水,赤水去城一百里。"

陈寅恪《韦庄秦妇吟校笺》:"此二句与《旧唐书·僖宗纪》所纪:'(中和二年)二月,泾原大将唐弘夫大败贼将林言于兴平,俘斩万计。'之事适合。"

由谭其骧《中国历史地图集》第五册唐京畿道附《长安附近》地图看,"兴平"与"赤水"相距甚远,且中间隔着长安,唐弘夫无绕过长安去收复赤水之理。

《旧唐书》卷十九下《僖宗纪》:"(中和二年)二月,泾原大将唐弘夫大败贼将林言于兴平,俘斩万计。王处存率军二万,径入京城,贼伪遁去。京师百姓迎处存,欢呼叫噪。是日军士无部伍,分占第宅,俘掠妓妾。贼自灞上分门复入,处存之众苍黄溃乱,为贼所败。黄巢怒百姓欢迎处存,凡丁壮皆杀之。坊市为之流血。自是诸军退舍,贼锋愈炽。"

案:中和二年二月唐弘夫"败贼将林言于兴平"后应是

---

① 陈寅恪:《寒柳堂集》,生活·读书·新知三联书店2001年版,第152页。

随王处存进攻京城，不会去收赤水。

《旧唐书》卷一百八十四《杨复光传》："进攻南阳……进收邓州，献捷行在，中和元年五月也。复光乘胜追贼，至蓝桥，丁母忧还。"

《旧唐书》卷二百《黄巢传》："（中和元年）四月，泾原行军唐弘夫之师屯渭北，河中王重荣之师屯沙苑，易定王处存之师屯渭桥，鄜延拓拔思恭之师屯武功，凤翔郑畋之师屯盩厔。"

案：不知杨复光收复蓝桥与"王重荣之师屯沙苑"哪个更接近"官军收赤水"？

今答复如下。

陈寅恪《韦庄秦妇吟校笺》："诗云：'昨日官军收赤水，赤水去城一百里。'

寅恪案：《水经注》一九《渭水篇》云：'迳望仙宫东，又北与赤水会。'据此，并参考杨守敬《水经注地图》第四册南五卷南五西五上，准诸地望，此二句与《旧唐书·僖宗纪》所纪：'（中和）二年二月，泾原大将唐弘夫大败贼将林言于兴平，俘斩万计。'之事适合。"①

陈寅恪文此处已引出《水经注》渭水"北迳望仙宫东，又北与赤水会"，就应当看《水经注》原书原文。一切问题，必须仔细看原书原文，然后搜寻一切相关文献材料，才是解决问题的出路，亦是解决问题的规矩。

《水经注》卷十九《渭水》："东有漏水，出南山赤谷。东北

---

① 陈寅恪：《寒柳堂集》，生活·读书·新知三联书店2001年版，第141—142页。

流迳长杨宫东,宫有长杨树,因以为名。漏水又北历苇圃西,亦谓之仙泽。又北迳望仙宫。又东北,耿谷水注之。水发南山耿谷,北流与柳泉合。东北迳五柞宫西。长杨、五柞二宫,相去八里,并以树名宫,亦犹陶氏以五柳立称。故张晏曰:宫有五柞树。在盩厔县西。其水北迳仙泽东,又北迳望仙宫东,又北与赤水会。又北迳思乡城东,又北注渭水。"①

唐李吉甫《元和郡县志》卷一《关内道二·京兆府·雍州·盩厔县》:"畿东北至府一百三十里。"又:"望仙泽在县东南三十五里。中有龙尾堆。"②

宋宋敏求《长安志》卷四《宫室二·汉·中》:"望仙宫。《庙记》:望仙宫,汉武置,或云观。《黄图》:鄠县有望仙观。"③

宋宋敏求《长安志》卷十八《盩厔》:"赤谷,在县东南三十五里。"又:"望仙泽,在县东南三十七里,周一十里。《雍州记》曰:望仙泽在盩厔县东南。《周地图记》曰:望仙宫南泽中有石盘龙。"④

清毕沅《关中胜迹图志》卷三《大川·水利》:"赤谷水,在盩厔县东,即漏水。《县志》:赤谷水自赤谷北流,牛谷水注之,东北合檀谷水,北流入渭。"⑤

百度图片周至(今周至县地图):显示今周至县东、耿峪河西,

---

① (北魏)郦道元原注,陈桥驿注释:《水经注》卷19,浙江古籍出版社2001年版,第292页。
② (唐)李吉甫著,贺次君点校:《元和郡县志》卷2,第31页。
③ (宋)宋敏求著,(清)毕沅校注:《长安志》卷4,台湾成文出版社1971年影印长安县志局1931年铅印本,第105页。
④ (宋)宋敏求著,(清)毕沅校注:《长安志》卷18,台湾成文出版社1971年影印长安县志局1931年铅印本,第463、465页。
⑤ (清)毕沅:《关中胜迹图志》,《丛书集成续编》,上海书店出版社1994年版,史部,第51册,第211页。

有赤峪河,自终南山即秦岭北流,入黑河注入渭河。

《元和郡县志》卷二《关内道二·京兆府·兴平县》:"东至府九十里。"①

《元和郡县志》卷一《关内道一·京兆府·渭南县》:"畿,西至府一百三十里。"②宋宋敏求《长安志》卷十七《渭南县》:"唐畿,西至府一百三十里。"又:"赤水镇,在县东一十五里。"③

由上可知:第一,唐关内道京兆府盩厔(今周至)县东南有望仙泽、望仙宫旧址,渭水迳望仙宫东,又北与赤水会,是赤水在盩厔东。

自唐宋至清,赤水水名未变。至今亦似实际未变。《水经注》渭水支流盩厔赤水,当即今周至赤峪河。《水经注》渭水支流盩厔耿谷水,当即今周至耿峪河。

第二,《秦妇吟》云"赤水去城(即长安)一百里",唐盩厔县"东北至府(京兆府,即长安)一百三十里",递减盩厔东至约赤水三十里之距离(参今周至县地图),则赤水至长安适为约一百里之谱,与《秦妇吟》"赤水去城一百里"相合。可知《秦妇吟》"昨日官军收赤水"之赤水,是指盩厔县之赤水。

第三,《秦妇吟》云:"昨日官军收赤水,赤水去城一百里",《旧唐书·僖宗纪》载"(中和)二年二月,泾原大将唐弘夫大败贼将林言于兴平,俘斩万计",兴平在盩厔赤水东,然则"昨日官军收赤水"在先,泾原大将唐弘夫大败贼将林言于兴平在后。《秦妇吟》特指官军最先收复之地,而言时事也。诗与史事、地理,

---

① (唐)李吉甫著,贺次君点校:《元和郡县志》卷2,中华书局1983年版,第25页。
② 同上,卷1,第15页。
③ (宋)宋敏求著,(清)毕沅校注:《长安志》卷17,台湾成文出版社1971年影印长安县志局1931年铅印本,第440、442页。

如此相合，陈寅恪此论证，分毫不差也。

第四，宋敏求《长安志》所载渭南县东十五里之赤水镇以及《中国历史地图集》所绘渭南县东之赤水，并不是《秦妇吟》"昨日官军收赤水"所指之赤水。

第五，盩厔县赤水，在长安以西；渭南县赤水，在长安以东；实为关中两赤水，二者风马牛不相及。陈寅恪之后几乎所有《秦妇吟》注本、论文，都以赤水为渭南县赤水，都只援引《长安志》，都没有覆按陈寅恪所援引之《水经注》。

应当指出，最早引用《水经·渭水注》解释"昨日官军收赤水"之赤水，当为郝立权《韦庄秦妇吟笺》，发表于一九三一年《齐大月刊》第二卷第三期[1]。其时间，早于陈寅恪一九三六年发表《读秦妇吟》(《清华学报》第十一卷四期)[2]。

金天神与关三郎

段子君同学提问：

《秦妇吟》："'我今愧恧拙为神，且向山中深避匿。寰中箫管不曾闻，筵上牺牲无处觅。旋教魔鬼傍乡村，诛剥生灵过朝夕。'妾闻此语愁更愁。"

案：从"我今愧恧拙为神"的第一人称说话语气和"妾闻此语"，可知以上所引除"妾闻此语愁更愁"一句外都是

---

[1] 参阅颜廷亮、赵以武辑：《秦妇吟研究汇录》，上海古籍出版社1990年版，第45、51页。

[2] 同上，第100页。

金天神的话，那么"旋教魇鬼傍乡村"就不应该是金天神主动造成的。

而且"案前神水咒不成，壁上阴兵驱不得。闲日徒歆奠飨思，危时不助神通力"四句，从人们对金天神不显神通护佑百姓的失望，表明其正面的形象性。由"天遣时灾非自由。神在山中犹避难"，可知金天神亦是受害者。

"金天神"这一正面形象如何与陈寅恪所引之材料中"关三郎"这一反面形象同一？

今答复如下。

1. 是金天神"旋教魇鬼傍乡村"

《秦妇吟》："我今愧恧拙为神，且向山中深避匿。寰中箫管不曾闻，筳上牺牲无处觅。旋教魇鬼傍乡村，诛剥生灵过朝夕。"

关于"旋教魇鬼傍乡村"之"旋教"。按张相《诗词曲语辞汇释》卷二"旋（一）"："还又也。"① 又"旋（二）"："犹急也；新或现也；便也。"② 《诗词曲语辞汇释》卷一"教（一）"："犹使也。"③ 根据《秦妇吟》上下文及《诗词曲语辞汇释》，"旋教"可释为又使。释为现使、便使，亦通。

关于"旋教魇鬼傍乡村"之"傍"。按《说文解字》："旁，溥也。"《尚书·太甲上》"旁求俊彦"汉孔安国传："旁，非一方。"是"傍"者，普也、普遍。

---

① 张相：《诗词曲语辞汇释》，中华书局1955年版，第167页。
② 同上，第168页。
③ 同上，第102页。

"旋教魑鬼傍乡村,诛剥生灵过朝夕"的主语,是"我今愧恧拙为神"的金天神。如诗所述,金天神言,我今又使魑鬼遍至乡村,依靠诛剥生灵度日。

2. 关三郎形象善恶兼而有之

按唐范摅《云溪友议》卷上《玉泉祠》:"或言此祠鬼助土木之功而成,祠曰'三郎神'。'三郎',即关三郎也。允敬者,则仿佛似睹之。缁俗居者,外户不闭,财帛纵横,莫敢盗者。……非斋戒护净,莫得居之。"① 此关三郎属正面形象。

按唐孙光宪《北梦琐言》卷十一《关三郎入关》:"唐咸通乱离后坊巷讹言关三郎鬼兵入城,家家恐悚。罹其患者,令人寒热战栗。"② 此关三郎属负面形象。可见在不同时间不同条件下,关三郎或表现为正面形象或表现为负面形象。

《秦妇吟》述金天神:"我今愧恧拙为神","旋教魑鬼傍乡村。"则金天神在不同时间不同条件下,亦表现为正面形象或表现为负面形象。

可见,金天神与关三郎,在不同时间不同条件下,或表现为正面形象或表现为负面形象,正相符合。换言之,金天神与关三郎善恶兼而有之。

3. 官军形象亦善恶兼而有之

《秦妇吟》云:"夜来探马入皇城,昨日官军收赤水。赤水去城一百里,朝若来兮暮应至。凶徒马上暗吞声,女伴闺中潜生喜。

---

① (唐)范摅:《云溪友议》卷3,《笔记小说大观》,江苏广陵古籍刻印社1983年版,第1册,第68页。
② (五代)孙光宪著,贾二强点校:《北梦琐言》卷11,中华书局2002年版,第244页。

皆言冤愤此时销，必谓妖徒今日死。"是百姓以官军为救星，官军此为正面形象。

《秦妇吟》又云："千间仓兮万丝箱，黄巢过后犹残半。自从洛下屯师旅，日夜巡兵入村坞。匣中秋水拔青蛇，旗上高风吹白虎。入门下马若旋风，罄室倾囊如卷土。家财既尽骨肉离，今日垂年一身苦。"则又以官军为祸殃，官军此为负面形象。

然则官军亦善恶兼而有之，在不同时间不同条件下，或表现为正面形象或表现为负面形象。

4. 结语

由此可见，《秦妇吟》写金天神形象之善恶兼而有之，在不同时间不同条件下，或表现为正面形象或表现为负面形象，当是映衬、象征官军形象之善恶兼而有之，在不同时间不同条件下，或表现为正面形象或表现为负面形象。

此正是《秦妇吟》叙事艺术氛围之所在，让人低回流连，让人寻思。

缪钺先生《冰茧庵古典文学论稿》序

"齐鲁青未了"。杜甫诗中的泰山，一道青绿的山色，绵延齐鲁大地而未尽，是何等的韵致，又是何等的气度。在中国现代学术史上，缪钺彦威先生的古典文学研究，正宛如青绿的岳色，韵致，气度，与众不同，具有永恒的魅力。

彦威先生的《诗词散论》，是现代学术的经典之作，可以媲美王国维《人间词话》。尤其《论宋诗》、《论词》，讨论中国古典诗词的特质，文思精湛，识解卓越莹彻，笔墨精洁馨逸，处处启人性灵神智，处处令人陶醉流连，几乎不觉其为气度磅礴，涵盖一代一体文学的大著述。请读《论宋诗》："唐诗以韵胜，故浑雅，而贵蕴藉空灵；宋诗以意胜，故精能，而贵深折透辟。唐诗之美在情辞，故丰腴；宋诗之美在气骨，故瘦劲。唐诗如芍药海棠，秾华繁采；宋诗如寒梅秋菊，幽韵冷香。唐诗如啖荔枝，一颗入口，则甘芳盈颊；宋诗如食橄榄，初觉生涩，而回味隽永。譬诸修园林，唐诗则如叠石凿池，筑亭辟馆；宋诗则如亭馆之中，饰以绮疏雕槛，水石之侧，植以异卉名葩。譬诸游山水，唐诗则如高峰远望，意气浩然；宋诗则如曲涧寻幽，情境冷峭。唐诗之弊为肤廓平滑，宋诗之弊为生涩枯淡。虽唐诗之中，亦有下开宋派者，宋诗之中，亦有酷肖唐人者；然论其大较，固如此矣。……就内容论，宋诗较唐诗更为广阔；就技巧论，宋诗较唐诗更为精细。

然此中实各有利弊,故宋诗非能胜于唐诗,仅异于唐诗而已。……宋人略唐人之所详,详唐人之所略,务求充实密栗,虽尽事理之精微,而乏兴象之华妙。……然唐诗中深情远韵,一唱三叹之致,宋诗中亦不多觏。"① 从来论唐宋诗之特质,罕有如此识解卓越莹彻,笔墨精洁馨逸,而又淋漓尽致。

《论词》指出,"词之所言,既为人生情思意境之尤细美者,故其表现之方法,如命篇、造境、选声、配色,亦必求精美细致,始能与其内容相称"②,并指出词的特征,第一曰其文小,即意象"轻灵细巧"。彦威先生以秦观《浣溪沙》为例:"漠漠轻寒上小楼,晓阴无赖似穷秋。淡烟流水画屏幽。　自在飞花轻似梦,无边丝雨细如愁。宝帘闲挂小银钩。"然后指出:"飞花自在,而其轻似梦,丝雨无边,而其细如愁。取材运意,一句一字,均极幽细精美之能事。古人谓五言律诗四十字,譬如士大夫延客,着一个屠沽儿不得。余谓此词如名姝淑女,雅集园亭,非但不能着屠沽儿,即处士山人,间厕其中,犹嫌粗疏。惟其如此,故能达人生芬馨要眇不能自言之情。吾人读秦观此作,似置身于另一清超幽迥之境界,而有凄迷怅惘难以为怀之感。虽李商隐诗,意味亦无此灵隽。此则词之特殊功能。盖词取资微物,造成一种特殊之境,借以表达情思,言近旨远,以小喻大,使读者骤遇之如在耳目之前,久诵之而得隽永之趣也。"③ 彦威先生晚年总结自己平生论词,又进一步指出:"因唱词者多是少年歌女,故词中亦多写男女间之幽怨闲情,其风格则是婉约馨逸,有一种女性美,亦即王静安所

---

① 缪钺:《缪钺全集》(第三卷),河北教育出版社2004年版,第156—157页。
② 同上,第5页。
③ 同上,第6—7页。

谓'要眇宜修'者也。"① 从来论词之特质，亦罕有如此识解卓越莹彻，笔墨精洁馨逸，而又淋漓尽致。

《论宋诗》、《论词》如此识解莹彻，笔墨馨逸，与一般现代古典文学研究面目迥然不同，根源之地，在于彦威先生之于古典文学，既具有当行本色，又具有灵光明照。彦威先生《王静安与叔本华》说："其心中如具有灵光，各种学术，经此灵光所照，即生异彩。"此亦彦威先生夫子自道也。今举一例。颜延之是刘宋时大文学家。刘宋权臣徐羡之等因猜忌庐陵王刘义真、谢灵运、颜延之持不同政见，将义真出为南豫州刺史、出镇历阳（今安徽和县），灵运出为永嘉（今浙江温州）太守，延之出为始安（今广西桂林）太守。清陶澍《靖节先生年谱考异》、近人逯钦立《陶渊明事迹诗文系年》，据《文选》卷六十颜延之《祭屈原文》"惟有宋五年月日，湘州刺史吴郡张邵恭承帝命，建旟旧楚"，以有宋五年为少帝景平二年即元嘉元年（424），认为延之出为始安太守道经湘州（今湖南长沙）是在此年。彦威先生《颜延之年谱》永初三年谱据《宋书》卷三《武帝本纪下》永初三年（422）二月"又分荆州十郡还立湘州，左卫将军张邵为湘州刺史"，及《宋书》卷四十六《张邵传》武帝"分荆州立湘州，以邵为刺史"，认为刘宋立湘州、以张邵为刺史是在永初三年，与延之《祭屈原文》"惟有宋五年月日，湘州刺史吴郡张邵恭承帝命，建旟旧楚"事实相合，"有宋五年"之"五"字当为"三"字传写之误；又据谢灵运《永初三年七月十六日之郡初发都诗》，证明灵运出为永嘉太守、延之出为始安太守，实在永初三年（422）七月。彦威先生所考精湛致密，具创见卓识。有学者以为"缪说未安"，依据是"《文选》

---

① 缪钺：《缪钺全集》（第三卷），河北教育出版社2004年版，第377—378页。

卷五十七《阳给事诔》，序云'惟永初元年十一月十一日，宋故宁远司马濮阳太守彭城阳君卒'，'景平之元，朝廷闻而伤之，有诏曰……末臣蒙固，侧闻至训，敢询诸前典，而为之诔'"，"以是知景平元年延之尚在建康，其出为始安，自是次年事矣。"今覆按颜延之《阳给事诔》序云："景平之元，朝廷闻而伤之，有诏曰……逮元嘉廓祚，圣神纪物，光昭茂绪，旌录旧勋。苟有概于贞孝者，实事感于仁明。末臣蒙固，侧闻至训，敢询诸前典，而为之诔。"可知《阳给事诔》序"景平之元"一节乃追述之词，"元嘉廓祚"一节始是记述作年，延之《阳给事诔》实作于文帝元嘉年间（424—453），非作于少帝景平元年（423），延之出为始安太守亦非在景平二年。学者因为漏读《阳给事诔》序"元嘉廓祚"一节，遂偶误。由此可见，彦威先生所考实坚确不移。

  彦威先生之于古典文学具有当行本色，是说先生本身就是今之优秀古典诗人。今举彦威先生早年、晚年诗各一首，以见其诗造诣之深度，境界之高度。彦威先生一九三五年所作《乙亥南游杂诗十六首》，其中《清华园留别吴宓雨僧》诗："重译赢粮遇硕师（谓美国白璧德先生），十年归国久栖迟。起衰争望昌黎出，正是文章零落时。"结尾二句，从杜甫杰句"正是江南好风景，落花时节又逢君"化出，最是神韵，而完全不着痕迹。应当说到的是，吴雨僧先生晚年巨著《吴宓日记续编》近年已经出版，那是20世纪中国的绝大著作，无愧于唐之昌黎矣。由此可见彦威先生之识人，不仅可见彦威先生诗艺术造诣之深度而已。彦威先生一九八九年所作《再读〈柳如是别传〉》诗："三户亡秦愿已空，荒江残垒怨东风。故人慷慨多奇节，心事朦胧似梦中。老去绛云能补过，当年小草苦飘蓬。一生坎坷归何处，双冢虞山夕照红。"陈寅恪先生晚年巨著《柳如是别传》，亦是20世纪中国的绝大著作。彦威先生诗"故人慷慨多奇节"之句,虽然是说钱牧斋,其实亦是说寅恪先生,由此足见彦威先生晚年之思想境界矣。彦威先生本身就是今之优秀古典诗人,故对于古典文学研究具有当行本色。曹植《与杨德祖书》云:"盖有南威之容,乃可以论其淑媛;有龙泉之利,乃可以议其断割。"犹记昔年侍坐时,彦威先生曾为笔者吟诵此语,此亦彦威先生夫子自道也。

彦威先生治学,文学、史学,皆有精深之成就。所著《元遗山年谱汇纂》、《诗词散论》、《读史存稿》、《杜牧传》、《杜牧年谱》、《冰茧庵丛稿》、《灵谿词说》(合撰)等,主编《三国志选注》、《三国志导读》等,皆史学、古典文学研究之杰作。其史学著作,亦与古典文学有甚深关系。即由以上所述,便可知之。

20世纪80年代初,笔者随家父拜谒彦威先生,承先生指教作诗,并谆谆教诲要读寅恪先生著作;一九八五年至一九八六年,笔者在川大历史系作彦威先生文学助手一年,朝夕承教,受益于先生之学更多,皆永远不能忘怀。今先生《冰茧庵古典文学论稿》出版在即,谨敬述先生古典文学研究之特色,而为此序。

原载缪钺《古典文学论丛》卷首,题作"前言",
浙江大学出版社2009年版

曹秀兰《曹溶词研究》序

曹秀兰君的《曹溶词研究》出版在即[①]，我很乐意为她作此一序。

二〇〇五年，曹秀兰君自安徽师范大学硕士毕业，考入首都师范大学从我读博士，读书非常用功。她的博士论文《曹溶词研究》，题目是她自己选的。记得我为她开的课程结束以后，她总是仍然来到我的课堂，等到课间、课后，就和我讨论曹溶。这样的求学态度，似乎已不多见。

曹溶历仕明清两朝，虽曾为贰臣，却心怀故国之思。他帮助反清志士，与明遗民顾炎武、屈大均交往甚密，利用职务之便帮助傅山解脱官司。康熙六年（1667），曹溶去官大同，归隐乡里，是曹溶一生中重要转折，从此未再与满清合作。康熙十八年（1679），并拒绝参加博学鸿儒之试。曹溶是清初著名词人，实为浙西词派先河，有《静惕堂词》，存词近三百首。深沉的、几乎是深藏不露的故国之思，是他入清后词作的最主要内容。

《曹溶词研究》全面讨论了曹溶的生平事迹与思想、曹溶词的内容与艺术造诣、曹溶的词学思想、曹溶与浙西词派之关系，并附录曹溶年谱简编及部分词作编年，提出了一系列创新见解。

[①] 曹秀兰：《曹溶词研究》，安徽大学出版社 2010 年版。

其中，揭示出曹溶词深沉的、几乎是深藏不露的故国之思，尤其是揭示出曹溶在山西凭吊轰轰烈烈的反清复明运动遗迹的杰作《绮罗香·云中吊古》和《永遇乐·雁门关》，所蕴藏的重大历史内容和高度艺术创造，可以说是清代文学研究非常出色的成绩。

曹溶《绮罗香·云中吊古》：

> 垒学流云，沟成积雪，摇落城头军鼓。锁钥千门，高去旧京尺五。杂花映、美酒人家，软沙到、玉骢归路。诧无端、衰草牛羊，边声瞬息便今古。　　金舆曾过宴赏，愁入瑶筝变，貔貅新谱。锦帐嫌寒，肯管征人辛苦。看辇道、数改莺啼，有乱山、不随黄土。几时再、杨柳春风，朱楼灯下舞。①

此词是曹溶于康熙二年癸卯（1663）至六年丁未（1667）期间在大同所作，不仅是曹溶词，也是清词的扛鼎之作。其中，"垒学流云，沟成积雪，摇落城头军鼓。锁钥千门，高去旧京尺五"五句，意义至关重大。曹秀兰君以史证词，指出：

> 词题"云中"，即大同。明清之大同府（今山西大同），即唐之云中郡、宋之云中府也。……词题"吊古"，实为伤今。"垒学流云，沟成积雪，摇落城头军鼓。""垒"，指大同城墙，"学"，效也，象也。"沟"指护城河。词言大同高城，已如风流云散；大同深沟，如今填满积雪；当年大同城头反清军鼓之声，亦已摇落消歇。"垒学流云"，最是奇崛，乃是确指顺治六年己丑（1649）姜瓖领导的气壮山河的大同反清

---

① 《全清词·顺康卷》，中华书局2002年版，第2册，第835页。

战争失败后，多尔衮拆除大同城墙五尺高度。

"锁钥千门，高去旧京尺五"回应"垒学流云"，共同构成全词的关键所在。先说"锁钥千门"。大同地理形势险峻……故有"大同北门锁钥"之称①。曹溶词中"锁钥千门"之"锁钥"，即是指代大同。……大同城在明代历经修建，共有城门14座，角楼、望楼、窝铺、门楼等共158座。故词人用"千门"形容大同城门及城楼之多。

下句"高去旧京尺五"，则是暗示顺治六年己丑（1649）大同总兵姜瓖领导的反清战争气壮山河，远高于清军进入北京时之无抵抗。……顺治五年戊子（1648）十二月，姜瓖发动了轰轰烈烈的反清运动，迅速得到周边官民积极的响应和参与。在姜瓖的带动下，山西"叛者不止大同，其附近十一城皆叛"②，山西军民英勇抗战，战场几乎遍布全省，摄政王多尔衮"只好从京师抽调一切可用的满、蒙、汉军投入山西战场"③，并两次亲征大同。顺治六年己丑（1649）的八月，大同城内的粮食消耗殆尽，外援无望。二十八日，姜瓖的部下杨振威变节，率领六百余名官兵叛变，杀害姜瓖与其兄姜琳、弟姜有光，持首级出城投降。次日，清军入城。《清实录·世祖章皇帝实录》："（顺治六年九月二日），谕和硕英亲王：斩献姜瓖之杨振威等二十三员及家属，并所属兵六百名，俱著留养，仍带来京。其余从逆之官吏兵民尽行诛之。将大同城垣自垛撤去五尺。"……《清史列传》卷一《阿济格传》："（顺

---

① （清）谷应泰：《明史纪事本末》，卷57，"大同叛卒"条，中华书局1977年版，第882页；卷37，"汪直用事"条："大同、宣府，北门锁钥。"第552页。
② 《清实录·世祖章皇帝实录》卷41，中华书局1985年版，第332页。
③ 顾诚：《南明史》，中国青年出版社1997年版，第536—537页。

治六年九月）大兵入城（按：指大同城），诛从逆吏民，隳大同城埤堄五尺，班师。"①……曹溶词"高去旧京尺五"之"尺五"，乃是姜瓖领导的大同反清战争失败后，多尔衮拆除大同城墙高度"五尺"数字之倒文，其缘故乃是为了避讳，以及押韵。以此之故，"锁钥千门，高去旧京尺五"可以证明曹溶此词所写的就是姜瓖领导的大同反清战争。"高去旧京尺五"之"旧京"，指故国明朝的北京，词句言大同城墙比故国明朝的北京高五尺，暗示出大同反清战争高于李自成占领后的北京对满清的无抵抗，是对姜瓖大同反清战争的高度礼赞。此句还暗里流露出自己迎降清军、愧对大同反清义军的惭愧心情。"都中自自成去，原任御史曹溶率众城守，搜余贼。"②甲申五月，清军进入北京时，在京明朝文武官员迎降，并没有反抗。"甲申五月戊子朔，摄政王和硕睿亲王多尔衮师至通州，知州率百姓迎降。""己丑，师至燕京，故明文武官员出迎五里外。摄政和硕睿亲王进朝阳门。老幼焚香跪迎，内监以故明卤簿御辇陈皇城外，跪迎路左。"③在京明朝官员对清朝的迎降和姜瓖领导的反清战争，判然有别。要之，"高去旧京尺五"之大同城墙，竟然"垒学流云"，乃是确指姜瓖领导的气壮山河的大同反清战争及其壮烈的战败。

曹秀兰君更进一步指出其艺术创造：

"垒学流云，沟成积雪，摇落城头军鼓。锁钥千门，高

---

① 王钟翰点校：《清史列传》卷1，《宗室王公传一·阿济格传》，中华书局1987年版，第17页。
② 黄鸿寿编：《顺治入关》，《清史纪事本末》卷5，北京图书馆出版社2003年版，第36页。
③ 《清实录·世祖章皇帝实录》卷5，中华书局1985年版，第57页。

去旧京尺五。"大同城墙（"垒"），护城河（"沟"），流云，积雪，城墙千门，军鼓声声，都是词人眼前景。写眼前景，道心上事，乃是兴象描写。城墙几乎像风流云散般颓败，实非通常景物，而是惊心动魄：城墙怎么会几乎像风流云散般颓败？当知"锁钥千门，高去旧京尺五"，乃是最触目惊心的今典（当代史事）。顺治五年戊子（1648）十二月，大同总兵姜瓖领导大同反清复明起义，清廷动员几乎全部清军主力围攻大同。顺治六年己丑（1649）八月二十八日，姜瓖部下的叛将杨振威带领六百余名官兵叛变，杀害姜瓖，降清。次日，清军入大同城。大同反清复明起义经过九个月之久的持久战争，最终城陷。多尔衮谕拆毁大同城墙高度五尺，以泄其久攻不破之愤。……顾诚《南明史》说："姜瓖等人领导的反清决不是一般的兵变或叛乱，而是北方复明势力同清朝的一次大规模较量"，"是以拥护南明永历朝廷为宗旨遍及全国的复明运动的一个重要组成部分"。[①]"锁钥千门，高去旧京尺五"，原来深隐曲折而又精确地述说了轰轰烈烈的大同抗清战争的当代史今典。"锁钥千门，高去旧京尺五"，与"垒学流云，沟成积雪"相呼应，则喻说了轰轰烈烈的大同抗清战争及其失败的当代史今典。"垒学流云，沟成积雪，摇落城头军鼓。锁钥千门，高去旧京尺五"这一组词史性质之杰句，把当代史今典融入眼前的兴象描写之中，构成极具创发性亦极富韵致的词史画面与词史意境。其中，并寄托了词人对反清复明运动和明清兴亡的无比深沉的悲怀。如此确切地融化含藏最重大当代史今典之事实与数字于比兴描写画面之中，

[①] 顾诚：《南明史》，中国青年出版社1997年版，第530—531页。

营造出明清兴亡史史诗般的词史意境，乃是曹溶词非常杰出的艺术创造。

读者至此，能不有惊心动魄之感乎？

如曹秀兰君所言："曹溶此等词史，创用融化含藏今典于比兴描写之中之手法，营造出如'花明''蝉蜕'（曹溶《古今词话序》）般优美、空灵、无迹可求而又寄托深隐的词史杰句与意境。"此能不令人掩卷而深思乎？

仅就词艺言，曹溶词具有此等艺术创造，决非偶然。我们只要读曹溶词："万人耳语听三弦"（《临江仙·甲寅中秋》）、"南朝一抹沉烟雾，唤作销魂路"（《虞美人·泊京口有寄》）之句，以及《十六字令·闺情》："轻。认得伊家画屧声。花边绕，蛱蝶不曾惊"之词，是何等韵致、当行本色，就可明白曹溶词本来是才力不凡。

曹秀兰君指出："曹溶对浙西词派的形成，有极为重要的影响。"曹溶年长于朱彝尊十六岁，二人之间，本有世交之谊，复具姻亲关系，尤为忘年知己；而曹溶词寄托之深、造诣之高如此，其对于朱彝尊以及浙西词派之影响，又当如何耶？然则曹秀兰君此著，对于朱彝尊、浙西词派以及清词之研究，当不无深长之启示意义矣。

博士论文，只是治学的开端。立志远大，锲而不舍，才能真正有成就。希望曹秀兰君继续努力。

原载曹秀兰《曹溶词研究》卷首，安徽大学出版社2001年版

回忆曹慕樊老师

曹慕樊老师（1912—1993），号迟庵，四川泸州人，生前为西南师范大学中文系教授。早年金陵大学毕业，师从刘国钧先生，受目录学。一九四六至一九四七年，在四川乐山五通桥中国哲学研究所（附设于黄海化学社），师从熊十力先生，治佛学及宋明理学。一九四七至一九五〇年，受重庆北碚勉仁文学院（创办人梁漱溟先生）之聘，为中文系副教授。一九五三年以后，为西南师范学院（后改为西南师范大学）图书馆副馆长，中文系副教授、教授，汉语言文献研究所教授。迟庵师对中国古典文学、中国哲学（儒学、庄学、佛学）及目录学造诣甚深，主要著述领域则是在唐宋文学及目录学。迟师对杜甫诗歌的研究，尤为精深。

迟师的学问，不仅是学术知识，同时亦是身心受用的实践工夫。这是迟师与一般学者的不同之处。

迟师早年是熊十力先生弟子。熊十力、梁漱溟两先生志同道合，同为现代新儒家，故迟师亦从游于梁先生。一九四九年八九月间，迟师与梁先生、谢无量先生夫妇、罗庸（字膺中）先生夫妇，在重庆缙云山闭关修习藏传佛教密宗贡噶派大手印功法。梁漱溟先生在一九四九年日记中曾再三称赞迟师的学问和修行。梁先生日记一九四九年八月八日记："昨以此日记请教慕樊，今日略谈其经验。愚意当修亥母,慕樊赞成。"① 八月十六日记:"慕樊精进可畏,而余殊迟钝。"② 八月十九日记:"默察膺中心最单纯,次则慕樊亦差不多,除学佛亦无事在。愚则不然。"③ 由此一事,可见迟师在佛学上所下的功夫甚深。

一九五七年迟师因为直言说论而被打成右派分子后,改作中文系资料员,直到新时期初的七十年代末获得平反,生活条件一直十分艰苦。一九九七年,成都巴蜀书社编辑周锡光先生告诉我一件往事。60年代初,三年困难时期,周锡光先生考上西南师范学院中文系,周先生的父亲因为是吴宓先生的学生,千方百计攒凑了购物票证,买了腊肉、香肠和糖果,让周锡光带到学校去送给吴宓先生。在当时,那都是能救命的稀有食物,但是吴宓先生却坚决不收。周锡光很为难,说这些东西怎么办呢?吴宓先生说,送给最需要的人,也是我们中文系最有学问的人,曹慕樊先生。吴宓先生领着周锡光来到西师大校门外的工人宿舍,远远地指着一家门口,吴宓先生说,曹慕樊先生就住在那里,然后便离开了。周锡光看见门内,靠近门,就着门口的光线,一位先生正伏在一条长板凳上写字,原来这位先生就是曹慕樊先生。周锡光先生说,曹先生当时正在写的书稿,就是"文革"后出版的《杜诗杂说》④。

"文化大革命"中,迟师遭到批判斗争,一次批斗会上,被红卫兵用皮带毒打,皮带铁扣砸在眼睛上,两眼几乎被打瞎。一九七八年,我考上西南师范大学中文系的时候,迟师双目已经接近失明了。第一次谒见迟师,老人家看书的情景,真是令人惊

---

① 《梁漱溟全集》第八卷,山东人民出版社2005年版,第422页。
② 同上,第423页。
③ 同上,第424页。
④ 曹慕樊:《杜诗杂说全编》,生活·读书·新知三联书店2009年版。

讶——伏在书桌上，眼睛紧贴着书面，和书面之间的距离，只有一厘米，吃力地，一个字、一个字地认。"文革"后，迟师出版了著作《杜诗杂说》、《杜诗杂说续编》、《杜诗选注》、《目录学纲要》、《庄子新义》，以及所主编的《东坡选集》，发表了许多篇论文。这些书和论文，大都是迟师用两眼紧贴着稿纸，凭着已伤残的眼睛的微光写出来的。

由这些事，可见迟师治学所下的功夫，真是坚苦卓绝。

迟师对中国古典文学、中国哲学，有精湛的造诣，独到的见地。迟师非常独到的见解，经常自然地流露于平时的谈话，或论文、著作之中。

记得一次在迟师家侍坐，随意谈话。不经意间，迟师谈到了《诗经·邶风·谷风》的一章：

　　就其深矣，方之舟之。就其浅矣，泳之游之。何有何无，黾勉求之。凡民有丧，匍匐救之。

迟师说，这岂是弃妇之诗，这是恻怛悲悯情怀，是人道实践，是圣人境界。多年来，我常回想起迟师的话，体会到迟师的这一见解，是真知灼见。在教学中，常讲述到迟师提出的这一见解。多年来，我也常留意《诗经》各种古今注本及相关著述，甚至遍检电子本《四库全书》，以及清人胡承珙《毛诗后笺》、陈奂《诗毛氏传疏》、马瑞辰《毛诗传笺通释》，知道迟师的这一真知灼见，乃是发前人所未发。

迟师喜欢庄子。《庄子·人间世》讲由心斋工夫达到的境界，是"瞻彼阕者，虚室生白，吉祥止止。夫且不止，是之谓坐驰"。

其中"吉祥止止"的"止止"二字，历代所有注疏的解释，如晋代郭象《注》说"夫吉祥之所集者，至虚至静也"，唐代成玄英《疏》说"止者，凝静之智。言吉祥善福，止在凝静之心"，都并没有讲落实。至于清代郭庆藩《庄子集释》所引俞樾曰"止止连文，于义无取"，那就更是对庄子的误读了。

迟师《〈庄子·逍遥游〉篇义》说：

"吉祥止止"（《人间世》）唯止能止众止（《德充符》）。按唯止的止，指心王。众止的止，当指七识（借佛家名相）。止就不能游，为什么又强调"止"呢？按止是止"外驰"。外驰既息，即是"无事"。"无事而生定"（《大宗师》）。然后能不系如虚舟，无心如飘瓦，是乃能游。①

迟师的解释是说，"吉祥止止"的"止止"，就是《庄子·德充符》"唯止能止众止"的"止众止"，也就是止住内心的种种欲望。"止止"、"止众止"，两语的第一个"止"，是止住欲望之心的止。第二个"止"，是执着于外物的止，是欲望之心。依迟师，"吉祥止止"是说，大吉祥的境界，是止住了欲望之心的心斋境界。

迟师对《庄子》"吉祥止止"的解释，虽是寥寥几句，但实在是有非常的功力，是极为重大的创见。

迟师的解释，首先，从训诂上讲是不可动摇的。因为"止止"与"止众止"，语义、语法（动宾结构）完全相同。其次，在义理上是精确不移。因为"止止"二字，最简练地概括了庄子心斋学说的根本义谛。泯灭欲望之心，是心斋的实践工夫。有了泯灭

---

① 曹慕樊：《〈庄子·逍遥游〉篇义》，《乐山师专学报》，1993年第4期。

欲望之心的实践工夫，才有澹泊之心和由此而来的自由之心呈现的心斋境界。因此，把"止止"讲为"止众止"，也就是泯灭欲望之心，才是"止止"的正解，才是真正把"止止"讲落实了。

这些年来，我读古今人注《庄子》的各种注本，从未发现任何一家注本能有迟师的洞见。但是，我读陶渊明诗，却发现渊明对庄子的理解，与迟师不谋而合。

陶渊明《归园田居》第一首："户庭无尘杂，虚室有余闲"，第二首："白日掩荆扉，虚室绝尘想"。"虚室有余闲"，及"虚室绝尘想"，皆是用《庄子·人间世》"心斋"章"虚室生白，吉祥止止"。"虚室有余闲"，是表示自己澹泊心彻底地觉悟（"虚室"），从而获得了充分的自由（"有余闲"）。"虚室绝尘想"，是表示自己澹泊心彻底地觉悟（"虚室"），从而彻底消除了名利欲望（"绝尘想"）。

渊明诗"户庭无尘杂"，"虚室绝尘想"，则皆是用《庄子·人间世》"心斋"章"吉祥止止"。"户庭无尘杂"之"无尘杂"，"虚室绝尘想"之"绝尘想"，与《庄子·人间世》"虚室生白，吉祥止止"之"止止"，以及《庄子·德充符》"唯止能止众止"之"止众止"，语义、语法结构完全相同。"无"、"绝"，即"止止"、"止众止"的第一个"止"，止住也。"尘杂"、"尘想"，即"止止"、"止众止"的第二个"止"，执着也，欲望也。"无尘杂"、"绝尘想"，即"止止"、"止众止"。

渊明诗"户庭无尘杂，虚室有余闲"，"虚室绝尘想"，潜在地证明了渊明是用"止众止"（"无尘杂"、"绝尘想"）来理解"虚室生白，吉祥止止"之"止止"的。渊明诗"户庭无尘杂"、"虚室绝尘想"，也潜在地证明了迟师以"唯止能止众止"解释"吉祥止止"之"止止"，是精深、准确的解释，是中国学术史上自郭象以来所未有的第一流的重大创见。

迟师对"吉祥止止"的创获胜解，不仅是出自精研庄子全书，能以庄证庄，更重要的是出自深切地把握了庄子哲学精神。

迟师是儒者，具有儒者的理想关怀，和儒者的仁义实践。

记得一次侍坐，我问迟师，儒家思想最重要的是什么？迟师说："好恶真切。"迟师当年也曾问过梁漱溟先生同样的问题，梁先生立即举出《大学》中的两句话："如好好色，如恶恶臭。"迟师的为人，正是好恶真切。

"文革"中，吴宓先生被打成反革命分子，工资被扣压，存款被冻结，每月只发18元生活费。一九七四年，吴宓先生年迈的妹妹从陕西泾阳老家来重庆看望兄长，回家时却没有路费，吴宓先生到中文系，请求系领导从自己的存款中发给60元，作为妹妹回家路费。但是，吴宓先生不仅没有得到自己的钱，反而遭到系领导的一顿斥骂。在校园小路上，迟师和流泪而返的吴宓先生不期相遇，迟师问明原委后，当下就去面见中文系领导，奋不顾身，为吴宓先生争公道。迟师大义凛然，有理有节，竟然震慑了当时的领导，中文系居然因此退还了吴宓先生全部的存款。这真是一个奇迹。要知道，在当时，迟师身为专政对象，专政对象是"只许规规矩矩，不许乱说乱动，否则死路一条"的。吴宓先生因此非常感动，迟师的家庭也非常穷困，吴宓先生就从退还的存款中赠送给迟师300元，并专门为此写了一张纸条。70年代末，在迟师家，我曾亲眼看见吴宓先生手写的这张纸条，那是从纸质粗糙的小学生作业本上裁下的一张窄窄的小纸条，吴宓先生写道："樊兄：昨奉托办事，漏写一条，补叙如下：兄在某某某处取得宓款4600元，请兄即自取去300元正，作为宓赠兄整理家务之款，而存入 4300 元于宓银行折中。一九七四年十月二十二日，吴宓手书（请保存此条，为宓赠款三百元之证据）。"

看到迟师这样的行为，人们会认为他是一位倜傥不羁的豪杰之士，但迟师并不是仅具有那样的气质，平时给人的印象甚至完全不是那样。在平时生活中，迟师为人温暖、柔和、亲切，宽裕从容。他说过，他喜欢《中庸》所讲的"宽裕温柔"。然而，仁者必有勇，关键时候是这样的可以挺身而出，自身安危置之度外。

70 年代末，意识形态还非常保守，迟师对我说："你将来要读宋明唯心论的哲学。"这在当时的我真是闻所未闻。80 年代中，议论"全盘西化"成为时代思潮的主流，迟师写了《砧木喻》一文，文中喻说，西方文化要嫁接到中国文化的根本上，才能生根开花，这在当时真是迥异时流的独立思想。一九八二年，我在安徽师大读硕士时，读到《学原》杂志上熊先生谈《新唯识论》的文章。熊先生所讲中国哲学本体论，使我心灵上发生天翻地覆的震撼和变化。我找到熊先生《新唯识论》原书，读抄一过。那年寒假，我从芜湖乘船溯江几千里到重庆晋谒迟师，倾诉读书的心得。迟师含笑不语，双手抱出一个大包，打开层层叠叠的旧报纸包裹，取出厚厚重重的四巨册八开本手抄书稿：梁漱溟著《人心与人生》。稿纸早已陈旧发黄。迟师说："梁先生这部书稿，一共抄了四部，分别藏在中国东南西北四方，西南一部，就藏在我这里，现在，你把它拿回去读。"我把这部手稿背回了芜湖，如饥似渴地研读。梁漱溟先生所讲中国哲学历史观，当时在我思想上所发生的震动，也可说是天翻地覆。现在回想起来，我当时也真是糊涂，只顾了读书。虽然也知道迟师在那个时代保藏梁先生这部书稿，无异于秦汉之际儒生冒着生命危险保藏儒家经典，但自己受之、读之，也没想到问问：梁先生这部书稿是如何来到迟师的手里？多少年来，迟师又是如何冒着生命危险保藏了这部书稿的？

迟师保护承传儒家学说，为的是不可磨灭的理想关怀。

缅怀往事，诚令人低回无已。

原载曹慕樊《庄子新义》卷首，题作《忆迟庵师》，
重庆出版社 2004 年版

中古文学教革探索

高校中文系本科生学习旧体诗律、学写旧体诗,有益于扎实、深入地学习和研究古代文学,而且有益于提高人文修养。半个世纪以来,国内高校中文系的古代文学教学,由于取消了旧体诗词习作、文言文习作课程,其结果是许多甚至大多数中文系本科生、古代文学专业硕士生、博士生不懂旧体诗律,更不会写作旧体诗词。问题在于,由于不懂旧体诗律,由于缺乏旧体诗写作经验、不知其中甘苦,因此对文学史知识的了解,对古代文学作品的理解和欣赏,都会造成一定的局限,有时还可能造成对作品的误解,甚至是严重的误解。

新时期以来,旧体诗词写作在中国民间广泛复苏,其势如火如荼,方兴未艾。相形之下,高校中文系的相关教学却严重滞后,诗律教学、旧体诗写作教学基本上仍告阙如,形成民间或业余诗词爱好者懂诗律、能写旧体诗词,而中文系本科生、古代文学专业硕士生、博士生却不懂诗律、不能写旧体诗词,甚至有的中学生懂诗律、能写旧体诗词,而毕业于高校中文系的中学教师却不懂、不能的尴尬局面。

稍感欣慰的情况是,新时期以来,有少数高校中文系老师尝试进行了旧体诗写作教学。数年以来,笔者个人所做出的一点教改探索,是配合魏晋南北朝隋唐文学史(即中古文学史)的教学,讲授近体诗律（即旧体诗律），指导旧体诗的初步习作，把教学和习作有机地结合起来，取得了可进一步发展的初步成绩和经验。

笔者的教改探索，可分三个方面。

第一，是结合魏晋南北朝隋唐文学史教学，随机讲授近体诗律，并让同学自己通过操作训练加以掌握。近体诗律的逐渐形成，是魏晋南北朝隋唐文学史的重要线索之一。笔者随文学史课程的教学进度，适当地加入相关的教学内容。例如，当文学史课程进行到南朝阶段的齐永明体时，即专门讲授什么是平仄、粘对、对偶、诗律，并以教材所录当时谢朓《玉阶怨》等诗歌作品，具体讲明永明体是沈约、谢朓等用平仄四声所创造的诗歌声律，有对无粘，是中国近体诗的雏形，而谢朓《玉阶怨》就是有对无粘的典型实例。在同学初步掌握诗律的情况下，当课程进行到北朝文学阶段时，进一步以教材所录当时庾信《重别周尚书》诗，指出其粘对完全合律，是近体五言绝句成熟的标志，并当堂由多位同学来板书出其诗律。当课程进行到初唐文学阶段时，再分别以教材所录当时王绩《东皋野望》、沈佺期《独不见》等诗，指出其粘对完全合律，是近体五言律诗、七言律诗成熟的标志，并当堂由多位同学来板书出其诗律。当课程进行到唐五代词阶段时，以同样办法讲授词律，指出诗律与词律的差异，并同样进行当堂作业。这样，同学掌握词律，就是顺理成章、易如反掌的事了。这样的教学过程，使同学对文学史的发展史实，有了切实的了解和把握。

相反，如果按通常的讲法，只讲文学史概念，不讲、不练近体诗律，那么，同学对于什么是永明体，什么是诗词格律，在什么历史时间近体诗律成熟了一半，在什么历史时间哪一种近体诗律完全成熟，就还是似懂而其实非懂。

第二，是为广大不能分辨入声字的同学，提供分辨入声字的方法，并加以适当的激励。要懂汉语平仄四声和诗律，必须掌握入声。现代北方方言区大多没有入声，这是掌握平仄、诗律的盲点和难点。针对我院同学大多数是北京人，不能分辨入声字，笔者教以几种辨认入声字的方法。其中包括：1. 近体诗中按律是必须仄声字的字，如果今天读为平声，一定是入声字；2. 今天普通话韵母是 o、e、i、u、ü、ie、üe 等韵母的字，往往是入声字；3. 常看常记平水韵部入声字表。最后这一条，是解决问题的根本办法，这当然需要付出努力。对此，笔者在教学中激励同学，世上无难事，只怕有心人。并介绍说，霍松林教授，叶嘉莹教授，是古代文学研究的优秀学者，也是当代的优秀旧体诗人，他们都曾自述生于没有入声字的北方方言区，自己是通过下功夫硬背，掌握入声字的。这对北方同学是有力的激励。

第三，指导同学学写旧体诗。教写旧体诗，也许会遇到一个潜在的问题：人们是不是普遍具有写诗的才能？这个问题其实不难回答。在漫长的科举考试时代，往往要考诗，比如唐代就形成了以诗取士的考试制度，而一种考试制度得以成立，是以被试者普遍具有相应的才能为前提的，否则这种考试制度就不可能成立，更不可能延续那么长的时期。事实上，同学普遍地能够学会写旧体诗，这是没有问题的。

笔者采取的初学写诗教法，是对句法。所谓对句，就是用古诗名句作为上句，请同学写出下句，这样意思自然连贯，诗句也自然趋向优美。此法看似简单，其实很上路，类似古人的联句。因是初学，可以协律，也可以不协律，并不作硬性规定。

多年前，院里为同学举行一次唐宋文学趣味活动，让笔者指导，笔者请同学上黑板当场写出对句，出句是唐诗名句"掬水月在手"，有一位同学的对句是"化作片片金"，很有诗意。受此激励，后来，笔者便把这一训练逐渐适当地推广到古代文学课堂，受到同学们的普遍欢迎，比做其他作业更有兴趣。其结果是历年来同学们的作业，佳句一次比一次多。

02级、03级的两门古代文学专业基础课、选修课，都布置过对句作业，出句有陶诗、唐诗名句"闻多素心人"、"空山松子落"、"晴空养片云"、"草色新雨中"等，让同学任选，涌现佳句就很多。例如02级熊海伦同学的对句："徜徉圣贤诗，闻多素心人"；秦悦同学："白云宿檐端，山气满清谷"；张燕芳同学："闻多素心人，青山绿水间"；邵培同学："闻多素心人，苦作情却欢"。03级张娜同学的对句："寒寺晨钟鸣，空山松子落"；"晴空养片云，素门绕兰香"；潘铭霏同学："草色新雨中，花息溢尘外"；"空山松子落，孤寺僧人归"。马卓薇同学："空山松子落，月夜微风清"；李超同学："草色新雨中，花光晨雾后"；翟苓汐同学："孤烟残照里，草色新雨中"；万希同学："空山松子落，月华薄暮生"；薛巾一同学："草色新雨中，烟锁河边柳"；"空山松子落，栖鸟数徘徊"；代英同学："空山松子落，幽涧寒鸦惊"；"晴空养片云，青山衔弯月"；杨希蕊同学："青鸟鸣野外，白云宿檐端"；"空山松子落，静夜月儿明"；戴丽同学："闻多素心人，日暮澹忘归"；宋晓英同学："闻多素心人，荷锄碧野间"；贾玥同学："晴空养片云，丽日媚幽篁"；王红蕾同学："羞蕊醉风处，草色新雨中"；"春泥怜幼枝，晴空养片云"；王睿琦同学："白云宿檐端，黄叶落根下"；高迪同学："草色新雨中，青飘满面香"；庞硕同学："空山松子落，潜地蓄待新。它年破磐石，擎天盖地荫"。

2005年陶渊明研究选修课，诗歌的作业，涌现许多佳作。如王云同学《归园田》："郁郁谷中松，冬夏常兹颜。亭亭一纪间，千载乃相关。卉木竞繁荣,穆风自清鲜。沾露辟荒蹊,戴月相与还。

何以慰吾怀，赖古多此贤。"赵晶同学《归园田居》："衰荣无定在，终当归空际。晨鸟暮来还，日入从所憩。桑竹垂余荫，户庭时幽蔽。但愿长如此，只为寻吾契。"李春波同学《田趣》："禾苗恋夏阳，树暖蚕栖桑。欲寻芬芳处，微雨野沁香。鸡鸣五更至，农家荷锄忙。田园岂不美，但道桑麻长。"孙尚斌同学《田园》："荷耒沿田日倚山，瞻云对酒身已还。岂道农家身作苦，明朝待日再躬田。"万希同学《田园》："牛羊下石壁，野老荷锄归。回看群山合，绕树群鸦飞。"袁瀛同学《田园》："日暮烟已尽，尚余禾黍香。欲眠闻犬吠，素月照轩凉。"

04级古代文学课对句举例。晚彗同学："平畴交远风，浅浪睡疏月"。王佳同学："云无心以出岫，柳婀娜而自秀。"马秀尊同学："平畴交远风，素月寄遥情。""云无心以出岫，叶有意而归根。""枯草悄见绿，春风缘隙来。""落霞逐日去，带月荷锄归。"高亚男同学："春风缘隙来，微曦舒榆荫。"吴晓莹同学："云无心以出岫，湖氤氲而含烟。"王昊男同学："云无心以出岫，海有容而纳川。"葛瀚君同学："云无心以出岫，风有情以入峪。"向诚同学："平畴交远风，阔水衔暮日。"王倩倩同学："平畴交远风，温软沁馨香。""披星掩户去，带月荷锄归。"王丹同学："春风缘隙来，冬雪随风去。""平畴交远风，杨柳何依依。""夕阳近黄昏，带月荷锄归。"申英健同学："披星出门耕，带月荷锄归。""云无心以出岫，月皎洁而生辉。""群鸟逐夕阳，平畴交远风。"何娜同学："平畴交远风，倚扉笑纸鸢。"刘亭亭同学："云无心以出岫，罩红日于远山。""春风缘隙来，轻掠案上牍。""带月荷锄归，轻风掩柴扉。"商凝瑶同学："春风缘隙来，启门悄无声。"段勐同学："云无心以出岫，雨漫漫而入风。"刘聪同学："春风缘隙来，新绿丛丛生。""带月荷锄归，孤灯待天明。""云无心以出岫，花失赏而自凋。"王鑫馨同学:"春风缘隙来,入室弄人衣。""春风缘隙来,竹影数婆娑。""微露寒霜叶,带月荷锄归。""临风舒长啸,带月荷锄归。""平畴交远风,微雨落深潭。""云无心以出岫,水值风而生漪。"王静同学:"平畴交远风,秋水映落霞。"孙海健同学:"云无心以出岫,草绿意而知春。""春风缘隙来,悦从心中滋。"王璞同学:"云无心以出岫,鸟倦飞而知还。""雨无情以飘落,花绝期而凋零。"杨小林同学:"春风缘隙来,秋日伴云去。"蔡尚龙同学:"披星伴雾去,带月荷锄归。"李晨同学:"鸡鸣赴田亩,带月荷锄归。"沈磊同学:"云无心以出岫,雁思归而北还。""日初至陇亩,带月荷锄归。"李丽寅同学:"梁燕听时复,春风缘隙来。""披星采桑去,带月荷锄归。"崔景呈同学:"云无心以出岫,月有情而藏影。""平畴交远风,矮屋摇昏灯。"黄鑫莹同学:"春风缘隙来,微雨沾帘逝。""云无心以出岫,潭敛波而空影。"郭黎同学:"春风缘隙来,嫩叶缀林间。""春风缘隙来,细草阶下生。"白聪同学:"芳田映明月,带月荷锄归。""带月荷锄归,归途流萤飞。"邓爱杰同学:"云无心以出岫,雁南翔而盼归。""云无心以出岫,雨绝云而纷飞。""春风缘隙来,晨鸟登枝鸣。""带月荷锄归,邀邻相对酌。""良苗结新露,带月荷锄归。"郭丹丹同学:"云无心以出岫,月有情而将圆。"邓倩倩同学:"鸡鸣出柴门,带月荷锄归。""平畴交远风,抬眸绿波飞。"方馨同学:"云无心以出岫,雨知春而润物。""春风缘隙来,桃花乘风开。""平畴交远风,高丘出朗月。"于涵秋同学:"沾露掩柴门,带月荷锄归。"吴凯同学:"云无心以出岫,水忘情而自流。""昼耕田陇上,带月荷锄归。"武艳同学:"云无心以出岫,月缥缈而留辉。""春风缘隙来,绿芽因缝生。"王珺同学:"春风缘隙来,庭前花自开。"田昕同学:"伴星山野去,带月荷锄归。""云无心以出岫,月有情而自明。"梁相宜同学："春风缘隙来，春水却徘徊。"张明扬同学："云无心以出岫,鹏振羽而绝霄。""碧空衔朱阳,平畴交远风。"常青同学："云无心以出岫,将化雨而滋春。""春风缘隙来,缕缕拂子衿。""飒飒夜风来,带月荷锄归。""平畴交远风,轻送田间语。"卓巍同学："春风缘隙来,好雨应时至。"李辉同学："云无心以出岫,月渐明而归圆。""平畴交远风,天际亦怀新。"隋倩倩同学："云无心以出岫,雨有情而纷飞。""举足踏清露,带月荷锄归。"黄姝同学："云无心以出岫,林生风而怀秋。"王琨同学："云无心以出岫,雁留情而南归。"孟维丽同学："云无心以出岫,翁意惬而独酌。""满怀欣情去,带月荷锄归。"王铮同学："春风缘隙来,晨露滴叶间。""云无心以出岫,人有情易觉老。"郄国芳同学："春雨逢时节,良苗亦怀新。"

对同学的作业，笔者都要加以评阅，写出意见，对同学作业中的可以推敲之处，适当地加以修改。然后在课堂上加以讲评。上举若干之例，已超越对句，成为完整的诗。这些对句和诗，都清新可诵，表明我们的同学是完全可以学会写诗的。事实上，后来有的同学继续写作诗词，颇有进境。

如上所述，高校中文系本科生学写旧体诗，不仅有益于深入扎实地学习和研究古代文学，而且有益于提高自己的人文修养。进一步说，过去的前辈学者如陈寅恪、沈祖棻等先生，都既是杰出的文史学者，同时是杰出的旧体诗人。他们的古代诗歌研究，都堪称学术典范；他们的诗，也都堪称一代诗史。他们的学术研究与旧体诗创作之间，显然存有一种相互支援的关系。这对培养研究人才的工作，是有启发意义的。目前，向研究型大学发展正在成为高校发展的趋势，研究生招生的数量正在扩大，这意味着更多的本科生将会获得深造的机会。因此，这一教学改革探索是有意义的。笔者的尝试，仅仅是初步的探索。在古代文学专业基础课、选修课中加入诗律讲授和旧体诗习作内容，毕竟是有限的，是配合古代文学教学的，自然不能喧宾夺主。如果要进一步发展这一教学改革，使同学不但学会写旧体诗，而且写好旧体诗，则应该开设专门的诗词习作课程，那将需要付出很大的工作量。笔者当然愿意为此继续努力。

原载《高教研究》2006 年第 1 期

诗词写作教学的探索

一、诗词写作课程概况

高校中文系本科生学写旧体诗，有益于深入扎实地学习和研究古代文学，以及提高自己的人文修养。这是一个常识。由于历史的原因，国内高校中文系取消旧体诗词习作课程，已有半个多世纪的光阴。作为首都师范大学教改立项"诗词习作教学与研究"的内容之一，二〇〇七至二〇〇八学年第一学期，笔者开出了诗词写作选修课。在上一学期，教改项目合作人、同事檀作文老师已开出了诗词鉴赏与写作选修课。多年来，笔者在古代文学课程中，配合古代文学教学，都有诗律教学、诗歌对句习作，但是专门开设诗词写作选修课，这还是第一次。选课同学来自文学院03、04、05年级，个别同学来自外院。

诗词写作课程的目标，是在同学自己努力的情况下，通过教学，达到诗词写作拿得出手的程度，也就是造语工稳、声韵合律、具有一定的情韵。

第一、二次课及课程后段，讲授了中古音韵学常识与诗律、词律。这是旧体诗词写作的必要前提。

课程的主要方式，是以课外完成诗词作业、课堂讲评讨论作业、课外完成诗词修改为主。作业的题目，是自由命题。诗歌的体裁，则大体是由绝句到律诗到词。通常是同学作业事先电邮发给老师，老师课前用电子文本写出对作业的书面批语与修改，课堂讲评全部采用教室电子屏幕投影方式显示作品、批语与修改。课堂讲评除了显示老师书面批语，老师并作随堂讲评，书面批语与随堂讲评的内容，皆包括鼓励优点、指出不足和提示如何修改。讨论则是同学自由发言，各抒己见。课程一共进行了14次作业与讲评。

在课程中，笔者多次告诉同学，最终目标是帮助你能自己改，而不是老师帮助你改。从根本上说，写好诗取决于性情、襟怀和学养。从技术层面说，写好诗的能力，就是自己能知不足，自己能推敲，自己能改好。求好，是无止境的。所以，课程进行越往后，老师修改越少、讲评越多。

课程中，许多同学表现热情、主动，体现了对中国传统诗词的热爱，也可说是对中文专业的热爱。好多同学一次作业作品数量，远远超出通常的一、二首。不少同学积极提出各种建议，并为老师所采用。如提出课前给同学发回对作业的批语，以增加同学自己修改的机会，加快提升同学自己的修改能力。课程还带动了同学多样的课外兴趣活动，如同学之间自发的唱和。还有不少没有选课的同学也寄来作品要求提供意见。不必备举。

此次课程，尽管许多同学是初学，可是成绩显著。当然，笔者也增添了信心和宝贵的经验。

二、同学诗词作品举例

本文的重点，是记述同学的实绩。通过此次课程，许多同学具有了写诗填词的能力，能够写出拿得出手的诗词作品，涌现不少佳作。举例如下。

五言古诗。赵熙《秋夜》："月皎山石黛，围炉话桑麻。天寒屋中暖，泄泄一人家。"李建波《无题》："蜡炬予人亮，春蚕予人丝。细雨润万物，青草寸心知。"李萌《萧萧》："萧萧木叶落，黄蝶舞深林。素手拾黄叶，忧思湿罗裙。倏倏秋风响，隐隐旧时音。负子千行泪，系余一世心。"

七言古诗。翟蕊《孤雁》："玉门关外不见关，危城孤悬路八千。唯见孤雁时鸣过，鸣声带愁月满天。疏雪潇潇不见影，春来飞起形影单。醉卧沙场岂见笑，谁知万里望长安。"

五言绝句。韩阳《铜雀》："铜雀伤铅泪，长门误好期。春风那可怨，应是画眉时。"崔鹤《咏爬地菊》："叶弱枝无力，犹争半隙光。秋风衰百草，遍野尽英黄。"翟蕊《汉宫》："榴花娇态羞，蕉叶黯然愁。日影昭阳丽，长门一片秋。"尹航《惊梦》："四顾无君迹，仓惶号路途。晨惊始知梦，急问近安乎？"

七言绝句。常青《天桥果翁》："老翁端坐果摊后，两目似眠心似闲。我所栖迟即我地，车流滚滚若溪潺。"《卧树》："老松偃蹇如龙卧，柯叶青苍仍旧颜。天意若教卧龙起，直腰还上白云间。"司凤宇《思乡》："长笛一声人已行，燕山远隔与谁听。霜天稚子盈盈泪，此去经年对月倾。"吴名《观荷》："碧叶风掀似波浪，波中时现几多红。金辉映景车喧静，心在人间却忘笼。"侯克春《吾乡》："雁过吾乡未肯留，园田多少变新楼。可怜潮白河中水，已是年年不见流。"赵熙《思父在滇》："闻道丽江春日融，又闻大理雨濛濛。夜深忽感秋凉意，目送南飞一点鸿。"韩阳《孙郎》："纶巾羽扇笑谈中，赤壁烟消复郁葱。若得伯符盖世勇，何须公瑾借东风。"白敏《和贯云石题庐山太平宫》："一溪翠竹不沾尘，云外神游来唤春。夜月闻之应驻足,恐惊天上谪仙人。"翟蕊《月中》:"桂花一掬手中泻,俯瞰花飘香带寒。碧海青天高几许,何时桂落旧雕栏。"王眉津《月夜诉情》:"渔舟系在杨柳岸,一曲山高与水流。日出渔舟行渐远,余音长在此心留。"《中秋》:"无雨无风似亦寒,伫看明月出山峦。此时遥想团圆夜,念着孩儿形影单。"《古寺》:"山高古寺白云边,佛乐遥闻细若弦。一缕清凉沁心腑,如行风片雨丝天。"杰永旎《秋夜聆雨》:"秋风萧飒意阑珊,落尽芳菲几度看。想得巴山听夜雨,凭轩孤影到灯残。"刘赫《过都江堰》:"淘滩筑坝犹秦汉,日丽风和在眼前。为有英灵长守蜀,不教洪水泛平川。"安仁《湘妃竹扇》:"染竹成斑多少泪,竹裁为扇作清风。收藏不忍重开扇,扇上泪痕依旧红。"阙名《游法源寺》:"闹市尘嚣真大隐,清音枕侧更相闻。曹溪日诵无嗔怨,陋巷箪瓢亦自欣。"王天乙《昨夜》:"昨夜秋风秋雨寒,故人已去未曾眠。昔时言笑今时泪,银烛残时月在天。"《秋水》:"秋水无波待月生,此时万籁亦无声。一天水月交辉映,映得秋宵如昼晴。"安莹《秋兴》:"正午炎炎犹夏日,微凉晨暮最相宜。忽看一片随风叶,已是豳风流火时。"赵英娜《读书》:"今日心情喜读书,情如草木纵横舒。佳时休怨难相待,元亮晨兴已荷锄。"

五言律诗。白敏《送别》:"寒蝉唤秋至,帘外露将晞。疏影催人别,孤灯映柳飞。弄弦歌切切,执手语依依。今姊莫惆怅,花时走马归。"

七言律诗。梁堃《玄面飞天》:"星河流转鹊桥迁,细碾青金犹在前。照夜生辉初点目,散花成雨已飞天。流沙人杳珠盈泪,弱水河枯面变玄。恨不生而与君好,朱颜只为故人妍。"白敏《读欧阳修》:"醉翁亭上携春游,把酒临风来遣愁。垂柳栏杆掩郊甸,杂英芳草覆汀洲。林间压橘犹残雪,槛外流莺欲解忧。莫共春风容易别，烟波犹自乐行舟。"

词。崔鹤《望海潮》："深秋晴日，远山平野，枫林环抱人家。村小巷深，墙低院广，风轻袅袅烟斜。庭架结黄瓜。正猫追蝶过，群鸭呀呀。灶溢流脂，碗盈香饭，竞称嘉。　夕阳渐没云霞。染山坡涧水，阡陌篱笆。拥被捧茶，围炉夜话，还相笑语桑麻。明月照窗纱。晨晓别前路，满路飞花。若可长留此处，何必羡天涯。"

尹航《八声甘州》："开宝奁细绾髻螺娉，青丝故钗莹。访角楼东畔，朱门已锁，窄缝还迎。窥见院中零落，篱倒屋颓倾。惟有丁香径，依旧盈盈。　恍忆儿时笑脸，扑花间彩蝶，纤手携兄。蹴秋千罗舞，婉转翠禽鸣。数瑶星、扇撩软语，乐持灯、月似水精明。闻低唤、俏回首处，只有风声。"《醉花阴》："犹记小桥初见面。嫩柳拂团扇。沉潋玉湖间。疑是仙娥，又似曾识眷。如今旧事都成幻。叹浅缘情远。新扇醉春时，君可还怜，眼底离人怨。"

王馨鑫《长相思》："思如何，情如何，空把年光暗琢磨。怕看并蒂荷。　问奈何，无奈何，何事偏教怨素娥？只应寂寞多。"

翟蕊《相见欢》："疏红点破青幽。独登楼。密雨蹄声难辨，枉回眸。　春花早。秋来扫。几时休。但看水中荷举，过人头。"

李萌《江城子·离别》："悲风暮雨冷清秋。君亦愁，我亦愁。轻启丹唇，欲说还作休。执手低眉声哽咽，潜止泪，忍凝眸。欲说还作休。　劝君且去莫停留。上层楼，望船头。烟雨连天，天际一孤鸥。江水斜阳相背去，千古恨，付东流。"

上列诗词作业，其抒情、造语，甚或意境、韵致，皆有可观。对于初学者来说，确实是可喜的成绩，是勤奋努力的结果。当然，对于作诗来说，这只是一个好的开头。

三、课堂讲评举例

再说课堂讲评作业。笔者每次讲评作业之前,先作批语和修改。批语包括鼓励、指瑕、提示和答复。批语是针对作业以及作业附言所提问题而写的。

如果把学诗比作小孩学走路,那么,修改好比牵着手学走路,鼓励、指瑕、提示和答复,就好比鼓励、照看和迎接小孩自己学走路。

兹举一例。田甜作业《日暮盼归》:"水清山远路横斜,炊起烟村绕女归。杏帘殷勤招客饮,浊醪难解愁思侵。遥知妻子掩柴扉,尽日离人未见归。何当灵雀枝上啼,落花深处马蹄急。"后附《写诗时遇到的问题》:"想要将家人对游子的盼归与游子自己对归家的渴望重合,从而让盼归这一主题有双重含义,但是……词不达意;想要组成对仗,但是总是想不到合适的词来调整;意思和音韵也很难做到兼顾。"

笔者批语指出:"优点:能用比兴,善描写,有韵致;造句基本稳当;构思别致:己思人思己。不足:本诗多数韵字'归'、'啼'等属八齐韵部;出韵:'斜',属六麻韵部;'侵',属十二侵韵部;'急',入声,属十四缉韵部;重韵:'归',两次。个别处失粘。"

笔者修改作业为:"重山复水迢迢路,西望夕阳芳草齐。酒帜相招却惆怅,醉乡难解是愁悽。遥知妻子衡门立,正望夫君深巷归。何日春风马蹄疾,柴扉雀喜满枝啼。"

笔者批语并指出:"关于选择韵部。修改此诗换了部分韵字,除了原诗出韵、重韵必须换字,还因为要兼顾原诗意思与八齐韵字。选韵要留心:1.声韵之声情应与抒情之性质相应;2.尽可能选择宽韵；3. 宽韵、窄韵，本是客观存在，一看可知；但有时又是相对的，如果一个窄韵部的那几个字，刚好够你造那几个句，达意游刃有余，此时它就是你的宽韵。

关于己思人思己的写法。可参考《诗经·陟岵》：'陟彼岵兮，瞻望父兮。父曰：嗟予子行役，夙夜无已。上慎旃哉！犹来，无止！'（上：尚，希望。旃：之。犹：可也。来：回。）徐干《室思》：'想君时见思。'《西洲曲》：'君愁我亦愁。'杜甫《月夜》：'遥怜小儿女，未解忆长安。'白居易《至夜思亲》：'想得家中夜深坐，还应说着远行人。'王建《行见月》：'家人见月望我归，正是道上思家时。'韦庄《浣溪沙》：'想君思我锦衾寒。'柳永《八声甘州》：'想佳人、妆楼颙望，误几回、天际识归舟。争知我，倚阑干处，正恁凝愁。'"

再举一例。司凤宇《思乡》："长笛一声人已行，燕山远隔与谁听。霜天稚子盈盈泪，此去经年对月倾。"笔者批语指出："优点：能用比兴，善描写。平仄、韵部、造句稳当。结二句甚是佳句：1. 稚子盈盈泪、对月倾，细部放大而成特写画面，别有韵致。2. 委婉吞吐成语。3. 此皆神似散原。散原诗人物细部放大成特写画面、甚至单独放大到大人国似的比例，如'万古酒杯犹照世，两人鬓影自摇天'的'酒杯'、'鬓影'，又如'春风吹泪湿西山'的'泪'。'泪'是大人国似的比例，'西山'是小人国似的比例。散原诗自述委婉吞吐成语，如'胸有万言艰一字，摩挲泪眼送青天'。顺便说到，04级吴晓莹对句'枕月裹玄夜'，亦神似散原诗：'明月如茧素，裹我江上舟'。今之大学生未必读过散原诗，而作诗与之神理相接，不禁令人赞叹。"

说到底，诗词写作的潜力和能力，是同学自己固有的和自我发展起来的。教师的作用，只是帮助而已。

最后当说到，作为诗词写作课的老师，自应参与咏事。课程伊始，笔者收到台湾首席诗人张梦机教授来鸿赐赠《读小军教授诗感作》："吐语清新笔力遒，裁笺轻倩异凡流。隽才高夺婵娟月，吟卷平收浩洞秋。吾蹶诗文惭已退，汝闲楮墨恒相谋。所嗟顽疾无灵药，试读瑶章或可瘳。"笔者随即寄奉《读梦机诗选敬酬梦机教授前辈》："万古青濛满卷滋，坐驼犹看药楼诗。积痾起自疴瘵抱，元气苏从歌哭时。春草池塘方秀句，蓝田沧海比神思。阶前想得草长绿，檐畔白云长不离。"这些诗皆印发同学助兴。此外，笔者并根据自己几十年来作诗的点滴经验，专门为课程撰写了《作诗小言》一文，印发同学参考。

原载《高教研究》2008 年第 1 期

中国古代文学的辅助技能教学

时常会有中学语文老师向笔者提出在中国古代文学作品教学中遇到的词语、语句难解的问题，这往往需要利用历史语言工具书、历史地理工具书来解决问题。可见，培养中文系本科生利用历史语言、历史地理工具书以发现和解决中国古代文学作品中相关问题的能力，有利于中文系本科生目前的学习以及毕业后的教学与研究。

一、历史语言、历史地理工具书对解释中国古代文学作品的用处

文字词汇典故是古代文学作品的细胞组织。解释中国古代文学作品的历史语言工具书，主要包括字书韵书如《尔雅》、《说文解字》、《玉篇》、《广韵》、《康熙字典》、《汉语大字典》等，辞书如《汉语大词典》、《辞源》，类书如《佩文韵府》，以及电子版《四库全书》。

《汉语大词典》、《辞源》这样的现代人所编的历史语言词汇工具书，一翻即可学会使用，十分便利，但是内容量有限，不够解释中国古代文学作品所需。

《佩文韵府》是清代所编大型词汇典故的类书，收词条约140

万条，远远超过《辞源》收词条近 10 万条、《汉语大词典》收古今词条 37.5 万条（其中现代汉语词条对中国古代文学无用）。对比之下可见，《佩文韵府》对于解释中国古代文学作品的辞书功用，显然远大于《辞源》、《汉语大词典》等。因此应当学会使用《佩文韵府》。

初学使用《佩文韵府》具有一定难度：1.《佩文韵府》按平水韵韵部编次，因此，同学应当熟悉平、上、去、入四声，熟悉平水韵韵部，以便于使用该书。2.《佩文韵府》收词体例，是词条尾字与标目字相同。而现代人所编词典收词体例，是词条首字与标目字相同。《佩文韵府》收词体例与今不同，但是同学并不难于学习掌握。

《佩文韵府》提供词汇典故的出处（首先往往是最早的出处）、历代使用该词汇典故的众多诗文例证（往往是名家名作用例，虽非全部用例，但往往已是大宗用例，并成为进一步寻找的线索），从中不仅可以求得词汇典故的出处甚至最早的出处，也可以大致求得词汇典故的历代使用情况。因此，在电子版《四库全书》出现之前，《佩文韵府》是寻找词汇典故的出处及历代用例的头号资源，是根据词汇典故用例判断其本义及引申用意的渊薮，也是了解词汇典故文学接受史的宝藏。

学会使用《佩文韵府》的好处，还不仅在于使用《佩文韵府》本身，而且有利于同学掌握中古音韵部，娴熟旧体诗词格律，可谓一举两得。

在今日，电子版《四库全书》，必须作为解释中国古代文学作品的历史语言工具书来使用。从作为历史语言工具书的角度说，电子版《四库全书》的功用远远超越了《佩文韵府》。《四库全书》收入清代乾隆以前文献 3461 种，79309 卷（未收入的存目书 6793 种，93551 卷）。电子版《四库全书》的独到功用，至少包括：1. 基本上可以找出某一词汇确切的原创出处。2. 可以找出原创词汇开始被普遍使用的出处与时代。3. 可以找出《四库全书》使用某一词汇的全部出处。不言而喻，这对于研究古典文学的原创成就以及接受史，几乎具有决定性意义。（研究古典文学，理解力、鉴赏力、学养与文献功夫同样具有决定性意义。）

解释中国古代文学作品的历史地理工具书，对于本科生来说，主要是《中国历史地图集》、《辞海》（指其中历史地理部分。八十年代上海辞书出版社有《辞海·历史地理分册》出版，使用更为便利）。谭其骧主编的《中国历史地图集》，与谭其骧主编的《辞海》历史地理部分，是互相说明、相互补充的。《辞海》历史地理部分，可以说是《中国历史地图集》主要内容的文字表述。《中国历史地图集》，可以说是《辞海》历史地理部分的图形表达。两书可以对照使用。

中国古代文学作品往往具有写实性，历史年代和历史地理是中国古代文学作品的摇篮，祖国大地山河是中国古代文学作品的重要内容。历史地理知识不仅有助于发现和解决中国古代文学作品中的问题、难题，而且，对于理解和欣赏中国古代文学作品的功用，可以说是妙用无穷。

二、中国古代文学课程中的历史语言工具书教学实践

笔者在中国古代文学作品课程中，结合中国古代文学作品中的问题、难题，讲授使用历史语言、历史地理工具书，教学基本程序是：1. 提出作品中的问题；2. 投影介绍《佩文韵府》、《中国历

史地图集》、电子版《四库全书》等历史语言、历史地理工具书的性质、体例和使用方法，及其在本校图书馆馆藏位置；3.布置使用历史语言、历史地理工具书解决作品中问题的作业；4.批阅并评讲作业。

二〇一一年三月课程布置使用历史语言工具书作业举例。

作业题：

陶渊明《归园田居》其二："晨兴理荒秽，带月荷锄归。"请到图书馆，使用《辞源》《汉语大词典》《佩文韵府》和电子版《四库全书》检索，查"带月"一词，简答：

（一）"带月"一词第一次出现于什么文献？作者是谁？下列工具书所显示的情况是？

（二）在什么朝代，诗人们开始纷纷使用"带月"一词？下列工具书所显示：

09级夏梦娇同学作业答卷：

（一）"带月"一词第一次出现于什么文献？作者是谁？下列工具书所显示的情况是？

《辞源》：无

《汉语大词典》："披戴月色"，出自东晋陶潜《归园田居》

《佩文韵府》：东晋陶潜《归园田居》

电子版《四库全书》：集部，别集类，汉至五代，《陶渊明集》，卷二，归园田居诗"晨兴理荒秽，带月荷锄归"

（二）在什么朝代，诗人们开始纷纷使用"带月"一词？下列工具书所显示：

《佩文韵府》：

虞世南《和銮舆顿戏下》："乘星开鹤禁，带月下虹桥"

李瑞《送少微上人游蜀》："松风开法席，带月濯禅衣"

林滋《小雪赋》："萦枝分盈天之象，带月误如圭之质"

李商隐《望春驿别嘉陵江水二绝》："千里嘉陵江水色，含烟带月碧如蓝"

伍乔《僻居酬友人》："古琴带月音声正，山果经霜气味全"

张乔《贝多树》："带月啼春鸟，连空噪暝蜩"

电子版《四库全书》：

多见于唐代，出现于《骆丞集》《刘随州集》《追昔游集》、《白香山集》等九部别集。从初唐四杰之一骆宾王沿用至晚唐李商隐等，"带月"二字被纷纷使用。

09级王梦娇同学作业答卷：

（一）"带月"一词第一次出现于什么文献？作者是谁？下列工具书所显示的情况是？

《辞源》：无

《汉语大词典》：带月：谓披戴月色。晋陶潜《归园田居》诗之三："晨兴理荒秽，带月荷锄归。"《汉语大词典》缩印本上卷一，汉语大词典出版社，1751页。

《佩文韵府》：陶潜《归园田居》："晨兴理荒秽，带月荷锄归。"《佩文韵府》，3660页。

电子版《四库全书》：陶潜《归园田居》

（二）在什么朝代，诗人们开始纷纷使用"带月"一词？下列工具书所显示：

《佩文韵府》：在唐代，人们开始纷纷使用"带月"一词。虞世南诗："乘星开鹤禁，带月下虹桥。"李瑞《送少微上人游蜀》："松风开法席，带月（江月）濯禅衣。"林滋《小雪赋》："萦枝分盈尺又象，带月误如圭之质。"李商隐诗："千里嘉陵江水色，含烟带月碧于蓝。"伍乔诗："古琴带月音声正，山果经霜气味全。"张乔贝多诗："带月啼春鸟，连空噪暝蜩。"

电子版《四库全书》：

唐代开始，"带月"一词开始广泛使用。

别集：《骆丞集》，骆宾王；《刘随州集》，刘长卿；《钱仲文集》，钱起；《李义山集》，李商隐；《白香山集》，白居易；《长江集》，贾岛（贾长江）；《元氏长庆集》

电子版四库全书中"带月"一词共有 696 个匹配。

夏梦娇、王梦娇以及所有同学的作业，说明是在图书馆下了一番功夫，学会了使用《佩文韵府》、《中国历史地图集》、电子版《四库全书》等工具书，解决了作业所布置的古典诗歌相关问题。

只有最有创造性的诗人，才能原创优美的新词，成为汉语言文学宝藏中的珍品，并或早或迟为后世诗人所普遍接受和使用。陶渊明《归园田居》"带月荷锄归"的"带月"一词，就是这样的优美的新词，它表现了把月亮像朋友一样从田野上带领回家，或把月光像珍贵礼物一样从田野上携带回家的优美意境。如同学们作业所显示，"带月"这一优美的新词，是由陶渊明所原创，而成为汉语言文学宝藏中的珍品；它是从唐代开始，为后世诗人所普遍接受和使用。[①]

[①] 参阅邓小军：《古典诗歌注释与农村生活经验——以陶渊明、黄庭坚诗为例》，《晋阳学刊》2010 年第 4 期。

三、中国古代文学课程中的历史地理工具书教学实践

多年来,笔者注重在古典文学课程中使用历史地理工具书的教学。李白《峨眉山月歌》:"峨眉山月半轮秋,影入平羌江水流。夜发清溪向三峡,思君不见下渝州。"教材《中国历代文学作品选》注释说:"三峡,当指平羌三峡。"曾经同学有疑,课间持教材来问。下一次课时,笔者给同学看《中国历史地图集》唐代剑南道北部地图及相关地理文献,由此说明:清溪在岷江平羌三峡下游,平羌三峡在清溪上游,李白乘船沿岷江出蜀,不会从下游清溪回头向上游平羌三峡走。原来,三峡是指蜀中东大门长江三峡,"夜发清溪向三峡",写出青年李白出蜀的远大志向。于是疑问也就涣然冰释[①]。

向秀《思旧赋》写好友嵇康、吕安被司马氏杀害后,自己被迫到洛阳去做司马氏的官,说:"余逝将西迈,经其旧庐。"笔者曾经在课堂提出:请同学结合作品此二句看《中国历史地图集》三国魏司州地图,看看能否发现并提出问题?同学很快发现并提出:向秀家乡怀县,洛阳在怀县西南,嵇康家乡山阳在怀县北方,从怀县到洛阳根本不用南辕北辙地经过山阳!原来,向秀被迫到洛阳去做司马氏的官,特意专程到山阳去凭吊嵇康,以表达缅怀嵇康、不屈服于司马氏暴政的心情。这表明,对照历史地图阅读古典作品,可以使同学独立地发现和解决前所未见的关键问题。这就大为提高了同学学习的兴趣[②]。

二〇一一年三月课程布置使用历史地理工具书作业举例。

---

① 参阅邓小军:《李白〈峨眉山月歌〉释证》,《北京大学学报》2007 年 5 期。
② 参阅邓小军:《向秀〈思旧赋〉考论》,《诗史释证》,中华书局 2004 年版。

作业题：

曹植《赠白马王彪序》："黄初四年（223）五月，白马王、任城王与余俱朝京师，会节气。到洛阳，任城王薨。至七月，与白马王还国。后有司以二王归藩，道路宜异宿止。意毒恨之。"曹植时为鄄城王。请到图书馆查阅谭其骧主编《中国历史地图集》第三册《三国·西晋时期》和《辞海·历史地理分册》，注出下列三国魏地名的今地名（今某省某县，或今某省某县东、南、西、北，"省"、"县"字省略），及后三地位于洛阳东、南、西、北：

洛阳
任城
白马
鄄城

08级王雪芹同学作业：

洛阳：
白马：北魏初移治滑台城，即今河南省滑县旧滑县治。洛阳东北。
任城：今山东省济宁市。洛阳东北。
鄄城：今山东省菏泽市鄄城县北部。洛阳东北。

09级邵蕾同学作业：

洛阳：今洛阳旧城改筑于金哀宗时，仅当隋唐故城洛北濉西一小部分。

  白马：在今河南滑县，旧滑县城东。于洛阳东北部。

  任城：在今山东济宁市东南，于洛阳东北部。

  鄄城：在今山东鄄城县北旧城。于洛阳东北部。

  注：见《中国历史地图集》第三册《三国·西晋时期》7–8；5–6

  （附图略）

09级王梦娇同学作业：

  洛阳：今河南省洛阳市

  白马：今河南省滑县；位于洛阳东北

  任城：今济宁市东南；位于洛阳东北

  鄄城：今山东鄄城北部；位于洛阳东北

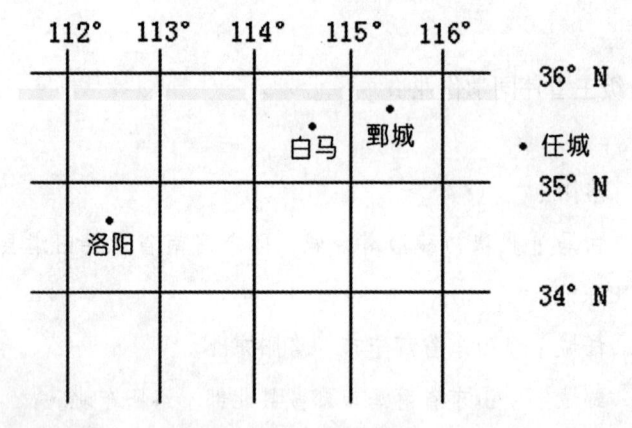

```
     112°  113°  114°  115°  116°
   ┌─────┬─────┬─────┬─────┬─────┐
   │     │     │     │     │     │  36° N
   │     │     │     │白马 │鄄城 │ • 任城
   ├─────┼─────┼─────┼─────┼─────┤
   │     │     │     │     │     │  35° N
   │     │洛阳 │     │     │     │
   ├─────┼─────┼─────┼─────┼─────┤
   │     │     │     │     │     │  34° N
```

  曹植《赠白马王彪序》说："黄初四年（223）五月，白马王、任城王与余俱朝京师，会节气。到洛阳，任城王薨。至七月，与白马王还国。后有司以二王归藩，道路宜异宿止。意毒恨之。"同学们作业都做得很好。邵蕾、王梦娇同学作业并绘制了标示出经纬度线和洛阳、白马、任城、鄄城四地地点坐标的地图,表明地理基础本来就很出色,让人赞叹。如同学作业所显示,白马、任城、鄄城三王封邑,俱在洛阳东北方向,他们朝京师后返回封邑,本可同路。这就直观地表明,当白马王曹彪、任城王曹彰、鄄城俱朝京师,任城王在京师被魏文帝毒死,白马王曹彪、鄄城王曹植返回封邑时,又被强制分开走、分开住宿,好比雪上加霜,心中有多么的恐惧和悲愤。显然,历史地理背景的清晰呈现,有助于同学深切地理解《赠白马王彪》诗意①。

作业题:

为了解《西洲曲》的历史地理内容和历史地理背景,请到图书馆查阅谭其骧主编《中国历史地图集》第四册(东晋十六国·南北朝时期)中的东晋、宋、齐、梁、陈五幅地图,简答:东晋、宋、齐、梁、陈五个时期,南北分界线各在什么位置或大约在什么位置?各用一句话回答。

08级邵蕾同学作业:

东晋:(5-6页)北部大致以淮水为分界线。(附图②)

宋:(26-26页)西北部大致以秦岭为分界线,东北部大致从黄河下游入海为分界线。(附图)

齐:(27-28页)北部大致以淮水为界线,东北部,部分界线在淮水以北。(附图)

梁:(42-43页)西北大致以秦岭为分界线,东北分界

---

① 参阅邓小军:《魏晋宋微言政治抒情诗之演进——以曹植、阮籍、陶渊明为中心》,《中国文化》2010年第2期。

② 作业原文有图,本书未收入图;下文同此从略。

线在淮水以北最东至南北二青州。(附图)

陈：(44-45页)北部大致以长江为分界线。(附图)

09级王梦娇同学作业：

东晋：沿淮河一线→淮南郡→义阳郡→建平郡→沿长江上游一段→遂久

宋：沿黄河入海口→济南郡→兖州→北济阳郡→鲁阳关→南阳郡→北上洛郡→秦岭一带→汉中郡→白水郡

（淮河以北）

齐：沿淮河一线→司州→南阳郡→梁州

梁：南北二青州→武州→淮州→蔡阳郡→始平郡→上津郡→秦岭一带→汉中郡→平兴郡

（淮河以北，黄河以南）（近淮河）

陈：沿长江中下游一线（南徐州→建康→北江州→江州→武昌郡）

（附图略）

同学们的作业都做得相当不错。邵蕾、王梦娇同学作业并绘制出地图，绘出江河走向，标出山脉江河的名称，和东晋、宋、齐、梁、陈五个时期北部边境郡县的位置。王梦娇同学还分别用不同颜色标出此五个时期的南北分界线，使人一目了然。如同学作业所显示，东晋、宋、齐、梁、陈五个时期，南北朝分界线大都在淮水或以北，只有陈朝（后期及梁朝后期）是以长江为南北朝分界线。这就为理解《西洲曲》，提供了非常重要的历史地理背景。《西洲曲》通过女主人公的抒情，叙述了江南女子与江北男子相爱而后不能重逢,甚至音信断绝,唯有隔江相思的爱情故事。显然,《西洲曲》故事之历史地理背景,是南北朝之间边境之变动。当南北朝之间边境是在长江以北、江北江南之间交通自由时,江北男子曾到江南而与江南女子相恋。当南北朝之间边境就是长江、江北江南之间交通断绝后,双方之间便不能来往相见,亦不能通信。《西洲曲》:"卷帘天自高,海水摇空绿。海水梦悠悠,君愁我亦愁。"此一不可逾越之长江水,即是梁陈时隔绝长江南北人民往来之南北朝军事分界线[1]。《西洲曲》这样的诗,比历史文献更清晰地揭示了南北朝军事分界线给人民带来的深重痛苦。显然,历史地理背景的清晰呈现,有助于同学深切地理解《西洲曲》诗意。

在完成作业的过程中,同学们逐渐学会了使用中国历史语言工具书和中国历史地理工具书的技能,也切身地体会到如何利用这两类工具书,以发现和解决中国古代文学作品中的相关问题。

原载《高教研究》2011 年第 2 期

---

[1] 参阅邓小军:《〈西洲曲〉与南北朝长江军事分界线——兼论〈西洲曲〉的创作时代》,《晋阳学刊》2009 年第 5 期。